# Happy Hour in de Hel

*Van Tad Williams zijn verschenen*:

Staartjager's zang

*De boeken van Heugenis, Smart en het Sterrenzwaard*
De Drakentroon
De Steen des Afscheids
De Groene Engeltoren i – De belegering
De Groene Engeltoren ii – Het ontzet

*Anderland*
*1* Stad van Gouden Schaduw
*2* Rivier van Blauw Vuur
*3* Berg van Zwart Glas
*4* Zee van Zilveren Licht

*Schaduwmars*
*1* De Schaduwgrens
*2* Het Schaduwspel
*3* Schaduwval

*Bobby Dollar*
*1* De Weg naar de Hemel ❖
*2* Happy Hour in de Hel ❖

Caliban's Wraak
De Oorlog der Bloemen

❖ Ook als e-book verkrijgbaar

Tad Williams

# Happy Hour in de Hel

*Bobby Dollar – Boek 2*

Luitingh Fantasy

Uitgeverij Luitingh Sijthoff en Drukkerij Koninklijke Wöhrmann BV vinden het belangrijk om op milieuvriendelijke en duurzame wijze met natuurlijke bronnen om te gaan.

© 2013 Tad Williams
All rights reserved
© 2014 Nederlandse vertaling
Uitgeverij Luitingh ~ Sijthoff B.V., Amsterdam
Alle rechten voorbehouden
Oorspronkelijke titel: *Bobby Dollar 2 – Happy Hour in Hell*
Vertaling: Michiel van Sleen
Omslagontwerp: Karel van Laar
Omslagillustratie: Marco Lap

ISBN 978 90 245 4720 3
NUR 334

www.dromen-demonen.nl
www.watleesjij.nu
www.tadwilliams.com
www.boekenwereld.com

Het eerste *Bobby Dollar*-boek droeg ik op aan mijn goede vriend
David Pierce. Sinds Dave ons verliet zijn er nog meer mensen
om wie ik veel gaf gestorven: Jeff Kaye, Peggy Ford en Iain Banks,
om er maar een paar te noemen.

Ik ben blij dat Dave zich nu in zulk fijn gezelschap bevindt,
maar het doet me veel verdriet dat ze niet allemaal nog wat langer
onder ons zijn gebleven.

## *Proloog*
# In het hol van de hel

In bijna ieders leven – of in mijn geval leven na de dood – komt er een moment waarop je je onwillekeurig afvraagt: hoe ben ik in deze hel beland? Ik heb daar vaker last van dan de meeste mensen (gemiddeld een paar keer per week), maar nog nooit zo erg als nu. Ik stond namelijk op het punt om de echte hel te betreden. Vrijwillig.

Mijn naam is Bobby Dollar, of soms Doloriel, afhankelijk van het gezelschap waarin ik verkeer. Ik was op deze onaangename plek beland per lift – een vreselijk lange afdaling waar ik je misschien nog wel een keertje over vertel. Bovendien ging ik gehuld in een lichaam dat niet het mijne was, en alles wat ik over dit oord wist, kwam van wat een solitaire beschermengel me in mijn slaap had ingefluisterd. Niet dat ik veel nuttigs van haar te weten was gekomen. Het gros kon zelfs in één simpele zin worden samengevat: 'Je hebt geen idee wat voor shit je te wachten staat.'

Nu stond ik dan vlak voor de hel, aan de voet van de Nerobrug, een kleurloos, kaal gevaarte van steen dat zich over een zó diepe afgrond uitstrekte dat die op onze goeie oude aardbol helemaal door de planeet heen tot aan de andere kant zou hebben doorgelopen. Maar de hel ligt niet op onze goeie oude aardbol en deze put was niet bodemloos, o nee. Zie je, op de bodem, vele, vele kilometers onder me in het duister, gebeurden de echt onverkwikkelijke zaken. Dat kon ik opmaken uit het vage geluid van schreeuwende mensen. Ik vroeg me onwillekeurig af hoe hard ze wel niet moesten schreeuwen dat ze van zó ver nog waren te horen. En wat werd hun precies aangedaan dat ze zo luid schreeuwden? Ik was me al dingen aan het afvragen waar ik het antwoord niet eens op wilde krijgen.

Mocht dit alles trouwens niet bizar genoeg voor je zijn, heb ik nog wel een interessant feitje voor je: ik ben een engel. Ik ging dus niet alleen de vreselijkste plek waar iemand maar heen kon bezoeken, maar deed dat ook nog eens als spion en vijand. O, en ik ging erheen om iets te stelen van een van de meest meedogenloze, machtige demonen aller tijden: Eligor de Ruiter, groothertog van de hel.

Wat ik van Eligor probeerde te stelen? Mijn vriendin, Caz. Zij is ook een demon en ze behoort hem toe.

O, en toen ik zei dat ik een engel was, bedoelde ik niet zo eentje die met vleugels en het louterend vuur van de Heer optrekt tegen de vijand. Nee, ik ben er zo een die op aarde vertoeft en meestal doet alsof hij een mens is, een advocaat die de belangen van mensen op hun dag des oordeels behartigt. Met andere woorden: een soort pro-Deoadvocaat. Dus ik wist net genoeg om te weten dat ik lelijk in de penarie zat. Ik, tegen een groothertog van de hel en op zijn eigen terrein – eerlijke strijd, hè?

Daar stond ik dan, in ongetwijfeld de grootste ommuurde ruimte die ik ooit had gezien – of wie dan ook, vermoedelijk. Al die middeleeuwse kunstenaars die deze plek hadden uitgebeeld, zelfs de heel fantasierijke, hadden nooit groot genoeg gedacht. Een muur van ruwe stenen omringde me, die verder dan het oog reikte omhoogliep. De muur leek aan beide kanten zich heel flauw te krommen, alsof de gigantische grot zelf het omhulsel van een monsterlijk grote motorcilinder was. Waarschijnlijk bevond zich tegenover me ook een muur, aan de andere kant van de brug – de zuiger in de grotere cilinder, en dit alles tezamen vormde de eindeloze toren die de hel wordt genoemd. De brug zelf was smaller dan mijn aan weerszijden uitgestrekte armen, een wandelpad van maar anderhalve meter breed. Dat was ruimschoots genoeg geweest, als zich onder het smalle vlak geen totale leegte had bevonden – een afgrond die dieper omlaag liep dan ik ooit zou kunnen zien of bevatten, met amper genoeg flakkerend hellelicht om aan te geven hoe vreselijk diep ik zou vallen als ik één misstap maakte.

Geloof me, zoals ieder weldenkend wezen was ik liever ergens anders geweest, maar zoals ik later nog wel eens zal uitleggen, had ik veel moeite gedaan om alleen al dit punt te bereiken. Ik was te weten gekomen hoe ik hier moest komen, had een toegang ontdekt die door niemand meer werd bewaakt, en droeg zelfs een gloednieuw duivelslichaam (want dat was de enige manier om veilig door de hel te reizen). Ik mocht dan een ongenode bezoeker zijn, maar ik had al veel in dit uitstapje gestoken.

Toen ik de oneindige overspanning naderde, nam ik een flinke ademteug, die rauw aanvoelde van zwaveldamp en de vage maar onmiskenbare stank van verschroeid vlees. Een steentje keilde weg van mijn voet en stuiterde de put in. Ik wachtte niet af of het een geluid maakte, aangezien dat nergens goed voor zou zijn geweest. Als je iets verschrikkelijks te lang uitstelt, zakt de moed je in de schoenen; trouwens, ik wist dat het hierna alleen nog maar erger zou worden. Zelfs als ik over die armzalig smalle overspanning de overkant zou halen en het me lukte de hel binnen te glippen, zou die hele toko tjokvol mormels zitten die de pest hadden aan engelen in het algemeen, en aan mij in het bijzonder.

De Nerobrug dateert uit de tijd van het oude Rome en is genoemd naar keizer Nero, die naar verluidt vioolspeelde toen Rome in lichterlaaie stond. Nero was niet de slechtste keizer die Rome ooit had gehad, maar beslist een verschrikkelijke schoft, en een van de redenen dat we dat weten is dat hij zijn eigen moeder had laten vermoorden. Tweemaal.

Zijn moeder Agrippina was de zus van een ander, nog akeliger klootzakje van wie je misschien wel eens hebt gehoord: Caligula. Hij trouwde met een van zijn andere zussen, maar ging met al zijn zussen van bil. Maar ondanks al die griezelige dingen die zij uitspookte met haar broer, werd zij, nadat Caligula door zijn eigen wachters was doodgestoken, gerehabiliteerd en trouwde ze uiteindelijk met Caligula's opvolger, de oude keizer Claudius. Op een of andere manier was ze erin geslaagd Claudius over te halen zijn eigen geliefde zoon te passeren en Nero in zijn plaats tot zijn erfgenaam te benoemen, haar zoon uit een eerder huwelijk. Zodra Nero de voorbestemde keizer was, molde ze de arme Claudius door hem vergiftige paddenstoelen voor te schotelen.

Nero was zijn moeder duidelijk heel dankbaar dat ze hem hielp de machtigste man ter wereld te worden; hij liet haar prompt om zeep brengen. Eerst probeerde hij dat te doen met een nepboot die in stukken had moeten breken zodat ze zou verdrinken, maar Agrippina was een taaie ouwe tante en slaagde erin weer aan land te komen, dus stuurde Nero een paar van zijn wachters naar haar huis om haar met hun zwaard te doden.

Van je familie moet je het maar hebben. Op zijn Romeins.

Nero haalde gedurende de rest van zijn bewind nog heel wat andere verschrikkelijke dingen uit, waaronder het verbranden van een hele zwik onschuldige christenen, maar dat is niet de reden dat hij een ereteken in de hel kreeg, de brug waar ik nu voor stond. Zie je, wat Nero niet besefte was dat zijn moeders coup om Claudius met haar te laten trouwen en te zorgen dat die zijn bloedeigen zoon door Nero liet passeren, het resultaat was van een dealtje dat ze met een van de invloedrijkere helbewoners had gesloten, een machtige demon die luisterde naar de naam Ignoculi. Maar Ignoculi en zijn infernale hellebroeders gaven geen duvel of zijn mallemoer om het feit dat Nero zijn moeder had gedood; ze hadden er zelfs behoorlijk veel respect voor. Maar ze verwachtten wel van hem dat hij de afspraak zou nakomen die zij had gemaakt om hem op de troon van het Romeinse keizerrijk te krijgen, aangezien de hel nog grote plannen had met Rome. Maar Nero weigerde het spelletje mee te spelen. In werkelijkheid besefte hij waarschijnlijk niet hoe machtig de hel wel niet was – de Romeinen hadden een ander soort religieus wereldbeeld, Pluto en de Elysische velden en zo. Het was waarschijnlijk net zoiets als met die filmproducent in *The Godfather* die dacht dat hij Don Corleone wel even kon afserveren, om wakker te worden met een paardenkop in zijn bed.

De hel tegen je in het harnas jagen is nooit een goed idee. Daarna ging het snel bergafwaarts met de jonge Nero, en binnen de kortste tijd werd hij van de troon gestoten en moest hij vluchten. Uiteindelijk pleegde hij zelfmoord. Niettemin lagen de echte verrassingen voor hem nog in het verschiet.

Ignoculi was, zoals de meeste leidinggevenden in de hel, haatdragend als ik weet niet wat. Toen Nero in de hel aankwam, ontdekte hij dat er voor hem een speciale ingang was gemaakt – de Nerobrug, ja. Een duizendtal demonen, gekleed in de opsmuk van de Romeinse keizerlijke garde, stond Nero al op te wachten om hem bij het oversteken van de brug te begeleiden met de pracht en praal die hij tijdens zijn leven gewend was geraakt. De grote stoet trok in ganzenmars over de afgrond, trommels bonkten en trompetten toeterden, maar toen Nero de overkant had bereikt, verdween zijn gevolg op slag en bleef de keizer alleen achter met degene die hem stond op te wachten – niet Ignoculi zelf, maar Nero's overleden moeder Agrippina.

Ze moet een afschuwelijke aanblik hebben geboden, gekromd en gebroken en drijfnat van Nero's eerste poging haar om het leven te brengen, gutsend van het bloed van de zwaardhouwen die haar hadden gedood. Ineens besefte Nero dat wat hem wachtte iets heel anders was dan een heldenonthaal en hij holde terug, maar nu verscheen Ignoculi zelf op de brug, een enorme trillende massa van ogen en tanden die de terugweg afsneed van de ex-keizer als een berg woedend snot.

'Geef de keizer wat des keizers is,' schijnt de demon te hebben gezegd.

In de hel worden flauwe grappen als een heel geschikte martelmethode beschouwd. Toen greep Agrippina haar zoon met haar bebloede, verminkte klauwen en, met een kracht die zij nooit tijdens haar leven had gehad, sleurde ze hem krijsend door de poort de hel in naar het allesbehalve vorstelijke lot dat voor hem was voorbereid. En natuurlijk zit hij daar naar verluidt nog steeds, waarschijnlijk helemaal onderin bij die andere krijsers.

Daarna werd de Nerobrug nagenoeg vergeten tot mijn komst, een zoveelste getuigenis dat je nooit ofte nimmer een van de hoge heren van de hel tegen de haren in moet strijken – iets wat mij al was gelukt, en niet zo'n klein beetje ook. Zou het universum mij misschien iets duidelijk hebben willen maken?

Ik stapte de brug op en begon te lopen.

Ik had wat wel urenlang leek voetje voor voetje doorgelopen toen ik merkte dat de van beneden opstijgende kreten luider leken te worden. Ik hoopte dat dit betekende dat ik eindelijk dichter bij het midden van de brug was gekomen – maar misschien betekende het gewoon dat de lunchpauze beneden voorbij was. Ik keek omlaag, en probeerde in evenwicht te blijven toen ik een duizeling voelde die niet alleen lichamelijk was maar ook existentieel. Het perspectief veranderde de vlammen die uit barsten in de wanden van de afgrond kwamen in ineenkrimpende, zich samentrekkende kringen van concentrisch vuur als een brandende schietschijf.

Leerachtige vleugels klapwiekten langs mijn gezicht en lieten me behoorlijk schrikken; ik besefte hoe dicht ik bij de afgrond stond. Ik deed een stap terug naar het midden van de brug en begon weer te lopen, nog steeds in de verkeerde richting voor elk weldenkend wezen. Het gevleugelde ding fladderde weer langs me en streek zacht langs mijn huid, maar het licht was te zwak om te zien wat het was. Ik denk niet dat het een vleermuis was, aangezien het snikte.

Vele uren later was de smeulende schietschijf nog steeds recht onder me. Wanneer je een helse slotgracht oversteekt die misschien wel zo breed is als South Dakota, is het denkbeeld van 'dicht bij het midden' nogal betrekkelijk, maar ik werd er allesbehalve vrolijk van.

Ik deed dit alles voor Caz, bleef ik mezelf inprenten – de gravin van de koude handen, de beeldschone, beschadigde jonge meid, gevangen in een onsterfelijk lichaam en verdoemd tot de hel. Nee, het was zelfs niet voor Caz, het was voor wat wij samen hadden, voor de momenten van geluk en vrede die ik in bed met haar had gevoeld terwijl de helse hordes op zoek naar mij de straten van San Judas teisterden. Ja, zij was zelf ook een van die helse dienaren, en ja, ze had me met zoveel woorden gezegd dat ik een voorval van rechttoe rechtaan seks met de vijand in het heetst van de strijd opblies tot een of andere absurde bakvissenromance... maar o lieve Heer, wat was ze lieftallig. Niets in mijn engelenbestaan had me ooit zo doen voelen als zij. Sterker nog, mijn tijd met haar had me geleerd dat mijn leven tot dan toe leeg was geweest. Als dat niet was gebeurd, had ik het misschien allemaal op duivelse kunstjes kunnen gooien – dat ik gewoon was verleid, dat ik gevallen was voor de oudste truc in het boek van de Boze. (Er was nóg een reden waarom ik niet dacht dat ik om de tuin was geleid. Die hield verband met een zilveren medaillon, maar dat vertel ik je later nog wel een keer.) Hoe dan ook, als wat ik voelde voor Caz alleen maar een trucje betrof, een illusie, dan kon de rest me ook gestolen worden.

Liefde. Afgezien van alle flauwe grappen heeft een echte, heftige liefde één ding met de hel gemeen: ze brandt al het andere in je weg.

Ik zat al uren in de hel en gehypnotiseerd als ik was door eindeloos flakkerende schaduwen, kostte het me veel langer dan had gemoeten om te beseffen dat het donkere vlekje op de brug voor me niet zomaar een zoveelste schaduw of een trillend vlekje in mijn gezichtsveld was, maar iets tastbaars. Ik minderde vaart en tuurde; aan mijn dagdroom was een abrupt einde gekomen. Stond het me op te wachten? Had Eligor ontdekt dat ik eraan kwam en had hij me een warm onthaal voorbereid, iets zoals die gehoornde Babylonische nachtmerrie die ik indertijd in San Judas amper had weten te overleven? Het enige dat die laatstgenoemde had gestuit was een kostbaar stukje zilver, het medaillon van Caz, maar ik had op dat moment niets van dien aard bij me. Ik was naakt, zat in een nieuw lichaam en droeg geen wapen. Ik had nog niet eens een stok.

Toen ik dichterbij kwam, zag ik dat de gedaante niet rechtop stond zoals een man, maar op handen en voeten als een dier. Van nog dichterbij kon ik zien dat het van me vandaan kroop, wat me voor het eerst sinds ik op deze duivelse brug was gestapt een gevoel van opluchting gaf. Mama Dollars knul is geen sul, of in ieder geval nu even niet; terwijl ik die eenzame kruiper begon in te halen, vertraagde ik mijn pas om het wezen te kunnen bestuderen.

Het zag er menselijk uit maar bood een onaangename aanblik, als een blind, onbeholpen insect. Zijn handen waren plomp en zonder vingers, het lichaam was verwrongen, en zelfs voor die sombere plek kaatste het maar weinig licht terug: het leek niet zozeer een tastbaar iets als wel een veeg op het vlak van de werkelijkheid. Ik liep er nu vlak achter, maar het leek zich niet bewust van mijn aanwezigheid en bleef kruipen als een kreupele boeteling, zich voortslepend alsof iedere beweging ellendig veel moeite kostte. Alleen al de traagheid waarmee het voortkroop deed me mezelf afvragen hoe lang het zich al op die brug bevond.

Ik wilde het wezen niet inhalen, niet op dat smalle stuk. Dat het traag en stom leek, wilde nog niet zeggen dat het me niet zou aanvallen. Ik overwoog er gewoon overheen te springen, maar ik vertrouwde de ondergrond ook niet.

'Wat doe je?' vroeg ik. 'Ben je gewond?'

Het plotselinge geluid van mijn nieuwe raspende duivelsstem bracht zelfs mij aan het schrikken, maar het kruipende wezen gaf er geen blijk van dat het me had gehoord. Ik probeerde het nog eens.

'Ik moet erlangs.'

Niks. Als dat kruipende wezen niet doof was, had het daar wel alle schijn van.

Gefrustreerd bukte ik uiteindelijk omlaag en rukte ik aan zijn been om zijn aandacht te trekken, maar hoewel de mannengedaante stevig leek, was het zo broos als een schuimpje en het hele lichaamsdeel brak af in mijn greep en verbrokkelde tot schilferende stukken, zodat er onder de knie niets achterbleef. Van afgrijzen liet ik het grote stuk been vallen. Het viel in stukken uiteen, waarvan vele traag over de rand van de brug stuiterden en in het duister verdwenen. Het wezen stopte uiteindelijk lang genoeg met kruipen om zich naar mij te keren – ik ving een glimp op van een grauw gezicht met lege holtes waar de ogen hadden moeten zitten en een al even leeg gat voor de mond, opengesperd van verbazing of afgrijzen. Toen rolde het opzij alsof het door het verlies van het been uit balans was geraakt, en tuimelde zonder een kik te geven van de brug.

Uit het veld geslagen stapte ik over de vettige schilfers die er nog lagen en liep door.

Wat dat verkruimelende gedrocht ook was geweest, het was niet de enige in zijn soort. Niet lang daarna haalde ik de volgende in, die op dezelfde kreupele manier voortkroop naar de nog steeds onzichtbare wallen van de hel. Ik probeerde deze voorzichtig te porren om zijn aandacht te trekken. Het wezen leek zo broos als zeeschuim, maar alleen al de aanraking met mijn vingertop maakte me misselijk. Hoe kon iets immaterieels zijn gedaante bewaren, laat staan voortkruipen met zo'n blinde volharding?

*Maar dit is dan ook de hel*, herinnerde ik mezelf, *of in ieder geval een van de buitenwijken ervan.* Hier was niets normaal.

Ik prikte er weer in en evenals zijn voorganger draaide het zich om, maar deze reikte naar me met zijn vormeloze handen, en van angst en walging deed ik een stap achteruit en schopte ernaar, het recht in zijn reet rakend. Met een zacht gekraak brak het in een aantal grote stukken. Ik waadde erdoorheen, hoewel ze nog steeds langzaam kronkelden, en schopte er een paar van de diepte in. Ik bleef niet staan kijken hoe ze vielen.

Terwijl de uren voorbijgleden, of dat tenminste op iedere andere plek zouden hebben gedaan, stuitte ik op nog meer van die afzichtelijke wezens. Ik had het idee om met ze te communiceren opgegeven, schopte ze simpelweg opzij en waadde door de levende resten; toen ik een aantal van hen had verbrijzeld, begon me een geur aan mijn huid op te vallen, als een vleugje van een aanstekerbrandstof in de as van een barbecueplek. Die wezens waren traag en dom als stervende termieten, en walgelijk op een manier die ik niet eens kan verklaren; ik wilde ze stuk voor stuk verpulveren tot poeder, hun atomen doen verstuiven in het niets. Ik begon zelfs het beetje verstand dat me nog restte te verliezen.

Vreemd genoeg was hetgeen dat me redde de hel zelf. Ik had net mijn weg door een hele reeks van die kronkelende wezens gebaand, mezelf en de leegte aan weerszijden van de brug met asdeeltjes bestuivend, en stond voorovergebogen te midden van de laatste dwarrelende vlokjes toen ik besefte dat de brug niet langer verdween in het niets voor me. Die vreselijke spanne had een eindpunt; iets wat ik alleen nog maar had aangenomen omdat ik dat wel moest. Nu kon ik het vóór me zien – een muur van gebroken zwarte stenen met een gigantische poort van roestig ijzer er middenin, zo hoog als een wolkenkrabber. Maar duizenden van die grauwe, stompzinnige griezels kronkelden nog altijd tussen mij en die poort in.

Ik durf te wedden dat sommigen van jullie zich niet kunnen voorstellen wat er zo erg aan was om je weg te banen tussen wezens die op geen enkele manier weerstand boden, die bezweken onder mijn aanraking als as in een open haard. Stel je dan dit voor: er was dan misschien niets van ze over dan een grove vorm, zoals de doden van Pompeï die waren gepreserveerd in de gloeiende as die de Vesuvius had uitgebraakt, maar ze waren allemaal ooit mensen geweest.

Zie je, toen ik het laatste stuk liep, mijn weg banend door de kruipende gedaantes, een werveling van dwarrelende verpulverde fragmenten veroorzakend tot ik mijn eigen voeten of de brug niet eens meer kon zien, besefte ik eindelijk wat zij waren. Geen verdoemde zielen. Dat zou al erg genoeg zijn geweest, maar dit waren geen gevangenen van de hel. Ze probeerden niet te ontsnappen – ze probeerden er binnen te komen. De gedaantes waren zielen die waren verdoemd tot het voorgeborchte, de essenties van talloze mensenlevens – mislukte maar niet onoverkomelijk slechte levens – maar om wat voor reden dan ook werden zij, die ooit mannen en vrouwen waren geweest, zo verteerd door hun eigen zelfhaat dat ze voor altijd bleven kruipen naar de plek waar ze meenden thuis te horen.

Ik had medelijden met ze moeten hebben, maar het begrijpen maakte het alleen maar erger. Toen ik de muren van de hel naderde, verdromden deze wezens zich zo hevig als insecten die zwermden rondom een hete lamp, aangedreven door een zelfvernietigingsdrang die ze zelf niet konden begrijpen. Ik was te uitgeput om iets te zeggen, maar vanbinnen schreeuwde ik het uit. Ik maaide in het wilde weg door de drommende massa alsof ik zwom, tot alles wat ik was en ooit was geweest oploste in een waanzinnige werveling van vettige vlokken en dwarrelend, naar kerosine ruikend stof, tot ik niet langer wist waar ik was, laat staan waar de brug was – het enige dat tussen mij en de leegte in stond. Het feit dat ik niet viel, is het ene bewijs dat ik ooit nodig zal hebben dat er iets of iemand boven mij wilde dat ik bleef leven.

Kreunend en naar adem snakkend, stopte ik om de lucht te happen en besefte ik opeens dat er niets voor mij stond dan de enorme roestige ingang en het kale zwarte gesteente: ik had de schaduwen onder de poort bereikt. De krioelende kruipers bevonden zich nu achter me, gevangen op de brug als door een onzichtbaar hek. Die zielige, zichzelf hatende wezens hoorden niet in de hel, dat dachten ze alleen maar. Ze zouden niet worden toegelaten.

Maar Bobby Dollar? Blijkbaar lag het met mij anders. Er waren geen bewakers of wat ook om mij te beletten naar binnen te gaan. Alleen het gezonde verstand, dat ik al lang geleden had opgegeven. Naar de charmante maatstaven van de hel hadden ze praktisch de welkomstmat neergelegd. Maar ik denk niet dat ik te veel verklap als ik je vertel dat het heel wat minder makkelijk zou worden om er weer uit te komen.

# 1
# Verliefde praat

We hadden eigenlijk maar één nacht samen gehad. En ik herinner me er nog elk moment van.

*'Hoe is dat eigenlijk, leven in de hel?'*
*'O, heerlijk. We drinken de hele dag milkshakes, we biljarten en roken sigaren en veranderen helemaal niet in ezels.'*
*'Klinkt meer als Speelgoedland, uit Pinokkio.'*
*'Shit. Je hebt me door.'*
*'Kom op, mens, het was een serieuze vraag.'*
*'Nou, misschien heb ik wel geen zin om die te beantwoorden, vleugelmans. Is dat serieus genoeg?'*
*We lagen naakt in Caz' geheime stekkie en hadden net voor de eerste keer de liefde met elkaar bedreven (nou, om precies te zijn de eerste, tweede en tweeënhalfde keer). Haar hoofd lag op mijn borst en haar benen zaten om mijn middel geklemd als een tweekleppig dier dat meedogenloos probeerde tot overgave te dwingen. Ik streelde haar haren, van een zo bleek goud dat je alleen in het volle zonlicht kon zien dat het niet wit was.*
*'Zo erg?'*
*'O, knappe knuppel, je hebt geen idee.'* Ze richtte zich op een elleboog op om mij in het gezicht te kunnen kijken. Ze was zo adembenemend mooi dat ik op slag vergat waar we het over hadden en haar bleef liggen aanstaren alsof ik niet helemaal jofel was. Dat moest ook wel zo zijn, want waarom zou een dienaar van de hemel anders van bil gaan met een onderdaan van de hel? *'Niet zomaar erg,'* zei ze tegen me. *'Erger dan je je maar kunt voorstellen.'*
*Ik bleef me maar afvragen hoe iemand, al was het een van de hoge heren van de hel, die schitterende schoonheid kwaad kon willen doen. In officiële*

*terminologie had ze een gezicht als een renaissance-engel, beeldschoon en broos, vol verheven gedachten, maar in werkelijkheid zag ze eruit als het onschuldigste en ondeugendste kostschoolmeisje. Als ik niet zeker wist dat Caz al leefde vóór Columbus uit varen ging, zou ik me heel schuldig hebben gevoeld na alles wat we net hadden gedaan. Ik begon te geloven dat ik op deze vrouw verliefd was, maar ze was natuurlijk helemaal niet echt een vrouw, ze kwam uit de hel. Denk daar maar even over na, dan zul je begrijpen waarom ik niet al te lang bij onze situatie wilde stilstaan.*

'*Sorry. Ik had niks moeten zeggen...*'

'*Nee! Nee, wees maar blij dat je het niet weet, Bobby. Ik wil dat je zo blijft. Ik wil dat je er nooit achter komt wat voor plek dat is.*' *En toen omarmde ze me opeens zo innig dat ik even dacht dat ze dwars door me heen wou kruipen en op de een of andere manier er aan de andere kant wou uit komen. Haar kleine lijfje leek zowel het meest tastbare als het meest kwetsbare ding dat er op aarde bestond.*

'*Ik laat je niet teruggaan,*' *zei ik.*

*Ik dacht dat ze lachte. Pas later besefte ik dat het geluid iets anders was geweest, iets veel complexers. Haar benen klemden zich steviger om mijn middel; ik voelde haar natheid tegen me aandrukken.* '*Natuurlijk niet, Bobby,*' *zei ze.* '*We gaan allebei nooit meer terug. We blijven hier voor altijd en eeuwig milkshakes drinken. Kus me, jij engelachtige lulhannes.*'

*Heb je al eens meegemaakt dat iemand van wie je hield stierf? Alles wat je voelt en blijft voelen, terwijl diegene er gewoon niet meer is? Dat blijf je maar met je meedragen – al die dingen die je hem of haar niet had verteld, alles wat je stom deed, al die manieren waarop je diegene mist. Het voelt als een enorme instortende muur rechtop houden, alsof je een held in een film bent die wacht tot iedereen veilig is, maar je weet al dat je zelf niet aan de dood zult ontsnappen – dat het gewicht je uiteindelijk zal verpletteren.*

*Heb je al eens meegemaakt dat iemand je in de steek liet en je vertelde dat hij of zij nooit echt van je had gehouden? Dat je een loser bent, tijdverspilling, en dat ze nooit wat met je had moeten beginnen? Ook dat draag je met je mee, maar in plaats van een ondraaglijke last is het meer iets als een afschuwelijke brandwond, de zenuwuiteinden zijn verschroeid en blijven gillen als een sirene, een pijn die van tijd tot tijd afzwakt tot een bitter, bijtend steken, maar dan opeens weer onverwacht oplaait tot een onverdraaglijke pijn.*

*Nog eentje: heb je wel eens meegemaakt dat iemand datgene stal dat voor jou het allerbelangrijkste was? En je vervolgens in je gezicht uitlachte? Je hulpeloos en ziedend achterliet?*

*Oké, stel je nu voor dat al die drie dingen tegelijk plaatsvonden, met dezelfde vrouw.*

*Haar naam was Caz, voluit Casimira, ook wel de gravin van de koude handen genoemd, een duivelin van hoge stand en zo'n beetje het meest betoverende schepsel dat ik ooit had gezien. Toen we elkaar ontmoetten stonden we aan de tegenovergestelde kanten in de eeuwenoude strijd tussen de hemel en de hel. We vrijden met elkaar en beseften allebei dat het ontzettend stom en verschrikkelijk gevaarlijk was. Maar iets bracht ons bij elkaar, hoewel dat een verdomd lullige, suffe omschrijving ervan is. De vonken sloegen ervanaf – nee, het was een ziedend vuur dat in me bleef laaien, nog lang nadat ze was vertrokken. Op sommige dagen leek het mij te verzengen tot as.*

*Caz behoorde toe aan Eligor, een van de groothertogen van de hel. Na onze affaire, ons liefdesavontuur, hoe je het ook wilt noemen, keerde ze bij hem terug – ze probeerde me zelfs wijs te maken dat ze nooit om me had gegeven. Maar weet je, daar geloofde ik nou eens niets van. Ik was er zeker van dat zij ook iets had gevoeld, want anders klopte er niets meer. Ik bedoel dat dan echt alles op zijn kop zou staan, boven zou beneden zijn, zwart wit, de wereld toch plat.*

*Noem me stom, maar daar wilde ik niet aan. Dat kon ik niet. Bovendien had ik een wat concretere reden om te denken dat ze wel van me hield. Geen zorg, daar komen we snel op terug.*

*Hoe het ook zij, Eligor haatte mij nu omdat ik zijn 'bezit' had bepoteld (oké, ook om wat andere redenen, bijvoorbeeld dat ik zijn secretaresse had doodgeschoten, zijn lijfwacht had laten opeten en in het algemeen steeds zijn plannetjes had gedwarsboomd). Het machtsevenwicht tussen ons werd bovendien op een belachelijke manier in het voordeel van Eligor verstoord: hij was van helse adel, ik een onbeduidende middenstander die bij mijn superieuren al een aardig negatieve reputatie had opgebouwd. Waarom ik nog niet dood was? Omdat ik die veer bezat – de gouden veer uit de vleugel van een hoogstaande engel die een illegale deal markeerde die was gesloten tussen de groothertog Eligor en iemand in de hemel wiens identiteit ik nog altijd niet kende. Eligor wilde beslist niet dat dit bekend werd, en zolang ik hem veilig had weggestouwd, wist ik zeker dat hij me met rust zou laten. Aan de andere kant, Eligor had Caz, en hij had haar meegenomen naar de hel, ver buiten mijn bereik. Een echte patstelling. Dat dacht ik tenminste toen dit alles begon. Later zou blijken dat ik uit de meest nietszeggende aannames een kaartenhuis had opgetrokken.*

*Oeps. Ik loop op de zaken vooruit. Er gebeurden nog heel wat dingen voordat ik zelfs nog maar van de Nerobrug had gehoord, en ik kan je waarschijn-*

*lijk beter eerst over een paar van die dingen vertellen voordat ik terugkeer naar wat er gebeurde toen ik van de brug af stapte, de hel in.*

*De nieuwste episode van de nog lang niet afgelopen waanzin die mijn hiernamaals behelst, begon met wat normale mensen een sollicitatiegesprek zouden noemen. Alleen zouden normale mensen niet worden ondervraagd door een groep geïrriteerde hemelbewoners die letterlijk een onsterfelijke ziel met een enkel woord konden vernietigen. Zelfs de arme stumpers die voor Trump werken hoeven zich dat niet te laten welgevallen.*

## 2
# Een hemels gericht

Ik was naar de hemel geroepen, om precies te zijn naar de Anaktoron, de grote raadskamer waar ik al eens eerder was geweest, een verbijsterende architectonische onmogelijkheid met hemelhoge plafonds, een zwevende tafel van zwart steen en een rivier die dwars door het midden van de vloer stroomde. Mijn aartsengel, Temuel (zeg maar mijn chef) bracht mij naar binnen in het imposante gebouw en trok zich toen discreet terug. Zwevend aan de andere kant van de stenen tafel, alsof iemand een kandelaar had weggerukt en de vlammen zwevend achterliet in de lucht, bevonden zich de *eforen* – mijn vijf verkozen inquisiteurs.

'God heeft je lief, engel Doloriel,' sprak de wazige witte vlam die Terentia heette. 'Het eforaat heet je welkom.' Net als de eerste keer dat ik ze had ontmoet, leek Terentia de leiding te hebben, al wist ik dat Karael, de strijdengel naast haar, zo'n beetje zo hoog geplaatst was als iemand maar kon zijn in de hiërarchie van de derde sfeer (die draaide om de aarde en haar bewoners). En naast hem zweefde Chamuel, een nevel die van binnenuit oplichtte, en naast Chamuel bevond zich Anaita, een op een kind lijkende verschijning waarvan de onaangename ervaring mij had geleerd dat ze zo ijzig formeel kon zijn als Terentia. Aan de rand van de groep bevond zich Raziel, een wezen van dof rood licht dat mannelijk noch vrouwelijk was. Al die aanzienlijke engelen waren hoogwaardigheidsbekleders, rechters over de doden en de levenden. Er bestaat geen hogere rang onder de engelen in onze sfeer.

Ik beantwoordde Terentia's groet en probeerde niet iemand te lijken die wacht op zijn blinddoek en sigaret. 'Wat kan ik voor jullie doen, meesters?'

'De waarheid spreken,' zei Chamuel, bijna vriendelijk. 'Het zijn gewichtige zaken waarin je verwikkeld bent geraakt, Doloriel – gevaarlijke zaken – en wij willen er graag uit je eigen mond meer over horen.'

*O, echt? Wat weet jij nou van monden?* vroeg ik me af, aangezien Chamuels gedaante zo vormeloos was als een regenwolk. Maar ik ben niet helemaal van de pot gerukt, dus boog ik slechts het hoofd. 'Vanzelfsprekend.'

En dus stelden de eforen hun vragen en gaf ik mijn antwoorden. Ik probeerde waar mogelijk de waarheid te zeggen (dat maakt het bijhouden van de leugens makkelijker) maar er waren gewoon te veel dingen die ik niet durfde te vermelden, te veel hemelse wetten die ik met voeten had getreden bij mijn pogingen de zaak uit te pluizen. Ze wisten dat mijn duivelse minnares Caz mij informatie had verstrekt, maar ze wisten in geen geval wat er nog meer tussen ons was voorgevallen, wat maar goed was ook, want ik was er vrijwel zeker van dat op heulen met de vijand in engelenzaken de doodstraf stond, en ik was heel wat verder gegaan dan heulen. Ze wisten ook dat mijn maat en partner Sam Riley, ook wel bekend als de advocaat-engel Sammariel, in het geheim had gewerkt voor een groep gijzelaars van zielen van zowel de hemel als de hel, en ze daarvoor in de plaats een Derde Weg had aangeboden die de twee partijen in de eeuwenoude strijd maar al te graag wilden wegvagen. Ze wisten ook dat Sam was ontsnapt, maar gelukkig waren ze er niet achter gekomen dat dat kwam doordat ik hem had laten gaan. (Ze wisten ook niet dat hij had aangeboden mij mee te nemen naar het nieuwe hiernamaals van de Derde Weg. Ik overwoog dat nog steeds wel eens.)

Zoals ik geloof ik al eens heb gezegd, heb ik de hemel nog nooit eerder getrotseerd en voorgelogen. Ik heb natuurlijk veel niet al te engelachtige gedachten voor me gehouden, maar ik heb altijd de waarheid gesproken over wat ik deed en met wie ik dat deed. De laatste paar maanden lag dat echter anders. De waarheid was niet langer een optie. Als mijn bazen ontdekten wat ik had gedaan, zou ik gezonden worden naar de afschuwelijkste afgronden van de hel, of als ik geluk had zou alleen mijn geheugen worden gewist en moest ik opnieuw beginnen, een van de vele hemelse piepkuikens die leerde zijn gewaad schoon te houden en hosanna te zingen.

Dus loog ik en bleef ik liegen.

'... en wat dat laatste betreft, nou, dat staat allemaal in mijn rapport.'

'Hetwelk wij met grote belangstelling tot ons hebben genomen,' sprak Terentia. 'Maar wij hebben u hier gesommeerd opdat u uw wederwaardigheden nog eens kunt ontvouwen, en wellicht met onze hulp details kunt ontdekken die per ongeluk onvermeld bleven in uw rapport.'

Hoe kon je zulke attentheid weerstaan? 'Nou, zoals ik al zei, toen dat monster me in dat vervallen pretpark aanviel, maakte engel Sammariel van de afleiding gebruik en ontsnapte. Ik zag niet waar hij heen ging. Tegen de tijd dat de ghallu dood was, was er geen spoor meer van hem te bekennen. (Het gevecht met die monsterlijke eeuwenoude demon – en het bijna erdoor te zijn verzwolgen – had echt plaatsgevonden, erewoord. Het oepsiepoepsie-Sam-is-foetsiegedeelte niet.)

Raziels duistere licht werd even nog wat donkerder, als een opkomende onweerstorm. 'Maar u en engel Haraheliel waren samen nadat dat helse monster gedood was, of dat bijna was. Hij zegt dat hij bij een van de stuiptrekkingen van het schepsel werd geraakt, maar voordat hij buiten bewustzijn was geraakt, had hij Sammariel het hoofd geboden. Die tegenstrijdigheid verwart ons.'

Er viel een stilte onder de leidinggevende engelen; ik kreeg het onaangename gevoel dat er van alles over mijn hoofd vloog, flarden van gesprekken die ik niet kon horen, maar die mijn lot zouden bepalen, of ik dat nou wilde of niet. Haraheliel was de echte engelennaam van rekruut-advocaat (en bedrijfsspion) Clarence, en proberen het verslag van die knul met mijn verzonnen herinneringen te laten sporen, was een van mijn grootste uitdagingen.

'Het spijt me, meester,' zei ik haastig. 'U heeft natuurlijk gelijk. Toen ik "aangevallen" zei, bedoelde ik de laatste stuiptrekkingen van dat schepsel. Ik dacht dat het dood was – het lag lange tijd roerloos, maar toen sloeg het engel Haraheliel buiten westen met zijn poot en begon weer overeind te komen. Ik schoot er mijn laatste kogels in en eindelijk hield het op met bewegen.' Ik bad – ironisch hè? – dat ik alle details goed op een rijtje had, of tenminste de details van de versie die ik aan de hemelse toehoorders had verteld. Ik had mijn verslag en dat van Clarence al dagenlang bestudeerd als een panische eerstejaars in zijn laatste tentamenweken. Ik heb een betrekkelijk goed geheugen, maar zelfs Einstein zou hier in de Anaktoron zijn vingers naar zijn lippen hebben gebracht om *bl-bl-bl-bl-bl* te doen. 'Toen ik opkeek, lag engel Haraheliel bewusteloos en Sam – engel Sammariel – was verdwenen.' De verleiding was groot om door te blijven bazelen, hamerend op alle belangrijke punten, maar ik hield mijn klep en wachtte af. Weer die overweldigende, zenuwslopende stilte – die duurde maar een moment, maar een moment in de hemel kan echt uren lijken te duren.

'Er is nog iets wat ik niet begrijp, engel Doloriel,' zei Anaita met haar lieve kinderstemmetje. 'Hoe kon u een wezen van de Oude Nacht met slechts wat zilveren kogels verslaan? Het bevreemdt me dat zo'n machtige tegenstander zich even makkelijk laat verslaan als het lage voetvolk van de vijand.'

Omdat het zilver dat ik ten slotte in dat monster pompte meer was dan gewoon zilver. Het was een geschenk van Caz, een kleine zilveren medaillon, het enige waardevolle voorwerp dat haar uit haar leven als menselijke vrouw restte. En ze had het me uit liefde geschonken – daarvan ben ik overtuigd. Het feit dat een monster uit de diepste krochten der tijd was gedood door dat handjevol zilver terwijl het bij alle voorgaande zilveren kogels ongedeerd was gebleven, was een van de belangrijkste redenen dat ik niet geloofde dat wat er tussen mij en Caz was gebeurd louter op helse verleiding had berust. Maar daar kon ik net zomin bij de eforen mee aankomen als met de bewering dat God zelf met een brandend rijtuig omlaag was gekomen en de ghallu onder zijn wielen had vermorzeld.

'Dat weet ik nog steeds niet,' sprak ik zo bescheiden mogelijk. 'Ik pompte in zo'n twee uur tijd de nodige zilveren kogels in zijn bast. Aan het eind... leek het beest zich moeilijker voort te bewegen.' Dat was een leugen. Totdat ik het medaillon van Caz had gebruikt, had het beest de zilveren kogels als snoepjes opgegeten. 'Misschien... had ik...' als ik een ademhalend wezen was geweest, had ik hier even halt gehouden om even heel diep in te ademen, aangezien ik geen goede verklaring had en gewoon heel bang was. 'Ik weet het echt niet.'

'Onderschat een engel van de Heer niet,' zei Karael opeens. Hij richtte zich tot mij, maar zei het duidelijk tegen zijn collega-hoogwaardigheidsbekleders. 'Engel Doloriel is getraind lid van de *counter strike* eenheid *Lyrae* om de vijanden van de hemel het hoofd te bieden, en die engelen zijn zo dapper en taai als er maar zijn. Ik heb al dikwijls aan de zij van onze counter strike eenheden meegevochten. Als er iemand een wezen van een zo eeuwenoud boosaardig geslacht kan ombrengen, is het wel een counter strike veteraan. Of niet soms, Doloriel?'

Ik had hem wel kunnen zoenen, echt. Ik had mijn armen om zijn woeste, knappe, geweldige verschijning kunnen slaan en hem een dikke pakkerd kunnen geven. 'We... we doen ons best, sir. We doen altijd ons best.'

'Precies. Doloriel was een Harp.' Karaels stem leek te rollen en weerkaatsen door de grote raadkamer. 'Een van die moedige zielen die de wallen van de hemel zelf verdedigen – zelfs wanneer degenen die zij beschermen dat niet altijd zullen bedenken. Dat is niet niks.'

Probeerde Karael mij nou vrij te pleiten, alleen omdat hij het niet fijn vond te zien dat de engelachtige equivalent van een ex-militair door pennenlikkers werd vernederd? Of was hier iets anders aan de hand? Jezus, wie hield ik hier voor de gek – in de hemel is er altijd meer aan de hand.

'Vanzelfsprekend, nobele Karael,' sprak Terentia, weer zodanig sprekend dat ik haar kon verstaan. 'Maar deze engel heeft de Lyrae achter zich gelaten, nietwaar?'

Ik begreep maar niet wat hier aan de hand was, en dat maakte me weer bang. Waarom bekvechtten de hoge pieten ten overstaan van voetvolk als ik? Dat sloeg nergens op.

'Doloriel verliet de counter strike eenheid omdat hij zwaargewond was geraakt in de strijd tegen de helse machten.' Karael klonk bijna defensief.

'En nu dient hij het Opperwezen als lid van Zijn heilige advocatuur,' sprak de geslachtloze Raziel met een stem als vredige muziek. 'Het verdedigen van zielen die dat verdienen tegen de listen en lagen van de hel.'

'Dat mag zo zijn,' antwoordde Anaita. 'Maar het was een van diezelfde advocaten die met leden van de oppositie samenspande om die vermaledijde Derde Weg te creëren, waarmee alle ellende begon. En hoewel het geen twijfel lijdt dat engel Doloriel een dapper strijder en effectief advocaat is geweest, kan niemand het feit weerleggen dat hij... problemen lijkt aan te trekken.'

'Het is waar,' sprak Raziel langzaam, 'dat er sinds ik de advocatuur heb opgericht tijden zijn geweest dat ik me afvroeg of we wellicht te veel verwachten van de uitverkorenen door van ze te verlangen dat ze weer aardse lichamen zouden dragen, door ze bloot te stellen aan alle verlokkingen en wanhoop waarmee de levenden iedere dag op aarde worden bestookt.'

Ze gingen weer geluidloos verder met overleggen, wat maar goed was ook, aangezien ik ze daar waarschijnlijk stond aan te gapen alsof iemand een fles op mijn hoofd had stukgeslagen. Had Raziel de advocatuur opgericht? Dat was nieuw voor mij – ik had zelfs nooit anders gehoord dan dat we ons bestaan dankten aan een hemels bevel van het Opperwezen zelf. Hoe belangrijk waren deze vijf engelen dan wel niet? En waarom verspeelden ze zoveel tijd aan die onbeduidende Bobby Dollar?

Toen kwam er een idee in me op; het bekroop me als mist en bezorgde me de rillingen over mijn onstoffelijke rug. Hier gebeurde iets wat veel verder ging dan een hoorcommissie, of zelfs dan een vergadering over iets wat voor deze hoge engelen zo belangrijk was als de afvalligen van de Derde Weg. Sam had me al verteld dat hij was benaderd door een vermomde engel die zich Kephas noemde, en alles aan Kephas had machten voor de geest geroepen die veel verder gingen dan die van een hemelse rang, zoals de Handschoen van God die het aan Sam had gegeven, een machtsvoorwerp of wat het ook was waarmee hij zoveel verbijsterende dingen had kunnen klaarspelen. Zou Kephas, de revolutionair die achter de Derde Weg zat, een hooggeplaatste engel kunnen zijn zoals dit vijftal eforen? Of was het, nog gekker en verontrustender, misschien een van die Vlammende Vijf zelf?

De spelletjes die in de hemel worden gespeeld zijn ongelooflijk subtiel, maar ook uitermate dodelijk – nee, erger dan dodelijk, aangezien het lot van de verliezer een eeuwigdurend branden behelst. Waar was ik in verzeild geraakt? En hoe moest ik voorkomen dat ik een Bobby-kleurig vlekje in de malende raderen van de hemelse politiek werd?

'Engel Doloriel,' sprak Terentia opeens, zo abrupt inbrekend in mijn gedachten dat ik bijna piepte van schrik. Gelukkig deed ik dat niet, aangezien het normaal niet de bedoeling is dat engelen piepen.

'Ja meesteres?'

'Wij moeten alles wat u ons heeft verteld overwegen. We spreken u later nader. Sta klaar om opnieuw gesommeerd te worden.'

En opeens was alles weg, de vurige eforen en de stralende grootsheid van de raadkamer van het Anaktoron, en bevond ik me weer in bed in mijn schamele appartement, weer terug in mijn miserabele, huiverende menselijke gedaante. Het was buiten nog steeds donker, maar ik wist vrijwel zeker dat ik de slaap niet meer zou kunnen vatten.

## 3
# Terug van weggeweest

Ik kan maar een beperkte tijd naar vier muren staren zonder een beetje kierewiet te worden. Dat was die ochtend na mijn inquisitie nog erger, omdat bijna alles wat ik had nog in dozen op de vloer van mijn nieuwe appartement stond, en het schamele aantal van die dozen deed me overdenken hoe weinig mijn bestaan behelsde. Ik denk dat een hoogstaande dienaar Gods trots had moeten zijn op zo'n sober, monnikachtig bestaan (als een krat met jazz- en blues-cd's en wat dozen vol autobladen met hier en daar een *Playboy* of *Penthouse* ertussen als monnikachtig kan worden bestempeld), maar mij maakte het alleen maar mistroostig. Als ik als monter engeltje nijver mijn hemelse werk had gedaan was dat waarschijnlijk niet zo geweest, maar ik had altijd het gevoel gehad dat het hiernamaals op een of andere manier meer moest inhouden. Nu ik elke dag met een Caz-vormige leegte in me wakker werd, wist ik wat het was – maar dat betekende nog niet dat ik het ooit zou krijgen.

Ik had gezworen dat ik haar terug zou halen, en ik had dat gemeend. Dat deed ik nog steeds, maar het vuur van mijn woede was, nu er enkele weken voorbij waren gegaan, wat afgezwakt en ik was gaan beseffen hoe onwaarschijnlijk het wel niet was dat ik dat voor elkaar zou kunnen krijgen. Om te beginnen bevond Caz zich weer in de hel, en niemand banjert zomaar de hel binnen, net zomin als dat je de hemel zonder reservering binnenstapt: je maakt zelfs meer kans om met een boodschappenwagentje Fort Knox binnen te rijden om goudstaven in te slaan. Zowel de hemel als de hel zijn totaal 'van de kaart', waarmee ik bedoel dat ze zich zo goed als zeker niet op onze goeie ouwe tastbare aarde bevinden. En zelfs als ik erin zou slagen daar naar binnen te sluipen, zou er nog dat kleine probleempje zijn dat ik een engel was. Verdacht? Best wel.

En ten slotte was daar nog het feit dat Caz op dit moment onvrijwillig bezit was van Eligor de Ruiter, groothertog van Hades, die al te kennen had gegeven dat hij me een slordige eeuwigheid zou martelen zodra hij wat andere klusjes had afgehandeld. Ik betwijfel of zelfs Karael er met een compleet hemels legioen in zou slagen Caz bij hem weg te krijgen. Het hele project was in feite gewoon een ingewikkelde, pijnlijke zelfmoord van de ziel.

Maar godallemachtig, iedere ochtend dat ik wakker werd zonder Caz aan mijn zij deed het pijn. En iedere nacht dat ik in mijn eentje in dat schamele kamertje aan de Beech Street in bed kroop, ging ik liggen en overdacht ik manieren om haar terug te krijgen. Maar het enige waar ik nooit in slaagde, was een manier bedenken waarop we samen gelukkig en gezond zouden zijn.

Als ik de hemel ook maar een beetje kende zou ik een paar dagen lang niets meer horen van mijn inquisiteurs: als ze daar ergens een overvloed van hebben, is het wel tijd. Het zou me niets hebben verbaasd als ik zou merken dat ze allemaal nog steeds in die vergaderzaal rondzweefden en elkaar aftroefden, en dat ze nog niet eens begonnen waren over mijn lot te beraadslagen. Zo'n beetje het ergste wat ik kon doen was rondhangen in mijn kleine appartement en wachten tot de hemel me opriep, zelfs als ik niet geneigd was om hartverscheurende Caz-gedachten te koesteren, dus verzon ik een paar dringende klusjes voor mezelf, om me een reden te geven vroeg uit de veren te zijn.

Ik nam een taxi naar Orban de wapensmid. Hij is degene die een paar eeuwen terug kanonnen voor de sultan maakte voor de belegering van Constantinopel. Zo pakte dat uit: sultan wint, Constantinopel valt, christelijke wereld is knap pissig op Orban. Omdat hij beseft dat hij nooit in de hemel zal komen, weigert hij te sterven en heeft dat nog steeds niet gedaan. (Zo vertelt hij het tenminste, en ik ben niet van plan hem tegen te spreken, vooral omdat de dingen die hij me levert mijn huid en ziel al vele malen hebben gered.)

Hoe dan ook, Orban bepantsert ook auto's, en hij had nog steeds mijn op bestelling gebouwde Matador in opslag in zijn garage staan, maar hoewel ik nu genoeg geld bezat om hem terug te kopen, begon ik te denken dat een glanzende, koperkleurige patserwagen misschien niet het beste vervoermiddel zou zijn voor een kerel die zo'n grote groep vijanden aan het verzamelen was. Wat had het voor zin om steeds een nieuw appartement te betrekken en dan die vlammende bolide ervoor te parkeren? Niet dat ik die auto weg ging doen – ik had er te veel geld en zweet en vrije tijd in gestoken – maar ik moest een ander vervoermiddel vinden voor dagelijks gebruik. In mijn werk als advocaat-engel rijd ik veel rond, op alle tijden van de dag en de nacht. Ik ging echt niet om drie uur 's ochtends bij een bushalte zitten wachten in de hoop dat lijn 11 me door de stad op tijd aan iemands doodsbed bracht om de stervende bij te staan.

Orban was op dat moment niet in de winkel, maar een van zijn medewerkers, een bebaarde vent die eruitzag alsof hij zich op zijn gemak zou hebben gevoeld met een papegaai op zijn schouder terwijl zijn kiel werd gehaald of zoiets, herkende me en deed de garage open, een langwerpig gebouw op de pier tegenover Orbans wapenwerkplaats. De meeste van de voertuigen waren binnengebracht voor een of andere aanpassing, meestal bepantsering, maar de eigenaars waren ofwel blut geraakt of ze hadden die bepantsering wat eerder kunnen gebruiken, en Orban was blijven zitten met de voertuigen die ze hadden achtergelaten. Hij had er een paar verkocht, vooral wanneer het bepantseringswerk al was voltooid, en had de rest bewaard om er reserveonderdelen af te stropen.

De vent met de piratenbaard wandelde terug naar wat voor vernietigingswapen ook waaraan hij had zitten werken, en liet mij door de rijen grilles dwalen, waarbij mijn voetstappen weergalmden van het vlekkerig beton onder mijn voeten naar het gewelfde aluminium plafond. De meeste auto's waren enorme limousines en oude Amerikaanse luxe sedans die Orban moeilijker kwijtraakte dan de Hummers en opgepimpte SUV's waar de moderne drugdealers de voorkeur aan gaven. Een van Orbans klassieke oldtimers, een Pontiac Bonneville, was door de ghallu als aluminiumfolie uiteengerukt, dus ik had een nieuwe auto nodig. Ik staarde een poos met pijn in het hart smachtend naar een toegetakelde maar goedwerkende Biscayne uit 1958 die met wat schuren en een nieuw likje verf me een heel tevreden man zou hebben gemaakt, maar hij was gewoon te interessant voor mij. Als ik interessant wilde zijn, zou ik in mijn Matador rond blijven toeren. Onopvallendheid was wat ik nodig had, al druist dat compleet tegen mijn aard in.

Helemaal achterin, als het onderdeurtje van het wagenpark vanwege zijn geringe omvang en ingedeukte neus, stond een Nova Super Sport uit 1969. De lak die resteerde was een laag van verbleekt zuurstokrood, maar die zou ik kunnen overspuiten in een minder opvallende kleur. In zijn tijd was het waarschijnlijk een heel kek bakkie geweest – de SS had een standaard 350 inch V-8 – maar hoewel het chassis op zich oké was, zag het eruit alsof het niet zou misstaan op blokken in de voortuin van iemands *mobile home*. Net wat ik zocht dus.

Ik liet een briefje achter voor Orban waarin ik vroeg wat hij voor de Super Sport wilde krijgen, en liep toen terug van de Salt Piers via het snelwegviaduct, zodat ik flink trek had gekregen (en flink wat tijd had gedood) tegen de tijd dat ik bij Oyster Bill's aankwam. De gedachte dat ik daar nooit meer samen met Sam zou eten was een beetje ongemakkelijk, aangezien we er samen veel tijd hadden doorgebracht, maar het voelde ook alsof ik zijn nagedachtenis eer aandeed.

De waarheid was dat ik eigenlijk niet wist wat ik van Sam moest denken en wat er met hem was gebeurd. Als je iemand zo lang hebt gekend als ik Sam Riley, ook wel advocaat-engel Sammariel genoemd, wanneer je samen dronken bent geworden, samen aan vuurgevechten hebt deelgenomen en in elkaars bijzijn tientallen mensen hebt zien sterven, krijg je het gevoel dat je zo'n beetje alles van diegene wel weet. Toen ik dus ontdekte dat hij voor die geheimzinnige engel Kephas en die geheime Derde Weg-operatie had gewerkt, in feite onder de vleugels van de hemel een geheim spelletje had gespeeld, pal onder de neus van mij en alle anderen... nou, ik wist nog steeds niet goed hoe dat alles viel te rijmen. De laatste keer dat wij elkaar spraken, net voor hij door een sidderende deur was gestapt naar een plek die ik nooit eerder had gezien, leek hij behoorlijk veel op de Sam met wie ik zo vaak had ontbeten in ditzelfde restaurant, terwijl we toekeken hoe toeristen werden uitgeschud door plaatselijke havenbewoners, zowel legaal als anderszins. Maar al die tijd, of tenminste de laatste paar jaar, had hij al dat Derde Weg-gedoe voor mij verzwegen. Dat zet je aan het denken, en eerlijk gezegd had ik tegen die tijd niet meer zo'n zin om te denken. Toch miste ik hem en zijn grote boerenharses. Ik vroeg me onwillekeurig af of we elkaar ooit nog zouden terugzien, en hoe dat zou zijn.

Na de lunch verzon ik nog wat klusjes, leverde een mand vol vuile was af bij Lavanderia Michoacan en haalde wat koppelstukken op bij de Radio Shack zodat ik eindelijk mijn tv weer aan de praat zou kunnen krijgen, en ging toen weer naar huis. Ik kocht nog wat burrito's die ik in de magnetron kon gooien als ik honger kreeg. Het geklooi met de tv duurde langer dan had gemoeten – door de manier waarop het wandcontact was geplaatst had ik mijn toestel midden op mijn bed moeten zetten – dus moest ik terug naar de Shack voor een langere kabel. Toen ik, voor de tweede keer, thuiskwam, schonk ik mezelf een drankje in. Oké, misschien twee. Tegen de tijd dat ik ze achterover had geslagen, was de zon al weggezakt, en gaf de televisie het enige licht in de kamer. Ik warmde een burrito op en bekeek de wedstrijd van de Giants (ze speelden tegen de Pirates in Pittsburgh) tot de roes van de wodka genoeg was afgezwakt dat ik de muren begon te bekijken, die dichterbij leken dan zou moeten. Ik had dat gevoel al vaker gehad, en ik geloof niet dat het kwam doordat mijn appartement nog kleiner was dan het vorige. Na een tijdje kreeg ik behoefte aan nog meer drank, maar in plaats van mezelf nog wat in te schenken, stond ik op, trok ik mijn schoenen en jas aan en ging ik naar de Kompassen, waar ik tenminste samen met andere mensen zou drinken, een beproefd excuus om geen alcoholist te zijn. Ik had niet echt zin om erheen te gaan, aangezien ik wist dat al mijn advocaat-engelenmakkers me zouden gaan vragen naar mijn verhoor, maar het idee om naar een andere kroeg te gaan waar ik niemand kende, stemde me nog somberder. En ik was er vrijwel zeker van dat als ik het appartement niet verliet, ik de volgende ochtend helemaal aangekleed en met een pijnlijke kater voor de tv zou liggen, terwijl walgelijke mensen in een of andere ontbijtshow zaten te klessebessen, iets wat volgens mijn stellige overtuiging een van de kwellingen van de hel is. Er waren wat te veel van zulke ochtenden geweest sinds ik Caz door Eligor had laten schaken. Dus op naar de Kompassen.

Dat is een engelencafé – hét engelencafé in de binnenstad van San Judas. Het bevindt zich in het oude Alhambra-theater nabij het Beegerplein, een voormalig trefpunt van de Vrijmetselaars. Het wapen van de vrijmetselaars, de winkelhaak en de passer, hangt nog altijd boven de deur. Een groot deel van die tent was onlangs door een Soemerische demon verwoest (die toevallig achter mij aan zat) maar hoewel er nog steeds blijken waren van werk in uitvoering, was de bar weer min of meer bij het oude.

De Kompassen was zoals te verwachten viel rumoerig, en de vaste stamgasten waren present – het voltallige Gevederde Koor, zoals we ons soms noemen. (We hadden dat zelfs ooit op softbalshirts laten zetten, maar we verlieten de plaatselijke club vroegtijdig toen we ontdekten dat we echt verondersteld werden op te dagen en softbal te spelen.) Chico stond achter de bar, zoals gewoonlijk lijkend op een kruising tussen een Mexicaanse motormuis en een verheven confucianistische geleerde, frunnikend aan zijn snor terwijl hij overwoog welke van de kerels die vals stonden te zingen aan de bar hij als eerste op een droogje zou zetten. De kwelers werden voorgegaan door Jimmy de Tafel, een gezette vent die graag ouderwetse gangsterkostuums droeg en eruitzag als Marlon Brando in *Guys and Dolls*. Hij wuifde naar me toen ik langsliep, maar hield niet op met zingen; hij zat midden in het lied 'Roll Me Over', dat altijd leuker is om te zingen dan om naar te luisteren. Ik was geen van beide van plan. Ik bestelde bij Chico een Stolichnaya en kroop weg in een van de hokjes. Zo'n tien minuten lang sloeg niemand acht op me en zat ik wat te kijken naar Gods rustende en zich vermeiende strijders. Bepaald geen fraai gezicht, al zeg ik het zelf, maar toch wel lachen.

Natuurlijk kon mijn geluk niet al te lang voortduren. De grote, kale en geweldig engelachtige Schattebout kreeg me in de smiezen, kwam naar me toe en gaf me een angstaanjagend gedetailleerd verslag van alle gierigaards en veel te chic geklede poseurs in de club die hij de vorige avond had bezocht, en hoorde mij uit over mijn laatste hemelbezoek. En natuurlijk verscheen Jonge Elvis een paar minuten later en moest ik alles opnieuw vertellen, of in ieder geval de verkorte en gekuiste versie die ik voor publiek gebruik had samengeflanst. Het merendeel van het Koor wist niet eens dat Sam weg was. Het officiële verhaal was dat hij een soort verlof had gekregen, en ondanks de geruchten in de Kompassen sinds zijn verdwijning, wist volgens mij niemand behalve Clarence en ik wat er echt was gebeurd.

Later op de avond kwam Monica binnen met Teddy Nebraska, een engel die ik niet zo goed kende omdat hij aan de andere kant van de stad werkte en daar ook meestal rondhing. Monica was betrekkelijk nuchter, of in ieder geval nuchter genoeg om zich te herinneren dat ik haar de laatste tijd behoorlijk lullig had behandeld, en nadat ze de gedetailleerde versie had aangehoord van wat mij bij de hooggeplaatste engelen was overkomen, ging ze wat gezelliger gezelschap zoeken. Dat was een enorme opluchting, al bleef Teddy Nebraska wel in mijn hokje achter, onhandig over koetjes en kalfjes keuvelend tot hij een excuus had bedacht om haar te kunnen volgen, of in ieder geval mijn sombere aanwezigheid te ontvluchten.

Monica Naber en ik hebben samen veel meegemaakt. Ze is een geweldige vrouw (of engel, of engel-vrouw) maar ik heb nog nauwelijks een woord met haar durven wisselen sinds dat gedoe met Caz begon, niet omdat ik daarmee Monica zou bedriegen – we hebben altijd een heel losse relatie gehad – maar omdat ze me zo goed kent en ik doodsbang ben dat zij al dan niet letterlijk de geur van een andere vrouw op mijn lijf zal ruiken. Normaliter zou dat me niets kunnen schelen – veel van mijn andere relaties overlapten mijn vreemde knipperlichtrelatie met

Monica – maar als iemand in de hemel lucht kreeg van Caz, zou er voor mij niets anders overblijven dan een verschroeid gat in de stoep en de geur van vervliegende ozon.

Ik concludeerde dat het een vergissing was geweest om naar de Kompassen te gaan in plaats van naar een andere kroeg. Mijn mede-engelen wilden gezellig bijpraten, maar wat ik echt wilde doen was stoïcijns in stilte en vol zelfmedelijden zitten tot ik me genoeg vermand had om terug naar huis te strompelen. Ik had mijn baan jarenlang vervloekt, om op alle tijden van de dag en de nacht te worden opgeroepen en door San Judas te moeten jakkeren om voor iemands onsterfelijke ziel te gaan vechten, maar nu begon ik te beseffen hoezeer ik het miste. Op administratief verlof zijn, of in welk bureaucratisch voorgeborchte ik me op dat moment ook bevond, leek te veel op een gevangene zijn van mijn eigen gedachten. Ik had wat afleiding nodig, maar zat niet op andermans problemen te wachten. Ik ben de eerste om toe te geven dat ik niet echt zo iemand ben. Ik bedoel, ik geef wel om mensen, heus, maar eerlijk gezegd hoef ik niet zoveel over ze te horen.

Je begint zeker al te begrijpen waarom ik nooit Engel van het Jaar ben geworden.

Ik had net het gelag betaald en liep al naar de deur toen Walter Sanders binnenkwam. Hij zag eruit alsof hij zelf ook wat drankjes achter de kiezen had, wat niet zo vaak gebeurde: ik had hem wel eens een hele avond met één biertje zien doen terwijl de anderen het bier in grote hoeveelheden achteroversloegen. Hij is een van de engelen die ik graag mag, een gereserveerde vent met een scherp, wat bitterzoet gevoel voor humor. Ik had me al vaak afgevraagd of hij in het hiervoormaals misschien een Engelsman was geweest.

Hij herkende me en bleef staan in de deuropening, nauwelijks merkbaar wiegend. 'Bobby, Bobby D, ik hoopte al dat ik je hier zou aantreffen – ik wil met je praten. Wil je wat drinken?'

'Eerlijk gezegd denk ik dat ik wel genoeg op heb, Walter. Ik wilde net gaan.'

'Oké, best.' Hij schudde het hoofd en toonde een scheve grijns. 'Ik denk dat ik waarschijnlijk ook wel genoeg heb gehad, en ik heb toch geen zin om hierbinnen te praten.' Hij keek om zich heen. 'Te veel luistervinken. Ik loop wel met je mee naar je auto. Als je het niet erg vindt, kunnen we even op de parkeerplaats praten.'

'Ik heb geen auto bij me,' zei ik. 'Ik ben te voet.'

'Dan loop ik met je mee, ten minste een paar blokken.' Weer die half verontschuldigende glimlach. 'De buitenlucht zal me goed doen.'

We gingen naar buiten en sloegen geen acht op Jimmy en de andere kerels aan de bar die geschokt waren om iemand vóór middernacht te zien vertrekken. Een paar gewone mensen kwamen de pizzatent ernaast uit, net toen wij passeerden, en er werd wat geduwd en gebotst, maar die groep liep door naar de parkeerplaats en wij sloegen de Walnut Street in, waar het stil en verlaten was, op een dakloze man na die halverwege het blok in elkaar gedoken tegen de muur zat, slapend met zijn zwarte capuchon over zijn hoofd als een monnik in gebed.

'Wat is er aan de hand?' vroeg ik.

'Ik wil gewoon...' Hij stopte even en dacht na. 'Sorry. Ik weet niet eens zeker of het iets te betekenen heeft, en jij hebt waarschijnlijk al genoeg aan je hoofd, maar ik vond het gewoon zo vréémd...' Hij zweeg weer terwijl hij over de magere benen van de dakloze stapte, die tot halverwege de stoep uitstaken. Die vent had blote voeten, dun en bleek, en hoewel het lente was, benijdde ik hem niet om een nacht op straat zonder schoenen door te moeten brengen.

Ik begon mijn geduld te verliezen en vroeg me af of Walter de hele weg naar huis zou meelopen voor hij me eindelijk kon vertellen wat hij me wilde vertellen. 'Wat zei je ook al weer...?'

'Oké.' Hij lachte even. 'Goed, het is waarschijnlijk het beste als ik...'

Misschien door de drank, misschien omdat hij op iets had getrapt, maar Walter verloor even zijn evenwicht en botste tegen me op, net genoeg om ons allebei uit balans te brengen zodat we van de stoep de straat op wankelden. Hij legde zijn hand op mijn schouder om zijn evenwicht te herwinnen en net op dat moment maakte hij een vreemd keelgeluid: *kchaaa*, een soort oprisping als een kat die probeerde een haarbal op te hoesten, en toen ging het wankelen over in ineenzijgen en viel hij zwaar tegen mijn benen aan; hij stootte me bijna van de stoep af. Ik draaide mee om in evenwicht te blijven en terwijl ik dat deed zag ik over Walter Sanders' ingezakte gestalte de dakloze man staan, vlak achter ons, gebogen in een insectachtige gekromde houding met iets langs, scherps en glanzends in zijn hand geklemd.

'*Het wachtte maar en wachtte maar,*' zei de gestalte met capuchon met een vreemd krakerig stemmetje, en een ogenblik ving ik een glimp op van het gezicht in de holte van de capuchon. Toen kwam achter me een auto de hoek om en baadde hij in het koplamplicht. Hij kromp ineen voor de felle gloed. Een ogenblik later schoot hij weg door Marshall Street, zijn blote voeten flapten over de stoep als regendruppels op een ruit. Ik aarzelde even en probeerde te bepalen of ik hem moest achtervolgen, maar die vent was razendsnel en was binnen de kortste tijd de hoek om verdwenen in de richting van het Beegerplein. Ik zakte op mijn knieën om Walter te helpen opstaan, maar hij was slap en reageerde niet toen ik hem vroeg of hij gewond was.

Ik rolde hem om. Zijn overhemd en jas waren doordrenkt van het bloed, dat paars leek onder de straatverlichting, en er had zich een plas gevormd waar hij had gelegen, een deel ervan begon al als gemorste verf in de goot weg te lopen. Walter Sanders' gezicht was lijkbleek, zijn lippen waren blauw. De inzittenden van de auto waren naast ons gestopt, dus smeekte ik ze het alarmnummer te draaien, en rende toen terug naar de Kompassen om hulp te halen. Tegen de tijd dat ik bij Walter terugkeerde was de eerste patrouillewagen van de SJPD gearriveerd en de brandweerwagen voor noodgevallen kwam een paar minuten later uit zijn nieuwe kazerne een paar blokken verder maar het had echter geen zin meer. Mijn engelcollega ademde niet meer, en hoewel de broeders hem zo goed mogelijk een noodverband omdeden, snel in hun ambulance stouwden en naar het Sequoia Emergency brachten, met zwaaiende lichten en loeiende sirenes, zou dat niets meer uitmaken. Walter Sanders, of tenminste het lichaam waarin hij had geleefd, was zo dood als een pier.

Maar terwijl ik daar stond en de geschokte vragen van de Kompassen-stamgasten over me heen liet komen, dacht ik zelfs nauwelijks aan Walter. Ik nam aan dat hij wel zou terugkeren, misschien zelfs al de volgende dag, door de jongens van boven overgeheveld in een nieuw lijf, en dat hij een fascinerend verhaal te vertellen zou hebben voor iedereen die er deze avond niet bij was geweest. Ik had het fout, maar dat zou pas veel later blijken.

Nee, de reden dat ik daar in de rondzwiepende rode en blauwe zwaailichten van de politiewagens zo sullig stond te wachten om te worden ondervraagd, zoals een normaal menselijk slachtoffer van een normale menselijke tragedie zou doen, was omdat ik het gedrocht had herkend dat Walter had neergestoken; ik had het fluisterstemmetje herkend en de kortstondige glimp van kleine misvormde tandjes. Ik wist zonder hem te hebben gezien hoe de wond vlak onder Walter Sanders ribben eruit zou zien – een vierpuntige ster. Een gat gemaakt door iets wat meer leek op een bajonet dan op een normale dolk. Maar zelfs dat was het niet dat me vreselijk verontrustte. Niet alleen had ik dit schepsel al eens eerder gezien, ik was erbij geweest toen het stierf. De echte dood stierf, waarbij je niet terugkeert, die alleen een onsterfelijke vreest. En toch was het teruggekeerd.

Het was terug.

## 4
# Den grijnzer met het mes onder den mantel

'Niet om het een of ander, maar is het niet nog een beetje vroeg om te drinken?'

Ik zou hebben gelachen als ik dat had gekund. In plaats daarvan nam ik nog een slok. 'Het is een bloody mary. Daar zit tomatensap in. Dus is het ontbijt.'

Clarence keek bezorgd, waardoor ik er nog meer wilde bestellen, maar eerlijk gezegd maakte de rode plas rond de voet van het glas mij een beetje misselijk, me op een onaangename manier herinnerend aan de vorige avond.

'Interessante tent.' Clarence keek het café rond. Zijn ogen vestigden zich op een man die over zijn *huevos rancheros* en een bijna leeg bierglas gebogen zat. De bovenrand van zijn gleufhoed was afgesneden, en niet al te netjes. Vettig grijs haar stak door het gat uit als een onverzorgd tuintje. 'Interessante stamgasten.'

'Dat is Jupiter,' zei ik. 'Hij werkt op zonne-energie.'

'Wat?' Clarence knipperde met de ogen en wierp nog een steelse blik. 'Zonne...?'

'Dat denkt hij tenminste. Hij knipt de bovenkant van al zijn hoeden af zodat de zon hem sterk kan houden.' Ik haalde mijn schouders op. 'Hij is ongevaarlijk.'

De sfeer in Oyster Bill's was altijd wel een beetje ranzig, van de dronkenlappen buiten op de stoep tot de vegen meeuwenschijt op de ramen, maar 's ochtends helemaal. Dat is een van de redenen waarom ik niet van ochtenden hou – ze behelzen het leven zonder de zegen van het duister, die zalige vaagheid die zorgt dat we sommige deprimerende zaken niet hoeven te zien. Maar ik had niet veel slaap gehad, en zodra de zon door de gaten in mijn gordijnen piepte en me in het gezicht sloeg, was ik op slag klaarwakker. Op deze tijd van de dag waren alle rechtmatige ontbijters bij Bill opgekrast, dus de enige mensen die binnen zaten waren lui zoals ik en Jupiter, die nergens anders onder het eten in een roes konden raken. En godallemachtig, wat had ik daar een behoefte aan.

'Je zei dat je eens wilde praten.'

Dat had ik inderdaad gezegd, en nu Sam weg was, waren mijn keuzes beperkt. Ik had met Monica kunnen praten maar zoals ik al zei ligt dat op dit moment een beetje moeilijk. Ik had genoegen genomen met Clarence de leerling-engel, omdat ik overwoog hem een gunst te vragen, en hij had connecties in het archief boven. Maar nu ik over mijn omelet heen keek naar zijn frisse, schoongeboende gezicht, was ik niet meer zo zeker van mijn zaak. Met dat joch praten over iets gecompliceerds voelde meestal aan als met een mormoonse missionaris over een knallende kater spreken: je kreeg een combinatie van onwetendheid en afkeur terug. Bovendien had ik Clarence nooit vergeven dat hij undercover voor onze bazen had gewerkt en geprobeerd had mijn maat Sam erin te luizen. Hij had misschien gedacht dat hij iets goeds deed, en misschien dacht hij er nu anders over, maar ik betwijfelde of ik die wrok ooit kwijt zou raken.

Hij probeerde het nog eens. 'Gaat het over Walter Sanders die werd neergestoken? Echt, dat was hard! Pal voor de Kompassen! Ik hoorde dat jij er ook bij was.'

'O, ja. Ik was erbij.'

'Vet eng. Maar hij redt het wel. Ze zullen hem recycleren en weer zo goed als nieuw terugzenden. Dat weet jij beter dan wie ook, Bobby.'

Het was mij namelijk ook overkomen. En ik wist ook dat dat recycleren niet zo'n peulenschil was als hij leek te denken. 'Eerlijk gezegd, Clarence, knul, maak ik me geen zorgen over Walter. Ik maak me zorgen over mezelf.'

Hij fronste bij het horen van zijn bijnaam, die hij haatte – zijn echte naam was Haraheliel, en onze bazen hadden hem de aardse naam Harrison Ely gegeven, maar Sam was hem Clarence gaan noemen, naar die engel in die film, en nu gebruikte iedereen die bijnaam. 'Ik begrijp het niet. Denk jij dat die zakkenroller het op jou had gemunt?'

'O, dat weet ik wel zeker. Zie je, ik heb hem herkend.'

'Iemand die een wrok tegen je koesterde?'

'Misschien. Maar dat is niet de reden dat ik denk dat hij het op mij had gemunt.' Ik nam nog een slok, maar de bloody mary smaakte metaalachtig en ik zette hem weg. Ik onderdrukte een zucht. Ik moest hierover toch een rapport gaan indienen, maar ik voelde de behoefte het met iemand te delen, of met iets anders dan dat felle, emotieloze hemellicht. Mijn eerste keus zou Sam zijn geweest, maar Sam was niet langer voor mij beschikbaar – en man, wat miste ik hem.

'Oké,' begon ik, 'dit begon helemaal in de jaren zeventig...'

'Wacht even.' Clarence bekeek me met die ernstige jonge engelenblik die me altijd de behoefte gaf hem in het gezicht te slaan. 'Jij bent nog maar een engel sinds de jaren negentig, Bobby. Dat heb je me verteld.'

'Jongen, kop dicht en luister.

Het begon in de jaren zeventig. Nee, ik was er toen nog niet, of als ik er wel was, leefde ik nog en herinner ik me er nu niets meer van. Er begonnen op vreemde plekken in de bergen van Santa Cruz lijken op te duiken, de bergketen die San Judas scheidt van de Grote Oceaan. Die lijken werden meestal ergens op een snelwegviaduct gedumpt, en nadat de derde was opgedoken met eenzelfde modus operandi als de eerste twee – herhaaldelijk neergestoken door een vierpuntig lemmet als een bajonet – merkte iemand dat er op al die locaties graffiti stond, en dat die altijd hetzelfde woord omvatte: GRIJNZER. Het was een tag die zelfs de bende-experts in L.A. nooit eerder hadden gezien, en als bijnaam van een bekende crimineel was er in onze gegevens ook niets over bekend. Een verslaggever herinnerde zich zijn literatuurcolleges nog en opperde in een column dat het misschien iets te maken had met Chaucers beschrijving van een moordenaar: 'den grijnzer met het mes onder den mantel'. Een paar weken lang stortte de pers zich hierop, maar zelfs nadat de moorden waren opgelost, bevestigde niemand ooit dat het iets met die beste Chaucer te maken had.

Hoe dan ook, de moorden bleven zich voordoen, ik geloof dat het er in totaal zes waren, en na een tijdje begon de politie wat verbanden te leggen. Die vent moest een auto hebben en leek zijn slachtoffers 's nachts te vinden. Het waren allemaal jongelui uit de kuststeden en volgens de theorie plukte hij ze zó van de stoep, ofwel door ze een lift aan te bieden of gewoon door ze in zijn auto te sleuren.

Om een lang verhaal kort te maken, de politie in Santa Cruz en Monterey en andere kuststeden begon de plaatselijke universiteiten en hogescholen in de gaten te houden, en op een nacht kreeg een agent een vent in een gammele oude Volkswagen in de smiezen die zich verdacht gedroeg en maar voor het Cabrillo College langs bleef rijden. De chauffeur werd bang en vluchtte, de agent vroeg om versterking en er volgde een achtervolging. Het duurde niet lang – je ontsnapt met een Volkswagen niet aan een patrouillewagen – en het busje verloor de macht over het stuur in een bocht en ramde een straatlantaarn. De zijruit van de chauffeur was gebroken en er was van hem niets te bekennen, maar de agenten roken benzine, dus naderden ze behoedzaam. Toen ontplofte het busje. De enorme vuurbal deed de ruiten van vergelegen woonblokken sidderen. Twee agenten verbrandden, maar gelukkig niet levensbedreigend.

Toen vonden ze het lichaam van de chauffeur, ze waren er tenminste vrijwel zeker van dat het zijn lichaam was, hoewel het te ernstig was verbrand om er zeker van te zijn, en ze konden geen identiteit achterhalen via tandartsgegevens, maar alle agenten op de plaats delict bezwoeren dat niemand het busje had verlaten. Ze vonden ook een wapen in het wrak, verwrongen en gesmolten door de hitte maar onmiskenbaar het lemmet dat het half dozijn slachtoffers had gedood, een akelig, handgemaakt voorwerp van zo'n veertig centimeter lang dat een wond zou veroorzaken die niet genas. Met andere woorden, hij zag mensen graag bloeden. Ze troffen nog wat dingen aan in de smeulende resten die de indruk wekten dat de moordenaar in het busje had gewoond. Blijkbaar had hij ook achterin een aantal benzineblikken vervoerd en besloten op die manier de pijp uit te gaan in plaats van de bak in te draaien.

Daarna hielden de moorden op. Einde verhaal, toch?

Tweeëntwintig jaar later begon het opnieuw, hier in San Judas. Dezelfde modus operandi, alleen verbrandde die vent nu de lijken van zijn slachtoffers, maar één van die lichamen werd gevonden door een passerende autorijder met een brandblusser, en toen ze het stoffelijk overschot naar de patholoog-anatoom brachten, was het daar weer – zo'n vierpuntige ster als wond. En natuurlijk doken ook de tags weer op, ditmaal wat kleiner en op vreemde plekken, moeilijk te bespeuren, maar in de buurt van elk lijk was het woord GRIJNZER gespoten. Tegen de tijd dat er bij de Salt Piers een vierde slachtoffer werd aangetroffen, had de politie de conclusie getrokken dat het een copycat moest zijn. De lange tijdsduur en het feit dat ze er zo zeker van waren dat het lichaam in het busje aan de moordenaar had toebehoord, liet geen andere verklaring toe.

Maar ze hadden het mis. Het was dezelfde vent. Ze hadden echter wel in één opzicht gelijk. Hij was zo zeker als wat dood.

Dit gebeurde in de tijd dat ik in de counter strike eenheid zat, de paramilitaire eenheid waar ik mijn eerste training kreeg, en het gerucht kwam ons ter ore dat onze superieuren vermoedden dat de hel hier de harige hand in had. Als 'Grijnzer' uit de dood was opgestaan, dan was er maar één verklaring mogelijk, en die droeg horens en een hooivork. Dat leek ons nogal stug, aangezien de modus operandi dezelfde was als voorheen: studenten en andere jongelui. Zie je, als de oppositie een waardevol bezit als dit heeft, geven ze dat in de regel wel wat nuttiger bezigheden dan zomaar lukraak in het rond moorden. Leo, mijn oude eerste sergeant, zei dat ze Grijnzer misschien gebruikten om mensen te ontregelen – om het klimaat te verbeteren voor de andere plannetjes van de hel, als je begrijpt wat ik bedoel. Zoals ze ons in de engelentraining leerden, gedijt de oppositie bij chaos, en het was maar al te duidelijk dat dit figuur voor de nodige chaos zorgde. De kranten haalden iemand van onze strijdmachten over om over de Grijnzer-tags te praten en weldra was het GRAFFITIMOORDENAAR TERUG! en GEEST OF COPYCAT? en dat soort shit. Maandenlang was het alsof de Son of Sam in San Judas was gekomen. Wat rondrijdende domkoppen werden beschoten door angstige schoolmeiden die pappies pistool met zich mee droegen, en de helft van het kusttoerisme droogde op.

Ik zal je niet met alle details vervelen over de manier waarop we die vent hebben opgespoord. De counter strike eenheid Lyrae, ook wel bekend als de Harpen, heeft zo zijn methodes waar gewone dienders niet eens van dromen, en dat was ook wel nodig, aangezien Grijnzer de pijp uit was. Niet dat het een makkie was. Wat het ook was dat hem in een psychopathische moordenaar had veranderd, was door de hel verfijnd en opgepoetst, en San Judas was heel wat groter en makkelijker om je in te verbergen dan die kleine kuststeden die hij in de jaren zeventig had geteisterd. Hij doodde zelfs nog een ander toen we hem al waren gaan zoeken, een krantenjongen die 's ochtends zijn krantenwijk deed, en dat maakte ons Harpen witheet. Hij begon nu ook in een groter gebied te werken en de kranten pikten dat op. Het leek wel of de hele stad kierewiet was geworden. We moesten snel met hem afrekenen. We hadden mazzel, een tip van een informant zette ons op zijn spoor.

Het bleek dat de moordenaar niet eens in San Judas verbleef, maar op een verlaten autokerkhof in Alviso dat door milieubeheer onbewoonbaar was verklaard op grond van giftige stoffen, en wachtte op een grote schoonmaak. Wat kon het Grijnzer schelen of die plek iemand anders de dood in zou hebben gejaagd? Hij was al dood. Hij woonde niet eens in dat verlaten kantoor – hij had voor zichzelf een holletje gemaakt in de stapels kapotte auto's en weggegooide apparaten, zich erin nestelend als een rat.

De Harpen was de eerste eenheid die hem bereikte, wat wij prima vonden. Noem het de zonde van de hoogmoed, maar er was geen counter striker die niet als eerste die klootzak te pakken wilde krijgen. Grijnzer weigerde tevoorschijn te komen, ook al hadden we hem omsingeld. Uiteindelijk gooiden we wat brandbare dingen bij hem naar binnen. Dat werkte. Misschien wilde hij niet twee keer op dezelfde manier sterven, weet ik veel. Hoe dan ook, toen de vlammen oplaaiden, kwam hij razendsnel uit zijn schulp tevoorschijn.

Zei ik dat hij op een rat leek? Meer een spin, in ieder geval toen hij uit zijn schuilplaats in die berg van verwrongen metaal kwam krabbelen en nog voor we onze wapens op hem konden richten omlaag sprong met dat akelige, lange wapen in de hand, en zijn wapperende ruime zwarte vest met capuchon. Grijnzer sprong boven op een engel die Zoniel heette, zo snel dat hij kans zag de ander drie keer te steken voordat Sam hem met de kolf van zijn geweer neersloeg en hem eraf kegelde. Zoniel was zo zwaargewond dat hij een nieuw lichaam moest krijgen, maar Grijnzer had Reheboth nog erger te pakken gekregen, en had dat vreselijke vierpuntige lemmet recht door zijn oog in zijn hersenen gestoken. Reb kreeg ook een nieuw lichaam, maar hij nam kort daarna bij de counter strike ontslag en koos een baantje in de hemel. Hij zei dat het niet zozeer lag aan het neergestoken worden, maar aan het oog in oog staan met de vent die dat had gedaan, net voordat hij stak met het mes. Hij zei dat hij nog nooit iemand had gezien die zo dolblij keek.

Het Opperwezen zelf mag weten hoeveel meer er van ons door dat ettertje zouden zijn toegetakeld, of hoeveel van ons door onze eigen kogels zouden zijn geveld, aangezien hij godsgruwelijk snel bewoog en iedereen in het wilde weg schoot, maar eentje had geluk en schampte hem met een M4 vol zilveren kogels en schoot zijn halve been eraf. Grijnzer begon al weg te kruipen, bloed achterlatend als een slakkenspoor, en eerst dacht ik dat ik zijn doodsgereutel hoorde, maar even later besefte ik dat hij afschuwelijk krakerig en fluisterend lachte. Hij lachte.

Ik was dichtbij genoeg om een tiental kogels in zijn kop te planten, en stond op het punt dat te doen toen Leo me tegenhield.

'Nee,' zei hij. 'Deze sturen we niet terug.'

Ik wist niet precies wat hij bedoelde en was nog meer uit het veld geslagen toen hij een magazijn in Grijnzers benen leegschoot. Bloed, botsplinters en kapotgeschoten vlees spatten rond, maar het afschuwelijke gedrocht bleef lachen. Leo stapte eropaf, schopte het lange, scherpe ding dat naast de hand van de moordenaar lag weg, zette toen zijn laars onder Grijnzers buik en rolde hem om.

'Goeiegodallemachtig,' zei Sam. Waarschijnlijk zei ik iets dergelijks.

We hadden allebei al veel lelijke dingen gezien, maar Grijnzer was op een of andere manier erger dan wat ook. Zijn ogen waren gitzwart, zijn huid was grijs en strakgetrokken over zijn botten als een verschrompeld lijk, bespikkeld met donkere paarsblauwe vlekjes die te regelmatig waren om blauwe plekken te zijn. Zijn onderkaak stak uit als die van een piranha, zodat je zijn tandjes zelfs met gesloten mond kon zien uitsteken, een perfect rechte rij misvormde dingetjes als zaadparels. Maar zijn ogen waren nog het ergst. Helemaal zwart, op een reepje bloeddoorlopen wit na aan de randen wanneer hij heen en weer keek, zoals nu. De rest van de Harpen, zij die niet Reb en Zoon aan het verzorgen waren, verzamelden zich om hem heen, en terwijl hij naar ons opkeek opende hij zijn mond en begon weer te giechelen. De binnenkant van zijn mond zag er... nou, die zag er verrot uit. Meer kan ik er niet over zeggen. Zwart en grijs, druipnat en rot, op kleine knalrode bloedspatjes na.

'Engelen,' zei hij met krassende stem. 'Het houdt van jullie! Alles voor jullie! Alles voor jullie!'

Sam stond op het punt om hem een tweede keer door het hoofd te schieten, om die gruwel in een salvo van kogels weg te vagen, maar voor hij dat kon doen riep Leo: 'Nee! Op de plaats rust, soldaat!' Leo zwaaide met zijn mobiel – in die tijd waren ze groter. 'Ik heb de inpakkers opgeroepen.'

Ik had nooit van die term gehoord en dacht eerst dat hij hospikken bedoelde. Die had hij ook gebeld, om onze gewonden te verzorgen, maar die bedoelde hij niet.

'Hou hem hier,' zei Leo. 'Maar raak hem niet aan. Hem sturen we niet terug.'

'Maar Leo,' zei Sam zachtjes, 'de conventie...!'

'De conventie kan me de kont krabben.'

En opeens begreep ik het, in ieder geval gedeeltelijk. Zie je, de Tartarusconventie stelt dat we bij conflicten op aarde alles met de stoffelijke lichamen van duivels mogen doen, zoals zij dat ook bij ons mogen doen, maar als hun lichamen sterven... of de onze... geldt dat allemaal niet meer en keert alles terug tot de vorige toestand. Dat wil zeggen dat de zielen terugkeren naar hun respectieve thuis, de hemel of de hel, en wat daarna gebeurt hangt van de desbetreffende autoriteiten af. Oftewel, je mag een duivels lichaam doden en een ziel terug naar de hel sturen, maar je mag niets doen om te voorkomen dat beheerders hem meteen weer terugstoppen in een nieuw duivels lichaam. En ik wist toen nog niet beter dan dat dit niet alleen de regels van de conventie waren, maar ook de werkelijkheid – we konden niets doen tegen de echte ziel van een duivel, net zomin als zij dat met de onze konden.

Ik zou weldra ontdekken dat het anders lag.

De inpakkers verschenen nog voor de ziekenbroeders kwamen. Een fonkelende streep verscheen in de lucht, net als wanneer we een rits openen om naar de andere kant te gaan en de zielen van de onlangs overledenen te ontmoeten. Drie kerels stapten erdoorheen. Drie engelen, neem ik aan, maar ik durf er niet mijn hand voor in het vuur te steken aangezien ze iets als HazMat-kostuums droegen, van die pakken die tegen gevaarlijke stoffen moeten beschermen – maar niet het soort pakken dat je hier op aarde koopt. De gezichten in die maskers waren slechts vage vegen van verplaatsend licht. De inpakkers zeiden niets en keken alleen naar Leo. Hij wees naar de liggende Grijnzer. Het kleine gedrocht lag nog steeds te hijgen en te grinniken, en ik kon zien dat hij doodbloedde. Een van de inpakkers haalde iets uit het niets tevoorschijn, of in ieder geval leek dat zo, een opbollend ding als een parachute gemaakt van pulserend licht, en schudde dat toen uit over het mormel op de grond. Eerst lag het over hem heen als een laken, meeschokkend met zijn bewegingen, toen begon het te krimpen tot Grijnzer niets meer was dan een gloeiende mummie, te strak omwonden om zelfs maar te kunnen tegenstribbelen.

'Achteruit, alstublieft,' zei een van de inpakkers, en toen haalden hij en zijn metgezellen de vreemdste wapens tevoorschijn die ik ooit had gezien, ongeveer ter grootte van een Mac-11 maar met een glanzende klokvorm als van trompet in plaats van een loop. Toen ze hun trekkers overhaalden, barstte er een vlam uit de uiteinden van hun wapens, die Grijnzer overspoelde met vuur zo wit en heet dat het uit het binnenste van een ster had kunnen komen. We stapten allemaal snel naar achteren – heel ver naar achteren – maar toch raakten mijn wenkbrauwen verschroeid.

In die luttele seconden voordat de bundel op de grond tot rokende as verschrompelde, zou ik zweren dat ik die afschuwelijke lach hoorde. Toen was het voorbij. Wat as smeulde na, en wat donkere rookpluimpjes kringelden omhoog de lucht in als spinrag. De wind voerde ze weg.

De inpakkers zeiden verder niets, ze openden alleen weer hun fonkelende gat in de lucht en stapten erdoorheen. Leo pakte het vierpuntige lemmet, misschien als onooglijk souvenirtje, misschien om een andere reden die ik toen, en nu nog steeds, niet begreep. Toen keerden we weer huiswaarts.

'Ik begrijp het niet,' zei Clarence. Hij keek precies zoals ik me voelde, oftewel misselijk en mismoedig. 'Wat... wat hebben ze gedaan...?'

'Met Grijnzer? Dat weet ik niet precies...' Leo sprak er niet graag over. 'Maar als ik het goed begrepen hebben ze hem in iets opgeborgen waar gewone engelsoldaten zoals jij en ik niets van weten, iets wat deze ziel verhinderde naar de hel terug te keren toen hij stierf. Toen hebben ze hem levend verbrand.'

'Wat afschuwelijk!'

'Dat zou je niet zeggen als je hem... als je hét had gezien. Wat het ook was. Maar wat mij zorgen baart is dat ik hem gisteravond weer heb gezien. Het was Grijnzer die Walter Sanders neerstak... Al ben ik er vrijwel zeker van dat hij het op mij had gemunt.'

'Maar hoe kan dat? Je zei dat de ziel van die duivel was... verbrand. Samen met zijn lichaam.'

'Weet ik het. Maar één ding weet ik wel, en dat laat me niet los. Geen gewone duivel uit de hel had Grijnzer terug kunnen doen keren. Ik bedoel maar, Leo zei dat dat wezen voorgoed was verdwenen, en ik kon zien dat hij het echt geloofde. Ik denk dat dit het werk van Eligor moet zijn.' Ik zweeg. Clarence wist van de groothertog van de hel en de monsterlijke ghallu die hij op me af had gestuurd, al wist hij niet van Caz, of hoe persoonlijk die vete tussen mij en de groothertog was geworden. 'Laten we het erop houden dat Eligor me niet al te best mag. Totaal niet. En ik vermoed dat alleen iemand die zo machtig is als hij in staat is om dat akelige gedrocht voor een tweede keer uit de dood te laten terugkeren.'

'En wat ga je nu doen?'

Ik zocht mijn restje bloody mary, mijn afkeer overwonnen door andere behoeften. Ik sloeg het achterover en veegde mijn mond af. 'De duivel mag het weten, knul.'

# 5
# Een zwijn aan de lijn

Eigenlijk had ik wel een ideetje, maar ik kon pas rond middernacht wat doen. Dus bleef ik op, en om me te concentreren bleef ik een optreden beluisteren van Thelonious Monk en zijn kwartet in de Carnegie Hall. Dat werkte niet echt, want ik bleef me maar afvragen hoe zulke perfecte muziek in zo'n verknipt universum kon bestaan. Toen het eindelijk twaalf sloeg, zette ik Coltrane midden in een solo uit en belde mijn favoriete varken op.

Hij is eigenlijk maar half varken. Mijn vriend Speknek, zoals ik hem nooit in zijn gezicht noem, is een weervarken genaamd George Noceda. Overdag een man met varkenshersenen; na het spookuur een zwijn met menselijke hersenen. Nee dames, dat betekent niet dat hij precies zoals alle mannen is. Dat is niet aardig.

'Bobby!' Zijn stem klonk nog steeds schor door de gedaanteverwisseling. Ik had hem nog een paar minuten moeten geven, maar ik was wanhopig. 'Wat kan ik voor je betekenen?'

'Informatie, zo snel als je eraan kunt komen. Daarmee voorkom je misschien dat ik in een menselijke kebab verander.'

'Het oude liedje, dus? Een dezer dagen zul je zeggen: "Haast je niet, George. Tijd zat," en dan zal ik weten dat het echt het einde der tijden is.'

'Geen geintjes, vriend. Vanavond even niet.' Als de boel bergafwaarts begint te glijden – en de belangrijke dingen in mijn bestaan waren al als een scharende, slippende vrachtwagen gaan schuiven –, dan kan de wereld van Bobby D in één enkel ogenblik in een slechte horrorfilm veranderen, dingen waar een weerzwijn van zou staan te klapperen met zijn oren. 'Ik heb informatie nodig over een dooie. Of beter, over een vent die verondersteld wordt dood te zijn.' Ik vertelde wat ik al wist over mijn nieuwste kopzorgen, zowel over de oorspronkelijke Grijnzer als Grijnzer nummer twee, en het kleine beetje dat ik van nummer drie had gezien. 'Kun je me snel informatie geven?'

Afgaand op het geknor en gesnuif zou je denken dat zijn hersens weer in zwezerik aan het veranderen waren, maar in werkelijkheid klinkt het heel wat harder en onaangenamer wanneer dat gebeurt. 'Ja, natuurlijk, meneertje ongeduld. Maar laat me eerst even mijn slobber eten. Mijn pens knort.'

'Eet de... de andere versie van jou dan niet?'

'Jawel, maar niet genoeg om vierhonderd kilo varkensvlees te onderhouden na mijn gedaanteverwisseling. Maar ik zal er over een halfuur mee aan de slag gaan, vent.'

Het is altijd vreemd om in het holst van de nacht met een varken te spreken, maar Speknek is echt spekje voor mijn bekje. 'Bedankt. Bel me als je iets interessants te weten komt, of stuur het anders allemaal maar door per telefoon.'

'Geen probleem, meneer B. Als je een dooie probeert te vinden, moet je misschien eens met andere dooien gaan babbelen. Je kent er flink wat, toch?'

'Flink wat? Ze zijn mijn broodwinning, Georgie. Maar eerst moet ik een tukje doen... Ik voel me totaal uitgekakt.'

'Wees blij, Bobby. Ik zit echt in de stront.'

De volgende dag dus, toen de zon hoog genoeg aan de hemel stond dat hij me geen koppijn bezorgde, ging ik de Sollyhulls opzoeken.

De Sollyhull-zusters zijn twee Engelse vrouwen van middelbare leeftijd die een halve eeuw terug in een brand zijn omgekomen – zo goed als zeker een brand die zij zelf hadden gesticht om zich van hun ouders te verlossen. Daardoor gingen ze natuurlijk niet naar de hemel, maar om een of andere reden ook niet naar de hel. Toch zijn die zusjes heel aardig, zij het wat geschift, dus ik probeerde niet te veel stil te staan bij dat brandstichten op hun cv. Ik had dringend wat deskundige hulp nodig om erachter te komen hoe Grijnzer was teruggekeerd en de Sollyhulls mochten mij graag en stonden altijd klaar voor een praatje. Mijn wereld zit vol met dat soort lui – twijfelgevallen die niet echt bij de ene of de andere kant horen. (Mijn varkensvriend Speknek viel daar niet echt onder, aangezien hij de hel zo hevig haatte om die weervarkenskwestie dat hij ze voortdurend met zijn onderzoeken bleef sarren.)

Ik vond de zusjes terug in het laatste wegrestaurant waar ze rondspookten. Ze gaven de voorkeur aan theehuisjes, maar blijkbaar waren die in San Judas dun gezaaid. Ik koos een tafel achterin waar het niet zo duidelijk zou zijn dat ik met onzichtbare figuren aan het kletsen was – onzichtbaar voor iedereen behalve mij dan. Zoals gewoonlijk had ik een presentje voor ze meegenomen, dus zodra de twee spookdames hadden verteld met hoeveel pret ze wat onderzoekers van paranormale zaken hadden getreiterd die in hun vorige eethuisje waren blijven rondhangen, zette ik een klein, ingepakt kistje op tafel. 'Hier, ik heb wat voor jullie meegebracht,' zei ik en nam het deksel van het kistje.

'Wat is dat?' vroeg Doris. 'O, Bobby, schat: keelpastilles! Betty, keelpastilles met viooltjesgeur!'

Betty boog zich voorover en snoof. 'Ach, verrukkelijk. De Franse! O, hier was ik altijd dol op! Veel beter dan die van die Hoe-heet-het-broers die oma ons vroeger gaf.'

Ik liet de zussen een tijdje genieten van de geur. Dat was zo'n beetje alles wat ze konden, maar afgaand op hun verrukte gekir was dat meer dan genoeg. Toen vroeg ik of ze iets wisten over een teruggekeerde die Grijnzer werd genoemd, en vertelde ze wat ik van zijn verleden wist – tenminste gedurende zijn eerste twee levens.

'Ben bang van niet, lieverd,' zei Betty na wat te hebben nagedacht. 'Er was een knaap die ze de Grijnzer noemden, maar dat was heel lang geleden in Engeland en dat was een lange, rijzige kerel. Met een prachtig gebit. Die was al dood in de victoriaanse tijd, zei iedereen, maar hij had een gebit waarbij je in het donker kon lezen. Toch doodde hij zijn slachtoffers met arsenicum, niet?'

'Cyanide, lieverd.'

'Je hebt gelijk, Doris. Cyanide. Maar hij zal het niet zijn, toch?'

Ik zei dat ik dat niet verwachtte.

'Dan had je nog Klagende Sally, maar dat was een meisje, niet? Zij stak haar minnaar en wat van zijn gezinsleden neer met zo'n bajonet. Al met al heel wat steekjes. Naar verluidt pleegde ze zelfmoord in haar gevangeniscel, keerde toen terug en bleef rondhangen op straat nabij St. Chad's in Birmingham, maar dat maakt nu allemaal deel uit van die afschuwelijke ringweg, hè, Doris?'

'De Queensway. Vreselijk onding.'

'Dus zij zal het wel niet zijn, niet helemaal hier in Amerika. Wacht eens, je zei toch dat het een man was die je zocht?'

Ik begreep dat ik niet veel aan ze zou hebben met betrekking tot Grijnzer zelf, dus probeerde ik een wat algemenere vraag uit. 'Maar hoe zou zoiets überhaupt kunnen gebeuren? Hebben jullie wel eens gehoord dat iemand stierf, terugkeerde en toen werd uitgebannen door geestverdrijving of hoe je dat ook noemt...?'

'Let op je woorden, schat,' zei Doris zuinigjes. 'Wij hebben ook gevoelens, weet je.'

'Nou, laten we dan zeggen voor een tweede keer weggewerkt... en toen teruggekeerd. Ooit wel eens gehoord dat zoiets gebeurde? Hoe zou dat kunnen gebeuren?'

'Eerlijk gezegd, lieverd, heb ik nog nooit zoiets gehoord. Jij wel, Betty?'

'Nee, schat. En ik vind het heel sneu, net nu jij ons die heerlijke geurballetjes en zo'n fijn bezoekje hebt gebracht. Maar nee. Ik ben bang dat je iemand moet zoeken die beter in staat is die vraag te beantwoorden. Heb je het al bij Kapotte Knaap geprobeerd?'

Dat had ik niet, en ik had er ook niet zo'n zin in, maar ik begon te denken dat ik misschien geen keus had. Dat is het vervelende van geesten. Soms heb je er heel veel aan, en soms helemaal niets, maar het duurt altijd heel lang voordat je daarachter komt, omdat de meesten graag kleppen en ze allemaal een steekje los hebben zitten.

Ik bedankte de dames en liep naar buiten langs de andere klanten en de serveersters van wie er al die tijd dat ik daar was niet een in mijn buurt was gekomen, niet eens om te vragen of ik iets wilde bestellen. De Sollyhulls waren duidelijk al begonnen de vaste klanten de stuipen op het lijf te jagen. Ik vroeg me af hoe lang het zou duren voor de fans van het paranormale ook deze plek zouden gaan aandoen. Ik had het angstige vermoeden dat de zusters misschien van het berucht zijn de smaak te pakken hadden gekregen.

Een van de vele problemen bij een bezoek aan Kapotte Knaap was dat, anders dan bij de zusters, hij nooit informatie gaf in ruil voor een goedkoop blikje snoep. Hij scheen onlangs nog tweeduizend dollar voor een sessie te hebben gerekend, en mijn bankrekening was zo goed als leeg. De hemel is geen vetpot. Maar daar staat tegenover dat wij niets apart hoeven te leggen voor ons pensioen.

Dit zijn maar geintjes, mensen. Als jullie hier zijn gekomen om te lachen zou ik maar eens beginnen.

Hoe het ook zij, als ik Kapotte Knaap wilde opzoeken, zou ik wat bij elkaar moeten sprokkelen en daarvoor had ik niet zoveel opties. Ik had overwogen mijn Matador voor onbepaalde tijd op te laten slaan en op een of andere manier proberen geld bijeen te rapen om die Super Sport uit 1969 van Orban te kopen, maar aangezien ik niet aan de loterij meedeed, kostte het me al moeite een scenario te bedenken waarin dat kon zonder tussenkomst van de Kerstman. Nu begon ik te denken dat ik de Matador misschien wel definitief moest verkopen. Ik was gek op die auto en had jarenlang naar onderdelen gezocht en hem opnieuw laten bekleden, om nog maar te zwijgen over het eeuwig moeten aanhoren van gezeur daarover van Sam, Monica en de rest. Die moest zeker twintigduizend dollar opbrengen – er waren er nog maar een paar van over. Natuurlijk zou dat geld ook mijn onsterfelijke ziel kunnen redden, waar ik nogal aan gehecht was. Moeilijke keus.

Ik maakte een wandeling naar de baai om erover na te denken, en tegen de tijd dat ik daarmee klaar was, was ik al bijna bij de Salt Piers aanbeland waar Orban zijn wapenhandel en bepantseringscomplex had. Ik trof hem aan in de grote garage, aan zijn pijp lurkend en toezicht houdend op een stel vlezige getatoeëerde beulskoppen die een enorme stalen plaat met een kettingtakel in een Escalade lieten zakken, vermoedelijk om de domkoppen die ooit achterin zouden zitten te beletten de chauffeur per ongeluk neer te schieten.

Orban trok een borstelige wenkbrauw naar me op. 'Wat moet je, Dollar?' gromde hij met dat rommelende en raspende accent dat hij na al die jaren nog niet was kwijtgeraakt. 'Kom je me eindelijk betalen voor het opslaan van je opzichtige patserbrik?' Orban is geen grote vent, maar iets aan hem maakt me toch blij dat we met elkaar op goede voet verkeren.

'Laten we even praten,' zei ik.

Bij een glas van die giftige rode wijn waar Orban gek op is, stak ik mijn verkooppraatje af over de Matador. Die borstelige wenkbrauw kroop weer omhoog. Hij wist wat ik voelde voor mijn auto. 'Ik weet het goedgemaakt,' zei hij. 'Ik geef je er tien voor...'

'Tien!' Ik was zo verontwaardigd dat ik stierenbloed morste over mijn schoot. 'Hij is twee keer zoveel waard! Meer nog!'

'Hou je smoel. Laat me uitpraten. Ik geef jou er tien voor, en beloof jou hem dertien maanden lang niet te verkopen. Wanneer jij mij die tien terugbetaalt, is hij weer van jou. Als je dat niet kunt, verkoop ik hem en geef ik je nog eens tien.'

Met andere woorden, hij zou me het geld van de Matador voor de duur van drie maanden lenen, rentevrij. Dat was heel geschikt van hem. Dat zei ik hem niet, want daarmee zou ik hem alleen maar pissig hebben gemaakt. En ik dong ook af, aangezien hij anders dodelijk beledigd zou zijn. Orban zou me niet meer geld voorschieten, maar hij verhoogde wel de afkoopsom met tweeduizend ballen, wat voor mij bevestigde dat de Matador wel dertigduizend dollar waard moest zijn. Hij is niet gek, zelfs niet wanneer hij iemand een goed aanbod doet. Hij gooide ook nog een paar dozijn zilveren hogesnelheidspatronen voor mijn Belgische FN-automatic erbij. Als ik weer eens op Grijnzer zou stuiten, wilde ik klaarstaan.

Ik gaf hem onmiddellijk tweeduizend van het geld terug voor een spuuglelijke, ongepantserde roestbak, een stokoude standaard Datsun 510 met zoveel stopverf op de spatborden dat het leek of hij schurft had. (De Super Sport had een gloednieuwe L78 onder de motorkap, en zou uiteindelijk wat buiten mijn prijsklasse liggen.) Toch konden die 510's pittige karretjes zijn en Orban zei dat de motor goed was. Ik tekende de papieren, verliet het kantoor terwijl hij zijn kluis opendeed en nam toen de rest van het geld in contanten aan – Orban geloofde niet in banken. Tachtig briefjes van honderd zorgden voor een te dikke stapel om in een portemonnee te passen, en een portemonnee kan kwijtraken of gerold worden, dus stopte ik het geld in mijn onderbroek. Serieus. Heb je er last van?

Het kleine autootje was verbazend wendbaar – de 510's werden vaak aangepast om mee te racen, hoewel niemand dat met dit exemplaar had gedaan. Ik haalde wat eten bij een hamburgertent in de buurt en parkeerde mijn nieuwe auto om de hoek van waar ik woonde onder een straatlantaarn die net voor de avond was aangegaan. Ik deed hem net op slot toen iets vanachter tegen me aanstootte, waardoor mijn hoofd zo hard tegen de portierrand sloeg dat ik even alleen maar sterretjes zag. Toen besefte ik dat ik op mijn rug lag en dat iets gehurkt op mijn borst zat.

'Waar is veer?' fluisterde mijn aanrander. 'Waar? Ergens verberg?' De straatverlichting scheen pal boven ons, zodat ik het gezicht onder de overschaduwde capuchon niet kon zien, maar ik rook zijn adem – ik rook verrotting. Voorzichtig verlegde ik mijn gewicht om wat meer armslag te krijgen, maar toen voelde ik iets onder mijn oog prikken, scherp en onwankelbaar als de injectienaald van een arts. 'Het ga het ontdekken. Gewis.'

# 6
# Kapot

Ik hield me muisstil. Ergens in de buurt ging een deur open en het wezen richtte zijn kop op. Die kleine beweging deed het lemmet glinsteren van weerkaatst straatlicht, waarbij de punt vlak bij mijn oog en de hersenen erachter kwam. De deur ging weer dicht en de straat was doodstil. Ik kon me wel voor mijn kop slaan dat ik in een woonwijk had geparkeerd in plaats van in de drukkere straat voor mijn huis, maar ik had gedacht dat ik er voorzichtig aan deed. Hoe had die kleine klootzak me in een onbekende auto in de smiezen gekregen?

'Veer. Zeg op.'

'Welke veer?'

De punt van het mes, of wat het ook was, kwam omlaag totdat ik hem door mijn buitenste huidlaag voelde dringen. Ik hield mijn adem in. 'Hét vraagt. Jij antwoordt.'

'Ik heb hem niet bij me.' Dat was grotendeels een leugen – ik zou zo'n belangrijk voorwerp nooit onbewaakt achterlaten – maar niet helemaal. De veer zat in mijn borstzakje, zoals steeds, maar aangezien mijn maat Sam zijn speciale engelenmachten had aangewend om hem daar te verbergen, kon zelfs ik er niet bij. Zie je, hij zat niet alleen in die zak, hij zat in een versie van die zak die enige weken tevoren had bestaan. Inderdaad best bizar, maar het enige wat je moet onthouden is: veer in borstzak, maar niet bereikbaar op normale manier. 'De veer is ergens ver weg verborgen,' zei ik tegen de verschrompelde gruwel op mijn borst. 'Ik moet hem gaan halen.'

Grijnzer grinnikte. Ik probeerde niet over te geven. De wetenschap dat iets wat dood had moeten zijn boven op me zat was al niet fijn; het ritselend gegrinnik aanhoren was van een heel andere orde. Godallemachtig, ik had dat schepsel zien verbranden!

'Gaan? Jij niet gaan. Jij zeg. Het zoek.'
*Het*. Grijnzer sprak over zichzelf in de derde persoon.
'Waarom zou ik jou de waarheid vertellen? Je doodt me toch wel.'
Weer dat fluisterende gelach. 'Omdat het jouw vrienden zie. Het zie wie jij aardig vindt. Het heel slim.'

Ik wilde geloven dat hij bedoelde dat hij Monica en Clarence en de rest alleen fysiek pijn zou doen, zoals hij bij Walter Sanders had gedaan. Hoewel, Walter was nog altijd niet teruggekeerd. Dit wezen boven op me kon blijkbaar niet worden gedood – wist het misschien ook hoe het anderen moest beletten terug te keren? En als hij de veer zocht, moest hij wel voor Eligor werken, en alleen het Opperwezen en zijn trouwste dienaren konden weten waartoe een groothertog van de hel in staat was. Ik kon dat risico niet nemen.

'Oké,' zei ik. 'Ik zeg het als jij belooft verder niemand kwaad te doen...' En terwijl ik dat zei hield ik mijn handen omhoog ten teken van overgave – of in ieder geval wilde ik die schijn wekken, aangezien ik een loden pijp in de andere mouw van mijn jasje had geritst. Ik had geen tijd om die tevoorschijn te halen, maar terwijl zijn verborgen ogen zich op mijn linkerhand richtten, haalde ik met mijn arm zo hard als ik kon uit en ramde Grijnzer met het verborgen stuk metaal tegen zijn slaap.

Ik had gehoopt zijn schedel in te slaan, of in ieder geval hem buiten westen te beuken, maar zoveel geluk had ik niet. Het lukte me alleen zijn hoofd opzij te smakken waardoor ik even de tijd kreeg om mezelf weer op te schroeven. Toen zat hij weer boven op me en rolden we weer over de grond. Die akelige engerd had nog steeds dat lange mes, waarmee hij naarstig probeerde mij in mijn ribben te steken. Ik slaagde erin mijn rechterarm op te heffen en ving de klap voor een deel op met de verborgen loden pijp, maar omdat hij niet sneed maar stak, ketste het mes af van het metaal, drong helemaal door de mouw van mijn jas en schampte mijn buik. Het brandde alsof iemand geprobeerd had me met een soldeerbout te tatoeëren; ik probeerde weg te rollen en in mijn zak te zoeken voordat het monster weer achter me aan kwam. Ik kon mijn pistool niet op tijd trekken, dus moest ik vanuit de zak schieten, drie kogels recht in Grijnzers romp, terwijl hij zich op mij stortte, *bang bang bang*. Als ik niet meer oog had gehad voor mijn nieuwe auto dan voor mijn eigen veiligheid, waren die kogels van zilver geweest, maar Orbans nieuwe patronen zaten nog steeds in mijn handschoenenkastje en ik had nog steeds goeie ouwe met koper omhulde hollepuntkogels. Toch had Grijnzer ook een stoffelijk lichaam, dus wist ik dat ze hem op zijn minst zouden vellen, zo niet totaal uitschakelen.

En wat denk je? Het was weer mis. Dat klootzakje ging bijna door de knieën, wat mij de tijd gaf om een veilig heenkomen te vinden, maar die kogels die ik in hem plantte, brachten hem alleen maar aan het wankelen. Eindelijk slaagde ik erin het pistool geheel uit mijn zak te trekken en probeerde ik er een in zijn capuchon te knallen, maar het was alsof ik tennisballen gooide naar een opgeschrikte kat. Hij zigzagde terwijl ik de trekker overhaalde en ik kwam geloof ik niet eens in de buurt, voor hij alweer op me zat. Ik sloeg op hem in met de pistoolkolf terwijl het lange mes langs mijn borstkas stootte en onder mijn arm door, mij opnieuw snijdend, en ik besefte twee dingen tegelijk. Het eerste was dat hij alleen probeerde me te verwonden, vooralsnog, en niet me te doden – hij wilde nog steeds weten waar de veer was. Maar als dit Grijnzers manier was om zich in te houden, zat ik flink in de nesten, want ik had nog nooit zoiets snels gezien. Het andere dat ik besefte was dat mijn enige voordeel een iets langer lichaam was en de ongebruikelijke lengte van zijn mes, wat betekende dat hij zijn arm helemaal naar achteren moest uithalen om ermee te steken. Toen de vaart van zijn volgende aanval hem dichterbij bracht, dook ik weg voor de stoot, kromde ik me zodat ik met mijn kop in zijn gezicht kon beuken, sloeg toen mijn armen om hem heen en stootte toe.

Het ontwijken van de stoten lukte niet zo goed als ik had gehoopt. Zijn mes drong weer door mijn jas heen en nam een flinke hap uit mijn arm, wat nog meer pijn deed dan je denkt. Ik was al hevig aan het bloeden uit verschillende wonden en zou verschrikkelijke pijn lijden als ik dit overleefde, maar ik liep louter op adrenaline en kon alleen maar doorgaan en proberen hem te vloeren op de harde stoep.

Grijnzer leek aan alle kanten ledematen te hebben zitten. Hij sloeg zijn benen om me heen en drukte mijn ribben samen tot ik er een hoorde kraken, maar ik moest die pijn negeren omdat ik wist dat hij, wanneer ik een van zijn armen losliet, dat akelige lange mes in mijn nek zou steken en mijn verlamde lichaam weg zou slepen naar een plek waar hij op zijn gemak zijn vragen kon stellen.

Hij wrong zijn vrije arm los uit mijn greep, sloeg die om mijn kop heen en kneep tot ik dacht dat het bloed als een fontein uit mijn kop zou spuiten. Ik hoorde sirenes loeien en bad dat ze steeds luider klonken, maar dat was moeilijk te bepalen aangezien het in mijn hersenen donderde en vol rood licht zat. Ik had mijn pistool ergens laten vallen maar ik had de loden pijp gelukkig nog steeds in de mouw van mijn jas zitten, dus begon ik er zo hard als ik kon herhaaldelijk mee op zijn magere rug in te beuken, biddend dat ik een van zijn wervels kon verpletteren, of tenminste een nier kon scheuren.

Hij lachte. Het afzichtelijke, samengeknepen gezicht zat vlak bij het mijne en als ik niet voor mijn eigen leven aan het vechten was, zou ik alleen al door de stank zijn gaan kotsen. Mijn ogen prikten, en niet alleen van zweet. Ik kon de pezige kracht in zijn tengere nek voelen en die gruwelijke, uitstekende kaak die probeerde te happen naar mijn oor, mijn wang, alles waar hij maar aan kon rukken, en ik kon alleen maar proberen mijn hoofd zo ver mogelijk van hem vandaan te houden als ik kon terwijl ik met de metalen staaf tegen zijn ruggengraat ramde.

'Het houdt van dansen!' fluisterde Grijnzer. 'O, ja. Het danst naar de bliksem!'

Maar nu waren de sirenes te luid geworden om nog te negeren. Minstens één patrouillewagen kwam snel op ons af scheuren, met felle lichtbundels van de koplampen die op en neer schoten door het stuiteren over verkeersdrempels. Ik voelde dat mijn overweldiger zijn greep even verslapte, afgeleid, en ik waagde het met mijn rechterarm net lang genoeg los te laten om met mijn verzwaarde mouw zo hard als ik kon op zijn achterhoofd te beuken. Ik ben sterker dan de meeste mensen, en hoewel de capuchon die hij droeg de klap gedeeltelijk opving, zou dit iedere normale aanvaller beslist hebben geveld, zo niet gedood. Mijn aanvaller schudde echter enkel zijn afzichtelijke kop alsof zijn oren plopten op een dagtochtje door de bergen, toen stootte hij mijn kop weer tegen de grond met een akelig koude hand en ik bereidde me voor op staal in mijn ingewanden.

'Tot gauw, boze Bobby,' fluisterde Grijnzer. 'Heel gauw!' Toen sprong hij op en was hij verdwenen, over de heg van iemands tuin en weg in het duister. Terwijl ik probeerde overeind te komen zag ik licht schijnen uit een paar geopende deuren en ramen waar mensen naar buiten stonden te kijken. Toen vond het zoeklicht van de patrouillewagen mij en werd de wereld vervuld van een pijnigend helwit licht, en dat was het laatste wat ik me kon herinneren.

# Intermezzo

Ik lag op mijn buik, dan weer indommelend, dan weer ontwakend. Caz lag met opgetrokken benen achter me, in de lepeltjeshouding. Eerst dacht ik dat ze zomaar wat tegen me aan bewoog, maar toen besefte ik opeens dat ze met haar spleetje langzaam over mijn stuitje wreef, een nauwelijks merkbaar malen en samentrekken, traag als verschuivende gletsjers. Ik wist niet eens zeker of ik wel wakker was.

Ik maakte een grapje. Had ik niet moeten doen. 'Zeg, is dit een dominantiewip? Ben ik nu je bitch?'

Ze verstijfde. Nee echt, ze werd stokstijf als een plank, als een dier dat niet gezien wil worden. Na alles wat we met elkaar hadden gedaan, had ik haar toch weten te schokken, en het was alsof er een raam was geopend dat rechtstreeks uitkeek op het verleden, vijfhonderd jaar terug, een in verlegenheid gebracht middeleeuws meisje, de dochter van een katholieke edelman, met gevoelens die ze niet mocht hebben.

'Ik... Ik wilde niet...'

'Hé,' zei ik. 'Hé! Het geeft niks. Sterker nog, het is helemaal oké. Ik maakte alleen maar een stom grapje. Misschien is het je opgevallen dat ik dat wel vaker doe.'

'Ik... Ik rook je. Dat maakte me gewoon... Nou ja, je weet wel.'

'En hoe ruik ik dan? Naar napalm in de ochtend? Naar een braaf engeltje?'

'Hou toch je kop. Je ruikt naar Bobby. Dat wil ik me herinneren.'

Dat zette me even aan het denken. Ik wist waarom ze over herinneren piekerde, maar ik wilde er liever niet aan denken. Ik ging weer op de malle toer, grapjes maken, in de hoop het moment terug te krijgen waarop we nog alleen waren geweest in de hof van Eden, zonder enige kennis of zorgen aan ons hoofd. 'Dus wat je wil zeggen is dat het géén dominantiewip was.'

'Daar hoef ik je niet voor te wippen, vleugelmans, dat gaat vanzelf. Ik ben een helse hotemetoot, weet je nog.'

'O, tuurlijk. Alsof ik dat zou kunnen vergeten, nadat je me eerder op de avond nog probeerde tot moes te slaan.'

'Zie je wel? Toen heb ik mijn dominantie duidelijk gemaakt.'

'Dominantie mijn gevederde reet. Als ik me goed herinner belandde ik boven op jou, weet je nog?'

'Alleen maar omdat ik dat toeliet. Wij vrouwen gebruiken dat trucje al duizenden jaren. "O, grote krachtpatser, ik ben als was in je handen!" En jullie trappen er altijd in, jullie domme droplullen.'

'Ach ja, een wijs man zei ooit eens: "D'rop of d'ronder, het gelul is met de dommen."'

Even bleef ze me aanstaren. 'Dat slaat nergens op.'

Ik dacht even na. 'Of was het nou: "Van de regen in de drop lullen"?'

Ze gaf me een klap. Niet al te hard. 'Geen wonder dat ik niet kan slapen. Ik deel mijn bed met een gevaarlijke gevleugelde gek.'

## 7
# Met stille of slaande trom

Je zou toch denken dat steekwonden en gebroken ribben krijgen van een tweemaal gestorven moordenaar genoeg zou moeten zijn voor een dag, maar het was nog niet voorbij.

Na mijn worstelwedstrijd met Grijnzer was ik net lang genoeg bij mijn positieven gekomen om een glimp op te vangen van mijn stoffelijke lichaam, dat voelde als een grote zak vol gebroken servies, verpakt in verschroeide zenuwen, en omringd door genadeloze helwitte lichten en medische apparaten, en toen was ik opeens ergens anders.

Die andere plek, zo bleek, was de hemel. En hoewel het opeens uit al die pijn en dat lijden in de onthechte vervoering van mijn hemelse gedaante te worden opgetild, minstens zo fijn was als het krijgen van een enorme shot Demerol, werd die opluchting toch wat onderuitgehaald bij het zien van mijn baas, aartsengel Temuel, en de uitdrukking op zijn onvolkomen gezicht.

Hoe hoger je op de hemelse ladder staat, hoe minder je er als een gewoon iemand uitziet. Voor zover ik kan opmaken zie ik er in de hemel uit als een vage, wat wazige versie van mijn aardse zelf, al valt dat moeilijk te bepalen aangezien reflecterende oppervlakken daarboven opmerkelijk dun gezaaid zijn. Maar Temuel (of Theemuts, zoals zijn onderdanen hem noemen) ziet er altijd nog waziger uit, minder menselijk. En bij de hogere engelen lijkt het maar zelden zo dat ze onder al die gloed echte lichamen hebben – meer alsof de lichamen zelf ook een gloed zijn. Moeilijk onder woorden te brengen, maar als je hier was, zou je het vast met me eens zijn. 'Engel Doloriel,' sprak Temuel. 'God heeft je lief. Hoe gaat het?'

'Een stuk beter. Maar ik ben flink te grazen genomen en het zal geen pretje zijn om dat lichaam weer te betrekken.'

'Vanzelfsprekend.' Toen zweeg Theemuts een tijd. De implicatie dat het nog niet vaststond dat ik mijn lichaam terugkreeg beviel me niets. 'We worden verwacht voor het Godsgericht,' zei hij ten slotte. 'Kom mee.'

Dit zou me de rillingen over de rug hebben bezorgd als ik mijn gewone lichaam had gedragen, dat kan ik je wel vertellen. Dat zou waarschijnlijk ook vreselijk pijn hebben gedaan met die gebroken ribben. Ik was nog maar één keer in het Godsgericht geweest en wat daar doorgaans gebeurde viel in de categorie 'bepaald geen pretje'.

Temuel reikte zijn arm naar me uit en opeens waren we in beweging. Of in ieder geval gingen we regelrecht van a naar b, want zo reis je door de hemel wanneer je geen zin hebt door de verheven, glanzende straten te dolen. In dat korte tripje kreeg ik niet de kans om vragen te stellen, waar hij misschien ook precies op uit was geweest. Hij leek allesbehalve vrolijk, dus voelde ik me ook niet zo happy.

Het Godsgericht is zo'n negentig keer indrukwekkender dan je je kunt voorstellen. De belangrijke plekken in de hemel lijken altijd iets fascistisch te hebben, alsof ze bovenal gebouwd zijn om iemand te laten voelen hoe nietig hij is. En weet je wat? Het werkt. En hoe.

De zaal lijkt een beetje op een kathedraal van de mensen, maar de proporties zijn zo extreem dat gebruikelijke aardse zaken als zwaartekracht, massa en spankracht geen rol spelen – een toren van bijna louter licht, met net genoeg ragfijne weefselstructuur om je te laten weten dat je je ergens binnenin bevindt. In het midden ervan, omringd door een ruimte waar zelfs met de aardse beperkingen zich letterlijk honderdduizenden kunnen verzamelen, staat een enorme zuil van vloeibaar kristal – vloeibaar in de zin van dat het beweegt, kristal omdat het zó traag beweegt dat je het nooit zou zien als je het niet wist, als je begrijpt wat ik bedoel. Die diamanten waterval met een triljoen interne facetten heet het Paslogion, het is een soort klok geloof ik, of in ieder geval staat het voor iets dergelijks. Hoe je er de tijd van af moet lezen moet je mij niet vragen. Ik weet niet eens of hij wel echt werkt of slechts een groot decorstuk is zoals de Eiffeltoren of het Vrijheidsbeeld. Wel weet ik dat het een van de meest indrukwekkende dingen is die ik ooit heb gezien. Als je het bekijkt krijg je het gevoel dat wanneer je het wel begreep, je zo'n beetje alles zou begrijpen: hoe de hele kosmos werkt, en dat de oneindigheid waarschijnlijk voor je klinkt alsof het hele oeuvre van J.S. Bach tegelijk wordt gespeeld, en toch volkomen in harmonie.

Al die pracht en praal zou misschien wat minder afschrikwekkend zijn geweest als er al wat leven in de brouwerij was geweest toen wij het Godsgericht betraden. Maar het was er leeg op mij en Temuel en die imposante Paslogion na.

'En hier moet ik je achterlaten.' Met slechts die mededeling verdween Temuel in het niet. Ik vroeg me onwillekeurig af waarom hij haast had om daar weg te komen en kon geen prettige verklaringen bedenken.

Het is moeilijk om in de hemel negatieve gedachten te koesteren – het grootste deel van de tijd dat ik daar ben voel ik me als een babyzeehondje dat wordt doodgeknuppeld met vreugde – maar ik geef toe dat mijn gedachten over Temuel die ervandoor ging en mij alleen achterliet niet al te barmhartig waren.

*Hoe zit dat met die troost van het geloof voor de ter dood veroordeelde ziel,* vroeg ik me af. *Moet er niet op zijn minst iemand mijn hand vasthouden terwijl ik wacht op mijn executie?* Maar als mijn superieuren eindelijk de hoop ellende gingen opruimen die ik altijd was geweest, waarom namen ze dan de moeite mij helemaal hierheen te brengen terwijl er niet eens een publiek werd verzameld? Het zou de eenvoudigste zaak op de wereld zijn om mij uit te schakelen – voor de hemel was dat waarschijnlijk nog makkelijker dan een lampje uitknippen. Wilden ze me er gewoon aan herinneren hoe nietig ik was vóór ze me vertrapten?

Een deel van me prentte me natuurlijk keer op keer in dat ik nooit had moeten proberen de hogergeplaatste engelen van het eforaat voor te liegen. *Hybris* noemden de oude Grieken dat. *Een beetje dom,* zou een wat meer contemporaine manier zijn om het te verwoorden.

En toen opeens was ik niet meer alleen.

'Engel Doloriel,' sprak het licht, met de stem van een braaf kindje. 'God heeft u lief.' Het duurde even voor ik besefte dat de verbijsterend schone schijn Anaita was, een van de vijf hooggeplaatste engelen die op een of andere manier waren aangesteld om mij in het gareel te houden, of misschien om de weg te effenen voor mijn verwijdering. 'Ik ben gezonden om u het oordeel van het eforaat te brengen.'

Ik zette me schrap.

'Maar eerst...' sprak zij, en terwijl ze aarzelde doofde haar licht wat en bleef een beetje flakkeren, alsof ze me iets moeilijks wilde gaan vertellen. Ik heb nooit eerder een hogere engel zien aarzelen, maar had niet veel tijd om daarbij stil te staan.

'*Maar eerst,*' sprak een andere stem, '*besefte u dat u moest wachten op de rest van de delegatie.*'

Karael verscheen in een uitbarsting van stralend goud.

Nu sputterde Anaita's verschijning heel duidelijk. Ik geloof dat ze verbazing toonde. Ook dat is iets wat je niet bij een hogere engel verwacht. 'Karael...?'

'Het eforaat heeft besloten dat we het oordeel samen moeten uitspreken,' zei hij, wat minder stralend en wat meer een menselijke gedaante aannemend, of in ieder geval zo menselijk als zijn hemelse gedaante ooit werd. 'Maar u was al vertrokken voor ze de beraadslagingen hadden afgerond, Anaita.'

'Dat... wist ik niet.' Ze was met stomheid geslagen, zoveel was zeker, of in ieder geval had het daar alle schijn van – het was alsof ik de lichaamstaal van een Gele Dwerg moest interpreteren, maar ze leek hoe dan ook uit het veld geslagen. Wat was er aan de hand met die twee? Was ik getuige van een vete? Of iets nog vreemders? Het had er beslist op geleken dat Anaita mij iets had willen vertellen.

'Het hindert niet.' Karael spreidde zijn vuur voor me uit. 'Het eforaat maakt zich nog steeds zorgen over de gebeurtenissen waarbij u betrokken bent, engel Doloriel, maar natuurlijk is het Opperwezen slechts uit op gerechtigheid. Daarom is uw oordeel uitgesteld.'

Ik wist niet of ik woedend of opgelucht moest zijn. 'Wat betekent dat precies?'

'Het betekent dat wij nog steeds bezorgd zijn, maar dat andere zaken onze aandacht vergen,' zei Anaita. Zij leek er ook niet blij mee.

Normaliter houd ik zo veel mogelijk mijn kaken op elkaar wanneer ik in de hemel ben, en de ietwat wezenloze atmosfeer van welbehagen daar maakt dat makkelijk. Maar normaliter ben ik ook niet op allemaal pijnlijke plekken geperforeerd door een soort zombiemoordenaar en vervolgens naar boven gesleurd om daar de les te worden gelezen. 'Hé, ik ben ook bezorgd. Ik ben er bezorgd over waarom het mijn schuld zou zijn dat deze dingen mij blijven overkomen.' De beste verdediging en zo. Nou ja, het viel te proberen. Als ze niet van plan waren mijn contract te beëindigen, dacht ik niet dat ik ze ertoe zou zetten door ze een grote mond te geven, en als ze het wel wilden... Nou, ik verdween liever rechtop uit het universum dan op mijn knieën.

'Begrijpelijk,' sprak Karael. 'Daarom is deze zaak voor een eforaal oordeel naar ons doorverwezen, Doloriel – om er zeker van te zijn dat u eerlijk werd behandeld. Ik weet dat u weer aan het werk wilt.'

Wat ik wilde was met rust gelaten worden zodat ik kon uitpluizen met wat voor krankzinnige shit ik nu weer was opgezadeld, maar ik zei slechts: 'Ja, natuurlijk. Dat is al wat ik wil.'

'Maar dat is nu juist wat het eforaat niet kan toestaan,' zei Anaita, 'tenminste niet totdat we de tijd hebben gehad om alle complicaties van deze zaak te overwegen... van deze... situatie.' Ze gaf er duidelijk een andere draai aan, maar voor mijn bestwil of voor Karael? 'Uw werk brengt u in te veel gebieden die wij nog steeds onderzoeken, Doloriel.'

'En wat wil dat zeggen, dat mijn oordeel is "uitgesteld"? Tot wanneer?'

'Tot de tijd rijp is,' zei Karael op zijn meest irritante breek-jij-daarje-mooie-hoofdje-maar-niet-over-manier. Toen werd zijn toon harder. Het klonk als een goeie imitatie van het Opperwezen zelf. 'Tot die tijd, engel Doloriel, bent u als advocaat uit uw ambt ontheven. U mag hier of op aarde verblijven.'

Ik was behoorlijk geschokt, maar wist dat ik hun oordeel niet moest gaan betwisten. Het had veel erger kunnen uitpakken en nu kreeg ik tenminste de kans om te overdenken wat me te doen stond. Maar ik moest toch een beetje de schijn ophouden. 'Is dat alles? Ben ik alleen geschorst of zo? Tot ergens in de vage toekomst?'

'U bent te veel verwikkeld in aardse zaken, Doloriel,' sprak Anaita. 'Tijd heeft buiten de sterfelijke wereld geen betekenis.'

'Natuurlijk.' Ik stond klaar om schoorvoetend akkoord te gaan. 'Ik neem aan...'

'Er valt niets aan te nemen,' sprak Karael. 'Het eforaat heeft besloten. Wij roepen u op als de tijd daar is. Tot dan, weet dat God u liefheeft. Vaarwel.'

En opeens was alles weg – Karael, Anaita, het Godsgericht, de flakkerende complexiteit van het Paslogion – en ondergetekende zat weer in zijn beschadigde aardse gedaante, die toevallig in een ziekenhuisbed lag met een ernstig geval van door-Grijnzer-te-grazen-genomen.

Ik was tot vrijheid verdoemd. In ieder geval voorlopig.

# 8
# Oude makkers

Ik bleef niet lang in het ziekenhuis. Het Sequoia Medical heeft al een beddentekort en aangezien engelen snel genezen, stribbelden ze, zodra ze merkten hoe snel ik genas, niet tegen toen ik mezelf wilde ontslaan. Ik kreeg nog wel een vermaning van een aardige jonge dokter dat ik me een tijdje moest onthouden van actieve sporten en inspanning. Dat moesten ze niet tegen mij zeggen maar tegen die vent met die piranhabek en dat onverkwikkelijke karakter.

Ook de politie hoorde me uit over de aanval, maar omdat ze dachten dat ik een privédetective was die werkte aan een grote verzekeringsfraudezaak, maakten ze het me niet al te moeilijk. De hemel is een goed geoliede bureaucratie en ik heb mijn vergunning voor een verborgen wapen aangehouden sinds mijn Harptijd, dus ik kreeg zelfs mijn wapen terug, die ik vol zilver stopte zodra ik bij de patronen kon komen die ik in de Datsun had laten liggen.

Ik ging niet terug naar mijn appartement (waar Grijnzer duidelijk vanaf wist, aangezien hij me pal ervoor had staan opwachten) maar gooide de inmiddels versteende hamburger en friet weg die ik op de avond van de laatste aanval naar huis had meegenomen en reed langs de Bayshore.

Ik parkeerde in Southport en hinkte naar de resten van het Shoreline Park, aangezien ik geen andere manier had om Sam te pakken te krijgen en ik hem dringend wilde spreken. Ik had een omweg genomen om er zeker van te zijn dat ik niet werd gevolgd, en hield mijn ogen open terwijl ik me voorzichtig door het vuil en puin een weg baande, het roestende tin en kapot triplex dat bedekt was met een verbleekte verflaag. Bij het spiegelpaleis aangekomen liet ik een briefje achter op de spiegel die Sam me had getoond. Ik was niet zo stom om iets op te schrijven dat anderen op het juiste spoor kon brengen – er stond alleen: 'waar we lunchten, 19.00 uur'. Sam zou zich het Zuidoost-Aziatische tentje zeker wel herinneren, en hij moest er zelf maar voor zorgen dat hij niet werd gevolgd. Maar het was nog maar de vraag wanneer hij die boodschap zou vinden, als hij hem al ooit vond. Het zag ernaar uit dat ik de komende avonden Birmees ging eten, maar er zijn ergere dingen, geloof me.

Ik hoefde niet al te lang de menukaart af te struinen – net toen ik klaar was met bestellen, kuierde Sam door de deur van de Star of Rangoon naar binnen. Hij zag er heel Robert Mitchum-achtig uit met zijn verfomfaaide jas en zijn grote, verkreukelde kop.

'Heb je voor mij de pannenkoeken besteld?' vroeg hij.

'Als jij de pannenkoeken wilt, moet je die lekker zelf bestellen, ellendige luilak.' Het was fijn om hem weer te zien. Hij zag er ook goed uit, met een ontspannen glimlach op zijn brede gezicht.

Hij liet zich zakken in het hokje, riep de serveerster terug en bestelde wat voor zichzelf. Toen ze weer weg was, bekeek hij me van top tot teen. 'Wat nieuwe verwondingen, zie ik. Hebben Karael en een paar van zijn strijdende engelen je onder handen genomen?'

'Was het maar waar.' Ik vertelde hem wie mij al die nieuwe wonden, schrammen en steekwonden had gegeven.

'Je lult.' Zijn gingerale werd gebracht en Sam dronk de helft in één teug op, alsof hij van de lange tocht vanuit Derde Weg-dorp dorst had gekregen. 'Leo heeft die kleine ribbemoos ingepakt en verbrand.'

Het was vreemd hoe moeiteloos alles weer bovenkwam, alsof Sam en ik al die waanzin niet samen hadden meegemaakt – alsof hij me nooit had voorgelogen. Er knaagde echter wel iets in mij, al negeerde ik dat. 'Vertel mij wat. Maar het was Grijnzer. Het is Grijnzer, en hij heeft het nog steeds op mij voorzien. Ik denk dat Eligor hem op me af heeft gestuurd.'

Sam trok een wenkbrauw op; meer staat zijn stoerheid niet toe om verbazing te tonen. 'Eligor? Waarom zou die dat doen? Je hebt die magische gouden veer toch nog wel?'

Mijn oude makker was zelf degene geweest die hem op mijn lijf had verborgen toen hij me tegen een helse hinderlaag probeerde te beschermen. Maar van het een kwam het ander en hij had het me pas veel later verteld, wat een van de belangrijkste oorzaken was dat ik de afgelopen weken zo'n duizend keer bijna was overleden, op heel veel heel boeiende manieren.

'Ja, ik heb hem nog,' zei ik, 'of dat denk ik tenminste, aangezien ik hem zelf niet echt kan voelen. En als Eligor slim is, laat hij mij met rust. Maar ik denk dat deze hele zaak het gewone verstand te boven gaat.' Ik haalde diep adem. 'Ik moet je wat vertellen.'

En dat deed ik. Ik vertelde hem het hele verhaal over mij en de gravin van de koude handen, dat hele bizarre krantenkoppenverhaal: DOLGEDRAAIDE DOLLAR DOLVERLIEFD OP DUIVELIN, of: IK VERLINKTE DE HEMEL VOOR EEN VRIJAGE MET EEN HELLEVEEG. Hoewel de enigen die echt nadeel ondervonden van onze relatie, Caz en ikzelf waren. O, en natuurlijk Eligor. De groothertog beschouwde zich beslist als benadeelde partij.

Sam zweeg nog een tijd nadat ik was uitgesproken. Hij seinde dat hij nog een gingerale wilde en de eigenares bracht hem er een met de gratie van een kameel die door een zandstorm ploetert. Hij nam de tijd en liet hem door zijn mond rollen als een wijnrecensent die op het punt staat een betoog over een nieuwe beaujolais af te steken.

'Nou B,' zei hij. 'Ik moet het je nageven, je hebt aan verkutten een totaal nieuwe dimensie gegeven.'

Ondanks alles moest ik lachen. 'Ja, echt hè?'

'Mij een biet als jij een helleveeg gaat zitten kezen, linkmiegel.' Sam mocht van tijd tot tijd graag wat Bargoense uitdrukkingen bezigen – misschien dacht hij dat dat interessant klonk, of misschien wist hij gewoon dat het grappig was wanneer een engel die er zo gecivilseerd uitzag, begon te praten als een rasechte Mokumer. 'Maar het was niet zo goochem die gluiperd Eligor z'n mokkel te schaken. Wat ga je nu doen?'

Dat was het hem nou juist: ik had geen idee. Voor zover ik kon opmaken had groothertog Eligor net besloten dat hij niet wilde wachten tot ik op de reguliere manier in de hel zou komen – hij stuurde me per expresse een uitnodiging. 'Het moet wel Eligor zijn geweest die me wil pakken, toch? Jij en ik zagen allebei hoe de inpakkers Grijnzer meenamen. Leo heeft hem verbrand! Hoe zou hij anders nu nog achter me aan kunnen zitten?'

'Ja, een van de grote jongens lijkt het op jou te hebben gemunt. Wat is er trouwens met Walter Sanders gebeurd?'

'Die is nog steeds niet terug. Geen nieuws. Wat nu je het zegt best vreemd is.'

Sam nam nog een laatste *paratha*, lepelde de currysaus als een baggermachine op en sloeg toen zijn gingerale achterover. 'Laten we pleite gaan,' zei hij.

We liepen naar het Peers Park en gingen zitten op een bankje. De verlichting brandde al en het park zat vol ouders en kinderen die genoten van de lenteavond, waardoor ik minder bang was dat ik door een dubbelgedode opdonder met een dolk zou worden aangevallen, maar Sam stond zelf op de *most wanted*-lijst van de hemel, dus echt ontspannen was ik niet.

'Oké, ten eerste,' zei Sam terwijl we keken hoe een oude vent probeerde zijn duidelijk niet al te snuggere hond zijn tennisbal te laten terugbrengen, 'zegt alleen een gek: "Mijn vijanden proberen me te doden, dus laat ik het ze makkelijker maken en naar ze toe gaan." Proberen de hel binnen te glippen is het domste dat je ooit hebt bedacht in je hele carrière vol behoorlijk domme dingen, Bobby. Dat weet je wel, hè?'

'Ik weet niet wat ik anders moet doen, Sam. Ik kan haar daar niet zomaar laten zitten. En Eligor wil mij duidelijk ook niet met rust laten.'

Hij gromde, Sam Rileys versie van een zucht van langdurig lijden. 'Ik wist dat je dat ging zeggen. Maar hoe wil je er binnenkomen? Of eruit komen? Godallejezus, zelfs als een heel blik wonderen wordt opengetrokken en het je lukt, waar zou je haar dan voor Eligor verbergen zodra ze vrij was?'

'Ja, ik geef toe dat er ontelbaar veel vragen en onduidelijkheden zijn. Ik hoopte eigenlijk dat jij me wat oplossingen zou aandragen.'

Hij gromde weer. Het was alsof ik naast de modderpoel van een nijlpaard zat. 'Man, dit is totaal niet mijn pakkie-an. Maar we zijn het erover eens dat het een stom idee is als Bobby Dollar de hel binnenstapt, ja toch? Mooi. Want je zou het nog geen tien seconden volhouden.'

'En hoe zit het met de lichamen waar jij over kan beschikken? Die lui van de Derde Weg?'

'Kephas, wat hij of zij ook mag zijn, gaf me alleen toegang tot een lichaam om dat hele Magiërgedoe een legitieme aanblik te geven.' De Magiërs waren een groep afvallige engelen, zoals Sam, die probeerden zielen te winnen voor de Derde Weg – het hiernamaals buiten de hemel en de hel. 'Je zou meer resultaat boeken wanneer je probeerde gekleed als de eerwaarde Habari de hel binnen te banjeren dan wanneer je je eigen lelijke mombakkes zou dragen. We hebben het hier wel over de hel, ja, Bobby? Niet Disneyland.' Hij wierp me een blik toe die me jankend naar huis had moeten laten rennen. 'En zelfs al zou je een lichaam vinden om te dragen, hoe kom je er binnen? Er zijn veel poorten, maar nog meer poortwachters. Verveelde, valse wachters die vroeger toen ze nog leefden moorddadige psychopaten waren, maar nu hangt hun niet eens de dreiging van de hel boven het hoofd. Want daar zijn ze al, snap je? En zij maken er de dienst uit!'

'Oké, oké, ik begrijp het. Je hoeft het er niet in te wrijven, Sam. Ik bedenk wel wat.'

'Er zijn heel wat rampen met precies die woorden begonnen, B, maar ik denk dat deze zelfs naar jouw mesjogge maatstaven een speciaal geval zal blijken.'

Met die bemoedigende woorden stond Sammie op, gaf me het nummer van een beveiligde telefoonverbinding zodat ik voortaan berichten voor hem kon achterlaten zonder helemaal naar het schervenpaleis bij de zee te hoeven lopen, en verdween toen. Ik bleef nog even zitten en dacht na terwijl ik mijn bier opdronk.

Als hulpje had ik zowel Sam als de Sollyhull-zusters geschrapt, dus als ik echt ging proberen de hel binnen te glippen, moest ik een andere manier bedenken. Ik verwachtte dat Kapotte Knaap daar ook wel iets op zou weten, maar het probleem was dat ik hem al een prijzige vraag over Grijnzer moest stellen, omdat de kans groot was dat ik allang in mijn oog zou zijn gestoken voordat Sams psychopathische hellewachters ook maar de kans kregen om me tot moes te slaan, en ik kon het me niet veroorloven die Kapotte Knaap te betalen voor het beantwoorden van twee vragen.

Hoe het ook zij, waar ik nu heen moest was pijnlijk duidelijk (en duur).

# 9
# Ectoplastische pasjes

Ik houd van rijden. Al is het alleen maar omdat het me net genoeg afleiding geeft om mijn gedachten de vrije loop te laten. Als je me vraagt om eens goed te gaan zitten nadenken, kan ik alleen maar bedenken hoe zat ik het ben om te zitten. Maar achter het stuur van een auto kan ik het rijden overlaten aan mijn lagere lichaamsfuncties en mijn gedachten de vrije teugels geven. Bovendien, behalve wanneer mijn bazen proberen me te pakken te krijgen of als er af en toe een hellemonster me probeert uit elkaar te nemen, word ik als ik rijd niet gestoord. Ik wist dat mijn telefoon niet zou rinkelen aangezien ik geschorst was, en behalve wanneer Grijnzer een snellere auto op de kop had getikt dan dit oude volkswagenbusje, ging hij me op de snelweg niet lastvallen. Dus reed ik noordwaarts en dacht na.

Sam had natuurlijk gelijk: het hele idee om de hel binnen te glippen was zo stom dat niemand bij zijn volle verstand het zelfs maar zou overwegen. Er was een reden voor dat wij die lui al minstens miljoenen jaren bestreden, en dat was niet omdat hun volkslied ons niet aanstond. Zij wilden ons vernietigen, en ze deden hun duivelse best dat iedere verdomde dag te doen. Op die plek inbreken... nou, dat zou zoiets zijn als een Jood die probeert in Buchenwald in te breken. Het zou misschien wel lukken, maar wat doe je als je er bent?

Toch had ik niet zoveel andere opties. En zelfs als ik niet ging, zou ik nog steeds een manier moeten vinden om Grijnzer het hoofd te bieden wat, ondanks zijn relatief kleine gestalte en korteafstandswapen, verdomd moeilijk was gebleken. Ik bedoel maar, hoe dood je een dubbelgedode?

Met dit soort vrolijke gedachten in mijn hoofd en het fantastische slideguitarspel van Elmore James raspend en galmend uit de boxen van de auto, reed ik noordwaarts door het niemandsland van kleine gemeenschappen die langs het schiereiland tussen San Judas en San Francisco liggen, tot ik het vervallen industriegebied aan de rand van het Bayview-district in het zuiden van San Francisco bereikte. Ik wist niet precies waar ik de Knaap zou aantreffen, maar ik wist dat hij ergens onder het beton moest zitten in dat niet zo aangename stukje wereld. Bayview was de plek waar alle zwarte scheepswerfarbeiders gingen wonen, en door geldgebrek en discriminatie bleven ze er nadat het werk op de kades was opgedroogd. Het was een arme gemeenschap, hoofdzakelijk door de vooroordelen van anderen, een toevluchtsoord voor oudere en kwetsbare mensen. Wat vermoedelijk de reden was dat Kapotte Knaap er nooit vandaan was gegaan.

Ik bespeurde de eerste graffiti van zijn signatuur op een betonnen zuil, iets wat eruitzag als een naar rechts kijkend hert of konijn, of anders een achter een muur glurende Viking:

Het waren echter twee op elkaar staande k's, van Kapotte Knaap, wat aangaf dat ik op het goede spoor zat. Dit is zijn obscure manier van reclame maken. Hij heeft niet veel klanten, maar wie hem nodig heeft, heeft hem héél hard nodig, dus hoeft hij alleen maar zijn uithangbordje uit te hangen. Ik parkeerde mijn auto, sloot die af, controleerde nog even of hij goed dichtzat, en ging toen te voet verder om te kijken of ik ergens meer kk-tags zag.

Uiteindelijk bespeurde ik, ergens ten noorden van Bayview Park, drie van die tags op dezelfde hoek onder de snelweg. En belangrijker nog, er zat een zwart jongetje van zo'n tien of elf jaar op een blok van beton en draadstaal, in zijn eentje muntjes te schieten tegen een pijler van de brug. Hij bekeek me vanuit zijn ooghoek terwijl ik naderde, en probeerde blijkbaar in te schatten wat voor bedreiging ik vormde.

'Hoi,' zei ik toen ik nog maar zo'n drie meter bij hem vandaan was. 'Ik zoek de Knaap.'

Het jochie wierp me even een geringschattende blik toe en ging verder met het gooien van muntjes tegen het cement. 'Nou en?'
'Je krijgt vijf dollar als je me bij hem brengt. Ik ben een ouwe makker van hem.'
'Zulke ouwe vrienden heb hij niet.' *Kling.*
'Weet je wat, ga jij het anders eerst maar vragen, als je wilt. Zeg maar dat het Bobby Dollar is. Hij kent me.'
Het jochie bekeek me nog wat langer, raapte toen zijn muntjes bijeen en stond op, zijn handen diep in de zakken van zijn vest gestoken en zijn schouders hoog tegen de wind; een maart in San Francisco lijkt op een december op enige andere plek op aarde. Hij stond daar maar te wachten tot ik begreep wat er aan de hand was. Ik haalde een briefje van vijf uit mijn zak en bood het hem aan. Toen hij nog steeds niet dichterbij kwam, legde ik het neer op een oude plastic verfpot, legde er een steen op zodat het niet weg zou waaien en deed een stap naar achteren. Hij raapte het voorzichtig op, mij aanstarend als een kat die eten aanneemt van een vreemde, keerde zich toen om en verdween op een talud naast de snelweg. Ik bleef achter in de kille schaduw. Ik ging op de verfpot zitten en stelde me in op lang wachten, maar het was blijkbaar een niet al te drukke dag in het kantoor van Kapotte Knaap, aangezien het jochie in minder dan tien minuten terugkeerde.
'Kom mee,' zei hij, met een ruk van zijn hoofd aangevend in welke richting we moesten gaan. Het was een beetje een hindernisbaan, heuvel op door vuil en oud ijskruid waaruit plastic zakken en voedselverpakkingen staken, en toen door een duiker. Ik moest op mijn knieën om erdoorheen te kruipen, en bedacht onwillekeurig wat een geweldige prooi ik zou zijn voor een zakkenroller, maar dit was de enige manier om een bezoek aan Kapotte Knaap te brengen. Hij heeft niet zoiets als een telefoon om een reservering te boeken.
Ik volgde het jochie zo lang door die hindernisbaan dat wanneer ik geprobeerd zou hebben te ontdekken waar ik was, ik het waarschijnlijk zou hebben opgegeven. Eindelijk kwamen we aan in een nog donkerder, mistroostiger en winderiger gebied onder een ander gedeelte van de snelweg, achter een voormalige onderhoudsdeur die nog altijd een kleine beschermkap had, hoewel het lampje dat erdoor beschermd werd al lang was verdwenen. Hij leek vastgeroest, maar zwaaide toch verbazend gemakkelijk open, en toonde een trappartij die omlaag liep. Het jochie haalde uit zijn vest een zaklantaarn tevoorschijn en ging me voor de diepte in als een ondermaatse Vergilius.

De onderhoudstunnel lag bezaaid met oude geroeste zekeringkasten stampvol groezelige snoeren, daar gedumpt toen hun tijd erop zat. Na nog wat bochten zette het jochie een stap opzij en gebaarde dat ik hem moest passeren. Zodra ik dat deed, knipte hij zijn zaklantaarn uit en werd alles donker.

'Wie daar?' vroeg een stem die onmogelijk kon hebben toebehoord aan iemand ouder dan een puber. 'Vriend of vijand?'

'Wat is dit, een amateurvoorstelling van Peter Pan? Ik ben het, Bobby Dollar. Zeg tegen Kapotte Knaap dat ik er ben.'

Een voor een werden de lichten aangeknipt, en elke zaklantaarn werd vastgehouden door een kind dat niet ouder was dan het jochie dat mij was voorgegaan – ze zagen er echt uit alsof ze op het punt stonden elkaar spookverhalen te gaan vertellen tijdens een kampeertochtje. Er was in het midden van het vertrek zelfs een soort kampvuur, een barbecue vol gloeiende kolen met een ijzeren deksel erop, zodat alleen maar kleine vonkjes rood licht ontsnapten en op de vuile betonnen muren schenen. Een van de jongere soldaten schopte het deksel eraf en opeens kon ik alles goed zien. Niet dat er veel te zien viel, alleen maar een zestal kinderen en een klam, lelijk knooppunt van betonnen tunnels.

'Ik hoop dat hier genoeg ventilatie is voor die barbecue,' zei ik. 'Anders zullen jullie en de Knaap omkomen door koolmonoxidevergiftiging.'

'Maak je over ons maar geen zorgen.' De grootste van de kinderen deed een stap naar voren. Hij miste een oog, of dat nam ik aan, aangezien hij een sjaal over een van zijn oogkassen had gebonden, wat het gevoel versterkte dat kapitein Haak ieder moment kon opduiken. 'Hoe weten wij dat je het echt bent?'

'Afgezien van het feit dat ik deze plek heb gevonden? Ik weet niet. Vraag me maar naar de meisjesnaam van mijn moeder.'

Eenoogje fronste. 'Die kennen wij niet.'

'Ik ook niet, dus staan we quitte. Hoor eens, ik heb geld en ik heb haast. Mag ik alsjeblieft de Knaap zien?'

'Hé,' zei een van de andere kinderen met een lome stem zo hard dat ik het ook kon horen, 'als hij geld heb, waarom pakken we dat dan niet gewoon van hem af?'

'Bek dicht,' zei Eenoogje snel. 'Je weet niet wie je hier voor je hebt.' Hij keerde zich tot mij. 'Ik zal kijken of hij je kan ontvangen.'

Er fluisterde iets door het vertrek en toen een krassend geluidje dat de haren in mijn nek overeind deed staan om angstig rond te kijken. Het duurde even voor ik de woorden kon verstaan: *'Nee, het is oké. Laat hem binnen.'* Het klonk als een geest, maar dan niet zo'n gezonde en levendige als de Sollyhull-zusters.

Hij zat in de hoek van een kamer in de buurt van de grootste tunnel. Ik was zelfs langs zijn deur gelopen. Het enige licht kwam uit een noodlantaarn dicht bij hem, die zijn misvormde schaduw hoog over de muren wierp. Hij vulde amper zijn rolstoel op. Hij was heel wat gewicht verloren sinds ik hem voor het laatst had gezien, en hoewel ik alleen zeker wist dat de Knaap ergens tussen de negen en veertien jaar oud was, wist ik wel dat hij op die leeftijd niet kleiner hoorde te worden.

De Kapotte Knaap wierp zijn hoofd schuin opzij zodat hij me beter kon bekijken. Alleen al de hoek waarin hij zijn nek verdraaide was pijnlijk om te zien. Als je Stephen Hawking kruist met een verschroeide spin krijg je een beetje een idee. Behalve zijn huid, die roze en gezond is als de huid van een pasgeboren muis. En zijn ogen, die nog levendiger zijn. 'Hoi, Bobby. Fijn je te zien.' Zijn stem klonk zachter dan ik me herinnerde, meer lucht, minder massa. 'Da's lang geleden.'

'Ja. Nou ja, ik zit ook al een tijdje niet meer bij de Harpen, weet je.'

'Daar liet je je de vorige keer niet door weerhouden.'

Daar ging ik maar niet op in. Ik leg het jullie nog wel eens uit. 'Kun je me helpen, KK?' Opeens voelde ik me schuldig. 'Kun je dat aan?'

'Ik?' Zijn hoofd zakte omlaag, zijn borstkas zwoegde. Hij lachte, zo zacht in die betonnen tombe onder de autoweg dat ik het nauwelijks hoorde. 'Het gaat beter dan ooit met mij. Ik ren sneller, spring hoger. Kon niet beter.' Toen vestigden zijn heldere ogen zich weer op mij. 'Maak je maar geen zorgen over mij, Bobby.' Een zin die net zo goed kon worden besloten met: 'Ik ben toch niet meer te redden.' Wat ook zo was: de grijze gebieden tussen mijn kant, de tegenpartij en gewone mensen zitten vol lui als Kapotte Knaap, die groeien en verkwijnen als onkruid in de barsten van een stoep.

'Oké, maar ik moet eerst wat uitleggen...'

'Geld?'

Ik viste het uit mijn zak en haalde het elastiekje eraf. 'Ik ken de regels nog. Niks groters dan briefjes van twintig. Je hulpjes kunnen ze bewerken zodat ze er minder fris uitzien. Zo te zien zullen ze daar geen moeite mee hebben.'

Even, terwijl ik het geld aan hem overhandigde, leek hij bijna te proberen het met zijn tyrannosaurusarmpjes aan te pakken uit de macht der gewoonte, maar toen riep hij Eenoog (die Tico bleek te heten) om het van mij aan te pakken en in de kist te stoppen. Tico liep met zwierige stappen naar buiten, alsof hij al dat geld zelf had verdiend. De Knaap keek hem na.

'Het zijn goeie jongens,' zei hij vanuit de enorme hoogte van de twee of drie jaar die hij met ze scheelde. 'Ze zorgen goed voor me.' En even kon ik het kind horen dat hij had kunnen zijn als zijn gaven of verleden anders waren geweest; de eenzame, zieke jongen die zo graag buiten met de andere kinderen zou willen spelen. Het voelde ongeveer als een stomp in de maag.

Een ogenblik later keerde Tico met twee andere jongens terug en begon Kapotte Knaap voor te bereiden. Terwijl ze hem vastbonden aan zijn apparaat, dat niet veel meer was dan een roestig oud fitnessapparaat dat ze blijkbaar in de echte wereld uit elkaar hadden gehaald en hier weer in elkaar hadden gezet, vroeg ik me even onwillekeurig af waar ze allemaal vandaan waren gekomen, wat voor vreemde spelingen van het lot hen hier bijeen had gebracht. De Knaap was natuurlijk de vreemdste van allen, maar ik wist bijna even weinig over hem als over zijn minuscule onderdanen. Zelfs mijn beste onderzoeker Speknek was er niet in geslaagd zijn echte naam te weten te komen. Tegen de tijd dat een van ons ook maar van hem had gehoord, was hij al dit kleine, toegetakelde jongetje met een heel sterke gave, die hij te gelde maakte om zichzelf en een roulerende bende van belhamels te onderhouden.

Natuurlijk kent elke gave zijn prijs, en de prijs die de Knaap moest betalen was heel hoog.

Eerst bonden de jongens zijn ledematen en romp in elastische verbanden, het soort dat amateuratleten gebruiken bij een verstuikte enkel, tot hij eruitzag als een neppatiënt in een ziekenhuissketch. Vervolgens bonden ze hem met operatieslangetjes aan het trainingsapparaat vast. Tot mijn genoegen zag ik dat ze dit heel voorzichtig deden, met de eerbied van priesters die een heilig altaar voorbereiden. Ze lieten wat speling zitten bij iedere band, behalve die rond zijn voorhoofd. De Knaap volgde hen met zijn ogen, het wit langs de randen tonend, maar ik kon zien dat hij kalm was. Tenslotte had hij dit alles al een heleboel keer ondergaan.

'Hé Bobby,' zei hij, 'Kayshawn, die knul die jou vanaf het checkpoint hier bracht?' Zijn stem klonk zo zacht dat ik naar hem toe moest lopen om hem te horen. 'Hij kwam bij mij omdat hij wilde dat ik hem zou leren dansen.' Een krachteloos lachje. 'Hij had van me gehoord, maar dacht dat ik de breakdanceleraar Kapotje Knap was.'

'Ik ben met mijn kapotje naar de botermarkt gegaan,' zong ik, wat nergens op sloeg maar alleen kwam door mijn zenuwachtigheid waar ik altijd last van had wanneer ik de Knaap zijn ding zag doen.

Tico kwam uit een andere kamer binnen met een brandend blikje brandpasta op een oud porseleinen bord. 'Maar u danst niet zo best, hè baas?'

'Ben je gek,' zei de Knaap. 'Ik dans als de beste. Maar geen van jullie kan dat zien.'

Tico kneep zijn ene oog dicht terwijl hij iets poederachtigs uit zijn hand in het blikje goot, en zette toen het bord neer op de grond voor het trainingsapparaat, waardoor Kapotte Knaap er meer dan ooit uitzag als een soort misvormd heidens afgodsbeeld. Het blikje begon een beetje te vonken en te roken, en toen werden de oranje vlammen een koeler blauw. Tico liep achteruit en hurkte tegen de muur bij de anderen, die als betoverd zaten toe te kijken.

'Zeg maar wat je wilt weten,' zei de Knaap. 'Daarna zal ik je mijn dans laten zien.'

Die kende ik al. Het was behoorlijk indrukwekkend. Was die ook tweeduizend dollar waard? Dat hing ervan af met welke kennis ik daarvandaan zou komen. Ik vertelde hem dus over Grijnzer en hoe ik die moordenaar had zien verkolen in een magisch engelnet, en hoe hij kortgeleden nog een paar keer geprobeerd had mij neer te steken.

'Vreemd geval,' zei de Knaap langzaam. De vlam was nu helemaal blauw, het vertrek zag er zo kil uit als in een gangsterfilm uit de jaren veertig van de vorige eeuw. 'Vreemd...' Behalve het geflakker uit het blikje, was het enige dat bewoog het hoofd van de Knaap terwijl het met korte bewegingen rukte aan de slangen die hem in bedwang hielden, alsof zijn lichaam besloten had te ontsnappen terwijl zijn hersenen bezig waren met praten. 'In vreemde baaien, mijlenver van eigen strand, zwierig van den mast...' Zijn stem stierf weg. Zijn ogen waren onder zijn oogleden weggerold. 'Hang hem aan de mast om uit te waaien,' zei hij toen, zo kalm alsof hij over het weer sprak, maar de manier waarop hij het zei, deed hem mijlenver weg lijken. 'Hangmat... Mast... Mastemaker...? Mastema... Waar een wil is... wilt heden nu treden... witheet... wit licht... papierwit licht. Wit wanneer...'

Toen hapte Kapotte Knaap naar adem en alles tussen zijn neus en schouders schokte woest een kant op, alsof hij geraakt werd door een enorme onzichtbare vuist. Ik had gezien wat er met hem gebeurde wanneer hij zijn talent botvierde, maar dit was van een heel andere orde. Wat later hing hij alleen maar te trillen in zijn harnas van slangetjes als een uitgeputte vlinder die half uit zijn pop is gekomen. Tico en een van de anderen scharrelden zelfs naar voren, maar een zacht maar duidelijk hoorbaar gesis van de Knaap deed ze weer naar hun plaats terugkeren. De blauwe vlam flakkerde van hun beweging. Toen hij weer kalm brandde, had de jongen zijn stem weer terug.

'Sorry Bobby,' zei hij. Elk woord klonk als droog geknars. 'Ik kan je niet helpen. Iets...' Hij hapte naar lucht. 'Iets houdt me tegen. iets sterkers... veel sterker... dan ik.'

Dat was behoorlijk kut, aangezien dit praktisch bewees dat Eligor of iemand anders boven aan de voedselketen het duidelijk op mij had gemunt. Kon het iemand zijn die ik niet had verdacht? Die dikke duivelse klootzak prins Sitri had er duidelijk van genoten om mij te sarren – en zijn rivaal Eligor tegelijkertijd; als hij Grijnzer op mij af had gestuurd, was dit een veel gecompliceerdere zaak dan ik had aangenomen. Nee, alles wees toch op de groothertog zelf, Caz' voormalige vriendje en huidige ontvoerder. En als de Knaap mij geen informatie over Grijnzer kon verstrekken, zou dat klootzakje achter me aan blijven zitten en moest ik blijven improviseren. Hoe lang kon het geluk nog aan mijn kant staan?

Als er over Grijnzer niet mocht worden gesproken, moest ik er genoegen mee nemen dat de beste verdediging een goede aanval zou zijn, zoals sportjournalisten graag zeggen.

'Je bent me nog steeds een antwoord schuldig,' zei ik tegen Kapotte Knaap.

'Ben je serieus? Net nu ik een flink pak slaag heb gekregen omdat ik me mengde in jouw zaken?' Hij zag eruit als een geplukte kip in een Garanimals-spijkerbroek en sporttrui, maar ik had geen keus. Ik moest hard zijn.

'Je bent me een antwoord schuldig, knul. Ik kan me niet veroorloven jou tweeduizend dollar te betalen om alleen maar te komen kijken hoe mooi je hier woont.'

Hij lachte. Een belletje spuug bleef op zijn onderlip zitten. 'Je bent een rotzak, Bobby.' Hij rekte zich uit om me beter te kunnen zien. Ik kwam dichterbij om het hem makkelijker te maken. 'Wat wil je weten?'

Ik keek rond naar de wakkere oogjes en vuile gezichten van de volgelingen van de Knaap. Het leek een publiek van wasbeertjes. 'Stuur je vriendjes weg. Dit is niet voor iedereen geschikt.'

Blijkbaar had de Knaap een teken gegeven, aangezien Tico opstond en de anderen naar buiten voerde. KK had ze goed getraind, moest ik hem nageven. Niet slecht voor een hoopje ellende van dertig kilo dat niet op eigen benen kon staan. Toen ze weg waren, kwam ik dichterbij. Zelfs onder al dit beton wilde ik niet al te hard praten. Ik weet niet waarom – ik had er in het park met Sam over gepraat zonder me zorgen te maken. Maar opeens voelde ik iets zwaars op me drukken, het gewicht van bijgeloof, of gewoon het besef van wat ik van plan was te gaan doen.

'Ik wil weten hoe ik in de hel kom.'

## 10
# Een milde grijsaard

Het kostte de Knaap meer tijd dan gewoonlijk. Misschien had ik hem bij de eerste poging uitgeput, of misschien was het gewoon moeilijk te achterhalen, maar hij zwoegde als een vrachtwagen die een heuvel op reed en ik kon zien dat hij nog steeds geen vorderingen boekte. Eerst was hij gewoon weggezakt uit ons gesprek als een patiënt die wordt verdoofd, naadloos overgaand in iets wat klonk als vrije verzen, maar dat was het laatste neutrale dat ik had gezien. Weldra begon hij te rukken en kronkelen in zijn boeien en hij leek nu een soort aanval te hebben gekregen; zijn verwoeste ledematen verstijfden, zijn tanden klemden op elkaar als in een doodsgrijns, gekreun van pijn ontsnapte om de haverklap aan zijn mond.

Ik hoorde zelfs al een bot knappen, een afschuwelijk dof gekraak, toen zijn gekronkel te veel vergde van zijn broze beenderstelsel. Erger nog was dat hij niet schreeuwde, alsof zo'n gruwelijke breuk van weefsel en botten nauwelijks tot hem doordrong; hij sloot slechts zijn ogen, langzaam, als iemand die de rolluiken voor een winkel in de stad dichttrekt.

Het was bij mijn vorige bezoek al niet best geweest, en dit keer was het ook niet best, maar op een heel andere manier. Ik weet niet waar die knaap heen gaat of wat hij doet – zijn dans is één groot raadsel voor me – maar ik verzeker je dat een ontdekkingsreiziger of bergbeklimmer niet harder ploetert of erger lijdt. Ik zat wel een halfuur naar hem te staren terwijl hij langzaam kronkelde en zich in onmogelijke houdingen draaide, de rubberen slangen rekten met hem mee zodat ze af en toe leken op uitwendige aderen en zenuwen van een of ander buitenissig wezen. In die tijd hoorde ik nog drie botten breken. Misschien brak hij er zelfs nog meer die ik niet hoorde. En al die tijd dat ik toekeek voelde ik me een monster.

Als ieder fatsoenlijk mens had ik bij onze eerste ontmoeting geprobeerd hem van de straat te halen en naar een of andere inrichting te brengen, maar daar wilde hij niets van weten. 'Ik was al eens in zo'n toko en mij krijg je daar nooit meer in,' had hij tegen me gezegd. 'Nooit.' Hij vertelde me dat hij, wanneer iemand hem zou proberen te dwingen, net genoeg kracht in zijn armen had om een van zijn vuisten in zijn mond te proppen om zichzelf te doen stikken, en dat hij dat ook zou doen. Ik geloofde hem.

Maar natuurlijk zou niemand kunnen aanzien wat hij zichzelf aandeed, of wat ik indirect hem aandeed, en zich daar goed bij voelen. Zoals ik al zei zijn er veel mensen die in de grijze gebieden leven – de tussengebieden. En wanneer je die opzoekt, bevind je je op een plaats waar het moeilijk is te bepalen welke regels daar gelden.

Eindelijk verslapte hij en bleef hij slap. Ik ging naar hem toe om hem uit zijn apparaat te bevrijden, maar hij schudde zijn hoofd en fluisterde iets. Ik hoorde hem niet dus boog ik me naar hem toe. Zijn adem rook verbazend lekker, als kaneel.

'Haal... Tico...'

Ik riep de hulpjes van de Knaap en ze holden naar binnen als een groep efficiënte verplegers bij een spoedoperatie; ze maakten voorzichtig de slangetjes los en bevrijdden hem, stroopten zijn mouwen en broekspijpen op om bij de knoopjes te kunnen komen. Terwijl ze weer wat kleur wreven in zijn bleekroze ledematen, kwam Tico naar hem toe met een injectienaald, maar Kapotte Knaap schudde zijn hoofd.

'Bobby...' Ik boog zo ver naar hem toe dat hij zijn stem niet hoefde te verheffen. 'Er is een poort gebouwd... alleen voor de keizer...'

Even dacht ik dat hij weer aan het dazen was, maar hij sprak verder en ik begon het te begrijpen. Ik hurkte bij hem neer en deed mijn best het diep verborgen gefluister te verstaan, terwijl hij me vertelde over de Nerobrug.

Toen Tico de Knaap had verdoofd, tilden de boefjes hem van het trainingsapparaat en legden hem op een deken zodat ze hem naar zijn bed konden dragen. Tico kwam dicht bij me staan en meldde dat het tijd was dat ik vertrok.

Het kleine jongetje dat Kayshawn heette was weer in de grote ruimte verschenen en stond klaar om mij naar buiten te leiden. Ik keek om toen ik de gang bereikte. Tico staarde me met de armen over elkaar na, fronsend vanonder zijn piratenhoofddoek. 'Je hebt hem tweemaal laten dansen,' zei hij. 'Jou hoef ik hier een hele tijd niet meer te zien.'

Ik laat me niet graag door een elfjarige de les gelezen, maar hij had gelijk. Ik haalde mijn schouders op en volgde Kayshawn terug naar het daglicht.

Op de terugweg over het schiereiland was ik niet meer in de stemming voor iets fris en vrolijks als Elmore James, dus zette ik *Chet in Paris* op. Bakers klagelijke tonen zorgden voor de juiste stemming voor iemand die net een smak geld had uitgegeven om te horen hoe hij op ingewikkelde en extreem pijnlijke wijze zelfmoord kon plegen. Ik rolde het portierraampje dicht en liet de auto baden in 'Alone together' als in een warm bad.

Ging ik echt proberen om in de hel te komen? Het was natuurlijk nog erger dan zelfmoord plegen, het was alsof je een buikdanseres een verkrachtingskamp van de moedjahedien instuurt. En stel dat ik dat oord kon betreden, met wat voor vermomming zou ik dan dichter bij Eligor kunnen komen... en Caz? Want uit wat ik wist van de hel, woonden de grote jongens op een manier waar zelfs de Jonge Republikeinen in San Judas niet van mochten dromen, elk met zijn eigen landgoed, fort en privélegertje. Een pruik en nepsnor zouden me daar niet zo een-twee-drie binnenloodsen.

Terwijl ik de buitenwijken van San Judas bereikte, besefte ik dat ik honger had. Na mijn lange avontuur in het Bayview-gebied was het al diep in de middag geworden en ik had nog niet geluncht, zelfs nauwelijks ontbeten, en voor de verandering had ik een broekzak vol geld. Ik zou er in de hel niets van kunnen uitgeven, en Orban zou waarschijnlijk mijn auto toch al gaan veilen, dus nam ik de afslag naar Redwood Shores en reed naar een dure Japanse tent die ik daar kende, op het water.

Tegen de tijd dat ik klaar was om te bestellen, besefte ik dat ik toch niet zo'n trek had, dus vroeg ik alleen een mandje met gemengde tempura bij mijn Sapporo-bier. Ik knabbelde er afwezig van terwijl ik keek hoe de zeemeeuwen buiten van de reling doken en ik gaf mijn gedachten de vrije vleugels. Ik probeerde de dingen die mij overkwamen anders te bekijken dan 'je bent flink de lul', maar dat lukte niet. Ik leek maar twee opties te hebben: daar blijven en vroeg of laat een scherp voorwerp diep in mijn delicate hersenmassa geplant krijgen, met de groeten van Grijnzer, of de strijd aanbinden met Eligor in een of andere absurde poging mijn vriendinnetje de hel uit te smokkelen, als een vreemde variant op zo'n film met Bing Crosby en Bob Hope: *The Road to Inferno*. Op mijn bazen hoefde ik in ieder geval al niet meer te rekenen als ik omkwam in de strijd, nu ik al onder verdenking stond en zo.

Het restaurant was rond dat tijdstip bijna uitgestorven, dus at ik op mijn dooie akkertje en had misschien al een paar biertjes achter de kiezen toen ik eindelijk weer op de Bayshore huiswaarts reed. Het was nog licht maar de zon gaf er al blijk van voor die nacht achter de heuvels te willen wegzakken, en het centrum van San Judas stroomde in de late middag vol met schaduwen die razendsnel opdoken en de temperatuur in de betonnen ravijnen rond het Beegerplein in een paar minuten wel tien graden deden dalen.

En nee, toen ik thuiskwam zette ik niet gewoon Chet Baker uit en sprong uit mijn auto om mijn huis binnen te stappen. Ik was niet vergeten wat er de vorige keer was gebeurd. Ik reed tweemaal aandachtig rondspiedend het blok rond maar zag niets ongewoons, alleen de gebruikelijke mensen die hun boodschappen uitlaadden of hond uitlieten zoals je die op iedere normale dag aantreft. Toch parkeerde ik aan de overkant van de straat tegenover mijn woning en liep zo behoedzaam als ik kon door de lobby zonder als een volslagen idioot over te komen. Aangezien Grijnzer leek te weten waar ik woonde en wat ik deed, zou ik waarschijnlijk snel weer moeten verkassen, waar ik niet vrolijk van werd. Het kleine beetje dat ik bezat, had ik zelfs nog niet uitgepakt.

De deur zat op slot, wat me een beetje geruststelde. Ik duwde hem open en stak mijn pistool in mijn broeksband, zodat ik een hand vrij zou hebben voor het geval iets me besprong. Ik werd niet besprongen, maar er zat wel een onbekende op mijn bank.

Mijn wapen lag zo snel weer in mijn hand dat ik zelfs nauwelijks besefte dat ik het had getrokken en rechtstreeks gericht hield op zijn kalme gezicht. Het was Grijnzer niet, dat was het goede nieuws, maar ik kon verder niets of niemand bedenken die bij mij thuis zou moeten zitten wanneer ik er niet was. Ik had deze onbekende nog nooit eerder gezien, een Semitisch uitziende man van middelbare leeftijd met een vaalblonde baard en een haarlijn die bijna tot over zijn hele hoofd terugweek. 'Wie voor de duivel ben jij?'

Hij keek me met een mild verwijtende blik aan. 'Richt dat alsjeblieft niet op mij. Ik heb geen kwaad in de zin.'

'Wat doe je hier dan? Ik kan me niet herinneren dat ik je heb uitgenodigd.'

Hij schudde het hoofd. 'Dat heb je ook niet. Maar ik ben een vriend.' Zijn handen lagen gevouwen in zijn schoot. Hij droeg een goedkoop bruin kostuum en antracietgrijze overjas, eigenaardig ouderwets voor een lente in San Judas. Alles aan hem leek bedoeld om er ongevaarlijk uit te zien. Er bestaan in de natuur wezens die dat precies zo doen zodat hun prooi dichtbij genoeg komt om te verschalken. Sommige van die wezens praten zelfs zo vriendelijk als deze vent. Ik heb ze al eens ontmoet. Tot ik beter wist, joeg deze milde, grijzende man mij officieel angst aan, dus mikte ik met mijn wapen tussen zijn milde grijze ogen.

'Vertel me dan iets wat me overhaalt om niet een lading zilver in je te pompen en je bij het vuil te dumpen, om daarna naar *Dancing with the Stars* te gaan kijken.'

Zijn glimlach was nauwelijks krachtiger dan die van Kapotte Knaap. 'Laten we even een wandelingetje maken, Bobby.' Toen hij mijn aarzeling zag, hief hij langzaam zijn ongevaarlijk uitziende handen op. 'Als ik kwaad in de zin had, zou ik hier dan op jou hebben zitten wachten en je vragen om naar buiten te gaan?'

'Wel als je vriendjes me daar stonden op te wachten,' zei ik, maar hij had gelijk, het sloeg eigenlijk nergens op. Niet dat ik geloofde dat hij een vriend was of zo.

Ik liep achter hem langs en liet hem voorgaan door de deur naar buiten, met de loop van mijn wapen tegen zijn ruggengraat zodat hij het aan het zicht onttrok van iemand die ons tegemoet liep. Ik wilde de buren niet meer angst aanjagen nadat ze me een tijdje terug 's avonds al op de stoep bruut in elkaar geslagen hadden zien worden.

Terwijl we naar buiten liepen, ik rondkijkend als een schutter in een geschutskoepel, op mijn hoede voor eventuele handlangers die die vent misschien had meegenomen, wierp hij een blik op me die een mengeling van teleurstelling en milde geamuseerdheid kon zijn. 'Herken je me echt niet, Bobby?'

Ik staarde, maar hoewel er iets vertrouwds was aan zijn manier van praten, misschien zelfs aan zijn tengere kleine gestalte, kon ik er niet de vinger op leggen. Heel even vroeg ik me af of hij misschien mijn oude eerste sergeant Leo van de Harpen kon zijn die uit de dood was opgestaan, maar daar deed hij me niet aan denken, en Leo zou nooit zo'n spelletje als dit hebben gespeeld: als hij ooit terugkeerde, zou hij in het holst van de nacht op mijn borstkas gaan zitten en me vragen of ik van plan was een gat in de dag te slapen.

Mijn pistool had ik inmiddels in mijn jaszak weggestoken (maar nog met mijn vinger aan de trekker) en ik wandelde met de vreemdeling naar Main Street, waarna ik in de richting van het Beegerplein liep. De fontein op het plein (meestal 'Raket-Judas' genoemd, aangezien het middenstuk een Bufano-standbeeld is van onze patroonheilige dat een beetje de vorm van een raket heeft) is een heel belangrijke hangplek en ik wist dat niemand er op ons zou letten, maar ik was liever omringd door mensen wanneer ik te horen kreeg wat die vent voor vreemds op zijn lever had.

We namen plaats op een van de bankjes. Ik behield zo'n dertig centimeter ruimte tussen ons in om het hem moeilijker te maken mij aan te vliegen. Hij had dit trucje blijkbaar door, aangezien hij me hoofdschuddend aankeek. 'Nog steeds niks, Bobby? Ondanks al het praten?'

Ik staarde hem aan, geïrriteerd (en nog steeds behoorlijk nerveus) en toen opeens wist ik wie die vent was. Het leek haast niet mogelijk. 'Temuel? Aartsengel Temuel?'

'Sssst.' Hij legde echt een vinger op zijn lippen. 'Je hoeft het niet van de daken te schreeuwen.'

Ik overdacht wat ik nu moest zeggen. Verstomd is niet het juiste woord. De hoge engelen verschijnen alleen op aarde voor belangrijke zaken, en wanneer ze dat doen is het alsof een Hollywoodster op je verjaarsfeestje verschijnt. Niet dat Temuel zo'n aandachtsgeil type was. Dat was het hem juist... Hij was helemaal niet het type om op aarde te verschijnen, laat staan om in mijn groezelig appartementje rond te hangen.

'Wat doe jij hier?' vroeg ik ten slotte. 'Ik bedoel, is dit... zakelijk? Ik bedoel zo van Hemel-punt-org?'

'Wat dacht je dan?'

Ik slikte. Meestal ben ik niet op mijn mondje gevallen, maar ik wist gewoon niet wat ik moest zeggen. Betekende dit dat iemand mij en Caz had verlinkt? Of ging het om de veer? Was Temuel hier om mij op discrete wijze te ontslaan? Mijn vinger verstrakte een beetje om de trekker van mijn automatische wapen, maar dat was een reflex – als mijn bazen mij de laan uit wilden sturen, zouden wat zilveren kogels niets uithalen. Uiteindelijk, bij gebrek aan iets beters, vroeg ik: 'Wat kom je doen?'

'Ik hoorde dat je van plan bent om naar de hel te gaan. Ik wil je helpen.'

Dit kwam aan als een klap in het gezicht. 'Huh? Wat? Ik bedoel: waaróm?' Het is lastig een intelligent gesprek te voeren wanneer je toch al zwakke greep op de realiteit net wat onvaster blijkt te zijn dan je altijd dacht. 'Waarom zou je me daarbij willen helpen?'

'Nou, zodat jij mij helpt.'

Mijn aartsengel vertelde me vervolgens wat hij wilde en wat ik ervoor terug zou krijgen. Ik begreep er geen bal van, toen nog niet; ik deed mijn best hem aan te horen zonder hem door elkaar te schudden en te schreeuwen: *Wat is hier aan de hand? Wat spookt mijn baas hier uit op aarde, undercover, mij vertellend dat hij me zal helpen in de hel te komen zodat ik mijn duivelse minnares kan redden?* (Niet dat hij dat laatste ooit had genoemd: als hij van Caz wist, hield hij dat goed voor zich.) Maar wat hij zei klonk oprecht, evenals zijn voorstel van wat hij voor mij kon regelen, en toen hij een tegenprestatie vroeg, waarvan ik verwacht zou hebben dat het iets in de orde zou zijn van het ledigen van de oceaan met een theelepeltje, was die verbazend simpel. Achterlijk simpel zelfs.

'Is dat alles wat je wilt? Je wilt alleen dat ik die vent vind en dat zeg?'

'Ik wil dat je iemand in de hel vindt, Bobby. Zo makkelijk is dat niet.'

'Maar toch...' Ik schudde het hoofd. Vragen waren goed – die zouden mij in leven houden – maar al te veel vragen zouden me deze kans misschien ontnemen. Ja, natuurlijk, elk vezeltje zelfbehoud in mij schreeuwde 'valstrik!', maar hoe kon dat zo zijn? Ik bedoel, als mijn andere bazen evenveel over mij wisten als Temuel leek te doen, had ik ze al genoeg touw aangedragen om mij samen met het hele Mormoonse Tabernakelkoor op te hangen. Nee, Theemuts beweerde dat hij dit op eigen houtje deed en tot nog toe was dat de enige verklaring die hout sneed.

'Vertel eens hoe je erachter bent gekomen,' zei ik. 'Over de hel, bedoel ik.' Toen daagde het me. 'Mijn mobiel. Clarence zei dat hij die op een of andere manier had afgetapt toen hij achter Sam aan zat. Het microfoontje zit er nog in.'

Temuel schudde het hoofd maar ontkende het ook niet echt.

'Zeg me dat jij de enige in de hemel bent die het weet.'

'Ik ben de enige, Bobby. Vooralsnog. Maar ik kan je niet zweren dat dit nooit aan het licht zal komen.'

We bleven nog wat praten en hij gaf me de overige details – die krijg je ook nog wel te horen, maar nu nog niet – en toen stond hij op; ons gesprekje bij de Raket-Judas was blijkbaar beëindigd. Ik hield het pistool niet meer vast toen we over het brede plein terugliepen, maar ik voelde me niet veel veiliger dan op de heenweg. Ik was duidelijk in iets heel groots en dieps verzeild geraakt, veel te diep voor mij om zonder hulp te overleven, en de enige die mij een reddingsboei kon toewerpen, was iemand die me wanneer hij maar wilde kon vermorzelen tot ongeïdentificeerde engelenmoes, tweedeklas.

Het schemerlicht was al bijna geheel verduisterd terwijl wij op het bankje zaten, en nu waren de trottoirs leeg maar waren de straten vol auto's, late pendelaars op weg naar huis, en alle andere mensen op weg naar de stad voor films en eten. Een mistige motregen sloeg er dwars doorheen, net genoeg om mijn jasje te bespikkelen met kleine druppeltjes en mijn gezicht nat te maken.

Terwijl we het einde van Main Street naderden maakte een hoekige schaduw zich opeens los van tussen een paar afvalcontainers en ging voor ons staan. Het was donker, geen straatverlichting, maar ik wist precies aan wie die pezige, gekromde gedaante toebehoorde.

'Het is zo sluw,' zei Grijnzer. 'Zo knap. Het wacht maar en wacht maar.'

'Shit.' Ik probeerde mijn pistool uit mijn zak te krijgen. Temuel staarde naar de uitgemergelde verschijning. Mijn baas leek bang, wat ik op dat moment liever niet wilde zien. 'Kom niet dichterbij,' zei ik tegen Grijnzer, terwijl ik probeerde mijn stem vastberaden en gebiedend te laten klinken. 'Ik wil je niet neerschieten – ik praat liever – maar ik knal je aan flarden als je nog één stap zet.'

'Ik ben hier niet...' zei Temuel in één adem. 'Ik kan het risico niet nemen...'

En wég was hij, gewoon foetsie, alsof hij nooit naast me had gestaan. Toen ik me een tel later weer omdraaide, rende het gedrocht met het centenbakkie en het vierpuntig lemmet in zijn hand op mij af, een dunne donkere gestalte met de starende, opgewonden ogen van een krankzinnig kind.

## 11
# Ware namen

Dit keer had ik een pistool in mijn hand. En dit keer zaten er zilveren kogels in. We zouden duidelijk niet de kans krijgen om Grijnzers vendetta te bespreken of wie hem ertoe had aangezet, dus mikte ik op hem en haalde de trekker over. Ik schoot driemaal dwars door hem heen.

Dat deed ik letterlijk: terwijl het pistool een terugslag gaf in mijn hand, zag ik de straatverlichting aan het andere eind van het steegje door de grote gaten heen die de kogels hadden geslagen, alsof dat krankzinnige monstertje uit sterren bestond. Toen waren de gaten weer verdwenen – of misschien was de hoek veranderd – en kroop Grijnzer opeens zijdelings de muur op, met twee voeten en een hand die hem als een vlieg vast deden klampen terwijl hij naar me toe krabbelde, met het lange, scherpe voorwerp zwaaiend in zijn vrije hand en recht op mijn gezicht gericht.

Ik wierp mezelf op de grond. Hij miste me ternauwernood, maar zijn mes scheurde mijn kraag kapot. Probeerde hij me te doden of alleen uit te schakelen? En hoe konden drie zilveren kogels door hem heen schieten zonder zelfs maar zijn vaart te vertragen?

Ik probeerde zo snel mogelijk overeind te komen. Het was moeilijk mijn aanvaller in de diepe schaduwen van het steegje in de smiezen te krijgen – even dacht ik dat hij was verdwenen, maar toen zag ik hem over de muur aan komen krabbelen als een spin. Wat was hij in godsnaam voor iets? Of liever, wat hadden mijn vijanden van hem gemaakt? Hij had lak aan de zwaartekracht, alsof ik een kooigevecht leverde tegen M.C. Escher.

Ik ging geen kogels meer verspillen tot ik er een van dichtbij in zijn kop kon planten. Ik had de loden pijp nog steeds in mijn mouw zitten, maar daar had ik de vorige keer niet veel aan gehad, dus greep ik een deksel van de eerste de beste vuilnisbak en draaide me net om toen Grijnzer nog eenmaal op de muur sprong... en zich toen op mij liet vallen. Ik zag kans het deksel op te tillen, maar Grijnzers bajonet drong erdoorheen als een ballpoint door vloeipapier en de punt stopte op drie centimeter afstand van mijn rechteroog. Ik wrikte hard met het deksel en probeerde verwoed het handvat van het vierpuntige mes uit zijn hand te rukken. Ik slaagde er niet al te best in, maar hij moest ter compensatie wel van mij af, dus rolde ik achterwaarts en nam hem mee, hem vastklemmend tot ik zijn hoofd tegen de straat hoorde knallen. Het klonk me als muziek in de oren. Ik voelde adrenaline opwellen, en eindelijk voelde het eens niet aan als doodsangst.

Als het op volharding aankwam, zou die elastieken kleine klojo het langer volhouden dan ik, dus beukte ik hem zo hard als ik kon, als een aanvaller bij American football die een tegenstander wil stuiten, drukte ik het deksel tegen hem aan en ploegde hem achterwaarts over het beton terwijl hij probeerde rechtop te gaan staan. Zodra ik voelde dat de harde grond onze vaart stuitte, kroop ik op hem en begon ik hem zo hard als ik kon met het deksel in het gezicht te rammen. Nadat ik hem minstens tien keer had geraakt, gooide ik het deksel met zijn mes er nog in weg, en ging toen verder met mijn vuist en een stuk beton dat ik had gevonden. Ik sloeg mijn knokkels tot bloedens toe, beukte Grijnzers kop keer op keer tegen het trottoir, zo hard dat ik het in de kleine ruimte kon horen weergalmen. Hij klauwde naar me, maar kon niet veel méér. Ik liet me een keer met mijn knie op zijn buik vallen, kwam overeind en begon te schoppen. Ik hoorde sirenes; iemand had eindelijk de politie gebeld.

Op een bepaald punt valt er niets meer uit te leggen. Ik denk dat het door de rode mist kwam, zoals de Vikingen dat hadden. Alles wat mij was overkomen, alles wat binnen was gesijpeld en me pijnlijk had aangetast: de frustratie, de woede, vooral de doodsangst, alles kwam naar buiten. Ik schopte dat afzichtelijke monstertje tot ik durfde zweren dat al zijn botten waren fijngetrapt. Ik schopte tegen zijn kop op dezelfde manier. Ik schopte bloed in het rond. Ik schopte door tot het slappe wezen dat eens Grijnzer was geweest alleen nog maar aan de punt van mijn schoen bleef haken als een gebroken vlieger. Toen liet ik me achterwaarts vallen tegen de muur van het steegje, tussen twee vuilnisbakken in. Ik hijgde en gierde en probeerde niet te janken. Zelfs na wat ik net had gedaan, voelde ik me als een slachtoffer van een verkrachting in de washokken van een gevangenis.

Toen kwam de verbrijzelde, toegetakelde kop op zijn gebroken nek omhoog. Hij verwrong zich, leek het hele lichaam op te tillen naar de ontwrichte nek toe, en begon toen alles weer in de oude gedaante te schudden terwijl de botten zich weer aaneenvoegden en het gedrocht zichzelf herstelde. Dit gebeurde in maar een paar seconden, en het sloeg me zo uit het veld dat ik alleen maar met open mond kon toekijken. Ik kon niet eens raden hoeveel kracht Eligor moest verbruiken om Grijnzer dit te laten doen. Alleen maar om mij te kwellen? De nietige Bobby Dollar, minuscule doorn in het enorme oog van die groothertog? Dat was zoiets als het binnensmokkelen van een kernwapen om een verklikkertje te mollen.

Zijn lichaam was alweer bijna als eerst, en mijn vijand staarde me aan. De bloeddoordrenkte capuchon zat nog steeds om zijn gezicht, maar dat was nu hersteld, de dode grauwe huid zat strakgetrokken over de botten van de mummie. De onooglijke ondertandjes staken uit – Grijnzer zat te grijnzen.

'Woehoe, dit vindt het fijn, Bobby Dollar! Zei dat hij nooit opgaf. Ja! Meer! Het wilt jouw hart.' En toen trok hij zijn krankzinnige mes uit het vuilnisbakdeksel, sprong tegen de muur en bleef daar zitten als een zonnebadende hagedis.

In mijn woede was ik ergens mijn wapen kwijtgeraakt, maar dat maakte niet uit. Ik kon hem toch niet verslaan. Zolang de groothertog of wie dan ook zoveel kracht in hem bleef pompen en hem in leven hield, en op aarde functionerend, zou ik altijd het onderspit delven. Ik had niets meer om mee te vechten dan een bebloed stuk beton in mijn hand. Ik krabbelde achterwaarts langs de muur naar de deuropening, waar ik de beste gelegenheid zou hebben om mezelf te verdedigen, maar het lichaam dat ik droeg zou zich niet op magische wijze kunnen herstellen van steekwonden in een paar seconden zoals hij, en hij was waarschijnlijk toch al niet van plan om me meteen te doden. Hij, of zijn meester tenminste, wilde weten waar de veer was, en ik wist bijna zeker dat hij met plezier de tijd zou nemen om daar achter te komen.

De sirenes klonken nu echt dichtbij. Ik was hem in de schaduwen weer kwijtgeraakt, maar ik zag iets bewegen en besefte dat hij omlaag naar de grond was geglipt waar hij moeilijker te zien was, verborgen door de schaduw van een afvalcontainer. Ik zette me schrap in de veronderstelling dat hij niet lang op zich zou laten wachten. Dat klopte.

Grijnzer kwam door het steegje aan als een krab, zijdelings zigzaggend in de meest bizarre hoeken. Ik ving een glimp op van zijn starende haaienogen, toen een lange veeg van gereflecteerd straatlicht van zijn lemmet kwam. Ik dook geheel instinctief weg en de bajonet schoot onzichtbaar langs mijn oor. Ik wist pas dat het er was toen het mijn wang op de terugweg schampte.

'Bobby!' riep iemand. 'Doe je ogen dicht!'

Dat deed ik net even te laat, net langzaam genoeg om de eerste explosie van verblindend licht te zien. Het verstarde masker van Grijnzer terwijl hij over me heen torende, zijn ogen opengesperd, maar zijn pupillen opeens niet groter dan mierenkopjes, werd op mijn netvlies gebrand.

Het licht scheen steeds feller, zelfs door mijn gesloten oogleden heen, zelfs door het achterblijvende nabeeld van Grijnzers afschuwelijke gezicht, zo intens oplichtend dat mijn eigen hoofd vanbinnen helemaal wit leek te worden. Grijnzer krijste. Ondanks alles wat ik hem had aangedaan, was dit de eerste keer dat ik paniek bij hem bespeurde. Toen werd de witheid mij te veel, viel ik neer en werd het even donker om me heen.

Toen ik weer kon nadenken, besefte ik dat ik op handen en knieën lag, mijn voorhoofd tegen het koude trottoir. Ik werkte me overeind. Grijnzer was weg. Temuel, of zijn menselijke gedaante dan, stond naast me. Zijn hand zag eruit alsof hij in een röntgenapparaat zat, de huid gloeide na in zo'n diep oranjeroze dat ik de botjes onder de spieren zag zitten. Hij reikte me zijn andere hand om me overeind te helpen. Die voelde normaal aan.

'Waar is hij?'

'Dat wezen?' Temuel keek zorgelijk. 'Het vluchtte weg voor het licht. Het is sterker dan het eruitziet. Je moet maken dat je wegkomt. Ik heb de politie in de verkeerde richting gewezen, maar die komen nog wel terug.'

Ik had hem moeten bedanken, maar het enige dat in me opkwam was: 'Weet je iets over dat wezen, zoals je het noemt?'

Hij wierp me een blik toe die niets maar dan ook niets zei. 'Ik mag hier niet zijn, maar ik kon je hier ook niet laten aanvallen.' Hij bekeek me snel van top tot teen. 'Ik moet nu weg.'

'We hebben nog veel te bespreken.'

'Ken je het industriemuseum?' vroeg hij. *Duh*. Zelfs toeristen kenden die plek, en ik woonde al jaren in San Judas. 'Mooi. Ik zie je morgenavond bij de fontein voor het gebouw. Tien uur.' Hij aarzelde even en bekeek me weer van top tot teen. 'En hou je taai, Bobby.' Toen liep hij weg.

Ik keek hem alleen maar na. Ik was zo kapot dat ik nauwelijks meer kon staan, maar ik had er wel aan gedacht mijn pistool op te snorren. Er was me echter iets vreemds opgevallen, en dat bleef malen in mijn hoofd terwijl ik naar huis strompelde. Al die tijd dat hij daar was, had Temuel me geen een keer Doloriel genoemd, mijn ware naam. Mijn engelennaam.

Ik moest mijn wonden verzorgen en al deze waanzin verwerken en kon die avond niet eens even vrijaf nemen – nog niet. Ik bereikte na wat rustpauzes mijn huis, waarbij ik de opmerkingen van vreemden had genegeerd, die dachten dat ik dronken was. Misschien had Temuels discolichtshow Grijnzer genoeg beschadigd om hem voor lange tijd weg te houden – ik had hem beslist nog nooit zo op pijn horen reageren, waaronder die keer dat ik hem verkoold zag worden – maar ik durfde er niet op te rekenen. Dat gedrocht had me lelijk te pakken genomen. Alleen de tussenkomst van Temuel had mijn leven gered, misschien zelfs mijn ziel. Ik kon het risico niet nemen dat Grijnzer terug zou keren.

Eenmaal terug in mijn appartement gooide ik toiletartikelen en andere benodigdheden voor een paar dagen in een oude koffer die een gesp miste. Ik liet mijn echte bagage achter in het kastje op de gang; ik wilde niet de schijn wekken dat ik verhuisd was als iemand me kwam zoeken, zelfs niet als het een van de mijnen was.

Om vertrouwde patronen te vermijden terwijl ik een plek voor de nacht zocht, zette ik koers naar de Woodside-snelweg en toen een paar kilometer zuidwaarts, waarna ik in oostelijke richting reed, naar een gedeelte van de stad waar ik nog bijna nooit was geweest. De Sand Hill-galerij was een van de belangrijkste indicatoren of het economisch goed of slecht ging met San Judas – je kon de kosten per vierkante meter volgen als een plaatselijke aandelenkoers – en aangezien het *ground zero* was voor durfkapitaal, was het ook een hotspot voor vrij dure hotels, waarvan er veel een schitterend uitzicht over de heuvels hadden, die in dor goud veranderden rond deze tijd van het jaar, voor de regens het groen weer terug deden komen. Ik had nog steeds Orbans geld in mijn zak zitten, en als ik naar de hel ging, zou ik geen geld meenemen, dus dacht ik nu wel wat uit te mogen geven aan comfort.

Het hotel dat ik had uitgekozen was een heel chic zakenhotel en aangezien ik geen biet om een uitzicht gaf, kreeg ik voor een paar honderd dollar een leuke suite. Waar het me echt om ging, was veiligheid, en die vond ik eerder in een tent als deze. En geld speelde geen rol. Ik was gestopt bij een benzinestation om me eerst wat op te frissen, maar ik zag er ongetwijfeld nog steeds uit als iemand bij wie net was ingebroken. Ik moet de vrouw achter de balie echter nageven dat ze niet eens met de ogen knipperde en zelfs glimlachte toen ze me mijn wisselgeld voor mijn stapel biljetten teruggaf. Op mijn hotelkamer plunderde ik de minibar, nam toen mijn langste en heetste bad ooit in een poging het ergste van mijn kwetsuren weg te schroeien, samen met mijn dwangmatige geril. Maar hoewel ik lang genoeg stoomde om officieel tot vissoep te worden benoemd, hield het trillen niet helemaal op.

Pas na een hele tijd stapte ik eruit en wikkelde me in een dik gewaad van badstof met het embleem van het hotel op het borstzakje, waarna ik weer wat ging drinken. Geloof het of niet, maar dat was uitsluitend tegen de pijn, aangezien het me al duidelijk was geworden dat ik weer zo'n sombere ellendige stemming had waar zelfs drank niets aan kon veranderen. Ik weet dat dat niet erg Amerikaans klinkt, maar jammer dan: ik ken mezelf en ik weet hoe die lichamen die ik draag werken.

Ik wist bijna zeker wie achter dit alles zat, en dat gaf me het gevoel alsof er iets vast was gaan zitten tussen mijn hersenen en het voorhoofdsbeen van mijn schedel. Als het eten in mijn maag was geweest, zou het iets onverteerbaars zijn als grind of glas, maar het was een idee, en dat was duizend keer erger.

Eligor. Eerst had hij zijn gehoornde Soemerische monster op me afgestuurd om mij over de hele wereld achterna te zitten, lang voordat ik zijn ex ook maar had aangeraakt, alleen al omdat hij dacht dat ik die verdomde engelenveer had. Toen had hij Caz voor mijn neus weggekaapt, maar eerst had hij haar gedwongen te zeggen dat ze niet van me hield. En nu was hij weer opnieuw begonnen; hij had zijn ondode psychopathische Grijnzer op mij afgestuurd als een kat achter een rat aan, zodat ik me zelfs voor mijn eigen werkgevers en vrienden moest verbergen. En hij had Caz! Met andere woorden, Eligor had alle troeven in handen, maar hij zou me nog steeds vermorzelen om me te tonen hoe machtig hij was, en hoe onbeduidend ik. Hoe kon de hel zelf erger zijn dan dat? (Ja, dat was een heel domme vraag, en ik zou weldra ontdekken hoe dom wel niet, maar ik was op dat moment al aardig aangeschoten en leed pijn.)

Als ik al had getwijfeld, was ik nu vastbesloten. Ik ging niet meer zitten wachten tot iemand mij zou proberen te vermoorden, of erin te luizen, of wat dan ook. Als de groothertog zo'n hoog spel wilde spelen, zou ik mijn best doen om op zijn terrein in de tegenaanval te gaan.

Hoe uitgeput ik ook was, toch kon ik heel lang de slaap niet vatten, zelfs niet nadat ik het licht had uitgedaan. Ik lag met mijn handen achter mijn hoofd en keek hoe de zenuwslopende lichten van de televisie golvende schaduwen over de balken van het plafond wierpen terwijl ik bedacht hoe vreselijk ik Eligor de Ruiter haatte en hoe heerlijk het zou zijn om zijn verkoolde, verdorven hart uit zijn borstkas te rukken en aan hemzelf te tonen.

Toen ik eindelijk in slaap viel, reisde ik dieper en dieper die duisternis in. Ik werd wakker met een flauwe smaak van bloed in mijn mond.

## 12
# Een engel in mijn oor

Toen ik opstond was het al na twaalven, en ik kon nauwelijks geloven dat alles van die vorige avond echt was gebeurd. Ik bedoel, het leek te veel op een droom – mijn baas de aartsengel die me vertelde dat hij zou helpen om mij de hel in te krijgen om mijn duivelse vriendin te redden. Maar ondergetekende laat nooit de feiten of gezond verstand een suïcidaal gek plannetje in de weg staan, dus toen ik mijn aardse lichaam van voldoende cafeïne had voorzien, begon ik te overdenken welke voorbereidingen ik zou moeten treffen om dit echt te doen.

Ik was met onbepaald verlof van mijn werk, en zou de hemel niet hoeven melden waar ik zat, dus dat zat wel snor. Ik vertrouwde het Temuel overigens toe dat hij dat zo nodig voor zijn rekening zou nemen, aangezien hij veel meer van de hemel wist dan ik. Ik wilde echter niet dat die lui van de Kompassen te veel vragen zouden stellen, dus belde ik zowel Monica als de jonge Clarence om ze te laten weten dat ik de stad ging verlaten – ik zinspeelde erop dat ik een tijdje weg wilde om alles op een rijtje te zetten – en dat ik bij mijn terugkeer contact met ze zou opnemen.

Terwijl ik met ze aan het telefoneren was, snuffelde ik door de laatste paperassen die Speknek me had toegestuurd. Het was voornamelijk een bevestiging van wat ik al wist, de oorspronkelijke moorden in de jaren zeventig van de vorige eeuw en toen Grijnzers Greatest Hits-tournee nadat hij was teruggekeerd en wij hem uiteindelijk (naar ik dacht) doodden. Er stond niks over hem in van recenter datum dan een jaar of zo terug, en de enige nieuwe informatie bestond uit wat geruchten over zijn eerste terugkeer, verzameld uit verschillende schimmige internethoekjes. Niets van dat alles vergrootte mijn kennis ook maar een beetje over de vraag waarom hij me probeerde te perforeren en waarom hij maar niet dood wilde blijven.

Ik hoefde voor de hel niet te pakken, aangezien ik niet in staat zou zijn om echte bagage mee te dragen – alleen mijn ziel ging mee, niet mijn aardse lichaam, maar ik moest nog wel bedenken wat ik met dat lichaam aan moest in de tijd dat ik het niet gebruikte. Ik had net de eerste en laatste maand voor mijn nieuwe appartement aanbetaald, maar de huisbaas was een ouwe bemoeial en ik kon me voorstellen dat hij zich er toegang toe zou verschaffen om de boel te 'inspecteren', vervolgens mijn schijnbaar levenloze lichaam zou aantreffen en de politie zou bellen. Zelfs als ik terug zou keren voordat iemand had besloten mijn stoffelijk overschot te cremeren, zou het nog steeds moeilijk zijn om uit te leggen. Wat ik moest doen was mijn lichaam ergens wegstouwen waar het veilig zou liggen tot ik er weer in kon kruipen.

Op dit punt waren mijn opties beperkt. Niet dat het lichaam zelf verzorgd moest worden. Het was een van 's hemels speciale productienummers en zou al die tijd dat ik er niet in zat roerloos en kerngezond blijven leven. Waar ik het echter moest laten was het moeilijke gedeelte: ik zou niet weten wat ermee gebeurde en zou niet snel kunnen terugkeren als ik het wel wist. Ik had een zaakwaarnemer nodig – een Renfield, als je begrijpt wat ik bedoel, iemand die mijn stoffelijke lichaam kon beschermen in de tijd dat ik het niet gebruikte.

Eindelijk en met heel veel tegenzin bedacht ik iemand. Zoals met de meeste ideeën die ik de laatste tijd kreeg, was het zo afschuwelijk dat ik mezelf wel door heel San Judas wilde schoppen, maar nadat ik de hele middag met dit probleem had geworsteld, was het nog steeds het beste wat ik kon bedenken. Wat je helaas een goed beeld geeft van de kwaliteit van de andere opties.

Mijn kandidaat nam de telefoon op en liet hem tweemaal op de grond vallen voor hij erin slaagde te zeggen: 'Yo. G-Man in da house.'

Ik haalde diep adem, ik vroeg me nog steeds af of ik niet beter kon ophangen en mijn lichaam ergens midden op een snelweg achterlaten – dat zou beslist veiliger zijn, want als er iemand op deze groene aardkloot irritanter en minder competent was dan Garcia 'G-Man' Windhover, moest ik die nog tegenkomen. Ik had G-Man leren kennen toen ik probeerde te ontdekken hoe de overleden grootvader van zijn vriendin betrokken was geweest bij die Derde Weg van Sam (hoewel ik toentertijd nog niet wist dat Sam daar deel van uitmaakte); ik had naderhand ondervonden dat die knul moeilijker was af te schudden dan een plakpleister die met tweecomponentenlijm aan je zit vastgekit. Geloof me, hij was let-ter-lijk de laatste die ik hierbij zou willen betrekken, maar een kat in het nauw maakt rare sprongen.

'Hé, G-Man,' zei ik. 'Bobby Dollar hier.'

'Bobby! Lang niet gezien, bro! Wazzap?' Hij koesterde de fantasie dat hij mijn handlanger of matti was of zoiets. Ik had mijn best gedaan om hem van het tegendeel te overtuigen, maar het was alsof of ik praatte met een gek. Wat zeg ik? Het wás praten met een gek. Maar G-Man had beschikking over een verder leegstaand huis, dus ik moest mijn trots (en gezond verstand) maar even wegslikken.

Ik maakte een afspraak om die middag in de stulp van Posies opa langs te komen, en verzekerde me ervan dat G-Man er zou zijn en Posie niet, wat maar goed was ook. Ze was niet zozeer stommer dan haar vriendje (ik weet niet zeker of dat wetenschappelijk gezien wel mogelijk is) maar ze bood niet bepaald een gunstig veiligheidsrisico. Ik zat al opgescheept met die G-Man sinds Clarence hem mee had genomen naar het grote vuurgevecht in Shoreline Park, maar het was nergens goed voor om nog meer figuren aan deze puinhoop toe te voegen.

Ik trof nog wat maatregelen, belde toen Sam op het nummer dat hij me had opgegeven en liet een boodschap achter waarin ik uitlegde wat ik aan het doen was. Kan nooit kwaad om een competent iemand te laten weten wat er aan de hand is, en ik zat vooralsnog duidelijk verlegen om intelligente handlangers. Niet dat Sam iets specifieks voor me moest doen, maar ik zat gewoon zo diep in de leugens, complexiteiten en plannetjes van andere mensen verzonken, dat ik een bondgenoot nodig had wanneer het fout liep, zoals dat meestal gebeurde. Sam had dan misschien over veel dingen tegen me gelogen, maar voor zover ik wist was hij nog steeds mijn vriend.

Vervolgens reed ik naar het Palo Alto-district, naar Edward Walkers grote oude huis, waar op dit moment zijn kleindochter en haar idiote vriendje bivakkeerden. G-Man deed open, gekleed als hiphops ergste nachtmerrie. Ik heb niets tegen blanke jochies die zich als zwarte jochies willen kleden – dat hoort nou eenmaal bij straatcultuur, vooral in trek bij welgestelde jongeren die eruit willen zien als armeluiskinderen – maar Garcia Windhover had een echt heel opmerkelijk gebrek aan goede smaak. Hij was omhangen met kettingen en Afrikaanse halsbanden alsof hij een 'hiphopster' uit een catalogus met feestkostuums had besteld, met een zwart San Judas Cougars-honkbalpetje uit de lagere divisie scheef op zijn hoofd (ongetwijfeld deed hij alsof de C voor 'Crips' stond) en zijn broekband om zijn dijbenen.

Ik liet zijn bokshandje zweven in de lucht terwijl ik naar binnen liep.
'Is er boven een logeerkamer?' vroeg ik.
'Wo! Heb je een onderduikadres nodig?'
'Zoiets. Kan dat hier?'
Het bleek dat G-Man niet al te veel wist over het huis behalve over de keuken, de woonkamer (waar de televisie stond) en de kamer beneden waar hij en Posie sliepen. Uiteindelijk vonden we een kamer boven die voor logés was bestemd, en die geschikt leek voor mijn doeleinden. Ik kon G-Man moeilijk vertellen dat ik mijn gewone lichaam hier achter moest laten tijdens mijn bezoek aan de hel, dus spelde ik hem een belachelijk verhaaltje op de mouw over hoe ik een ultrageheim medicijn zou gaan testen, maar dat ik dat niet kon doen in een overheidslab, aangezien mijn werkgevers bang waren dat er daar een spion zat. Garcia Windhover meende om beurten dat ik een privédetective of een geheim agent van de overheid was, maar in beider hoedanigheden leek hij dit laatste verhaal niet ongeloofwaardig te vinden, wat maar eens toonde hoe beangstigend onwetend hij was. Ik bedoel maar, als jij hem was geweest, dan zou je toch op zijn minst een betere reden willen horen waarom iemand zich in je huis wil verschuilen terwijl hij in een schijnbaar comateuze toestand zou verkeren? Natuurlijk zou je dat. En daarom zul jij nooit de G-Man zijn.

Zijn enige vrees leek te zijn dat zijn vriendinnetje binnen zou komen en mij zou aantreffen. 'Ik bedoel, Posie is de bom, je weet toch, maar zij is wel een chickie, dig? Ej, ik bedoel, van fok'd op dingen wordt ze helemaal para. Als ik er niet ben, belt ze misschien wel de popo of zo.'

Dat, zo moest ik toegeven, was een legitieme vrees. 'Maak je geen zorgen, G-Man,' zei ik, hem geruststellend met zijn zelfgekozen bijnaam. 'Ik kan onder het bed liggen. We leggen gewoon een laken over me heen tegen het stof en spinnen en dan is alles kits.'

'Wo! Blijf je een paar weken lang onder het bed liggen? Fokking freaky.' Maar ik leek zijn grootste zorg met betrekking tot mijn plan te hebben weggenomen. 'Ik zal zorgen dat niemand je lastigvalt, Bobby man.'

'Zorg nou maar dat jij daar ook onder valt,' zei ik. 'Vergeet niet dat dit een heel belangrijk experiment van de overheid is. Als jij met mijn lichaam kloot, zet je zowel mijn leven als het jouwe op het spel... evenals de veiligheid van de vrije wereld.'

Sorry, maar ik kon het niet laten met hem te dollen. Jij zou vast hetzelfde hebben gedaan.

G-Mans ogen begonnen te stralen. 'Aye-aye, kapitein!' zei hij en salueerde zo woest dat hij zijn scheve honkbalpetje van zijn hoofd stootte.

Het industriemuseum is een groot oud gebouw in de Belmont-wijk ten westen van de Camino Real, in Noord-San Judas. Het was vroeger de Phagan Mansion, in de tijd toen Belmont in het landelijke randgebied van San Judas lag en mensen als de Phagans zoveel geld verdienden dat ze het nauwelijks snel genoeg konden uitgeven om er niet in om te komen. Een latere generatie had vermoedelijk beseft dat het als aftrekbare donatie meer waard was en had het aan de stad geschonken.

Het museum bestond uit het voormalige hoofdgebouw, een enorm bouwsel van drie verdiepingen waar mensen waarschijnlijk zelfs al in verdwaalden toen het nog een woning was, en twee vleugels die van latere datum waren. De drie gedeeltes van het museum waren onderverdeeld in verschillende historische tijdperken van San Judas en California. Eén vleugel was gericht op de oorspronkelijke inwoners en de vroegste Europese ontdekkingsreizigers en nederzettingen; het hoofdgebouw legde zich toe op de negentiende en twintigste eeuw, toen San Judas groter werd, en ten slotte het moderne Silicon Valley-tijdperk in de andere vleugel. Het was een populair spelletje onder de plaatselijke grappenmakers om namen te verzinnen voor de drie gedeeltes en hun bijbehorend tijdperk – 'ships, shops en chips' was een populaire, en 'nederzettingen, neringdoenden en nerds', en natuurlijk de minder politiek correcte 'indiaantjes, industrie en Intel'. (De laatste is een bedrijf dat zich specialiseert in het maken van computercomponenten, meen ik, maar als je het zeker wilt weten moet je het vragen aan iemand die nog nooit seks heeft gehad.)

De fontein ervoor was gered uit een vervallen kantoorgebouw uit de vroege twintigste eeuw dat eerst had gestaan in een ander deel van het huidige museumterrein. Toen ze het gebouw afbraken, had een plaatselijke kunstenaar de wirwar van koperen leidingen van het blussproeisysteem gered, en toen een gedeelte ervan opnieuw gebouwd in de open ruimte voor het museum. Het was alsof de muren van het kantoorgebouw er nog steeds waren, maar dan onzichtbaar; de leidingen vormden lege geometrische vormen en deden uit sproeiers op iedere verdieping water sijpelen. (Het deed me altijd denken aan een van die modellen waar je door de doorzichtige plastic huid heen het bloedvatenstelsel kunt zien.)

Ik keek net op naar de fontein toen iemand mij van achteren naderde. Ik was wat gespannen, na al die aanvaringen met Grijnzer van de laatste tijd, en blijkbaar draaide ik me nogal snel om. Het iele zwarte jongetje stak zijn handen op. 'Sorry. Ik wilde u niet laten schrikken. Ik wilde u alleen vragen naar de tijd.'

Ik keek op mijn horloge. 'Klokslag tien uur.' Maar toen ik weer naar hem keek, glimlachte hij vreemd. 'Is er iets?'

'Ik ben het, Bobby. Temuel.'

Ik rolde met mijn ogen. 'Jij komt niet vaak buiten de hemel, hè?'

'Waarom zeg je dat?'

'Je vindt dat vermommen veel te leuk.'

Hij leek een beetje gekwetst. 'Ik ben voorzichtig. Dat wil jij toch ook? Je wilt toch niet dat iedereen weet wat we aan het doen zijn, of wel soms?'

Waarom is iedereen die ik ken zo gauw op zijn teentjes getrapt? 'Nee, nee, natuurlijk niet.'

'Mooi.' Hij keek om zich heen. We waren blijkbaar de enigen in de verre omtrek. Theemuts reikte naar boven en toverde een rits in de lucht. (Voor wie het nog niet weet: met die dingen stap je naar de buitenkant, oftewel uit de tijd zelf. Daar doen we ons werk, of in ieder geval het gedeelte waar we de zielen beschermen van onlangs gestorven cliënten tegen de spindoctors van de hel.) Hij stapte erin en gebaarde dat ik moest volgen.

Anders dan het merendeel van wat ik aan de buitenkant tegenkom (aangezien ik meestal bij het doodsbed of de plaats van een ongeluk sta) was het uitzicht in de rits nauwelijks anders dan het uitzicht erbuiten. Temuel en ik waren nog steeds de enigen, het museum was nog steeds gesloten, en het was nog steeds nacht. Het enige dat anders was, was dat het water uit de fontein vastgevroren was; duizenden afzonderlijke druppeltjes hingen stil in de lucht. Het zou interessant zijn geweest om ze van dichtbij te bekijken, maar mijn aartsengel dacht daar anders over.

Hij reikte omhoog in de lucht en plukte iets uit het niets. Toen hij het me aanbood, was het slechts een lichtvlekje in zijn handpalm.

'Dit is Lameh,' zei hij. 'Zij is een beschermengel.' Dat was een ander soort engel, het soort dat een leven lang een mens begeleidt en alles bijhoudt dat hij of zij doet en zegt en denkt, en vervolgens gebruiken advocaten als ik die informatie om die ziel bij een vonnis te verdedigen.

'Hallo, Lameh,' zei ik.

'Ze spreekt eigenlijk niet meer,' zei Temuel. 'In ieder geval niet hardop. Ze is heel oud.'

Dat was een vreemde opmerking. Ik had nog nooit iemand over de

leeftijd van een beschermengel gehoord.
'Maar ze zal je helpen. Ze weet veel, en zal dat met je delen.'
'Waarover weet ze veel?'
'Over de hel, natuurlijk.' Temuel deed iets en opeens lichtte het vonkje aan het uiteinde van zijn wijsvinger op. 'Je zult veel meer moeten weten dan je nu doet wil je daar niet bij aankomst al ontmaskerd worden.' Zijn gezicht werd ernstig. 'Dit is geen spelletje, Bobby.'
'Weet ik, weet ik!' Maar ik vroeg me even af waarom die Lameh zoveel informatie over de hel had – niet echt een gangbare afstudeerrichting voor een beschermengel. Voor ik een discrete manier kon bedenken om dat te vragen, boog de aartsengel zich naar mij toe en legde zijn vinger op mijn oor, en vervolgens sprong er iets mijn hoofd in. Dat is de enige manier waarop ik het kan beschrijven. Het was precies zo gek als het klinkt. Toen nam Temuel me bij de arm en leidde me terug uit de rits, waarna hij de vlammende opening achter ons sloot.
'Ga nu naar huis, Bobby,' zei mijn baas. 'Ga slapen en Lameh doet de rest. Zij zal je alles vertellen wat je moet weten en je brengen naar waar je moet zijn.'
Ik kende het gevoel van een beschermengel die je informatie verstrekt, dus ik was niet zo geschokt dat er iets vreemds mijn gedachten was binnengedrongen, maar ik had nog wat vragen voor Temuel. Hij leek echter klaar met het gesprek en besteeg al de trap die van het plein wegliep. Ik riep hem na maar hij antwoordde niet. Halverwege zette hij het op een lopen alsof hij precies dat twaalfjarige jongetje was dat hij leek.
'Bel me zodra je terug bent!' riep de aartsengel terwijl hij oploste in de schaduwen van de omringende gebouwen.

Toen ik het huis van de Walkers bereikt had, nam ik niet de moeite om G-Man op te zoeken, maar klauterde gewoon door een van de niet-gesloten ramen naar binnen en ging toen naar boven. Het laken van eerder die dag lag er nog; ik nam het mee terwijl ik me onder het bed liet zakken, en rolde mezelf erin tot het me van onder tot boven bedekte. Het was moeilijk om te negeren dat het precies leek op een lijkwade.
Lameh zat in mijn hoofd, precies waar Temuel haar had geplaatst, woorden mompelend die ik nauwelijks kon verstaan, dingen die meer als bezweringen klonken dan nuttige weetjes en die niet tot mij doordrongen als kennisoverdracht maar als een chemisch proces. Ik deed mijn best me te ontspannen en het naar binnen te laten sijpelen. Het was niet zozeer dat ik haar echt kon verstaan – ze benoemde geen con-

crete zaken en gaf me ook niet de belangrijkste halfjaarlijkse exportcijfers van verschillende regio's van de onderwereld; al wat ze overbracht was een gevoel, alsof een of ander vreemd, welwillend diertje zich in mijn schedel had genesteld en druk in de weer was met zijn vreemde dierlijke bezigheden. Maar zo nu en dan kon ik dingen waarnemen die er daarvoor nog niet waren geweest, alsof ik in een mistige regen in slaap was gevallen en nu voelde hoe de stroompjes bijeenkwamen en mij overspoelden. Ik probeerde het ontspannen over me heen te laten komen.

Uiteindelijk zakte ik weg in een soezerige duisternis, en even vergezelde die buiten bereik blijvende stem me terwijl ik me nestelde. Een tijdje droomde ik dat ik voor een deur stond, in de wetenschap dat het allerdroevigste ter wereld zich aan één kant bevond, maar ik wist niet aan welke, de mijne of de kant die ik niet kon zien.

Eindelijk was ook de droom voorbij en bleef ik alleen achter met het bijna geluidloze gefluister, dat langzaam in vergetelheid wegzakte.

Op weg.

Op weg omlaag.

Helemaal omlaag.

# Intermezzo

*Ik zat een moedervlek op haar rug te bewonderen, een egaal gladde bruine stip net onder haar schouderblad, als een elfenheuveltje in een besneeuwd veld.*

*'Hoe wist de hel dat ze die perfecte moedervlek precies daar op jouw volmaakte rug moesten plaatsen zodat ik verliefd op je zou worden?'*

*Ze snoof. 'O ja. Alsof de hel de moeite zou nemen om iets voor jou te doen, Dollar. Dat is toevallig mijn eigen moedervlek, regelrecht afkomstig uit de vijftiende eeuw.'*

*Ik boog me omlaag en drukte een kus op de ijskoude huid, en ging toen wat hoger, waar de eerste bleke haarsprietjes groeiden op haar nek. Ik bleef een tijdje haar nek en oren zoenen en haar geur opsnuiven. Ik zal die nooit kunnen beschrijven, in zijn complexe geheel, maar zal die ook nooit vergeten, ook als ik tegen alle waarschijnlijkheid in een heel oude engel word. En dan hebben we het over een verdomd lange tijd.*

*Na een tijdje begon ik weer in de andere richting omlaag te gaan, mijn gezicht wrijvend langs de gladde koude knobbeltjes van haar ruggengraat bij het omlaaggaan, weer even halt houdend om het elfenheuvelmoedervlekje respect te betuigen, toen verder omlaag over haar rug naar het zachte bobbeltje van haar staartbeentje en de kloof van haar bips. Een Griek, Aristoteles, Plato, Onassis of weet ik veel, zei dat er vijf volmaakte vormen bestonden, vijf absolute geometrische vormen. Aan dat rijtje zou ik graag Caz' kont toevoegen, want als je volmaaktheid zoekt, nou, daar vind je die. Ik denk dat het pleit voor mijn volwassenheid dat ik zelfs al behoorlijk verliefd op haar was geworden zonder die kont in levenden lekkeren lijve te hebben aanschouwd. Zodra ik dat wel had... Nou ja, ik wil niet iedereen hier met sentiment overladen.*

*Wat later:*

*Haar slanke rug strekte zich voor me uit als door oceaangolven glad gesleten steen. De ronding van haar achterste werd geplet tegen mijn kruis. Toen ik* haar penetreerde, slaakte ze een zucht en voelde ik haar samentrekken, en toen verstijven als een doodsbang dier. Ik stopte.

'Doet het pijn?' vroeg ik. Ik gleed met mijn handen over haar huid. 'Wil je dat ik ophoud?'

'Ik weet niet. Ja. Nee.' Ze probeerde naar me om te kijken, maar de hoek was ongemakkelijk. 'Het is alleen... Het is zo... gevoelig. Ik wil niet...' Ze zweeg even. 'Het spijt me, ik moet echt stoppen. Wil je me even alleen vasthouden?'

'Natuurlijk.' Ik trok me voorzichtig terug en trok haar mee terwijl ik op het bed neerplofte, zodat de koele, lange rug tegen mijn buik aan lag. Ik sloeg mijn armen om haar heen en trok haar naar me toe. 'Ik had toch al niet zo'n zin in nog meer seks,' zei ik. 'Ik weet wel dat mensen zeggen dat ze het fijn vinden, maar ik vind dat dat modieuze gedoe flink overschat wordt.' Ik voelde haar stilletjes naast me schokken. Zat ze te lachen? Zo'n goeie grap was het nou ook weer niet.

Toen ze even later nog niet was opgehouden, vroeg ik: 'Caz? Zit je te huilen?'

'Nee.' Ik voelde mijn arm echter nat worden. Ik trok me van haar weg en probeerde haar gezicht naar me toe te draaien, maar daar moest ze niets van hebben. Ze veegde kwaad haar ogen droog voor ze me toeliet haar aan te kijken. 'Hoepel op, Dollar. Zeg maar niets meer.'

'Wat is er? Heb ik iets...?'

'Nee, dat heb je niet. Het draait niet altijd om jou.'

'Wat is het dan?'

Ze knipperde met haar ogen en keek kwaad. 'Ik ben gewoon niet... Ik ben gewoon niet zo goed in... in tederheid.' Ze wierp een steelse blik op me en begroef meteen haar hoofd weer in mijn armen. 'Klootzak. Breng me niet van mijn stuk of ik pak een mes en hak dit keer wel je pik eraf.'

Ah, de romantiek van gedreigde castratie!

Ik hield haar alleen maar vast tot ze zich beter voelde, toen kusten en fluisterden we wat, waarna we weer in slaap vielen. De gravin van de koude handen had veel kwetsuren, beschadigingen en wonden, maar wat mij verbijsterde was hoe erg ik dat vond – hoezeer ik haar wilde helpen te genezen. Dat was beslist het meest angstaanjagende dat me ooit was overkomen.

Caz was een kopstuk uit de hel, een gezworen aartsvijand... en ze had heel wat issues. Iedere engel met een greintje verstand zou, zelfs in dit late stadium nog, zijn opgesprongen en de deur uit gevlucht om nooit meer om te kijken. Maar ik ben natuurlijk nooit dat type engel geweest.

## *13*
# Binkie

Lag ik het ene moment nog onder iemands reservebed als een afgeprijsde Toetanchamon in een koopjeskelder, het volgende moment bevond ik me in diepe duisternis. Daarna werd de heleboel nog vreemder, aangezien de duisternis hobbelig was.

En dan heb ik het niet over textuur, zoals een hobbelige weg, maar over het feit dat ik mezelf voelde hobbelen, zo van *hop hop hop* bij het omlaag gaan, alsof allesbehalve bekwame handen mij lieten afzakken. Ik bevond me in een soort kast of kamertje – nee, zo besefte ik terwijl alles om me heen schokte, wat me tegen een van de muren deed slingeren. Nee, ik zat in een lift. Ik daalde af naar de hel in een lift, afzakkend aan een piepende kabel naar de allerlaagste kelderverdieping. Ik vroeg me af of andere nieuwkomers andere vervoermiddelen kregen – bijvoorbeeld een mandje.

Ik voelde me anders, besefte ik, en het was niet alleen het plotselinge ontbreken van Lameh de beschermengel (kennelijk vergezelde zijzelf me niet), of de aanwezigheid van ideeën die ze in mijn geheugen had ingefluisterd. Mijn hele lichaam voelde anders, op manieren die ik niet begreep, en het gevoel was zo vreemd dat het me meer tijd kostte dan nodig zou moeten zijn geweest om te beseffen dat ik me in een nieuw lichaam bevond, dat Lameh, als een van haar taken, mijn ziel in een voor een reis door de hel geschikter lichaam had geplaatst. Een nieuw lichaam, en ook heel wat nieuwe kennis, maar dezelfde goeie oude hopeloze situatie.

Die eerste ogenblikken vond ik het allemaal heel griezelig, maar terwijl de bonkende afdaling voortduurde, zakte dat weg en werd mijn toestand na een tijd alleen maar eentonig. Toen werden de verveling, lange duur en voortdurende monotonie van de reis weer griezelig. Op wat bottenrammelende schokken na en af en toe een oplaaien van licht door het kleine raampje dat pal voor mijn gezicht leek te zitten (waardoor de lift veel meer op een doodskist leek), had ik me in een soort eindeloze video*loop* kunnen bevinden van dezelfde betekenisloze vijf seconden die zich voor altijd en eeuwig herhaalden. Ik was ervan overtuigd dat de grote jongens van de hel er niet vaak op deze manier in en uit reisden, aangezien het uren leek te duren.

De lange afdaling gaf me tijd om mijn inventaris op te maken. Ik tilde mijn handen op om te zien of ik een indruk van mijn helse gedaante kon krijgen, maar hoewel ze donkerder leken dan gewoonlijk en de nagels bijna klauwen waren, leken ze betrekkelijk normaal. Er was niet genoeg licht om de rest van mijn lichaam te bekijken, maar ik boog zo ver mogelijk en voelde wat ik kon voelen. Voor het merendeel leek het vrij normaal, hoewel mijn huid beslist dikker aanvoelde dan tevoren, een beetje als de rubberachtige huid van dolfijnen en orka's.

Eindelijk kwam de lift sidderend tot stilstand met gekrijs van metaal op metaal. De deur knalde open. Ik verwachtte bijna iets als HUISHOUDELIJKE ARTIKELEN of AFDELING KINDERSCHOENEN te zien, maar ik stond aan de ene kant van een smalle, langgerekte strook van geel stof; alles boven en naast me loste op in schaduw. Maar het was een enorme ruimte – dat kon ik wel zien. Onmogelijk groot. Aan de overkant van het stof doemde de Nerobrug op, mijn eerste glimp van dat onmogelijk uitgestrekte gevaarte van steen. De kale brug kromde zich omhoog en strekte zich over de monsterlijke afgrond uit tot het bijna in het niet verdween over het midden van de afgrond, slechts verlicht door de felle rode gloed die door barsten in de muren scheen.

Er was nu genoeg licht om mezelf te bekijken. Mijn handen waren grofweg menselijk, maar mijn huidskleur (of kleuren, om precies te zijn) verre van; wat ik kon zien was asgrauw met strepen van zwart en oranje. Bij de gewrichten was de huid tot zwarte platen verhard, en als ik mijn arm of been verdraaide, kon ik felrood vlees in de plooien zien verschijnen of verdwijnen wanneer de platen uiteen werden getrokken. Het was best beangstigend, eerlijk gezegd, dus hield ik er maar mee op. Ik bevoelde mijn hoofd, dat betrekkelijk normaal aanvoelde behalve dat waar ik normaliter haar had zitten, ik iets voelde als borstels, of zelfs kieuwen. Dus geen horens. Mijn voeten waren plat, zwart en leerachtig, met slechts een enkele kloof tussen mijn grote teen en de rest, als Japanse *tabi*-sokken. Als duivels die vaak droegen, kon ik begrijpen waar dat beeld van hoeven vandaan was gekomen. Ook geen staart, wat toch wel een opluchting was. Alles wat ik kon zien, behalve dan mijn kleur en tenen, zag er in ieder geval menselijk uit. Ik had het veel slechter kunnen treffen.

Ik voelde me ook vanbinnen anders, maar kon onmogelijk bepalen of al die nieuwe indrukken die me overspoelden, kwamen doordat ik een nieuw lichaam droeg of doordat ik me in de hel bevond. Toch, zo realiseerde ik me, was dit lichaam misschien vreemd en de huidskleur een beetje die van een gifkikker, maar het belangrijkste was dat mijn nieuwe duivelsgedaante als een astronautenpak was – het zou me veilig helpen houden in deze uiterst ongezonde omgeving.

Ik heb je al verteld wat er op de Nerobrug voorviel. Nu komt wat er gebeurde toen ik ervanaf stapte, de hete, dikke mist in aan de rand van de hel.

Ik had iets verwacht als de oude grensovergang naar Oost-Berlijn of misschien zelfs de zwarte poort naar Mordor, maar daarvoor in de plaats was het betreden van dit infernale oord zo makkelijk als uit een taxi stappen – in ieder geval in eerste instantie.

Van wat de beschermengel mij in mijn geheugen had geprent, wist ik dat ik me op een van de Abaddonniveaus moest bevinden, ergens in het bovenste midden van de hel. Maar als dit het bovenste midden was, wist ik zeker dat ik niet lager wilde komen, want zelfs vóór ik er iets van kon zien, kon ik het al ruiken. Abaddon *stonk*. Ik bedoel niet gewone alledaagse vieze luchtjes zoals stront of rottend vlees. Ik bedoel een combinatie van alle vieze geuren die biologie en geologie kunnen creëren, vermengd tot een koppig boeket dat tezamen niet alleen alles wat een neus normaal afkeurt combineert, maar ook vleugen van zulke vreemde en onverwachte aroma's – zoals koper en verbrand hooi, om maar wat voorbeelden te noemen – dat ik er onmogelijk aan kon wennen. Het is me ook nooit gelukt. De architecten van de onderwereld hadden, sorry voor de woordspeling, hun stinkende best gedaan: ze wisten dat een enkele stank, of zelfs een miljoen onveranderlijke stanken, na een tijdje vertrouwd raken, maar kleine veranderingen kunnen ervoor zorgen dat alles nieuw blijft, hoe afschuwelijk ook. Zolang als ik daar verbleef, zou het me nooit lukken die stank te negeren.

Toen ik de brug achter me liet en door de wervelingen van giftig gekleurde mist liep, vulden stemmen de hete, vochtige schemering, sommige menselijk, sommige dierlijk, sommige een afschuwelijke kruising ervan – krijsend, kreunend, redetwistend, zelfs flarden geschater die klonken alsof ze ontrukt waren aan degene die, of hetgeen dat ze had voortgebracht. De geluiden van de verdoemden. Wel zo'n beetje wat je zou hebben verwacht. En de lucht was walgelijk heet, slijmerig en benauwd als de afschuwelijkste augustusdag in een New Yorkse metro, duizendmaal versterkt. Ik kon de raderen al horen knarsen in het raakvlak tussen wat mijn verstand verwachtte dat mijn lichaam zou doen – liters zweet pompen, zo snel mogelijk – en dat wat het duivelse lichaam echt deed, te weten niets. Dit was namelijk normaal hier, zie je, en het lichaam dat ik droeg behandelde het ook als zodanig. Zestig graden Celsius en klam als een moeras in Florida? Geen punt.

*Weertje, hè, mevrouw, meneer? Er wordt een diarreebui verwacht, dus ik heb mijn parapluutje maar vast bij me. Toedels!*

Terwijl ik uit de mist bij de brug kwam, kon ik voor het eerst zien waar ik me eigenlijk bevond.

Volgens Lamehs briefing, waarvan de feiten nu in mijn hersenen genesteld zaten als een soort halfvergeten college uit mijn studietijd, is de hel een monsterlijk grote cilinder, zo breed als een klein land en bijna oneindig hoog en diep, en zijn talloze woongemeenschappen gestapeld in lagen alsof het een onmogelijk hoge inwendige essentie was van een hele wereld. Abaddon was, zoals een groot deel van de hel, een soort autonoom land dat bestond uit verschillende lagen, en zijn steden waren bijna geheel opgetrokken uit het puin van andere steden.

'Puin' leek beslist een goede beschrijving van wat er voor me lag. Stenen en leem waren in nieuwe rangschikkingen gesleept, de resten van oude torens en muren waren herbouwd tot een duizendtal nieuwe vormen om zo een immense mierenhoop te maken, met gangetjes van amper twee schouders breed tussen de gestapelde structuren, en alles wat ik kon zien, krioelde van de helse bewoners. De grote variëteit aan lichaamsvormen was verbijsterend – sommige ervan konden nauwelijks lichamen worden genoemd in de normale zin des woords, niet veel meer dan bewegende hoopjes drab (vaak met een verontrustende hoeveelheid ogen); andere luitjes hadden de gedaante van dieren of halfdieren, of onrustbarend vervormde menselijke gedaantes. Een van hen in mijn buurt, die een modderige wand op kroop van onderling verbonden holen over wankele laddertjes van hout en leem en verwrongen touw, zag eruit als zo'n enorme Japanse krab, met ongelofelijk lange poten, maar aan alle poten van dat beest groeide een rij menselijke handen. De kop boven op de krabschaal was ook menselijk en leek een liedje te fluiten.

Maar nu merkte ik iets op dat nog vreemder was. Slechts een paar meter achter me in de mist begon de Nerobrug, een weg die zowel naar de hel toe als ervandaan liep – maar niemand aan de kant van de hel leek te beseffen dat die brug daar was. Ik zag wezens de mist in lopen en straal de brug voorbijlopen alsof die onzichtbaar was. Misschien was hij dat ook voor hen. Al die wezens die ronddoolden in ellende, op slechts een paar meter afstand van een uitweg die ze niet konden zien. Ik voelde me opeens niet goed. Als ik toen nog niet goed had beseft waar ik me bevond en hoe erg het daar was, begon ik het nu te begrijpen.

Er was natuurlijk geen hemeldak. De makers van de hel hadden net zomin voor de tastbare werkelijkheid hoeven zwichten als de lui die de hemel bouwden, en de vorm van die plek zelf was bedoeld als constante herinnering aan opsluiting en straf. Gedeeltes van Abaddon strekten zich echter heel hoog boven me uit, vooral langs de muren waar de ruwe materialen heel hoog werden geschraagd; maar boven dat alles bevond zich een enorme koepel van kartelige stenen vol gaten. Je zag boven je de onderkant van de laag erboven, geen hemel.

Hoe gek en nieuw dit alles ook was, ik had toch erg weinig tijd om het goed in me op te nemen, want zodra ik uit de mist was gestapt, werd ik omringd door lawaai en stank en werd ik verdrongen door de lelijkste figuren die je ooit hebt gezien.

'Wormen!' Een kikkerachtige kerel zonder achterpoten zwaaide met een bundel geblakerde, onder de modder zittende stokken in de lucht. 'Knapperig, zoals je ze het lekkerst vindt!'

'Jajem! Slokkie jadem voor maar één tuf.' Dit kwam van een vent die eruitzag alsof hij door een heel slechte goochelaar doormidden was gezaagd en toen door een al even amateuristische chirurg weer aan elkaar gelapt. Zijn onafhankelijk van elkaar bewegende ogen zagen me staren. 'Hé, jij daar. Jij ziet eruit alsof je wel een slokkie ken gebruiken. Ik garandeer je dat je geen heldere gedachte meer hebt tot de laatste lamp. Voor maar één tuf!'

*Laatste lamp.* Lamehs ingeprente herinneringen roerden zich. Er was hier geen daglicht of maanlicht, dus werd de eerste lamp ontstoken om de ochtend aan te geven, een tweede lamp voor de middag en vervolgens werd een ervan uitgedaan en ging men met één enkele lamp verder tot aan het einde van de dag. (De felle gloed die uit de barsten in de muren scheen en die enige helderheid verschafte na het vallen van de avond, noemde men 'naschijn'.) En een 'tuf' was een muntje. De jenever was vrijwel zeker van iets walgelijks gemaakt en lokte me totaal niet aan. De hel is opmerkelijk realistisch in vergelijking met de hemel, wat ook niet zo gek is – echte naaktheid, echt voedsel, echte stront, echt geld, noem maar op. De elfenlichtjes en verstilde pasteltinten van de Hemelse Stad schenen me steeds minder slecht toe, en ik was nog maar amper in de hel.

De jeneververkoper schuifelde naar me toe en bood me een kopje aan dat door het stof had gesleept. Ik had een flinke dorst, maar zelfs als dat gore ding de Heilige Graal was geweest had ik het nog niet naar mijn mond gebracht – ik kon de afgrijselijke geur van de jenever ruiken door de duizenden andere smerige geuren van die plek heen. Dat was geen enkele vergetelheid waard. (Toen geloofde ik dat echt nog. Later veranderde ik van mening. Toen ik al wat langer in de hel zat slurpte ik zelfs alles wat ik maar te pakken kon krijgen, net als in de gewone wereld. Als er ooit een plek was waar iemand van tijd tot tijd een stevige borrel nodig heeft, dan was het wel de hel. De hel en delen van Oklahoma.)

Maar die vent met zijn sterkedrank werd onderbroken voor hij zijn verkoopriedel kon afdraaien, lomp aan de kant geschoven door iets heel groots dat boven me uittorende als een naderende bus. Die nieuwkomer was een vrouw, maar dan zoals de hertogin in *Alice in Wonderland*. (Voor de dombo's die niet lezen: ze leek op een zeekoe met een pruik.)

'Zakkenwasser,' gromde ze naar de jeneververkoper. 'Dit dure heerschap heb geen behoefte aan jouw jajem. Hij heb zin in een verzetje, ja toch, nee dan?' Ze wierp een wellustige blik op me terwijl ze met haar borsten in haar versleten keurslijfje schudde – die leken wel plastic zakken vol bleke jus en blauwe spaghetti. 'Er gaat niets boven wat ik je voor een tuf geef, heerschap. Ik smeer al je hoeken en gaten door. Ik blaas de as uit je schoorsteentje...' Ze schortte haar rokken op en toonde wat er onder haar jurk zat. Als een haarloos paard evenveel poten had als een spin, met een wrede parodie van vrouwelijke geslachtsdelen in het kruis van elk verzakt en toegetakeld stel dijen... Nee, dit hoef je niet te weten. Ik deed mijn best om niet over te geven. 'Och, kijk nou es,' zei ze terwijl ze greep naar mijn pik.

Opeens besefte ik dat ik naakt was – ik bedoel écht beseffen. Ik keerde me om en dook weg in de menigte; op dat moment kon het me niet schelen tegen wat voor andere gruwelen ik aanschuurde.

'Kapsoneslijer! Een mooiere meid zul je tussen hier en de bovenkwartieren nerges vinden,' balkte ze me na, onhandig op haar plaats stampvoetend terwijl de lijven van haar helgenoten achter haar opdrongen. 'Wat dacht je dan, dat je een van de hoge omes bent? Ga maar kijken wat die met je doen, verwaand stuk stront!'

Ik moest door blijven lopen, besefte ik nu, want als je halt hield werd je onder de voet gelopen. Dus bleef ik doorploegen door de drommen, de stank en het gejank van die eindeloze gruwel-dierentuin, langs wezens die voor me terugdeinsden en wezens die naar me hapten, langs tientallen zwervers met opgestoken handen als mismaakte zeesterren, bedelend, smekend, tranen van bloed en andere onaangename sappen schreiend. Allen zaten ze onder de littekens, allen waren ze kreupel, en niet per ongeluk – dit waren straffen. Het had na een tijdje makkelijker te verdragen moeten worden, die constante stroom mismaakte misbaksels, de hopelozen en onmenselijken, maar toen nog niet, en het zou nog een hele tijd duren. Ik raapte een grote steen op en droeg die in mijn hand, gewoon bij wijze van wapen.

Toch zag ik, terwijl ik mij een weg baande door de menigte op zoek naar een uitweg uit dit niveau, of in ieder geval een plek waar de zich verdringende menigtes niet zo afschuwelijk waren, dat hier in het labyrint van Abaddon dingen gebeurden die niks met mij te maken hadden, laat staan met straffen uitdelen: provisorische winkeltjes met echte werknemers, herbergen, woonhuizen en andere tekens van bewoning, hoe grotesk dan ook. Ik geef toe dat ik verbaasd was. Er werd echt gewoond in de hel, zo zag ik. Ze verkochten dingen, deden hun best om te zorgen voor hun dagelijks brood en een veilig dak boven hun hoofd. Maar waar waren dan de straffen? Ik bedoel niet de straf van het gewoon hier leven in al deze afschuwelijke, overweldigende ellende, maar de echte daadwerkelijke straffen?

En toen begreep ik het, en van alle onverkwikkelijke dingen die ik had meegemaakt sinds ik uit de tunnel bij de in vergetelheid geraakte Nerobrug was gestapt, had nooit iets me harder getroffen.

Deze gruwelen om me heen waren niet de echte hel. Bij lange na niet. Lameh had al iets gezegd over het feit dat de niveaus van Abaddon zich in de hogere gedeeltes van de hel bevonden – niet helemaal boven, waar de hoge heren van de hel als Eligor en prins Sitri woonden, maar ook niet in de diepten. In ver onder ons gelegen niveaus in die ontzaglijke duisternis, in het verschrikkelijkste gedeelte van de zinderende hitte waarvan dit maar de onbeduidendste, vredigste buitenwijk was, waar de zielen die ik op de brug had horen jammeren tot het slaken van die ijselijke kreten werden gebracht, dat was waar de echte hel zich bevond. Hoe afgrijselijk deze plek ook was, een kwelling voor alle zintuigen, een gruwel voor de geest – toch bevond ik me naar helse maatstaven in de aangename buitenwijken. En als ik gevangen werd genomen, zou ik nooit meer zoiets aangenaams zien.

Op dat moment scheelde het heel weinig of ik had het bijltje erbij neergegooid.

Lamehs hersengefluister had me aan wat helse geografische kennis geholpen, maar het had me niet zoiets meegegeven als een gedetailleerd beeld van hoe alles in elkaar paste, laat staan een echte kaart. Ik betwijfelde zelfs dat er zoiets bestond, afgezien van wat globale schetsen, aangezien ik in de korte tijd dat ik in Abaddon had gezeten, gezien had hoe een handjevol doorgangen werd gemaakt en vernietigd. Dit oord was continu in beweging als een levend organisme, een koraalrif of zoiets, hoewel het werk door duivels en verdoemden werd gedaan. Tussen twee lampen in werd een weg opgesplitst in twee wegen, of werd opgevuld; huizen werden op elkaar gebouwd tot ze allemaal instortten, waarna er weer meer op het puin werden gebouwd. Hele wijken gingen in vlammen op of werden door periodieke trillingen verwoest, waarna ze in andere gedaantes voor nieuwe bewoners werden herbouwd, vaak boven op de nog schreeuwende lijven van de gewonden. En misschien bleven die wel voorgoed schreeuwen, aangezien de dood je niet kan bevrijden als je al dood bent.

Er waren een paar plekken waar ik heen moest, maar ik had geen idee hoe ik er moest komen, behalve dan dat ze allebei ergens boven me waren in die grote stapeling van infernale niveaus. Als je dacht dat het moeilijk is om de weg te vragen in een vreemde stad, dan moet je het eens in de hel proberen. Of nee, doe maar niet.

Geen kaarten, geen instructies. Hoe moest ik nou doen wat ik moest doen?

Het zou blijken dat Abaddon een oplossing voor me had.

Ik stond in een overwelfd riool aan de rand van een van Abaddons wirwarren van huisjes, omhoogstarend naar een deprimerend vertrouwd stukje buitenmuur toen het gebeurde. Ik was bekaf en gefrustreerd omdat het net tot me was doorgedrongen dat ik dit gebied al de vorige dag had onderzocht. Met andere woorden, ik was weer verdwaald geraakt. Het zag ernaar uit dat ik de hele omtrek van die plek weer zou moeten omlopen voor een uitweg, wat misschien alleen al op dat niveau jaren zou kunnen duren.

Er streek iets langs me heen dat wat langer bleef hangen dan zou moeten. Ik aarzelde geen seconde – ik wilde niet aangevallen of versierd worden – dus haalde ik met kracht uit naar datgene wat me had aangeraakt. Ik hoorde grommen en iets tuimelde voor mijn voeten op de grond, veel makkelijker geveld dan ik had verwacht.

Ik keek omlaag en zag een heel kleine gestalte ineengedoken voor mijn voeten liggen in de omgewoelde, op stront lijkende modder op straat, een naakt lijfje dat niet veel groter was dan een aapje van een orgelman, moeilijk te onderscheiden van de bagger eronder. De voorbijgangers stapten net zo vaak erop als eroverheen, sommigen van hen waren enorm, sommigen hadden harde hoeven. Ik kon het kleine wezentje horen piepen, niet als iets wat huilde maar als iets wat verwoed probeerde op adem te komen, dus zette ik me schrap, reikte omlaag en trok het hoopje ellende overeind. Pas toen ik weer door wilde lopen nu dit staaltje naastenliefde was voltooid, zag ik dat het kleine wat-het-ook-mocht-zijn mijn wapensteen in zijn lange vingers vasthield. Dat klootzakje had mijn zak gerold, en ik had niet eens een zak.

Ik griste de steen terug en trok de dief toen in een rustiger deel van de menigte waar ik hem eens goed kon bekijken. Hij had grote, ronde ogen, maar nauwelijks een neus; zijn ledematen waren verschrompeld en verbogen, wat ik in de normale wereld zou hebben gehouden voor de na-effecten van scheurbuik, en hij was van top tot teen begroeid met bleke haartjes. Maar hij was verbazend sterk – ik moest hem stevig vasthouden om hem niet te laten ontsnappen. Het aapachtige gezicht met grote mond verried een intelligentie die voldoende met de mijne overeenkwam om mijn geleende hart te doen zinken in mijn geleende borstkas.

'Je hebt mijn steen gejat,' zei ik.

Hij probeerde onschuldig te kijken, maar slaagde er slechts in er meer dan ooit uit te zien als iets wat op je tapijt plast zodra je je omkeert. 'Nei,' zei hij. 'Niewaar. Lamelos. Zwelbast roep.'

'Wie is dat? Wie is Zwelbast?'

Zijn ogen werden nog groter. Hij stond versteld van mijn onwetendheid. 'De opser... de chef, de pief. Hier bij de Schijterijsteeg dan. Ik krijg op me kop a'knie gauw weer op de wekplaas bent.' Iets in de manier waarop hij sprak gaf me nog sterker het gevoel dat hij een kind was. Zijn blik bleef van links naar rechts schieten en hoewel hij niet meer tegenstribbelde, spande hij nog steeds zijn spieren in mijn greep. Als hij me niet kon overtuigen hem los te laten, zou hij moeten proberen los te komen, misschien met geweld, maar hij ging eerst proberen zich eruit te lullen. Dat beviel me wel. 'Wat is je naam?' vroeg ik.

Hij kneep zijn ogen samen alsof ik met een zaklantaarn in zijn gezicht scheen. 'He'knie.'

'Wat doe je? Waar woon je? Heb je familie?'

Zijn ogen bleven bij deze woorden groter worden, alsof het hem moeite kostte zich te beheersen bij zulke bizarre vragen. 'He'knie. K'woon bij d' wekplaas.' Hij likte zijn lippen en vroeg toen gespannen: 'Jij monaar?' Hij zag dat ik het niet begreep. 'Monaarsek?'

Opeens drong het tot me door dat hij sprak over de moordenaarssekte, gewapende duivelse wachters die dienstdeden als huurlingen. In de dichter bebouwde gebieden fungeerden zij zo'n beetje als de helse politie.

'Nee. Ik niet,' zei ik. 'Geen moordenaarssekte, ik ben... gewoon.'

Hij gooide het over een andere boeg. 'Lamelos. J'etje steen nou toch? En'k bijt.' Hij toonde me zijn grijns, die inderdaad bestond uit opmerkelijk schone, gelijkmatige, puntige tandjes, zoals je wel eens bij een vis of een kikker ziet.

Maar zo makkelijk kwam hij er niet vanaf. 'Iemand moet me helpen hieruit te komen.' Het was riskant om iemand in vertrouwen te nemen, zelfs al was het een kind, maar ik wist niets beters te bedenken. 'Ik ben verdwaald.'

Het kleine aapachtige jongetje dacht even na. Hoewel ik kon zien dat hij er echt over nadacht, kon ik ook opmaken dat hij nog niet van plan was om zijn vluchtplannen op te geven.

*Als je leert je voornemens beter voor je te houden*, dacht ik, *dan kom jij er wel, jochie.* Maar toen dacht ik: *Hier?* en *Waar kom je dan?* Die gedachte maakte me opeens heel triest.

'Drie tuf,' zei hij ten slotte.

Nu hij was begonnen met onderhandelen wist ik dat ik hem had waar ik hem hebben wilde. We kwamen een deal overeen waarbij ik hem te eten zou geven zolang hij me vergezelde en na afloop een ijzeren tuf zou geven, zodra ik een uitweg had gevonden uit deze laag van Abaddon. Ik had natuurlijk helemaal geen tuffen, maar zou daar wel wat op vinden.

'Deze kant op,' zei hij en vertrok zonder te kijken of ik hem volgde.

Terwijl het jochie me uit Abaddon begon te loodsen, bleef ik op mijn hoede voor het geval hij me in werkelijkheid naar zijn grote vriend Zwelbast leidde, die me vervolgens zou doodtrappen en mijn waardevolle steen af zou pakken. Dat wil zeggen, als je tenminste in de hel doodgeslagen kan worden, wat niet in overeenstemming was met wat ik had gehoord over dit oord. Ik had in de hemel nooit over dergelijke zaken hoeven piekeren, maar ik had zo het idee dat me hier nog vele onaangename ervaringen te wachten stonden.

Ik kletste verder niet meer met die jongen. Dat leek hem prima te bevallen. Maar dat apenjong bleef onder het lopen naar me staren, alsof hij nog steeds moeite had zijn gedachten over mij te bepalen. Honden houden niet van direct oogcontact, en heel veel andere zoogdieren ook niet (waaronder sommige mensen), dus bleef ik voor me uit kijken, naar de eindeloos voorttrekkende optocht van misvormde gestaltes en een onverdraaglijke variëteit aan gezichten.

'K'eb d'r een,' zei mijn metgezel ten slotte. Hij keek niet meer naar me, maar staarde resoluut voor zich uit, net als ik.

'Een? Een wat?'

'Naam.'

Ik dacht hier even over na. 'En die luidt?'

'Binkie.'

Ik knikte. Bijna had ik uit macht der gewoonte 'Aangenaam' gezegd, maar ik besefte dat je dat hier waarschijnlijk niet vaak hoorde. Hoewel de straat rondom ons nog even walgelijk en stinkend en overbevolkt was als tevoren, en nog net zo rumoerig, kwam het zwijgen tussen het jochie en mij nu anders over. De stemming was bedaard, in ieder geval voorlopig.

Ik had mijn eerste vriendschap in de hel gesloten. Min of meer.

# 14
# Zondaars te koop

Mijn ogen brandden en ik spuugde smerig stof uit. We hadden in de buitenwijken van Abaddon al urenlang door op termietenheuvels lijkende nederzettingen geploeterd, vele kilometers van opeengehoopte modder, vuil en gebroken steen, maar nog altijd geen weg gevonden naar het volgende niveau.

'Hoe ver nog voor we hier uit zijn?' vroeg ik.

'Ab'don? Kwe'nie.' Binkie vertrok zijn kleine koppie tot een masker van bedachtzaamheid. 'Nooit heem'l boov' g'wees. Lang. Ver.'

Ik vloekte. Vloeken in de hel is zoiets als water naar de zee dragen, maar het was een oude gewoonte. 'En wat ligt er verderop?'

'Boof?'

Ik vermoedde dat hij 'boven' bedoelde. 'En beneden, als je dat weet.'

Binkie leek te hebben besloten dat ik een ongevaarlijke gek moest zijn. Dat bevorderde misschien niet zijn trouw, maar net als de meeste kinderen, ook de onsterfelijke, zou hij blijven rondhangen zolang het hem interesseerde. 'Ond' Ab'don zit Eerbus. Altijd zwart. Nie heengaan.'

Erebus. De bovenste van de Schaduwlagen. Lameh had me genoeg informatie gegeven om te weten dat ik daar ver vandaan moest blijven. Beneden ons begon de echte ellende, de lagen van straf en wanhoop. 'En boven?'

'Boof Ab'don? K'wenie. G'loof eers' Asdilvelden, met de zondsmark.'

Ik veerde een beetje op. Ik moest voor aartsengel Temuel naar iemand zoeken die Grijpgraag heette, die werkte op de zondaarsmarkt, wat betekende dat Binkie op de Asfodilvelden doelde (een plek die, hoewel midden in de hel, veel grimmiger zou zijn dan zijn liefelijke naam deed vermoeden). Voor het eerst voelde ik een beetje hoop dat ik echt succes zou boeken. Caz zou zo goed als zeker met Eligor in de bovenste lagen ver boven ons zitten, de 'betere buurt' zogezegd, maar als ik Grijpgraag vond, kon ik mijn plicht ten opzichte van mijn baas vervullen en misschien zelfs hulp krijgen. 'Binkie, zou jij me kunnen helpen de weg naar de zondaarsmarkt te vinden?'

Het jochie bekeek me van top tot teen. Met zijn verwarde haren, ronde koppie en enorme ogen zag hij eruit als een anorectisch PowerPuffmeisje. 'Schien. Kos'je nog 'n tuf.'

'Prima.' Aangezien ik op dat moment geen ene tuf te maken had, maalde ik er niet om om hem er eentje extra te beloven.

'Effe overwegen,' zei hij terwijl ik vermoeid overeind kwam.

Het was een spijkerhard, ijskoud menneke, mijn gids. Ik had wat feitjes uit hem losgekregen terwijl we door de smalle stampvolle achterafweggetjes van Abaddon reisden. Het bleek dat Binkie, anders dan de meeste inwoners van de hel, hier was geboren. Je kon de bewoners van de hel verdelen in drie basistypen, de 'nooitgeborenen': engelen en andere hoge wezens die hierheen waren gezonden door God; de 'verdoemden' (wat als categorie voor zich spreekt) en een kleine restje dat 'ballast' werd genoemd. Daar viel Binkie onder: een kind wiens moeder naar de hel was gestuurd terwijl hij nog in haar buik zat. Zij had hem, door een onfortuinlijke verwevenheid van hun zielen, hier gebaard, omringd door kreten en gruwelijke tronies, en later was ze ervandoor gegaan om haar eigen verdoemenis te gaan onderzoeken. Ballast – de extra lading op een schip, die door niemand wordt gered wanneer het schip zinkt. Dat was Binkie. Hij was moederloos opgegroeid in de anarchie van het Abaddonse vuil, zonder familie behalve de oppasser die hem en zijn collega-diefjes en moordenaars koeioneerde. Ik begon echter in te zien dat hij iets had dat de anderen misten. Geen vriendelijkheid of zelfs maar compassie voor een ander – dat werkt niet zo goed in de hel – maar ik denk misschien nieuwsgierigheid.

Het was in ieder geval een vreemde knul. Elke avond, wanneer wij hadden besloten dat het avond was, maakte hij een slaapplek voor zichzelf op dezelfde dierlijke manier, zich nestelend in zand of nat gras of zelfs in de prikkelende netels, die hij nauwelijks leek te voelen. Eerst snuffelde hij wat (hij kon nooit zeggen waarom hij dat deed, alleen dat het plekje goed moest ruiken), vervolgens ging hij op zijn zij liggen, knieën opgetrokken tot aan zijn kin, en schoof en rolde hij rond tot hij in de onderlaag een holletje had gemaakt. Vervolgens nestelde hij zich in de oorspronkelijke kin-tegen-kniehouding, sloot zijn ogen en viel in een oogwenk in slaap. Soms maakte Binkie onder het slapen wat dierlijke geluidjes, ongearticuleerd gejammer en verstikt gepiep dat in zijn dromen of herinneringen misschien wel luidkeelse kreten waren. Ik probeerde me maar niet voor te stellen door welke gruwelen hij in zijn slaap werd achternagezeten.

Ook als hij wakker was, was hij heel onderhoudend, op een droevige manier. Hij schrok bij ieder geluid op alsof hij een pistoolschot had gehoord. Wanneer we overdag (als je de sombere rode gloed zo kon noemen) uitrustten, ging Binkie niet echt zitten om uit te rusten, maar leunde ergens tegenaan of bleef zelfs ongeduldig staan wachten tot ik weer in beweging kwam. Hij probeerde me niet over te halen om niet uit te rusten, maar overdag halt houden beviel hem niets. Hij was altijd op zijn hoede, altijd in beweging en de omgeving aan het afzoeken, klaar om te vluchten of te vechten. Hij deed me denken aan wat ik in programma's over Afrikaanse kindsoldaten had gezien, jongetjes die zowat van hun moeders borst waren weggerukt en meteen in het wilde weg moesten gaan moorden.

De hel lijkt waarschijnlijk erg op geboren worden in oorlogstijd: geen beste vooruitzichten. Ik kon me Binkie bijna als een apparaatje voorstellen, een ding dat al zo lang intact was gebleven omdat het precies de juiste dingen deed en die dingen zelfs zou blijven doen als hij door een wonder opeens in andere leefomstandigheden werd gebracht, zoals in San Judas. Ik had veel straatkinderen gekend, maar die hadden bijna allemaal wel iets gehad waardoor je kon zien dat ze menselijk waren, al was het maar dat ze elkaar oppervlakkig trouw bleven. De hel sleet dat wel bij je weg, vermoedde ik. Welke band kon millennia aan grote en kleine kwellingen overleven?

De hel is een grote cilinder. Stel je voor dat iemand een gat omlaag graaft in gestolde lava, helemaal omlaag naar waar het zompig en dodelijk heet wordt. En denk nu eens terug aan die cakebakvormpjes die oma Corrie je vroeger altijd met kerst stuurde, met zo'n onooglijk vruchtencakeje erin, jaar in jaar uit. Oké, neem een bijna oneindig aantal van dat soort bakvormpjes en stapel die in het gat boven op elkaar, zodat de onderste zich in gesmolten drab bevindt en de bovenkant van elk vormpje de onderkant is van het volgende. Dat is zo'n beetje hoe de hel is gebouwd. Er zijn steden op alle niveaus, maar ook veel ongerepte wildernis waar bandieten, monsters en ergere dingen waren. Vergeet niet dat het de hel is, dus hebben ze het groot aangepakt. Zelfs ondanks de wat meer verlichte strafwetten van de laatste paar eeuwen, moet de hel nog altijd vele miljarden bewoners huisvesten.

En ik moest helemaal naar de top, of daar in de buurt, om bij Caz te komen. Ik wist dat er een soort liftsysteem bestond – 'heffer' genaamd – dat helemaal naar boven liep, dwars door de helse lagen, als een parelketting, maar dat was net zoiets als weten dat er in Spanje een lift is wanneer je je bevindt aan de Noorse kust. De beroemde rivieren van de hel, de Styx, de Acheron en de andere, fungeren ook als transportmiddel, maar eerst moet je in de buurt van zo'n rivier zien te komen, en dat waren we niet. Dus terwijl ik Temuels opdracht uit zou voeren, moest ik me laag na laag een weg door de hel naar boven banen. Zelfs met Binkies hulp duurde het een paar dagen om alleen al de weg naar de volgende laag van Abaddon te vinden.

Tot mijn verbazing besloot Binkie bij me te blijven toen we eindelijk het volgende niveau hadden bereikt, een troosteloze kale vlakte van steen en modder en zwaveldamp, die zo afschuwelijk was dat zelfs de verdoemden die plek meden. Er waren natuurlijk wel nederzettingen, maar die leken op de kleinste, armzaligste, heetste, droogste veeboerderijen in de Australische binnenlanden, wanneer iemand daar een week lang met een hamer van vijftig ton op had gebeukt die gemaakt was van samengeperste vliegenstront.

Begrijp me niet verkeerd: Abaddon was een betere plek dan het merendeel van de hel, maar het was toch nog altijd zo ellendig als de pest. Ik weet niet hoe lang we door die lagen ploeterden, van het ene verdorde landschap in de kleur van gedroogde stront naar het volgende, langs lelijkheid en ellende die zo ver reikten dat ik er geen acht meer op sloeg, maar het moet minstens een week hebben geduurd voor we aanbelandden op een andere plek.

De Asfodilvelden kwamen ruimer over dan Abaddon, misschien omdat het enorme stenen uitspansel hier verder weg leek, en het was er beslist minder dor en verlaten, maar daar stond weer tegenover dat het kokende moerassen waren die alleen konden worden overgestoken door te lopen over deinende, leerachtige waterplantbladeren, waarvan sommige meer op venusvliegenvangers leken (en dat ook bleken te zijn) dan op de leliebladeren. Dagenlang verbleven we in de bizarre schemerige moerassen, soppend door modder en al schoppend ons een weg banend door doornachtige klimplanten, wegduikend voor moordzuchtige flora en fauna en al die tijd bestookt door lelijke zoemende insecten zo groot als mussen. Als extra verfraaiing werden veel van de brakke poelen in de

Asfodilvelden omringd door de lijken van de verdoemden, paars aangelopen en opgezwollen maar nog altijd aan het stuiptrekken. Zie je, zelfs gif doodt je niet in dit oord, het doet je alleen oneindig lang lijden. Wat voor verschrikkelijke dorst had hen ertoe gebracht te drinken van water dat zo duidelijk onveilig was? Ik klopte op de waterzak die Binkie ergens voor ons had gestolen toen we nog in Abaddon zaten, die we voor het laatst hadden bijgevuld bij een zuivere maar onaangenaam smakende bron die opborrelde aan de rand van de velden. De zak was duidelijk gemaakt van de ingewanden van iets of iemand waar ik niet bij stil wilde staan, maar op dit moment was het water erin het enige dat ons ervan weerhield ons bij die opgeblazen quasikadavers te voegen, waarvan sommige openbarstten en gassen lieten ontsnappen, maar nog steeds niet konden sterven. Ik voelde me bepaald niet goed bij het zien van de slachtoffers van de dorst die we passeerden, maar ik was beslist dankbaar dat ik er niet een van was.

Ik was bang dat ik de hel begon te begrijpen.

De platte bladeren onder onze voeten waren zo verraderlijk als stukken drijvend triplex, met dat verschil dat triplex niet bijt, maar ze hielden ons uit het schuimende, giftige water. De vliegenvangers lieten ons doorgaans met rust – we waren waarschijnlijk wat te groot om te verteren – maar wat driestere exemplaren zagen ons toch wel zitten. Ik trok Binkie uit een ervan terwijl die zich net om hem heen sloot, net voor de gecamoufleerde punten die als tanden fungeerden zich in zijn vlees begroeven. Zijn been was al met sissende drab bedekt. Het spul kwam ook op mij terecht en brandde als batterijzuur. Toen we even later wankelend van het laatste blad stapten op een stukje betrekkelijk droge grond, wierpen we ons meteen ter aarde en rolden als waterbuffels in de modder, wanhopig proberend een eind te maken aan de pijn. Het duurde lang voordat we het giftige spul van ons af hadden geschraapt, maar al die tijd gaf Binkie geen kik. Daarvan stond ik versteld, aangezien ook delen van zijn huid mee scheurden. Hier werd de huilebalk duidelijk vrij snel hardhandig uit de meeste bewoners verdreven.

Eenmaal uit de moerassen gekomen beklommen we hellingen van scherpgepunte, zilte zoutkristallen en ploeterden zelfs door een woud van dode boomstammen in een storm van bijtende sneeuw. Ja, het sneeuwt in de hel. Al dat gelul over de hitte van de hel is kul. Het sneeuwt er om de haverklap. Het is alleen geen bevroren water. Ik zal er niet al te veel woorden aan vuilmaken aangezien... Nou ja, aangezien het smerig is, maar ik heb door heel wat sneeuwstormen in de hel moeten trekken. Sommige van zuur, sommige stortbuien van bevroren pis, sommige dingen die zich in de storm opstapelden terwijl we door de windvlagen ploeterden waren niet eens vloeibaar... Maar ze prikten allemaal.

Tegen de tijd dat we nog eens drie- of viermaal hadden geslapen, begonnen de vlaktes van de Asfodilvelden op iets te lijken dat meer in de buurt kwam van hun naam: donkere, zompige moerassen, bedekt met bleke bloemen. Mist bekroop ons terwijl wij erdoorheen sopten, en onttrok uiteindelijk het landschap bijna geheel aan het oog. In de mist kon ik gedaantes ontwaren, waarvan vele rechtop liepen, maar als ze ons al zagen, lieten ze dat niet merken. Ze dwaalden enkel tussen de stelen van de asfodilplanten, plukten de grauwe bloemen en stopten die in hun mond terwijl de tranen over hun wangen stroomden. Uiteindelijk maakte ik uit Binkies antwoorden op dat iedereen in de hel in een of andere vorm bloemen at, gebakken tot broden of platte koeken (daar had ik er al een paar van gehad; ze waren flauw, zelfs bitter, maar meestal smakeloos) maar dat degenen die bloemen rauw aten de zonden van hun levens keer op keer bleven ervaren, als een slechte lsd-trip. Maar het ergste was nog wel dat hoe meer ze ervan aten en hoe meer ze zwolgen in hun eigen verschrikkelijke misstappen en wreedheden, hoe meer ze ervan wilden. De paar asfodileters die ik van dichtbij bekeek, hadden een starende blik en trillende vingers, als heroïnegebruikers op zijn Hiëronymus Bosch'.

Het wilde er maar niet in dat deze schepsels in vergelijking met vele andere tot de grootste bofkonten van de hel behoorden, de weinigen die, in een eeuwigheid van slavernij in de huizen van duivelse heren en een eeuwigheid in de martelafgronden, erin geslaagd waren een plek voor zichzelf te bemachtigen.

Eeuwigheid? Dat zat me nog steeds niet lekker. Ik wist dat sommige van deze lieden tijdens hun leven de verderfelijkste soort mensen moesten zijn geweest: moordenaars, verkrachters en kindermisbruikers. Ik vond het prima dat zij een paar eeuwen moesten branden in de hel, maar... voor altijd? Zelfs als de verdoemden (anders dan mijn engelachtige vrienden in de Kompassen en ik) nog wisten wie ze waren en wat ze hadden uitgespookt om daar terecht te komen, hoe zinnig kon een straf dan na een miljoen jaar nog zijn? Hoeveel van hen konden zich nog herinneren wat ze hadden gedaan? En hoe zat het met wezens als Caz, die door anderen tot hun misdaad waren gedreven? Zij had haar man gedood, zeker, maar als iemand het verdiende om tot een bloedige prak te worden gestoken, dan was die vent het wel.

Ik kon hier niet over blijven piekeren terwijl we door die mistige velden banjerden, langs rijen knikkende, lijkbleke bloemen, terwijl het verdoemde ballastknaapje me als een wild hondje volgde en nu misschien meer pret had dan ooit in zijn hele ellendige (maar nog altijd wel bijna oneindige) leven. God weet dat ik probeerde te negeren hoe gruwelijk dit was, maar de gedachte bleef in me opkomen.

*Voor eeuwig? Serieus?*

We begonnen naast de sombere, solitaire bloemeneters en de eindeloze mist tekenen van leven te bespeuren.

Het eerste teken van beschaving was dat het vage spoor dat Binkie had gevolgd eindelijk iets duidelijker werd, een weg die door de moerasachtige graslanden omlaag liep naar de rotsachtige bodem. We begonnen huizen te zien, hoewel het belachelijk is zo'n woord te gebruiken om deze armzalige stapeling van riethalmen en stenen aan te duiden. Misschien teerden ze op een of andere manier op de bloemeneters, beroofden ze hen of verkochten spullen aan hen. Misschien oogstten ze bloemen en stuurden die per boot de strontkleurige stromingen op die je hier steeds meer zag. Ik wist het niet en het kon me ook niet schelen, aangezien ik inmiddels in de verte de wallen van een stad kon zien, wat Cocytushaven moest zijn, en dat was de plek waar het moeilijke gedeelte van mijn reis zou beginnen.

Tot dusver had ik slechts door moeten gaan en fouten vermijden, maar nu zou ik met die vent Grijpgraag kennismaken, de duivel die ik Temuels vreemde boodschap moest overbrengen. Ik was liever regelrecht Caz gaan zoeken, maar ik waagde het niet Temuels boodschap voor later te bewaren – ik had zo het gevoel dat ik de hel misschien overhaast zou moeten verlaten, als ik er al ooit weg zou komen. Dus eerst de Zondaarsmarkt en dan, als ik het zou overleven, op naar Pandemonium, de hoofdstad van de hel, slechts een paar verdiepingen omhoog, terwijl de duivels en gedrochten bij iedere stap in groteren getale om me heen dromden.

Het kostte ons een halve dag om de oversteekplaats te vinden over een van de laatste zijrivieren van de Cocytus, een nauwe engte waar met insectenschalen bedekte duivels een eeroude schuit met touwen over de rivier heen en weer trokken. Toen ik geen geld kon geven voor de oversteek, stelde een van hen vriendelijk voor om dan maar Binkie aan te nemen, maar we kwamen een klein kopje van mijn bloed overeen, dat met een snelle uithaal van een vuil mes werd verkregen. Mijn duivelsbloed zag er zwarter uit dan menselijk bloed, maar dat kwam misschien door het vreemde licht.

Als ik Abaddon al lelijk vond, moest ik een nieuw woord verzinnen voor Cocytushaven, dat eruitzag alsof het door een wrokkige gletsjer aan de oever van de rivier was achtergelaten. Je hebt vast wel gehoord van sloppenwijken, hè? Nou, Cocytushaven was een sloppenstád, zo armoedig en gevaarlijk opgetrokken als de armzaligste krotten van Abaddon, maar op een veel grotere schaal, een monsterlijke, meerlaagse, ommuurde gribus rondom de rivierkades.

Het eerste verschil dat me opviel tussen deze plek en Abaddon was de bedrijvigheid hier. Natuurlijk werkte niet iedereen hier, maar een groot deel van de bevolking leek wel degelijk met iets bezig, of het nou het op krakende houten karren slepen van gepunte boomstammen uit het woud was, of het geselen van slaven en andere lastdieren die die karren voorttrokken, of het laden en lossen van de bizarre schepen die voor anker langs de hele kade lagen te dobberen. De hemel bezoeken was als een eeuw lang op ecstasy trippen, iedereen lacht, zingt en danst en niks geen zorgen of herinneringen. De hel was hard en goor, maar alles werkte er echt. De verdoemden maakten dingen en probeerden het hoofd boven water te houden (en pijn te vermijden). Ze aten, kakten en naaiden net als mensen. Maar zij zouden voor altijd blijven lijden.

Terwijl wij over de rivier in de richting van de wallen trokken, zag ik een verbijsterende variëteit aan boten op weg van en naar de haven, waarvan vele eruitzagen alsof ze terloops tot boten waren gemaakt, vreemde structuren van canvas, hout, en iets als botten die onmogelijk leken te kunnen drijven. Het viel me op dat ik geen verder gevorderde technologie zag dan je in een Europese stad ten tijde van de late middeleeuwen zag. Al het werk werd gedaan door de brute kracht van arbeiders, af en toe geholpen door de kracht van water of vuur – ik zag langs verschillende zijrivieren waterraderen draaien en gebouwen die mogelijk molens of gieterijen waren schuin eroverheen hellen. Ik vroeg me onwillekeurig af of dit technologische embargo misschien een wet van het Opperwezen was, of een vreemde hebbelijkheid van de hel zelf.

Bij de stadspoorten voegden we ons bij de drommen die zich persten tussen tientallen stevige, gespierde duivels van de moordenaarssekte. Deze soldaten leken de voorbijgangers nauwkeurig te inspecteren, dus trok ik Binkie in de schaduw van een hoge marskramerkar en zo gingen wij door de poort, uit het zicht van de drijver blijvend maar vuil van de grond oppakkend en in de kar leggend alsof die van ons was.

De straten van Cocytushaven waren bijna zo nauw als de meest claustrofobische achterafsteegjes van Abaddon, maar vele malen dichterbevolkt, en echt niet alleen met onwillige slaven en hun duivelsopzichters. Veel van de schepsels die wij zagen leken hun leven in het openbaar te leiden, vaak midden op straat etend, drinkend, neukend en vechtend, terwijl de rest van de stadsbewoners er gewoon omheen liep alsof die kronkelende lijven stenen waren in een snelstromende rivier. Bij nadere beschouwing zag ik dat die lui die zich zoveel vrijheid permitteerden eerder de duivelse opzichters leken te zijn dan de verdoemden, hoewel niet altijd even makkelijk viel op te maken wie wie was in die beestenbende van buitenissige, weerzinwekkende lijven.

We waadden door de walgelijke massa, langs wezens met gezichten als droevige schildpadden en verwilderde insecten, schepsels met kreupele lijven en een huid vol open zweren, zelfs een paar creaturen die bijna uitsluitend bestonden uit één grote open zweer. De hele stad weergalmde van het gejammer en geweeklaag om ons heen als het getoeter op spitsuur in het centrum. Maar net toen ik dacht dat ik gek werd, zag ik een grote lichtbundel vóór ons, en daar leken de luidste kreten vandaan te komen, en ik vermoedde dat dat onze eindbestemming was: de Zondaarsmarkt waar slaven werden verhandeld.

*Geen acht slaan op al die pestzooi en gewoon die Grijpgraag zoeken*, zei ik tegen mezelf, alsof ik een kind geruststelde. *Daarna kun je Caz gaan opsporen, weet je nog. Alles op zijn tijd.*

Ik zag haar bijna voor me, een klein, stralend wezentje in het donker van dit duistere oord, en voor even was ik kalm. Er stond mij iets te doen. Al deze gruwelen waren niet voor niets. Dat mocht ik beslist niet vergeten.

Bizar genoeg steeg er terwijl ik aan haar dacht een geluid uit boven de kakofonie van de menigte, een dun lijntje muziek, traag en droefgeestig. Het was een vrouwenstem, of tenminste iets vrouwelijks, en de melodie zonder woorden was zo oud en eenvoudig en verontrustend dat die ongetwijfeld duizenden jaren geleden gezongen werd aan de oever van een grote rivier op aarde en waarschijnlijk nog steeds kon worden gehoord, een tijdloze aanklacht van vrouwen die gehurkt in het slijk langs de Indus of de Nijl hun kleren zitten te wassen. Hier kwam het waarschijnlijk van een of ander kikkerachtig wezen dat al zo lang in de hel vertoefde dat het zich niet eens meer kon herinneren dat de modder van de Eufraat ooit tussen zijn tenen was geperst, maar op een of andere manier kon ze zich de wijs nog herinneren en kreunde ze die binnensmonds terwijl ze kak platsloeg tot koeken om te drogen en als brandstof te gebruiken.

Het joeg me de rillingen over de rug. Het was het meest menselijke dat ik zowel in de hel als de hemel ooit had gehoord, en even vergat ik bijna compleet waar ik me bevond. Toen werd iemand kwaad en stak het rechteroog van een ander naast me uit en het moment was voorbij.

De Zondaarsmarkt is bijna net zo aangenaam als hij klinkt. Hij wordt vooral onder het overhuifde gebied van een vervallen stenen colosseum gehouden, hoewel tijdens mijn bezoek de enorme open ruimte in het midden ook werd gebruikt. Wat ze op die markt verkochten was... nou ja, zondaars, om als slaven te worden gebruikt.

Het merendeel van deze geboeide verdoemden waren al slaven en werden van het ene soort gespecialiseerde slavernij verkocht aan weer een ander. Maar ook al waren ze kostbare bezittingen – velen van hen waren ook opgeleid om allerlei taken te verrichten, of zelfs lichamelijk aangepast zodat ze die beter konden uitvoeren – dat betekende nog niet dat ze goed werden behandeld. Ik had gezien hoe de gewone lui in de hel elkaar behandelden, en dat was echt verschrikkelijk, maar nu zag ik hoe georganiseerde wreedheid eruitzag en drong de hel als instituut opeens in zijn volle gewicht tot me door. Ik zou in de hel nog ergere dingen aantreffen, en God weet dat ik nog ergere dingen zou ondergaan, maar niets sloeg me zo terneer als die eerste paar minuten op de rammelende, jammerende en bulderende Zondaarsmarkt. Het was een beetje als een heel lang wetenschappelijk artikel uitlezen en dan de samenvatting zien: het universum is kut.

Wij vroegen overal naar Grijpgraag, en kregen ten slotte een antwoord van een kil, vrouwelijk schepsel met kattenogen wier slaven allemaal leken op kinderen of andere kleine onschuldige wezentjes; terwijl ik langsliep zetten deze het op een jammerlijk weeklagen vanuit hun kooien, smekend, blaffend, mauwend. Terwijl de duivelin me korzelig vertelde waar ik de demon in kwestie kon vinden, viel mij onwillekeurig op dat Binkie voor de verandering heel doelgericht keek naar mij en verder niets. Misschien kwamen de gehavende en bebloede kinderen in kooien hem wat te bekend voor.

Half achter de scheefhangende stadiumkoepel vonden we de grote kraam die het katwezen had beschreven. Op een simpel bordje stond: GEBROEDERS BRAAKBEK, HANDELAARS IN SLACHTAFVAL EN SLAVEN. Ik vermoedde dat de gebroeders Braakbek dat ene dikke lijf met twee kibbelende koppen moesten zijn die met elkaar en enkele andere duivels achter in de kraam zaten te bekvechten. Ik was echter niet op zoek naar de eigenaar maar naar de opzichter, dus baande ik me door de menigte van stinkende lijven een weg en deed mijn best wat daar plaatsvond te negeren terwijl ik Temuels contactpersoon zocht. Het leek een beetje op zo'n oude spionagefilm, maar dan met aanmerkelijk meer stront.

Ik vond degene die ik zocht in gezelschap van enkele kleinere demonen terwijl hij een groep net gearriveerde slaven onderzocht, schepsels van wie de menselijkheid zo grondig eruit was gemarteld dat ze geen kik gaven en niet eens opkeken, maar alleen in de veiligheid hurkten, hijgend. Ik bedacht dat als de Boze die middag werd verslagen, er voor miljoenen engelen voor wel een miljoen jaar nog werk genoeg zou zijn om zelfs maar een begin te maken aan het herstellen van de schade. Het Opperwezen was echter blijkbaar niet zo van zins om genade te schenken, of de Boze kon echt niet vergeven worden. Hoe dan ook zou hier tot het einde der tijden niets veranderen.

Grijpgraag was een enorme reus, twee keer zo groot als ik, met grote platte tenen en vingers en een gezicht dat zelfs zonder dat litteken onvoorstelbaar lelijk zou zijn geweest, waar ik zo op terugkom. Hij had op borstelige wenkbrauwen na geen haar, met een platgeslagen pompoen als neus en grote vierkante tanden die stenen leken te kunnen verbrijzelen. Maar het litteken was van een heel andere orde, als litteken het goede woord is: in Grijpgraags kop was van slaap tot neus een diepe voor gehakt die een oog had weggenomen en de oogkas met littekenweefsel had overdekt. Ik zeg gehakt, aangezien het wapen dat dit gedaan had er nog in zat – een bijl zo te zien. Ik kon het doffe metaal recht in het vlees van die reus zijn hersenen zien zitten, want het gat in zijn schedel was nooit dichtgegroeid. Je snapt het al. Grijpgraag was geen pretje om te zien.

Ik wachtte tot de grote duivel klaar was met grommen naar zijn onderdanen. Twee ervan keerden zich om en haastten zich weg, maar de derde aarzelde. Het was een harig wezentje dat leek op een rechtopstaande en ietwat peervormige kat met een akelig menselijk gezicht; het schepsel keek me strak aan en nam me helemaal in zich op. Waar die belangstelling ook vandaan kwam, ik had toch reden genoeg om die aandacht niet op prijs te stellen, dus staarde ik naar het wezentje met insectenogen met mijn felste blik van geïrriteerde helleadel tot het nerveus werd en de anderen achternarende.

Grijpgraag had mij opgemerkt. 'Wat moet je?'

Hij klonk niet geïnteresseerd of vriendelijk, maar ik ging niet al te verwaand doen tegen die ingehuurde hulp, vooral als die werkkracht meer dan mijn auto op aarde woog. Lamehs ingeprente herinneringen opperden dat ik er nu uitzag en rook of weet ik veel als het helse middenkader, een soort witteboordenduivel. Dat betekende dat ik waarschijnlijk hoger in rang stond dan die Grijpgraag, in theorie. Maar hij was de sterke rechterhand van een belangrijke en schatrijke slavenhandelaar – zijn kraam was een van de grootste op de markt, zo lang als een voetbalveld en stampvol als een Arabische bazaar. Hij voelde duidelijk geen noodzaak om kruiperig te doen, en daar hield ik rekening mee.

'Schiet op,' zei hij. 'Drukke dag.'

'Als u Grijpgraag bent, moet ik u spreken.'

Hij wierp me een blik toe van onverholen ergernis, maar vouwde me niet op als een vuile zakdoek, wat zijn blik leek te beloven. 'Zeg op.'

'Ik denk...' Niemand leek acht op ons te slaan, maar als mijn bericht niet zo onschuldig was als het klonk, wilde ik niet het risico nemen dat iemand zag dat ik het bracht. 'Ik moet u onder vier ogen spreken.'

Zijn dikke lip krulde op. 'Krijg de pip, heerschap. Als u iemand wilt omkopen moet u mijn meester hebben, niet mij. Ik ga hem niet belazeren, niet voor alle schatten of schatjes in Pandemonium.'

'Nee, nee!' zei ik. 'Niet omkopen, het is een boodschap. En niet voor Braakbek. Voor ú.' Ik ging nog net niet met mijn wenkbrauwen wiebelen zoals Groucho Marx om hem de onderliggende boodschap te laten begrijpen. 'Ik denk alleen dat het veilig zou zijn...'

Ik werd onderbroken door geschreeuw achter me, dat zelfs boven het gebulder van de gebroeders Braakbek uitsteeg. Toen we ons omkeerden om te kijken, schoot een schriel duiveltje op ons af uit de dichtstbijzijnde kluwen van arbeiders, zijn vleermuisoren plat op zijn schedel in paniek.

'Meester zegt schiet op, meester Grijpgraag – zorg dat alles volgens het boekje verloopt!'

'Hoezo?' Grijpgraag leek geen andere gezichtsuitdrukking te kennen dan geërgerd en gevaarlijk.

'De commissaris is opeens opgedoken. Hij en zijn mannen steken opeens overal hun neus in. Ze doorzoeken alle kramen op zoek naar iemand.'

'Commissaris Niloch?' De reus was duidelijk niet blij met dit nieuws, en nu was ik ook niet blij. De onderdaan met vleermuisoren snelde weg om andere afdelingen van het grote bedrijf in te lichten. 'Wat, in naam van Astaroths zwabberende kwarktassen, spookt die hier uit? Die oude vlerk komt toch meestal pas later in het seizoen met veel poeha zijn schatting innen...'

Inmiddels was het rumoer algemener geworden terwijl een paar gehelmde wachters van de moordenaarssekte in de kraam aan het andere eind aan kwamen stappen. Toen ik me weer snel wegdraaide, stond Grijpgraag me aan te kijken. Hij had blijkbaar de paniek in mijn ogen gezien.

'U wilt niet opgemerkt worden door de moordenaarssekte, hè?' Zijn overgebleven oog dwaalde van mij naar de kleine Binkie en weer terug. 'Zeker geen vriend van de commissaris, of wel?'

Ik durfde geen woord te zeggen, aangezien alles wat ik kon zeggen me opeens verkeerd leek. Zwaarbewapende hellebaardiers drongen nu de kraam bij bosjes binnen. De slavendrijvers en zelfs de slaven zwegen, niemand wilde de aandacht trekken, en ik kon onmogelijk weer onopgemerkt de tent verlaten. De gewonde reus had mijn onsterfelijke ziel in zijn enorme handen en ik kon geen kant op.

'Kom dan maar mee.' Grijpgraag sloeg een enorme hand om mijn schouder en duwde mij op een onbeholpen draf naar de andere kant van de kraam, waar allerlei soorten kooien waren gedumpt. De meeste waren leeg, maar één zat zo vol met slaven dat armen en benen tussen alle tralies door uitstaken, en zelfs de toenemende doodsangst die zich meester maakte van Braakbeks onderneming had geen einde gemaakt aan hun zachte gekerm. 'Deze moeten worden gewassen. Niemand met enig verstand zal jou hier gaan zoeken.' De reus haalde uit zijn gerafelde kleding een enorme sleutel tevoorschijn, opende met een zwaai de deur van de kooi, deelde een paar botten brekende slagen uit aan de paar gevangenen die dom genoeg waren om te proberen ervandoor te gaan, en duwde me toen naar binnen, terwijl Binkie over me heen naar binnen klauterde. Ik zeg 'over me heen' aangezien er letterlijk geen andere weg was. De hele kooi, niet veel groter dan een ouderwetse telefooncel, zat barstensvol met de lelijke, smerige lijven van verdoemde slaven. Ze waren zo murw geslagen dat ik maar een paar verwijtende grommen hoorde terwijl ik zo ver naar het midden als ik kon mijn weg baande. De twee of drie gevangenen die door mijn binnenkomst van hun plaats werden gestoten, waren maar al te blij om naar achteren te gaan, naar de tralies en een lucht die voor een slavenkooi in het midden van de hel relatief fris was.

Ik nam een ongemakkelijke houding aan waarmee ik minder gevaar liep om te worden vertrapt en die een iets betere positie bood om te zien wat er voorviel. Onze uithoek van de kraam vulde zich in rap tempo met duivelse wachtposten van wie de omvang in de meeste gevallen eerder in de buurt kwam van die van Grijpgraag dan die van mij. De soldaten van de commissaris bewogen zich voort met de elegantie van in de fik gezette waterbuffels en ze gooiden alles om dat niet in de grond was verankerd, en vertrapten alles wat wél in de grond was verankerd, en rukten aan de halsketenen van loslopende slaven tot ik wervels hoorde knappen. Het was als kijken naar een troep bavianen die een bouwsel van takken en vlees onderzochten. Maar zelfs deze onmenselijke monsters haalden hun neus op voor onze kooi en staken slechts wat met hun speren naar een paar ontdekte slaven, gewoon voor de lol.

Na een tijdje ging het de soldaatduivels vervelen om dingen uit elkaar te rukken. Terwijl ze begonnen weg te lopen om ergens anders dingen te gaan breken, en ik begon te geloven dat ik die middag misschien toch nog ging overleven, banjerde een groep van zo te zien nog akeliger en kwalijker versies van die eerste groep schurken tevoorschijn en prompt begonnen ze slaven en slavendrijvers in de kraam op de grond te smijten. Toen kwam de commissaris binnengelopen.

Ik zweer dat ik iets als een schok van koude lucht voelde voordat ik hem zag, samen met de vage geur van azijn en iets rottends, en toen stond hij voor de enige werknemer van de gebroeders Braakbek die nog stond, namelijk Grijpgraag.

De nieuwkomer was niet een van die duivels die al te veel moeite doet om op iets menselijks te lijken. In eerste instantie kon ik zelfs nauwelijks zien waar commissaris Niloch begon en al het andere ophield, aangezien hij bedekt was met rammelende lijkwitte slierten die als losgesprongen haren uit zijn zwarte wapenrusting krulden, waardoor hij een beetje leek op zo'n chic zeepaardje met franje dat je alleen in aquaria wel eens ziet. Zijn gezicht leek ook een beetje op dat van een zeepaard: langwerpig, hoekig en benig, maar geen zeepaard had ooit zulke kwaadaardige, op bloeddruppels lijkende ogen.

'O, goeie grutjes, wat hebben we hier?' Niloch was bijna even lang als Grijpgraag, maar ondanks zijn pantser en helm, deden de rammelende slierten hem zo broos lijken als de rankst vertakkende koralen. Toch denk ik niet dat iemand ooit naar het afzichtelijke opgewekte gelaat van de commissaris had kunnen kijken en denken dat zo'n wezen met brute kracht kon worden verslagen. 'O, lieve hel! Wat is dit? Een bodemkruiper, een strontslurper, die niet buigt voor de commissaris van Vlerken en Klauwen, meester van alle velden en wegen! Maar waarom zou iemand mij willen tarten terwijl ik alleen maar goed wil doen?' Hij stak een insectenpootje uit dat met een krans van horens was afgezet. 'Waarom beledig je mij, knaap? Waarom haat jij je rechtmatige meester zo?'

Zelfs alleen al bij het horen van zijn kwelende stem moest ik bijna kokhalzen. Het was alsof iemand de huid van je lievelingsopa had afgestroopt en er een ballon van had gemaakt, en toen de lucht met muzikale stoten liet ontsnappen. Ik zou me met liefde in de stront hebben begraven om daar voor altijd te verblijven om te voorkomen dat dat benige, klikkende gedrocht mij zou opmerken.

Grijpgraag was blijkbaar uit sterker hout gesneden. 'Ik wachtte tot u dichtbij genoeg was om de verschuldigde eer te betonen, commissaris.' De reus liet zijn enorme lijf op één knie zakken, maar ik kon zien dat hij die Niloch niet bepaald graag mocht.

'Ach, is het waarachtig? En welke slaaf zou de woede van de heer van Vlerken en Klauwen riskeren om te zorgen dat de slaven van zijn werkgever niet werden gestoord? Wat verzorg je daar zo liefdevol?' Nilochs kaak, een scharnier van hoorn onder aan zijn paardachtige schedel, spleet open en toonde een rij tanden die zelfs voor die vreemde mond te afwisselend en lang leken. Ik denk dat het een glimlach was. 'Welk eigendom van jouw meester ben je daar zo toegewijd aan het beschermen, hm?' Hij zette een stap naar voren, zijn benen kraakten en zaagden terwijl zijn bottenwirwar langs elkaar wreef. 'Wat kan het waard zijn om zelfs voor de geliefde Niloch geheim te houden? Hm?' Nog een stap naar voren tot dat verschrikkelijke, rammelende wezen nog maar een paar passen van de kooi vandaan was waar ik met de andere doodsbange gevangenen zat. Grijpgraag begon overeind te komen, maar Niloch stopte en wees naar hem. 'Bezwaar tegen mijn inspectie? Dat is niet zo mooi, slaaf. Zielen zijn al voor minder in de gaten tussen de sterren gesmeten.' De kwelende stem ging omhoog. 'Zou jij commissaris Niloch het uitoefenen van zijn rechtmatige taken willen verhinderen?'

Even bad ik tegen beter weten in dat Grijpgraag iets krankzinnigs zou doen, wegrennen, schreeuwen, de commissaris in zijn benige gelaat slaan, alles wat maar genoeg tumult teweeg zou brengen zodat Binkie en ik konden ontsnappen. Toen herinnerde ik me dat we in een kooi zaten opgesloten. Zelfs als ze de kraam in de fik zouden steken, konden we nog geen kant op.

Grijpgraag maakte diep in zijn borstkas een rommelend geluid, maar zei niets. Toen liet hij zijn grote kop zakken. Hij bleef op één knie steunen. 'Natuurlijk niet, heer commissaris, doe alsof u thuis bent.'

'Ach, dolletjes.' Niloch spuugde een lange straal van iets op de grond. 'Dan is het goed. Dan ga ik deze paar van wat dichterbij bekijken, goed?' En dat deed hij, al stinkend naar dood en azijn.

# Intermezzo

'Je hebt me nooit verteld hoe jullie je in de hel vermaken.'

Ze rolde van me weg en stak een sigaret op. 'En ik denk ook niet dat ik dat ga doen. Het kan je trouwens toch niets schelen. Je wilt alleen de gruwelijke details horen. Maar zo zit dat niet. Tenminste niet altijd. Niet alleen maar.'

'Ho ho! Kalm maar, mevrouw de gravin. Echt, ik was gewoon benieuwd. Ik ben een nieuwsgierig aagje.'

Ze bekeek me steels over haar schouder. Ik kon niet opmaken of ze bereid was weer aardig te doen of niet. Daarin was ze heel gek, dat had ik wel ontdekt. Onder die volmaakte, übercoole buitenkant zat ze vol met scherven en brokken. Ze zeggen wel eens dat katten daardoor abcessen krijgen: hun huid geneest zo snel dat deze vaak over een geïnfecteerde wond heen dichtgroeit. Caz leek in dat opzicht een beetje op een kat.

Maar ze zag er zo verdomd goed uit wanneer ze zich uitrekte om haar as in de asbak te tikken, dat ik alleen al door naar haar te kijken de aandrang kreeg haar weer te bespringen. Maar zelfs een engel heeft wat tijd nodig om zich te herstellen, dus streelde ik alleen haar heup terwijl het laken weggleed, boog me toen naar haar toe en kuste de koude huid.

'Oké, dan zal ik het jou eens vragen,' zei ze. 'Hoe vermaken jullie je in de hemel?'

Ik lachte, maar dacht er toen even over na en eigenlijk schoot me niets te binnen. Je kunt van de hemel veel zeggen, maar niet dat je je er 'vermaakt'. 'Het is moeilijk uit te leggen. Het is er een en al gelukzaligheid, maar niet echt vrijwillig.'

'Opgelegd geluk?'

'Zoiets ja. Nou nee, meer zoals wanneer je bij een geweldige bistro woont, dat je dan de hele tijd trek krijgt bij het ruiken van geroosterd vlees.'

'Dat zou in de hel niet werken, Dollar,' zei ze, en blies een rookpluim de *hoogte in, waar hij werd weggevaagd door de ventilator aan het plafond. 'Wij zijn behoorlijk gewend geraakt aan de geur van geroosterd vlees.'*

*Boem tsjing! 'Oké. Maar snap je wat ik bedoel? Het is niet zozeer dat je in de hemel in een soort zombie verandert, maar alleen... Nou, het is daarboven heel verheffend.'*

*Jeetje, dat klinkt pas echt als gelul in de ruimte, vleugelmans. Verheffend? Dat zeggen mensen over de kerkdienst in hun plaatselijke parochie.'*

*'Ja hoor eens, laat me dan ook niet de hemel verdedigen. Ik ben niet bepaald een koorknaapje.' Ik reikte naar een roze tepel en kneep er zachtjes in. Ze slaakte een klein geluidje. Het klonk heel lief. 'Ik bedoel maar, je denkt toch niet dat wat wij hier doen daar zou worden goedgekeurd?'*

*Caz sloeg mijn hand weg voor ik het nog een keer kon doen. 'Niet van onderwerp veranderen. Je vroeg me hoe ik me in de hel vermaak. Nou vraag ik jou wat jij in de hemel doet.'*

*'Meestal proberen daar weg te komen. Zo snel als ik kan.'*

*Ze wierp me een norse blik toe. 'Kom nou toch, lekkere losbol. Ik heb je zien drinken. Jij houdt wel van wat vergetelheid op zijn tijd. Waar zit 'm dan het verschil in?'*

*'Dat dronken worden in een café mijn keus is. Dronken worden van hemelse glorie als ik daar alleen ben omdat ik ben opgeroepen... dat is andere koek.'*

*'Ik weet het niet,' zei ze fronsend. 'Het kost me moeite medelijden te hebben met iemand die gelukkig wordt gemaakt wanneer hij dat niet wil. Ik bedoel, vergeleken met sommige dingen die ik heb gezien... Je weet wel, zoals mensen die van binnenuit worden opgegeten door wormen met scherpe tandjes omdat ze niet snel genoeg hebben gebogen... Dan lijkt het me toch zo slecht nog niet.' Ze schudde het hoofd. 'Jezus, ik heb zelfs ergere dingen gezien in het middeleeuwse Polen. In de kerk bij de zondagsdienst.'*

*Dit was, moest zelfs ik toegeven, een argument dat ik niet kon weerleggen. Natuurlijk kon ik haar niet aan het verstand brengen wat mij stoorde aan de hemel. Het was net zoiets als waar ze op het internet mee spotten: de problemen van de eerste wereld. Al was dit dan niet een probleem van de eerste wereld maar de laatste.*

*'Kijk,' zei ze, reikte naar me uit en kneep me op een andere plek dan waar ik haar had geknepen, en ook heel wat harder (maar op een erg fijne manier). 'Nu geef ik jou een fijn gevoel zonder dat je daarom vroeg. Betekent dat dat je nu ook over mij gaat zitten mekkeren? Kom je op voor je rechten? O, wat ben je toch een opstandig baasje, Bobby!' Toen sloot ze voorzichtig haar mond om mijn pik, het gedeelte van mijn lichaam dat het minst geneigd was me*

*op dit soort momenten de concentratie te gunnen om een tegenargument te bedenken. Zij trok me tussen haar lippen door dieper haar mond in. Eerst ijskoud, en toen bloedheet.*

*In de regel vind ik het niet fijn wanneer iemand met me spot. Ik vind het altijd veel leuker om de spotter te zijn, vermoedelijk omdat ik een grote klootzak ben, maar ik besloot dat ik me voor één keer wel kon laten gebruiken, zuiver en alleen als leerervaring.*

## 15
# Grijpgraag

Ik kon alleen maar machteloos toekijken terwijl commissaris Niloch de kooi naderde. Zijn benige sporen ritselden en schraapten onder het lopen, als de wind die dode bladeren in beweging bracht, en hij onderzocht de meute verdoemde zielen met ogen zo gevoelloos als twee glanzende rode knopen. Als ik je zeg dat ik hem zelfs door de verschillende walgelijke geuren van gevangenen in een slavenkooi in het midden van de hel heen nog kon ruiken, krijg je een idee hoe penetrant zijn geur was, een combinatie van iets zoets en verrot vlees, als zo'n lijkbloem die vliegen naar hun ondergang lokt. Ik probeerde niet te kotsen maar waarschijnlijk moest ik een beetje kokhalzen, wat het misschien was dat zijn aandacht trok. Ik werd grotendeels aan het oog onttrokken door slaven die langs de tralies voor me waren geschaard, maar zijn prikoogjes kregen me in de gaten en hij kwam dichterbij. Zijn geur walmde me met een misselijkmakende golf tegemoet, en toen hij zijn vreemde mond opende werd het nog erger.

De twee onderdelen die zijn onderkaak vormden, klapten op elkaar als een applaudisserende krab. Ik hoopte dat dat niet iets was dat hij deed wanneer hij honger had. Mijn duivelhart ging in mijn borstkas tekeer als een pneumatische handhamerboor.

'Heeft u interesse om meer slaven aan te schaffen, commissaris?' Grijpgraag kwam naar voren. 'Ik zal u met plezier wat gezonde exemplaren tonen. Ik heb deze nog niet uitgezocht.' Niloch keerde zich om en keek hem aan, zwijgend, maar toen Grijpgraag weer sprak, klonk er een lichte trilling in zijn stem. 'Of, als u dat wilt, kan ik deze schoonmaken zodat u ze kunt inspecteren.'

De commissaris lachte, denk ik, al klonk het ijle gefluit niet echt als gelach. 'O, zou je dat willen doen? Misschien ze ook even mooie kleertjes aandoen zodat ze op kleine heertjes en dametjes lijken. Dat zou alleraardigst zijn.' Hij keerde zich weer naar de kooi en alleen maar om ervoor te zorgen dat mijn hart weer flink tekeer begon te gaan, vonden zijn ogen weer de mijne. 'Maar ik moet zeggen dat ik...'

'Hé, wat is hier aan de hand? O, commissaris, het is dus waar, u heeft ons met een bezoek vereerd!'

'Die komt zijn smeergeld innen,' zei een andere stem bijna onmiddellijk.'

'Kop dicht of ik laat je amputeren,' sprak de eerste stem. 'Dank u, heer commissaris, dank u!'

De tonronde, tweekoppige gestalte van Braakbek, de eigenaar van de slavenkraam, haastte zich naar Niloch. Een van zijn hoofden gunde de commissaris een brede, beminnelijke glimlach, het andere keek met een uitdrukking van onverholen desinteresse. 'U doet mij te veel eer!' zei het blije hoofd.

'Iedere eer is te veel,' zei het andere hoofd, nukkig als een puber.

'Ach,' zei Niloch. 'Eindelijk vereert u mij dan met uw aanwezigheid, slavenhandelaar.'

Blijkop vertrok onmiddellijk zijn gezicht tot een frons van spijt. 'Ik wist niet dat u het was, commissaris! Ik verzeker u dat ik, zodra...'

'Hou je koppen,' zei Niloch niet veel luider dan op fluistertoon. 'Allebei.' Er volgde een stilte. 'Ja, toevallig kun je wat voor me doen. Ik heb meer slaven nodig. Stuur me deze krat, in zijn huidige staat.' Niloch keerde zich om, maar ditmaal was zijn glimlach maar heel even op mij gericht, toen vloog zijn blik over de arme drommels in de kooi. 'Ja, dit is prima. Och nee, doe geen moeite ze schoon te maken. Pure zandverspilling. Ze voldoen uitstekend voor mijn huidige oogmerken.' Hij zweeg even. 'Ach. Ik zie dat mijn mannen hier klaar zijn, en ik heb nog een lange terugreis naar mijn woonstee voor de boeg. Maak de rekening maar op en stuur de slaven stante pede naar Huize Grafbek.' De commissaris verdween rammelend uit mijn gezichtsveld, dezelfde weg terug als hij was gekomen.

'Dank u, commissaris!' zei Blijkop. 'Uw klandizie is het grootste geschenk dat u ons maar kon geven! U bent de beste heer van het land!'

'Maar je zei toch dat hij de slechtste was?' zei Norskop op zangerige toon. 'Je zei dat hij zo dom was als een drol, en rook als...'

Ik kreeg de nieuwe ervaring om iemand een van zijn eigen hoofden op de bek te zien slaan, zo hard dat er bloed vloeide. Toen de afstraffing was gegeven en Norskop in ieder geval voor even het zwijgen was opgelegd, haastte Braakbek zich achter de commissaris aan, woorden van lof en dankbaarheid spuiend.

Mijn hart begon eindelijk trager te slaan tot een ritme van gewone doodsangst toen de deur van de slavenkooi met een knal openvloog. 'Jij daar,' zei Grijpgraag tegen me. 'Eruit.'

De andere slaven konden geen ruimte voor me maken, dus sleurde hij er een paar uit de kooi, waarbij hij ongetwijfeld hier en daar wat verwondingen veroorzaakte. Ik baande me een weg naar de opening, en pas toen ik er dichtbij was herinnerde ik me dat Binkie ook in die kooi zat, maar toen ik omkeek, glipte het harige jochie al tussen de andere slaven door achter me aan.

Voor ik Grijpgraag een vraag kon stellen, nam hij me onder zijn arm en droeg me als een hondje tot achter in de kraam naar een klein gedeelte dat met een scherm van huid was afgezet, en liet me daar vallen. Binkie kroop achter mijn benen tegen me aan, en bekeek Grijpgraag met een indrukwekkende concentratie, ongetwijfeld een tiental ontsnappingsplannetjes overwegend voor wanneer het fout liep. Een echte overlever, dat was hij. Zo had ik mezelf ook altijd gezien, maar na Binkie te hebben leren kennen, besefte ik hoe belachelijk makkelijk ik het had gehad in vergelijking met hem.

'Jullie blijven hier.' Grijpgraag tuurde over het scherm heen naar ons, wat ik zelfs als ik op een kist had gestaan nog niet had kunnen klaarspelen. In het donker zag zijn woeste gezicht er als uit steen gehouwen uit. Lelijk steen. 'En geen kik!' Toen liep hij de tent uit. Na een paar relatief rustige minuten hoorde ik hem een tijdje praten met de twee koppen van zijn baas. Als Norskop door de klap die hij had gekregen geïntimideerd was geraakt, leek hij daar inmiddels overheen; ik hoorde hem op bijna alles wat het andere hoofd zei schimpen. Eindelijk was het driehoofdige overleg achter de rug en hoorde ik Grijpgraags zware tred terugkeren.

'En nu moet ik nog twee slaven vinden, want zoveel heeft Niloch er geteld en zoveel zal hij er verwachten.' Weer omvatten de grote handen mij en tilden me op. Hij zette me neer en bekeek me van top tot teen. Ik zweer je, als hij 'Fi Fa Fo Fum' had gezegd had ik niet raar opgekeken.

Maar hij trok een groot rotsblok naar zich toe dat ik nog niet met een pick-uptruck en sleepkabel had kunnen verplaatsen, en ging erop zitten.

'Nou?'

Ik bekeek hem terwijl mijn hoofd bijna leeg was door alle angst die ik voelde. 'Wat nou?' vroeg ik ten slotte.

'U zei dat u me iets moest vertellen. We zijn nu alleen... Ik laat de anderen die slavengroep naar de kade brengen. Dus zeg maar op.'

Ik deed mijn ogen even dicht in stil dankgebed. Nu hoefde ik alleen nog maar te hopen dat Temuels schijnbaar onschuldige boodschap niet een soort code was voor 'dood de vent die je dit vertelt'. Ik probeerde Grijpgraag in de ogen te kijken en mijn oprechtheid te tonen, maar kreeg dat niet voor elkaar. Al dat blootgelegde vlees en dat bijlblad er nog in...

'Ik ben niet van hier,' zei ik, aandachtig kijkend naar zijn enorme voeten. 'Ik kom van... ergens anders. Begrijpt u wat ik bedoel?'

Grijpgraag liet een diep geluid horen. 'Misschien wel,' zei hij ten slotte. 'Misschien ook niet. Zeg maar wat u op uw lever heeft.'

'Een vriend vroeg me u op te sporen en u dit bericht te geven. Hij zei: "Je bent niet vergeten." Alleen dat. Meer niet.'

Er gebeurde niets, of in ieder geval niets wat ik ter hoogte van Grijpgraags maat 63-voetjes kon zien. Ik keek omhoog. Niet ineens, maar toch.

Hij huilde.

Ik maak geen grapje. Dat deed hij echt. Een enkele gloeiende traan als een lavastroom had zich uit zijn goede oog omlaag gewerkt over zijn wang en bungelde nu als een harsdruppel aan zijn kin. 'Allen bedankt,' zei hij bijna fluisterend. Hij zakte naar voren als een eeuwenoude Californische sequoia die omviel, en tot mijn stomme verbazing kwam hij op zijn knieën terecht en hief toen beide enorme armen boven zijn hoofd. 'Allen bedankt, ik word verheven.'

Je kunt wel raden wat ik hiervan snapte, namelijk de ballen. Grijpgraag bleef zo nog een tijdje zitten en er dropen nog meer tranen van zijn kin, die plasjes vormden op de vloer waarna ze afkoelden en oplosten. Ik begon me eerder dood te generen dan doodsbang te zijn, zo duidelijk als hij gegrepen werd door iets wat diep zat en heel persoonlijk was. Aangezien hij me nog niet tot moes had gestampt vanwege de boodschap die ik net had bezorgd, kwam hij voor Binkie en mij van iedereen nog steeds het meest in de buurt van een bondgenoot. Ik zette me schrap terwijl deze storm door hem heen trok en hem deed sidderen, maar eindelijk was het voorbij. Grijpgraag veegde zijn goeie oog af met de rug van een enorme hand en klom toen weer op het rotsblok.

'Ach,' zei hij. 'Ach. Dat was fijn om te horen. Allemaal dankzij u...'

Hij zweeg, zijn wenkbrauwen werden doorkliefd toen hij iets besefte. 'Ik weet niet hoe u heet, meester.'

'Ik heet Slangenstaf.' Dit was de eerste keer dat ik iemand mijn duivelse codenaam vertelde, afgezien van Binkie, en ik keek of het hem iets zei. Ik had alleen Temuels woord (en Lamehs onuitgesproken herinnering) dat die nooit eerder was gebruikt. Maar hij leek de reus niet vreemd of vertrouwd over te komen.

'Mijn dank dan, Slangenstaf. Moge u worden verheven.'

Dat klonk beter dan het meeste wat mij was overkomen, dus knikte ik. 'Goed, en nu?'

Hij keek me aan als een man die te bruusk was gewekt. 'Wat? Wat bedoelt u?'

'Ik bedoel, vindt u het goed dat wij nu ons weegs gaan? Mijn dienaar en ik? Bedankt dat u mij hebt verscholen voor de commissaris, maar ik heb nog andere klusjes te doen in Pand... in de Rode Stad, en dat is nog een fikse tippel.'

'Andere klusjes?' Hij keek geïnteresseerd, maar niet op de wrede, hongerige manier zoals duivels vaak geïnteresseerd kijken. 'Andere klusjes zoals ik?'

'Nee.'

'Jammer dat u moet gaan. Ik zou u graag aan een paar andere verheffers willen voorstellen. Uw boodschap zal veel voor ze betekenen.' Zijn afschrikwekkende gezicht stond bijna vrolijk. 'Wacht! Ik ga net die slaven bij de commissaris in Grafbek bezorgen. Als u met mij meevaart op de *Teef* zult u veel sneller reizen, en u kunt een heffer vinden zodra u er bent. Dat zou uw reis naar de Rode Stad behoorlijk moeten bespoedigen.'

Al dat gepraat over verheffen en heffers en teven deed me duizelen, maar ik ging dit gegeven reusje niet in de bek kijken. 'Bedoelt u dat u me echt wilt helpen?'

'Ik zou alles voor u doen wat in mijn vermogen ligt.' Hij sprak met een vreemde indringendheid in zijn stem. 'U kunt toch wel raden wat uw bericht voor mij en de mijnen betekent?'

Dat kon ik niet echt, maar het betekende duidelijk veel voor hem. Ik zou mijn best doen dit flink uit te buiten. 'Ja, natuurlijk.'

'Ik vraag maar één ding als tegenprestatie.'

*Shit*, dacht ik, *nou zul je het hebben. Wil hij wat bloed van me drinken, of een van mijn ogen opeten?* 'En dat is...?'

'Vanavond moet u met mij meegaan naar het genootschap.'

Duidelijk niet zo erg als wat ik had gevreesd. 'Natuurlijk. Maar ik begrijp het nog steeds niet. Hoe brengt u mij zoveel sneller bij Grafbek dan wanneer ik zou lopen?'

Hij lachte. 'Per schip natuurlijk... mijn schip, de *Zeikteef*. Anders zou het wel honderd lantaarns of meer duren. Maar op de brede rug van de Cocytus zijn we er in negen.'

*Nou, dank je wel, gore rivier,* dacht ik. *Je bent geloof ik toch nog niet zo kwaad.*

Ik moest duidelijk nog veel leren.

De genootschapsvergadering, zoals Grijpgraag het noemde, vond plaats op een plek die zo walgelijk was dat het een wonder is dat ik me die vergadering überhaupt nog herinner. Je bent nog nooit echt in een riool geweest tot je een riool in de hel hebt bezocht. Dit exemplaar was gemaakt van iets wat eruitzag als moddersteen, en het rook als... ach, er zijn gewoon geen woorden voor. Als ik geen duivelslichaam had gedragen, zouden mijn zenuwen waarschijnlijk zelfmoord hebben gepleegd bij het eerste contact met die neusverschroeiende stank van dood en schijt en schijt en dood.

Toch waren vieze geuren niets vergeleken bij wat er zou gebeuren als een van de bende wachtposten van de moordenaarssekte die op de kade patrouilleerden, op ons zou stuiten, dus hield Grijpgraag zijn genootschapsvergaderingen altijd diep verscholen in de tunnels. Het zat stampvol met zo'n vierentwintig figuren, op de rand van een draineerbuis gezeten, maar iedereen schoof zo veel mogelijk op, want zelfs van hen die in de hel tot in de eeuwigheid worden gestraft, wilde er geen in die vunzige troep kletteren.

Ik vond het echt een beetje ontroerend dat al deze verdoemde zielen evenals de demonen die verondersteld werden hen te kwellen (verdoemden waren slechts met drie staat tot één in de meerderheid ten opzichte van de duivels in dat riool) allemaal bijeenkwamen op zoek naar iets groters en beters dan wat ze kenden. En Grijpgraag zelf, zo zou blijken, maakte nog meer indruk op mij.

Hij was duidelijk de centrale figuur, in ieder geval hier in Cocytushaven, en dat was te zien: toen hij begon te spreken deed zelfs de arme drommel die volkomen bedekt was met trillende egelstekels zijn best om stil toe te horen.

'Lang geleden in de gewone wereld,' begon de reus, 'had je een kerel die Origenes heette.' Grijpgraag sprak het uit als Orrie Génes. 'En hij had een grote visie. Niemand hoeft voor altijd verdoemd te blijven. Niemand.'

Een paar waarschijnlijk nieuwe leden van deze vergadering keken geschrokken op een fluisterden met elkaar.

'Je hoort het goed.' De reus sprak langzaam, als tegen kinderen. 'Zelfs de Boze hoeft niet voor eeuwig in de hel te blijven. Zelfs hij kan zich verheffen. Zich verheffen! En wij ook.'

'Maar wat schiet je daarmee op?' wilde een wezen met een kop als een gevilde ezel weten. 'Die engel-de-behangers douwen ons toch meteen weer omlaag. Ze zullen ons nooit laten gaan!'

Een paar mompelden instemmend, maar Grijpgraag had duidelijk vaker met dat bijltje gehakt, en deze avond had hij een prima antwoord klaar.

'Als je dat denkt,' zei hij, 'zal het je zeker interesseren om het bericht te horen dat deze knaap mij vandaag bracht.' Hij wees naar mij. Een paar van de wezens in het riool keken in mijn richting. 'Hij bracht mij een bericht van...' Hij sprak zachter, bijna fluisterend, maar zelfs het gefluister van een reus klonk best hard: 'van die andere plek. Die hoge plek. Waar die engelen wonen van wie jij denkt dat ze je alleen maar omlaag willen duwen. En wat was dat bericht? Wat was dat bericht dat helemaal vanuit die andere plek omlaag werd gestuurd, heer Slangenstaf?'

Hij stond duidelijk op mijn antwoord te wachten. 'Je bent niet vergeten,' citeerde ik.

'Juist! Denk daar dus maar eens over na. Ik zeg niet dat alle aureoolratten ons liefhebben, want dat is ook niet zo. Maar er zijn er die weten dat wat ons is aangedaan, niet in de haak is. En als we het blijven proberen, kunnen we onszelf echt verheffen, wat ik je brom!'

Grijpgraag ging zo nog een tijdje door en vroeg toen of iemand in het genootschap een belijdenis wilde afleggen. Ik had verwacht dat ik verveeld en rusteloos zou worden, zoals ik dat bij iedere religieuze bijeenkomst op aarde zou hebben gehad, maar ik was gefascineerd. De eerste die sprak was een verdoemde ziel die behoorlijk veel leek op een peperkoekmannetje van beschimmeld, oud papier. Hij legde uitvoerig uit dat hij toen hij nog op aarde vertoefde, een dief in Antiochië was geweest, en hoewel hij alleen eten had gestolen om zijn hongerlijdende gezin te voeden, was hij door de Romeinse opperheren ter dood veroordeeld en tot de hel verdoemd.

'Het is goed nieuws te horen dat wij ooit weer vrij zullen zijn,' zei hij op trage, ernstige toon. 'Goed nieuws. En ik zal doen wat ik kan om me goed te gedragen en te leren hoe dat moet. Want ik wil heel graag vrij zijn. Het was niet eerlijk, wat mij is overkomen. En als ik weer vrij ben, zal ik die strontvretende koopman die de wachten op mij afstuurde een bezoekje brengen, en dat kutwijf van een vrouw van me die niet eens kwam kijken toen ik werd geëxecuteerd, en al die schoften die wel kwamen kijken, en ik zal ze allemaal in stukken hakken.' Het leek wel alsof hij een waslijst aan het oplezen was. Hij had er duidelijk al heel wat denkwerk in gestoken.

'Ik betwijfel of jij de finesses van dit plan wel helemaal begrijpt,' zei Grijpgraag vriendelijk terwijl de dief van peperkoek weer ging zitten op het randje boven de stinkende stroom. 'Dit draait niet om wraak nemen, maar om onszelf beter maken dan we waren.'

'Ik zal me beslist beter voelen als die teringkoopman de pijp uit is,' mompelde het peperkoekmannetje, maar iemand anders was al opgestaan om het woord te nemen. Deze verdoemde ziel was een vrouw, hoewel dat niet duidelijk was toen ze opstond, aangezien ze er meer uitzag als slap gekookte spaghetti in menselijke gedaante, met in de kluwen twee oogballen in plaats van gehaktballen. Even stond ze te aarzelen, prutsend aan haar slierten met al even slappe vingers.

'Toe maar, schat,' zei Grijpgraag op bemoedigende toon. 'Deva was het toch?'

Ze knikte en leek moed te verzamelen. Er verschenen nog een aantal ogen. 'Toen ik nog leefde... tja, toen was ik een heel slecht mens. Ik weet zeker dat ik het verdien om hier te zijn.'

'Wat had je dan gedaan, lieverd?' vroeg Grijpgraag. Als je nog nooit eerder een monster van drie meter hoog hebt zien flirten, is dat wel een bijzondere ervaring.

'Ik ben mijn baby'tjes kwijtgeraakt.' Een paar van haar ogen trokken zich terug in de wirwar van mie of wat het ook was. 'Nee, wacht. Ik ben ze niet kwijtgeraakt... Ik heb ze uit de weg geruimd.'

Misschien maakte ik een geluid van verbazing, maar verder reageerde niemand. 'Waarom deed je dat, lieverd?' vroeg Grijpgraag.

'Dat weet ik niet precies meer. Ik was bang, en ze waren zo ziek, en ik had geen geld om ze te eten te geven. Ze zaten altijd maar te huilen, zie je, al waren ze verschrikkelijk zwak...' Ze zweeg. Er waren nog maar een paar ogen te zien. 'Ik probeerde alles, echt. Ik verkocht mijn lijf aan mannen, maar verdiende nooit genoeg, en de vrouw die op ze paste wanneer ik er niet was, nou, die... die zorgde niet goed voor ze...' Het wezen dat Deva heette krulde haar vingers en trok aan haar slierten. 'Ze dronk te veel grog, dat mens, en op een dag liet ze mijn jongste weglopen en die viel toen uit het raam op het binnenplein en... en stierf. Ik kwam thuis met de geur van een man nog op mijn lijf en trof haar daar aan op de stenen vloer. Die teef die erop paste had niet eens gemerkt dat ze verdwenen was!' De verdoemde vrouw schudde haar hoofd, of tenminste de kluwen bovenop die ik voor haar hoofd hield. 'Toen wist ik dat ik naar de hel zou gaan. En de anderen waren nog steeds ziek, nog steeds aan het huilen, steeds dunner werden ze.' Na een heel lange stilte die niemand onderbrak, zei ze: 'Op een nacht nam ik ze mee naar buiten toen iedereen sliep, bracht ze buiten het dorp en verdronk ze in de rivier. Het was zo triest; zelfs toen ik ze meenam naar de oever, keek ik of er geen krokodillen waren. Ik ging ze verdrinken, maar was nog steeds bang dat een krokodil ze te pakken zou krijgen!'

Nu stortte ze in, en het duurde nog even voor ze weer kon spreken. Het vreemde was dat de andere verdoemden, en zelfs de duivelse leden van de vergadering, allemaal geduldig wachtten tot ze verder sprak. In een oord waar niemand zelfs de moeite nam om om te kijken naar een vrij ernstig toegetakeld iemand die kronkelde op de grond, of naar een kind dat werd geslagen of seksueel werd belaagd, zaten deze helse creaturen geduldig, zelfs vriendelijk, te wachten tot een van hen weer tot zichzelf was gekomen.

'Ze hebben me natuurlijk gestenigd tot ik dood was,' zei ze ten slotte. 'Zelfs die vrouw die mijn jongste had laten sterven gooide een steen! Ik zit hier al een hele tijd. Ik kan niet eens raden hoeveel eeuwen al... eeuw in, eeuw uit... Het klinkt misschien vreemd, maar ook al ben ik dood, ik wist niet dat ik ooit had geleefd tot ik Grijpgraag hoorde spreken, over hoe we misschien op een goede dag zouden worden verheven. Tot ik hier ontwaakte leefde ik als een mol onder de grond, voorwaarts, achterwaarts, elke dag in het duister tastend en verder niets anders kennend. Mijn kinderen... Ik dacht niet aan ze. Dat kon ik niet. Ik kon me ze niet herinneren, omdat mijn hart vanbinnen was verteerd. Maar toen ik Grijpgraag hoorde spreken over verheffen, kon ik mezelf weer voelen. Ik wist dat niets ooit mijn slechtheid kon wegwassen, dat wat ik gedaan had voor altijd een vreselijke gruwel zou zijn in de ogen van God... Maar ik kon hopen dat ooit, misschien wanneer de hemel en de hel zelf ten einde komen, ik vergeven zou kunnen worden. Op zekere dag, hoe duister en verschrikkelijk mijn daad ook was, zou ik misschien zelfs mijn kleintjes terug kunnen zien, mijn baby'tjes, zodat ik ze kan vertellen hoezeer het me spijt dat ze ooit uit zo'n moeder zijn geboren...' Ze liet haar hoofd zakken en alle sliertjes trilden. 'O, God! Het spijt me zo! Zo vreselijk!'

Mijn ogen waren droog terwijl ik in die menigte verdoemden zat te luisteren naar haar hartstochtelijke verontschuldigingen aan het adres van haar dode kinderen, maar dat was slechts omdat dat duivelse lijf geen traanbuisjes had.

## *16*
# Een stinkrivier stroomt erdoorheen

Binkie en ik hielden ons in Braakbeks kraam schuil tot een tweede lichtbaken werd ontstoken, toen begroef onze nieuwe vriend Grijpgraag ons (voorzichtig) onder een lading scheepsproviand op een kar en reed ons omlaag naar de kade. Ik had uitsluitend zicht op de onderkant van de juten zakken vol gedroogde maden, maar ik betwijfel of dat erger was dan het zien van de echte stad Cocytushaven, in ieder geval te oordelen naar de ontstellende variëteit in onaangename geluiden en geuren die hun weg vonden door de dempende lagen heen van duivelsknabbeltjes in zakken.

Grijpgraag laadde de proviand zelf uit om er zeker van te zijn dat we niet per ongeluk werden onthoofd door een van zijn hulpjes, en joeg ons toen de deinende loopplank op.

'Jullie verblijven in mijn kajuit,' zei hij, en gebaarde trots om zich heen door het lage vertrek, dat voor ons prima zou zijn zolang Grijpgraag niet binnenkwam. Hij nam namelijk zoveel ruimte in beslag dat het aanvoelde als het bad delen met een bultrug.

Toen de dag ten einde was en alleen de nachtbakens verlicht waren, keerden de dokwerkers huiswaarts. Grijpgraag nam ons mee aan dek en toonde ons de boel op het schip als een gepensioneerde die zijn rododendrons showt. De *Teef* was iets tussen een vuilnispraam en een Chinese jonk in, langwerpig en laag, met zeilen die op vleermuisvleugels zouden lijken als ze waren uitgevouwen. Het schip was gemaakt van stukken hout die helemaal niet op elkaar leken aan te sluiten, en was van top tot teen zo besmeurd met teer dat het wel van uitgekauwde drop leek gemaakt. Maar uit wat ik opmaakte uit Grijpgraags trotse beschrijving, was de *Zeikteef* ondanks haar leeftijd en vervallen staat heel geavanceerd op het gebied van ketenen, kooien en folterwerktuigen. Ik probeerde te glimlachen en bewonderend te kijken, maar wanneer je iets met metalen tandjes ziet dat zich in iemands kruis begraaft om te zorgen dat hij niet wegvlucht... nou, zoals ik al zei: ik probeerde te glimlachen.

Grijpgraag had blijkbaar besloten dat hij me mocht. Hij uitte zijn nieuwe saamhorigheidsgevoel voornamelijk door mij van tijd tot tijd op de schouder te slaan, hard genoeg om mijn botten te laten kraken. Hij leerde me zelfs de helse rum kennen die hij graag dronk, die smaakte als gal en benzine en een opstopper gaf als onversneden, illegaal gestookte sterkedrank. Nee, ik vroeg hem niet hoe die werd gemaakt, of waarvan. Grijpgraag keek graag toe hoe ik probeerde het bocht achterover te slaan, en beloonde me voor het genot me te zien hoesten, kotsen en proesten door me tot diep in de nacht verhalen te vertellen wanneer ik liever had geslapen.

Maar de drank hielp, en de verhalen waren niet slecht. Naar helse maatstaven waren zijn vertelsels heel braaf, over een eenvoudige reus en zijn slavenschip die in de infernale wereld interessante lotgevallen beleefden. In vergelijking met de wereld waarin hij leefde was Grijpgraag zelfs een prima gozer. Oké, hij had een paar arme drommels gedood – een paar honderd om precies te zijn – in de loop van zijn bestaan, en het kostte hem moeite om de verdoemde zielen waarin hij handelde te beschouwen als iets anders dan transporteerbare vleeswaren, maar zodra we hem beter leerden kennen, was ik nooit meer bang voor hem, en er zijn maar weinig helbewoners van wie ik dat kan zeggen. Mijn vriendin incluis.

Het schip voer net voor de eerste daglamp werd ontstoken uit. Grijpgraag liet ons aan dek komen zodra we onderweg waren zodat we wat rond konden kijken. De *Zeikteef* had zoveel zwarte zeilen dat de masten eruitzagen als een soort nestbomen van vampiers. Zeer zwaarbeladen met een ruim vol gekooide slaven lag het schip zo laag dat de rivier steeds over de relingen sloeg, en het dek stond altijd minstens tot aan de enkels blank in Cocytusslijk, maar tot mijn grote genoegen ademde ik de (relatief) frissere lucht buiten de kajuit.

Die eerste avond, toen de stad achter ons wegviel en wij door het duister verder voeren, werd de grote zwarte rivierslang waarop we gleden weldra onzichtbaar. Met slechts de vergelegen bakens aan de wallen van de hel als verlichting, leek het alsof we reisden door een universum van flikkerende rode sterren. Opeens voelde ik me eenzaam, eenzamer dan ik me ooit had gevoeld, zelfs met Binkie naast me, die zich met grote ogen en open mond begaf in een leven waarvan hij ongetwijfeld nog nooit had gedroomd. Ik verlangde vurig naar Caz en dat unieke volmaakte moment dat ze me had geschonken, ik had dringend behoefte aan vrienden als Sam en Monica, en ik miste de plekken waar ik vaak kwam. Je kent dat ongetwijfeld wel, maar in de hel voelt het anders. De kans was heel klein dat ik ze ooit terug zou zien. Die kleine Binkie gaf me wel wat gezelschap, maar hij was niet bepaald spraakzaam, en aangezien ik hem wilde lozen voordat de boel echt gevaarlijk werd, wilde ik me toch niet al te veel met hem verbroederen.

Grijpgraag kwam met dreunende stappen op ons af en spreidde zijn enorme armen uit. 'Dit... dit is vrijheid,' zei hij, voor het gemak de kreten van de verdoemden in hun kooien beneden ons negerend. 'Geen andere meester dan de winden en het getij. Toen ik dit voelde, werd ik voor het eerst verheven. Maar toen besefte ik dat nog niet.' Hij legde een enorme kolenschop van een hand op mijn schouder; als hij verder omlaag had geduwd, had hij me vast als een klinknagel het dek in gedrukt. 'Misschien wil je met mij nog wel een andere genootschapsvergadering bijwonen, Slangenstaf? Misschien als we bij Grafbek zijn aanbeland?'

Ik mompelde iets niet-bindends. Ik ben niet echt een groepsmens, maar uit nieuwsgierigheid vroeg ik: 'Met zijn hoevelen zitten jullie in dat genootschap?'

'Och, het is niet zo klein als het ooit was, toen je meester me voor het eerst aansprak. Iedere dag komen er meer bij. Maar nog steeds zijn we een select groepje.' Hij knikte. 'Maar we zijn verheven, in geestelijk opzicht, niet lichamelijk.'

Ik ben nooit te weten gekomen waar hij dat Origenes-verhaal had opgepikt, maar hij had het goed begrepen. Origenes van Alexandrië was een christelijke wetenschapper, ergens in de derde eeuw, die opperde dat als vrije wil en vergiffenis echt bestonden, zelfs Satan kans maakte om ooit vrede te sluiten met het Opperwezen en vergeven te worden. Je begrijpt wel dat de Kerk uit die dagen met dit denkbeeld de kachel aanmaakte, aangezien zij van oordeel waren dat een niet-eeuwige hel tandeloos was. Veel van die vroege christenen hadden duidelijk nog geen eeuwen al banjerend door gesmolten lava doorgebracht, anders hadden ze hun mening vast herzien; zelfs een schamel decennium van continu kwellende pijn wil nog wel eens iemand van mening doen veranderen, me dunkt.

Ik was onder de indruk van Grijpgraags geloof, en ik spreek als verstokte cynicus. Binkie was ook geïnteresseerd, of in ieder geval dacht ik dat hij dat was, aangezien zijn ogen op de reus gevestigd bleven wanneer die sprak.

'Maar de helse hoge heren... hun zal dat denkbeeld niet bepaald aanstaan,' zei ik ten slotte.

'En dat doet het ook niet, dat is een feit.'

Ik bedacht terloops dat Temuel een verdomd gevaarlijk spelletje speelde: het gewone volk van de hel aanmoedigen om over verlossing te gaan denken. Hadden onze superieuren daar wel enig idee van? Want het klonk als precies zo'n revolutionair en gevaarlijk plan als Sams geheimzinnige engel Kephas had gesmeed met die Derde Weg, waarover ik mijn betrokkenheid erbij al moest proberen te weerleggen. Bobby Dollar die hem peerde om een religieuze rebel in de hel te gaan steunen zou het eforaat niet bepaald positiever over mij stemmen. Niet dat ik het niet al lang bij mijn bazen had verbruid voor ik hier was aanbeland: ik had het bed met een duivels kopstuk gedeeld, had een afvallige engel die toevallig ook mijn vriend was helpen ontsnappen en een andere engel op het hoofd gemept terwijl die zijn rechtmatige taken uitoefende, en vervolgens had ik over dat alles tegen de hemel gelogen.

*Kat in 't bakkie*, zouden onze vrinden in de juridische stand op aarde de zaak tegen mij noemen.

'*Hier op de Teef schuimt onze schuit scheef,*'

Grijpgraag zong met een stem als een rommelende lawine.

'*Dus geef de schavuiten beslist geen kwartier.*
*We drinken en stinken, edoch deze binken*
*Gaan ook met je dochter misschien aan de zwier.*'

Ach ja. Waarom zou ik in dit late stadium tobben over een slechte aantekening meer of minder? Nu ik hier toch in de hel zat, kon ik mooi even op zoek gaan naar een leuk optrekje, aangezien de kans groot was dat ik hier weldra op een meer permanente basis zou terugkeren.

## 17
# Huize Grafbek

De rivier was zo afschuwelijk en gevaarlijk als te verwachten viel, vol skeletachtige piraten op lekke vlotten en slangachtige schepsels met slagtanden die zo groot waren als slijmerige pendeltreinen. Maar we zaten op een groot, goed bewapend schip, en de nachtelijke vertellingen van Sindbad de opengespleten Zeeman maakten de stank en constante doodsangst dat iets ons wilde opeten bijna goed.

Grijpgraag was in dienst getreden van een duivelse meester die Krabspatter heette, en hij had zich omhooggewerkt tot de verantwoordelijke positie van persoonlijke bewaker van die vent, tot Krabspatter aan reepjes was gehakt door een andere, nog slechtere duivel in een zeeslag bij een plaats die Grijpgraag Zuigzomp noemde.

'Die oude Krabbie ging naar de kelder met een speer door zijn donder, is wat-ie deed,' zei Grijpgraag op de nostalgische toon van iemand die over een malle oom spreekt. 'En hij zit er waarschijnlijk nog steeds te proberen uit die modder weg te komen... Hij was een taaie donder. Toen kreeg ik deze hier.' Hij tastte omhoog naar de enorme jaap in zijn hoofd en gezicht. 'En toen werd ik wakker, beroofd van mijn kleren, geld en alles, geketend in een rij van gevangenen. De overwinnaar hield een paar van ons en verkocht de rest.' Hij lachte en raakte zijn gapende rode wond aan. 'Het verbaasde me niks dat hij mij niet hield. Ik bleef nog maandenlang doorbloeden.'

De slavenhandelaar die hem kocht had echter oog voor Grijpgraags kwaliteiten (of in ieder geval zijn enorme omvang) en zette hem aan het werk als opzichter. Vrijheid is blijkbaar nogal een discutabel punt in de hel, en aan Grijpgraag werd die nooit geschonken, maar hij werkte zich omhoog naar steeds sterkere vertrouwensposities tot hij de rechterhand van de slavenhandelaar werd. Eeuwen later, toen Braakbek de zaak van de handelaar overnam (geen vreedzame overname, laat staan een wettige transactie, naar wat ik begreep) hield hij Grijpgraag op dezelfde vertrouwenspost, en mijn nieuwe makker was sindsdien altijd voor Braakbek blijven werken. Hij keek me geschrokken aan toen ik hem vroeg hoeveel jaar geleden dat was geweest.

'Jaren? Sommige woorden betekenen hier niet veel. Sommige nieuwelingen arriveren hier en vragen hoe lang zus en hoe lang zo, maar de rest van ons vindt dat het nergens goed voor is om daarbij stil te staan.'

Dit deed me afvragen hoeveel jaren Binkie een kind was geweest dat scharrelde door de nauwe steegjes van Abaddon. Het joch was in de hel geboren, maar tijd leek hier niet zoveel te betekenen en Binkie herinnerde zich niet veel meer dan een paar dagen terug, waarschijnlijk omdat in zijn leven vóór hij met mij optrok alles één pot nat was geweest.

Ik begon te beseffen dat alles in de hel, inclusief de tijdloosheid, zo was gearrangeerd om de gevangenen zo ongelukkig mogelijk te houden. Ze moesten iedere dag ploeteren voor de kost en hun onderdak, maar verder veranderde er weinig – net genoeg om de herhaalde dosis straf pijnlijker te maken. Als alles altijd bij het oude blijft, raak je eraan gewend. Als de boel verandert, als die soms wat beter wordt, maakt dat het terugkeren naar de ellende alleen maar des te pijnlijker. Dus als sommigen van jullie overwegen een eigen hel te beginnen, vergeet dan niet dit beproefde recept: wissel het lijden af zodat je slachtoffers niet helemaal afstompen. Toon ze af en toe wat beters, gewoon om ze de hoop niet te laten verliezen.

Ik vroeg me even af of Grijpgraags genootschap, de verheffers, misschien in feite deel uitmaakte van het grote plan van de hel. Tenslotte was er geen betere manier om te zorgen voor lijden dan de verdoemden en de gedoemden wat hoop op betere tijden voor te houden. Grijpgraag geloofde dat echter niet en ik ging hem beslist niet tegenspreken. Ik was hem gaan vertrouwen, en hij leek zelfs erg gesteld op Binkie, op een duivelse manier. Hij gaf dat jochie soms wat eten, aangezien Binkie altijd een honger had als een wilde kat, en hij genoot van de omzichtige behoedzaamheid van die knul wanneer we het veilige terrein van ons kleine kajuitje verlieten. 'Weet je dan niet dat je je op mijn schip bevindt, torretje?' vroeg hij dan. 'Niemand op de *Zeikteef* pist zelfs maar zonder dat ik het zeg!'

Ik ben er nooit achter gekomen of Grijpgraags schip naar iemand in het bijzonder was vernoemd, maar Grijpgraag had vrouwen (ik gebruik deze term heel losjes) in iedere haven waar die slavendrijver handeldreef.

Niet dat ik hem ooit aanmoedigde om die verhalen met ons te delen: als je ooit je belangstelling in seks wilt kwijtraken, moet je proberen je vakantie in Acheronhaven of zelfs Penitentia te houden, die gehuchten van modder, steen en schamele hutten die we op de derde dag aandeden voor nieuwe proviand. De hoeren op de kade leken op figuranten uit *Aanval van de Mollenmensen*, maar Grijpgraag verzekerde me dat alleen de knapsten bij de binnenkomende schepen aan de slag mochten.

Ik zal jullie niet vervelen met een beschrijving van de hele tocht. Vanaf het midden van de rivier lijkt de ene hellestad sterk op de andere, namelijk afschuwelijk. Op de derde dag kregen we eindelijk Grafbek in zicht, een grote bonk zwart vulkanisch gesteente die uit de zwarte deining van de Cocytus omhoogstak als een eeltknobbel. Een natuurlijke baai aan de voet ervan fungeerde als haven, en de desperate leefstijl in de hel was weldra omgetoverd tot een krioelende mierenhoop van zielen en duivels. Boven op die grote brok steen, omringd door wallen die zo hoog waren als die van de stad zelf, stond een kasteel, een woud van zwarte torens die spits en scherp waren als palingtanden. Een enorm vaandel wapperde op de bovenste spits, een blanke vogelklauw op een kleed van sabelbont. Het was echter niet het hoogste punt van Grafbek: in het midden van de stad torende een enorme zuil over al het andere als een reuzenpilaar die de hemel stutte.

'Die banier is van Niloch, en dat gebouw met die zwarte torens behoort hem toe,' zei Grijpgraag. 'Kom daar niet in de buurt, is mijn advies. Ik zal je zeggen hoe je vanaf hier door de stad moet reizen. Zie je dat daar?' Hij wees op de grote zuil waarvan ik toen we naderden zag dat hij gemaakt was van een soort kleisteen maar hoger reikte dan de hoogste wolkenkrabber. Zelfs nu de tweede groep bakens op de wallen van Grafbek waren aangestoken – wat het meest in de buurt kwam van vol daglicht – was het onmogelijk te zien waar die grote kolom ophield, aangezien hij verdween in de duisternis van dat monsterlijk grote, aan het zicht onttrokken plafond van de grot. 'Zorg dat je daar komt en de heffer daar zal je brengen naar waar je maar heen wilt.' Ik zou er blijkbaar helemaal mee naar Pandemonium op kunnen stijgen, vele niveaus boven ons. Dat gaf me weer wat goede moed, maar ik was door alles nog steeds een beetje in de war.

Zie je, onze riviertocht had ons minstens twaalf niveaus hoger gebracht, wat kant noch wal raakte. Ik had echt niet gemerkt dat we omhoogvoeren, en de Cocytus, hoe zwart en kleverig en giftig die ook was, leek in alle opzichten aan de wetten van de zwaartekracht en natuurkunde die ik kende te gehoorzamen. Maar dit was natuurlijk wel de hel en hoewel het hier (bij gebrek aan een beter woord) echter leek dan in de hemel, wás het niet echter. Als engel was ik gewend aan de ongrijpbare afstanden en onbepaalbare tijd van de hemel, dus kostte het niet zoveel moeite te aanvaarden dat sommige dingen in de hel, hoe onlogisch ook, nou eenmaal zo waren als ze waren.

Ik schrobde mezelf zo goed mogelijk met zand om de ergste vuiligheid weg te werken, aangezien de rivier te gevaarlijk was om in te zwemmen. Gewone zielen gebruikten zelfs geen water om in de hel een bad te nemen: het was te schaars. Toen wachtten Binkie en ik tot Grijpgraag ons het teken zou geven dat het veilig was om van boord te gaan. We zaten voor wat wel uren leek te duren, de jongen ijsberend door het kleine kajuitje tot ik hem wel kon slaan. Ik was me al aan het afvragen wat ik nu met Binkie aan moest. Ik wilde hem niet meenemen omdat ik me misschien wel snel uit een of andere uiterst onaangename plek uit de voeten zou moeten maken, en het zou al moeilijk genoeg zijn om te bedenken hoe ik Caz eruit zou moeten smokkelen zonder met Binkie rekening te moeten houden. Aan de andere kant had ik hem weggevoerd uit zijn vertrouwde plek, en had geen rooie tuf om hem af te kopen, en hem hier alleen achterlaten in Grafbek zou hem misschien in nog groter gevaar brengen.

Opeens kreeg ik een idee. Ik gebaarde dat Binkie kon blijven ijsberen terwijl ik Grijpgraag ging zoeken. Ik had in de kajuit moeten blijven zoals hij me had opgedragen, maar ik werd opeens gegrepen door het denkbeeld iemand een dienst te bewijzen (ik ben, of was, tenslotte een engel, weet je nog?) en ik klom halsoverkop de trap op naar het bovendek.

Het eerste waar ik tegenop botste was een van Grijpgraags onderdanen, de katachtige met insectenogen die me had staan aangapen bij de slavenkraam in Cocytushaven alsof ik een lang geleden uit het oog verloren familielid was. Ik kon me geen enkele reden indenken waarom dit vunzige wezentje mij met zo'n onbeschaamde familiariteit zou aankijken (je ziet wel dat de hel me begon aan te grijpen), dus voor hij zijn moed bijeen kon rapen om mij aan te spreken, vroeg ik hem waar Grijpgraag was.

'Op de k-k-kade,' zei de Malle Kittekatkat met een vreemde, stotterende stem, 'maar ik d-d-denk...'

Waarschijnlijk leek ik op zijn ouwe oompje Drietand of zo. Of erger nog, misschien had het kleine wezentje ondanks Temuels beloftes het duivelse lichaam herkend dat de aartsengel en Lameh me hadden gegeven. In beide gevallen had ik geen trek in dat gesprek, dus liep ik hem snel voorbij. Ik was al een paar stappen de loopplank af gedaald toen ik besefte dat er iets op die stampvolle kade niet oké was. Niet die vreemde, insectachtige lastdieren die werden afgeladen met hun last, of de andere afzichtelijke, halfnaakte schepsels die zweetten onder de zweepslagen van de opzichters, sommigen van hen zo mismaakt dat het een wonder was dat ze überhaupt konden werken, laat staan zulke zware lasten torsen, maar iets veel verontrustenders.

Grijpgraag stond op de kade, maar hij werd geheel omringd door gewapende hellebaardiers, een tiental of meer, die als embleem allemaal Nilochs witte vogelklauw droegen. Erger nog, Niloch zelf zat hoog op de rug van een groot en slechts een beetje op een paard lijkend wezen, en Grijpgraag was met hem aan het praten.

Niloch had mij zo snel in de gaten dat het leek alsof hij me had verwacht. Even dacht ik dat Grijpgraag me had verraden en ik kon mezelf wel voor mijn kop slaan dat ik ooit een duivel had vertrouwd. Tenslotte was dat het wat mij hier überhaupt in de hel had doen belanden.

'Daar is hij, lieve hel! Wat enig!' Met zijn benige slierten wuivend in de zeebries als de tentakels van een zeeanemoon, spoorde Niloch zijn vreemde insectpaard aan te lopen naar de voet van de loopplank. 'Grijpgraag vertelde me net van uw pech, heer Slangenstaf! Het strekt u tot eer dat u zo ver terug bent geklommen na zo'n akelig trucje.'

Ik stond als verstijfd boven aan de loopplank. 'Trucje. Juist...'

Grijpgraag keerde zich om en wierp me een blik toe die naar ik aanneem een stilzwijgend smeken was: dat valt moeilijk op te maken wanneer zoveel van iemands gezicht is verwoest. 'Ja, ik heb hem verteld hoe u door uw vijanden werd verraden en achtergelaten in de lagere niveaus,' zei hij en keerde zich weer tot Niloch. 'Slangenstaf hoeft slechts de heffer te bereiken, heer commissaris, en dan kan hij weer fijn naar de duivel lopen.'

Niloch gaf een van zijn snerpende lachjes ten beste. 'Vanzelfsprekend, vanzelfsprekend, maar eerst moet hij met mij in Huize Grafbek komen ontspannen en me vertellen over al zijn avonturen!' Hij klonk bijna oprecht, maar zelfs als ik hem had vertrouwd, zou ik nog niet ergens met dat gierende gedrocht mee hebben willen gaan. 'U hebt toch zeker wel behoefte aan een goede maaltijd, Slangenstaf, hm? Delicatessen, ja? En ik zal er voorts op toezien dat u geschikte kleding krijgt. Naakt gaan als de kruipende doemlingen zou uw terugtocht naar Pandemonium niet bespoedigen. Ze zijn ginds in de hoofdstad akelig rad van oordeel.'

'Dat is heel vriendelijk,' zei ik, een beetje schor in mijn poging ontspannen te klinken. 'Maar u hoeft echt geen moeite te doen voor iemand als ik, heer commissaris.' Wat Niloch verder ook mocht zijn, hij stond duidelijk hoger in rang dan ik, dus ik kon hem onmogelijk botweg weigeren.

'Onzin. Waar in de Rode Stad woont u?'

'De Blaarsteeg. Dicht bij het Dis Paterplein.' Ik was blij dat Lameh me van een antwoord had voorzien. Ik vroeg me onwillekeurig af of dat adres echt bestond. Misschien kon ik het als toevluchtsoord gebruiken wanneer ik in Pandemonium was aangekomen. Als ik daar ooit aankwam.

'Een alleraardigst buurtje! Ik sta u met het grootste genoegen toe mijn onbeduidende gastvrijheid terug te betalen wanneer ik weer eens naar de grote wereldstad afreis. Kom nu, Slangenstaf, vermetele reiziger! U zult genieten van een avond met mij na zo lang aan boord te zijn geweest en zoveel vermoeiende ervaringen in de diepten te hebben beleefd.'

Ik had enkel tijd voor een kort gefluisterd overleg met Grijpgraag. Ik drukte hem op het hart om voor de jongen te zorgen en hij zegde dat toe, in ieder geval tot hij hem weer aan mij kon overdragen, wat niet echt was waar ik op gehoopt had. 'We zien elkaar terug, Slangenstaf,' sprak de reus met rommelende stem. 'Wat ik je brom.'

Ik was daar niet zo zeker van als Grijpgraag. Ik nam afscheid en hield het formeel omdat Niloch met zijn bloedrode kraaloogjes op slechts een paar meter afstand toekeek. 'Je bent heel vriendelijk voor me geweest,' zei ik zachtjes tegen hem. De reus fronste en ik besefte dat dat een onbekende term was. 'Je hebt mij geen kwaad gedaan, je hebt me zelfs een dienst bewezen. Dat zal ik niet vergeten.'

Toen, met een brok in mijn keel, het enige dat mijn matige maar misselijkmakende ontbijt ervan weerhield om met kracht te worden uitgekotst, volgde ik de ratelende commissaris over de kade. Hij wees me in de richting van een laadbord dat al volgeladen was met de slavenkooi en gedragen werd door weer andere slaven die gelaten van uitzichtloosheid kreunden toen mijn gewicht werd toegevoegd, en toen volgde de hele optocht Niloch over de slingerende weg door Grafbek, op weg naar de naaldachtige torens van de citadel boven op de heuvel.

Mijn eerste indruk van Huize Grafbek was dat ik op een of andere manier uit de hel was gevallen en in het midden van Shoreline Park was neergekomen, dat verlaten en volledig vervallen pretpark in San Judas. De vesting van de commissaris, die oprees als een bizarre tumor uit de kam van de heuvel, leek niet zozeer op een kasteel als wel op een stapel gigantische blokken die een verveeld kolossaal kind had laten slingeren. Het viel moeilijk op te maken onder het rode lantaarnlicht van de hel, maar de overhellende wallen en de voet van de scheve torens zagen eruit alsof ze ooit beschilderd waren geweest met brede veelkleurige strepen, kronkels en andere vreemde patronen. De oprijlaan slingerde zich door enorme, ongeordende tuinen die voornamelijk leken te bestaan uit gedeeltelijk tot skelet verworden lijken die tot aan hun middel in droge, steenachtige grond waren gestoken, verstrengeld in klimop en stekelige doorns zodat het moeilijk viel op te maken waar de bladeren ophielden en de spiervezels en glibberig glanzende zenuwen begonnen. Toen ik een ervan zag schokken en zijn gehavende mond een geluidloze hulpkreet zag vormen, werd ik eraan herinnerd dat in de hel niets echt stierf.

'Ah,' zei Niloch terwijl hij mijn gezicht bekeek. 'Vindt u dat leuk? Het is in deze rurale gebieden zo moeilijk te bedenken wat je met dienaren aan moet wanneer die te afgeleefd zijn geworden om te werken. Ik had ze als oud schroot kunnen verkopen, maar had er dan maar weinig voor gekregen. Op deze manier blijven ze van nut.'

'Geweldig,' zei ik; dat was alles wat ik kon opbrengen zonder te kotsen. Het ergste was dat al die struikwezens toen wij langsliepen probeerden zich om te draaien om de aandacht van de commissaris te trekken, hun monden opengesperd en ogen (waar die nog resteerden) uitpuilend terwijl ze probeerden hun verwoeste lichamen voor hen te laten pleiten. Niet dat Niloch daarom zou hebben gemaald.

'Heeft u deze al gezien?' vroeg hij. 'Mijn oude butler.' Hij wees op een ding dat me niet zou zijn opgevallen, aangezien het een van de weinige ornamenten was die niet bewogen. Er was slechts een vage hint van een gezicht en ledematen. 'Hij liet een hele jeroboam met maagdentranen stukvallen.' De struik ging gebukt onder het gewicht van een stenen bord ter grootte van een vrachtwagenband. 'Ik zei hem dat wanneer hij er genoeg opvangt om dat wat hij morste te vergoeden, ik hem weer aan het werk zet.' De kleine kans dat er maagden langs zouden lopen die in die enorme stenen kom zouden huilen, laat staan dat ze genoeg huilden om die te vullen, leek Niloch heel vrolijk te maken. Terwijl ik langsliep, zag ik dat ik me had vergist: die struik bewoog wel degelijk, zo licht trillend onder die enorme stenen last dat er misschien een briesje was geweest, maar het was windstil.

We bereikten de hoofdingang, twee grof gebeeldhouwde duivels met een hoger ijzeren traliehek ertussenin dat openzwaaide toen we naderden. Erachter lag een vreemd opbollend pad van enkele tientallen meters lengte tot aan de grote zwarte deur.

'Bent u blootsvoets?' vroeg Niloch me. Een aantal van zijn dienaren waren uit de poort komen rennen, zich aan weerszijden van het pad haastend om de commissaris te helpen van zijn vreemde insectenpaard af te stijgen. 'Ach, natuurlijk bent u dat, uw vijanden hebben uw kleren afgepakt. Maar dat is prima, prima! Het huis moet weten waar u bent geweest zodat het een gepast warm onthaal voor u kan voorbereiden.' Hij wees met een van zijn vreemde benige vingers en de spiraalvormige horens op zijn arm begonnen licht te rammelen. 'Toe maar, vriend Slangenstaf, loop verder. Over het pad.'

Dat deed ik. Het was zo grauw als bedorven vlees en voelde ook zo aan, sponzig en meegevend onder mijn voetzolen. Het beviel me allerminst, maar het was niet het ergste gevoel dat er bestond, in ieder geval niet tot ik halverwege was gekomen, toen ik de onderkant van mijn voeten nat voelde worden. Nog een paar stappen verder sopte ik tot aan mijn enkels in vloeistof. Het pad leek telkens bijna aan mijn voeten te blijven plakken wanneer ik ze neerzette. Het hele geval deed me aan iets denken, maar wat wist ik niet, tot ik er bijna vanaf stapte, de veranda op.

Een tong. Ik liep over een enorme tong.

Ik sprong zowat van het uiteinde in mijn haast om ervan af te komen. Toen ik me omkeerde zag ik de groef die door het midden liep, de kleine bobbeltjes die het in staat hadden gesteld mij te proeven, de glans van het speeksel dat nu terugdrong in de grove poriën. Ik probeerde niet om te vallen.

Nilochs slaven hadden zijn laarzen uitgetrokken, en terwijl hij achter mij over het pad liep, met zijn massa hoornen uitsteeksels zachtjes om hem heen schuddend, mompelde hij kleine liefkozingen tegen het geval: 'O ja, mijn hongerige schoonheid. Ach, vind je dat lekker? Lieve hel, ja hè? Op die ben ik gestapt – hij piepte als een hondje. Smaakt-ie zoet? Ja, tussen mijn tenen.'

Ik keerde me af. De tenen in kwestie waren als gepantserde wormen die tegen het zachtgrijze vlees van de tong wriemelden en Niloch bleef steeds even stilstaan om het pad zich eraan te goed te laten doen. Geen weldenkend wezen zou zoiets moeten zien.

Niloch gebaarde dat ik naar binnen moest gaan. Het was te laat om rechtsomkeert te maken, dus stapte ik voorwaarts. De ontvangstzaal was een enorm gevaarte van monsterlijke hoeken en schaduwpartijen, waarlangs schepsels wegschoten die ik niet al te goed wilde bekijken.

'Waarom is het zo donker?' vroeg Niloch met slechts een hint van naderend onheil, en enkele slaven, op verbrande apen lijkende wezentjes, sprongen naar voren en begonnen te draaien aan wielen die in de muur waren bevestigd. Lichtgevende bollen begonnen op te lichten, wat veel van de kleinste klauteraartjes terug in hun schuilplaats deed vluchten.

'Wat vindt u ervan?' vroeg de commissaris. Slaven waren zijn wapenrusting aan het afnemen. Ik keerde me af, ik wilde niet meer van Nilochs afschuwelijke gestalte zien. 'Mijn lantaarns doen niet onder voor iets uit de Rode Stad, zult u toch moeten toegeven. Er is een gas dat van onder deze heuvel sijpelt en de vlammen voedt. Daarom heb ik mijn huis hier gevestigd. Lang nadat de laatste lamp is gedoofd, stralen de lichten nog in Huize Grafbek. Ze kunnen tot mijlenver in de omtrek worden gezien!'

Zijn slaven trokken zich terug. Niloch droeg nu iets als een kleedje van een kamelenzadel, een vormeloos zwart geval dat wel een kamerjas had kunnen zijn, bedekt met vlekjes die een patroon konden zijn of gewoon Nilochs ontbijtresten; het hele geval hing erg vreemd over al zijn uitsteeksels als een foeilelijke praalwagen die nog moest worden onthuld.

'Kom nu, mijn beste,' zei hij. 'U dineert met mij, waarde Slangenstaf, o, wis en zeker. Na de schamele kost op een slavenschip zult u verrukt zijn om te zien wat mijn pot schaft!'

Ik werd een langwerpig en laag vertrek binnengeloodst. De enorme tafel was van massief steen met gaten erin waarvan ik later besefte dat het in werkelijkheid loosgaten waren. Een stel afgebeuld uitziende slaven haastten zich naar mijn zitplaats, niet veel meer dan een brok steen naast de tafel. Niloch had een wat fijner afgewerkte stoel, een soort schraag onder een baldakijn van een smeedijzeren gewei dat goed bij de gekrulde hoorns paste die onder zijn kaftan verborgen zaten. Er zaten vreemde schepsels vastgeklampt aan de muur, wezens als binnenstebuiten gekeerde hagedissen en blubberige gevallen die zo vormeloos waren als amoebes. Sommige ervan waren bediendes, zo bleek, en sommige stonden op het menu, maar ze kwamen allemaal wanneer Niloch ze riep.

Met behulp van zijn slaven klauterde hij op de schraag en nam erop plaats als op een zadel, zodat hij zeker twee keer zo hoog zat als ik. Dat leek hem goed te bevallen; zijn zijwaartse kaken klapten open en dicht van de pret. 'Ah,' riep hij, 'wat fijn om weer thuis te zijn! En geef ons nu te eten! Breng ons alle overheerlijke delicatessen! Jullie meester is terug en heeft een gast meegenomen!'

Ik zal je niet al te veel vertellen over de maaltijd. Graag gedaan. Alles leefde nog, en als het aan mij had gelegen had ik er zelfs niets van gegeten als dat niet zo was geweest. Ik moest nu echter helaas glimlachen en doen of ik genoot van het gevoel van krabbelende pootjes in mijn mond, of het gejammer van iets wat het niet fijn vond om te worden gekauwd. Het toetje? Het toetje leefde ook, zelfs nog nadat het in iets was ondergedompeld en in brand was gestoken. Niloch stond erop dat ik het zou proeven voor het ophield met gillen.

Het enige dat mij redde, was het duivelse lichaam dat ik droeg, dat blijkbaar met dit soort dingen minder in zijn maag zat dan ik. Ik slaagde erin wat dingen binnen te houden, maar ik wist dat ik de rest van mijn wellicht korte leven, zou proberen het te vergeten.

'Welaan, mijn beste,' sprak Niloch toen het laatste bord vol trillende rotzooi was afgeruimd en een van zijn slaven voor ons beiden iets in bokalen schonk, 'vertelt u mij nu eens over uw wederwaardigheden na die onfortuinlijke ontvoering.' Hij gebaarde naar de dichtstbijzijnde slaaf mij iets in te schenken dat zo klonterig was als jus. 'U heeft ongetwijfeld heerlijke dingen gezien in Abaddon. Heeft u de Pusfontein bezocht? Reizigers komen uit verre lagen boven en onder ons, alleen om die te zien! Mirakels!'

Ik deed mijn best te klinken als een misnoegde edelman die klaagde over zijn ongewenste tocht naar de diepte. Nilochs vragen waren eerst sympathiserend, maar na een tijdje begon ik te vermoeden dat hij probeerde me uit de tent te lokken, kleine ongerijmdheden uitproberen en mij poeslief vragen die te verklaren.

'Ziet u,' zei hij nadat ik een lang, ongemakkelijk antwoord had gegeven, 'er zijn dingen gaande, mijn waarde, o ja. Blijkbaar is een buitenstaander,' hij sprak het woord met extra nadruk uit, 'binnengedrongen in de hel door een van de oude, in onbruik geraakte poorten.'

'Een buitenstaander? Binnengedrongen?' Opeens had ik moeite met spreken, hoewel er al een uur geen kleine kriebelende beestjes meer in mijn keel zaten. 'Wie...?'

'Wie zo lomp zou zijn om onze geliefde grond te betreden zonder zichzelf bekend te maken – en ook nog eens werd gezonden door je-weet-wel-wie?' Hij wierp me een vreemde blik toe. Als die rode kraaloogjes hadden kunnen twinkelen hadden ze dat gedaan, maar ze leken eerder op druppels natte verf. 'Ik zou het u niet kunnen zeggen – maar ongetwijfeld kunt u dat wel, mijn beste Slangenstaf.' De oogjes werden ondoorzichtig. 'Ja toch? Hmmm?'

'Maar ik zei u toch al dat ik niets heb gezien!'

'Och kom toch, mijn broze, delicate vriend. Daarvoor is het nu te laat. Ik ben er zo zeker van dat u me meer kunt vertellen, dat ik een afspraak voor u heb geregeld met mijn hofnar Groentand. Hij zal u een stuip bezorgen en u blijft er nog in terwijl hij alles uit u weet te peuteren. Kom binnen, meester Groentand, ik weet dat u staat te popelen!' riep hij luid. 'We wachten op u.'

Door een van de deuropeningen waggelde er iets naar binnen. Het was maar half zo lang als ik, maar gedrongen, gespierd en glibberig als een amfibie. Ik zag er geen ogen op zitten, maar het wezen had meer dan genoeg met mos bedekte scherpe tanden, veel meer dan een normale mond vol. Toen het bij Niloch was aanbeland, boog die zich omlaag om het met zijn geklauwde vlerk te strelen alsof het een lievelingsdier was. Aan het oog onttrokken belletjes rinkelden zachtjes toen het schepsel zich bewoog. Misschien was het dan een hofnar, maar mij hoorde je niet lachen.

'Zie je,' kweelde de commissaris, 'ik had Groentandje beloofd uit de Krijsend Vleesbazaar wat nieuwe speeltjes mee te nemen. Nou, en dat héb ik, mijn lieve klont, réken maar. Hij zit vast te popelen om ze uit te proberen, en zoals u zich aan tafel gedroeg, vermoed ik dat u niet van pijn houdt.' Niloch stak zijn hand op terwijl ik wanhopig begon tegen te sputteren. 'Nee, nee, doe niet zo mal, lieverd. Ik weet zeker dat u mij meteen wilt tegenspreken, maar we kunnen vanavond nog niet beginnen, nu u nog zo moe bent van uw reizen. Dat zou de sjeu eraf halen, nietwaar? Vermoeid vlees is ongevoelig vlees.' Hij hief zijn hand op en onmiddellijk werd ik omringd door verbrande aapjes. Hun ruwe vingers sloten zich om mijn armen en tilden me op uit mijn stenen stoel. 'We zullen bij het ontsteken van de ochtendbakens beginnen, of net daarvoor,' zei Niloch. 'Ik heb al in geen tijden meer een conversatie door mijn geliefde Groentand laten orkestreren. Het wordt een heerlijke dag.' De commissaris klopte op het wezen en het toonde zijn tanden met een nog bredere grijns, tot ik even dacht dat de hele bovenkant van zijn hoofd zou vallen en wegrollen. 'Tot morgenochtend dus. Breng hem naar zijn kamer.'

Ik werd dieper Huize Grafbek in gesleurd, langs schreiende dieren en toegetakelde dienaren met doffe blikken, en vervolgens aan de muren geketend van een kaal, vochtig stenen vertrek. De toortsen van de slaven reflecteerden glibberig in verschillende vloeistoffen op de vloeren en aan de muren, waarvan er maar een paar duidelijk bloed waren. Net voordat mijn overweldigers me achterlieten, hoorde ik iets gillen in een nabijgelegen vertrek, een schril, rauw geluid dat in de verste verte niet menselijk klonk. Ik was er vrij zeker van dat het een andere gast was wiens tong wat losser werd gemaakt voor een sessie met de commissaris en zijn trawantje Groentand.

De deur ging dicht. Ik hoorde de zware grendel dichtknallen. Ik rukte aan mijn kettingen maar kon ze nauwelijks bewegen, laat staan breken. Nu de toortsen weg waren, vulde duisternis het vertrek, een bijna totale duisternis.

## *18*
# Een duisternis als de dood

Natuurlijk rukte ik. En hoe. Ik rukte aan de ketenen tot iedere zenuw en spiervezel in mijn lichaam aanvoelde alsof ze door mijn huid zouden barsten maar de schakels waren te zwaar en te dik, zelfs voor mijn duivelse kracht. Ik probeerde mijn handen uit de boeien zelf te wurmen, maar hoewel ik rukte tot mijn grijze vel langs de metalen boeien openscheurde, kon ik ze uiteindelijk toch niet loskrijgen. Als het wel was gelukt wanneer ik mijn eigen duimen afbeet, zou ik dat hebben gedaan – zo wanhopig was ik, omdat ik wist dat Niloch en zijn beul in staat waren mij binnen een uur nadat ze met me aan de slag gingen mijn naam en mijn missie te laten uitschreeuwen, en daarna zou de pijn pas goed beginnen. Mijn ketenen hielden mijn handen echter ver van mijn lijf en ver van mijn mond. Mijn benen waren vrij, maar mijn onderhelft ging zonder de rest van me nergens heen.

Ik hing verslagen in mijn ketenen, uitgeput en waarschijnlijk ook hevig bloedend, toen ik in de donkere, lege cel een heel zacht geluid hoorde, of misschien voelde.

'*... en moge al zijn werk ongedaan worden gemaakt en moge de stank van zijn schande hem waar hij ook heen gaat volgen.*'

'Wie is daar?' Ik zal de zielige trilling in mijn stem maar niet vermelden. 'Wie zei dat?'

Na een korte, geladen stilte hoorde ik het opnieuw, ditmaal wat luider. 'Kun... kun je me horen?' De stem was die van een vrouw, of leek dat te zijn, maar in de hel weet je het natuurlijk maar nooit.

'Wie ben jij?' vroeg ik. 'Waar zit je?' Was het ook een gevangene in de cel naast me? Of weer een kwelling, maar dan wat subtieler dan Niloch tot dusver had getoond?

'Wie ik ben? Goeie vraag.' Ik kon bijna haar wrange pret voelen. 'Toen ik nog bestond, was ik Hartspin, het lievelingetje van de commissaris.' Weer iets als een lach, bitter en ietwat gestoord. 'Maar sinds mij zijn er nog verschillende lievelingetjes geweest. Als je om je heen kijkt, zie je wat er van hen over is.'

'Ik zie niks. Het is te donker.'

'Er is toch niet veel meer van te zien. Een stapel botten in de hoek. Kaalgepikt, grotendeels tenminste. Nilochs kleffe beultje krijgt de restjes, maar die ruimt nooit op.'

Ik wilde niet aan de botten denken. 'Maar jij dan? Waar ben je?'

'Op een van de stapels.'

Het duurde even voor ik het begreep. 'Je bent... je bent dood.'

'Niemand sterft hier, arme dwaas. Als ze hier ooit zouden opruimen, zou ik tenminste ergens anders mijn straf kunnen uitzitten, maar ik zit al langer vast in deze tent dan ik me kan herinneren.'

Een geest. Ze was een geest, of in ieder geval iets wat het meest daarbij in de buurt kwam van alles wat ik in de hel was tegengekomen, haar lichaam vergaan, zo goed als weggevaagd, maar haar ziel of geest doolde hier nog rond op de plek waar ze was vermoord. En de Sollyhull-zusters dachten dat zíj het slecht hadden omdat ze altijd in coffeeshops moesten vertoeven!

'Kun je me helpen?' vroeg ik haar. 'Dan help ik jou ook.'

'Ik kan niets voor je doen.' Dit keer volgde een lange stilte. 'Hoe? Hoe zou jij mij kunnen helpen?'

'Zeg jij het maar. Als ik vrij was kon ik je botten wegdragen. Zou dat helpen?'

'Misschien wel.' Even dacht ik dat ik iets nieuws in de lichaamloze stem kon horen, maar toen ze sprak klonk ze vlak en zonder hoop. 'Maar dat maakt niet uit. Ik kan je de sleutel niet brengen. Ik kan een slaaf niet bevelen je te bevrijden. Lieve Satan, denk je dat ik hier nog zou zitten als ik de macht had om iets te doen?' Een vlaag van woede woei door het vertrek, een zo intense haat dat ik hem kon voelen. 'Ik zou van Niloch allang mijn eigen gevangene hebben gemaakt als ik dat kon. Ik zou hem iedere dag verbranden in vuur tot zijn kleine rode oogjes sisten en knalden. Ik zou hem vastbinden tot zijn hoorns zijn eigen huid in groeiden. Ik zou hem verscheuren en pekelen. Ik zou zijn ballen uit zijn anus zuigen en erop kauwen alsof het druiven waren...'

Mijn ketenen rammelden terwijl ik weer inzakte tegen de muur. Ik deelde haar haat; dit moest ik wel zeggen over gevangenzitten in de hel: ik vond het beslist steeds makkelijker om te haten. Maar daar hadden we geen van beiden iets aan.

Hartspin kwam uiteindelijk tot bedaren, tot haar stem nog slechts gefluister was. Voor lange tijd zei geen van ons beiden iets. Ik dacht koortsachtig na, maar als een rat in een doolhof leidde iedere bocht weer tot een doodlopende weg.

'De vloer,' zei ze opeens.

Ik veerde op. 'Wat?'

'De vloer. Ik zag dat je bijna erin slaagde je handen uit de boeien te bevrijden. De vloer is glibberig van bloed en vet. Veel meer dan alleen dat van mij. Een tiental of meer zijn hier na mij weggewerkt en de slaven hebben de vloer nog niet geboend.'

'En?'

'Probeer er wat van op je pols te krijgen. Misschien kun je dan je hand loskrijgen.'

Ik wilde haar net gaan vertellen dat ik niet bij de grond kon, bij lange na niet, tot ik besefte dat ik een duim diep in diezelfde troep stond waar ze over sprak. Ik tilde mijn voet zo hoog op als ik kon en hoorde een druppel van iets onaangenaams van mijn tenen druipen en op de vloer uiteenspatten. Ik probeerde het nog eens en slaagde erin mijn knie te buigen en mijn voet tot aan mijn eigen middel te tillen, maar nog steeds te ver van mijn ketenen af. Ik schokte en probeerde het spul naar mijn polsen te slingeren, ik voelde het over mijn borst en schouders spatten. Ik probeerde het nog eens. En nog eens.

Ik weet niet hoeveel later het was toen de grendel knalde en de deur naar binnen toe openzwaaide, maar ik had zo lang in volslagen duisternis gezeten dat het licht van een enkele toorts me verblindde. Belletjes rinkelden zacht. Het was Nilochs beul – sorry, 'nar' – Groentand. Het wrattige wezentje strompelde dichterbij om mij te bestuderen, zijn mond vol giftige punten als een valkuil van de Vietcong. De nar was kort van gestalte, maar zijn wrattige armen en korte beentjes waren fors als van een gorilla, en hoewel het nauwelijks boven mijn middel uitkwam, twijfelde ik niet dat Groentand meer woog dan ik. Ik greep de boeien met mijn pijnlijke handen en vroeg me af wanneer het zou merken dat ze niet meer om mijn polsen zaten.

'Klaar, jij?' vroeg het met een onthutsend vochtige stem. Ik kon nog steeds geen ogen ontwaren maar zag wel dat het me onderzocht, vooral mijn bebloede armen, mijn vel betastte en vervolgens zijn koude, knobbelige vingers proefde. 'Proberen vrij te komen? Natuurlijk, natuurlijk, maar niet te veel pijn doen. Verpest de muziek van wat wij dra gaan doen.' Het stak een hand uit om mijn borst te strelen. Zelfs met alle pijn die ik al voelde, deed de klamme aanraking van het wezen me sidderen en terugdeinsden. 'O, nee. Geen angst. Samen werken wij voor het goede. Samen wij iets moois maken, heus waar.'

Toen merkte Groentand eindelijk dat ik me uit mijn handboeien had bevrijd en ze gewoon vasthield. Nog steeds zag ik geen ogen, maar hij stond duidelijk met de mond vol tanden, die van verbazing openzakte. Ik gaf het gedrocht geen tijd om alarm te slaan maar schopte zo hard als ik kon waar ik dacht dat het misschien kwetsbaar was, ergens tussen de benen en de romp. Het liet de toorts vallen, die flakkerde maar nog steeds niet doofde, en terwijl het kronkelde en op zijn rug viel, gierend van naar ik hoopte een hevige, verlammende pijn, sprong ik met beide voeten boven op zijn borstkas en sprong toen zo hard als ik kon op en neer, negerend dat ik botten onder mijn hielen voelde kraken omdat ik geen idee had hoe sterk dat wezen was. Toen het te glibberig werd om in evenwicht te blijven begon ik te schoppen, tegen zijn hoofd en borstkas.

'Het zal je nu geen pijn meer doen,' zei Hartspin ten slotte. Ze klonk alsof ze van het voorgaande echt had genoten. 'Het zal niets meer pijn doen, voor een heel lange tijd.'

Maar er zat in mij een waanzinnige woede die niet wilde wijken, en ik schopte nog een zestal keer tegen het rubberachtige kapotte ding, en zag vaag vloeistof spatten in het schemerlicht en wat ik zag beviel me prima. Toen ik ophield stond ik te hijgen en mijn hart ging tekeer als een frankeermachine in de hoogste stand, maar het enige wat ik wilde doen was dat akelige monster nog meer schoppen. De hel begon echt vat op me te krijgen.

Ik vond de sleutel aan zijn riem, samen met een ketting met belletjes en genoeg scherpe voorwerpen om een hele straatbende mee in de bajes te krijgen. Ik veegde vervolgens het vlies van vuil water van de toorts tot die weer fel brandde. Op Hartspins aanwijzingen raapte ik haar botten op, waar nog steeds leerachtige repen vlees aan hingen. Ik had niets om ze in mee te voeren dan de vodden die Grijpgraag me had gegeven, maar ik trok wat ik aanhad uit, maakte daar zo'n zwerversknapzak van en sloeg die over mijn schouder. De botten rammelden tegen elkaar terwijl ik naar buiten stapte, de donkere gang op. Ik zweer je dat ze blij klonken.

Hartspin sprak in mijn oor en deed me opspringen van schrik. 'Konden we Niloch maar net zo te grazen nemen, maar die is te sterk voor je.'

Ik voelde geen behoefte mijn gastheer terug te zien. 'Zeg maar waar ik heen moet. Hoe kom ik hieruit?'

'Naar beneden. Zoals de meeste helse heren heeft de commissaris van Vlerken en Klauwen vele in- en uitgangen voor zijn hol. Beneden bij de stoomketels. Omlaag.'

Ik liet me door haar naar beneden en door verschillende kelderverdiepingen leiden. Zelfs in het holst van de helse nacht kwamen er geluiden vanachter deuren die me deden bidden – ja, bidden – dat ik nooit zou hoeven zien wat er aan de andere kant zat. Het gebouw was een doolhof, en tegen de tijd dat we onze weg omlaag hadden gevonden naar wat volgens Hartspin de laagste verdieping was, wist ik zeker dat Niloch of zijn slaven de troep al moesten hebben gevonden die ik had achtergelaten, temeer omdat het merendeel ervan zijn geliefde hofnar was geweest.

De onderste ruimte deed meer denken aan de Romeinse catacomben, eindeloze bogenrijen van massief steen en gigantische buizen die van aardewerk leken gemaakt, verlicht door het soort lichtbollen dat ik in de ontvangstzaal had gezien. Het zag er bijna alledaags uit, als beneden in een metrostation of een ander stukje stadsarchitectuur, behalve dan de dikke pijpleidingen en de verwensingen die op de muur door slaven of gevangenen met hun eigen bloed waren geschreven.

'De adem van de onderwereld,' zei Hartspin toen ik haar vroeg wat door die buizen stroomde. 'Het ontsteekt de lichten en activeert Nilochs machines.'

Dat moest het vulkanische gas zijn waarover hij had opgeschept, die onuitputtelijke voorraad die de commissaris had geholpen een machtige heer in dit centrale rijk van de hel te worden.

Ik hoorde geluiden van boven aan komen waaien, stemmen die riepen en voeten die klepperden. Ik wist dat ik niet veel tijd had, dus liet ik Hartspin me door het doolhof van tunnels en buizen leiden. Jammer genoeg kende zij de onderste verdieping niet zo goed, dus was ik even lang bezig met op mijn schreden terugkeren als met vooruitkomen, en ik werd steeds nerveuzer. Niloch was zo goed als zeker het huis aan het doorzoeken, en hoe lang zou het nog duren voor een groep hierheen werd gezonden? De afstanden tussen de lichten werden steeds groter; als ik die toorts niet had gehad zou ik nooit de weg hebben gevonden.

'Daar!' zei Hartspin toen we de bocht om gingen. Aan het einde van de gang leidde een ladder van stokoud hout omhoog een verticale tunnel in. 'Die buis loopt omhoog naar de tuin. Daarvandaan kun je een weg vinden uit Nilochs landgoed en mijn botten verbranden. Dan ben ik vrij om opnieuw te beginnen.'

Hartspins woorden hadden mij een ideetje gegeven. Ik zocht de vloer af tot ik een loszittende steen vond, toen rekte ik me zo hoog als ik kon uit en sloeg de lamp aan het einde van de gang kapot. Ik rende terug door de gang en sloeg er snel nog een paar kapot, en stopte pas toen ik er minstens twaalf kapot had geslagen.

'Wat doe je?' wilde Hartspin weten. 'Niloch kan hier ieder ogenblik met zijn jachtvogels verschijnen. Ze zullen je met hun ijzeren bekken verscheuren. Je kunt hier niet blijven hangen. Je moet mij hiervandaan halen of ik zal nooit meer vrij zijn!'

Ik hoorde het gas sissend uit de gebroken lampen ontsnappen terwijl ik terugrende. Dit was vast niet het dure soort gas met een geurtje, maar ik was er vrijwel zeker van dat het mij flink zou kunnen beschadigen, dus haastte ik me de ladder op en begon te klauteren. Bovenaan werd mijn weg versperd door een luik van roestig ijzer, maar dat ding zat niet helemaal dicht en ik zag kans het open te wrikken, maar niet zonder nog meer schade aan te brengen aan mijn toch al geschaafde en bebloede demonenlijf. Toen ik naar buiten klom, de felheid van de verlichte tuin in, drukte ik het deksel weer omlaag en ging erop zitten. Ik kon opgewonden geluiden uit Huize Grafbek horen komen, niet ver van mij vandaan, dus wist ik dat ik niet veel tijd had, maar hoewel Hartspin in mijn oor siste en gromde, bleef ik wachten.

'Hij komt! Hij zal je vinden! Zijn honden zullen knauwen op je botten... en de mijne!'

Ik negeerde haar. Ze ging tegen me tekeer, maar ik verroerde me niet.

'Dwaas! Wat doe je? Besef je wel...?'

Ergens net buiten mijn gezichtsveld hoorde ik de grote voordeuren kraken toen iemand de grendel begon te verschuiven, wat waarschijnlijk betekende dat Niloch klaar was met het doorzoeken van het huis, of in ieder geval besloten had dat het onwaarschijnlijk was dat ik er nog in zat. Nu kon hij ieder ogenblik naar buiten komen rijden met slaven en soldaten en zijn vogels met ijzeren bekken, wat dat ook voor gruwelijks mocht zijn.

'Verrader! Je brengt ook je eigen ondergang teweeg!'

Terwijl Hartspins stem van wanhoop zo hoog en indringend werd dat de commissaris die ongetwijfeld kon horen, draaide en rukte ik het luik weer open. Het snerpte als roestig metaal dat over metaal wordt gewreven en bood weerstand, maar ik hoefde het maar een beetje omhoog te tillen. Ik duwde de toorts erdoorheen, drukte het luik weer dicht en begon door de tuin vol stenen in de richting van de beschutting van een stel versteende bomen te rennen.

De grond daverde. Even werd het gebied vóór me verlicht door een uitbarsting van fel licht toen het brandende gas door het luik brak en het zware metalen deksel door de lucht joeg als een ouweltje in een tornado. Het vloog bij het neerkomen rakelings langs me heen en begroef zich diep in de grond, en toen schudde een donderslag de grond opnieuw en braakte Huize Grafbek uit de helft van zijn ramen vuur.

Hartspin was te zeer met stomheid geslagen om te spreken, maar toen ik naar het luik terugkroop, begon ze me te smeken deze kans niet voorbij te laten gaan. Ik ben er niet eens helemaal zeker van of zij wel wist dat ik die ontploffing had veroorzaakt. De vlammen lekten omhoog uit de tunnel alsof het geheel van de catacomben in lichterlaaie stond. De grond dreunde en sidderde onder mijn voeten. Toen ik mijn evenwicht had hersteld, zag ik dat een van de muren van Huize Grafbek instortte in een lawine van oude stenen. Ik hoorde wat kreten uit het gedeelte van het huis dat nog overeind stond. Hartspin had gelijk: ik wilde daar echt niet te lang blijven rondhangen.

Ik nam de zak botten van mijn schouder en smeet die het luik in. Hartspins stem gilde in mijn oren. 'Verrader! Verrader! Ik vervloek...' En toen werd ze stil, toen de botten door de buis in het inferno eronder kletterden en ze besefte wat er gebeurde.

'Ah!' zuchtte ze, als een drenkelinge die eindelijk door het wateroppervlak breekt. En toen verzengde kokende hitte haar laatste resten tot as en was ze verdwenen.

'Ja, ik heb het gedaan,' zei ik, hoewel ik nu tegen mezelf sprak. Afspraak is nou eenmaal afspraak.

Terwijl ik me een weg over het terrein baande, dromden nieuwsgierige omwonenden, voornamelijk duivelse toeschouwers, in de tuinen en naar het kasteel van de commissaris, vol ontzag starend naar de zuil van vuur die op dat moment torende boven Huize Grafbek. Veelzeggend genoeg kwam niet een van hen om te helpen; ze stonden allemaal toe te kijken terwijl Nilochs slaven ijverig aan de allesverslindende vuurzee weerstand boden. Van de eigenaar van de slaven was geen spoor te bekennen, en ik bleef niet rondhangen om te kijken of de commissaris het had overleefd. Ik had er toch al zo mijn twijfels over of je een van de helse edellieden met vuur kon verwoesten. Het probleem was dat er zoveel verdoemden en duivels rondhingen dat er wel eentje moest zijn die zich mij zou herinneren als Niloch naar buiten kwam denderen, belust op wraak.

Een van de toeschouwers, een schepsel met een kleurloze varkenskop op het langgerekte lijf van een basketbalspeler, volgde mij terwijl ik probeerde ongemerkt de menigte te omzeilen.

'Jij daar!' zei hij. 'Slaaf! Stop of ik laat je villen.' Mijn vuile, geschroeide, bebloede naaktheid was blijkbaar voldoende vermomming, in ieder geval voor de deze malloot. Maar toen ik hem daar in zijn lange zwarte gewaad zag staan, kreeg ik een ander idee. 'Hoe gaat het met onze geliefde commissaris?' informeerde hij. 'Is hij in veiligheid? Zeg hem maar dat zijn trouwe koopman Varkenspoot naar zijn gezondheid vroeg.'

Ik knikte ijverig en gebaarde dat hij me moest volgen. Hij kwam achter me aan, misschien in de hoop dat hij naar de commissaris zelf werd geleid voor wat opportunistisch kontlikken. Toen we uit het zicht van de rest van de toekijkers waren verdwenen, haastte ik me door de slingerende tuintjes. De skeletachtige struikjes huilden en probeerden tevergeefs gevallen sinteltjes van hun bladeren te schudden. Toen wij het luik bereikten, deed ik mijn best het hete metaal op mijn gehavende huid te negeren. De vlammen waren geweken, maar nog niet zo ver, en de hete lucht die uit de buis opsteeg, leek mijn huid wel te verzengen.

'Kijk,' zei ik. 'Kijk, meester, kijk!'

Varkenspoot deed een stap naar voren, nieuwsgierigheid won het van behoedzaamheid, en hij stond op korte afstand van de buis, halsreikend met zijn varkenskop boven op zijn lange nek in een poging wat te zien. Ik bracht mijn hoofd recht boven het luik alsof de pijnigende hitte mij niet deerde, en wenkte nog eens. 'Kijk!'

Toen hij ver genoeg vooroverleunde, duwde ik hem zo hard omlaag dat zijn luchtpijp tegen de metalen rand van de buis verbrijzelde. Terwijl hij naar adem snakte, ramde ik zijn kop herhaaldelijk tegen de rand van het luik tot hij niet meer tegenstribbelde; toen pelde ik met bebloede, gehavende vingers zijn gewaad van hem af. Varkenspoots lijf was zo grauw, knobbelig en onaangenaam als ik had kunnen verwachten. Waarschijnlijk had ik medelijden met hem moeten hebben, of had ik me moeten schamen over mijn gedrag, gezien het feit dat ik hem net in koelen bloede had vermoord en zo (nou ja, vreselijk kreupel gemaakt, want niemand stierf in de hel) maar dat deed ik niet. Ik was bijna helemaal mezelf niet meer. Ik wist alleen dat ik uit Grafbek moest zien weg te komen en in de grote heffer omhooggaan. Niet langer hoefde ik slechts Pandemonium te bereiken en mijn opdracht uit te voeren zonder gepakt te worden, hoewel dat nu, nu ze in de hel een voortvluchtige buitenstaander zochten, wel honderd keer zo moeilijk zou zijn. Nee, het was nu zonneklaar dat ik zo snel mogelijk Caz moest zien te vinden en deze plek van eindeloze gruwelen moest verlaten voordat ik echt en definitief gek werd.

# *19*
# Omlaag

Het goede nieuws was dat ik de gigantische liftschacht van zo'n beetje overal in de stad Grafbek kon zien. Het slechte nieuws was dat zelfs nadat ik over de eindeloze verschroeide vlakte van Nilochs landgoed had gerend en over de buitenmuur was geklommen, ik nog altijd door die hele vervloekte stad moest zien te komen om die hefferlift te bereiken. Blijkbaar had de commissaris van Vlerken en Klauwen dat immense bouwsel als een belediging gezien van zijn eigen geweldigheid, dus had hij zijn huishouden op het hoogste stuk land gevestigd, wat een paar mijl verder lag.

Nu zijn huis in vlammen opging, wekte de rode gloed de indruk dat het al middag was geworden in de hel, en in die gloed kon ik een grote menigte van helbewoners zien die zich in mijn richting de heuvel op haastten vanuit de omringende stad. Ik zocht net rond naar iets wat ik als wapen kon gebruiken, toen de eerste van hen mij bereikte en langs me sprintte, zich haastend naar de ramp. Ze bleven maar komen, steeds meer, schreeuwend, toeterend, geluiden makend waar ik geen woorden voor kende. Sommigen hupten, anderen vlogen (maar niet goed genoeg om over naar huis te schrijven), weer anderen wiebelden alleen op verschillende soorten pootjes, maar geen van hen sloeg acht op me. Die gestolen mantel hielp, en ik denk dat ik niet genoeg verbrand was om een blik waardig gekeurd te worden.

Ik vervolgde mijn weg tegen de stroming in als een homoseksuele zalm tijdens de paartijd en deed natuurlijk mijn uiterste best om lichaamscontact te mijden, maar werd nog steeds om de paar stappen geprikt, besmeurd of gebeukt. Maar bar weinig schepsels die me passeerden leken geschrokken of bezorgd over wat er aan de hand was. Te oordelen naar de honderden lelijke smoelen die ik zag, leken de meesten zelfs opgetogen, en de rest amper geïnteresseerd. Ik geloof niet dat de commissaris veel fans had.

Eindelijk brak ik uit de ergste mensenmassa los en haastte me omlaag naar de voet van de heuvel. Er waren nog steeds bewoners in de nauwe steegjes van Grafbek, duivels en verdoemden die hun werk niet zomaar konden achterlaten om naar iets leuks te gaan kijken. Velen waren blind, en sommigen hadden zintuigen die zo vreemd waren dat ze misschien niet eens beseften wat er aan de hand was. Anderen konden zich gewoon duidelijk niet snel genoeg voortbewegen. Ik passeerde een dunne man die langzaam over de weg hupte en met zijn rechterhand zwaaide toen ik hem van rechts inhaalde. Pas toen ik me omkeerde, besefte ik dat hij alleen maar een rechterhand had; hij was van kop tot kruis opengesneden als een kadaver dat was geprepareerd tot zo'n opengewerkt anatomisch model, en hij hupte op een voet en probeerde dat dunne halve lijf en halve hoofd met zijn ene arm in evenwicht te houden. Toen ik omkeek, kon ik zijn blootgelegde organen en hersenen vochtig zien oplichten terwijl hij hobbelde.

Wezens als gezouten slakken, padden met botziektes of kreupele vogels, velen met koppen die te groot waren voor hun lijf, of lijven die te groot waren voor hun kop, langs hen allemaal haastte ik me en probeerde niet te veel te zien, maar ik zag nog steeds meer dan me lief was. Het lagere gedeelte van Grafbek was op een reeks kleine heuveltjes gebouwd, en omhoog en omlaag rennend door de kleine steegjes leek het wel een achtbaan voor voetgangers. Ik holde door de halve stad, zo scheen het, het centrum uit en de buitenwijken in waar handel en martelingen hand in hand gingen, alsof het een nacht als alle andere was. De wezens met ogen moesten het brandende kasteel op de heuveltop hebben kunnen zien, maar geen ervan leek zich er al te erg om te bekommeren. Het enige commentaar dat ik hoorde kwam van een grotendeels geraamteachtige reus met drie ogen en een hamer die met zorg de scheenbenen van een geketende gevangene verbrijzelde voor een ongetwijfeld heel vreemde winkel. Hij keek omhoog naar de heuveltop terwijl ik langsrende en zei tegen zijn metgezel, die met een lepel in het oog van dezelfde gevangene aan het wroeten was: 'Dat brandt goed. Dat brandt heel goed.'

Zijn compagnon keek even op, knikte en liet toen zijn lepel per ongeluk voor zich vallen in het slijk. Hij raapte hem op, likte hem zorgvuldig schoon en ging toen verder met zijn werk.

Ik kwam langs gebouwen die op fabrieken leken, een soort helse molens die waarschijnlijk zelfs William Blake niet had kunnen bedenken; uit sommige stroomde bloedkleurig looswater en de deuropeningen lagen vol verbrande en verminkte lichamen van wat waarschijnlijk wat onhandige werknemers waren, velen van hen klauwden naar de ijzeren fabriekspoorten om weer binnen te kunnen komen, ondanks hun verschrikkelijke wonden. Ik hoorde het galmende gekletter van grote machines en zag ovenschoorstenen rook en stoom uitbraken. Ik merkte onwillekeurig dat dingen op dit niveau van de middeleeuwse techniek van Abaddon vooruitgegaan waren naar iets meer achttiende-eeuws, stoom en helse machines die vrolijk naast de pest en verschrikkelijke armoede bestonden.

Hoe dichter ik bij de liftschacht kwam, hoe imposanter het bouwsel bleek. Als een wolkenkrabber was de stenenzuil rondom bijna zo groot als een stadsblok, maar dat was nog niets vergeleken met hoe hoog hij reikte en in de duisternis erboven verdween. Ik kon me niet voorstellen hoe iets wat zo hoog was zonder tuien of steunberen zijn eigen gewicht kon dragen. Het was een bouwkundig kunststukje waar een farao trots op zou zijn geweest.

De heffer stond in het midden van een druk stadsplein, een open plaza zoals je soms ziet rondom de grote kathedralen in Europa. Toen ik naderde, nu meer op mijn hoede, wandelden er wat lieden uit de poort onder aan de liftschacht. De menigtes op het plein hier leken van Nilochs brandende citadel geen weet te hebben, ze gingen door met hun openlijke bezigheden als diefstal, gokken, ontucht en ander tijdverdrijf. Ik bevond me in een gebied waar een gehaast iemand door niemand werd opgemerkt, behalve dan door de gebruikelijke zakkenrollers, verkrachters en psychopathische messentrekkers die overal ter wereld rondhangen waar mensen komen en gaan; als ik mijn pas had vertraagd zouden ze me ongetwijfeld hebben ingesloten, maar blijkbaar leek ik te veel moeite.

Ik betrad de lifttoren door de dichtstbijzijnde poort en zag dat er verschillende liftkooien waren die naar boven en naar beneden gingen door een nauwe schacht die door het grote bouwsel liep als een zenuwpees. Ik hield me wat afzijdig en keek toe, maar in de meeste opzichten leek het allemaal heel rechttoe rechtaan, niet wezenlijk anders dan een lift in een modern kantoorgebouw: een van de liftdeuren ging open en de wachtenden drongen naar binnen terwijl anderen zich naar buiten worstelden. De passagiers die ik zag leken welgestelder dan de arme drommels die buiten op het plein rondlummelden: velen gingen gekleed in indrukwekkende kostuums, sommigen van hen waren fysiek zo imposant dat niemand anders bij ze in de heffer stapte uit angst te worden verpletterd of gespietst. Dat kon ik wel begrijpen: een welvarende zou eerder een heffer gebruiken dan een arm onderkruipsel. Ik wist uit Lamehs ingeplante herinneringen dat de bewoners van de hel met klem werd afgeraden zich boven hun toegekende niveau te verheffen, en wie zou er nu vrijwillig omlaaggaan?

Nadat ik voor mijn gevoel zo'n tien minuten had toegekeken, wachtte ik tot de laatste groep passagiers uiteen was gegaan, verzamelde moed en liep naar de dichtstbijzijnde hefferdeur. Een andere vent schuifelde in mijn richting, waarschijnlijk het duivelse equivalent van een Japanse loonslaaf aan het einde van een lange nacht werken, en we betraden de heffer tegelijk.

Wij waren de enige passagiers, maar het interieur van de roestige ijzeren kooi zat vol afval en rondgespatte vloeistoffen, sommige ervan nog nat. Mijn medepassagier had een kop als een gier, maar zijn ogen hadden vele facetten, als bij een vlieg. Hij ging gekleed in sjofele maar betrekkelijk schone grijze gewaden die alleen zijn geklauwde voeten toonden. Hij wierp me een koele blik toe en gaf me een nog killer knikje en stak toen zijn hand op – die was niet met veren overdekt maar zag eruit als een vogelpoot – en plaatste die tegen de wand van de heffer. Hij mompelde iets wat ik niet goed kon horen, maar ik haastte me om zijn voorbeeld te volgen. Ik plaatste mijn hand op de vuile ijzeren muur en zei zachtjes: 'Pandemonium'. Ik stond al half klaar om aan de tand gevoeld te worden over mijn goede trouw, maar de deur ging krakend dicht en de heffer begon te sidderen. Het schudden leek wel een minuut door te gaan, en toen kreunde de heffer eindelijk, een geluid als een reusachtige krijsende vaars van metaal, en tot mijn stille vreugde en opluchting ging de lift omhoog.

Eerst traag, toen steeds sneller, schoten we omhoog door de schacht. De hefferkooi, die meer als een bankkluis dan als een schamele persoonslift was gebouwd, schudde en krijste echter zoveel terwijl ze omhoog werd getrokken, dat ik eerst dacht dat we zouden ontsporen, of wat het ook is dat liften doen als het fout loopt, maar we bleven steeds sneller gaan, zodat mijn oren begonnen te ploppen als popcorn. Toen sprak een vlakke, onaangedane stem: *'Tuigdorp, Haatpaleis, Knettergek-West'* en de lift kwam met een knal tot stilstand. De giervlieg wachtte tot de deuren krijsend opengingen en stapte toen zonder om te kijken de heffer uit, alsof hij haast had om van me weg te komen. Net als de mensen op aarde.

Ik wachtte tot de lift weer op stoom was (of hoe dat ook heet) terwijl alles siste en vibreerde. De deur schoof langzaam dicht. Het was verbijsterend om bij stil te staan dat na al mijn inspanningen ik nu nog maar een kleine lifttocht verwijderd was van mijn bestemming. Als ik een gewone engel was geweest zou ik me gesterkt hebben gevoeld door het idee dat God toch over mij waakte, en dat hij me zou belonen voor al mijn jaren van goed gedrag. Natuurlijk zou ik als ik een gewone engel was geweest al een paar jaar een goedgedragpotje hebben opgebouwd voor slechtere tijden. Helaas is dat een van de op mijn naam staande rekeningen die wat tekortschiet.

Maar net voordat de deur zich sloot, kwam iets donkers binnen en hield de deur tegen. Het uitsteeksel dat de deur vastgreep leek niet zozeer op een hand als wel op iets wat je in een kattenbak kan aantreffen, maar ik leerde al om niet te scherp op dingen te letten. De kracht waarmee de deur werd tegengehouden leek de hele lift te ontwrichten, alsof het vastbesloten was de impasse te verbreken of zelf bij de poging te worden vernietigd. Het mechaniek jammerende, het sidderen werd erger. Toen gleed de deur open.

Het wezen dat binnenstapte was een lompe menselijke gedaante van louter modder. Het was naakt en had bijna geen gelaatstrekken behalve een opengesprongen bubbel als mond en een klont natte klei die ik voor de neus hield, vooral omdat het zich nabij de twee gloeiende gele vegen bevond die als ogen fungeerden. Als ik je zeg dat die ogen eruitzagen als een soort bestraalde slakken die uit een zeebed opdoken, begin je misschien te begrijpen hoe naar ik het vond om ernaar te kijken. Maar het waren niet alleen de ogen. Ik kon dit nieuwe wezen voelen, voelen hoe oud en onmenselijk het was. Ik weet niet wat het was, maar het was geen gewone duivel.

De passagierklont bleef in de deuropening staan; zijn gewicht deed de grote kooi zelfs wat overhellen. Het vormeloze gezicht draaide zich naar me toe maar bleef toen langzaam doordraaien, de gehele lege lift afzoekend, alsof ik zo onbeduidend was dat het voor het mij een blik waardig keurde eerst moest vaststellen hoe iemand die daar níet was eruitzag. Alleen in een kleine ruimte te zitten met dat wezen gaf me het gevoel dat ik in de val zat en maakte me misselijk. Dit was geen gewone helse loonslaaf. Dit was iets ouds en machtigs.

De deur ging dicht. Het wezen zette zijn platte modderpoot tegen de muur. Toen het zijn bestemming uitsprak, werd ik niet goed van zijn kleffe, onmenselijke stem zodat ik pas wat later besefte wat hij had gezegd: 'Halte Tartarus.'

Hier was iets goed mis. Ik wist wel wat van de helse topografie, zowel via Lameh als van mijn reizen, en ik wist vrijwel zeker dat de bestemming Halte Tartarus niet omhoog was, waar ik heen ging, maar omlaag. Heel ver omlaag.

Toen bereikte het gesis en getril een hoogtepunt en begon de lift te dalen. Ik keek wanhopig. Het modderfiguur keek naar me om, zo ongeïnteresseerd als een standbeeld.

'We... gaan omlaag,' zei ik ten slotte.

Het wezen reageerde zoveel als het dacht dat mijn opmerking verdiende, oftewel totaal niet.

'Maar ik ga naar boven,' zei ik, terwijl ik probeerde geen paniek te laten doorklinken in mijn stem. 'Dat wil zeggen, ik moet naar boven. Naar Pandemonium. Het is belangrijk.' Het wezen staarde me slechts aan met die gloeiende eierdooiers. 'Serieus! Ik moet naar Pandemonium!'

Eindelijk opende het zijn mond. De woorden kwamen in kleffe brokken eruit, als iemand die met een schop in een moeras stond te scheppen. 'Wij hebben de heffer overgenomen. Wij hebben een taak met prioriteit gekregen bij de Mastema. Het gebruik van de heffer zal aan u worden teruggegeven zodra wij zijn vertrokken.'

De Mastema was een van de machtigste werktuigen van de oppositie, een soort veiligheidstroep zoals de SS dat was voor de nazi's. Maar ik had al geraden dat deze vent foute boel was.

In de stilte die op zijn verklaring volgde, hoorde ik een gefluisterde aankondiging in mijn oor terwijl wij weer flitsten langs Grafbek, toen Gatverdam, Engelo, Duiveldrek, Slachtbank, Cocytusdelta, Buiksloot, Hoef en Cocytushaven. Binnen de kortste tijd zouden we langs Abaddon omlaag schieten, waar ik de hel voor het eerst had betreden. Mijn hart ging tekeer, maar ik was zo duidelijk de mindere in rang en klasse van dat modderfiguur dat ik geen stampij durfde te maken. Misschien kon ik zodra hij uitstapte de lift gewoon weer omhoog laten gaan.

Of ik echt geloofde dat het zo makkelijk zou zijn? Nou ja, laten we het erop houden dat ik dat hoopte.

De heffer ging nu sneller omlaag, de stem in mijn oor dreunde de namen van de niveaus op als een sportverslaggever die probeerde zes snel opeenvolgende paarden aan te kondigen. *Abaddonheuvel. Onwel. Necroveld. Acheronvork. Neder-Acheronvork. Abaddonvlakte.* En toen waren we de niveaus van Abaddon voorbij en schoten nog altijd omlaag. Eerst dacht ik dat het slechts angst was waardoor ik me koortsachtig voelde, tot ik besefte dat de liftkooi steeds heter werd en dichterbij kwam. Het zweet verdampte van mijn huid zodra ik het had uitgeperst. Mijn bloed bonkte in mijn oren.

Het modderfiguur negeerde mijn gesnak naar adem, misschien dacht hij aan de afschuwelijke plek waar hij heen ging, de gruwelijke dingen die hij daar ging doen, maar nu begon het te veranderen. Zijn huid, of wat het ook was waardoor het eruit had gezien alsof hij besmeurd was met iets plakkerigs, pindakaas of een wat minder aangenaam spul, begon hard te worden als klei die in een pottenbakkersoven wordt gebakken. Terwijl hij opdroogde werd zijn huid gladder, meer als steen, tot hij er echt als een standbeeld begon uit te zien, een mannelijke gedaante van twee meter tien, dood op de smeulende pisgele ogen na.

Ik kon de aankondiging nu nauwelijks meer verstaan, de woorden liepen in elkaar over zodat ik alleen maar flarden kon opvangen: *Vilmes Schaafwond Knooppunt Haak Brandende Klauwier Pestilent...*' Maar het was niet alleen de hitte die me het gevoel gaf dat ik doodging, het waren de woorden die in mijn hersenen tot beelden werden omgevormd, zonder enig werk van mijn eigen verbeelding. Op een of andere manier werkte de diepte op me in als een toenemende druk die beelden toverde in mijn hoofd, oneindige zalen vol krijsende stemmen, kreten om hulp uit reflex terwijl de schreeuwer maar al te goed wist dat die niet zou komen, vertrekken zo groot als enorme balzalen vol stenen tafels, iedere tafel met een toegetakeld maar nog altijd levend lichaam erop kronkelend, dieren zonder ogen, kamers vol gedonder en bloedspatten, het beuken van metaal op tere huid, blaffende honden, huilende wolven, en door dat alles heen een gevoel van ongeëvenaarde ellende en uitzichtloosheid dat als een monsterlijke nijptang in mijn schedel drukte.

'Ik kan niet,' hijgde ik.

Het kleiwezen staarde me even aan en keek toen weg, alsof ik een blaadje was dat op zijn pad was gewaaid.

De druk nam toe, maar de andere passagier was alleen compacter en glanzender geworden alsof het in een pottenbakkersoven was geglazuurd en gebakken.

*Straf, Straf, Straf.* Elke naam die de stem in mijn hoofd fluisterde leek dat woord te omvatten. *Straf.* We daalden af naar de diepste diepten, waar het ergste werk van de hel in een eindeloze nacht werd verricht, waar pijn in precies de juiste dosis werd verstrekt om zo lang als het universum zelf voort te duren.

Maar wat nog erger was, ik kon nu iets anders voelen, iets wat de andere rotgevoelens vastgreep en versterkte als een vermorzelende ijskoude vuist. Ik kan het niet verklaren – dat zal ik nooit kunnen. Hoewel het langzaam opkwam, was het toen ik het uiteindelijk van de andere gruwelen kon onderscheiden, het ergste wat ik ooit heb gevoeld. IJskoud, maar dan bedoel ik niet de temperatuur, zoals ijs en sneeuw. Dit was het soort kou van het absolute duister, de kou waarin niets kon leven, het punt waarop zelfs het spel der atomen tot stilstand kwam. Leegte. Niets. Het einde. Maar wat nog wel het meest afgrijselijk was, wat zelfs de gruwelen van alle helse pijn en lijden uit mijn hoofd verdreef, was dat deze kille leegte in de diepste diepte léefde. Ik weet niet hoe ik dat wist, maar ik wist het zeker: het leefde en het dacht, en hoewel het zelfs nog steeds oneindig ver weg was, joeg die aanwezigheid mijn eigen gedachten krijsend in alle richtingen uiteen als kippen die in een kippenhok worden ingesloten door een wolf met bebloede muil.

Ik besefte dat ik op mijn knieën was gevallen, mijn handen grepen mijn hoofd vast om te voorkomen dat mijn schedel uit elkaar zou spatten, en ik hoestte op wat er nog in mijn maag zat. Nog steeds nam de druk en het besef van een denkend, wachtend duister toe. Ik gilde, bazelde – misschien gilde ik zelfs wel dat ik een engel was, weet ik veel – maar het kleimonster dat met mij de lift deelde sloeg er geen acht op. Ik voelde hoe mijn ogen vanbinnen uit hun kassen werden gedrukt, voelde mijn ingewanden geplet worden alsof ik van beide kanten door vuilniswagens werd geramd, ik kon voelen dat wat er van mijn gezond verstand resteerde wegvloeide als vuil water door een afvoer. En toen stopte het dalen.

Toen het sidderen ophield, lag ik daar als een zoutzak, niet in staat om te staan of te spreken. Iets greep me als een klauw in zo'n computerspelletje, tilde me op tot ik bungelde in de lucht, piepend en kreunend. Ik kon vaag de felgele ogen van die moddervent zien terwijl hij me van top tot teen bekeek, toen ging de liftdeur open en gooide hij me eruit als een vuil hemd. Even later, terwijl ik kronkelde op de gloeiend hete stenen vloer voor de lift, zo hulpeloos als een volgezogen regenworm, ging de liftdeur sissend dicht. Ik kon hem weer op stoom horen komen en toen was hij weg; de kooi rammelde en kreunde terwijl hij in de diepte verdween.

Heel lang bleef ik daar liggen, vanbinnen kokend als een ebolaslachtoffer. De lichamelijke conditie van mijn helse lichaam was blijkbaar sterk genoeg om mij in leven te houden, maar niet sterk genoeg om mijn geest te redden als ik dieper zou gaan. Ik denk niet dat ik het anders lang zou overleven – mijn hoofd bonkte nog steeds zo hard dat ik nauwelijks kon nadenken. Ik had geen idee waar ik was, maar ik wist dat ik er weg moest zien te komen, omhoog, ook al kon ik mijn vingers bijna niet meer bewegen, laat staan mijn lichaam.

*Recht je, verdomme!* Ik staarde naar mijn hand, met mijn wilskracht proberend de vingers te strekken, mezelf overeind te krijgen, maar toen zag ik de voeten van het eerste wezen naderen. Ze hadden hoeven. Maar niet zoiets gewoons als de hoeven van een koe of paard. De ene grote teen en nagel waren van metaal, dof grijs metaal. Het hield bij mij halt. Ik zou nog niet hebben opgekeken als ik dat kon.

Een ogenblik later kwam iets anders klapwiekend omlaag en landde. Ik kon alleen poten zien die zo dun waren als die van een flamingo, maar met blauwe mensenhanden als voeten. Een derde schepsel voegde zich bij de eerste twee, met dikke poten die uitliepen in een cilindervormige poot, bedekt met dicht haar en glanzende stekels.

'Kijk nou toch eens,' zei een van hen met een stem als een roestige berenval die open wordt gewrikt. Het was vrij duidelijk waar ze naar keken. 'Het ontbijt staat klaar.'

'Laten we het eerst opjagen,' zei de andere met een krassend gemompel. Het had iets weg van een papegaai waarvan de halve snavel was afgerukt. 'Ik vind ze het lekkerst als het bloed stroomt. Warm en mals.'

'Zak maar in de stront jij,' zei een derde, als een uit de kluiten gewassen troetelbeertje knorrig. 'Ik heb honger. Laten we hem gewoon delen, dan mag jij jouw deel laten rennen zoveel als je wilt.'

## 20
# De Blok

Ik verzeker je dat ik er uiteindelijk wel in zou zijn geslaagd om mezelf om te keren, maar iemand deed dat al voor me en rolde me op mijn rug met het gemak waarmee een kok een hamburger omkeert – geen associatie waarop ik zat te wachten, dat snap je wel.

Ik bevond me in een vertrek met een hoog plafond, de straflaag-equivalent van een liftstation, maar het was duidelijk dat hier niet veel reizigers op doorreis kwamen. Het plafond was rijkelijk bespat met dingen die binnen in mensen behoren te blijven en die daarna tot stalactieten waren opgedroogd. De gebarsten stenen en het zand op de vloer onder me waren ook bespat met opgedroogd zwart bloed, en doorkliefd met talloze sporen van gevangenen en kooien die eroverheen waren gesleurd. Maar deze plek was de minste van mijn zorgen. De druk van die diepte was nog steeds zo hoog dat het lang duurde voordat ik mijn hoofd op kon tillen en me kon richten op de schepsels om me heen.

De laatste die had gesproken, Brombeertje, leek meer op een harige wasmachine dan op familie van Bruintje Beer; zijn toch al afstotelijke lijf werd nog lelijker gemaakt door allemaal stukken machinerie die onbeholpen met bebloede klinknagels aan hem waren bevestigd. De andere twee, die ik maar Vogel en Stekelvarken zal noemen, waren op hun eigen manier al even onaangenaam om te zien: Vogel was een kruising tussen een ooievaar en iemand die aan een verschrikkelijk vleesetend virus uit de derde wereld leed, met gevederde vleermuisvleugels en een scherpe gekartelde snavel en ogen die slechts gaten waren in de gedeeltelijk kale vogelkop. Stekelvarken zag er zelfs nog minder menselijk uit, op vier poten, met enorme platte voorpootklauwen als van een das, en een stel knobbels op zijn rug die allemaal een kop hadden kunnen zijn, aangezien ze stuk voor stuk ogen hadden.

'Ik ben be-be-be...' Ik had moeite met praten vanwege de druk in mijn hoofd. Ook moeite met denken. Het goede nieuws was dat dat gevoel niet veel erger was geworden sinds ik door dat modderfiguur uit de lift was geslingerd, en ik begon te denken dat de druk op zich me niet zou doden, vooralsnog. Dat was het enige goede nieuws. 'Ik ben... belangrijk.'

Vogel klepperde met haar snavel terwijl die lege oogkassen me van top tot teen bekeken. 'Hoor dat schepsel toch! Natuurlijk ben jij belangrijk, kleintje. Jij bent ons lekkere hapje!'

Stekelvarken gromde en stootte me aan met zijn voorste kop. Ik zag nergens een mond, maar zelfs door de algemene stank heen kon ik zijn afschuwelijke adem ruiken. 'Te veel geklets. Eet het op. Eten jullie maar wat je wilt – daarna ben ik aan de beurt.' Hij ging op zijn achterpoten staan en rekte zich uit als een rups die naar een volgende tak reikt; eindelijk zag ik zijn mond, die over de lengte van zijn buik liep als een onvoltooide autopsie, vol scherpe tanden, als een rits van ivoor.

Ik geef toe dat er mogelijk een geluid van ontreddering aan me ontsnapte. Oké, ik gilde het uit als een mager speenvarken – als Barbertje die op een barbaarse barbecue naar de barbiesjes gaat.

Brombeertje legde een van zijn klauwen op mij, mijn spieren krakend en botten buigend. Ik schreeuwde opnieuw en rolde mee, omdat hij anders mijn arm eraf zou rukken. 'Stop!' huilde ik. 'Jullie begrijpen het niet! Ik ben... Ik ben op een belangrijke missie. Voor de Mastema!'

Hierop volgde een moment van stilte. Of nou, het zou stil zijn geweest als er vlak naast mijn oor geen zacht gegrom had geklonken uit de gruwelijke rode, tandrijke streep van een mond van Stekelvarken.

'Eet het nou maar,' zei Stekelvarken. 'Het lult uit zijn nek.'

'Nee, echt niet!' Het was vreselijk moeilijk om na te denken! 'Ik ben... overvallen. Toen ik een opdracht voor de Mastema uitvoerde. Jullie willen dat toch niet ook op jullie geweten hebben, of wel?' Ik keek terug naar het groter dan strikt noodzakelijk aantal ogen dat me aanstaarde. Brombeertje lekte iets als motorolie uit zijn muil vol massieve metalen tanden. Vogel hield haar doodshoofd scheef alsof ze nadacht. 'Als jullie me weer op de lift zetten, kan ik verslag uitbrengen! Jullie zullen alle drie worden beloond.'

'Pff.' Stekelvarken liet zich weer op zijn vier poten vallen en duwde me met zijn knobbelkop. 'Nu kletst het echt uit zijn nek. Een beloning? Dit lekkertje opeten is onze beloning. Genoeg getreuzeld.'

'Wacht even, lieverd,' sprak Vogel. 'Misschien moeten we het meenemen naar de Blok. Ik weet dat jij naar je smikkeltje smacht, maar Mastema-zaken moet je nooit dwarsbomen.'

Stekelvarken gromde weer en Brombeertje volgde zijn voorbeeld. 'Mastema-zaken,' zei het harige stuk witgoed. 'Ze kunnen de pot op. Wat hebben zij ooit voor ons gedaan?'

'Het gaat niet om wat ze voor ons deden,' kwinkeleerde Vogel fijntjes terwijl ze me nog steeds met die lege oogkassen aanstaarde. 'Het gaat om wat ze met ons willen gaan doen. Weten jullie nog wat er in Bloedbad is gebeurd? Toen ze Modderbek 's nachts kwamen halen?'

Zowel Stekelvarken als Brombeertje deden snel een stap achteruit, tot mijn grote opluchting.

'Kunnen we er dan ten minste iets van eten, voor we het meenemen naar de Blok?' jammerde Stekelvarken. 'Ik heb zo'n pannenrammelende, potverterende honger!' Ik hoorde zijn buiktanden op elkaar klakken.

'De Blok,' zei Vogel beslist. 'Maar geen angst, kameraad... Misschien mogen we het toch in zijn geheel opeten. Misschien mogen we er zelfs nog even mee dollen.'

'Dat mag ik hopen,' zei Brombeertje.

Ik kon nauwelijks lopen, maar dat maakte niets uit, aangezien Brombeertje me als kapot speelgoed achter zich aan sleepte. Ik had geen idee wat de Blok voor iets was. Ik wist alleen dat de alarmbellen nu voor even zwegen op het opgegeten-wordenvlak. Ik dacht dat ik deze wezens op een andere plek wel had aangekund, of in ieder geval ze had kunnen ontvluchten, maar hier in deze bedrukkende diepte moest ik mijn best doen mijn bewustzijn en verstand niet te verliezen. Het was niet alleen het gevoel van druk dat mij lamlegde. Alles wat ik op weg naar beneden had gevoeld, vooral die vreemde, angstige... aanwezigheid... zat nog steeds in me als een afschuwelijke ziekte, een knallende kater die me tot een trillend, misselijk en bijna hulpeloos hoopje ellende hadden gereduceerd.

Het duivelse drietal sleurde me omlaag door de gangen die weergalmden van de kreten en minder gearticuleerde geluiden, langs allemaal vertrekken, elk een laboratorium waarin nieuwe soorten pijn werden uitgedokterd en toegepast. Ik zag gevangenen die werden verscheurd, verpletterd, uiteengereten, verbrand door stoom, gekookt tot zenuwenspaghetti en vervolgens gespannen aan hete draden tot de zenuwen vibreerden als getokkelde vioolsnaren tot kreten die ik kon voelen zonder ze te horen. We trokken maar verder, door lange stukken van flakkerende duisternis, toen langs gruwelen en geweeklaag, tot ik het beetje controle over mijn hersenen weer begon kwijt te raken. Het leek zinloos te blijven ploeteren om mijn verstand niet te verliezen. Waarom zou ik me verzetten? Als ik hier al ooit uit kwam, was de hel nog altijd bijna oneindig groot, en ik moest nog altijd de vesting van mijn vijand binnenstappen en, bij gebrek aan een beter plan, proberen Caz onder de neus van de groothertog weg te kapen, dan hem en al zijn macht ontvluchten en op een of andere manier weer uit de hel zien te komen.

Het leek me duidelijk dat de correcte term hiervoor 'onmogelijk' was. Ik had het al geen best plan gevonden vóór ik naar de hel ging, maar zoals mijn vrienden me wel vaker zeggen, heb ik de neiging om veel te verdomd optimistisch te zijn.

Eindelijk, nadat ik langs te veel kamers vol krijsend vlees was gesleurd om er nog om te malen, kwamen we aan bij een bureau voor een grote zwarte deur. Het wezen dat achter het bureau zat, had een liefelijk gouden krullenkopje als zo'n engeltje op een ansichtkaart, hoewel dit een vrouwenhoofd was. De rest van haar lichaam was echter dat van een duizendpoot, en ze moest haar gesegmenteerde lijf rond de armleuning van de stoel wikkelen om rechtop achter haar bureau te blijven zitten. Ze bekeek mijn overweldigers argwanend.

'Wa'?' Het goudblonde meisje met duizend poten en krullen sprak zo moeizaam als een oude zuipschuit of bokser. 'Wa'mo'je?'

'Wij moeten de Blok spreken, schoonheid,' zei Vogel. 'We moeten hem wat laten zien.'

'Doei.' Ik kon nu zien dat de reden dat de receptioniste (of wat ze ook was) zo sprak, was dat haar mond vol kleinere duizendpootjes zat. Een paar ervan vielen eruit op het bureau en begonnen toen over haar lijf weer naar boven te klimmen, op weg naar de mond. 'De Blok wil nie gesto... gesto...' Ze zweeg even om de teruggekeerde duizendpootjes in te slikken en tilde toen een nijptangachtig handje op om de rest te beletten in de verwarring te ontsnappen. 'Gestoo'd wo'n.'

'Och, je meent het?' snauwde Stekelvarken, maar Vogel wuifde met een gevederde klauw.

'Dit wil hij zeker wel zien, lieve schat. Reken maar.'

Goudhaartje staarde de vogel even aan, met zo'n menselijk hoofd dat ik me onwillekeurig afvroeg of ze er zo tijdens haar leven uit had gezien, als een godin van de dageraad. Toen verbrak de administratieve duizendpoot de patstelling door over de rugleuning te glijden en op al die kleine pootjes over de muur naar de deur te trippelen, met het waggelend hoofd als de wankele last die het moet zijn geweest. Ze trok de deur met haar voorste pootjes op een kier en zei iets door de opening heen, waardoor er nog wat kleine duizendpootjes uit haar mond op de grond vielen, waar ze aan hun lange klim terug naar, vermoedelijk, veiligheid begonnen. Toen draaide de gevallen godin haar gouden kopje naar ons toe en zei: 'Alleen da' mag na' binne'. De res' blijf' hie.'

Het was al moeilijk genoeg om op te staan. Lopen was nog moeilijker, en ik kreeg het niet meteen voor elkaar. Brombeertje gaf me ten slotte een por en ik vloog door de deuropening, steun zoekend om niet op mijn bek te gaan.

Het vertrek was donker en vochtig, met slechts één klein olielampje op het bureau als verlichting. Het wezen dat achter het bureau zat leek bijna menselijk, in ieder geval op het eerste gezicht, met de ogen, oren en neus grotendeels op de juiste plek, behalve dat zijn huid was afgestroopt en als franje rond zijn nek hing, als een gruwelijke tegenhanger van een renaissancekraag. Zijn gezichtsspieren en blootgelegd weefsel waren rood en wit als rauw spek, maar zijn blik was alert en akelig intelligent. Hij droeg de resten van iets wat eruitzag als een vrij modern militair uniform. Hij grijnsde me toe, of toonde in ieder geval zijn tanden. Ze waren allemaal zwart en te groot.

'Wat ben jij?' Woorden als heet en druipend vet. 'Voedsel of gestrafte?'

'Geen van beide, grote Blok, geen van beide!' Ik had geen idee wie deze natte, rode vent was of wat voor rang hij had, maar ik bevond me niet in de positie om hoog van de toren te blazen. Eén blik leerde me dat dit het soort lagere functionaris was die als een despoot over zijn klein hoekje in de hel regeerde. 'Ik ben een reiziger uit de bovenste regionen – Slangenstaf van de leugenaarssekte.' De leugenaars leverden de helse advocaten af, mijn gebruikelijke tegenstanders in mijn engelenwerk. Ik wist zelfs vóór Lamehs briefing al een beetje over ze, dus had ik hen als mijn dekmantel gekozen. 'Ik voer hier in de lagere niveaus een opdracht uit voor de Mastema, maar ik werd overvallen.'

'Door die kinderboerderij daar?' Hij vond dat echt hilarisch. Even koesterde ik de bespottelijke hoop dat hij erin zou blijven, maar toen herinnerde ik me dat hij al de hele tijd zo hoogrood was geweest. 'O, die is goed. Die houden we erin!'

'Nee, ik werd overvallen door... huurlingen in dienst van mijn vijanden, die kwaad waren dat de Mastema mij voor een opdracht had verkozen.' Ik improviseerde, maar als je in aanmerking neemt dat mijn hoofd voelde alsof het in een hoogwaardige verfmengmachine klemzat en ik mijn hersenen net had uitgekotst, vond ik dat ik het er niet slecht van afbracht. 'Mijn vijanden sloten me in de lift in, maar op dit niveau zag ik kans om aan ze te ontkomen.' Ik deed mijn best kalm en beheerst te klinken. 'De lieden die mij zonden zullen te horen krijgen hoe ik ben behandeld – zowel hier als daar.' Een beroep doen op hun altruïsme zou hier waarschijnlijk niet de beste aanpak zijn, dus zei ik: 'Natuurlijk zullen zij die mij tegenwerken gestraft worden, maar ik beloof degene die mij helpt niet te vergeten en die een beloning te geven.' Het was moeilijk om autoritair te klinken terwijl ik al nauwelijks kon staan en me voelde als een gebakken drol, maar ik deed mijn uiterste best.

'Beloond, beloond. Dat klinkt niet slecht.' De Blok duwde zich wat van zijn bureau weg, en nu zag ik dat hij in zijn stoel met prikkeldraad zat vastgebonden, en dat er van hem onder zijn ribbenkast niets resteerde dan een stel bungelende zenuwen en een ruggengraat. Iets als een grote zwarte slak klampte zich aan het uiteinde van zijn ingewanden vast en pulseerde zompig terwijl het aan de ruggengraat van de Blok zoog als een Franse smulpaap die dol is op merg. Iedere keer dat het zich volzoog, zag ik kleine pijnscheuten over het grote, rauwe gezicht van de Blok trekken. Het was fijn te weten dat hij het ook niet echt naar zijn zin had. 'Ach, weet je,' zei hij, 'ik ben voor mijn trouwe dienst al beloond. Mij is de gave van de herinnering geschonken, ik herinner me alle andere diensten die ik heb bewezen, van toen ik nog leefde en daarna.' De Blok grijnsde opnieuw, hoewel ik nu kon zien dat het een grijns van pijn was terwijl het wezen knabbelde en zoog aan zijn ruggengraat. Wat zou ik me nog meer kunnen wensen dan de gerechtigheid van het Opperwezen en de gelegenheid om hier te dienen?'

Hij nam me in de maling. Dat voelde ik. Wilde hij me laten gaan of hier houden? Had hij de knoop al doorgehakt?

Ik liet de deurpost los en probeerde ontspannen te lijken, maar ik schommelde vooral. 'Natuurlijk, grote Blok, komt u alles toe wat u begeert. Wat zou u meer plezier schenken dan hier het heilige werk van de Boze verrichten? Zelfs een overplaatsing naar een meer verantwoordelijke post op een hoger niveau zou een dienaar die zo trouw is als u toch zeker niet kunnen verleiden.' Het klonk best bijdehand, maar ik zei het met veel gezucht en gegrom terwijl ik probeerde overeind te blijven. Ik begon te wennen aan de waanzinnige druk op mijn schedel, maar ik had er beslist nog niet van leren genieten.

'Oh, het klinkt allemaal heel belangrijk.' Hij wierp me nog zo'n effen zwarte grijns toe terwijl een golf van pijn over zijn knalrode kop trok.

'Echt heel belangrijk. U kent ongetwijfeld belangrijke leiders.'

'Niloch, de commissaris van Grafbek, is een goeie vriend van me.' Ik hoopte dat Niloch te druk bezig was met smeulende puinhopen om deze vent ooit de waarheid te kunnen vertellen. 'Enik wil niet opscheppen... maar dan is daar nog Eligor de Ruiter. De groothertog, die kent u toch zeker wel...?'

'Eligor?' Zijn mond trok strak. 'Ik ben natuurlijk niet zo fortuinlijk om zijne genade te kennen. Maar als hij een vriend van u is...'

'Echt wel! Een ouwe maat. We zijn dikke mik. Zó!' Ik hield mijn wijsvingers tegen elkaar. 'Laatst nog zei hij tegen me: "Slangenstaf, ouwe jongen, als je terugkomt van die opdracht, moet je bij mij komen logeren."' Dit was niet helemaal een leugen – ik was er vrijwel zeker van dat Eligor me met liefde onderdak zou verlenen wanneer hij ontdekte dat ik in de buurt was, alleen zou de accommodatie waarschijnlijk nog minder fraai zijn dan deze.

'U heeft me overtuigd.' Opeens betrok het gezicht van de Blok, alsof iets het met een enorme onzichtbare vuist fijnkneep. Toen de pijn was weggetrokken, zei hij: 'Kom... geef me uw hand.'

Bijna twintig jaar op aarde leven hadden van mij een onnozele sukkel gemaakt. Ik stak mijn rechterhand uit, net alsof ik op het punt stond gefeliciteerd te worden en misschien zelfs een kleine bonus te krijgen – Bobby Dollar, mallotig medewerker van de maand. De dikke, maar al te menselijke handen van de Blok omklemden mijn pols en rukten me naar voren. 'Je moet er natuurlijk wel een prijs voor betalen,' zei hij. Voor ik mijn evenwicht kon herwinnen had hij mijn hele hand in zijn brede mond vol zwarte tanden geschoven, wat erger aanvoelde dan ik kan beschrijven. Toen beet hij door.

Ik droeg dan misschien wel niet mijn eigen lichaam, en het demonenlijf was duidelijk verre van menselijk, maar ik kan je wel zeggen dat het nog altijd pijn doet als de takketyfusvinkentering wanneer je hand wordt afgebeten. Voor ik het wist zat ik op mijn knieën te huilen en hijgen terwijl ik wanhopig probeerde het bloed dat uit het rafelige stompje van mijn pols werd gepompt te stelpen. De Blok spoog de hand weer uit. Het ding lag even op het bureau als een opgeblazen dode spin, en toen pakte hij het op en trok er drie vingers vanaf; ze knapten alle drie af met een afschuwelijk nat geluid.

'Pietje!' riep hij. De deur ging open. Daar stond de vogelachtige verschrikker.

'Ja, grote Blok?'

Hij wierp haar de vingers toe alsof hij kliekjes naar een huisdier gooide. Ik hoorde Vogel, Stekelvarken en Brombeertje erom vechten, maar ik had zoveel pijn dat het allemaal onwerkelijk leek. De Blok bracht de rest van de hand naar zijn mond en begon die uit elkaar te trekken en met grote, gretige happen op te eten, de bloedrode spieren van zijn kaken bolden terwijl hij de botjes tussen zijn zwarte kiezen maalde. Toen hij de hand ophad, veegde hij het meeste bloed van zijn mond en kin met de rug van zijn vlezige, harige hand en liet toen een luide boer als blijk van waardering.

'Zij zullen je weer op de heffer zetten,' zei hij. 'Vergeet niet dat ik meer had kunnen nemen, Slangenstaf van de leugenaarssekte. Vertel je meesters boven dat de Blok alleen de kop had kunnen terugsturen; dan hadden zij nog steeds alles vernomen dat ze wilden weten.' Hij greep de rand van zijn stoel met zijn twee sterke handen vast en werkte zichzelf overeind totdat het prikkeldraad hem tegenhield. Het slakachtige wezen aan het eind van zijn verwoeste ruggengraat zwiepte als de klepel van een kerkklok. Ik was te druk bezig met wachten tot ik stierf van de pijn en misselijkheid om er veel acht op te slaan, maar ik hoorde hem bulderen: 'Dit is mijn hoek van de hel! Hier heers ik! En als de grote Heer der Duisternis persoonlijk mij hier bezoekt, zal ik ook van hem een hapje eisen. Ja, ik zou zijn staart als tandenstoker gebruiken! Want ik ben Blok de Bullebak! Blok de Beul!'

Hij ging nog steeds tekeer terwijl Brombeertje me met zijn enorme klauwen greep en naar buiten sleurde.

Ik greep het afgerukte uiteinde van mijn arm zo stevig vast als ik kon terwijl ze me terugsleurden door die met gegil weergalmende gangen, maar ik verloor in hoog tempo bloed. Ik voelde mijn polsbeentje prikken in mijn goede hand, maar buiten die ongelofelijk vreemde en pijnlijke sensatie, wist ik dat de rest van mijn lichaam zich langzaam maar zeker opmaakte voor de overgave. Toen we de lift bereikten verstomden zelfs de kreten van de gekwelden en werden die groteske kinderboerderijkoppen heerlijk wazig. Ik voelde een nieuwe pijn, alsof mijn stompje met gebroken glas werd geschuurd: Brombeertje likte de bloederige wond. Ik verloor onder het wachten steeds even het bewustzijn. Misschien was het een minuut later, of anders een uur, maar eindelijk verscheen de lift, kreunend als een zwaarbeladen vrachtwagen die hotsend en botsend een steile heuvel af reed. Toen de deur opengleed, schopten ze me een paar keer en smeten ze me naar binnen.

Er vormde zich al een plas bloed onder me. De trilling van de lift had me bijna bewusteloos geschud, en ik leek een lange zwarte tunnel in te gaan, wegkruipend van licht en hoop. Ik sloeg met mijn goede hand op de wand en terwijl mijn andere pols weer begon te sproeien, probeerde ik mijn bestemming te roepen. De woorden kwamen als kleine natte druppels van geluid, als bloederig slijm: 'De... Rode... Stad...'

De lift begon nog harder te schudden, rammelde door elkaar als een kever in een potje. Toen stortte de zwarte tunnel van mijn gedachten om me heen ineen.

## 21
# Eindstation

'... *Fistelrode, Wormstekerbeen, Rotsoep, Phlegethondam...*'

Ik ontwaakte bij het geluid van de liftstem die de verschrikkelijke plekken mompelde die we in snelle opeenvolging naderden en passeerden. De druk in mijn hoofd werd minder, hoewel dat niet langer mijn grootste zorg was. Terwijl ik probeerde uit de situatie wijs te worden, noemde de stem nog een aantal haltes langs de zure, gele rivier de Phlegethon, terwijl ik er ondertussen in slaagde mezelf in een zithouding te brengen met mijn rug tegen de schuddende liftwand. Mijn bloed klotste over de vloer en leek wel drie centimeter diep als het ooit op één plek bijeenkwam. Ik voelde me als een stukgeslagen zandloper.

Tot mijn stomme verbazing hadden nog wat meer passagiers zich bij me gevoegd terwijl ik daar bewusteloos had gelegen, een bont samenraapsel in alle soorten, maten, geuren en kleuren: beestachtige wezens, blubberwezens, en zelfs een paar menselijke gestaltes, meestal beter gekleed dan wat ik tot dusver te zien had gekregen. Ik kon ze niet al te lang aankijken aangezien mijn ogen niet goed konden scherpstellen, maar deze reizigers uit de betere kringen leken zo ver mogelijk van mij vandaan langs de liftwand te zijn gaan staan. Als ik niet lag dood te bloeden had ik het vermakelijk gevonden, bewoners van de hel die bang waren voor wat bloed. Natuurlijk bood geen enkele passagier aan me te helpen, of keek me zelfs maar aan met een blik die iets dieper ging dan ongeïnteresseerde afkeur. Zoals je wel zult hebben geraden, is empathie een schaars goed in de hel.

Toen mijn hoofd niet meer zo verduiveld snel rondtolde, trok ik een reep van het gewaad dat ik in Huize Grafbek van zijn eigenaar had geroofd en bond het onhandig rondom het rafelige stompje van mijn pols om het bloeden tegen te gaan. Als ik in een menselijk lichaam had gezeten, misschien zelfs in een van mijn verbeterde engelenlichamen, zou ik allang dood zijn geweest, maar dit helse lichaam was heel robuust, in ieder geval op het gebied van bloedverlies. Nu de druk afnam zou ik, als ik niet zo zwak en duizelig was geweest, me zelfs beter hebben gevoeld dan ik de laatste uren had gedaan.

Maar misschien, zo moest ik erkennen, voelde ik me alleen beter omdat ik bijna doodgebloed was. Misschien voelde het zo als je stierf in de hel – het fijnste wat je die dag was overkomen.

Ik geloofde natuurlijk niet dat ik echt mocht sterven. Ik zou of gerecycleerd worden tot een soort duurzaam afval en hoopje ellende, of ik werd, als ik belangrijk genoeg werd gevonden, opgeveegd en voor een vervanging naar een helse *bodyshop* gebracht, wat nog erger zou zijn, aangezien ze het waarschijnlijk zouden merken als alle alarmbellen gingen rinkelen en de melding kwam: *Attentie! Undercover engel! Uitroeien! Uitroeien!*

De lift bleef maar bonkend stoppen en dan weer even bruusk starten terwijl het een komen en gaan was van passagiers, meer en meer naarmate we hoger kwamen: Hoog-Phlegethon, Onderkaak, Brekebeen, Rotgat en een hele reeks andere waarvoor ik te versuft was om ze goed te begrijpen. Toen we bij de Lethe-lagen aankwamen, beginnend met het Lagere Lethedal, trok ik het provisorisch verband net onder de wond strak, klaar om rennend, desnoods kruipend, een veilig heenkomen te zoeken zodra ik op mijn bestemming was aangekomen.

We schoten omhoog langs nog meer Lethe-haltes, en toen verder langs een aantal lagere buitenwijken van Pandemonium. Door Lameh ingeprente herinneringen leerden me dat de Rode Stad zelf uit vele lagen bestond. De omgeroepen haltes klonken allemaal heel aanlokkelijk – Aarsgat, Walgen-aan-de-Onrein, Goormeer – maar toen hoorde ik eindelijk de naam waarop ik had gewacht: Styxmeer. Zie je, de buitenwijken van de hel cirkelden allemaal om elkaar heen als de strengen van een DNA-molecuul; zo stel ik het me tenminste in gedachten voor. En hoewel de rivier de Styx om de onderste lagen van Erebus en Tartarus heen stroomde en ook er dwars doorheen, en wie weet zelfs zachtjes tegen de hoeven klotste van de Boze zelf, diep beneden in de ultieme duisternis, omringde het ook de bovenste niveaus, en dat betekende dat we bijna waren aangekomen bij Pandemonium.

Ondanks mijn ijlkoorts en zwakheid trof mij iets. Iets vreemds. Je zou toch denken dat als de Boze en het belangrijkste werk van de helse regionen zich in de diepste afgronden bevonden, dat dat de plek zou zijn waar zij die hongeren naar macht zich zouden vestigen. Maar ze zaten allemaal hierboven, zo ver mogelijk van die afschuwelijke diepte vandaan, alsof de belangrijkste heren van de hel op een of andere manier, hoe vaag dan ook, hoopten om ooit terug naar het licht te klimmen. Misschien had Grijpgraag wel degelijk de vinger op iets belangrijks gelegd.

De omroepstem zweeg een tijdje en sprak toen op doffe, onheilspellende toon: 'Eindpunt.'

Met een laatste schok en een geknars als een spijker die uit een hardhouten doodskist wordt getrokken, kwam de lift tot stilstand. De deuren gingen sissend in een wolk van stoom open. De overige passagiers, inmiddels meer dan twintig, allemaal dicht opeengepakt behalve in mijn bloederige gedeelte van de kooi, schuifelden naar buiten. Ik was doodsbang dat de deur voor mijn neus zou sluiten en de lift me weer naar beneden zou brengen, dus probeerde ik niet eens om op te staan maar kroop ik gewoon naar buiten en deed mijn best mijn bloederig stompje nergens tegenaan te laten komen. De shock begon af te nemen en de pijn was ondraaglijk, alsof het rauwe stompje in een zak vol gebroken glas werd gestoken. Geloof me, ze laten je dan misschien niet doodgaan in de hel, maar met liefde laten ze je zo erg als maar kan of nog erger lijden.

Het eindstation was oneindig groot. Je had alleen al in de liftschacht een paar centraal-stations kwijt gekund, en het was ook het middelpunt van een netwerk van voetgangerstunnels, wegen en (zoals ik tot mijn verbazing ontdekte) spoorwegen. De treinen reden vanuit het centrale eindstation in alle richtingen, en terwijl ik de trappen op wankelde, kon ik een paar ervan zien wachten op hun sporen – lange, lage gevaartes als duizendpoten, dof zwart metaal met raampjes die zo smal waren dat het schietgaten konden zijn, wat ze waarschijnlijk ook waren. Ik had echter geen tijd om me hierover te verbazen aangezien iedere seconde die ik doelloos door Pandemonium doolde, een seconde was waarin ik gevaar liep dat een van de zwervende roversbendes en ontvoerders me te pakken kreeg, of dat ik werd opgepakt door de gelouterden, de elite Mastema-wachters van de hel en de enige schepsels die trouw hadden gezworen aan de Boze, boven al zijn ondergeschikte heersers. Toch, hoewel de gelouterden dan misschien niet naar de pijpen van Eligor en prins Sitri en de andere grote jongens dansten, zouden ze er zeker mee instemmen dat Bobby Dollar in de hel een persona non grata was, en als ik dan linea recta naar de straflagen werd teruggestuurd, zou ik net zo snel weer gemarteld worden als wanneer groothertog Eligor me persoonlijk in zijn slaapkamer had betrapt.

De gelouterden droegen uniformen van semimoderne militaire snit in de kleur van donderwolken, en ze hadden een soort zwart spiraal op hun tuniek, als een bovenaanzicht van een tornado, misschien een afbeelding van de afgrond waarin we met zijn allen zaten. Dit somber grijs met zwart motief werd opgevrolijkt met dieprode spatten, blijkbaar bij iedere soldaat weer anders. In hun lompe metalen uitrusting en met de vreemde pothelm die hun gezicht verborg, leken de gelouterden waarschijnlijk op hoe een victoriaanse schrijver zich een astronaut voorstelde, op hun misvormde lijven na dan, die alleen maar met elkaar gemeen hadden dat ze groot en sterk waren, en ze droegen een onvoorstelbare variëteit aan wapens, waaronder vuurwapens, de eerste die ik in de hel had gezien.

Nog een laatste versufte gedachte terwijl ik over het grote plein strompelde, te midden van een massa bewoners van de Rode Stad die dichter opeendromden dan ik waar dan ook in Abaddon had gezien: was dit het technologisch peil in Pandemonium? Waarom? Waarom leek deze plek op een vrij modern spoorwegstation terwijl in Abaddon zelfs een betrekkelijk welgestelde leefde als een middeleeuwse horige?

Dat soort dingen houden me vaak bezig, maar ik kon het me niet veroorloven om er lang bij stil te staan: ik was ziek, zwak en misselijk en als ik de uitgang niet vond zou ik de aandacht van de gewapende gelouterden trekken, die niet veel meer te doen leken te hebben dan uit hun vizier staren naar al wat langskwam. Ik vond een enorme trappartij die, in mijn toestand, evengoed de Mount Everest had kunnen zijn, maar hij leek omhoog te leiden naar een gebied met meer licht, of misschien een nog groter plein, dus ik trok de lap om mijn pols strakker en beklom de trap.

Het leek me wel een halfuur te kosten om die honderden treden te beklimmen. Ik werd onderweg voortdurend geduwd en gestoten door drommen groteske pendelaars die mij opzijduwden als ik in de weg stond, maar eindelijk bereikte ik een volgende hal. Die was kleiner dan het grote plein beneden, maar zijn monsterlijk hoge smalle raampjes beschenen alles met een felrood licht, en ik kon een deur zien die uit leek te komen op de buitenwereld.

Toen de onverschillige, vaak actief vijandige menigte me het eindstation uit drong en, zo begreep ik, op het Dis Paterplein voerde, zag ik voor het eerst het hart van die grote helse stad. Pandemonium was opgebouwd uit iets wat op twee soorten steen leek, grote blokken zwart vulkanisch gesteente en iets doorzichtigers, iets als kwarts, dat gloeide met een fel bloedrood licht. De gloed van de gebouwen in het centrum zette de hele metropolis in lichterlaaie. Voeg daar de omringende zwarte stadswallen aan toe en Pandemonium leek van een afstand op een stapel gloeiende kolen die voor altijd in het duister brandden. De Rode Stad. Ze leek behoorlijk veel op alle andere steden van de hel die ik had gezien, maar dan groter en met meer van alles. De lucht boven mijn hoofd was een drukke wirwar: tientallen wolkenkrabbers torenden scheef, afstekend tegen het duister, slechts met elkaar verbonden door een reeks gammele bruggetjes, alsof iemand een stel gigantische mikadostokjes in de grond had gestoken, met de punt omlaag, er nog een hoop bovenop had gestapeld en er vervolgens niet meer naar had omgekeken. Alleen al het opkijken naar deze chaos maakte me licht in het hoofd, maar het kloppen in mijn gewonde arm ging onverminderd door.

Opeens besefte ik dat ik niet langer rechtop stond maar op de grond voor het eindstation lag. Ik was gevallen, maar ik wist niet wanneer of hoe lang ik daar had gelegen. Ik kwam overeind en wankelde weer verder, maar alleen al het korte wandelingetje vanaf de lift had me bijna het loodje doen leggen. Ik moest een veilig heenkomen zien te vinden, maar waar? Ik herinnerde me nog vaag dat Lameh een toevluchtsoord in de Rode Stad had genoemd waar Slangenstaf zich in geval van nood kon schuilhouden, maar mijn leeggebloede hersenen konden het zich niet herinneren. Zat Lameh maar in mijn duivelskop zoals ze in mijn Bobbykop had gezeten, maar ik had haar achtergelaten, samen met de wereld, hoop en verstand.

Waar moest ik heen? Ik was een ziek dier en moest in mijn holletje kruipen en mijn wonden likken wilde ik dit overleven, maar eerst moest ik nog een flink stel problemen oplossen.

Probleem nummer één: ik zat in de hel. Ik had geen geld. En hier ging voor niets zelfs de zon niet op. Zelfs als ik me kon herinneren waar het toevluchtsoord was, dan had ik geen idee hoe ver weg, maar het zou zich waarschijnlijk buiten de stad bevinden en ik was zo zwak dat ik nog maar nauwelijks voorbij het liftstation was gekomen. Ik staarde wazig naar voertuigen die langsscheurden door de nauwe straten, de wagens van de rijken, uitlaatgassen uitstotend, laag en glad als slangen. Ik zag statige koetsen die voortgetrokken werden door enorme zwarte neushoornachtige wezens, en andere die door aan touwtjes gespannen vluchten krijsende vogels werden voortgetrokken die misschien krijsten omdat hun eigenaar hun snavels had afgeknipt. Ik zag pendelbusjes waarop geraamtes peddelden en grote vrachtkarren die werden voortgetrokken door slaven zonder hoofd, maar ik zag geen voertuig dat me gratis een lift zou geven, en ik was er vrijwel zeker van dat wanneer ik niet uitrustte, ik niet veel langer door zou kunnen gaan zonder weer flauw te vallen.

Ik bespeurde een gammele kar van een voedselventer aan de overkant van de straat, volgeladen met stomende vaten. De eigenaar had de kop van een jakhals en de poten van een anorectische spin, maar hij leek het minst het type dat mij aan de gelouterden zou uitleveren. Het enige wat ik kon bedenken was in zijn kar te klauteren als hij even niet keek, om me daar te verbergen en te slapen. Alles werd me zwart voor ogen en een heel verleidelijke loomheid overweldigde me. Dat wordt wel een wegzakkertje genoemd, en het leek ook echt op wegzakken: ik voelde me omlaag glijden, als iets wat door een gootsteen wordt weggespoeld. Ik stapte de weg op – de hel heeft geen stoepranden – en merkte dat het moeilijk, zo niet onmogelijk was om te lopen. Ik kon niet meer focussen, maar zag vaag de vorm van de kar, dus zette ik nog een stap, en nog een. Toen werd ik door iets geraakt.

Ik kan niet precies zeggen wat het was, of in ieder geval kon ik dat toen nog niet, alleen dat het iets groots en luidruchtigs was dat opeens tegen me aan beukte. Toen rolde of tolde ik over een van de grote straten van Pandemonium en werd alles afwisselend zwart en wit en rood, net als in die ouwe mop over een non die de trap afrolde. Rollend, botsend, toen nog een kleinere klap. Het gevoel alsof het hele stenen hemeldak van de hel op mij neer was gekomen, en toen drong het duister binnen.

Het laatste wat ik hoorde, als in een blikje gesproken via de langste, dunste draad die ooit door een kind vanuit een boomhut was gespannen, was een verbazend liefelijke vrouwenstem die uitriep: 'Oh! Dat arme, mooie schepseltje!'

Toen zakte alles weg.

# Intermezzo

*Caz sliep. Ik lag naast haar, te opgewonden om iets anders te doen dan denken, denken, denken. God weet dat ik ook had moeten slapen, na die dag: aangevallen toen ik probeerde iets te veilen dat ik niet eens had, beschoten, achtervolgd door een eeuwenoude demon, een paar minuten koppie-onder in extreem koud water ademend door een buisje, toen een paar uur heftige seks met een duivelin. Ik had wel honderd jaar moeten slapen, net als Doornroosje. Een niet-slapende Bobby lag echter in Caz' baldakijnen bed met zijn handen achter zijn hoofd gevouwen te kijken hoe het doorzichtige weefsel zachtjes deinde in de luchtverplaatsing van de airconditioning. De gordijnen waren rood, felgeel en verschillende aardtinten. Ik vond het vreemd dat zij zulke vlammende kleuren zou kiezen om zich mee te omringen, maar het hele appartement zag er zo uit, een kruising tussen een opera over het Midden-Oosten en het kamertje van een prostituee op de Wallen.*

*Ik zat te denken, maar niet over iets belangrijks. Ik kon het me niet veroorloven over iets belangrijks na te denken, aangezien ik op dat moment toch nergens iets aan kon doen. Ik had mijn ogen kunnen sluiten en proberen mezelf te dwingen te slapen, maar dat werkt nooit bij mij. Daarom lag ik daar maar wat naar Caz' zachte ademhaling te luisteren en fantaseerde ik over een onmogelijke dag waarop we samen zouden kunnen zijn zoals nu zonder het hele evenwicht van de schepping in gevaar te brengen. Maar alle pogingen om me een toekomst voor ons samen voor te stellen, vielen al snel in duigen. Zelfs aangenomen dat wij niet vanwege onze misdaden door haar bazen of de mijnen werden weggevaagd, waar zouden we dan moeten wonen? Wat zouden we moeten doen?*

*Vóór die nacht zou ik onmiddellijk de stomheid hebben ingezien van zelfs maar een ogenblik denken dat een engel als ik een normaal menselijk bestaan kon leiden. Ik zou het hoofd hebben geschud, spottend hebben gelachen, en vervolgens met Sam uit zijn gegaan om wat te gaan drinken om de nasmeulende resten van die droom te blussen en weg te spoelen. Maar ik betwijfelde of dat dit keer wel zou werken. Ik wist niet eens of ik dat wel wilde.*

*Maar wat moest ik anders? Deze ene nacht, zoals Caz maar bleef zeggen, en daarna niets? Alleen herinneringen? Ik was in mijn engelenbestaan geboren zonder enige echte herinnering, dus ik kon me niet voorstellen hoe het zou zijn om herinneringen te hebben die beter waren dan de rest van je leven ooit zou kunnen zijn. Hoe kon iemand zo leven? Hoe kon iemand enig geloof blijven koesteren in de zin van het leven?*

*Aan de andere kant, zo zei ik tegen mezelf, wie had ooit gezegd dat het leven zin moest hebben? Ik werkte voor de almachtige God zelf, het Opperwezen, en ik was net zo in de war als alle andere denkende wezens.*

*Was dit echt het einde? Zou ik deze mooie vrouw, duivelin, wat ze ook was, na deze avond nooit meer zien? Of erger nog, zou ik haar terugzien maar niets anders kunnen doen dan haar langs zien lopen, Caz veroordeeld tot haar bestaan en ik tot het mijne?*

*Ik voelde me zo kil bij die gedachte, zo leeg, dat ik even dacht dat mijn ziel misschien echt stierf.*

*Alsof ze het voelde, opende Caz haar ogen en keek me aan. Ze zei niets, spreidde slechts haar armen uit alsof ze me opwachtte na een lange, gevaarlijke reis. Ik zei ook niets, maar kwam alleen dichterbij tot ik haar lange, koele gestalte tegen me aan voelde, van borstkas tot schenen, het kille drukken van haar koude voetjes en haar koude borstjes. We hielden elkaar zwijgend vast, omdat er eigenlijk niets meer te zeggen viel.*

## 22
# Lieve Vrouwe Zink

'Lieverd,' zei ze. 'Je moet me vertellen wie jou dit heeft aangedaan. Er lag overal bloed!'

Mijn ogen, die me al een hele tijd niets nuttigs meer hadden gezonden, alleen een vage indruk van licht en schaduw, dingen die zelfs een slak kon zien, begonnen eindelijk op de bewegende gestalten te focussen. Als je bedenkt wat ik allemaal had gezien en meegemaakt, was het wezen dat langzaam in zicht kwam opmerkelijk menselijk – en niet alleen menselijk, maar heel liefelijk, een vrouw in de bloei van haar volwassen leven, met donker krullend haar dat zich in een wolk over haar schouders uitspreidde waar het zich uit haarspelden had losgewerkt. Haar gezicht was hartvormig, haar wangen vol en welgevormd, en zelfs in mijn jammerlijke toestand moest ik wel merken dat ze een aanzienlijk decolleté had (ouderwets voor dikke tieten). Haar stralende ogen vingen mijn eigen dwalende blik op en ze kreeg een lichte blos, die niet alleen haar bleke wangen raakte maar ook haar borst, alsof er met een onzichtbare borstel rouge was aangebracht.

'Wie...?' vroeg ik, en toen: 'wat...?' Mijn hersens, ik zweer het, tintelden als een slapende voet. Ik dacht dat het misschien mijn hersens waren die na al het zuurstoftekort weer geregenereerd werden, maar het was ook mogelijk dat ik zo beschadigd was geraakt dat ik nooit meer helemaal jofel in mijn kop zou zijn.

'Je bent veilig. Ik ben Vrouwe Zink, maar noem me maar Vera.'

Opeens wist ik weer waarom ik het bewustzijn al was verloren voordat ik werd onderschept en ik wierp een blik op mijn gewonde rechterarm. De hand ontbrak nog, allicht, maar de stomp was zorgvuldig verbonden en het bloed was weggeboend. Wat echter wel gek was, was dat ik mijn hand aan het einde van mijn arm kon voelen alsof hij er nog zat. Ik weet het aan fantoompijn of hoe dat syndroom ook al weer heet. Ik was zelfs in schone kleren gestoken, een of ander ouderwets nachthemd van een dunne stof, het soort dat de sheriff van Nottingham op een slaapfeestje zou hebben gedragen.

'Hoe ben ik hier gekomen?' Het lukte me al die vijf woorden uit te spreken zonder te hoesten, maar ik voelde me alsof ik in geen jaren had gesproken. Het ging wel al wat beter met mijn hoofd. Ofwel ik leerde het getintel in mijn hersenen te negeren, of het trok weg.

'Je rende de straat op, recht voor mijn auto, lieve man. Ik dacht dat ik je had verpletterd, maar je ziet er al een stuk beter uit.' De donkerharige vrouw glimlachte. Dit kon niet gebeuren, dacht ik. Niet in de hel. Niemand deed iets zomaar voor niets in de hel. Toch moest ik een gegeven paard niet in de bek kijken, dus deed ik mijn best terug te grijnzen en dankbaar genoeg te kijken.

'Dank u, Vrouwe Zink.'

'O, alsjeblieft, Vera. Je bent nu tenslotte een gast!' Ze lachte en stond op. 'Wat betekent dat ik eigenlijk je naam zou moeten weten. Wil je me die vertellen?'

Heel even was ik hem vergeten – zowel mijn helse naam als mijn echte naam. Het was alsof ik net uit de hemel in deze vreemde droom was komen vallen zonder enig bagage te hebben meegenomen. Hoeveel bloed was ik verloren? Hoe weinig had het gescheeld? Toen kwamen beide namen weer in me boven. Ik gaf haar de juiste. 'Slangenstaf van de leugenaarssekte, vrouwe. En ik ben u veel verschuldigd.'

Ze lachte weer met iets wat klonk als oprecht plezier. 'Nee, nee, ik u. Het was een mistroostige ochtend en een ellendige, zinloze week. U heeft mij enorm opgevrolijkt.'

Het was de eerste keer dat ik ooit iemand in de hel de term 'week' hoorde gebruiken en ik vroeg me af of dat misschien gewoon Vera's manier van doen was of dat het iets bepaalds was van Pandemonium. 'Waar ben ik?'

'In mijn huis in de Trilbergen. Rust maar wat uit. We zullen genoeg tijd hebben om te praten terwijl je herstelt. Als je iets nodig hebt, moet je met het belletje bellen voor Belle.'

Het duurde even voor ik besefte dat die laatste een naam was. Ik werd afgeleid, aangezien Vera aan de voet van mijn bed had gezeten maar nu opstond en ik haar volledig kon zien. Er viel veel te zien. Ze was voluptueus maar met een slank middel, met een sierlijke hals, en hoewel ze een lang gewaad droeg dat haar benen bedekte, vermoedde ik dat ook die mooi waren. Ja, zelfs bijna dode kerels merken dat soort dingen op, zelfs wanneer ze engelen in duivelslichamen zijn. Het had niets met Caz te maken, en eigenlijk ook niets met seks, aangezien ik me zo zwak voelde dat ik niet eens een overtuigend robbertje met een bolletje wol zou hebben aangekund. Dat is gewoon de manier waarop de mannelijke ogen en hersenen op elkaar inwerken. Ga het Opperwezen maar aanklagen als het je niet zint.

Vrouwe Zink vertrok. Ik bekeek de kamer even, die eruitzag als hoe een oude Hollywoodfilm de middeleeuwen verbeeldde, inclusief de stenen muren en een hoog venster zonder gordijnen, maar ik was te uitgeput door het korte gesprek om zelfs maar te overwegen op te staan om te kijken of de deur vanbuiten op slot zat – of ik een gevangene was – want op dat moment kon het me geen moer schelen. Sommige van de hogere duivels speelden graag spelletjes, wist ik. Misschien was dit alles een heel complex spel. Dit kon toch niet de werkelijkheid zijn, of wel? Ik kon niet echt veilig zijn, al was het maar voor even... toch?

Veilig of niet, ik was nog steeds uitgeput door wat ik had meegemaakt. Ik liet me wegzakken in de weelde van een bed en de wazigheid van mijn gedachten, en liet me door slaap overmannen.

Toen ik ontwaakte trof ik een heel andere vrouw in het vertrek aan; deze was struis en zwaargebouwd. Ik herinnerde me doezelig dat de donkerharige Vera iemand had genoemd die Belle heette, en deze vrouw leek gekleed in de gewone kledij van een dienstbode. Anders dan haar meesteres was Belle echter zichtbaar duivels, met een ruwe grijze huid en punten van hoorn of bot die door de huid bij haar schouders, ellebogen en andere zichtbare gewrichten staken. Ik had al veel erger gezien. Ik vroeg met schorre stem om water en de grote dienstbode bracht me een kopje, en toen ik het ophad vulde ze het voor me bij en zette het op het klaptafeltje naast het bed. Ze leek sterker dan ik, zeker dan de verzwakte versie van mij die in het bed lag, maar heel aardig; ze glimlachte en kneep in mijn hand toen ik haar het kopje teruggaf.

'Maak u maar geen zorgen, meneer. U bent snel weer beter,' verzekerde ze me bij het naar buiten gaan.

Het getintel was beslist bijna voorbij. Ik voelde me minder duizelig dan tevoren, alsof ik een hele tijd had geslapen. Ik vroeg me af hoe lang ik buiten bewustzijn was geweest. Ik had echt geen idee of ik in Vrouwe Zinks huis een paar uur of een paar dagen had verbleven, en ik vond nergens een klok. Je zou toch denken dat, gezien het feit dat klokken een vloek van de moderne beschaving zijn, de hel er vol mee zou zitten, maar nee. Ze hebben zelfs geen kalenders, hoewel ze wel de datum bijhielden en zelfs iets als seizoenen, maar wanneer je tot eeuwige straf bent veroordeeld, zul je er wel niet bij stil willen staan hoe traag de tijd verstrijkt. En als het ook maar een beetje op de hemel leek, ging de tijd er ook niet voorbij, tenminste niet op een normale manier.

Toen ik weer normaal begon te denken, besefte ik dat ik deze schijnbare vriendelijkheid niet moest vertrouwen. Zelfs als het geen trucje was, zelfs als Vera zelf de Grijpgraag onder haar hoge duivelse soortgenoten was, dan betekende dat nog niet dat iedereen die zij kende mij niet met liefde op zou eten of aan zou geven. Ik moest op mijn hoede zijn.

Ik wankelde naar het raam toe, dat tot mijn opluchting niet meer dan gebruikelijk gebarricadeerd of beveiligd leek, alsof ik echt een logé was. Ik hoopte dat het uitzicht op de buitenwereld me een idee zou geven welk uur van de helse dag het was, wat me zou helpen me te oriënteren. Het voelde alsof ik al maanden in de hel zat, en hoewel ik geen formele deadline had om weer te vertrekken, wist ik dat als ik de gravin van de koude handen niet gauw vond en me uit de voeten maakte, ik er nooit meer weg zou komen: die drukkende last van dat oord, die doffe gruwel ervan begon aan me te vreten. Alleen de herinnering aan Caz hield me op de been, de wetenschap dat wanneer ik niets deed, haar lot hetzelfde zou zijn als van al die anderen hier: eeuwige misère. Ik had het waarschijnlijk zelfs moeilijker voor haar gemaakt, en niet alleen door haar bloot te stellen aan mijn bruisende, charmante persoontje. Ik had er een hard hoofd in dat Eligor haar ooit weer naar de echte wereld terug zou laten keren, dus zelfs die schrale troost werd haar niet gegund.

Nee, daar moest ik me nu niet druk om gaan maken, prentte ik mezelf in: het was te ver weg, te onwaarschijnlijk. Alles op zijn tijd.

Ik bereikte het raam door op een zware stoel te gaan staan – duidelijk gemaakt van een soort dierlijke botten – maar zelfs toen ik bij de vensterbank kwam, kon ik nog steeds niets over de tijd te weten komen. We leken onder aan een van de enorm hoge torens te zitten die ik had gezien toen ik uit het eindstation stapte, een paar honderd meter onder de wirwar van torenspitsen en verbindende bruggetjes. Dichtbij doemde een van de zwarte wallen van de stad enorm hoog op en benam me het zicht op alles behalve de reusachtige stenen zelf, alsof een nachthemel zonder sterren was omgevallen en voor het raam was geschoven. Het licht dat het binnenplein rood had geschilderd, had van alles kunnen zijn, een dagbaken, een gevaarlijke brand in de buurt of zelfs gewoon de gloed van een van de open lavakraters waar Pandemonium mee bezaaid was als een soort gigantische molshopen.

Terwijl ik onbeholpen van het raam omlaag klom, met slechts één hand en met mijn hele rechterarm nog steeds kloppend van de pijn, merkte ik dat er iets boven op een brede kist aan de voet van het bed lag. Met de voorkant naar beneden lag, te midden van allerlei mannelijke toiletartikelen, zoals pincetten en borstels en zo, een zware handspiegel.

Ik had mijn eigen gezicht sinds ik in de hel zat niet meer gezien, en hoewel ik heel vertrouwd was geraakt met mijn grijs met zwarte huid, met patronen die op de Afrikaanse savanne niet zouden hebben misstaan, en er zelfs aan gehecht was geraakt (omdat hij zo taai was als een buffelhuid), waren mijn gelaatstrekken nog steeds een mysterie voor me, afgezien van het feit dat ze menselijk aanvoelden. Er waren op mijn reis erg weinig reflecterende oppervlakten geweest in de hel – bijna geen helder stilstaand water, allicht, en het meeste metaal was te zeer door roest en corrosie aangetast om een reflectie te tonen. Ik pakte de spiegel op met een mengeling van onbehagen en nieuwsgierigheid.

En ik kreeg een behoorlijke schok, geloof me.

Niet dat het gezicht niet paste bij de huid, want dat deed het wel. Het donkergrijs en lichtgrijs hadden dezelfde streperige patronen, en zwarte strepen stegen op van mijn kaak aan weerszijden van mijn mond, over mijn ogen en omhoog in de krullen op mijn voorhoofd die wel leken op de tatoeages van een Maori. Er zaten slagtanden in mijn mond, maar dat wist ik al, en zelfs de ogen waren zo'n beetje wat je kon verwachten, een bleek oranje als van een geit, met de verticale pupillen van een kat. Maar het verbijsterende was dat míjn gezicht onder alles zat – Bobby Dollar, onmiddellijk herkenbaar, als een haastig overgeschilderde gestolen auto. Echt. Het duivellijf was niet meer dan camouflage, en ik had zo mijn twijfels dat het ook maar iemand om de tuin zou leiden die mij ooit in mijn aardse lichaam had ontmoet – waartoe ook de groothertog Eligor behoorde, het monster dat ik van plan was te beroven.

Ik werd door paniek gegrepen. Ik had met min of meer mijn eigen gezicht rondgelopen, al die tijd dat ik daar zat. Hoe kon dat? Had Lameh het laten afweten? Of had Temuel me op een of andere manier een loer gedraaid? Maar waarom zou hij al die moeite doen wanneer hij me alleen maar als deserteur had kunnen aangeven en zijn superieuren de rest laten doen? Het eforaat dat mijn maat Sams Derde Weg-beweging onderzocht, leek maar al te happig om mij te veroordelen.

Ik liep al wekenlang zonder het te weten rond in de hel met een enorm DOOD MIJ-bord.

Ik probeerde mezelf te kalmeren. Misschien had het niets te maken met Temuel die me wilde verraden, maar was het een soort bijverschijnsel van lichaamsoverdracht – tenslotte had ik nooit gehoord dat een engel ooit eerder een duivels lichaam had ingenomen. Op aarde leken mijn lichamen altijd behoorlijk veel op elkaar. Misschien was hier hetzelfde proces aan het werk geweest. Maar betekende dat dat onze zielen ingebouwde gezichtskenmerken hadden? Dat leek me absurd.

De deur ging open, waar ik zo van schrok dat ik de spiegel liet vallen. Ik probeerde haar te grijpen met de hand die ik niet meer had en voorkwam nog maar net dat ze brak door mijn (blote) voet naar voren te schoppen en de zware spiegel erop te laten vallen.

'Wat doet u, mijnheer?' vroeg Belle. 'Straks bezeert u zich nog!' De dienstbode haastte zich naar me toe, raapte de spiegel op alsof die zo licht was als een speelkaart, en gebruikte toen haar andere sterke hand om mij terug te leiden naar het bed. 'Te vroeg! Te vroeg om nu al op te staan!' Ze schudde het hoofd als een moedergorilla met een eigenzinnig jonkie en gaf me een zachte duw die me bijna over het matras deed vliegen. 'Gauw weer in bed. Mijn vrouwe zal kwaad op mij zijn als u zichzelf bezeert. Wilt u dat ik mijn baan verlies?'

Ik haastte me haar te verzekeren dat ik dat niet wilde, en het was ook best fijn om weer onder de wol te kruipen, maar ik kon nog steeds niet opmaken wat hier aan de hand was. Waarom behandelde Vrouwe Zink mij zo vriendelijk? Ik was op zijn best een heel klein lid van de duivelse adel. Mijn gastvrouw daarentegen had duidelijk een heel goeie positie. Wilde ze iets van mij?

En nu moest ik me ook over mijn verraderlijke gezicht zorgen maken.

Je zorgen maken is hard werk en mijn lichaam was nog steeds heel zwak. Weldra verdreef de slaap mijn gedachten.

Toen ik wakker werd, merkte ik dat Vera en haar dienstbode mijn verband met zorg aan het verschonen waren. De pols was bijna helemaal genezen, de rafelige tandafdrukken van de Blok waren nu met een nieuwe roze huid bedekt, maar wat mij het meest verbijsterde was dat mijn pols nu al nieuw bot leek te ontwikkelen. Ik weet niet wat ze in die helse lichamen stoppen, maar die genezen veel sneller dan de lichamen die door de hemel worden geleverd, en op dat moment hoorde je mij niet klagen. De ergste pijn was voorbij, er bleef alleen nog een licht kloppen over, en hoewel mijn hersenen nog steeds tintelden toen ik ontwaakte, had ik het gevoel lichamelijk gezond te zijn, wat ik al niet meer had gevoeld sinds ik aan mijn helse avontuur was begonnen.

'Je maakt het goed!' zei Vera toen ze zag dat ik wakker was. Ze kwam snel overeind, alsof het zitten op het bed van iemand die wakker was iets anders was dan zitten op het bed van een sluimerende invalide. 'Ik denk dat je al naar buiten kunt. Zou je dat leuk vinden?'

Echt wel. Ik voelde me verbazend goed, en hoewel de klok in mijn achterhoofd nog steeds tikte, knikte ik. Een gelegenheid om de boel te verkennen zou me alleen maar goed doen.

'Geweldig,' zei ze en de blik van blijdschap op haar knappe gezichtje was die van een meisje. Waarom zat deze vrouw in de hel? Wilde ik dat wel weten? 'Dan gaan we vanavond uit. Francis en Elizabeth geven een feestje, twee van mijn beste vrienden, en jij zult mijn begeleider zijn, knappe Slangenstaf.'

Ik liet me zo gelaten als ik kon opbrengen door die twee vrouwen opdoffen, want welke heimelijke angsten ik ook had, Vera was tot dusver alleen maar goed voor me geweest. Uiteindelijk tuigden ze me op in wat ze voor geschikte kledij hielden, waaronder een stropdas en een heel victoriaans uitziende (in ieder geval in mijn ogen) lange jas. Een verdomd chic pakje. Zodra ik aangekleed was en netjes opzat, strikte Vera zelf heel zorgzaam de das, een dun geval dat meer leek op een lint dan de dassen die ik gewend was te dragen. Ik dacht dat het me een beetje deed lijken op zo'n chique revolverheld uit het Wilde Westen (maar dan met een huidaandoening en gele ogen). 'Dat is vanwege het klimaat,' hijgde ze in mijn oor. 'Veel te heet voor een gewone das.'

'Moet ik er een dragen?' Ik heb die dingen nooit kunnen uitstaan.

Vera wierp me een blik van onverholen afgrijzen toe. 'Dacht je dat ik je aan mijn beste vrienden kon voorstellen als je niet goed gekleed was?'

Terwijl ik wachtte tot ze klaar was met zichzelf op te maken, zat ik stijfjes op een stoel en keek ik hoe de potige Belle mijn kamer opruimde. 'Ze vindt u leuk,' zei de grote vrouw met een duidelijke twinkeling in haar ogen terwijl ze de zware meubels rondschoof alsof ze van balsahout waren gemaakt, en er vervolgens onder veegde. 'Ze vindt u knap.'

Ik deed mijn best om te glimlachen, maar voelde me een beetje alsof ik Caz bedroog – niet dat ik iets had gedaan, of dat van plan was, maar dit plotselinge terechtkomen in een leven van feestjes en verkleedpartijtjes leek ook niet echt bij mijn missie te passen. Toch was het een welkome afwisseling.

*Ik moet gewoon de boel verkennen*, zei ik tegen mezelf. *Ik ben tenslotte een spion – een vijandelijke agent. Niemand verwijt een spion dat hij probeert zich aan te passen.*

We werden erheen gereden door een auto met chauffeur – Vera noemde het 'de automobiel' – wat mijn eerste gelegenheid was om het voertuig te zien dat me voor het eindstation had aangereden. Het was lang en laag, maar de grille voorop was gepantserd als de koevanger van een trein, dus het was een godswonder (als je die hier had) dat ik die botsing had overleefd. De chauffeur was een gezette, onopvallende man die Henri heette en die zonder woorden het portier voor me opende en me het luxueuze interieur in noodde, met de onmiskenbare misselijkmakend weeïge geur op zijn lijf van formaldehyde. Ik lette niet meer op de onvolkomenheden bij zelfs de meest gewoon lijkende burgers, maar kon het niet helpen te merken dat Henri's wijd uiteen staande ogen een melkwit vlies hadden. Niet echt iets wat je bij je chauffeur wilt zien. Toch zoefden we snel en zonder ongelukken door de stad. Ik kreeg de eerste goede kans de Rode Stad te bezichtigen, en hoewel we voornamelijk door de betere buurten leken te rijden, waar brede straten door hoge muren van overdadige hoogbouw werden geflankeerd, waren er nog altijd genoeg gruwelen te aanschouwen, een santenkraam van rariteiten en monsters die onhandig stapten over de modderige straten. Wanneer we vaart minderden bij kruisingen waar het wemelde van het verkeer – er zijn in de hel natuurlijk geen verkeerslichten of stopborden – leken sommige van deze straatbewoners van zins de auto te naderen, misschien om te bedelen, misschien met een grimmiger oogmerk, maar geen van hen deed dat ooit. Een paar keer zag ik zelfs iemand een metgezel terugtrekken, alsof hij waarschuwde dat wij een slechte prooi waren voor wat ze ook van plan waren.

'Soms, wanneer de vuren heel heet branden, zijn de straten gewoon een crime,' zei Vera, bijna dromerig. 'We boffen, lieverd, dat het weer deze avond zo mild is.'

'Mild' betekende dat de hitte en stank draaglijk waren, maar alleen omdat ik een lichaam droeg dat gemaakt was voor de hel. De lucht in Pandemonium was zo dicht dat ik onder het lopen met mijn armen wilde wapperen om me een weg te banen, en ik slaagde er nooit helemaal in om de zure stank ervan te negeren. Het was alsof je boven een pot kokende urine stond.

Het werd wat beter toen we eenmaal in het huis van Vera's vrienden waren, een schitterende reeks kasteeltorens die verbonden waren door horizontale vertakkingen als een koraalformatie. De hoekige kamers waren versierd met buitensporige rococomotieven, overal bladgoud en in iedere hoek onvoorstelbare rijkdom, maar voor het geval ik even zou vergeten waar ik me bevond, toonden de beelden en schilderijen allemaal gruwelijk lijden, gekwelde verwrongen gestaltes en beroemde gruweltaferelen, waaronder een gedetailleerde reeks gravures van Jeanne d'Arc op de brandstapel, die toonde hoe haar lichaam door vlammen werd verteerd terwijl zij nog bad en schreide.

Behalve de griezelige artistieke smaak, kon ik niet meteen iets hels aan Vera's vriendin Elizabeth bespeuren; het was gewoon een jonge brunette, slanker dan mijn redster, die haar haren hoog gebonden boven haar bleke voorhoofd droeg. Haar echtgenoot (of vriendje – dat was niet helemaal duidelijk) Francis vertoonde wel wat tekenen van zijn staatsburgerschap: zijn bebaarde gezicht en elk zichtbaar stukje huid waren overdekt met knobbels en puistjes. Liz leek het niets te kunnen schelen; ze noemde hem herhaaldelijk 'mijn grote liefde' en 'mijn ware Jacob'. Ze droegen allebei renaissanceachtige kostuums die mijn victoriaanse dracht heel modern deden lijken, en hun gasten gingen gekleed in kleding uit wel een tiental tijdperken, waaronder stijlen die ik nog nooit had gezien. Op de duidelijke fysieke misvormingen van veel van de gasten na, zou de hele vergadering op een gewoon gekostumeerd bal hebben geleken. Het was moeilijk de goddeloze kwellingen waarvan ik wist dat die overal om ons heen plaatsvonden, en vooral onder ons, te verenigen met dit vrolijke happy hour-gezelschap. Voor deze rijke duivels leek het zelfs meer een heerlijke eeuwigheid van feestvieren terwijl de verdoemden voor hen slavenarbeid verrichtten. Ik had woedend moeten worden maar ik geef toe dat ik te uitgeput was voor woede, en het was fijn om eens niet te hoeven rennen voor mijn leven.

*En wat zou één engel ook kunnen uithalen?* dacht ik. *Het gaat hier al duizenden jaren zo. Geef God de schuld, niet mij.*

Een van de meest verontrustende gasten was een man die Al heette en die eruitzag als een al maanden geleden begraven lijk, zijn ogen verzonken en flets, de neus zwart gerot en zijn kostuum bedekt met grafschimmel. Ondanks die niet al te feestelijke aanblik leek hij zich er helemaal thuis te voelen, en op zeker moment boog hij zich naar me toe en zei op vertrouwelijke fluistertoon: 'Jij bent met je neus in de boter gevallen, knul. Onze Lieve Vrouwe Zink is een geweldig mens.'

Ik glimlachte en knikte, maar Al zag er niet alleen uit als een lijk, maar rook ook zo, dus liep ik verder.

Ik nam een drankje aan van een bediende. Het was niet veel beter dan Grijpgraags duivelse rum, maar het glas was schoon en ik voelde mijn duivelse lichaam de schade aan mijn keel en maag na elke slok herstellen. De gasten spraken over van alles, en terwijl ik rusteloos van de ene kamer naar de andere liep luisterde ik mee met tientallen gesprekken, maar hoorde niet één keer iemand iets over het verleden of hun leven op aarde zeggen. De gesprekken gingen echter allemaal over het soort dingen waar alle rijke mensen over spreken – hoe moeilijk het is om goed personeel te vinden, roddelen over hun sociale kringen en discussies over de beste plek om met vakantie te gaan. Het was als omgaan met een stel rijke fascisten; na een tijdje hield ik maar gewoon op met luisteren naar de wreedheid achter de woorden en liet ik alles over me heen komen. Ik begon me wel wat beter te voelen over mijn kansen om niet te worden ontmaskerd, want dit leek een totaal niet nieuwsgierig groepje. Niemand vroeg me naar mijn afkomst, of leek behoefte te hebben aan meer informatie dan dat ik 'Vera's gast' was. Ik was nu een van hen, blijkbaar. Een van de incrowd.

Ik zag Vera en Elizabeth weer terug in de salon, een met kaarsen verlichte ruimte waarvan de hoge plafonds versierd waren met gouden spinnenwebben. Terwijl we kletsten, kwam een jongeman die eerder aan mij was voorgesteld als 'Fritz', een knappe vent in militair uniform, haastig naar ons toe. Behalve een belachelijk opgezette borstkas onder zijn militaire tuniek, was hij misschien wel de meest gewoon uitziende persoon in het vertrek, naar aardse maatstaven tenminste, maar er waren verbazend veel duivels die er al bijna net zo menselijk uitzagen.

'Elizabeth!' piepte hij tegen de gastvrouw: 'Moet jij raden wie hier is!'

'Fritzi, mijn kuikentje, moet dat nu echt zo vulgair?' vroeg Vera. 'We zijn aan het roddelen.'

'Dan heb ik iets waar je heel graag over zult roddelen,' zei hij met een grijns. 'De president zelf is hier.'

Ik draaide me om, half verwachtend Richard Nixon met een doosje wijnkoelers of zo aan te treffen, maar de gedaante die door de deur binnenkwam met een kleine entourage van geringere duivels was mij niet bekend, of dat dacht ik tenminste, een rijzige, magere figuur in zwart rokkostuum wiens langgerekte gezicht en scherp gekromde neus hem het aanzien gaven van een menselijke kraai. Toen besefte ik wie het was, en nog erger dan hem kennen was het plotselinge besef dat hij mij ook had ontmoet, in mijn Bobby Dollar-gedaante, en me misschien zou herkennen.

'Caym, de president van de helse Hoge Raad,' verkondigde een dienaar luid. Dit was de klootzak die Eligor bij de grote hemel-en-helconferentie in San Judas had tegengewerkt, net voordat de groothertog geprobeerd had mij te roosteren als een marshmallow.

Ik kon alleen maar toekijken terwijl die helse raaf, met zwarte felle oogjes als oliedruppels, op ons afkwam. Het ergste was nog wel dat hij me recht aankeek en begon te glimlachen.

Die glimlach beviel me niks.

## 23
# Een lange nacht in de opera

Caym kwam op ons af met op zijn snavelkop een grijns als een kat die een kanarie had opgesmikkeld – al zou het in dit geval een kanarie zijn die een kat had opgegeten. Mijn hart ging tekeer en als helse lichamen konden zweten zou ik hebben staan druipen als smeltend ijs. Ik had maar een paar seconden om te beslissen of ik moest vluchten of standhouden. Als de president en zijn gevolg zich niet tussen mij en de voordeur hadden bevonden, zou ik het waarschijnlijk op een lopen hebben gezet, maar ik had al gemerkt dat de rest van het zich in alle richtingen uitspreidende huis een doolhof was waar ik zelfs met een kompas de weg niet in zou kunnen vinden, dus haalde ik diep adem en wachtte af.

De president wendde zijn blik lang genoeg van me af om zijn lange, magere lijf te buigen en Elizabeths handen te kussen, waarna hij hetzelfde deed bij Vera.

'Het is zo vriendelijk van u dat u ons met uw aanwezigheid vereert, excellentie,' sprak Elizabeth. Ze klonk alsof ze het meende, ademloos en verrukt.

'Het is me altijd een genoegen uw magnifieke woning te bezoeken, gravin,' zei hij. Het was de eerste keer dat ik een van de gasten Elizabeth zo hoorde betitelen, en het herinnerde me aan Caz, mijn eigen gravin, die ergens in deze krankzinnige stad gevangen werd gehouden. 'En Vrouwe Zink, welk een subliem genoegen u ook weer eens te zien.'

Vera kreeg een schattige blos. Zij leek nog meer onder de indruk van de president dan Elizabeth was geweest. 'Ik voel me gevleid dat u mij nog kent, excellentie.'

'Maar alsjeblieft, zegt u toch Caym. Ik ben niet in functie.' Toen rechtte hij zich en wendde hij zich tot mij. Zijn vochtige, felle oogjes namen me van top tot teen op, alsof ik een lekker doodgereden diertje was dat hij van gepaste hoogte monsterde. 'En u bent zeker Vera's gast. Slangenstaf, is het niet? Toen Vera en ik elkaar onlangs spraken, kon zij het over niets anders hebben.'

'Oh! Wat heeft u toch een goed geheugen, president!' Ze keerde zich tot mij. 'Dat was de avond dat we jou op straat aantroffen.'

'Aanreden, is wat u tegen mij zei.' Caym trok een jolig, flirterig gezicht, des te afschuwelijker op zijn benige, groteske gelaat, als een soort exotisch primitief masker. 'En alstublieft, Vrouwe Zink, ik wil u niet steeds verbeteren, maar noemt u mij toch Caym.'

Terwijl Vera opgewonden geluidjes van instemming liet horen, keerde de president zich weer tot mij. Ik was me net weer gaan ontspannen. Het leek alsof hij alleen maar naar me had gekeken omdat Vera me had genoemd.

'Maar nu ik u van dichtbij zie, mijnheer,' zei hij, 'komt u mij bekend voor.' Hij had evengoed in mijn borstkas kunnen graaien en mijn hart fijnknijpen. 'Kan het zijn dat wij elkaar al eens hebben ontmoet?'

'Ah! Ach, ik bedoel nee, nee... Ik dacht het niet.' Ik voelde me alsof iedereen in een omtrek van twintig meter naar me staarde. 'Ik kom maar zo zelden in de Rode Stad. Doorgaans zit ik voor zaken in... in Helen-Verdoemenis, een paar niveaus lager.'

'Een alleraardigst gewest,' zei Caym op een minzame toon die suggereerde dat hij er nooit van had gehoord. 'Welnu, ik wil nog verschillende andere gasten van u begroeten, gravin, onder wie uw man die ik daar iets zie bekokstoven met die oude schurk paus Sergius, dus ik hoop dat u mij wilt verschonen dat ik me losruk van uw veel charmantere gezelschap. Dit mag dan wel mijn avondje uit zijn, maar ik mag mijn plichten niet verzaken.' Terwijl Elizabeth en Vera overdreven dweperig deden, keerde de kraaiachtige gestalte zich van ons weg, hield toen halt en keerde zich om. 'Weet u, gravin, ik organiseer over twee dagen een avond in het Dionysus, dat geweldige stuk van Monteverdi waar we allemaal zo dol op zijn. Het moet een geweldige voorstelling worden. Natuurlijk zal Hijzelf de hoofdrol in de opera voor zijn rekening nemen.'

Je kon de hoofdletter H bijna horen.

Hijzelf? Even kreeg ik een absurd beeld voor ogen van Satan, helemaal in Walkurenkostuum uitgemonsterd, die een aria zong. Dat leek me onwaarschijnlijk, maar zowel Elizabeth als Vera slaakten onderdrukte kreetjes van blijdschap, alsof Caym iets heerlijk ondeugends had gezegd. 'Is het heus?' vroeg Vera. 'Dolletjes, wat een pret!'

'Jazeker, en ik zou zeer vereerd zijn als u mijn gast zoudt willen zijn, dames. En neem natuurlijk ook uw mannen mee.' Hij maakte een nauwelijks zichtbare buiging naar mij. 'Ik vermoed in alle bescheidenheid dat de voorstelling van die avond het gespreksonderwerp van de dag zal zijn in de Rode Stad.'

Op de terugweg naar huis was Vera zo gelukkig als een tiener die net gehoord heeft dat ze op een MTV-realityshow mag komen. Ze babbelde maar door, wat een eer het was dat Caym zich haar nog herinnerde en hoe onvoorstelbaar het was dat de president zelf hen had gevraagd zijn gasten te zijn in het theater.

'Wat bedoelde hij met "Hijzelf"? Wie gaat de hoofdrol spelen?' vroeg ik.

'Laat maar.' Ze deed koket. 'Dat zul je nog wel zien. Het wordt heerlijk. Verrukkelijk. Maar laten we het nu eens over jou hebben, jij heerlijke lieverd. Je hebt zo'n indruk op de president gemaakt! Hij is natuurlijk anders dan wij. De meeste ouden hebben niet dezelfde... impulsen als wij. Maar hij had je duidelijk heel hoog zitten. Vroeg zich af of jullie elkaar al kenden! Maar je hebt hem toch nog nooit ontmoet, hè, lieverd? Dat zou je dan toch wel zeggen, als je hem kende? Een president!'

Er is trouwens niet maar één president tegelijk in de hel, zoals bijvoorbeeld in de Verenigde Staten. Het is gewoon een titel, maar wel een behoorlijk hoge. Ik weet maar van zo'n drie of vier andere duivels, allemaal gevallenen, die dat op hun cv hebben staan, dus in zekere zin is het eigenlijk veel exclusiever dan de vent in het Witte Huis te zijn.

Hoe het ook zij, Vera was in een heel uitgelaten stemming. Zodra ik me had uitgekleed om naar bed te gaan en dat dickensiaanse nachtkleed had aangetrokken, kwam ze op mijn kamer, nog steeds gekleed in haar mooie feestgewaad, en stond erop alle opwindende dingen van die avond door te nemen, de mensen die ze had gezien en de verbluffende dingen die ze had gehoord. Natuurlijk spande de uitnodiging van Caym de kroon en die kreeg dus alle aandacht. Ze zat naast me op het bed, zij boven de dekens, ik eronder, en de dienstbode Belle zat in de kamer te wachten om haar meesteres te helpen zich klaar te maken voor de nacht. Terwijl Vera sprak en zachtjes mijn haar streelde, voelde ik een sterke affectie voor haar, het laatste wat ik had verwacht om voor iets of iemand hier te voelen. Het was ook sexy, op een vreemde manier, die ouderwetse kleren en ouderwetse manieren. Vera was mooi als een porseleinen poppetje, meisjesachtig in haar enthousiasme, en net als Caz had ze waar dan ook op aarde voor een mens kunnen doorgaan (en nog wel een heel aantrekkelijke). Ze leek mij heel graag te mogen, en dat kon ik ook niet negeren. Alleen al het voelen van haar vingers die door mijn haren gingen maakte me loom en tevreden, zo op mijn gemak als ik me zelden voelde op aarde of zelfs in de hemel. Maar meer dan dat had het voor mij niet te betekenen, dat zweer ik. Ik bewonderde haar, ik was haar dankbaar, en ik moest toegeven dat ze heel aantrekkelijk was, maar ik had al een duivelse vriendin, en kijk eens waar dat me had gebracht. Sterker nog, ik was gewoon zo van Caz vervuld sinds onze eerste avond samen, dat er niet veel ruimte meer was voor iemand anders.

Maar Vera was heel goed voor me geweest. Ik kwam overeind om haar hand stevig vast te houden. Even dacht ik dat ik bij de aanraking iets vreemds voelde, iets hards en scherps, en we schrokken allebei een beetje, maar toen we ons herstelden en lachten, besefte ik dat het de puntjes van haar vingernagels moesten zijn geweest, die ze lang en perfect bijgeknipt en gelakt hield.

'O, maar ik klets maar door...' zei ze. 'Je zult wel doodop zijn, lieverd. Belle, kom me eens uit deze kleren bevrijden. Ik ga vanavond niet in bad, ik ben te moe en te opgewonden. Ik denk dat ik maar naakt tussen de lakens glijd.'

Zij en de rijzige dienstbode gingen de kamer uit en lieten me met dat interessante beeld in mijn hoofd achter, maar ik was zo slaperig dat ik meteen nadat de deur achter ze was gesloten, in slaap viel.

De vreemde tijd als officieel burger in de Rode Stad gleed voorbij. Slangenstaf mocht dan een onbeduidend duiveltje uit de leugenaarssekte zijn, een soort provinciaal juristje vergeleken bij de toppers die ik in mijn rol als Doloriel, de hemelse advocaat, tegenover me had gehad, maar nu waren Slangenstaf en ik midden in de helse high society beland, of in ieder geval in de duivelse versie van de jetset.

Het was niet makkelijk om wijs te worden uit de manier waarop de hel werkte, aangezien alles hier net zo bizar en chaotisch was als de hemel geordend en schijnbaar onveranderlijk. Het was me in ieder geval duidelijk dat Vera er niet bepaald middenin zat. Haar vrienden Elizabeth en Francis waren veel grotere spelers dan zij – maar ze was een enthousiast deelneemster, een helse sociale vlinder die gek was op de pracht en praal en het protocol van haar verloren aardse leven. Ze nam me mee naar verschillende salons, en hoewel ik heel wat echt afzichtelijke mannen en vrouwen leerde kennen (en ik gebruik de termen 'mannen en vrouwen' hier in heel ruime zin), ontmoette ik ook anderen die, afgezien van hun uiterlijk, niet zouden hebben misstaan op iedere chique bijeenkomst. Veel verdoemden en demonen waren geestig, kleurrijk, zelfs charmant (op een hou-ze-in-de-smiezenmanier).

Ik werd vaak 'Vera's nieuwe vent' genoemd, hoewel er niets onmiskenbaar romantisch tussen ons was voorgevallen. Soms werd ik 'Vera's ontdekking' genoemd, alsof mijn lompe, laag-bij-de-grondse manieren de schranderheid van Vrouwe Zink verrieden, of ten minste haar onbevooroordeeldheid. Een paar in haar sociale kringen gedroegen zich openlijk vijandig tegen mij, meestal de jonge (of jong lijkende) mannen die waarschijnlijk graag in mijn schoenen hadden gestaan, maar dat was slechts een zoveelste interessant facet van een werkelijk rijke en complexe society. Ik begon me zelfs al bijna thuis te voelen in de hel, wat achteraf een afschrikwekkende gedachte is en dat toen ook al had moeten zijn, maar een vreemd soort tevredenheid had me in zijn greep. Er waren tijden, vooral wanneer Vera 's avonds op mijn bed mijn haar zat te strelen en vriendelijk tegen me prevelde, dat ik me nauwelijks het eerste gedeelte van mijn reis kon herinneren, laat staan het leven dat ik op aarde had geleid.

Alleen de gedachte aan Caz hield me nog met beide benen op de grond. Elke keer als ik bleek te ontspannen in het aangename gezelschap van lui van wie ik wist dat ze het ergste slag moordenaars en dieven moesten zijn, herinnerde ik me haar bleke gezichtje en bracht een kil schuldgevoel me weer tot mezelf, in ieder geval voor even. Maar er waren ook momenten dat ik haar nauwelijks kon voelen, nauwelijks iets anders kon voelen dan een warm welbehagen van veilig te zijn en op handen te worden gedragen. Ten slotte ging het steeds beter met me. Mijn hand groeide weer aan. Er waren al nieuwe vingerbotjes ontsproten die als kleine maïsstengels uit mijn polsstompje groeiden. Maar bovenal vond ik het gewoon fijn om veilig te zijn. Ik was al een hele tijd opgejaagd en gekweld, en niet alleen in de hel.

De avond van de opera brak aan. Nadat ik me had gekleed in mijn dure prins Albert-kledij wachtte ik een hele tijd op Vera, die zoals te verwachten viel wilde dat haar binnenkomst volmaakt zou zijn. Uiteindelijk koos ze voor een weelderige roodfluwelen japon met laag uitgesneden decolleté die haar volle, bijna exuberante figuur tentoonspreidde. Nadat ik haar zo uitbundig als ik kon had gecomplimenteerd (ik was nog steeds niet helemaal op mijn gemak met de in mijn ogen geforceerd ouderwetse manier van praten en doen) reed Henri de auto voor en vertrokken we naar het theater.

Pandemonium leek nu niet langer zoals toen ik er pas was aangekomen, bloedend en bijna dood. Het was nog steeds duister en grotesk, maar nu leek het me meer iets als zo'n buitenlandse stad die je in spionageverhalen tegenkomt, zoals Berlijn ten tijde van de Koude Oorlog of het Casablanca van Bogart, vol verschrikkelijke gevaren, dat wel, maar ook vol spanning en belofte. Betekende dit dat ik geen acht hoefde te slaan op de monsters op straat, gewoon omdat ik veilig reisde? Geen acht slaan op de nooddruftigen die nog erger leden dan je in de meest ellendige derdewereldhoofdstad tegenkwam?

Ja, tot op zekere hoogte wel. Ik begon al te voelen dat ik alles zou doen om de gruwel te vermijden dat ik werd verstoten en in de hel zonder vrienden of bescherming rond zou moeten dolen. Zelfs zou ik zo nodig mijn principes vergeten, mijn opleiding als engel vergeten, bijna alles vergeten. Dat sluipt er zo in. Maar ik kon Caz nog altijd niet vergeten, wat er ook gebeurde. Ik overdrijf niet als ik zeg dat zij het enige was dat mij ervan weerhield in de afgrond te tuimelen.

Ik had verwacht dat het Dionysustheater zou lijken op het La Scala of zoiets, een van die chique operagebouwen, een groot klassiek bouwwerk met zuilen, dat van de daken schreeuwt: 'Hé, wij zijn heus wel cultureel onderlegd!' Maar ik hield geen rekening met de helse humor. Het theater bevond zich een paar blokken van het Dis Paterplein vandaan, genesteld aan het einde van een brede straat vol vreemde, wanstaltige gebouwen, niet de hoge torens van de rijken maar de bijenkorfachtige hutjes waar de rest van de bewoners van Pandemonium om vochten, waarvan de onderste verdieping aan kleine winkeltjes en andere bedrijven werd afgestaan. Maar de grap, zo besefte ik toen ik de namaak neon uithangborden met verticale letters zag die oplichtten in de eeuwige schemering, zat 'm erin dat het Dionysus een donkere kopie was van het Apollotheater in Harlem, een plek waar ik zelfs een keertje was geweest; dichter bij een religieuze pelgrimstocht was deze jongen nooit gekomen.

De straat was stampvol auto's en rijtuigen en zelfs nog buitenissiger transportmiddelen terwijl de helse hoge heren en dames arriveerden, samen met geïnteresseerde toeschouwers en menigtes bedelaars die maar één geworpen bot verwijderd leken te zijn van het veranderen in een meute grommende wolven. Het Dionysus had een grote troep uit de kluiten gewassen huissoldaten, zo te zien bewapend met de complete geschiedenis van wapentuig, van knuppels tot aan door stoom aangedreven Gatling-guns, en aangezien de meeste echt bemiddelden ook nog eens met hun eigen huisbewakers reisden, bleef zelfs de gevaarlijkste en wanhopigste onder de toeschouwers op gepaste afstand. Het toonde eens te meer dat op elke plek waar men gespecialiseerd is in het wegsnaaien van rijkdom, de enige echte veiligheid die was die je kon kopen.

Terwijl wij in de drommen wachtten tot we naar binnen mochten, vroeg ik Vera opnieuw wie die 'Hijzelf' was die optrad. Op de voorgevel stond alleen de naam van de opera: *De kroning van Poppaea*. Ik had er nooit van gehoord. Maar ik ben dan ook nooit een echte klassieke muziek- of operaliefhebber geweest, in ieder geval niet vergeleken bij wat jazz en blues voor me betekenen.

Hoezeer ik ook aan de hel gewend begon te raken, ik kreeg toch nog een heel angstig moment toen ik zag dat het theater gebouwd was in de stijl van een van die oude Parijse catacomben, letterlijk uit botten en schedels opgetrokken, hoewel hier veel simpeler muren en doorgangen waren gemodelleerd. Het gewelfde plafond was voorzien van panelen met natuurtaferelen waarin de geraamtes van allerlei soorten dieren waren opgenomen, dartele schapen en makke koeien, en natuurlijk de menselijke skeletten die over hen waakten. Misschien lag het aan het flakkerende toortslicht dat de geraamtes een beetje leken te bewegen, alsof ze leefden maar betoverd waren. Ja, misschien lag het inderdaad aan het toortslicht, maar ik denk het niet. De immense kandelaars, de balkons en de zuilen die het gebouw ondersteunden waren ook gemaakt van menselijke en bijna-menselijke schedels en botten, vele rood, goud of wit geschilderd, wat het theater het aanzien en de sfeer gaf van een heel griezelige circustent.

President Caym wuifde naar ons vanuit zijn privéloge bovenin, een sierlijk gebaar met zijn lange vingers waardoor hij meer dan ooit leek op een immense vogel die zijn veren uitschudt. Vera was natuurlijk verrukt om op die manier *en plein public* door die grote man zelf te worden onderscheiden. Ik probeerde te glimlachen.

Het gordijn ging omhoog en de opera begon. Ik begreep er niet veel van, maar het leek te gaan over het oude Rome. Het eerste gedeelte bestond uit zingende goden en godinnen, maar de muziek was nog iets ouder dan het soort opera dat ik gewend was op de televisie en radio te horen, iets uit de renaissance of nog vroeger, meende ik. Even vroeg ik me af of Caz het te modern zou hebben gevonden, aangezien zij had verteld dat de renaissance van na haar tijd was, maar die gedachte maakte me droevig. Het was makkelijker om het weg te wuiven, als een figurant die het podium wordt afgestuurd, uit het zicht, achter een van de immense brokaten gordijnen.

Ik wilde niet aan Caz denken, zonder dat ik precies wist waarom niet, en richtte me weer op de opera en het mysterie van 'Hijzelf' waar Caym over had gesproken, maar geen van de artiesten leek erg opmerkelijk, allemaal duidelijk getalenteerd, maar geen van hen herkende ik. Toen ik mijn best deed naar het libretto te luisteren, besefte ik dat de opera ging over de Romeinse keizer Nero – diezelfde Nero wiens afbrokkelende brug ik overgestoken was om in de hel te komen. De ironie ervan beviel me wel. Ik vroeg me af hoeveel andere aanwezigen in dit knekelhuis van een operapaleis zelfs maar wisten dat de Nerobrug bestond.

Toen kwam de zanger die de keizer zelf speelde op, en voor het eerst viel me op dat er iets vreemds gebeurde. Het was niet iets wat met de zanger te maken had, in ieder geval zo te zien niet. Het was geen al te knappe vent, een beetje dikke kop, met een verzakte rimpelige nek, en zijn benen waren wat dun voor die toga die hij droeg, maar ik herkende hem in ieder geval niet. Anderen wel: hij werd begroet met applaus en tot mijn verbazing wat gejoel en gelach. Ook leek hij, anders dan bij de andere acteurs, niet heel erg op zijn gemak op het podium, wat hem een vreemde keus maakte om de monarch te spelen, maar ik nam aan dat hij een geweldige stem had om dat goed te maken, aangezien alle anderen in de bezetting van dat gezelschap van wereldklasse leken. Ik was lichtelijk verbijsterd toen hij zich klaarmaakte om te zingen, aangezien zijn keel opzwol als de opbollende nekzak van een pad, maar zelfs dat leek niet ongebruikelijk: veel anderen van het gezelschap en de meesten van het publiek vertoonden wel enig fysiek teken van wat ze waren. Maar toen hij eindelijk begon aan zijn aria, was de stem van de keizer een echte teleurstelling, behoorlijk ruig en niet al te vast. Sommigen in het publiek lachten zelfs, waardoor hij begon te haperen, en er klonk weer gejoel, steeds luider terwijl hij koppig verder zong; zijn keelzak zette op en zakte in als de blaasbalg van een accordeon en zijn gezicht werd steeds angstiger terwijl het publiek naar hem schreeuwde.

Hij was klaar en iemand anders begon te zingen, maar de betovering van aandacht was verbroken en velen in het publiek waren aan het praten of hardop aan het lachen. Ik begreep er niets van, maar terwijl ik me afvroeg waarom zo'n matige zanger op die manier voor de helse adel moest opdraven, werd ik afgeleid door een late binnenkomst in de bovenste loges. Er viel een stilte over het publiek en een of andere aria van een arme sopraan werd opeens voor iedereen minder belangrijk dan omkijken om te zien wie er een plaats kreeg in de loge van president Caym.

Die laat binnengekomen duivel leek niet hetzelfde als de laatste keer dat ik hem had gezien, maar ik wist op slag wie hij was. Hij ging gekleed in een prachtig getailleerd wit gala-uniform, het soort dat je verwacht bij een koninklijke begrafenis in een oud nieuwsbericht, hoewel de witte stof zo kunstig bespat was met slagaderlijke spatjes scharlaken dat ik ervan overtuigd was dat het expres zo was ontworpen. Het was alleen de vraag of het echt bloed was of gewoon verf. Ik dacht dat ik het antwoord wel kon raden.

Groothertog Eligor zag er minder menselijk uit dan op aarde, maar vooralsnog zag hij er ook minder duivels uit dan in de monsterlijke gedaante die zich van hem meester had gemaakt toen hij in San Judas mij aan mijn nek een paar meter boven zijn tapijt had laten bungelen. Zijn blonde haar was heel kort geschoren en zijn gezichtstrekken waren beniger en ouder dan op zijn Kenneth Vald-personage. Minder een Californische miljardair en meer een fascistische dictator van een imaginair Noord-Europees land, een type met harde trekken en woeste, rotsvaste principes. Maar hij was het zo zeker als wat, Eligor de Ruiter, mijn minst favoriete duivel.

Pas toen ik (net als de meeste andere bezoekers) zat te staren naar Eligor die in zijn stoel plaatsnam, vroeg ik me een moment af waar Caz was. Dat duurde maar even, want zodra de groothertog was gaan zitten, deed een van de wachters achter in zijn loge de deur open en liet een schijnsel van zuiver wit goud binnen.

Dat was natuurlijk Caz.

## 24
# Onbestendig

Mijn hart leek te zijn gestopt, echt gestopt, alsof het nooit meer op gang zou komen. Caz' gezicht stond strak en effen als een masker. Ze droeg een lange rode japon waarvan de spatjes wit een afspiegeling waren van het kostuum van haar meester, een nog duidelijker bewijs dat Eligor haar eigenaar was dan de bewaker die haar naast de groothertog had laten plaatsnemen en toen als een cipier achter haar stoel was gaan staan.

O god, mijn hart. Alles kwam op slag weer terug, onze wanhopige nachten samen, de maanden van verlangen daarna, en ik onderdrukte met moeite de aanvechting om op te staan en naar haar toe te rennen. Het publiek, van wie velen nog steeds fluisterden, had zich weer op het verhaal gericht terwijl de acteur die de keizer speelde weer opkwam om te gaan zingen, maar ik kon niet wegkijken. Ik had geen idee wat voor gezicht ik trok. Maar uiteindelijk deed Vera's elleboog, die met felle kracht en duidelijke ergernis in mijn ribben was geplant, mijn aandacht terugkeren naar het podium, maar ik dacht nog heel lang aan niets anders. Ik wierp af en toe een steelse blik op Caz, maar ze keek nooit in de richting van mij of iemand anders in het publiek, niet eens naar de artiesten. Caz zat daar maar als een angstig schoolmeisje, met neergeslagen ogen. Eligor negeerde haar en sloeg de actie beneden door een toneelkijker gade.

Het gegniffel en gejoel begon toen de zanger met opgezwollen keel met moeite naar de top van zijn aria klom, meer dan ooit uitstralend dat hij ergens anders wilde zijn. Het gejoel werd luider; toen hij met moeite probeerde een hoge noot te halen en jammerlijk faalde, werd iets langs zijn hoofd geworpen uit de lagere tribunes. Hij deed zijn best om het te ontwijken, en kreeg alleen een lelijke vlek op zijn tuniek toen de klomp modder of stront van hem afketste.

Even, terwijl ik toekeek hoe op de plaatsen onder ons iets als een relletje begon, vergat ik Caz bijna, die zo kwellend dichtbij was. Ik vermoedde aanvankelijk dat degene die iets had gegooid naar de artiest was opgepakt en eruit werd gesmeten, maar het werd al gauw duidelijk dat het tumult algemener was. Iets als een opstand was op de begane grond van het Dionysustheater uitgebroken, en voordat er nog wat toonladders van de aria langs waren komen onduleren, raakte een zwaarder projectiel de acteur in zijn buik en deed hem dubbelklappen op zijn knieën. Een ander ding raakte zijn hoofd. Er stroomde bloed over zijn wang en op zijn witte keizerlijke tuniek. Even dook hij ineen toen hij door meer projectielen werd geraakt die op hem en zijn omgeving neerkwamen, met zijn armen ter verdediging om zijn hoofd geslagen. Het gejoel werd luider en een hele regen van stenen, verrot voedsel en nog minder aangename dingen vlogen uit het publiek, gericht op de ineenkrimpende zanger alsof hij de veroordeelde was bij een openbare steniging.

De muziek speelde verder maar de zanger lag nu op handen en knieën te bloeden en te huilen. Het publiek krijste naar hem, een beestachtig geluid dat steeds meer leek aan te zwellen. Toen verstomden de stemmen, hoewel niet allemaal tegelijk, en richtten alle blikken zich op de loge van de president. Caym stond aan de rand van zijn balkon en zijn vertrokken kraaiengezicht verried woede, maar in plaats van de onhandelbare menigte te vermanen, boog hij zich voorover en wees hij met een lange klauwachtige vinger naar de artiest.

'Sta op, amuzikale papzak! Wie denk je dat je bent? Jij bent hier gebracht om te zingen, dus zing!'

De acteur keek op, zijn gezicht bebloed en zijn keelzak als een vuil slabbetje slap over zijn borst hangend. 'Alstublieft, president, alstublieft... Ik kan niet...!' Een steen trof hem tegen zijn schouder en hij viel bijna. 'Het doet pijn! Het doet vreselijke pijn!'

'Hou je mond, ondankbare sukkel. Jij wilde zingen, en zingen zul je. En welke rol is beter geschikt dan je eigen ellendige leven?'

Even zakten Caz en mijn gezworen vijand Eligor uit mijn gedachten toen ik eindelijk doorhad wat hier gaande was – dit was Nero zelf! De keizer die geprobeerd had de hel te belazeren, die zijn eigen ondergang bezong voor het vermaak van de rijkelui van de hel.

Zoals ik al eens heb gezegd, is niemand zo haatdragend als een duivel.

De rust keerde weer, maar voor Nero werd het alleen maar erger. Hij bleef steeds maar proberen te zingen waarna hij met vuilnis en stront werd bekogeld of door stenen werd omgekegeld, sommige zo groot als een babyhoofd. Ik hoorde een ervan duidelijk zijn arm breken, maar Caym stond niet toe dat hij ophield met zingen, hoewel het steeds moeilijker was zijn gezang van de kreten van pijn en angst te onderscheiden. Ik bleef steelse blikken werpen op Caz. Haar gezicht toonde geen enkele emotie, maar Eligor genoot zichtbaar van het spektakel; hij lachte en fluisterde met Caym. Uiteindelijk, toen we schijnbaar het midden van de opera naderden, vloerde een daverend spervuur van grotere projectielen, grote scherpe voorwerpen die misschien gebroken plavuizen waren, Nero op het podium, en hoewel hij zijn best deed overeind te komen was het onbegonnen werk. Op dat punt liep het helemaal uit de hand. Mensen uit het publiek sprongen op het podium en begonnen hem te schoppen en te beuken met grote stukken steen. Nero bood geen weerstand; het leek allemaal wel een ritueel dat al veel vaker was uitgevoerd. Terwijl de musici standvastig door bleven spelen, klonk het alsof iemand op en neer sprong op een mand vol eieren.

Toen Nero tot een bloedige pulp was herleid, keek ik op en zag ik Eligor afscheid nemen van Caym. Caz was al vertrokken.

'Dat was zijn beste optreden ooit,' zei een man met een luid balkende stem achter me. 'Hij werd zelfs al vóór het gedeelte over Seneca uitgeschakeld.'

Met andere woorden: dit gebeurde keer op keer. Tweeduizend jaar zat Nero al in de hel, en ze vernederden hem nog steeds regelmatig publiekelijk, om nog maar te zwijgen over het steeds maar weer martelen en vermorzelen van zijn lichaam. Wat zouden ze met mij doen als ze mij doorhadden? Keizer Nero had zelfs aan hún kant gestaan.

Op weg naar huis was Vera stiller dan gewoonlijk, en hoewel ze mijn haar streelde zoals ze graag deed terwijl we scheurden door de rood flikkerende straten van Pandemonium, deed ze het hardhandig, misschien afgeleid door wat ze had gezien, zodat ze me herhaaldelijk prikte met haar vingernagels. Wat mij betrof, ik had even opgetogen als doodsbang moeten zijn omdat ik Caz had gezien, zoals ik was geweest toen ze net het theater was binnengekomen, maar ik was opeens doodop. Te veel voor één dag. Ik had moeite mijn ogen open te houden terwijl het gebulder van de stoomketel en het stroboscopisch licht van de straatlichten die langsflitsten mij omlaag trokken in een half sluimerende toestand. Even zag ik mezelf op dat podium staan, gebroken en bloedend, gehoond door de hoogwaardigheidsbekleders van de hel, maar zelfs dat afschuwelijke beeld kon mij niet beletten steeds dieper weg te zinken.

'Strakker,' hoorde ik Vera tegen iemand zeggen, als door een buis of van grote afstand. Ik was versuft, besefte ik, maar die wetenschap maakte het er niet beter op. Versuft en zwak. Waarom sprak ze? Waarom liet ze me niet slapen? 'Nee, strakker,' zei ze.

'Dat kan ik niet, vrouwe,' zei een diepe vrouwenstem – Belle. 'Het houdt niet, zelfs niet nu zijn hand weer aangroeit. Die riem blijft niet zitten.'

'Maak dan een knoop. Gebruik een stuk touw.'

Belle was blijkbaar haar meesteres aan het helpen haar nachtgewaad aan te trekken, maar waarom deden ze dat op mijn kamer? Of zat ik op Vera's kamer? En waarom spraken ze over mijn hand? Waar ik ook zat, blijkbaar lag ik niet in een erg comfortabele houding, aangezien mijn gewrichten pijn deden.

Ik probeerde mijn ogen te openen, maar dat ging niet zo makkelijk als het klinkt. Zelfs mijn oogleden voelden zwaar, alsof iemand Charons zware munten erop had gelegd. Maar die reis had ik al gemaakt, hè? Ik had de rivier des doods al afgevaren aangezien ik in de hel zat. Kun je die twee keer oversteken? Ik was in de war, mijn gedachten waren zo traag als stroop.

Eindelijk kreeg ik mijn ogen open, iets wat me echt grote moeite kostte. Ik bevond me echt op mijn eigen kamer, en Vera en Belle waren inderdaad met touwen en riemen in de weer, maar het had niets met Vrouwe Zinks nachtgewaad te maken – Vera droeg nog steeds haar uitgaanskleding. Het desbetreffende touw werd om mijn gewonde arm gewonden, die blijkbaar maar steeds vrijkwam. Mijn andere arm, die met de volgroeide hand, had ze geen problemen opgeleverd – die zat stevig vast aan het hoofdeind van het bed.

Terwijl Belle aan het touw sjorde dat net onder de elleboog om mijn arm zat gebonden, besefte ik voor het eerst wat er gaande was, hoewel het waarom me vooralsnog niet duidelijk was. Was ik uit bed gevallen? Had ik mezelf verwond? Waarom werd ik vastgebonden? Maar toen trok de eerste kille windvlaag van de werkelijkheid door me heen en verjoeg mijn sufheid ten dele.

'Je kunt gaan, Belle,' zei Vera toen mijn beide armen aan weerszijden van mijn lijf uiteen waren getrokken. Mijn enkels waren ook vastgebonden, en ik was zo hulpeloos als een offerlam. 'Ik moet heer Slangenstaf wat dingen zeggen waarbij wat privacy is geboden.'

'Zoals u wenst, meesteres.' Maar Belle had duidelijk geen zin om te gaan, bleef staan in de deuropening, die met haar grote gestalte opvullend, en bekeek nog een keer haar macraméwerkje: deze jongen, opgemaakt als een kalkoen die in de oven gaat.

Vera ijsbeerde naast het bed, de kleur op haar wangen was donkerder en dieper dan ik ooit had gezien.

'Ondankbaar.' Haar stem was veranderd. Alle charme en levendigheid waren eruit verdwenen, en hoewel het moeilijk te geloven is, verzeker ik je dat haar kille toon me nog meer angst aanjoeg dan die riemen hadden gedaan. 'Ondankbaar en onbestendig. Keer op keer. Jullie allemaal! Ik dacht dat jij anders was, Slangenstaf! O, ik had zulke mooie plannen met jou!'

'Ik weet niet waar je het over hebt.' Het was moeilijk die woorden goed uit te brengen. Ik voelde me gedrogeerd of dronken.

'Alle mannen zijn leugenaars.' De haat was zo intens in haar stem dat ik niet kon geloven dat het dezelfde vrouw was. 'Hoeren! Jullie noemen ons hoeren! Maar jullie zijn het die schaamteloos zijn! Ik heb haar wel gezien! Ik zag je staren naar die smerige, witharige sloerie van Eligor! Waarom hou je van haar? Waarom hou je van haar?' Ze kwam naast me zitten, greep me zo hard bij mijn haar dat ze er wat van uittrok, en schudde toen mijn hoofd tot ik dacht dat mijn nek zou breken. Ze was sterker dan ik ooit had verwacht. 'Ik gaf je alles! Ik gaf je mijn liefde! Ik had je nog meer willen geven – ik wilde je tot een van mijn onsterfelijken maken! Maar nu zul je wegrotten in de mesthopen van Gehenna. Zwijn!'

Zelfs nog terwijl Vera naar me schreeuwde, de tranen stromend over haar rode wangen, klom ze naast me op het brede bed. Hulpeloos als ik was, kon ik alleen mijn gezicht afkeren, in de vaste veronderstelling dat ze me ging slaan of krabben, maar haar vingers plukten als bezeten aan de touwtjes van haar keurslijf alsof het te strak zat en ze niet kon ademen. Ze zette een knie recht op mijn buik en trok toen het decolleté van haar galajapon omlaag, waarbij haar borsten eruit floepten. Ze was heel mooi en, pervers genoeg, nu meer dan ooit, met haar zwoegende boezem, haar donkere haar zwiepend terwijl ze me schrijlings bereed. Ik zette me schrap voor weer een klap, maar ze boog voorover en begon aan mijn broek te frummelen. Ik rukte aan mijn bindsels om los te komen maar kon mijn arm en benen niet vrij krijgen en hoewel ik mijn best deed haar van me af te kegelen, was het alsof ik met een grote wilde katachtige worstelde. Ze boog omlaag tussen mijn benen terwijl ze me mijn broek uittrok en kwam toen weer overeind, mijn benen ingesloten tussen de hare. Ze reikte omlaag, greep mijn pik en kneep erin tot ik het uitgilde van de pijn.

'Minkukels. Mannen!' De ogen die nu in de mijne staarden waren verschrikkelijk. Ik had al beseft – herinnerde ik me – dat Vera niet zonder reden in de hel zat, maar sinds Caz was ik veranderd. Waarom had ik maar al te graag geloofd dat Vera gewoon een zoveelste verloren ziel was, dat de aardigheid die ze me had betoond oprecht was? Het was alsof ik mezelf niet was geweest.

Maar het maakte nu geen donder meer uit wat ik gedacht had dat ze was; wat nu belangrijk was, was wat ze écht was – een razende furie, en ik was haar gevangene.

Zelfs nog terwijl Vera me uitschold, wreef ze met haar lijf over me heen, rukte ze mijn hemd open en sleurde ze met haar grote borsten over mijn huid en gezicht; even propte ze zelfs een opgezwollen tepel in mijn mond als een hysterische moeder in de rouw die probeert een dood kind te zogen. Ik moest de aanvechting onderdrukken erin te bijten, maar ze had me nog niet al te erg pijn gedaan en vooralsnog was ik in haar macht, mijn goeie en slechte arm waren allebei uitgeschakeld. Mijn enige hoop was dat ze, als ze haar woede had botgevierd, naar me zou luisteren. Wat kon ik haar zeggen? Ik hield niet van haar, natuurlijk, en zelfs als ik dit niet over haar te weten was gekomen, had ik haar nog niet kunnen geven wat ze wilde. Alles in mij dat in staat was lief te hebben, behoorde toe aan Caz, en toen ik Caz in het theater had teruggezien, was er in mij een belletje gaan rinkelen. Dus zelfs terwijl ik mijn best deed Vera's nagels weg van mijn ogen te houden, trilde ik nog steeds van die heftige, verbijsterende behoefte aan de gravin met de koude handen.

Vera klom huilend van me af en greep me bij mijn ballen. Ik verstrakte, doodsbang om te voelen hoe het was om iets nog belangrijkers dan mijn hand kwijt te raken, maar ze leek vastbesloten haar parodie van passie voort te zetten. Ze begon te strelen, likken, knijpen, mijn pik tegen haar gezicht te houden, zowel liefkozingen prevelend als de verschrikkelijkste bedreigingen uitend. Het was niet wat je noemt een romantische situatie, tenzij je uit de diepste krochten van de sm-wereld komt, en ik heb in mijn jaren op aarde te veel lelijke dingen gezien om daarvan te genieten. Om nog maar te zwijgen over mijn bekende afkeer van pijn. Maar Vera wist van geen wijken. Ze rukte en kneep, zoende me van top tot teen, stak zelfs een vinger in me, en drukte tot ik tegen mijn wil harder werd. Toen gleed Vera boven op mijn lijf en nam plaats op mijn borstkas, haar bovenlijf naakt, haar haren nu helemaal loshangend op haar schouders, haar bleke borsten, onregelmatig gevlekt, zwaaiden als rijpe vruchten.

'Ik zou hebben gewacht,' hijgde ze, terwijl ze me nog steeds bij mijn stam vasthield en met haar hand kneep om het bloed erin te houden en me stijf te houden, haar blik strak op de mijne gericht. Haar ogen waren weer veranderd, groot en vol van iets als wanhopige affectie. 'Ik zou hebben kunnen wachten op het juiste moment, lieverd. Het is al zo lang geleden, maar ik heb al vaker lang zonder gezeten. Ik wilde dat het perfect zou zijn!'

Ze kneep zo hard in mijn pik dat ik nauwelijks iets kon uitbrengen. 'Het hoeft niet zo...'

Toen was haar blik weer leeg, alsof die was uitgezet. 'Je had een van mijn onsterfelijken kunnen zijn, Slangenstaf. Je zou voor altijd in ere zijn gehouden. Maar nu ben je slechts een van die ellendige, onbestendige, leugenachtige mannen. Maar je zult nooit bij je witharige hoer komen. Je bent van mij. Ik heb je gevonden en je bent van mij!'

Haar knieën drukten tegen mijn oksels, Vera begon te frummelen aan haar lange rokken en stroopte ze op met een luid geritsel van crinoline, lagen van sneeuwwitte petticoats ontblotend. Ik voelde een hitte op mijn buik vanuit haar schoot maar wat ik ook kronkelde en vocht, ik kon haar niet van me afschudden. Ze ging op in een soort aanval van woede en verdriet, iets primitiefs en niet erg menselijks. Ze kwam half overeind en trok de rest van haar petticoats opzij.

Tussen haar benen, een gruwel.

Paars en donkerblauw en felrood; het was een uitpuilend, trillend iets als een kwal, de draderige slierten van doorzichtig vlees bungelden op mijn buik en dijbenen. Waar ze me aanraakten werd een tinteling een prikken en toen een verzengend branden. Ik gilde het uit. Vera hurkte boven op me en reikte omlaag, ze wilde haar handen plat op mijn borst leggen, en net voor haar vingers me raakten zag ik pas dat er doorzichtige, flexibele stekels, als de borstels van een tandenborstel, vanonder Vrouwe Zinks vingernagels mijn vlees in groeiden. Ze had me vergiftigd. Al die tijd dat ze me had gestreeld had ze haar gifstoffen in me gepompt, een of andere vloeistof om mij onnozel en opgewekt te houden. Maar die gifstoffen waren mild geweest. Wat ze me nu toediende was dat beslist niet.

Het brandende zuur in mijn kruis werd opeens ondraaglijk, doordringend als brandende cognac in al mijn aderen. Ik voelde mijn vlees overal opzwellen. Bloed pompte met kracht in mijn hersenen zodat ik nauwelijks iets kon zien, maar haar blik hield me gevangen. Vera's dolle blik.

Het iets tussen haar benen maakte een zompig geluid, een afschuwelijk nat geluid dat op niets leek dat ik kende, en ging toen open. Achter de rafelige, mondachtige kraag waren de randen afgezet met honderden messcherpe kleine naaldachtige tandjes die uit het glibberige, glanzende paars en roze staken.

Ongetwijfeld probeerde ik weer te schreeuwen, aangezien ze een van haar handen van mijn borstkas lostrok met een reeks zuigende plopjes als een klimop die van een muur wordt gerukt, en gebruikte die toen om mijn mond te bedekken terwijl ze zich op me liet zakken. Mijn hart wilde uit mijn borstkas springen, maar mijn kruis kwam omhoog naar haar toe, bood zich aan, volgde de golfslag van mijn eigen geïnfecteerde, brandende bloed.

Toen liet ze zich zakken en voelde ik die kleine onmogelijke tandjes; ik gilde weer onder haar hand, schreeuwde en schreeuwde zonder ophouden. Haar gezicht zakte naar me toe, haar mond open in een soort extase, toen gleed een soort membraan uit haar oogleden omlaag en werden haar ogen melkwit.

Ze bleef me berijden, de obsceniteit tussen haar benen maalde me, melkte me, tot ik tot ontlading kwam en haar vol schoot. Vrouwe Zink liet zich op me vallen en mijn gedachten konden eindelijk in een gezegende duisternis ontsnappen.

## 25
# Het vlees is zwak

'Ondankbare,' zei Belle en sloeg me opnieuw, een vuistslag op de mond waardoor mijn tanden voelden als de kralen van een telraam. Vera's dienstbode had heel grote handen en ze was ook verdomd sterk. 'Ze schonk je haar liefde. Ze had je uitverkoren!'

*Bonk! Knal!* Ik zag al bijna de stripteksten boven mijn hoofd verschijnen terwijl ze me bleef slaan. Die grote teef leek er niet om te malen dat ik vastgebonden en weerloos was. Ze leek niet eens zo boos op me. Ze genoot er gewoon van om mij tot pulp te slaan.

Ik zei niets, want ik had ontdekt dat het nog minder zin had om met de dienstbode te redetwisten dan met haar meesteres. Ik probeerde het pak slaag gelaten te incasseren, maar een deel van me had beslist wat fantasietjes over wat ik zou doen als ik ooit die grote kenau in mijn handen kreeg en in staat was terug te vechten.

Er waren sinds de opera al wat dagen vervlogen, evenals de illusie dat ik misschien iets anders was dan een gevangene. Iedere avond, en soms ook overdag, nam Vera me. Ik was nooit in de veronderstelling dat een verkrachting iets aangenaams was, maar had het nooit zo intens leren kennen als ik nu deed. Hulpeloos, razend, verteerd door schaamte, al die dingen grepen nu op een extreem indringende manier op elkaar in. Ik begreep nu zelfs de grootste angst, het gevoel dat mijn leven niet mij toebehoorde, dat wat er met me gebeurde niet in mijn macht lag. Soms huilde ik, en niet alleen van pijn of vanwege het feit dat ik gebruikt werd, maar ik wachtte daarmee steeds tot ik alleen was. Dat hield ik voor mezelf.

Belle sloeg me nog een laatste keer, een klap met de rug van haar hand die mijn schedel tegen het hoofdeind van het bed deed knallen. Het was een ritueel geworden: ze maakte de kamer schoon, hoewel lang niet zo zorgvuldig als eerst, verschoonde de pispot, en vervolgens sloeg ze me verrot. Ze was gebouwd als een zwaargewichtbokser, die beste Belle, zo eentje uit de oude tijd, met lange armen en een grote torso. Ik vermoedde dat ze tijdens haar leven ongeveer zo groot als een lijnverdediger was geweest, maar hier, met de scherpe botstekels die uit haar gewrichten groeiden, denk ik dat ze wel tien tot vijftien kilo meer woog. Met andere woorden: groter dan ik, en met alle kracht die een duivels lijf je kan geven.

'Je zou haar hand moeten kussen en haar bedanken dat ze je nog heeft gehouden,' zei Belle door de deuropening. 'Ik zou je kop hebben afgerukt en je op de composthoop hebben gekeild. Ik weet wel raad met jouw soort.'

'Dat geloof ik graag.' Mijn hoofd suisde nog steeds en het zou verstandiger zijn geweest als ik mijn kop had gehouden, maar het kon me niet schelen. Zelfs gedood worden zou beter zijn dan dit, in ieder geval minder vernederend. 'Je deed het vast goed bij de jongens, met je mooie gezichtje en figuurtje.'

Ze smaalde. 'Dacht je dat ik geen vent kon krijgen? Ze stonden in rijen voor de deur. Ze gaven me geld!' Ze stak haar machtige kaak naar voren. 'Ik had er net zoveel als Vera. Alleen was ik niet zo sentimenteel. Voor mij geen onsterfelijken. Nee, ik zou je in het vuur hebben gesmeten om je te zien schroeien, mannetje.'

Ze wist het mooi te zeggen. Ik zou graag zeggen dat zij de kwaadaardige agent speelde en haar meesteres de goedaardige, maar als ik tussen die twee moest kiezen, zou ik liever gewoon in elkaar zijn geslagen dan verkracht, ook al huilde mijn verkrachtster even vaak als dat ze me uitkafferde. Man, wat werd mij daar ingepeperd dat je in de hel niemand kunt vertrouwen. Vera's pretsap had me verdoofd, maar mijn hersenen werkten nog redelijk goed, dus moest ik de schuld zelf op me nemen. Ik was zorgeloos geworden, en nu betaalde ik daar de prijs voor – en bleef die keer op keer betalen.

Vera keurde me de meeste avonden niet eens een blik waardig als ze met me klaar was: wanneer ze was uitgeschokt, kroop ze steeds van me af en herschikte ze haar kleren tot ze er weer respectabel uitzag. Deze avond, als een parodie van een van die oude kluchten waar een stel in aparte bedden slaapt, droeg ze een extreem kuis nachthemd dat ze over haar lange benen gladstreek, de onbekende gruwel tussen haar dijen verbergend. Zij was zowel Mina Harker als Dracula, de victoriaanse maagd en het beest der duisternis ineen.

'Vera. Vera, praat met me.' Het was moeilijk op normale toon te spreken na de pijn die ik net had geleden, maar ik vocht voor mijn leven. 'Waarom moet het op deze manier? Omdat ik naar een vrouw keek in de opera? Ik dacht dat ik haar kende, dat is alles. Het had niets met jou te maken...'

'Niets met mij te maken.' Haar stem klonk zwaarmoedig, de woorden somber. Zo klonk ze altijd als ze me had aangerand. 'Dat is het hem nou juist. Ik wilde dat je alleen om mij gaf. Dat je alleen mij zag.'

Ik probeerde haar aan het praten te krijgen, ik wilde het uitleggen, alles om de communicatie maar gaande te houden. Ze begon haar interesse in mij al te verliezen, merkte ik. Haar ergste woede, haar bijna theatrale gevoel verraden te zijn, begon te temperen, maar ik maakte mezelf niet wijs dat ze me, als ze op me uitgekeken was, zou laten gaan.

'Luister, we kunnen het nog eens proberen!'

Ze nam niet eens de moeite te antwoorden, schudde slechts het hoofd, gleed van het bed en liep de kamer uit, haar blote voeten ritselden over de stenen vloer. Belle, die tegenwoordig altijd de wacht hield tijdens Vera's aanvallen, wierp me een minachtende blik toe.

'Ze is je al bijna zat. Misschien geeft ze je dan aan mij. Ik breek je nek als een kip en dan ben je niemand meer tot last.'

Ik zei niets, maar vroeg me af wat dat nek breken in dit oord zou inhouden. Het zou me waarschijnlijk niet doden, aangezien je voor zover ik wist niet kon sterven in de hel, maar het zou er de boel niet fijner op maken, vooral als het samenviel met ergens op een composthoop gegooid worden, of verbrand worden, zoals beide vrouwen gedreigd hadden te doen. Om nog maar te zwijgen over het moment dat mijn ziel in het depot voor een nieuw lichaam zou arriveren en de helse autoriteiten beseften dat het er eentje was die normaal een aureool droeg. Lamehs ingeprente briefing gaf me duidelijk te verstaan dat ik niet van deze gruwelen zou worden bevrijd door eenvoudigweg mijn duivelslijf te vernietigen. Tenzij ik op eigen kracht de hel verliet, langs de weg die Temuel en de beschermengel me hadden opgegeven, zou ik daar voorgoed blijven.

Toen de deur achter grote Belle dichtging, prutste ik weer verder aan mijn riem. Wat zij en haar meesteres niet hadden beseft was dat mijn hand niet alleen teruggroeide, maar dat ik nu de geregenereerde vingers kon bewegen. De dikke grijze huid van mijn duivelslichaam mocht dan gestreept zijn als een gazelle, maar mijn handen droegen wapens: aan mijn goeie hand zaten gebogen zwarte nagels die zo scherp en groot waren als de snavel van een papegaai. De klauwen aan de hand die teruggroeide waren veel minder indrukwekkend, maar als ik die omdraaide tot het zo'n pijn deed dat het leek of de Blok hem opnieuw aan het afbijten was, kon ik met mijn wijsvingernagel het riempje om die arm net aanraken.

Het was een begin. Ik hoopte dat ik, als ik heel lang bleef zagen (en jezus, wat deed dat pijn!) misschien in staat zou zijn de rand van het riempje dat mijn gewonde arm aan het hoofdeind van het bed bond, te doen rafelen. Het leer was dik, en na een uur was mijn klauw te afgestompt om door te werken, maar ik ontdekte dat ik, wanneer ik me pijnlijk in een andere richting rekte en met die klauw wreef langs de metalen bedstijl, ik die uiteindelijk weer scherp genoeg sleep om weer aan het werk te kunnen gaan.

Het spreekt voor zich dat dit een traag, pijnlijk rotkarweitje was, en de kans dat ik lang genoeg zou overleven om de hele riem door te zagen was miniem, maar ik had geen beter plan. Vrouwe Zink en haar dienstbode waren allebei krankzinnig. Niemand zou mij komen redden, en ik werd steeds zwakker. Het was eigenlijk ironisch: Vera had mij gered toen mijn echte bloed alle kanten op stroomde, en had me verzorgd tot ik weer gezond was, maar nu ontnam ze me iets wat net zo van levensbelang was, al wist ik niet precies wat. Het waren niet alleen mijn kostbare lichaamssappen, het leek mijn echte levenssap te zijn, mijn essentie, en daar was telkens wanneer ze me aftapte minder van over.

Grote Belle was op een avond net klaar met het controleren van mijn riemen – ik was zo zwak dat ze niet eens meer de moeite namen mijn enkels vast te binden – toen ik een vraag wist uit te brengen: waarom haatten zij en Vera mannen zo?

Vera had me zo leeggezogen dat Belle nauwelijks nog moeite had gedaan om me in elkaar te slaan, en ze keek me oprecht geamuseerd aan. 'Mannen haten? Dat toont hoe weinig jij weet. Wat mij betreft zijn mannen het nooit waard geweest om te haten. Ze zijn alleen maar een middel tot een bepaald doel. Al mijn mannen, mijn vriendjes, mijn huurders, brachten me geld op. Ze hoefden niet te blijven leven om het samen met mij op te maken – ik wilde er niet eens over hoeven ruziën hoe ik het moest uitgeven – dus ruimde ik ze uit de weg. Maar als het vrouwen waren geweest die ik had kunnen verleiden, vrouwen met geld, nou, dan zou ik dat zeker hebben gedaan. Ik heb er in elk geval aardig wat gedood. Maar mijn vrouwe, die is heel anders. Die heeft lief. Zo hevig dat ze er niet tegen bestand is.'

'Dat toont ze dan wel op een gekke manier.'

Belle schudde het hoofd, haar grote kaak uit irritatie naar voren gestoken. 'Ze toont het op een perfecte manier. Ze is een vlinder. Ze leeft voor de liefde en ze sterft voor de liefde.'

'Zij is niet degene die sterft.'

Belle gromde, reikte naar me uit en gaf me een verveelde klap die een paar van mijn tanden wat losser deed zitten. 'Jij begrijpt ook niks. Weet je waarom ze Vrouwe Zink wordt genoemd?'

Mijn oren tuitten nog na van de slag. Ik probeerde mijn hoofd te schudden.

'In het vroegere leven, in Boekarest, was zij een vermogende vrouw. Ze had veel minnaars. Niemand zag die ooit terug. Ze maakte slechts één vergissing – toen ze een plaatselijke bankier haar bed in lokte. Toen hij verdween maakte zijn vrouw stampij. De politie kwam, en toen ze Vera's huis doorzochten, troffen ze bijna drie dozijn zinken doodskisten in haar kelder aan, stuk voor stuk met een raampje voor het gezicht van het lijk, al die zinken kisten op een rij als een groep vrijers op een feestje. Er was zelfs een stoel zodat Vera daar kon zitten om ze toe te spreken, ze aan te kijken, al haar geliefde, ontrouwe minnaars. Ze kon het niet verdragen ze kwijt te raken aan andere vrouwen, dus toen ze hun interesse zag verflauwen, vergiftigde ze hen en stierven zij. Te veel liefde, snap je? Te veel liefde. Het was heel mooi.' Belle zette haar grote, verweerde hand op mijn gezicht en beukte me tegen het hoofdeind aan zodat mijn hersenen rammelden in mijn schedel. 'Zij bood jou zo'n grote liefde aan en jij versmaadde die. Jij zult niet een van haar onsterfelijken worden, zoals die anderen.'

En daar kon ik het mee doen, terwijl ik met moeite probeerde nog een vreselijk pijnlijke nacht door te komen, en probeerde de zware leren riem rond mijn pols kapot te krabben. Zinken doodskisten. Dertig of meer. Zo ver reikte Vera's liefde. Ik was slechts de meest recente, en ik kreeg niet eens de eer van zo'n grijze metalen kist.

Ik raakte de tel kwijt hoeveel nachten Vera bij me kwam, hoeveel nachten ze me leegzoog. Het was maar goed dat ik aan het bed zat vastgebonden, aangezien mijn kruis zo afschuwelijk jeukte en stak dat ik mezelf aan flarden zou hebben gekrabd in een poging dat te verlichten. Er was nu niet veel meer van me over. Ik was bijna uitgezogen. Ik droomde niet eens meer over Caz, maar zweefde tussen verschillende staten van sluimering in, met korte onderbrekingen van verzengende pijn en dan het ellendige gevoel dat erop volgde, lange perioden van zwakte die steeds langer duurden, onderbroken door wanhopig gezaag in de dikke leren riem. Weldra zou Vera zich nog een laatste keer aan me te goed doen, het laatste beetje uit me zuigen, en dan was het bekeken. Belle had me al verteld dat ik de oven in zou gaan als ik op was; ze wilde niet dat er iets over zou blijven waar haar meesteres sentimenteel van zou kunnen worden.

Ik droomde niet meer van Caz, maar droomde soms nog wel, die ziekelijke fantasieën die je krijgt wanneer je koorts hebt, heel complex maar in feite betekenisloos. Daarom duurde het deze avond vrij lang voor ik besefte dat ik werkelijk wakker was en dat er echt iets naast me op mijn bed zat geknield, met een uitgespreide hand op mijn borst.

Ik was zo zwak dat ik er een hele tijd naar bleef staren, knipperend met de ogen tegen het licht van het ene kaarsje dat de kamer verlichtte. Enerzijds had ik het gezicht nooit echt bestudeerd dat nu dicht naar het mijne zakte en naar me staarde met een intensiteit die even gretig leek als die van Vera; anderzijds kende ik het beter dan mijn eigen gezicht, die dode grijze massa geschrompeld vlees, die uitstekende onderkaak, die kleine tandjes als grind, die fonkelende haaienoogjes. Grijnzer.

'Het zocht jou.' De stem klonk als fluisterend gekras. 'Het zocht jou, Bobby slechte engel. Nu vónd het jou.'

Het magere scharminkel klom op mijn borstkas en begon plechtig te prikken in de huid van mijn gezicht met het ellendig vertrouwde vierpuntige lemmet, ieder prikje zo pijnlijk als een mislukte penetratie met een injectienaald. Het moorddadige schepsel leek nu anders, op een of andere manier, een donkerder huid, een dunnere gestalte, de pezige spieren meer geprononceerd dan eerst.

'Wat... wat wil je?' Ik ging verzitten, probeerde in een houding te komen waarin ik met al mijn gewicht aan de rafelende riem kon rukken. Ik dacht niet dat ik die genoeg had beschadigd om hem stuk te trekken, maar ik had niet veel andere opties. Mijn beweging irriteerde Grijnzer. Hij drukte zijn lemmet tegen mijn bovenste ooglid. Ik hield me doodstil. Een zoute druppel bloed bleef hangen aan mijn oog en wimpers en begon toen in mijn oog te lopen, maar ik durfde niet te knipperen.

'Wat wil je?' Ik klonk waarschijnlijk doodsbang, want dat was ik ook. Ik had al mijn laatste restjes hoop, of zo je wil geloof, opgemaakt en nu was de boel nog veel erger geworden.

'Wat het wil?' Grijnzer grinnikte even, wat zo droog klonk als het gerammel van een ratelslangstaart, *t-t-t-t-t-t*. 'Het wil de veer. Kwam van ver voor de veer. Zeg waar die is, of het steekt oog van slechte engel in zijn zak en hart van slechte engel in zijn broodbakje.' Opeens spreidde de misvormde mond zich uit tot iets als een grijns. 'Slechte engel is heel zoet vlees. Slechte engel smaakt altijd zo héérlijk.'

## 26

# Vereeuwigd

Zelfs toen ik nog vrij en gewapend was, had ik mijn aanvaringen met dit moorddadige monstertje amper overleefd, maar dit keer zat ik vastgebonden aan het bed, en was al dagenlang leeggezogen door Vrouwe Zink. Ik kon niet veel beters bedenken dan tijdrekken.

'Wat wil je met die veer?' vroeg ik, terwijl ik verdomd goed wist dat hij die veer voor zijn meester Eligor zocht. 'Ik bedoel, ik heb hem hier niet. Ik zou hem je hoe dan ook niet kunnen geven. Dan zou ik eerst terug naar de aarde moeten. Je snapt wel wat ik bedoel, hè? De echte wereld?'

Grijnzer prikte alleen nog wat harder met zijn mes in mijn ooglid. Ik zweer je dat ik echt voelde hoe het het oppervlak van mijn hoornvlies aanraakte. Foute boel.

'Veer,' zei hij. 'Geef.'

'Ik heb hem niet!' Ik vroeg me af of hij te stom of te star was om het te begrijpen, en aangezien mijn toch al matige vertrouwen op een akkoordje begon te tanen, trok ik mijn benen langzaam nog dichter tegen mijn lijf. 'Ik kan hem wel voor je halen, maar dan moet je me eerst hieruit zien te krijgen...'

Hij kwam nog dichterbij. Zijn adem... Ik ga niet eens proberen die te beschrijven. Ongedierte. Ziekte. Open grafkuil. 'Wil veer,' fluisterde het. 'Nu.'

Ik plantte mijn voeten op Grijnzers magere borstkas en stootte zo hard als ik kon toe, mijn best doend hem naar het dressoir te schoppen dat vol zat met glaswerk en andere breekbare dingen. Hij woog praktisch niets, zo licht als een negenjarig kind, en ik kon genoeg kracht leggen in mijn verrassingsaanval om hem als een slecht gemaakte vlieger door de lucht te zenden. Hij stortte in het dressoir en nam minstens de helft van alle voorwerpen van boven mee in zijn val, een regen van scherven en een gedonder in de glazen. Ik legde mijn volle gewicht op het riempje waar ik al dagen aan had zitten ploeteren en rukte zo hard als ik kon, maar hoewel ik voelde dat het wat meegaf terwijl het resterende leer een beetje rekte, knapte het nog steeds niet. Het deed ook pijn als een pijnbank van pijnhout uit Pijnenburg.

Grijnzer had zijn lange mes nog in zijn hand toen hij aan de voet van het bed als een duvel uit een doosje overeind kwam. Zijn grijns was afschuwelijk, maar nu was het grijnzen hem vergaan. Zijn verschrompelde gelaat stond volkomen strak, de uitdrukking nu even doods als al het andere aan hem. Tijdens mijn paniek besefte ik dat het in al die jaren van griezelfilms alleen Boris Karloff was gelukt dat slappe, merkwaardig naargeestige voorkomen van een tot leven gebrachte lijk te verbeelden. Toen kwam Grijnzer over het voeteneinde gesprongen als een wolfspin uit zijn hol, en ik probeerde de eerste venijnige aanval op te vangen met mijn dijbeen. Dat deed pijn als de vliegende godskolere, en meer kan ik er niet over zeggen.

Mijn vijand was zo uitdrukkingsloos dat ik me begon af te vragen of ik hem niet met mijn geschop van zijn verstand had beroofd, wat dat ook waard was geweest. Hij leek mij alleen nog maar neer te willen steken; het mes schoot uit als een slangentong. Ik pareerde iedere uithaal met mijn benen of lijf, maar soms moest ik het met iets vlezigs afweren om mijn meer kostbare delen te beschermen. Het mes bleef hier en daar toestoten, en ik zat nog steeds aan het bed vastgebonden. Het was gewoon een grote klerezooi en ik wist dat ik zijn aanvallen niet lang meer zou kunnen overleven.

'Stop! Ik geef je die veer!' bracht ik uit, maar Grijnzer leek zijn oorspronkelijke doel te zijn vergeten. Zijn aanval werd minder verwoed maar doelbewuster. Hij maakte nu omtrekkende bewegingen om het bed tussen mijn voeten en zijn middel te houden.

Opeens veranderde het licht, de schaduwen sprongen allemaal opzij alsof iets ze aan het schrikken had gebracht. Een cluster van vlammetjes verscheen in de opening, een kandelaar, en daarnaast het geschrokken gezicht van Belle. 'Wat is hier aan de hand?'

Ik was inmiddels een beetje buiten zinnen geraakt, zoals je je wel kunt voorstellen, maar dacht ook dat ik de beste kans maakte als ik Belle of haar meesteres op dat griezeltje losliet dat op dit moment zo naarstig probeerde gaten in me te prikken, dus riep ik: 'Zij is het! Dood haar, precies zoals ik je zei. Daarna kun je me bevrijden!' (Geen idee of ik ook maar iemand hiermee om de tuin leidde, of er iets meer mee bereikte dan mezelf voor gek te zetten, maar ik houd het er graag op dat dit het was dat me redde.)

Belle liet de zware kandelaar neerkomen op Grijnzers arm, waardoor zijn mes viel, en toen stootte ze de kaars in zijn gezicht en verbrandde zijn wang, wat hem sissend naar haar deed uithalen. Ze wankelde en liet de kandelaar op de grond vallen. De kaarsen rolden eruit, maar er bleven er genoeg branden om te zorgen voor lange, extreem groteske schaduwen van de twee worstelende monsters, de kleine magere die als een woeste fret beet en krabde naar de grote.

Ik trok mijn benen onder me en rukte met alle kracht aan mijn rechterarmriem, en kon een schreeuw van pijn niet onderdrukken – het voelde alsof ik mijn hele arm uit de schouderkom rukte. Ik had de riem genoeg doen rafelen, want deze scheurde eindelijk los en ik bungelde opeens alleen aan de andere arm, de goeie arm met de niet-doorgesneden armboei. Dit was weer een ander soort ellende, maar er was werk aan de winkel, dus begon ik eraan te knagen met mijn scherpe duivelsgebit. De geluiden aan het voeteneind van het bed werden steeds bestialer. Ik kon niet uitmaken wie de overhand had, en eerlijk gezegd was ik voor geen van beiden.

Het was zwaar werk, maar eindelijk knauwde ik door het dikke koord heen. De eerste ogenblikken van vrijheid waren heerlijk, maar mijn armen laten zakken na een week of twee in de houding van een gekruisigde vastgebonden te hebben gezeten, was zoiets als in beide oksels tegelijk met een mes te worden gestoken. Toch was ik op dat punt al aardig gewend geraakt aan pijn. Ik viel zo'n beetje van het bed, greep mijn broek en vluchtte.

Uit het feit dat Vera niet was komen kijken wat er loos was, maakte ik op dat zij of in een ander deel van het huis zat of, als ik geluk had, helemaal niet thuis was: maar als Vera echt weg was, moesten Belle en Grijnzer elkaar allebei flink toetakelen aangezien ik geen enkele kans maakte een van beiden in mijn huidige toestand te verslaan.

Belles lange, machtige been haalde als een geïrriteerde anaconda naar me uit, maar ze was nog steeds met Grijnzer verstrengeld; ik sprong over haar heen en belandde op de gang. Vera's slaapkamer was maar een paar deuren verder. Als mevrouw buiten gehoorsafstand was, was die kamer vast leeg, en ik moest er nog wat dingen vandaan halen.

Vera had me, bij haar vreemde, ouderwetse vrijages met mij, een aantal keren heel omstandig haar boudoir getoond; ze had me zowel formeel uitgenodigd op de thee – ze ontving me in een hooggesloten nachtgewaad – of had 'per ongeluk' de deur lang genoeg open laten staan zodat ik de onderkleding hier en daar sierlijk kon zien hangen. Daardoor kostte het me geen moeite haar kamer te vinden, en ik had ook wel zo'n idee waar ze haar juwelen en misschien zelfs wat contant geld bewaarde. Op weg naar waar ik dacht dat het dressoir zou zijn, hield ik even halt om de pook van zijn plek naast de haard te pakken. (Ja, ze hebben haarden in de hel. Sommige plekken van Pandemonium zijn zelfs zo heet dat ze haarden gebruiken als airconditioning.) De pook had een fijn handvat; tot mijn genoegen had ik eindelijk iets om mezelf mee te verdedigen, maar ik bleef ook uitkijken naar wat conventionelere wapens. Ik wist dat ik wat scherpgepunte voorwerpen in de keuken zou kunnen vinden, maar ik wilde niet door het hele huis heen lopen – en er waren ook uitgangen dichter bij waar ik was.

Ik vond tientallen zilveren handjevols (zo heten die nou eenmaal) verborgen in een juwelenkistje vol met Vera's ringen en halskettingen. Terwijl ik mijn zakken volstouwde merkte ik een vreemde schaduw achter in het vertrek op. Een van Vera's schilderijen, een fruitboom waarvan de takken vol met vogels zaten, zag eruit alsof die aan één kant dikker was. Toen ik dichterbij kwam, zag ik echter dat het schilderij zelf een deur bedekte die niet helemaal dichtzat.

Ik verstijfde. Betekende dit dat Vera hier was? Maar vanwaar die geheime deur? Was het een ontsnappingstunnel? Had zij het geschreeuw gehoord en besloten dat voorzichtigheid de moeder van de porseleinkast was?

Ik opende de deur en ontdekte een doorgang, ommuurd met bakstenen, die zich omlaag uitstrekte en om de hoek verdween. Een brandende fakkel hing in een klamp. Er was zo goed als zeker iemand daarbeneden. Maar net toen ik me afkeerde, hoorde ik achter me de vechtpartij van Grijnzer en Belle uit mijn slaapkamer de gang op breken; ik hoorde stompen en hijgen en het slissen van een mes in vlees. Wie van hen ook zou overleven, mijn weg naar de rest van het huis was versperd. Ik kon alleen nog maar omlaag.

Terwijl ik verder de tunnel in sloop, hield ik de pook als een rapier voor me uit, aangezien het heel wat makkelijker zou zijn in die lage, nauwe doorgang te stoten dan uit te halen. De bakstenen gang slingerde omlaag, zodat ik weldra wist dat ik al lager dan het huis zelf zat. Kort daarna hoorde ik stemmen, of misschien één stem die door echo werd versterkt en verward. Ik zette nog een paar stappen en zag dat er nog meer licht voor me brandde, dus ging ik zo geruisloos mogelijk voort door de doorgang, bleef dicht bij de muur en stond bij iedere bocht stil om vooruit te turen, tot de doorgang opeens enorm breed werd.

Ik zat in een kelderverdieping onder het souterrain, denk ik, maar daarmee doe ik het geen recht. Het was gewoon een grot, een grot onder Vera's huis, compleet met stalactieten en stalagmieten die allemaal in hun traditionele richting uitstaken. Terwijl ik me wat uit het licht van een toorts werkte en door een donker gedeelte naar de volgende toorts voortbewoog, hoorde ik opeens heel duidelijk Vera's stem. Ik kon niet alle woorden verstaan – iets over 'teleurgesteld', en 'jij weet zelf maar al te goed' – maar het was duidelijk dat ze tegen iemand sprak. Dat verontrustte me. Ik voelde geen enkele behoefte om met Vera te vechten, die zelf ook geen katje was om zonder handschoenen aan te pakken, en als zij handlangers had, wilde ik een confrontatie al helemaal uit de weg gaan. Ik overwoog om terug te gaan, maar inmiddels had of Belle of (wat me waarschijnlijk leek) Grijnzer met de ander afgerekend en was vast al naar mij op zoek.

Ik sloop zo stil als ik kon. Ik kon nu zien dat het meer was dan een grot, het was een soort pakhuis of stokerij, of allebei: aan alle kanten stonden, nauwelijks zichtbaar in het schemerlicht, honderden dikke glazen potten, elk ongeveer zo groot als een soepketel van een restaurant, in rijen op planken gestapeld die reikten tot het lage plafond. Zo te zien had Vera hierbeneden een soort medicijnenopslagplaats.

'Ik verwijt het jullie natuurlijk niet,' kon ik haar nu duidelijk horen zeggen. 'Jullie treft geen enkele blaam. Jullie hebben allemaal je plaats hier verdiend. Stuk voor stuk.'

Terwijl ik op mijn tenen verder liep, probeerde ik tussen de overvolle planken door een strategisch uitkijkpunt te vinden om Vera te zien en tegen wie ze sprak. Ik ving in een van de potten een vreemde flits op en keek ernaar.

Er keek iets naar me terug. Een hoofd. Een hoofd zonder lichaam.

Nee, besefte ik toen ik me ernaartoe boog, niet echt zonder lichaam, want zo te zien dobberden veel onderdelen die een compleet lichaam zouden vormen ook mee in die pot, alleen was geen ervan meer met de andere verbonden. Ik keek naar de andere potten en zag onderarmen met de hand er nog aan, de vingers uitgespreid tegen het glas als grijsgroene zeesterren, samen met voeten, gezichten die van de schedel waren verwijderd en nu meer op maskers leken, en natuurlijk penissen – aardig wat (hoewel niet meer dan één per pot). En in iedere pot, als de zon waaromheen die akelige, bleke planeetjes wentelden, dreef een hoofd.

Vol afschuw liet ik mijn blik langs de rij gaan, toen omhoog naar de rijen erboven, en toen naar de rijen voor me, aan beide kanten van de centrale doorgang op de planken geplaatst. Ik wist dat dit Vera's onsterfelijken moesten zijn – alle minnaars die ze had geëerd, die haar hadden behandeld zoals ze behandeld wilde worden.

Daar waren ze vet mee, met zo'n pot, dacht ik.

Toen knipoogde het dichtstbijzijnde hoofd zonder lichaam naar me en grijnsde.

In de regel probeer ik bij verkenningswerk niet als een angstig kind te krijsen, maar het kon nu niet meer worden teruggedraaid. Niet alleen had ik Vera op mijn aanwezigheid gewezen, maar ik was waarschijnlijk luidruchtig genoeg geweest om ook Grijnzer te laten weten waar ik zat. Ik had vast en zeker zelfs de luitjes in de Abaddonlagen laten weten waar ik zat. Zelfs de koppen om me heen begonnen allemaal te ontwaken, rollend met de ogen om te zien wie het gegil als van een meisje had laten doordringen tot de formaldehyde waarin zij verbleven.

Ontkenning of me verschuilen had nu geen zin meer. Ik stapte het wandelpad op en liep verder. Vera stond midden in de grot tussen rijen stevige, onooglijke plankenkasten, allemaal bijna vol met glazen potten, elk met zijn eigen reeks handen, harten, ballen en starende ogen.

Ik had Vera onderschat. Ik had verwacht dat ze verbaasd zou zijn me te zien, of in ieder geval naar me zou huilen of gillen voor ze me aanviel. Maar ze kwam onmiddellijk en zonder woorden op me af, haar hoofd naar voren en armen uitgespreid. Ze stak haar arm naar me uit alsof ze me probeerde te krabben. Ik vroeg me af waarom; ze was daarvoor te ver weg. Maar toen, ongeveer drieduizendste seconde later, schoten die afschuwelijke vingernagelsliertjes van haar als *taser*-draadjes langs me en misten ternauwernood mijn gezicht.

Haar gifbuisjes waren duidelijk niet alleen voor de korte afstand.

Ach, ik had een pook; bij haar sloegen twee meter lange kwallententakels uit de vingers van beide handen waarmee ze me kon vergiftigen. Vera haalde nog eens naar me uit en ik wierp mezelf op de grond terwijl haar zwepen een pot van de plank achter me sloegen. De pot viel in scherven op de grond, gebroken glas en smerige vloeistoffen uitbrakend en lichaamsdelen in alle richtingen slingerend. Ik moest over de dode handen heen springen, die onmiddellijk naar Vera waren gaan krabbelen. Ze sloeg onmiddellijk beide armen uit. Ik dook onder de onzichtbare slierten door en rolde, stak toen ik dichtbij genoeg was toe met de pook en ramde die zo hard als ik kon in haar buik. Het deed haar dubbelklappen maar leek verder niet veel uit te halen, en ik stond haar nog steeds aan te staren toen ze haar handen naar achteren gooide en me probeerde te grijpen met de meezwiepende slierten. Een ervan kreeg me te pakken en wikkelde zich om mijn nek als een draad van brandende napalm. Terwijl die zich strakker om mijn keel heen trok, kon ik de gedachten uit me voelen vlieden als zand; de pijn werd heviger, verduisterde als een zware elektrische lading, nee, alsof een hele sidderaal om mijn nek was gewikkeld die al het leven uit me kneep.

De pijn ebde weg. Uit mijn ooghoek zag ik Vera naar iets schoppen. Een van de handen uit de gebroken potten klampte zich aan haar enkel vast. Eindelijk lukte het haar zich los te schudden en richtte ze haar aandacht weer op mij, maar ik had intussen een ideetje gekregen.

Ik greep met een hand de sliert rondom mijn nek vast, wat zoiets was als stroomdraad vasthouden, maar zoals ik al zei: tegen die tijd deed pijn me niet zoveel meer. Ik rukte er met kracht aan, zette me schrap en bleef trekken, ook al voelde het alsof ik mijn eigen hoofd met een kettingzaag afsneed, tot de sliert eindelijk knapte. Vera slaakte een kreet van woede, maar ze klonk ongedeerd. Een doorzichtig vlies klapte over haar ogen terwijl ze van woede siste en haar draden weer naar me toe schoot.

Ik dook weg en sloeg de dichtstbijzijnde pot met mijn ijzeren pook stuk, en verbrijzelde er toen nog een, en nog een. Terwijl zij haar tentakels terugtrok, sloeg ik om me heen, zo hard en breeduit als ik kon, de ene pot na de andere aan diggelen slaand, en de potten die ik niet had gebroken, veegde ik van de planken. Overal waren scherven, en de stinkende walmen van de conserveringsvloeistof maakten me bijna blind, maar er waren ook overal lichaamsdelen, en als een school uitermate trage vissen zochten die hun weg door het glas en de gemorste vloeistof heen naar Vera toe.

Ik gooide inmiddels hele rijen potten met mijn handen om, en probeerde de vloer tot aan mijn middel met gebroken glas te vullen om zoveel van Vera's onsterfelijken te bevrijden als ik maar kon. Ze stapelden zich overal om me heen op, verschillende delen van tientallen verschillende lichamen bouwden bruggen met elkaar, klemmend en klimmend. Handen werkten samen om een hoofd op weer andere handen te tillen. Veelkoppige, veelvoetige en veelarmige stapels van druipnat vlees bouwden zich op uit de klotsende vloer als de geboorte van een vulkaan. De samengestelde schepsels omringden Vera al snel, en ondanks de liefde waarmee ze hen had overladen en haar goede zorgen, leek geen van haar onsterfelijken iets van deze reünie te willen missen.

Vera was mij vergeten en probeerde los te komen, maar het koraalrif van vingers, voeten, nieren en gezichten was al tot aan haar middel gestegen. Handen beklommen haar als krabben – vele hingen al aan haar donkere, loshangende haar. Ze gilde en probeerde ze weg te schoppen maar er wierpen zich nog meer op haar, kettingen vormend zodat andere handen over konden steken, tot Vera midden in de massa van deze wankele, wriemelende stapels wiebelde, met krijtwit en verbijsterd gezicht, nog steeds gillend maar inmiddels bijna zonder geluid aangezien ze zichzelf hees had geschreeuwd. Handen scharrelden naderbij en trokken haar naar zich toe zodat de koppen haar konden zoenen. Terwijl de stapels lichaamsdelen hoger groeiden, lieten de koppen hun tongen over haar heen gaan, tongen die soms losraakten en als volgezogen bloedzuigers op de grond vielen.

Hoezeer ik die teef ook was gaan haten, ik bleef niet staan toekijken. Zodra ik een open plek zag, hobbelde ik langs deze bizarre reünie, rende met ratelend hart tot ik de trap aan de andere kant van de kelder vond, beklom die toen voor wat vele donkere dagen leek te duren. Vera's schorre kreten achtervolgden me een groot deel van de reis, tot ik eindelijk aankwam in een gewoon gedeelte van de tunnels dicht bij het eindstation. Daarvandaan kon ik naar boven gaan, om eindelijk vrij te zijn onder de overhuivende claustrofobische avondhemel van de hel.

Ik had nooit kunnen raden dat ik ooit zo blij zou zijn om dat afschuwelijke, lege hemeldak terug te zien.

## 27
# Rechtbank

Een voordeel van de hel is dat het er nooit moeilijk is om gestolen spullen kwijt te raken, ongeacht het tijdstip. Ik had veel tijd gehad om na te denken tussen de bezoekjes door van Vera en haar vampierkruis, dus ik had wat ideetjes uitgedacht voor wat me te doen stond als ik ooit de kans kreeg. En nu had ik die kans.

Vera's chique buurt lag aan de rand van het Zwavelmeer, een prestigieuze locatie in de buurt van onder andere de nachtmarkt, een enorme reeks kramen en tenten en hutjes die gemaakt waren van verschillende afschuwelijke dingen, waar je zo'n beetje alles kon kopen en verkopen. Hinkend en bloedend (twee dingen die gelukkig niet zo opvallen in de hel) zocht ik mijn weg naar de markt en vroeg ik rond tot ik de bazaar vond van een vent die Saad Babrak heette, die er tot aan zijn nek uitzag als een haarloze tarantula en die de reputatie had een discrete doorverkoper van goederen te zijn. Met andere woorden: een heler.

Ik kon slechts hopen dat Vera's juwelen van goede kwaliteit waren. Ik behield een halsketting van knobbelige parels die in het meer waren gevormd (ik leg later wel uit waarom) maar gooide de rest op Saads toonbank en liet hem mijn waar beschimpen, wat voor 'onderhandelen' moest doorgaan. Ik wilde niet te snel akkoord gaan, want dat zou te veel opvallen, maar ik wilde er niet zo lang blijven hangen dat Grijnzer of een andere overlevende uit Vera's huis me daar zou kunnen vinden. Uiteindelijk kwamen we een prijs overeen waar ik mee kon leven. Ik gaf een beetje ter plekke uit voor de aankoop van wat andere spullen van Saad, waaronder wat schone kleren die ik nog niet aantrok, en een lang, scherp, welgevormd mes met een naar achter gebogen beugel, het soort dat ik graag in mijn hand zou hebben wanneer ik weer eens voor mijn leven moest vechten.

Ik had in ruil voor het gestolen goed twee gouden bonken, drie koperen handjevols en wat ijzeren tufjes gekregen, plus de muntjes die ik al uit Vera's juwelenkist had gepikt, dus ik was best rijk, in ieder geval voorlopig. Na de juwelen te hebben gedumpt en met mijn zakken vol rinkelende muntjes, koos ik de herberg met de minst afschuwelijke reputatie die ik maar kon vinden, een tent die De Zwarte Struisvogel heette en uitkeek op het stinkende binnenwater waar de Styx in het Zwavelmeer uitmondde. Ik zag er waarschijnlijk al behoorlijk te grazen genomen uit, dus toonde ik toen ik betaalde de herbergier mijn mes, liet hem weten dat ik er tijdens mijn verblijf niet zou slapen dus dat het geen zin had te proberen mij te beroven en te vermoorden, en ik ried hem met klem aan dat hij en de rest van zijn werknemers het beste af waren als ze mijn kamer helemaal links lieten liggen. Toen sleurde ik mezelf naar boven en ging aan de slag.

Een van de dingen die ik in Saads bazaar had gekocht was een kruik vuurwater – ja, zo wordt het echt genoemd en het is niet dat spul uit Lucky Luke. Het wordt gestookt met het water van de brandende rivier de Phlegethon, het is akeliger in de mond dan Grijpgraags rum, en je hoeft er niet zoveel van te drinken om naar buiten te willen stappen en iemand tot moes te stompen. Ik dronk wel wat voorzichtiger dan dat, net genoeg om de ergste pijn te verdrijven die ik door mijn lange gevangenschap had gekregen, en om dat wat ik mezelf wilde aandoen te verdoven.

Met een gebroken stuk spiegelglas, ook bij Saad gekocht (maar heel weinig luitjes in de hel willen een spiegel hebben, om de een of andere reden, en er zou er beslist geen zijn in een goedkoop hotelletje als De Zwarte Struisvogel) ging ik aan het werk. Ik sneed voren in de huid van mijn gezicht en besprenkelde ze rijkelijk met vuurwater, steeds een paar minuten stoppend om mijn bebloede gezicht in het vuile matras te douwen en te gillen, aangezien het echt verdomd veel pijn deed, neem dat maar van me aan.

Zodra ik mezelf gesneden had over mijn wenkbrauwen, voorhoofd, wangen, neus en kaak, veegde ik het traag sijpelende bloed weg, sneed toen het draadje van Vera's parelketting door en begon de afzonderlijke parels in de bloedende striemen te steken. Ik had een dergelijk ritueel op National Geographic gezien, jonge kerels in Afrika of Nieuw-Guinea of waar dan ook die hun opengesneden huid volstopten met stenen en as om indrukwekkende littekens te vormen. Het ging mij niet om het indrukwekkende, ik wilde gewoon mijn gezicht veranderen. Ik had van schrik bijna mijn eigen ingewanden uitgekotst toen president Caym mij leek te herkennen. Uiteindelijk zou ik misschien zelfs proberen Eligor om de tuin te leiden, maar zoals ik tot mijn verbazing en schrik had ontdekt: welk proces Temuel ook had gebruikt om mij in dit lichaam te krijgen, het had me veel meer het gezicht van Bobby Dollar gegeven dan ik kon riskeren. Vandaar: zelfverminking.

Ik bleef van het vuurwater nippen en dat verdreef de ergste pijn, maar er was zoveel bloed dat die paar vodjes die ik bij de bazaar had gepikt algauw doordrenkt waren. Het had geen zin om nieuwe schone kleren aan te trekken voordat het bloeden was gestelpt, dus depte ik mijn wonden nog een pijnlijke laatste keer met Phlegethondrank, legde mezelf te rusten en ging slapen toen de pijn het hevigst was.

Ik droomde van Caz, natuurlijk, van onze laatste avond samen in Eligors hotel voor hij die ballentent naar de bliksem hielp, maar in mijn droom konden we niet de liefde bedrijven omdat er stukjes van mij af bleven vallen en rondscharrelden over de van bloed glibberige vloer. Op zeker moment stond ik lang genoeg op van het matras om mezelf rijkelijk met brandende vloeistof vol te gieten en daarna deed ik mijn best weer in slaap te vallen, maar ik kon echt voelen hoe de huid weer over mijn nieuwe littekens dichtgroeide, een nare, prikkende sensatie alsof er mieren met gloeiende metalen schoentjes over me heen dansten. Na een tijdje gaf ik het maar op en ging ik met de tanden op elkaar liggen wachten tot de pijn genoeg was weggetrokken om de slaap te kunnen vatten.

Dat duurde heel wat uren. Ik begon me al echt thuis te voelen in de hel – woedend, verdrietig, gepijnigd, noem maar op. Ook bedrogen. Zoals iedereen hier begreep ik maar niet wat ik gedaan had om zo te moeten lijden.

Nu ik relatief veilig was gaf ik de littekens een hele dag om te genezen; ik ging alleen lang genoeg naar de nachtmarkt om iets walgelijks te eten te halen, waarna ik meteen weer terugglipte naar mijn kamer bij de Struisvogel. Toen de pijn van mijn zelfchirurgie was weggezakt tot een dof steken, haalde ik de gebroken spiegel weer tevoorschijn en onderzocht mijn werk. Het bood een vreemde aanblik: mijn knobbelige nieuwe voorhoofd en die bobbelige vormen over mijn jukbeenderen en kaak deden me lijken op een soort woestijnhagedis. Ik gebruikte wat houtskool van de kaarsenpit zodat mijn ogen zelfs nog dieper leken verzonken onder het knobbelige afdakje dat ik had gecreëerd. Het maakte me nog lelijker, maar dat was prima. Er is geen goed of fout in de hel wat het uiterlijk betreft: mijn enige doel bestond uit minder lijken op Bobby Dollar, staatsvijand nummer één.

Ik ging weer liggen om na te denken – en ik had veel om over na te denken. Hoe had Grijnzer mij in Vera's huis kunnen vinden? Had Eligor hem hier gewoon uit de echte wereld teruggebracht zoals je een werknemer terugroept van een opdracht in het veld? Dat was de enige logische verklaring. Maar als Eligor mij kon vinden om Grijnzer op me af te sturen, waarom had het dan zo lang geduurd? Waarom had Eligor niet de moordenaarssekte op me afgestuurd? En waarom waren geen van mijn vijanden hier in mijn nieuwe schuilplek opgedoken?

Commissaris Niloch en anderen hadden gesproken over iemand op wie de machthebbers joegen, een binnendringer. Ik had aangenomen dat ik dat was – maar als het nou al die tijd Grijnzer was geweest? Wat als hij op een of andere manier mij de hel in was gevolgd en me pas had gevonden toen ik gevangen zat in Vera's huis?

Verder kwam ik niet, aangezien het weinig zin had om te proberen een en ander te begrijpen met zo weinig informatie. Ik was hier voor Caz, dat was belangrijk, en ik moest nog wat dingen doen voordat ik dat voor elkaar kon krijgen. Sommige daarvan zouden echt doodeng zijn, maar ze uitstellen zou de boel er alleen maar slechter op maken. Alleen het Opperwezen wist hoe lang ik al in dit afschuwelijke oord zat, maar het voelde als een halfjaar of meer. In heel veel opzichten begon de tijd te dringen.

Het ministerie van Justitie, ook wel de Rechtbank genoemd, bevond zich in het diepste, meest volgebouwde gedeelte van de Rode Stad, een hoekig doolhof van dicht op elkaar staande, naar elkaar overhellende torens en bewaakte ingangen achter het Dis Paterplein. Ik had gebeden dat ik kanselier Urgulap nooit meer zou terugzien, die afzichtelijke reuzenkever die mij op aarde had ondervraagd over de dood van aanklager Graasvaak. Gelukkig was Slangenstaf van de leugenaarssekte als lid van de lagere adel afgescheept met een (letterlijk) heel scherp vrouwspersoon dat bijna helemaal leek te bestaan uit schaaronderdelen. Urgulap was alleen aanwezig in een portret dat aan de muur hing en over het donkere kantoor uitkeek; het pantser van de kanselier was glanzend opgepoetst en zijn onmenselijke gezicht bevroren tot een grimmig beeld van vastberaden leiderschap.

'Wij kunnen u die informatie niet verstrekken, heer Slangenstaf,' zei

Schaartje Knip tegen me. 'De voorzitter is nog niet klaar met zijn onderzoek, dat hij binnenkort bij de Senaat en de Raad zal indienen.'

'Dat geeft niet,' zei ik, terwijl ik probeerde me voor te stellen hoe verknipt een vent moest zijn om met een vrouw naar bed te gaan wier dijbenen scherpgeslepen messen waren. 'Ik moet gewoon iets met dit formulier doen.' Ik probeerde haar een stuk perkament te overhandigen, maar sloeg slechts wat dossiers van haar bureau. Ze keek me blikkerend aan alsof ik geen knip voor de neus waard was en schraapte met haar metalen oppervlakken toen ze zich bukte om ze op te rapen. Toen ze daarmee klaar was, bestudeerde ze het opschrift op het stukje uitgerekte en gladgeschaafde huid. 'Wat is dit? Een betalingsverplichting?'

'Inderdaad,' zei ik. 'Graasvaak was me bijna twee bonken schuldig. Gokschulden.' (De echte Graasvaak mocht inderdaad graag gokken en verloor vrij vaak, had ik begrepen, maar niet alleen had hij nog nooit van mij verloren, ik wist niet eens welke spelletjes of wedstrijden hij graag speelde.) 'Dus zou ik, ik weet niet, uit zijn nalatenschap kunnen worden betaald? Wanneer het onderzoek voorbij is?'

'Stelt uw sekte u niet in staat die zaken op Graasvaaks redentuur te verhalen?'

Ik deed mijn best gegeneerd te kijken, wat niet zo moeilijk was aangezien ik geen idee had wat een redentuur was. 'Tja, dat is te zeggen. Ze hebben me, zeg maar... eruit geschopt. Ik zit niet meer bij de leugenaarssekte.' Ik haalde mijn schouders op. 'Ik zit nu bij de dieven.'

Ze wreef met een van de messen over haar neus, die ook al een mes was. *Skriii.* 'Oké,' zei ze ten slotte. 'Goed. Laat dit maar bij me achter, dan zal ik het in de dossiers stoppen. Met een toelichting erbij.' Ze fronste, wat er vreemd uitzag, geloof me. 'Maar verwacht geen wonderen.'

Ik stond op. 'Waarom zou ik? Dit is de hel.'

Buiten stapte ik in de schaduw van een torenpoort om er zeker van te zijn dat ik de goede had gepakt toen Schaartje de spullen opraapte die ik had omgegooid. Ik nam de dossiers die ik had gestolen uit het uitbakje vluchtig door, een paar vellen perkament met het officiële briefhoofd van de voorzitter. En belangrijker nog was het andere ding dat ik had gejat, een houten stempel dat wel van Ebenezer Scrooges bureau afkomstig leek, maar in plaats van SCROOGE & MARLEY stond er MINISTERIE VAN JUSTITIE op.

Perfect.

Ik sliep die nacht nauwelijks, en dat kwam niet alleen door de kreten van pijn die vanaf de promenade langs het Zwavelmeer weergalmden. Ze waren al niet veel beter dan de stank van het meer zelf, maar beide waren makkelijker te negeren dan de vreemde zoemende, onpasselijke seks die twee of drie wezens in de kamer boven me hadden.

Eindelijk zou ik na al die tijd gaan doen waarvoor ik naar de hel was gegaan, of er in ieder geval een begin mee maken. Als je me al een beetje kent, weet je dat ik niet zo stom ben om steeds dezelfde fout te maken – ik wissel mijn stommiteiten graag af. Ik ging dus niet Eligors huis binnenbanjeren (dat trouwens eigenlijk meer een soort fort was) in een poging met een kletspraatje voorbij hem en al zijn soldaten te komen. Ik zou niet doodleuk met Caz naar buiten kunnen stappen, en ik had überhaupt nog geen goed plan om haar bij hem weg te krijgen. Nog niet. Maar daarom was ik deze nacht opgebleven om voor mezelf nepdocumenten van het ministerie van Justitie te maken en had ik iets bedacht dat mijn doel diende om de vesting van Eligor in en uit te kunnen lopen met mijn huid en belangrijke organen nog steeds intact en op hun plaats.

Toen ik Eligor in zijn aardse vesting Five Page Mill in San Judas had getrotseerd, wist ik nog niet met wie ik te maken had. Nu wel. Ik wist dat ik maar één kans zou krijgen om haar bij hem weg te kapen, en dan zou ik al heel veel geluk moeten hebben. Ik moest een echt plan uitdenken, maar eerst moest ik zijn kasteel Vleespaard van dichtbij zien.

Erbij in de buurt komen was moeilijk, want hoewel de bovenste lagen dezelfde soort verbindende gangenstelsels kenden die horizontaal naar andere grote huizen leidden, werden ze allemaal streng bewaakt. Net als het Infernale Kabinetsgebouw en de meeste andere belangrijke gebouwen in Pandemonium, stond het hoofdgebouw van Vleespaard in een enorm park, met muren afgeschermd van de omringende bewoners. Het terrein was dichtbegroeid met bloedkleurige bomen en werd agressief bewaakt door legers op albinoschorpioenen lijkende wezens met wolvenkoppen. Daar maakte ik me niet al te druk om, aangezien ik van plan was regelrecht door de voordeur binnen te lopen, in ieder geval de eerste keer.

Het hoofdgebouw van Vleespaard was vele vierkante kilometers breed en reikte zo hoog in de rokerige lucht dat ik zelfs bij het rode daglicht dat in de muren brandde de top niet kon zien. Het grote, stenen kasteel leek niet op een paard, en ook niet op vlees, maar het leek ook geen fijne plek. Hoe dan ook moest Caz daarbinnen ergens zitten, en ik smachtte naar haar. Het voelde alsof zij het enige was dat kon voorkomen dat ik mijn verstand verloor.

Ik besteedde een paar dagen aan mijn zorgvuldig onderzoek, en veel geld aan omkoperijen, won informatie in en bereidde mezelf voor. Ik had een speciaal stel kleren door een kleermaker op de nachtmarkt laten maken en bracht nog een bezoekje aan Saad de roze tarantula om wat extra benodigdheden op de kop te tikken. Mijn littekens waren al bijna genezen; de bobbels op mijn gezicht waren nog even lelijk maar zagen er heel wat minder nieuw uit. De avond voor ik aan mijn missie begon, zoop ik mezelf bijna lam van het Phlegethonse vuurwater aangezien ik anders van de spanning niet kon slapen. In het halfduister dat ze hier ochtend noemden, nam ik nog een laatste teug om de kater en de muffe smaak in mijn bek weg te branden, toen kleedde ik me zorgvuldig aan en bereidde ik mezelf voor op het betreden van de Rode Stad, terwijl ik de herkenningsmelodie van *The Good, the Bad and the Ugly* floot.

Oké, dat laatste deed ik niet. Ik geef toe dat ik wel graag had gezien dat Clint Eastwood van de partij was, maar ondergetekende stond er alleen voor.

## 28
# Het verdronken meisje

Een tip. Als je een Jehova's getuige bent of een handelsreiziger die de deuren langsgaat, verkwansel dan niet je tijd en je huid door bij Vleespaard langs te gaan. Mijn vervalste documenten kregen meer aandacht dan me lief was, maar ze verschaften me niettemin toegang tot de toren en een ontmoeting met Eligors hoofd beveiliging. Het vorige hoofd beveiliging van de groothertog, mijn ouwe maat Howlingfell, was door een groot bovennatuurlijk monster verslonden dat eigenlijk mij had moeten opeten, iets waar ik eerlijk gezegd heel goed mee kon leven. Het nieuwe hoofd was een afzichtelijk wezen dat Stronkhoorn heette en eruitzag als een bloederige, gevilde grizzlybeer met slakkenogen op steeltjes. Hij had me nog nooit gezien, wat natuurlijk nog niet betekende dat hij me met open armen ontving: Stronkhoorn bleef wel een kwartier lang aan me snuffelen. Hij deed natuurlijk alleen maar zijn werk, maar hij leek dat wel erg lang te doen. Heel erg lang. Maar uiteindelijk leek Stronkhoorn tevreden. Hij beet geen stukken van me af maar raakte met een gekromde zwarte klauw mijn voorhoofd, wat aanvoelde alsof ik werd gebrandmerkt. Dat werd ik in zekere zin ook, want hij had zijn teken op me aangebracht, wat betekende: beperkte toestemming om door de lagere verdiepingen van het huis te gaan. Niet in mijn eentje natuurlijk, en ook niet naar eigen believen. Ik had een afspraak met iemand die Stronkhoorn kortweg 'het verdronken meisje' noemde.

Dat beloofde dikke pret, dat was duidelijk. Ik begrijp niet dat de hel geen populaire vakantiebestemming is.

Als je in aanmerking neemt dat wij ons in een gebouw bevonden dat vanbuiten leek alsof het door een gigantische lintworm was uitgekakt, en vanbinnen als een nachtmerrieversie van een renaissancetoren, was het kantoor van het verdronken meisje verbazend alledaags. Ze zat achter een heel oud houten bureautje, zo'n ouderwets soort dat secretaire wordt genoemd, met veel vakjes om dingen in te stouwen en een grote omlijste spiegel voor en in het midden van het bureaublad. De ramen van de stille donkere ruimte keken uit over een stil binnenwater van de Phlegethon dat de Tophetbaai werd genoemd. De hele uitgestrekte rivier kolkte, vlammen dreven op zwarte olie en zonden stoomwolken in de rood verlichte lucht zodat het uitzicht uit het raam leek op een theaterdecor. Het verdronken meisje zelf zag er precies zo uit als je zou hebben verwacht. Hoewel op sommige plaatsen opgezwollen, was ze toch slank, wat geprononceerd werd door het sluike, druipende haar dat tot haar schouders hing over haar natte, ietwat middeleeuws ogende jurk. Haar huid was precies zo blauwwit griezelig en opgezet pafferig als je zou denken. Haar fletse, lichte ogen keken me intelligent aan (zij het wat wrokkig), maar zo nu en dan rolden ze omhoog achter haar oogleden en bleven daar een tijdje zitten, waardoor ik staarde naar een heel realistisch lijk op een kantoorstoel.

'Ik ben Marmora.' Ze klonk alsof er nog wat water in haar longen zat. 'En u bent zeker Pseudolus van Prespa,' vervolgde ze, het perkamentvel oplezend dat ik haar had overhandigd. (Ik had besloten dat ik onder de naam Slangenstaf te veel mensen tegen de haren in had gestreken om bij Eligor binnen te stappen onder die naam.) 'Wat wilt u van groothertog Eligor?'

*Zijn groothertogelijke scrotum*, wilde ik zeggen, of iets dergelijks dat zou overbrengen wat ik vond van alle ellende die hij mij had bezorgd, waaronder het pikken van de vriendin die ik van hem had gekaapt. 'Het betreft een ander lid van mijn sekte, de overleden aanklager Graasvaak,' zei ik echter. 'De leugenaarssekte heeft mij hierheen gezonden.' Dat hadden ze natuurlijk niet, maar dat stond op mijn vervalste documenten. 'Ik wil hem alleen wat vragen stellen over Graasvaak.'

'Dat kunt u vergeten.' Haar wrange glimlach werd nog wat griezeliger door de vloeistof die van haar onderlip droop. 'De groothertog is veel te druk om iemand als u te spreken.'

'Ik begrijp het.' Ik had geen audiëntie verwacht en wilde die eigenlijk ook niet, ik hoopte alleen op een kans om binnen te komen en de boel te verkennen. 'Met wie kan ik anders spreken?'

'Niemand,' zei ze. Ze schoof het perkamentvelletje naar me terug, haar vingers zo zacht, vochtig en opgezwollen dat ze kleine rolletjes huid op het document achterlieten. 'Graasvaak is nooit in dienst van de groothertog geweest.'

'Maar hij kwam hier vaak. En ik heb me laten vertellen dat hij wat, laten we zeggen, onofficiële klusjes voor groothertog Eligor heeft verricht...'

'Dat maakt niet uit. Zijne hertogelijke hoogheid zal u niet ontvangen, en niemand anders hier kan u iets vertellen over de... onofficiële handel en wandel van onze meester. Ik stel voor dat u elders uw inlichtingen inwint.' Ze bleef me lang aanstaren, een merkwaardig intiem moment, hoewel het moeilijk was om in die druilerige, verwoeste ogen te kijken. 'Ik hoop niet dat ik Stronkhoorn en zijn wachters hoef op te roepen om u naar buiten te begeleiden, maar desnoods zal ik dat doen.' Ze leek het echt te menen, wat aardig van haar was, maar het was toch slecht nieuws. Ik had gehoopt wel wat verder te komen en langer te mogen blijven, misschien zelfs te achterhalen waar Caz werd vastgehouden.

Daar stond ik dan met mijn vervalste documenten, me afvragend wat me nu te doen stond. Het enige dat in me opkwam was vragen waar de wc was of doen of ik een beroerte kreeg, maar toen hoorde ik een onwelluidend geluid als een lange ijspegel die brak. Marmora keerde haar troebel starende blik naar de spiegel op het bureau. 'Ja, gravin?'

Ik hoef je niet te zeggen dat ik opeens zo strakgespannen was als een gitaarsnaar. Ik deed een stap weg van het bureau en wandelde er wat vandaan, alsof ik Marmora uit respect wat privacy gunde, en probeerde een hoek te vinden waarvandaan ik de voorkant van de spiegel kon zien.

Zíj was het in de spiegel, haar wonderbaarlijke gezicht, daar vlak voor me. Ik kon niet horen wat ze zei, hoewel het verdronken meisje dat duidelijk wel kon, maar dat gaf niet. Zij was het, Caz, en na al die tijd was ze nu opeens binnen handbereik. Ik hoefde alleen maar Marmora te onderbreken en ik zou persoonlijk spreken met de vrouw van wie ik hield. Zoiets doms deed ik natuurlijk niet, maar ik wilde het wel, en hoe.

Daar was ze, diezelfde beeldschone, schrikbarende verschijning die ik voor het eerst had ontmoet toen ze verscheen bij de plaats waar Edward Walker was overleden, bloedrode ogen incluis. Maar Caz zag er nu bleek en vermoeid uit, o zo vermoeid, en zelfs vanwaar ik stond kon ik zien hoeveel moeite het haar kostte dat stomvervelende praatje met Marmora te moeten houden. God, wat verlangde ik naar haar. Ik wilde alleen maar van het verdronken meisje wegglippen en proberen Caz te vinden, maar ik wist dat dat een succes verzekerde zelfmoord zou zijn.

'Ja, gravin, natuurlijk zal ik daarvoor zorgen,' zei Marmora. 'Wanneer wilt u gaan? De eerste avond van de wolf? Ik zal ervoor zorgen. Hoe groot is het gezelschap?' Ik keek hoe Caz sprak en vroeg me af waar ze in deze enorme zee van ruimte op dat moment was ondergebracht. Het was onverdraaglijk. Kon ik gewoon wegglippen en haar gaan zoeken? Haar nu meteen met me meenemen? Maakte ik het mezelf te moeilijk?

'Wilt u in het circus aan de kant van het Leopoldplein zitten?' vroeg Marmora. Ze had een vreemde toon in haar stem, alsof ze Caz zo veel mogelijk op afstand wilde houden. Mocht ze de gravin van de koude handen niet, of lag het wat ingewikkelder? En wat kon het me eigenlijk schelen? 'Goed, de kant van het Leopoldplein,' zei het verdronken meisje. 'Uitstekend, mevrouw.'

Caz' gezicht verdween uit de spiegel. Ik bedankte het verdronken meisje voor haar hulp. Marmora wierp me een vreemde blik toe die me eraan herinnerde dat je in de hel niet vaak 'Dank je' hoorde.

'U moet zich niet in dergelijke zaken mengen en terugkeren naar uw lagere niveaus, heer Pseudolus,' zei ze terwijl ik naar buiten liep. 'Ze lusten u rauw in Pandemonium.'

Ik denk dat ze het goed bedoelde.

Zodra de druipende secretaresse 'circus' had gezegd, wist ik vrijwel zeker waar Caz heen ging, die eerste avond van het festival van de wolf, wat al over een paar helse dagen was. Wolf kwam het meest in de buurt van een feest in de hel, een grote orgie van publiekelijk bloedvergieten en nog slechter gedrag dan anders. Het circus moest het Circus Commodus zijn, Pandemoniums versie van Madison Square Garden of het Wembley Stadium. Het zou misschien mijn enige kans zijn om Caz te spreken buiten het kasteel Vleespaard, wat betekende dat het ook mijn laatste kans was om haar te schaken. (Ja, ik geef toe dat ik zelfs in dit late stadium nog steeds zulke romantische ideeën koesterde, ondanks het feit dat Caz minstens zo sterk was als ik en zij de hel veel beter kende dan ik ooit zou kunnen. Of in ieder geval beter dan ik ooit zou willen kunnen.) Dus ik moest van tactiek veranderen. *Nee, dat kun je niet doen. Zeg, ben je helemaal betoe-toe-toeterd.*

Ik herinner me dit soort liedjes op de gekste momenten.

Het Dis Paterplein is de grootste openbare plek in Pandemonium, het hart van de helse hoofdstad, maar net zoals het centrum van Parijs begint bij de Nôtre Dame en zich over de Champs-Élysées uitstrekt tot aan de Arc de Triomphe, zo strekte het centrum van de hel zich helemaal uit langs de Via Dolorosa, de brede, onverbiddelijke avenue waar triomferende duivelgeneraals marcheerden. Het circus, ook wel het Amfitheater van Commodus genoemd, bevond zich aan het ene uiteinde van de Via Dolorosa, naast het Leopoldplein. Commodus was een van de slechtste Romeinse keizers geweest, een moorddadige psychopaat in de geest van Caligula en Nero, maar anders dan Nero had Commodus nooit geprobeerd de hel te bedriegen. Naar Commodus was in de hel zelfs een groot monument vernoemd, in plaats van een in de vergetelheid geraakte brug, dus gokte ik dat Eligor, Caym en consorten deze Commodus geen operaliedjes voor joelende menigtes lieten zingen.

Het kostte twee tuf om per veerboot de dampende uitgestrektheid van de Tophetbaai over te steken, maar dat ging veel sneller dan lopen en ik wilde mezelf niet in een van die schommelende volgepakte treinen proppen. Nog voor het tweede lichtbaken was aangestoken bereikte ik al de aanmeerplek bij het Leopoldplein, zodat ik de hele hellemiddag had om de boel te verkennen. Het amfitheater was gesloten, maar een wachtpost die eruitzag als een walrusmummie liet me nadat ik hem had omgekocht binnen, en toen voerde een vermoeiende klim over stenen treden me naar de top, waar ik kon rondkijken.

Het amfitheater van Commodus leek erg op het beroemde Colosseum in Rome, alleen langer en zo'n vijf keer zo groot. Ik denk dat je er zeker een paar honderdduizend mensen in kwijt kon, of wat hier voor mensen door moest gaan. Een renbaan strekte zich er in zijn geheel omheen, maar er was een afzonderlijke plek in het midden die duidelijk bedoeld was voor iets als gladiatorengevechten. Het zand op de renbaan en de arena was roestkleurig van geronnen bloed.

Beneden in het onderste gedeelte van de tribunes, dicht bij het midden van het amfitheater, was een groot gedeelte overdekt met afdaken van uitgerekte huid, als reusachtige vleugels van een albinovleermuis. Aangezien er geen zon was in de hel, was ik er vrij zeker van dat het meer diende om de belangrijke bewoners van de hel wat privacy te geven, en misschien om ze te beschermen tegen de projectielen en spuug van de dappere of in ieder geval dwazere onder de minder gefortuneerden boven en achter hen.

Ik wandelde lang genoeg rond om een indruk van het circus te krijgen, nauwkeurig lettend op uitgangen, schuilplekken en goede en slechte plaatsen voor een laatste wanhopig gevecht. Toen sloop ik terug naar mijn kamer in de Struisvogel om uit te rusten en na te denken. Geen van beide ging me gemakkelijk af. Elke keer wanneer ik me focuste, zag ik Caz' bleke gezicht weer in die spiegel en knalden mijn gedachten als bowlingkegels uiteen. Ik had nooit gedacht dat het mogelijk was om zo naar iets of iemand te verlangen, en het feit dat ik bijna geen kans maakte om haar terug te krijgen, maakte me alleen nog maar obsessiever. Ik viel in slaap en natuurlijk droomde ik van haar. In de droom bleef ze me zeggen dat ik haar moest vergeten, dat ik weg moest gaan, maar zelfs in mijn droom was ik nog zo dom als het achtereind van een varken en volgde ik haar de onmetelijk diepe schaduwen in.

Wat er in het amfitheater van Commodus op de eerste dag van de wolf voorviel? Nou, precies wat je zou verwachten op een feestdag in de hel ten overstaan van een kwart miljoen samendrommende duivels en verdoemde zielen, en het was een grote klerezooi.

De festiviteiten begonnen met het ritueel slachten en ontleden van tientallen soorten dieren en verdoemde zielen, het soort lol dat je in het echte Romeinse Colosseum vaak kon zien, hoewel hier noch de dieren noch de verdoemden konden sterven. Maar dat voorkwam niet dat er gruwelijke, bloederige dingen gebeurden, en in veel opzichten was het nog erger om die wezens zo erg te zien lijden en te weten dat zelfs de dood geen einde aan hun pijn zou maken. Toen begonnen de wedstrijden, die uitmondden in één grote, de Lykaionrace genaamd, waarbij het meest werd gewed. De baan rondom de buitenste rand van het amfitheater was omgebouw tot een hindernisbaan met alle soorten harde, hete en scherpe voorwerpen die je je maar kunt voorstellen. Er werd een meute van zo'n honderd naakte zondaars tegelijk losgelaten om eenmaal rond de baan de rennen, die in totaal zo'n drie tot vijf kilometer lang was. Ze moesten dit circuit afleggen terwijl ze niet alleen langs de gewone obstakels liepen – kuilen vol brandende olie, bossen van prikkeldraad en iets als mijnenvelden – maar ook langs tientallen gewapende duivels en woeste beesten.

Behalve de grote waarschijnlijkheid dat dit een wedstrijd was die niemand ging winnen, was het eerste dat me opviel hoe toegetakeld alle renners c.q. slachtoffers eruitzagen, vele zo gekromd en gebogen als Richard de Derde, sommige met ledematen van duidelijk verschillende lengte of met enorme niet-geheelde wonden die onhandig waren gehecht. Toen de eersten ledematen verloren aan de vallen, wilde beesten en gewapende duivels, werd me de oorzaak daarvan duidelijk: aangezien ze niet konden sterven, werden ze wanneer ze gehandicapt raakten, met de ledematen en andere lichaamsdelen die toevallig in de buurt lagen van de baan gesleept. Als dat hun eigen lichaamsdelen waren, des te beter, maar ze werden in het wilde weg aan elkaar gehecht, en dan moest het letterlijk helse vermogen van de verdoemden om zich te genezen die lichaamsdelen, van wie ze ook waren geweest, weer aan de nieuwe lichamen hechten.

Hoe het ook zij, de race was zo afschuwelijk als je je maar kunt indenken, en het publiek was er wild van. De fans werden vooral uitzinnig toen de tijdelijke aanvoerder zich te pletter liep tegen de slagtanden van een skeletachtige mastodont (ik vermoed dat het dat was) en in het zand werd geslingerd en vervolgens fijngestampt tot iets als een cakerol met aardbeienconfituur, waarna het triomferende beest hem met de skeletachtige slurf slingerde en rondzwaaide als een krijgsbanier.

Ik maakte van deze opwinding gebruik om mijn weg omlaag te vinden van de goedkope stoelen naar de met vleermuisvleugels overdekte waar de edellieden (hopelijk inclusief Caz) zaten. Ik kocht een zakje met iets walgelijks dat de verkoper probeerde te slijten – ik geloof dat het papieren puntzakken vol geroosterde maden waren – om een reden voor te wenden om daar te zijn, en liep toen ongedwongen de trap af naar het gangpad achter het overdekte gedeelte.

Mijn hart begon heel snel te kloppen toen ik een flits zilvergoud haar te midden van al die schaduwen zag. Het was Caz, maar ze zat naast de groothertog Eligor, en hoe graag ik hem ook wilde aanvliegen om met een mes een kleinhertog van hem te maken, had ik geen wapen waarmee ik hem meer kon aandoen dan irriteren, om over al zijn bewakers en lelijke machtige vrienden nog maar te zwijgen.

Twee van de wedstrijdaanvoerders waren nu met hun blote handen elkaars gezicht aan het afkrabben, iets wat de mensen in het ommuurde gedeelte deed juichen en roepen om meer vuurwater, maar ik kon mijn ogen niet van Caz afhouden. Ze leunde een beetje tegen haar ontvoerder aan en zei iets. Hij wierp haar even een minachtende blik toe en knikte naar iemand. Twee grote kerels met grijze huid stonden op om haar te vergezellen. Ik herkende ze – en hoe. Het waren mijn oude makkers Kandij en Kaneel weer, haar voormalige lijfwachten, maar nu ongetwijfeld gewoon haar bewakers.

Ik zag het mooie, sombere gezichtje langslopen, slechts een paar meter van me vandaan, haar tred traag en waardig, de twee wachters zo dichtbij dat ze bijna haar ellebogen beknelden. Ze bestegen de trap naar de top van het amfitheater en ik begreep een hele tijd niet wat ze aan het doen was. Maar toen ze boven was, hield Caz gewoon langs de muur halt, keerde het amfitheater de rug toe en staarde uit over Pandemonium alsof ze wilde geloven dat ze ergens anders was. De lucht moet daarboven net zo erg hebben gestonken als waar dan ook in de stad, maar waarschijnlijk gaf ze er toch de voorkeur aan boven de lucht naast Eligor.

Kandij en Kaneel staarden even geërgerd naar haar en gingen toen wat verder staan om de actie beneden te kunnen zien, maar ze hielden haar nog steeds scherp in de gaten. Ze was duidelijk een gevangene, en was dat waarschijnlijk al de hele tijd geweest toen ik mijn leven leidde in de veilige comfortabele echte wereld, toen ik probeerde te besluiten of ik achter haar aan moest. Op dat moment had ik geen hoge pet op van mezelf.

Ik liep nog wat verder en beklom toen een trapje zodat ik me ook in de bovenste rij bevond, maar met honderden toeschouwers tussen mij en Caz en haar bewakers. Toen een van de hardlopers beneden in een plas brandende olie viel en zijn race als krijsende fakkel vervolgde – wat het publiek fantastisch vond – wierp ik een steelse blik over de rand van het amfitheater.

Ik had geluk. Er waren beugels voor vaandels of misschien een soort windscherm langs de buitenkant, en een stenen pad waar arbeiders onder de buitenrand konden staan, om de beugels op te zetten of neer te laten. Ik wachtte tot de brandende hardloper werd gedoofd door de knots van een lachende reus, wat een groot gedeelte van het publiek deed opveren en kraaien van de pret, en glipte toen over de rand van het amfitheater en op de richel, die heel wat smaller en minder stevig bleek te zijn dan ik had gedacht.

Ik zocht mijn weg langs het afbrokkelende pad met slechts de kracht van mijn vingers en tenen tot ik ongeveer de plek had bereikt waar Caz had gestaan, met haar wachtposten nog eens tien of vijftien meter verderop, en trok mezelf toen voorzichtig op. Ik moest mijn voeten van de richel afhalen en vingergrepen gebruiken, en het was een heel eind naar beneden. Maar toen ik mijn kop opstak, zag ik haar, haar bleekgouden haar lichtte rood op, het licht van de muurbakens reflecterend.

Ik gleed weer omlaag uit het zicht. 'Caz!' zei ik zo hard als ik durfde. 'Gravin!'

Er kwam geen antwoord. Voorzichtig klauterde ik weer omhoog naar de top, hangend aan mijn pijnlijke vingers. 'Gravin! Caz!' siste ik.

Ze keerde zich om, keek snel in mijn richting en keek toen weer net zo snel weg. Kandij en Kaneel spraken nog steeds met elkaar en letten niet eens op haar. 'Wie je ook bent,' zei ze op heel dringende toon, 'maak dat je wegkomt. Je hebt geen idee hoe erg...'

'O ja, echt wel,' zei ik. Ik schuifelde nog wat dichterbij om zacht te kunnen blijven praten. Mijn vingers begonnen echt behoorlijk pijn te doen. 'Ik heb het namelijk allemaal meegemaakt. Hij heeft dat beest met die horens al eens achter me aan gestuurd, weet je nog?'

Ik zag haar gezicht weer naar mij toe keren, zo snel en bleek als de maan vanachter de bomen verschijnt, maar slechts een ogenblik. 'Ga weg,' zei ze, of in ieder geval dacht ik dat ze dat zei: ik kon haar nauwelijks boven het tumult van het publiek uit horen.

'Ben je me nu al vergeten, Caz?' Ik wilde wanhopig graag terugkeren op de richel aangezien mijn vingers aanvoelden alsof ze in een enorme muizenval zaten, maar zij was het, zij was het en ze sprak met me. 'Jouw medaillon heeft me gered. Dat heb ik je nooit kunnen vertellen. Het heeft me gered.'

Ze verstijfde. Lange tijd dacht ik dat er iets met haar was gebeurd, dat haar ziel uit haar lichaam was gevlogen. Toen ze weer wat zei, bleef ze wegkijken.

'Ik weet niet wie je bent, maar als je nog één woord zegt, roep ik de bewakers, en dan zal de groothertog je huid afpellen en je botten tot tandenstokers snijden. Begrepen? Laat me met rúst.' Ze liep de trap weer af. Kandij en Kaneel, duidelijk geïrriteerd dat ze weer weg moesten, volgden haar, een muur van vervaarlijke grijze spieren. Ik kon niet anders doen dan als een stervende hagedis hulpeloos aan de stenen van het amfitheater blijven hangen, terwijl zij verdween.

## 29
# Hemelse adem

Toen Caz wegliep was het... nou, alsof er een tornado in het midden van mijn borstkas was terechtgekomen, alles in me had omgewoeld en verwoest, en toen opeens weer verder was getrokken. Ik kon de verdoemden en hun cipiers overal om me heen horen, schreeuwend van blijdschap om het spektakel beneden, maar al die verschrikkingen waren opeens niets dan ruis. Ik was zo geschokt dat ik nauwelijks meer kon nadenken.

Eindelijk trad mijn overlevingsinstinct in werking. Ik kon natuurlijk niet de hele dag aan de rand van het Colosseum blijven hangen, dus werkte ik me terug naar waar ik vandaan kwam en klauterde weer over de muur heen en weer in het circus. De bezoekers beneden merkten me niet eens op omdat ze te druk aan het krijsen waren van genot over het spektakel onderin van de laatste twee gewonde, bloedende mensachtigen op het zand, beide met een lange dolk tussen de tanden, geen van beiden in staat de laatste meters naar de overwinning te kruipen zonder zijn tegenstander uit te schakelen. Het was de hel en dus gooiden de toeschouwers ook stenen en andere zware dingen omlaag naar de twee ploeterende gestaltes, ofwel in een poging degene op wie ze hadden gewed te helpen, of gewoon belust op wat meer lijden.

Ik plofte neer op een bankje en liet de hete stank van die plek over me heen komen. Ik begon me hier thuis te voelen, een zoveelste loser met zelfmedelijden in dat grote souterrain. Ik had het verknald, en wist niet eens hoe. Mijn enige kans om Caz terug te zien, en ze had me de rug toegekeerd en was weggelopen. Ze had me zelfs verzekerd dat Eligor me kapot zou stampen als ik haar niet met rust liet – ik bedoel maar, over een trap na gesproken!

Toen viel het kwartje, het overduidelijke duitje dat ik over het hoofd had gezien. Na hierover wat te hebben nagedacht, stond ik op en klom ik weer naar de bovenste rij. Beneden was een van de overgebleven deelnemers erin geslaagd de keel van de ander door te snijden en kroop weg terwijl zijn slachtoffer kronkelde op een steeds groter wordend stuk rood zand. Ik kon de opwinding van de toeschouwers voelen aanzwellen als een opstekende storm. Ze waren hier net als haaien – bloed wekte steevast hun belangstelling.

Ik ging een paar meter zitten van waar Caz had gestaan. 'Ga weg,' had ze minstens twee keer gezegd, maar ze was niet één keer naar haar bewakers gelopen, die maar een paar meter van haar vandaan hadden gestaan, en ze had nauwelijks opgekeken. Waarom keerde ze een potentieel gevaar de rug toe? Waarom verhief ze niet op zijn minst haar stem om de aandacht van haar bewakers te trekken? Omdat ze wist dat ik het was. En ze wist dat ik heel goed tot iets doms als dit in staat was. Misschien probeerde ze me tegen mijn eigen onstuimigheid te beschermen. Had ik echt verwacht dat zij hier met mij ten overstaan van de hele hel een vrolijk weerzien zou vieren, terwijl Eligor slechts een paar rijen onder ons zat? Daar was Caz te slim voor.

Terwijl ik deed of ik toekeek hoe de laatste overlevende van de Lykaionrace naar de finish kroop, keek ik voorzichtig om me heen voor het geval ze een briefje of sleutel of wat dan ook had achtergelaten, om mij duidelijk te maken wat ons te doen stond, maar ik zag alleen de gebruikelijke vuiligheid. Ik ging zelfs waar ze had gestaan op handen en knieën in iedere barst in de oude stenen zoeken, maar er was niets verborgen of weggegooid.

Ik werd weer door wanhoop overmand. Even was ik er zo zeker van geweest dat ze geprobeerd had me duidelijk te maken dat ik voorzichtiger moest zijn, dat ze meer privacy nodig had, of tijd, of wat dan ook, maar nu begon ik te denken dat mijn eerste aanname juist was geweest: ze was me ofwel vergeten, of ze wilde me niet meer zien. Na alles wat ik had doorstaan om hier te komen, voelde ik me flink genaaid, en ik kon er verder niets van maken.

Toen zag ik het. Het viel niet op, aangezien het bijna dezelfde kleur had als de stenen: een lang draadje, slechts iets lichter dan de grote lavablokken in de muur, hakend aan een randje op heuphoogte boven de grond. Ik reikte ernaar en tilde het voorzichtig op met mijn vinger. Het was een heel fijn draadje, iets wat zelfs op aarde kostbaar zou zijn geweest, dacht ik, maar nog veel meer in de hel. Het had aan weerszijden van waar het haakte bijna dezelfde lengte, alsof iemand het aan beide zijden had vastgehouden en voorzichtig op die plek had gedrapeerd. Maar als Caz dit had gedaan, wat had het dan te beduiden?

Natuurlijk had Caz dit gedaan. Zij was de vrouw die erin geslaagd was Eligors engelenveer te stelen en haar medaillon in mijn jas te moffelen onder de puntneus van de groothertog van de hel zelf. Zij had die draad voor mij achtergelaten. Ze wilde dat ik die zou gebruiken om haar te vinden. Ik weigerde iets anders te geloven.

Er klonk weer gebrul beneden. De ogenschijnlijk verslagen deelnemer met doorgesneden keel had zijn rivaal van achteren vastgepakt, zijn tanden in het been van die arme drommel gezet en diens hamstring eruit gerukt; hij had dan misschien de wedstrijd verloren, maar zou ervoor zorgen dat zijn tegenstander ook niet won. De toeschouwers, die zoals de meeste helbewoners grote fans waren van het dwarsbomen van andermans plannen, beantwoordden dit met goedkeurend gejuich terwijl de twee bebloede lichamen steeds trager worstelden en daarna tot stilstand kwamen, slechts een paar meter van de finish vandaan. Een eskadron van grote duivels van de moordenaarssekte marcheerde met vervaarlijke drietanden op hen af, en ik betwijfelde of een van de deelnemers op zijn lauweren zou mogen rusten.

Ik hoefde de ontknoping niet te zien. Ik daalde al de trap af, op weg naar de nachtmarkt.

Saad de heler bracht de gebarsten lens die hij aan een touwtje om zijn nek droeg omhoog en tuurde erdoor terwijl hij zijn andere oog half dichtkneep. Hij hield de draad op om er zo veel mogelijk licht op te laten vallen en onderzocht hem van verschillende kanten; zijn roze spinnenpootjes lieten de draad op en neer gaan. Toen liet hij hem weer in mijn hand vallen.

'Een handjevol,' zei hij. 'Geen tuf meer.'

'Ik wil hem niet verkopen, ik wil weten wat het is – waar het vandaan komt!'

Saad likte zijn gebarsten lippen met een tong als een zwarte slang. 'Weet ik. Het kost je een handjevol om daarachter te komen.' Hij wierp me een hardvochtige grijns toe. 'Je dacht toch niet dat ik het je gratis ging vertellen, of wel? Ha! Ik schijt nog niet eens gratis op iemand.'

Ik had nog steeds vrij veel van Vera's geld over, dus de prijs zelf was geen probleem, maar ik wilde niet dat in deze contreien bekend werd dat ik betrekkelijk rijk was, dus pingelde en kibbelde ik met Saad tot ik de prijs tot vier tuf wist te verlagen. Geloof me, in de hel is het alleen maar verstandig om om iedere duit te bekvechten, net zoiets als je voedsel ophangen zodat de beren 's nachts niet in je kamp komen. Eigenlijk bijna precies hetzelfde, behalve dat een beer makkelijker is om mee te onderhandelen dan met wie ook in de hel probeert je poen te pikken.

Toen mijn ijzeren tuffen in Saads geldkistje zaten, leidde hij me naar een zijdehandelaar aan het andere eind van de nachtmarkt die Han Fei heette. Ik kwam wat interessante dingen te weten door dat onaangename heerschap, die de ongelooflijk dure zijde vanuit de Phlegethonlagen importeerde. Die was zo duur omdat ze gemaakt was van de zijde van echte zijderupsen, of in ieder geval het soort zijderups dat blijkbaar in de hel kon gedijen. Later zou ik ontdekken dat wat ze in de hel zijderupsen noemden bijna hetzelfde was als wat ze 'slaven', 'gevangenen' en 'de gebruikelijke verdachten' noemden – de glanzende draden werden op een of andere manier verkregen bij het martelen van gevangenen die blijkbaar weer herboren waren in de hel als iets waarvan de draad kon worden gewonnen zodat de rijksten van de helse heersers mooie kleren konden blijven dragen.

Ik keek toe hoe Han Fei een negengangenmenu at terwijl hij me onderwees over de helse zijde en de helse economie. Tegen de tijd dat hij zijn toetje van gekonfijte ogen op had, was ik uitgeput. Het grootste deel van de avond was voorbij, en hoewel ik nu een lijst had van een zestal of meer plekken waar deze uiterst kostbare weefsels werden verhandeld, wist ik dat het te laat was om ze af te gaan werken. Ik slofte terug naar de herberg bij het meer en mijn kleine maar nog steeds zweterige, oncomfortabele bed, en probeerde te slapen.

Ironisch genoeg droomde ik voor de verandering helemaal niet over Caz.

Ik was de volgende dag, kort nadat het eerste baken was aangestoken, nog geen uur op pad toen ik al de helft van de plekken die Han Fei had genoemd had weggestreept. Het waren allemaal enorme handelshuizen, eigenlijk meer pakhuizen, die niet alleen zijde verhandelden, maar ook exotische huiden en allerlei andere voorwerpen die uiteindelijk tot kleding van de belangrijkste bewoners van de hel zouden worden gemaakt. Als Caz mij naar een van die pakhuizen had willen leiden, had ze me duidelijk niet genoeg informatie gegeven voor de volgende stap. Zoals op de meeste plekken in de hel hielden de textielhandelaars hun administratie bij in hun hoofd, en niemand zou een vreemdeling alle plekken vertellen waar ze hun stoffen verkochten, zelfs niet als ze werden omgekocht.

Ik had wat meer geluk in een van de kleinere winkels, waar een verfomfaaid oud vrouwwezen met een gezicht als een stapel pastinaakwortels en vingers als dode takjes helemaal nostalgisch werd over hoe zij kon zien dat het de echte was, dat de kleurstof iets was dat niemand meer gebruikte behalve Château Machecoul, een van de meest exclusieve kledingzaken in Pandemonium. Dit vertelde ze me gratis, wat me argwanend maakte, maar ze wierp ook een blik op mijn kleren en liet weten dat ik nooit door de poort zou worden toegelaten als ik er als een zwerver bij liep, wat me al een wat beter gevoel gaf. Als in de hel iemand niets onaardig tegen je zegt, moet je meteen even kijken of hij geen mes in je rug heeft gestoken.

Ik vroeg haar wat tips om een bezoek aan Machecoul succesvoller te maken. Het vooruitzicht om me wat geld af te troggelen deed haar gezicht aanzienlijk opklaren, en ze bleef bijna een uur lang me uitdossen in een kostuum dat niet zou hebben misstaan in een gewestelijke theaterproductie van *De piraten van Penzance*. Ze verzekerde me dat ik eruitzag als een trendsetter van Pandemonische mode, en toen ik mijn weerspiegeling in een opgepoetste metaalplaat bekeek, kon ik bijna instemmen, wat nog een reden was om zo gauw mogelijk te maken dat ik wegkwam uit de hel.

Ik was niet zo stom om een plek als het Château Machecoul gewoon binnen te stappen. Ergens in je eentje op je hoefjes heen hobbelen in de hel is zowat van de daken schreeuwen dat je zo arm bent als de neten en geschikt bent om te worden opgegeten door alles wat groter is of hoger in de voedselketen staat, dus bestelde ik een taxi, een soort puffende stoomkrab op enorme met punten afgezette wielen, en liet me afzetten op de hoek van de Torquemadastraat en de Ranavalona-avenue in het Doemdistrict, een chique buurt waar de minnaressen en schandknapen van machtige duivels winkelden. Ik geloofde het zo, aangezien de meeste duivels en verdoemden die ik daar zag absurd mooi waren, op heel extreme manieren, of misvormd op een seksuele manier.

Terwijl ik de helse knappers en knoeperds in groepjes van een, twee of drie zag langslopen, vroeg ik me opeens af of Caz' zo aantrekkelijke uiterlijk niet haar eigen keus was maar misschien iets was waar Eligor op had gestaan. Het was beslist de mode onder enkele van de hoogstgeplaatsten van de hel om er heel menselijk uit te zien. Ik had het in Vera's kringen gezien, en ik zag het nog duidelijker hier, waar Pandemoniums meest *hot and happening* typjes langs de etalages liepen en bijbabbelden in het infernale equivalent van een chic restaurant. Ik zeg 'equivalent' want echt, op aarde zou zelfs een verhongerende bedelaar die bagger nog niet vreten die ze je in die tenten voorschotelen. Hoe rijk je ook bent, je kunt in de hel niets lekker laten smaken omdat niets in de hel lekker smaakt. Zo simpel is dat. Iets kon eruitzien als een mooi wijntje en nouvelle cuisine, maar het smaakte toch als azijn en as. Het enige dat niet heel smerig smaakte, waren de overal aanwezige asfodilbloemen, het voedsel van de doden, en die smaakten zo muf als tofoe.

Château Machecoul zag er vanbuiten niet anders uit dan de kleine, dure winkeltjes aan weerszijden ervan, een juwelier en een soort herenmodezaak die zich leek te specialiseren in scherpgepunte kostuums die iedere activiteit die inniger was dan zwaaien naar de andere kant van een kamer pijnlijk of heel gevaarlijk maakten. De eeuwenoude gebouwen van moddersteen waren versierd met luifels, vensters en slingers met lichtjes – elektrisch natuurlijk, want in Pandemonium was elektriciteit een teken van welvaart. Ongetwijfeld vergde het genereren ervan een of ander afschuwelijk soort marteling.

De deur van de winkel zat op slot. Ik klopte aan en hij vloog meteen open, maar er stond niemand aan de andere kant.

Overal hingen stoffen in grote lappen als een duizendtal overlappende tapijten, en opgerold tot rollen in alkoven in de muur, een bijna claustrofobisch makende reeks van verschillende soorten stof. Mannequins zonder hoofd – ik hoopte tenminste dat ze dat waren – stonden overal om me heen, maar ik zag geen enkele klant, kleermaker of verkoopduivel.

'Is daar iemand?' Ik liep dieper de winkel in, mijn hand ging naar de zak waarin ik mijn mes uit de nachtmarkt bewaarde. Het begon steeds meer op een val te lijken, zo'n maffiasituatie waar een vent opkijkt van zijn cannelloni en beseft dat alle andere klanten 'm zijn gesmeerd. Dus toen een hand zachtjes op mijn schouder werd gelegd, draaide ik me om met mijn mes vooruit, klaar om mijn besluiper fijn te hakken.

Alleen kon ik dat natuurlijk niet. Want zij was het.

Zij was natuurlijk minder zeker van mij – ik zag er behoorlijk anders uit dan de laatste keer dat ze me had gezien, op aarde – maar haar ogen bleven op de mijne gevestigd en ze gaf geen krimp. 'Bobby...?'

Ik kon nauwelijks wat uitbrengen. 'Caz.'

'Idioot!' En toen sloeg ze me. Recht op mijn snuffer. Ze bracht me aan het tollen. Elke keer dat ik die vrouw zag kreeg ik een flink pak slaag. Geloof me, dat is niet mijn beeld van een perfecte relatie.

'Au! Waar is dat goed voor?' vroeg ik, terwijl ik mijn neus dichtkneep om het bloed niet op mijn nieuwe kleren te laten druipen, maar een ogenblik later zat ze tegen me aan gedrukt en veegde ik mijn bloed aan ons beiden af. Alles voelde onwerkelijk. Na al die tijd...!

'Waarom sla je me altijd?' mompelde ik, mijn lippen drukten zo hard op de hare dat het waarschijnlijk klonk als potjeslatijn.

'Je had niet moeten komen! Echt niet!' Ze trok haar gezicht weg. Tranen waren over haar wangen gaan stromen en vastgevroren, kleine fonkelende stukjes wit als onregelmatige sterretjes. 'Dit wordt je dood, Bobby. Je kunt niets voor me doen, dus ga terug voor hij je te pakken krijgt.' Maar wat ze ook zei, ze bleef me stevig vasthouden. Ik had haar keurslijfje al geopend en had het omlaag getrokken zodat ik in haar tepels kon knijpen, die uitstaken als kleine wijzende vingertjes. Als ik ze allebei tegelijk in mijn mond had kunnen stoppen had ik dat gedaan, maar ze moesten op hun beurt wachten.

'Nee,' kreunde ze, maar ze rukte mijn hemd zelfs al omhoog terwijl ik aan haar tepels zoog, greep de huid van mijn rug alsof ze mij op een of andere manier in zich ging trekken, door haar heen, als een deuropening, en hoewel ze nog steeds kwaad op me was, nog steeds huilde van frustratie en angst, duwde ze me geen moment van zich af. Haar begeerte was even groot als de mijne. Wat mij betrof, door mijn vreemde, grijze duivelshanden op haar bleke huid te zien, kreeg ik opeens het gevoel alsof ik haar op een of andere manier bezoedelde, alsof mijn vreemde lichaam in overtreding was, iets als ontrouw, maar Caz leek er niet om te malen, en een paar hartslagen later ik ook niet. Dit was het lichaam dat mijn ziel droeg, immers, en mijn ziel gaf geen zier om iets anders dan Casimira, de gravin van de koude handen. Dit was nu mijn echte lichaam, en toen dat vreemde gevoel wat later voorbij was, voelde ik dit zo meer dan ooit.

We vielen op het tapijt, gooiden overal om ons heen kleren, half aangekleed worstelden we, ons enige doel was in elkaar opgaan. Dat moment viel alles wat ik had doorstaan, alles wat me nog te wachten stond – verraad, marteling, dood – van me af. Ik dacht niet eens even na over het feit dat de liefde bedrijven in een van de beroemdste boetieks van de hel niet bepaald discreet was, aangezien op dat ogenblik niets anders bestond dan wij tweeën, al zo lang van elkaar gescheiden, maar nooit echt uit elkaar, nog steeds brandend van verlangen naar elkaar. Het slaat nergens op in de hel of op aarde – maar als je er bent geweest, snap je het. We verloren onszelf in zweet, vel en gesmoorde kreten op de ongunstigste plek denkbaar, en verder bestond er niemand voor ons.

We gaven op zeker moment dat met die kleren op, we hadden er genoeg uitgetrokken zodat ik boven op haar kon klimmen en diep binnendringen. Mijn duivelse lichaam, bemerkte ik, reageerde bijna hetzelfde als mijn aardse. Ik denk dat de geleerden gelijk hebben – het grootste deel van seks vindt plaats in het hoofd.

Caz zuchtte en verstijfde, haar nagels drongen als mespunten in mijn dikke huid, tien steken tegelijk, maar het maakte me alleen maar nog wilder, dierlijker. Ik wreef met mijn gezicht langs het hare, nam geuren in me op met een bezeten gesnuif, zelfs toen ze haar bovenbenen om me heen sloeg, mij aanmoedigend voorbij de koele blaadjes door te dringen naar haar diepe innerlijke hitte. Ze kreunde. Ik ook. We stootten zo woest tegen elkaar aan, strevend naar een onmogelijke eenwording, dat we tegen dingen op de vloer bleven botsen, tafelpoten, mannequins, dingen omkegelend tot we sterk moeten hebben geleken op die twee verdoemde zielen in de Lykaionrace die in het bebloede zand van het Circus Commodus probeerden elkaar te kapot te maken.

Eindelijk hield ik even op, hijgend en druipend van zweet en bloed en nog steeds te veel in vervoering en van de kaart om klaar te komen. Caz duwde me op mijn rug en gleed toen met haar lichaam over me heen, haar kutje in mijn gezicht drukkend terwijl ze me likte en sloeg met haar geklauwde vingers, en toen beklom ze weer mijn pik om me te berijden alsof ik een stervend paard was, alles uit me halend wat ze maar kon. Toen mijn orgasme eindelijk uitbarstte, voelde het aan als een hartaanval. Ik schreeuwde en trok haar zo stevig tegen me aan als ik kon, en dit leek haar ook tot een climax te brengen. Ze klemde mijn ribbenkast tussen haar knieën en reed steeds harder tot haar onregelmatige ademhaling uitmondde in een volgehouden gegrauw van wanhopige en tegelijk aangename ontlading, toen rolde ze van me af en bleef uitgeput doodliggen. Ik zei niets. Dat kon ik niet. Ik kon nauwelijks ademen, maar de lucht die ik kon inademen rook naar Caz. Ze was dan misschien een vrouw die al voordat Columbus uitvoer was verdoemd, maar zij was de vrouw voor wie ik de hel in was gegaan om haar te vinden: voor mij was het een hemelse adem.

Eindelijk kwam ook zij tot bedaren. Ze stak een hand uit en kneep in mijn arm. Even wist ik niet wat ik moest doen, toen besefte ik dat ze wilde dat ik hem vasthield.

Daar lagen we, allebei nog steeds hijgend, hand in hand op een stapel van de fijnste infernale couture.

'Oké,' zei ze ten slotte. 'Dit keer zijn we echt genaaid, Dollar. Ik hoop dat je tevreden bent.'

'Gek genoeg wel ja,' zei ik. Natuurlijk zouden we allebei vreselijk te lijden krijgen als we werden betrapt. Sterven zou de meest gelukkige uitkomst zijn, maar geen van ons had zoveel geluk. 'Ja, dat ben ik.'

## 30
# Een ander universum

Ze stond op. Dat haatte ik. Ik haatte alles wat iets anders behelsde dan wij tweeën dicht tegen elkaar aan liggend en met elkaar verstrengeld, liefst voor altijd.

'Niet doen.' Ik stak een hand uit en raakte net de achterkant van haar koude dijbeen terwijl ze langsliep. 'Blijf bij me.'

'Ik moet nog grof geld uitgeven in wat winkels, aangezien ik vandaag zou gaan winkelen, en ik moet al bijna weer terug naar huis. En Poitou moet snel zijn winkel terug. Hij leende hem aan me uit als gunst.' Ze glimlachte, maar niet vrolijk. 'Hij denkt natuurlijk dat hij het voor Eligor doet.'

De naam van de groothertog werkte op me uit als een emmer vol ijskoud water. Ik kwam overeind. 'Niet doen. Ga niet terug. Daarvoor ben ik hier, om je mee te nemen.'

'Laat me los, Bobby. Dit was al een ongelooflijk stomme zet van me. Je maakt het alleen maar erger.'

'Erger? Hoe kan het nou erger zijn, Caz? We zitten in de hel! Jij woont hier, en zelfs in overheidskantoren heb ik me beter vermaakt – afgezien van wat we net deden, natuurlijk.'

Ze schudde haar hoofd en bleef haar kleren bijeenrapen. 'Hou maar op. Mijn oppassers zullen me zo gaan zoeken.'

'Oppassers? Je bedoelt je voormalige lijfwachten Knabbel en Babbel? Die kan ik wel aan. Allebei tegelijk.'

'Kandij en Kaneel. Nee, dat kun je niet. Niet hier. Niet in dat lichaam.' Ze bewoog zich nu sneller voort, ze schoot weg uit mijn krachtveld, waarschijnlijk voorgoed. 'Ze zouden je armen afrukken als de vleugels van een vlieg.' Ze knikte naar mijn gedeeltelijk teruggegroeide hand. 'Blijkbaar heb je er toch al moeite mee je lichaamsdelen te behouden.'

Ik stond op. 'Doe het niet, Caz. Zo lang als ik je al ken zeg je "Nee, nee, nee, niet doen. Laat me met rust. Ik hou niet van je!" Maar ik geloof er geen barst van. Je hebt jezelf net aan verschrikkelijk gevaar blootgesteld voor mij. Dat zei je zelf, jouw grote grijze geitenbreiers, Cariës en Calorie, kunnen ieder moment binnen komen beuken door die deur...'

'Hier niet. Deze plek kennen ze niet. Ik heb hem al eens eerder geleend.'

'Dat doet er niet toe!' Maar een straalraket van jaloezie verteerde me vanbinnen. Wie had ze hierheen meegenomen? Ik had het misschien moeten toejuichen dat ze Eligor op allerlei manieren zou hebben bedrogen, maar mijn gevoelens waren wat complexer dan dat. 'Luister nou even. Ik ben hier voor jou gekomen en ik ga niet zonder je weg.'

Ze probeerde me te negeren maar dat lukte niet best. Ik ging het haar niet makkelijker maken, dus stond ik op en liep achter haar aan. Toen ze ging zitten om haar schoenen aan te trekken, hurkte ik naast haar neer.

'Ik ga niet weg, Caz. Ik heb je vreselijk gemist al die weken... maanden! Ik kan niet slapen, ik kan alleen maar aan jou denken. Ik ga niet weg zonder jou.'

'Maanden?' Haar lach klonk wrang, geschokt. 'Weet je hoe lang de tijd hier heeft geduurd? Eerder jaren. Vertel mij dus maar niks over iemand missen. Ik was niet goed bij mijn hoofd om... om mijn hart te verliezen. En nu betaal ik daar de prijs voor. Ga toch gewoon weg, Bobby. Laat me genezen.'

Jaren? Was het voor haar echt zo lang geweest? 'Dat kan ik niet, Caz. Het spijt me. Ik had ook mijn hart niet moeten schenken... Maar dat deed ik wel. En nu kan ik niet meer terug.'

Ze bleef me lang en zwijgend aanstaren, haar ogen vernauwd zodat haar irissen slechts bloedrode streepjes waren. 'Je bent gek. Ik ben gek! Dit zal slecht aflopen,' zei ze ten slotte.

'Wat niet?'

Opeens welden tranen op in haar ogen en stroomden eruit. Ze vertraagden bij het afdalen, bevroren op haar koude wangen. Ik reikte ernaar, raakte er een aan en zag hoe die uiteenspatte op de grond, een verloren sneeuwvlokje in de hel.

'Waar?'

'Wat waar?' Maar ze trok zich nu niet meer los. Ze hield haar tas en haar omslagdoek voor haar borst, alsof die haar enige bescherming waren.

'Waar zie ik je terug? Wanneer?' Het zien van de bleke, kwetsbare huid van haar nek deed me haar zo begeren dat ik uit zelfverdediging me weer schoorvoetend begon aan te kleden. Ik wilde niet dat ze betrapt zou worden, hoe hevig ik ook naar haar verlangde. Ik was er ook nog niet klaar voor om haar mee te nemen. Ik moest nog een paar dingen voorbereiden, en ik had niet verwacht haar zo snel te vinden.

Ze was zo mooi dat ik mijn kleren steeds vergat. Ik kroop naar haar toe en streelde met mijn handen over de binnenkant van haar benen, haar rok opschortend tot die in een slordig hoopje op haar buik lag. Ik beet haar zachtjes in het vel van haar dij, net boven de dijbeenader. Ze was koud en heet tegelijk. Ze duwde mijn hoofd uit ergernis weg alsof ik een al te vrijpostig hondje was, maar ze drukte niet al te hard. Ik knabbelde verder over haar been tot ik haar nauwelijks meer kon horen omdat haar dijen tegen mijn oren drukten.

'Stop! Je bent net een jongetje van zestien.' Ze kreunde van besluiteloosheid en duwde me toen met wat meer kracht weg. Toen ze dat kon stond ze op en schudde haar rok omlaag. 'Vanavond, bij de laatste lantaarn. Dis Paterplein, voor de oude tempel. Ik laat je door iemand ophalen.'

'Tempel...?'

'Kijk maar. Als je hem ziet, weet je het wel.' Ze stond op en kuste me, ze zakte bijna in mijn armen weg zodat ik even dacht dat ze flauwviel. Ik geloof dat het de eerste keer was dat ik haar zonder pantser zag, hoewel het niet lang duurde – ik voelde dat ze zich weer verhardde in mijn armen. 'Ik moet gaan,' zei ze en rukte zich los.

'Je houdt toch van me?'

'Ik... geef om je. Ik houd nergens van.' Ze schudde haar hoofd. 'Dat is geen woord voor mij.'

'Wel voor mij. Het is hetzelfde.'

'Het is een wereld van verschil, Bobby,' zei ze. 'Trek de deur achter je dicht.' Toen haastte ze zich naar buiten.

Het kostte me de grootste moeite haar niet te volgen. Ik wachtte een hele tijd, ruimde de boel een beetje op en liep toen het Château Machecoul uit de drukke straat op. Die zag er nu anders uit, maar het was moeilijk te zeggen waarom. Misschien vertrouwder. De kermisoptocht van afzichtelijke gestaltes en gezichten was toch al nooit zo erg in die chique buurten van de Rode Stad, maar nog steeds afschrikwekkend: als je een gewoon mens daar had gedropt, zou die zich ter plekke met natte broek hebben laten bekeren tot de meest puriteinse sekte die hij kon vinden. Maar voor mij, nog steeds in de wolken vanwege mijn ontmoeting met Caz, zag het er allemaal best draaglijk uit. Het leek... gewoon. Ik begon me er al echt thuis te voelen.

Het was erger dan stoppen met roken. De wetenschap alleen al dat ik Caz snel weer zou zien, maakte het wachten tot die tijd het meest pijnlijke en frustrerende dat je je maar kon voorstellen. Het ging natuurlijk niet alleen om bij haar zijn en haar zien, maar het betekende ook dat ik haar eindelijk mee kon nemen. Maar ik moest niet te lang wachten. Tenslotte had ik ook andere problemen dan Caz. Ik had geen idee hoe lang ik in aardse tijdrekening al in de hel zat, en ik had er toch weinig aan kunnen doen, maar als ik te lang wegbleef, zou ik de grootste problemen krijgen met mijn baan. Maar ik was bijna klaar. Nu ik haar had gevonden, hoefde ik haar alleen maar weg te kapen van een van de grootste, meest achterbakse bastaards in het universum en haar vervolgens de hel uit smokkelen. Het was onmogelijk, dat wist ik, maar alleen al door dicht bij haar te zijn, werd ik eraan herinnerd dat ik geen keus had.

Volgens Lamehs ingeprente herinneringen moest ik ons beiden ongeveer terugbrengen naar waar ik de hel was binnengekomen – de Nerobrug, vele lagen onder Pandemonium, aan de rand van een van de diepe Abaddonlagen. Maar of dat nu helemaal reëel was of niet, ik wilde niet meer in de buurt van de liften komen. Niet alleen omdat mijn ervaringen daar zo afschuwelijk waren geweest, hoewel dat zeker een rol speelde, maar omdat ze zo makkelijk te controleren waren, met slechts één uitgang per niveau. Ik was er vrijwel zeker van dat het geen toeval was dat de hel als een soort ideale fascistische staat was opgebouwd.

Maar als ik de liften niet gebruikte, moest ik wat andere voorbereidingen treffen, en daarom ging ik naar de scheepswerven aan de Stygische kade.

Sommige van de grootste schepen hadden schoorstenen, en sommige van de modernst uitziende, duurste schepen leken onder hun donkerglanzende dek nog geavanceerdere manieren van voortstuwing verborgen te hebben zitten. Zelfs hier in de grote haven van de grote Rode Stad hadden de meeste schepen masten. Het leek een oneindig zwart woud, waarbij de golven de stammen van deze boomschepen deden deinen als in een sterke bries.

Het lawaai op deze plek werd steeds luider terwijl ik mijn weg zocht over de kades, tot ik nauwelijks mezelf kon horen denken boven het heien van houten hamers en het zeurend zingen van zagen uit, om nog maar te zwijgen over de zweepslagen en de kreten van degenen die de slagen incasseerden. Geharnaste duivels en verdoemden krioelden over de romp van de zeilschepen of scharrelden als krabbetjes over het ruwe metaal van de gepantserde stoomboten en schraapten het ergste van het helse mariene ongedierte van hun vorige reis weg: bloedrode zeepokken zo groot als verkeerskegels en schijfvormige schepsels die voor de zeelieden die ze probeerden te pakken wegsprongen als mantaroggen die een modderige rivierbodem afschuimden.

Terwijl ik me af stond te vragen hoe ik een schip moest vinden dat mij naar de diepere lagen kon brengen, besefte ik dat iemand mij gadesloeg. Eerst zag ik niet eens wie het was; ik kreeg alleen een ongerust gevoel dat de haren in mijn nek overeind deed staan. Maar toen keerde ik me om en zag ik een vreemd ventje me recht over de drukke kade heen aanstaren op zo'n tien meter afstand. Een op een of andere manier vertrouwd voorkomend ventje dat leek op een mollige, rechtopstaande kat met insectenogen en een al te menselijk gezicht.

Ik dacht dat hij misschien zou wegrennen als ik een stap in zijn richting zette, maar hij bleef me aangapen als iemand die niet eens besefte dat hij stond te staren. Tegen de tijd dat ik bij hem was, wist ik het weer.

'Ik k-k-ken jou,' zei het wezentje.

'De slavenmarkt. Jij werkt voor Grijpgraag.'

'J-ja,' piepte hij, 'dat k-k-klopt. Maar er is iets...' Hij fronste, waardoor zijn gezichtje rimpelde als een gedroogd appeltje. 'Ik k-ken j-j-jóú...'

'Ga weg. Is Grijpgraag híér? In Pandemonium?'

'N-n-natuurlijk.' De stotterpoes stond me nog steeds aan te staren. Hij begon me te irriteren. 'De K-k-krakenkade.'

Ik wist niet hoe ik het had. Geluk voor de verandering? 'Kun je me naar hem toe brengen?'

Hij schudde het hoofd, de afwezige blik opeens vervangen door een angstige. 'Kan niet. Ben al laat. Hij wil dat ik zijn eten haal.' Hij deinsde voor me weg, keerde zich om en rende toen snel weg, als een wasbeer die gedwongen wordt om op zijn achterpoten te rennen. 'Krakenkade!' riep hij over zijn schouder.

De Krakenkade was een van de verste kades langs de grote pier. Ik haastte me zo onopvallend mogelijk langs allerlei soorten verontrustende ladingen die uit een al even vreemde verzameling schepen werden gelost, van grote moerasplatbodems tot slavenschepen met een diepe romp. Ik zag ook heel wat ranke handelsscheepjes uit de verre lagere niveaus, maar de meeste vaartuigen zagen eruit als Chinese jonken, meer op stevigheid dan op snelheid gebouwd. Terugdenkend aan een paar afzichtelijke monsters die ik op mijn reis met Grijpgraag in de diepte van de Cocytus had zien kronkelen, had ik daar alle begrip voor.

De *Zeikteef* lag voor anker, haar ruim glanzend van zwart teer, haar zeilen opgedoekt maar gereed voor vertrek. Hoe grimmig ze er ook uitzag, ik was toch zo blij haar terug te zien dat ik bijna de loopplank op rende, maar ik zat al lang genoeg in de hel om beter te weten. Ik kon niet eens raden wat voor ogen mij gadesloegen in de grootste haven van de hel, dus nam ik mijn tijd bij het bestijgen van het dek met de vermoeide slentergang van iemand die niets anders wacht dan nog meer slavernij. Ik werd belemmerd door een paar zeelieden die voorraden aan boord hesen, maar voor ik enige ernstige problemen met ze kon krijgen, verscheen Grijpgraag boven aan de trap van het achterschip, de enorme wond in zijn schedel glinsterend in het lamplicht.

'Slangenstaf!' donderde hij.

Ik legde mijn vinger op mijn lippen. 'Pseudolus.'

Even stond hij me aan te staren en toen knikte hij. 'Zuid-o-lus.' Ik denk dat je de rivieren van de hel niet zoveel eeuwen overleeft als Grijpgraag heeft gedaan, zonder zaken snel op te pikken. Hij gebaarde me hem naar zijn kajuit te volgen. Het rook er nog steeds naar een reuzenzweetsok, maar het voelde aangenaam en vertrouwd vergeleken met de meeste plekken waar ik was geweest.

Binkie zat gehurkt op de bodem. Hij keek toen ik binnenkwam op met dezelfde uitdrukking die je bij een hond ziet die vaak wordt geschopt. Als ik had verwacht dat hij naar me toe zou komen rennen en me omarmen of zelfs alleen maar wat grommen, was ik teleurgesteld geweest – hij bewoog niet, hoewel ik kon zien dat hij me herkende. In de hel wordt gewoon niet geknuffeld, behalve onder rijken die doen alsof ze mensen zijn. Toch was ik beslist blij hem te zien. Hij leek wat voller en gezonder, dacht ik.

'Ik ben je nog wat schuldig,' zei ik tegen de knul en hurkte naast hem neer. Ik pakte zijn hand en legde er twee ijzeren tufs in. 'Dit ben ik je schuldig.' Toen schudde ik nog anderhalf handjevol ijzer uit. 'En dit is omdat je me zo lang en goed hebt geholpen.'

Binkie bekeek het geld, zijn aapachtige gezichtje doodernstig.

Grijpgraag lachte. 'Hij zit te piekeren waar hij dat voor mij moet gaan verbergen.'

Ik keek de reus fronsend aan. 'Steel je zijn geld?'

Grijpgraag lachte nog harder. 'Serieus? Ik zou nog geen kwart tuf van dat aapje afpakken. Maar hij vertrouwt me niet. Jou waarschijnlijk ook niet.'

Ik herinnerde me hoe lang het had geduurd voordat die knul zichzelf had toegestaan te slapen terwijl ik nog wakker was. 'Je hebt waarschijnlijk gelijk.'

Tot mijn opluchting zei Grijpgraag dat hij de volgende dag uit zou varen en me met plezier zou meenemen, wat betekende dat ik, als ik op enige manier Caz kon overtuigen met me mee te gaan, me niet al te lang meer hoefde schuil te houden voor Eligor, wat goed nieuws was. De groothertog was een rijke, machtige figuur en ik was ervan overtuigd dat hij man en macht op me had afgestuurd.

De reus leek blij met het vooruitzicht van mijn gezelschap op zijn reis terug naar de slavenmarkt in Cocytushaven, maar om hem te helpen zijn prioriteiten niet uit het oog te verliezen, gaf ik hem een handjevol zilveren munten, ter waarde van zes tuf, en vertelde hem dat ik er nog twee zou geven zodra we het anker lichtten.

Zijn gegrinnik klonk zo laag dat mijn tanden ervan pijn deden. 'Betaal me maar zodra we in Cocytushaven aankomen. Je weet maar nooit wat er voor die tijd gebeurt – en ik verdien mijn geld graag.' Hij keek wat verbaasd toen ik opstond. 'Waar ga je heen?'

'Geloof het of niet, maar ik heb een afspraakje.'

Binkie leek nauwelijks te merken dat ik vertrok. Hij keek nog steeds wantrouwig van de ijzeren muntjes in zijn hand naar de reus, en weer terug naar het geld.

Op een of andere manier doet het wanneer je je aankleedt om naar buiten te gaan en je daarbij je mes en verschillende andere wapens moet wegstoppen en ook nog eens je belangrijke lichaamsdelen met strategische dikkere kleding bedekken, de romantiek toch wat teniet. Ik haast me daaraan toe te voegen dat Caz, al had ze de slechte gewoonte mij van tijd tot tijd in het gezicht te slaan, niet de reden was dat ik zoveel beschermende kleding aantrok. Ieder uitstapje in de hel, een wandeling naar de buurtsuper op de hoek incluis, kon heel goed in een vreselijk bloedbad uitmonden. Het huis uit wandelen zonder enige bescherming... nou, dan kon je net zo goed je zakken vol geld en dure spullen stouwen en uit vissen gaan met wat Somalische piraten. (Ik zou graag een harnas hebben gedragen, maar ik wist niet welke regels mijn sekte daarover hanteerde, en het laatste wat ik wilde was opgepakt worden vanwege een of andere onzinnige overtreding van de dresscode.)

Ik vond dwars door de stad mijn weg terug naar het Dis Paterplein, waar ik de door Caz genoemde tempel moest vinden. Ik wist niet precies wat ze bedoelde en hij leek me niet makkelijk te vinden: het Beegerplein thuis was al een vrij grote plek, maar je had er wel tien van in het Dis Paterplein kwijt gekund en nog steeds heel veel lelijke ruimte overgehad. Bovendien werd het Dis Paterplein bij lange na niet zo keurig onderhouden als het Beegerplein. De hel kent geen bouwverordeningen en wel vrij dubieuze fysica, dus als er al zoiets was als een oude tempel, kon die best wel eens aan het oog onttrokken worden door illegale krottenkampen en onofficiële markten. Dis Pater was het centrum van Pandemonium. Zoals de grote steden op aarde trok het van heinde en verre vluchtelingen aan, en het had niet genoeg plek om ze allemaal te huisvesten.

Ik liep langs wat zigeunerachtige kampen die zo bizar waren als je je maar kunt voorstellen, waaronder tenten die werden gelucht door oog-, neus- en mondgaten die nog zichtbaar waren in de uitgerekte huid. Andere waren aan elkaar geknutseld van de pantsers van gigantische hellekevers. Aan één kant van het plein roestte een enorme troep gevleugelde duivels op de voorgevel van een verlaten paleis als de duiven van Venetië, zichzelf koelte toewuivend met hun vleugels. Tientallen andere wezens zaten ineengedoken in de schaduwen eronder, misschien genietend van het door de vleugels opgewekte briesje, een schaars goed, maar waarschijnlijk levend van het vuil of zelfs de guano die de gevleugelden lieten vallen.

Eindelijk vond ik Caz' tempel, een bouwsel dat klein en onopvallend zou zijn geweest als het er niet zo ontzettend oud had uitgezien. De bouwstenen waren zo grof gehouwen dat alleen de tijd ze wat glad had gepolijst, maar je kon nog steeds zien waar ze uit het moedergesteente leken te zijn losgetrokken. Ik beklom de treden naar de doorgang, die openstond als de mond van een gek, en tuurde naar binnen. Niets leek me te beletten het overschaduwde interieur binnen te wandelen, maar er zou heel wat meer voor nodig zijn geweest dan alleen angst voor fysieke pijn om mij zo gek te krijgen. De oeroude tempel was donker, heet en benauwd, allicht, en stil, afgezien van het gezoem van een ongewoon groot aantal vliegen. Het leek verlaten, maar iets op die plek was zo griezelig dat ik er nog steeds wel eens aan denk, zelfs na alle andere dingen die me zijn overkomen.

Toen ik me van de deur afkeerde, zag ik een vrouw in mantel en kap aan de voet van de tempeltrap staan. Een kort gelukkig moment dacht ik dat het Caz was, maar terwijl ik omlaag keek, gebaarde ze dat ik haar moest volgen, en een glimp van haar bloedeloze, door water opgezwollen hand vertelde me wie het was.

Marmora, het verdronken meisje, ging me voor het plein af en door een reeks steeds nauwer wordende achterafsteegjes. We liepen vele blokken lang, maar ze hield niet op met druipen en bleef overal natte voetstappen achterlaten.

We liepen wel bijna een uur lang, het laatste halfuur heuvelopwaarts door een reeks steeds dichter begroeide stille straten. Het was nog steeds avond in de Rode Stad maar deze buurt bevond zich in een hoek van de Lamianheuvels waar het licht van de bakens niet doordrong, zo overschaduwd dat het er wel diep in de nacht had kunnen zijn. Het was een eenzame, geluidloze plek die mij op mijn hoede deed blijven. Ik zag het kleine kabelbaanstation pas toen we helemaal boven waren.

Ik zeg kabelbaan, maar ik denk dat zoiets op aarde een *aerial tramway* zou worden genoemd – in ieder geval in Amerika. We hebben ze in het wijngebied ten noorden van San Judas, en er was een heel gave op de Tamalpaisberg bij San Francisco die bij de aardbeving van 1998 instortte. Als je nog steeds niet weet wat ik bedoel: zo'n kabelbaan die heel hoog in de lucht hangt. Ik heb nooit van die dingen gehouden, maar vergeleken met wat ik nu zag was die aardse versie zo veilig als het driewielertje van een kleuter. De kabels van deze gingen onmogelijk steil omhoog, en het apparaat zelf – onbemand – zag er ongelooflijk oud en onveilig uit. Toch was daar dat ding met zijn grote drijfwerk en enorme kabel, en daar had je de cabine, een roestige bak met de verrotte overblijfselen van wat misschien ooit een heel fraaie inrichting was geweest.

Toen Marmora de trap bereikte, deed ze haar kap af en toonde ze me haar sluike haar en als gepocheerde eieren opgezwollen ogen. 'De gravin is daarboven,' zei ze met haar zachte, ietwat zompige stem. Ik kon niet raden waar ze aan dacht. 'Ze verwacht u, heer Pseudolus.' Ze keerde zich om en liep over het slingerende pad weg.

Ik staarde naar de bonkende, kreunende machine, die me veel meer dan me lief was aan de heffer deed denken. Ik was dit keer tenminste niet aan het doodbloeden.

Ik stapte in de smalle cabine en vond iets wat op een rem leek. Ik trok hem los en na een moment van ratelende besluiteloosheid begon de cabine aan de deinende kabel al slingerend omhoog te gaan.

*Gewoon even doorbijten*, zei ik tegen mezelf, *en Caz wacht me op. Dan komt alles goed.*

Natuurlijk zat ik er mijlenver naast. Zoals gewoonlijk.

## 31
# Ferme jongens, stoere knapen

Ik was ongeveer halverwege de helling, voorbij de zwarte en overwoekerde vegetatie van de vallei, toen ik de auto van de groothertog geparkeerd zag staan op een open stuk onder me. Het leek op een kruising tussen een door stoom aangedreven Duesenberg en een Humvee, alleen zaten er rijkversierde lantarens op en waren de bumpers afgezet met lange punten. Hij was ook zwaar gepantserd en zat waarschijnlijk vol wapentuig. Twee grote kerels leunden tegen de auto aan, hun kale, grijze koppen op grotesk gespierde lijven: Kandij en Kaneel, de voormalige lijfwachten van de gravin, het eigendom van hun baas in het oog houdend.

Dus Canderel en Caramel waren hier ook. Het goede nieuws was echter dat ik geen spoor van Caz zelf zag op die open plek die dienstdeed als parkeerplaats, en ik zag geen geschikte manier om de auto verder de heuvel op te krijgen, dus dat suggereerde dat ze daar gewoon op haar zouden blijven wachten. Ik dook weer weg in de roestige gondel voor het geval een van hen besloot omhoog te kijken.

Het plotseling opgekomen idee Caz voor mezelf te hebben benam me bijna de adem, maar de cabine van de kabelbaan bleef zo traag als een rups voortkruipen, zodat ik niets anders kon doen dan het uitzicht bewonderen, dat naar helse maatstaven best de moeite waard was.

Ik kon nu zien dat Pandemonium echt op een reeks heuvels was gebouwd, met de grote zwarte stadswallen eromheen. De heuvel die ik nu besteeg was mogelijk de hoogste, de Diabolusberg, van zwart obsidiaan met een grote variëteit aan planten en bomen erop, voornamelijk in zwart- en grijstinten. (Een ding dat ik geleerd had, was dat gebrek aan kleur zelf ook een straf kan zijn, en ik begon beslist moe te worden van deze kleuren. Geen wonder dat de helse adel zich graag opdoft.)

Maar pas toen de kabelbaan sidderend omhoogging naar de hoogste regionen van de piek, zag ik dit oord in zijn volle glorie. Genesteld tussen de piek waarop ik me bevond en het donkere uitsteeksel van de dichtstbijzijnde berg bevond zich een zadelvorm tussen de heuvels, en erin, omringd door weerbarstige boompjes en zwart gras, lag een meer, plat en glanzend als een onregelmatig gevormde spiegel.

De kabelbaan kwam piepend tot stilstand in het rottende overblijfsel van een kabelbaanhuisje of hoe je die dingen ook noemt. Ik stapte uit.

'Ik kon bijna niet geloven dat gisteren echt was gebeurd,' zei ze.

Caz stond aan de rand van een pad tussen de donkere bomen. Ik haastte me naar haar toe, maar hoewel ze me haar bij de arm liet vastpakken en haar zoenen, wurmde ze zich even later los, en niet al te zachtzinnig.

'Wat is er?'

'Loop mee,' zei ze met effen stem. Ik pakte haar kille hand terwijl we onder bomen doorstapten die eruitzagen als de verschroeide overblijfselen van een naaldwoud, alleen was het duidelijk dat onder het zwarte kool, onder de grijze bodem, de bomen nog steeds in leven waren.

We liepen de heuvel af, terwijl het meer steeds vóór ons bleef glanzen als een rood juweel in deze laatste uren van het tweede baken. Ik vroeg me af hoe donker het hierboven zou worden wanneer de nachtbakens het enige licht waren. Caz verbrak haar lange stilzwijgen om te wijzen op een gevleugeld, langsnavelig wezen dat op een van de zwarte takken zat. 'Die noemen ze hier een klauwier,' zei ze, 'maar hij is niet echt een vogel. Niet het gevederde soort. Van dichtbij kun je zien dat hij meer op een insect lijkt.' Ze schudde haar hoofd. 'Hij wordt klauwier genoemd omdat hij zijn prooi doodt en spietst aan een boomtak, net als de gelijknamige vogel. Het verschil is dat de vogel dat doet om te eten, maar deze mannetjes doen het om een wijfje te lokken.'

'Wou je zeggen dat ik lijken moet stapelen als ik echt indruk op jou wil maken?'

'Niet grappig, Bobby. Ik probeer je wat te vertellen. De evolutie werkt hier anders.' Ik trok een wenkbrauw op. Ze fronste. 'Wat? Ben je verbaasd dat ik van de evolutie weet? Ik mag dan zijn opgegroeid in de middeleeuwen, maar ik heb sindsdien veel gezien, en gelezen. Ik heb Darwin echt eens ontmoet, weet je.' Ze liet mijn hand los en wuifde afwijzend. 'Nee, laat maar. Een andere keer. Ik wil je wat duidelijk maken.'

'En dat is?'

'Het wordt nooit wat tussen ons, Bobby. We zijn te verschillend. Ik... ik ben als een van die klauwierinsecten. Ik heb maar een paar jaar op aarde geleefd. Deze plek heeft me gemaakt tot wat ik ben, Bobby. Wat ik ook voor je voel, en wat jij ook...' Ze schudde het hoofd, tijdelijk niet in staat te spreken, maar bleef doorlopen. 'Los van wat er nog meer tussen ons in staat, hebben wij gewoon geen toekomst samen.'

Ik bleef hier even over nadenken voor ik mijn gedachten te kennen gaf. 'Gelul.'

'Dat is het niet. Je kunt niet alles zomaar ontkrachten door het er niet mee eens te zijn...'

'Ik zei niet dat alles wat je zei gelul was, Caz, alleen je conclusie. Hoe weet je dat? Kijk, jij hebt erop gewezen dat deze plek evolueert. Maar daar zit 'm de kneep – dat doet de hemel niet, in ieder geval niet in mijn ervaring. Daar verandert nooit iets, en dat is hoe ze het daar graag hebben. Maar hier? Hier is alles steeds in beweging. Het lijkt wel op... een of ander krankzinnig experiment of zo.'

'En weet je waarom?' vroeg ze. We naderden nu de rand van de bomen, het meer strekte zich pal voor ons uit als een spiegel die door een reuzenhand was neergezet. Caz greep mij bij de armen. Ik was bijna vergeten hoe sterk ze was. 'Omdat het op die manier erger is! Dat is hoe alles hier werkt. Het draait om straf. Om lijden.'

'Nou en? Dat had ik al begrepen. Wat heeft dat met ons te maken? Ik ben echt niet voor jou gevallen omdat ik dacht dat jij een olijke lolbroek was.'

Op een ander punt in onze relatie had ze misschien op zijn minst geamuseerd gekeken, maar nu was ze te vermoeid, te bedroefd. 'Nee, Bobby. Geen geintjes. We moeten afscheid nemen.'

Dit was het laatste wat ik verwacht had te horen, en zeker niet zo recht voor zijn raap, en het overrompelde me. Ik liep nog een paar meter verder, van de bomen naar de oever van het meer. Gedeeltes van het zwarte oppervlak stoomden, terwijl andere gedeeltes krioelden van vlak onder het oppervlak glibberende lijven, die alleen even bovenkwamen om het water te doen opspatten en rimpelen. Ik had geen idee wat dit voor soort was – iets wat met plezier een plesiosaurus zou hebben opgegeten, zo te zien, hun glibberige lijven zo breed als sequoia's – en ik wilde het ook niet echt weten. Ik bleef een paar meter van de oever vandaan.

'Afscheid?' zei ik ten slotte. 'Hoor eens, ik weet dat ik er lang over heb gedaan om hier te komen, maar denk je nou echt dat ik nu na alles gewoon rechtsomkeert maak en zonder jou terugga?'

'Ja.' Ze was vlak achter me stil blijven staan. de stoffige grijze grond had haar witte kousen al bevuild waar ze onder de zoom van haar ouderwetse jurk uit staken. Dinosauriërs en schortjes. De hel was echt een krankzinnig oord. 'Ja, Bobby, dat denk ik. Daarom zijn we hier. Heb me nog één keer lief – geef me nog één herinnering... en ga dan. Ik zal in jouw wereld nooit gelukkig zijn. In geen van beide.'

'Probeer je me te vertellen dat je hier gelukkig bent?'

'Natuurlijk niet. Ik probeer je ziel te redden, sukkel, iets waar jij nooit aan lijkt te denken. Dus smeer hem.'

Nu was ik echt kwaad. Nu was ik het die haar greep, onbeholpen vanwege de pijn in mijn nog steeds teruggroeiende hand. 'Nee, Caz! En echt niet alleen omdat ik al die ellende heb doorstaan om je te vinden. Zo oppervlakkig ben ik niet. Nee, wij horen bij elkaar, en dat jij nou... te bang bent om erin te geloven, betekent nog niet dat ik me door jou laat ompraten om het op te geven.'

Ze huilde een beetje, haar tranen werden ijskristallen zodra ze uit haar ogen kwamen. 'Hou op, Bobby! Hou op! Het is... wreed.' Ze zakte zo slap op de grond dat ik even dacht dat ze misschien was flauwgevallen, maar toen ik bij haar was gekomen zag ik dat ze alleen maar overmand was door uitputting en emoties. 'Snap je het niet? Weet je niet wat je me aandoet met je zogenaamde liefde?'

'Wat ik jou aandoe? Ik hou je niet gevangen – dat doet die aartsklootzak van een ex van je, schatje.'

'Dacht je dat ik om Eligor geef? Dacht je dat ik er ook maar iets om geef wat hij met mij doet? Ik heb je net verteld hoe de hel werkt. Waarom snap je het niet? Ik heb eindelijk met de pijn leren leven, of in ieder geval geleerd het vol te houden, maar sinds ik bij het circus jouw stem hoorde...' Haar stem haperde een beetje terwijl ze probeerde zich te vermannen. 'Sinds die tijd zit ik echt in de hel. Omdat jij alles weer naar boven bracht. Niet alleen jezelf, maar alles. Wat we hadden, wat we onszelf wijsmaakten dat we hadden, zelfs wat we hadden kunnen hebben als het hele universum anders was geweest. Ja, ik heb er ook over nagedacht. Even wilde ik het ook geloven. Maar het was al die tijd een leugen, Bobby.'

'Ik ben niet alleen Bobby,' zei ik kalm. 'Ik ben een engel, Caz. Ik ben ook Doloriel.'

'Ja. En jij denkt altijd dat het glas halfvol is. Maar al was dat waar, dan zat het glas halfvol gif.' Ze stak haar andere bleke hand naar me uit. Die beefde. 'Bemin me nog één laatste keer, Bobby. En keer dan weer terug naar je engelenspelletjes en je zogenaamde vrienden. Laat mijn wonden helen, want dat is alles wat me rest...'

'Nee.' Ik had al sinds we uiteengingen in die klerenwinkel gepopeld om weer met haar naar bed te gaan, maar ik was nu te broos, te gekwetst. 'Nee, ik doe het niet. Ik neem geen afscheid, en jij ook niet, en ik heb ook geen trek in een droevige meelijwip. Ik kom je morgenavond ophalen, Caz. Als je dan niet in je eentje naar buiten kunt, ontmoet me dan voor die oude tempel op het Dis Paterplein waar ik vandaag mevrouwtje Drenkeling heb ontmoet. Zo niet, dan kom ik je regelrecht in Eligors woning halen, en het kan me niet schelen hoeveel van zijn vrienden en soldaten ik daarbij aan stukken moet hakken. Begrepen? Morgen, net nadat het laatste baken dooft.' Toen draaide ik me om en liep ik weg langs de oever van het meer.

'Bobby, nee! Je bent gek!'

Ik hoorde haar maar bleef doorlopen.

'Bobby! Niet die kant op! Neem de kabelbaan!'

Maar ik was te kwaad. Als ik niet wat van die woede luchtte die als napalm door mijn aderen pompte, zou ik iets of iemand gaan wurgen. Niet dat in het wilde weg wurgen in de hel *not done* was, maar misschien zou ik er meer aandacht mee trekken dan me lief was. Ik bleef Caz' kreten negeren, bereikte het dichtstbijzijnde deel van het meer en sloeg af van het pad, de helling af en tussen de zwarte bomen door. Mijn hersenen voelden als een wespennest waar tegenaan was geschopt.

Ik was misschien al anderhalve kilometer afgedaald, met grijs stof in mijn longen en doorntakken die mijn ontblote huid krasten, toen mijn woede wat begon af te nemen. Ik was me zelfs net gaan afvragen of ik niet wat te overhaast was geweest (of, God verhoede, wat al te dramatisch) toen ik op een open plek aanbelandde en besefte dat ik oog in oog met Caz' twee lijfwachten stond, die nog steeds bij de geparkeerde helmobiel stonden te wachten. Ze bleven me even aanstaren, niet zozeer mij herkennend als wel inziend dat ik daar waarschijnlijk niet hoorde. Ik had net hetzelfde besef toen een van die twee lelijkerds schreeuwde: 'Hé! Jij daar!' Ik draaide me om en rende terug naar de bomen, mezelf vervloekend als de navelstarende idioot die ik volgens iedereen ben. Iedereen heeft natuurlijk gelijk, maar hou je kop erover.

Nu werd het een race. Ze kwamen niet zo snel achter me aan als wanneer ze me hadden herkend, maar afgezien van hun namen waren Kandij en Kaneel echte ferme jongens, stoere knapen: militaire wapens in dubbelgespierde, nauwelijks menselijke gedaante. Anders dan ik hoefden zij niet om bomen heen te lopen, ze gingen er dwars doorheen. Het geluid van verbrijzelende boomstammen en knallende takken volgde me de heuvel af als artillerievuur.

Te oordelen naar de geluiden leek ik ten minste een van hen te hebben afgeschud, maar zijn lelijke broertje zat me vlak op de hielen. Ik volgde de kabelbaankabels zo goed mogelijk, de helft van de tijd de heuvel af glijdend op mijn kont omdat de rulle zwarte bodem zo verraderlijk was onder mijn voeten. De veel zwaardere suikerklontboys leken niet hetzelfde probleem te hebben: toen ik omkeek zat de dichtstbijzijnde van de twee maar tien meter achter me. Hij hield iets in zijn hand dat eruitzag als een korte zweep gemaakt van lussen gloeiend ijzerdraad, en ik besloot dat ik echt niet wilde ontdekken hoe dat zou voelen, maar het leek erop dat ik geen keus had. Enkele tientallen meters voor me uit viel de helling opeens abrupt omlaag en zwiepten de kabelbaankabels hoog in de lucht boven een afgrond van minstens een paar honderd meter. Ik moest stoppen.

Ik was er vrijwel zeker van dat degene die achter me aan kwam denderen Kaneel was, hoewel er niet zoveel verschil was tussen de twee soorten lelijkheid van hun beiden, maar zelfs in demonische gedaante behield Caz' chauffeur de aanblik van een snordrager, een grotere dikte van zijn leerachtige bovenlip. De verleiding was groot hem te herinneren aan een van mijn vele humoristische opmerkingen over zijn pornocarrière in de hoop hem kwaad en roekeloos te maken, maar aangezien we allebei andere lichamen droegen en hij mijn nieuwe niet had herkend, zou dat echt vragen om moeilijkheden zijn. Daarvoor in de plaats kwam ik op de helling een paar stappen op hem af en liet mezelf zakken in een defensieve hurkhouding, mijn armen wijd gespreid.

'Stoppen jij,' gromde hij naar me, een beetje zijn pas vertragend toen hij zag dat ik klaarstond om terug te vechten. Hij hief de gloeiende, ratelende ijzerdraadzweep op. 'Zeg wat je daar dee...'

Als ik een doorsnee idioot was geweest zou hij me hebben overrompeld, want halverwege die zin sloeg hij opeens met zijn zweep, met het heel duidelijke oogmerk mijn hoofd van mijn romp te slaan. Gelukkig had ik al door dat geen van ons het beste met de ander voorhad. Ik dook weg voor het wapen en gooide toen een handjevol zwart stof van de helling in zijn ogen.

Hij schreeuwde van woede, maar hij was nog niet half zo kwaad als ik wilde, want in plaats van in dolle woede van de helling omlaag te rennen, kwam hij met kleine stapjes op mij af, zijn armen wijd, voor zichzelf een hoek zoekend waarbij ik moeite zou hebben langs hem de heuvel op te komen terwijl hij tijdelijk verblind was. Ik ben in de loop der jaren met meer goede vechters de strijd aangegaan dan me lief was, en Kaneel was daar beslist een van.

Hoe het ook zij, hij was een vechter, en ik niet, wat mijn enige voordeel was. Ik ben gewoon een overlever.

Ik bleef dingen naar hem gooien, genoeg tumult en opschudding verwekkend om hem achter me aan de heuvel af te laten wankelen, wrijvend in zijn betraande ogen terwijl hij probeerde me voor zich te houden. Na nog een paar stappen viel ik achterover; ik belandde in een hurkhouding. Ik probeerde uitgeput te lijken, wat me geen moeite kostte omdat ik dat ook was. Kaneel kon net genoeg van mij zien om te weten dat hij me in de tang had, dus haastte hij zich naar me toe voor ik kon opstaan – en dat was de vergissing waar ik op had gehoopt.

Net voor hij me te pakken kreeg, sprong ik op, zo hoog als ik kon. Het Opperwezen stond aan mijn zij, of probeerde mij op dat moment tenminste niet actief te doden, en mijn vingertoppen kromden zich nog net om de kabelbaankabel. Ik trok mijn benen op terwijl Kaneel dook op de plek waar ik net had gelegen, en zodra hij langsdenderde draaide ik me om en schopte hem zo hard als ik kon met beide voeten in zijn rug, wat hem de heuvel af deed tuimelen. Ik was niet sterk genoeg om hem veel kwaad te doen, en hij zou zijn evenwicht na een paar stappen hebben herwonnen – hij was enorm, minstens twee keer zo groot als ik – maar die paar stappen had hij niet. Ik had hem zo ver terug gelokt dat we aan de rand van de afgrond stonden, een bijna verticale, en tegen de tijd dat hij geprobeerd had zijn tweede voet omlaag te zetten bevond hij zich in het luchtledige. Zelfs in de hel trappelen ze niet in de lucht zoals in tekenfilms. Hij tuimelde uit het zicht als een grote zak met stenen. Ik had de pech dat toen hij zijn handen omhooggooide van schrik bij het totale gebrek aan iets tastbaars onder zijn voeten, de ijzerdraadzweep me schampte, voordat hij met Kaneel in de leegte beneden verdween.

Het was niet zoals elektriciteit en niet zoals vuur, maar wat er ook in die zweep zat, het combineerde veel van de minst aangename aspecten van beide. Ik herinner me niet eens dat ik de kabel losliet, en als ik wat dichter bij de rand had gestaan of nog steeds de vaart in die richting had gehad, zou ik die grote grijze kerel achterna zijn gevlogen, maar ik liet me zo slap op de grond vallen dat in plaats van te rollen ik aan de rand van de heuvel bleef liggen als een halfvolle zandzak.

Ik vroeg me onwillekeurig af hoe ik in dit soort situaties verzeild bleef raken toen dat flikkerende rossige licht van de helse namiddag werd geblokkeerd door een andere grote zwarte silhouet.

'Jij kleine strontvlieg,' zei Kaneels vriendje Kandij. Hij boog zich over me heen en ik voelde zijn knie neerkomen op mijn borstkas alsof iemand zijn vrachtauto op me had geparkeerd. Kandij drukte iets als een overmaats vuursteenpistool in mijn gezicht, een enorm ding van gietijzer, koper en hout. Ik had geen idee welk hels technisch niveau het vertegenwoordigde, maar ik wist zeker dat het mijn kop betrekkelijk gemakkelijk van mijn romp kon knallen. Zijn wijsvinger was zo groot dat ik verbaasd was dat hij de trekker niet al per ongeluk had overgehaald. Hij ademde luidruchtig, en het enige dat ik kon zien van zijn grote lelijke kop keek niet al te vrolijk. 'Jij hebt mijn partner te grazen genomen,' gromde hij. Ik zou durven zweren dat zijn knie de grond raakte, zelfs door mijn borstkas heen. 'O ja. Jij gaat jarenlang blijven gillen.'

## 32
# Verheven

Onder normalere omstandigheden zou ik misschien geprobeerd hebben mezelf eruit te lullen; niet dat Kandij me zou laten lopen, natuurlijk. Daar was het nu veel te laat voor. Maar ik zou geprobeerd hebben om hem lang genoeg aan het lijntje te houden om weg te kunnen glippen, en vervolgens mijn best doen om hem te ontvluchten. Maar om een of andere reden was ik het laatste uur steeds kwader geworden. Misschien had het feit dat ik net was gedumpt door de vrouw voor wie ik letterlijk naar de hel was gelopen om haar te redden er iets mee te maken. Ook had ik net Kandijs partner in een afgrond geschopt, wat de kans klein maakte dat hij goed naar me zou willen luisteren. Dus in plaats van te proberen een minder gewelddadige manier te bedenken om met een olifantsknie in mijn borstkas en een vuursteenpistool in mijn gezicht om te gaan, dook ik onder de pistoolloop vandaan en rukte ik het lange, gekromde mes dat ik op de nachtmarkt had gekocht uit mijn laars. Ik deed mijn best hem zijn achillespees door te snijden, maar bleef me niet te lang afvragen of ik daarin geslaagd was, aangezien ik het ding bovenal in zijn kruis wilde steken, wat ik zo'n kwart seconde later ook deed. Kandij schreeuwde het uit en viel over me heen, bloed sproeiend, maar ik rolde al weg; het lukte me mezelf onder hem vandaan te schoppen, maar niet zonder bedekt te raken met dat kleverige rode spul. Als hij zijn dikke vingers in mij had geplant met zijn gewicht boven op me, zou ik daar nu nog liggen.

Ik moet die grote knaap nageven dat toen hij besefte hoe ernstig ik hem had verwond, en dat ik aan zijn greep was ontsnapt, hij niet lang bleef vloeken en tieren uit frustratie, maar zich gewoon oprichtte van de grond en achter mij aan ging, met dreunende stappen als een kreupele olifant. Ik was al aan het weglopen en probeerde een minder dramatische weg omlaag te vinden dan Kaneel had genomen, maar ik vond er geen. Kandij had nog steeds een pistool, en hij knalde zo hard dat mijn oren plopten. Als hij me had geraakt zou ook mijn hoofd hebben geplopt; gelukkig spatte zo'n zestig centimeter van mijn hoofd vandaan een boom tot rondvliegende vlammende houtsnippers uit elkaar.

Ik had echt geen idee of zijn pistool een enkelschots- of een soort repeteerwapen was en ik wist niet hoe ik daar achter moest komen zonder hem nog eens op mij te laten schieten. Kandijs grijze, grove gezicht, toch al nooit zo mooi, was nu een gruwelmasker van een grauwende muil besmeurd met bloed. Hij bloedde hevig uit zijn kruis, maar uit de manier waarop hij door alles heen ploegde wat ik tussen ons in probeerde te leggen, maakte ik op dat hij nog niet zou zijn doodgebloed voor hij mijn ingewanden had ontward als een in de knoop geraakte jojo. Terwijl ik langs de rand van de afgrond rende, raapte ik een kartelige steen op die zo groot was als een wratmeloen.

De eerstvolgende keer dat hij wankelde en even zijn pas vertraagde, stond ik voor hem klaar. Ik nam niet de moeite mezelf op stoom te brengen, ik zette me gewoon schrap en haalde met volle kracht naar hem uit, alsof ik de opslag had bij een tennismatch: ik heb best een goeie werparm en ik vroeg me al vaker af of dat, samen met mijn onverklaarbare liefde voor honkbal, overblijfselen zijn uit mijn onbekende verleden, maar op dat moment dacht ik er alleen aan om een grote steen door Kandijs nog grotere schedel te rammen. Die trof hem in zijn voorhoofd met een godsgruwelijk harde klap, zo hard dat ik het bot van zijn schedel onder de huid naar binnen zag breken alsof iemand een hardgekookt ei op een tegelvloer kwakte. Hij liet zijn pistool vallen en zakte op zijn knieën; bloed gutste nu van boven en beneden uit hem terwijl hij zijn trillende handen naar zijn gezicht bracht.

Ik had gewoon kunnen blijven rennen – hij zou de eerstkomende minuten niet in staat zijn mij te volgen, hoe snel hij ook genas. Ik had ook zijn pistool kunnen oprapen en hem een paar kogels in zijn borst en hoofd kunnen knallen, genoeg om hem zo lang uit te schakelen dat ik de rest van de weg naar beneden in alle rust had kunnen wandelen, zelfs af en toe halt houdend om bloemetjes langs de weg te plukken (als er überhaupt bloemen groeiden op die ellendige schijthoop van een berg). Maar zoals ik al zei was ik in een uitzinnige, gewelddadige stemming, dus in plaats van dat ik een van die dingen deed, rende ik naar hem terug en begon ik hem herhaldelijk te steken in zijn nek, gezicht en borstkas met die grote grijze geitenbreierprikker. Hij brulde – eigenlijk klonk het meer als borrelen, wat het in zekere zin ook was – en hij deed zijn best om mij in zijn handen te krijgen, maar ik bleef voor hem wegspringen na elke stoot. Toen hij uiteindelijk mij echt in zijn grote klauwen kreeg, had ik van zijn bovenlijf al een toegetakelde rode rotzooi gemaakt, en omdat ik achter hem stond kon hij mij alleen maar naar zich toe trekken. Ik sprong op zijn rug, sloeg mijn benen om zijn nek (die minstens zo dik was als mijn middel) en begon te zagen in zijn keel.

Het was gruwelijk. Ik kan me het einde eerlijk gezegd nauwelijks herinneren. Zo nu en dan hoorde ik boven Kandijs schorre gebulder uit mijn eigen stem, en ik maakte hetzelfde soort onsamenhangende geluiden, alleen wat hoger van toon. Ik dacht niet aan die fijne tijd waarin ik hem gedreigd had zijn lul eraf te schieten en hij me beloofd had me te verpletteren als een insect op een autogrille. Ik besefte pas te laat dat hij al een hele tijd niet meer met zijn handen aan me trok maar zich overgaf. Inmiddels was hij al op zijn knieën en ellebogen gevallen, en de grond om hem heen was een omgewoelde rode modderpoel.

'Stop!' Het was het enige woord van hem dat ik verstond en het zachtst uitgesproken, niet veel meer dan wat gegorgel, maar het klonk toen ik net door het laatste stuk van zijn nek zaagde. Ik rukte zijn hoofd los en hield het voor me. Het was zo zwaar dat ik het nauwelijks voor elkaar kreeg, maar ik zag zijn vertroebelde ogen groter worden van verbazing, toen zag ik zijn mond bewegen, ditmaal geluidloos het woord vormend: 'Jij...?' en toen smeet ik zijn kop zo ver als ik kon. Het stuiterde log over de helling omlaag, schoot toen al tollend de leegte in en verdween.

Ik viel boven op Kandijs koploze lijf, mijn dolle razernij plotseling bekoeld. Alles werd voor even zwart.

Toen mijn hersenen eindelijk weer waren opgestart, richtte ik me op en keek ik om me heen. Het licht was nauwelijks veranderd, dus de laatste daglamp brandde nog. Het was in de hel nooit makkelijk te raden hoeveel tijd er was verstreken, maar afgezien van het lijk van Caz' lijfwacht (nu door het verwijderen van zijn hoofd heel wat knapper gemaakt) was ik nog steeds alleen. Ik was daar heel dankbaar voor, neem dat van me aan, en niet alleen om de voor de hand liggende redenen. Ik was de controle zozeer kwijtgeraakt dat ik me zou hebben geschaamd – ja, zelfs in de hel – als iemand me had gezien, vooral Caz.

Ik was volkomen doorweekt met bloed. Ik veegde mijn mes schoon en stak het terug in mijn laars. Ik wist dat de auto van Kandij en Kaneel maar een paar honderd meter boven me stond, maar ik wilde niet het risico nemen van teruggaan om hem te stelen, wat Caz zou dwingen in haar eentje helemaal terug te lopen naar Vleespaard door een paar van de slechtste buurten van de Rode Stad. Ik wilde haar niet aan zulk gevaar blootstellen. Dit zorgde voor weer zo'n speciaal Bobby Dollar-moment: ik liet de auto echt achter zodat zij sneller thuis kon komen en de verdwijning van haar lijfwachten eerder kon melden. En dat moest ze natuurlijk ook wel. Je ging niet zomaar een middagje op pad om vervolgens een halve ton aan duivelse gorilla's kwijt te raken en dat dan vergeten te melden bij hun baas.

Waarschijnlijk had ik toen moeten proberen Caz te vinden om haar mee te nemen, maar ik wist niet hoe lang ik haar voor een woedende groothertog en zijn mannen verborgen kon houden. Grijpgraag zou pas de volgende dag vertrekken en het laatste wat ik wilde was dat ze de havens gingen inspecteren. Als zij nu naar huis ging, zou Eligor merken wat er met haar lijfwachten was gebeurd, maar hopelijk zou Caz nergens van worden verdacht. Het werd voor haar nu natuurlijk wel moeilijker om mij te ontmoeten bij de tempel. (En ja, ik weet dat ze geen ogenblik had aangegeven dat ze dat ging doen, maar ik moest dat blijven geloven om de moed niet te verliezen.) Dat moest ik maar aan mijn eigen slechte besluiten wijten.

Mijn persoonlijke situatie lag wat lastiger. Al zou ik alles kunnen wegspoelen dat uit de onthoofde lijfwacht was gesijpeld, gespat en gespoten, ik zat ongetwijfeld zelf ook onder de bloedende wonden. Ik wilde in die toestand echt niet teruggaan naar de Struisvogel in de hoop dat niemand er acht op zou slaan. In de regel letten helbewoners dan wel niet op dit soort dingen, maar ze zouden je zó verlinken als ze dachten dat er wat mee te verdienen viel.

Gelukkig voor mij had ik er niet veel van waarde laten liggen, want hoe meer ik erover nadacht, hoe minder ik daar wilde terugkeren. Ik was doodop, ik beefde en zag eruit alsof ik een kooigevecht met een troep leeuwen had gevochten. Ik moest een veilige plek vinden, al was het maar om uit te rusten. Er zat dus maar één ding voor me op.

Tegen de tijd dat ik Grijpgraags schip had gevonden, was ik even in de oliezwarte ondiepten van de Styx gegleden om zo veel mogelijk van Kandijs bloed af te spoelen. Toen klom ik snel weer op de kade, net voor een vloot grote, lijkwitte palingen op de geur van versneden lijfwacht af kwamen kronkelen.

Het enige wat ik niet kon verhelpen was hoe ik me vanbinnen voelde, te weten behoorlijk kút. Ik had nog nooit zoiets ervaren als de moorddadige razernij die over me was gekomen, zelfs niet op de ergste momenten bij de Harpen, op hun meest gewelddadige en afschrikwekkende missies. En ik moest aan mezelf iets toegeven dat ik al een tijdje had genegeerd. De hel raakte me niet, de hel had me al te pakken.

Alleen al die gedachte bezorgde me de koude rillingen, en tegen de tijd dat ik bij Grijpgraags laadoperatie aanbelandde, rilde ik als iemand in de laatste stadia van malaria.

De reus nam niet de moeite me te vragen wat er was gebeurd. Zodra hij mijn bebloede, druipende kleren zag, gooide hij me gewoon over zijn schouder en droeg me de loopplank naar zijn kajuit op. Hij en Binkie wasten mijn wonden schoon, verbonden me toen met betrekkelijk zachte doeken en gaven me water te drinken. Ik had net genoeg kracht om ervan versteld te staan hoezeer het leven in de hel op het gewone leven leek. Hier kon ik bloeden. Hier kon ik gek worden.

Hier kon ik ook slapen. Ik tuimelde in een koortsachtige duisternis.

Toen ik ontwaakte was ik alleen. Ik stond op, trillend als een junkie met ontwenningsverschijnselen, en klom omhoog naar het dek van de *Zeikteef*. Het was er donker, op de verre rode gloed van de nachtbakens na, en Grijpgraag zond net de laatste van zijn stuwadoors naar huis.

'Fijn dat je op bent,' bromde hij, 'aangezien die jongen en ik uitgaan en ik je net wakker wilde maken om dat te zeggen. Ik wou niet dat je je zorgen zou maken als je wakker werd en wij weg waren.'

'Weg?' Ik was niet meer gek van woede, maar had nog steeds een gezonde dosis door de hel gevoede paranoia. 'Waarheen?'

Grijpgraag keek omzichtig om zich heen en boog zich toen naar me toe. 'Genootschapsvergadering,' zei hij zachtjes. 'Het is onze laatste nacht in de haven, dus ik zou het erg vinden als ik die zou moeten missen.'

Ik had al een van Grijpgraags vergaderingen bijgewoond, en hoe interessant (en zelfs ontroerend) het ook was geweest, ik hoefde er niet nog een bij te wonen. Maar ik zou alleen achterblijven op het schip, misschien wel urenlang, al die tijd wetend dat Eligors entourage naarstig op zoek was naar degene die de twee lijfwachten had gedood. Ik hoopte dat het, als ze in staat waren ze in nieuwe lijven te stoppen, in ieder geval nog even zou duren, aangezien ik er vrijwel zeker van was dat Kandij mij aan het eind had herkend. Nee, hoe meer ik erover nadacht, hoe minder ik daar alleen wilde blijven.

'Ik ga met jullie mee.'

Grijpgraag, zoals de meeste religieuze lui, was blij. 'Mooi. Mooi! Ik zeg het tegen Binkie. Hij zal dolblij zijn. Hij is echt aan de verheffers toegewijd, weet je.'

Jeetje, voelde dat joch zich aangetrokken tot een geloof dat zei dat het bestaan meer kon behelzen dan eeuwige pijn, uitzichtloosheid en totale ellende? Geen idee waarom.

De vergadering vond plaats in een van de grote pakhuizen die aan een van de belangrijkste Stygische kanalen stond. De vloer van het pakhuis was volgestouwd met zakken en aardewerken potten, maar de bovenste niveaus zaten minder vol, en boven op de hoogste vloer was er een ruimte die tegemoetkwam aan het doel van de verheffers: leeg, op zwart stro op de vloer na, met een tweede deur die op het dak uitkwam. Luister goed, jongelui, als jullie een ketterse sekte willen beginnen, zorg dan altijd dat je minstens twee uitgangen tot je beschikking hebt.

Minstens dertig of veertig van die verdoemden zaten er te wachten, en de manier waarop ze opveerden toen Grijpgraag verscheen, toonde me dat hij net zo belangrijk voor deze kleine schare ontevredenen was als hij was geweest voor zijn groep in Cocytushaven.

'Luister, ik wil jullie wat vertellen over een kerel waar ik eens van heb gehoord,' begon Grijpgraag toen de menigte wat was bedaard. 'Ik zei luisteren, schooiers!'

Tot stilte gemaand worden door een meer dan drie meter lang monster is echt behoorlijk effectief. In de nu ontstane stilte kon ik vaag de geluiden horen van werkploegen die schreeuwden terwijl ze een scheepslading langs de kade in een dichtbijgelegen pakhuis droegen, en de kreten van de gegeselde slaven door wier zware arbeid de hijskraan werd aangedreven die de lading optilde en deed zakken. Zelfs na weken in de hel vormde het geen kalmerend achtergrondgeluid.

'Er was een vent,' begon Grijpgraag. 'Geen idee of hij hier bij ons zit of in dat andere oord, maar toen hij nog leefde had hij een groot plan. Zijn naam was Origenes en hij woonde in Alexandrië...'

'Ik heb ook in Alexandrië gewoond,' zei een van de grote, luidruchtige toehoorders. 'Maar ik ken er geen die zo heette.'

Grijpgraag schudde zijn grote kop. 'Klets niet, Poilos. Je zei dat ook over Alexander de Grote: "Hoe kon hij zo groot zijn als ik nooit van hem heb gehoord?" Houd nu voor de verandering eens je kop, dan leer je misschien nog eens wat.' Hij keek kwaad, iets wat de meeste levende mensen een beroerte zou hebben bezorgd. Poilos kreeg geen beroerte maar hield wel zijn kop. 'Mooi,' zei Grijpgraag. 'Dan gaan we verder...'

Ik had al eerder over Origenes en zijn denkbeelden horen spreken, dus ik geef toe dat mijn aandacht een beetje wegzakte. Ik was nog steeds aan het worstelen met Temuels connectie met deze arme verdoemde stumpers. Niet dat Grijpgraag een massale opstand of zo begon – eerder integendeel, voor zover ik kon opmaken. In plaats van zijn helse maten op te jutten om in het geweer te komen en hun ooit als engel opererende opperheren omver te werpen, vroeg hij ze zich een betere tijd voor te stellen die misschien op een onvoorstelbaar laat moment in de toekomst zou aanbreken. Hoe kon dat van nut zijn voor de hemel?

Opeens kreeg ik een idee. Misschien was het niet zo. Misschien had dit niets te maken met een of ander groot plan, of met de oorlog tussen ons en hen, tussen het Opperwezen en de Boze. Misschien was het gewoon iets waar Temuel echt in geloofde. Misschien meende hij echt dat niemand, noch de verdoemden noch zelfs hun verdoemde cipiers, te slecht was voor vergeving.

Dat benam me zo'n beetje de adem. Opeens was ik vervuld van een indruk van hoe groot en tragisch de hel wel niet was. God, als Hij even verantwoordelijk was als mijn superieuren beweren, had een groot mechaniek gebouwd om het lijden te concentreren en Zijn straf te institutionaliseren. Het 'quid pro quo' was, voor zover ik ooit had kunnen opmaken: 'wie slecht doet, al is het maar voor even, zal daarvoor voorgoed worden gemarteld, amen'. Geen hoger beroep, geen gratie. Maar die oude Origenes van Alexandrië had daar niet in geloofd, en Temuel misschien ook niet. Zou dat mogelijk voor verandering zorgen in het grote plan?

Wel als die verdoemde zielen erin geloofden. Het zou ze iets geven dat ze anders nooit zouden hebben gehad: hoop. Ging mijn aartsengel echt proberen de allerergst getroffenen troost te brengen? Of was het, zoals ik eerst had vermoed, alleen een cynische manier om de tegenstander tegen te werken?

Na alle tijd die ik hier in de afgrond had doorgebracht, en ondanks al die lui die geprobeerd hadden mij te vernietigen, had ik meer moeite dan ooit met het hele denkbeeld van de hel. Het is moeilijk hetzelfde te blijven denken over de vijand als je bij hem thuis bent geweest en zijn vrouw en kinderen hebt ontmoet en zo. Ik zat beslist ver in die 'en zo'-fase, gezien het feit dat ik een duivelin als mijn vriendin beschouwde, ook al zei ze dat ze dat niet wilde zijn. Was er nog steeds een kleine kans dat zij morgenavond zou opduiken? En zo ja, hoe zou ik haar dan veilig op Grijpgraags schip moeten krijgen?

Al die onbeantwoorde vragen maakten me rusteloos, dus stond ik op om te ijsberen. Dat duurde niet lang, aangezien de kamer vol afzichtelijke helbewoners zat die zich aan mij leken te ergeren omdat ik de vloer deed kraken terwijl zij naar Grijpgraag probeerden te luisteren, dus wandelde ik naar buiten de open gang op die liep door het bovenste niveau. Het merendeel van de opslagruimte was leeg en de deuren stonden open. Even dacht ik dat ik in een van de openingen een akelig vertrouwde gestalte zag, grijs en gebogen. Na een ogenblik van verstijfde verbazing trok ik mijn mes uit mijn riem en naderde die deur behoedzaam. Toen ik erdoorheen liep, bleek het vertrek leeg; er waren zelfs geen stapels zwart stro die ik op de vloer had verwacht, en het raam aan de andere kant was geopend, het luik nog steeds open.

Kon het echt Grijnzer zijn geweest? Maar zo ja, waarom was hij dan gevlucht? Was hij bang voor al die anderen in de kamer ernaast? Dat leek me toch niets voor hem. Misschien wachtte hij slechts op een betere gelegenheid wanneer ik alleen was.

Uit mijn doen haastte ik me terug naar de grotere veiligheid van Grijpgraags verheffersvergadering, maar ik was nog nauwelijks binnen toen ik schrok van een hard gekraak en luide stemmen beneden. Ik was niet de enige: overal in de voorraadkamer werden ogen groter in de schemering, een ogenblik later veranderde onze vreedzame vergadering van verdoemden in een groep kakkerlakken die opeens aan licht worden blootgesteld, misvormde gestaltes scharrelden in alle richtingen terwijl de eerste wachtposten van de moordenaarssekte met zwepen, toortsen en netten door de deur braken.

Had Grijnzer ons bespioneerd namens de autoriteiten? Dat sloeg nergens op, maar het was ook moeilijk te geloven dat hij hier bij toeval was.

Ik ploeterde door de chaos heen op zoek naar Grijpgraag, maar opeens verscheen de reus uit het niets, tilde me op bij mijn nek als een weggelopen hondje en droeg me naar het raam. Hij hield Binkie in zijn andere kolenschop van een hand, en voor ik ook maar iets begreep van zijn plan, had Grijpgraag zo ver uit het raam geleund dat die jongen en ik in het luchtledige bungelden, met niets onder ons dan de harde stenen keien zo'n dertig meter naar beneden. Ik had echter niet veel tijd om daarover na te denken, aangezien ik een ogenblik later een enorme ruk voelde en Binkie en ik, ongelogen, door de lucht vlogen terwijl alles om ons heen tolde als het zicht door een caleidoscoop. Het duurde een panische halve seconde of meer voor wij stortten of rolden en tot stilstand gleden en ik besefte dat Grijpgraag ons omlaag had geslingerd, maar helemaal op het dak van het pakhuis. Daarna was ik te druk bezig mijn wapens te vinden en weg te deinzen voor de andere gillende verheffers die het dak hadden weten te bereiken om nog veel bij andere dingen stil te staan.

Ik werd in die krankzinnige schermutseling snel weer van Binkie gescheiden. Er zaten nu niet meer alleen andere verheffers op het dakpannendak – de bullebakken van de moordenaarssekte waren ook verschenen, achter ons aan klauterend naar boven, en ze braken door de dichtstbijzijnden van de piepende ketters, zo te zien kwistig pijn verspreidend, de vellen van ruggen slaand met hun messcherpe zwepen, ledematen en schedels met zware knuppels verpletterend. Wie ze hadden neergeslagen werd weggesleept met een net en in de hoek van het dak achtergelaten terwijl de wachtposten zich vooral richtten op de onzen die nog vrij waren.

Terwijl ik wankelde naar de rand van het dak, met mijn laarsmes maaiend en proberend zo ver mogelijk voor de wachtposten uit te lopen als ik maar kon, hoorde ik een raspend gekletter en toen een donderslag net onder ons. Ik keek over de rand en zag dat Grijpgraag de makkelijkste uitweg uit de kamer beneden had genomen, beukend door het belemmerende raamkozijn en veel van de omringende muur meenemend in zijn val terwijl hij naar de verre grond onder zich sprong. Blijkbaar was hij veilig geland, en hij stond nu in het midden van een stapel puin en verpletterde stoeptegels, omhoogkijkend.

'Spring omlaag!' brulde de reus toen hij mij zag. 'Ik vang je op! Wees niet bevreesd!' Hij stak zijn enorme kolenschoppen uit. Ik aarzelde, niet omdat ik hem niet vertrouwde, maar omdat ik nog steeds niet wist waar Binkie was en ik kon dat joch niet zomaar achterlaten. Door mij zat hij in Pandemonium.

Eindelijk zag ik hem, spartelend als een natte kat in de armen van een wachtpost. Binkies overweldiger had een leerachtige huid en lippen die uitstaken in de benige, snavelachtige kleppen, als om te tonen dat een echte mini-*teenage mutant ninja turtle* er helemaal niet schattig uit zou zien. Hoe lustig hij ook vocht, hij maakte toch geen enkele kans; zijn aanvaller had hem al bijna helemaal uitgeschakeld, en het zou niet lang duren voor hij met een stel anderen in een net terecht zou komen.

Ik dook vanachter op die wachtpost en stak mijn mes zo diep in waar zijn nieren moesten zitten als ik kon. Ik werd vertraagd door het maliënkolderspul dat hij droeg, maar die duivelsprikker was een groot mes en ik ramde met beide handen ermee in zijn rug. Hij maakte een verrast, krassend geluid en liet Binkie vallen. Ik nam niet de moeite het mes uit zijn rug te trekken maar greep het jong en dook in de wirwar van wachtposten en verheffers naar de rand van het dak. Beneden stond Grijpgraag met drie wachtposten te vechten, maar hij was aan het winnen, en toen ik zijn naam schreeuwde keek hij op en maakte toen korte metten met zijn vijanden, letterlijk het hoofd van de een afhakkend met zijn vuist.

Ik gooide Binkie naar hem omlaag. Ik had een paar seconden om de jongen te zien vallen in Grijpgraags enorme handen, en toen werd ik van de rand van het dak weggerukt door een paar leden van de moordenaarssekte. Nog twee of drie anderen voegden zich bij hen en stortten zich op mij als dikke mannen op een rugbybal, en dat was het zo'n beetje – het laatste dat ik me kon herinneren was iemand die de gedachten uit mijn schedel beukte met een soort knots. Het was de beroerdste drumsolo ooit, en dat zeg ik niet snel, maar gelukkig kreeg ik er algauw niets meer van mee.

## 33
# De vergaderzaal

Ik was al een tijdje wakker voor ik mijn ogen opendeed, maar mijn zintuigen bleven me wijsmaken dat ik in een vergaderzaal zat in een Holiday Inn of Hilton, hoewel ik wist dat ik eigenlijk in de hel zat. Toch kon ik duidelijk de geur ruiken van koffie en geglazuurde donuts en van een luchtverfrisser uit de groothandel. Ik probeerde dit net te plaatsen toen iemand sprak.

'Nee maar, advocaat Doloriel, je bent wel een doorzettertje, hè?'

Ik kreeg niet zomaar een hartverzakking; mijn hart kroop in het diepste, donkerste plekje van mijn borstkas weg en weigerde ooit nog tevoorschijn te komen. Ook sprongen mijn ogen open, hoewel ik dat onmiddellijk betreurde, anders had ik nog wat langer kunnen doen alsof alles een door het pak slaag veroorzaakte droom was.

Groothertog Eligor stond over me heen gebogen in vol infernaal ornaat, meer dan tweeënhalve meter lang, in een renaissancegewaad van golvend zwart, met een hoge kraag die tot recht onder zijn kin opstak. Het enige vreemde detail was dat afgezien van de onmenselijk kooltjes die gloeiden in zijn ogen, hij het menselijke biljonairsgezicht van Kenneth Vald droeg in plaats van een van zijn echt angstaanjagende tronies. Niet dat ik geen angst voelde.

Ik deed toch mijn best. 'Leuk pakje, Ellie. Gekocht bij S&M Mode?'

Hij zei niets. De kamer zag er precies zo uit als hij rook, met Vald/Eligor aan de andere kant van een doodgewone vergadertafel in een doodgewone vergaderzaal (in ieder geval zouden ze in Visalia of Bakersfield of San Leandro niet hebben misstaan). Er was zelfs een doosje met donuts en wat koffiespullen, zoetjes en poedermelk inclus. Het enige wat nog aan dit toonbeeld van Rotaryclubperfectie ontbrak, was een venster met jaloezieën dat op een snelweg of bedrijfspark ernaast uitkeek. Dit ontbrak omdat het vertrek geen ramen had.

Eligor maakte het zich gemakkelijk in een stoel recht tegenover me. Ik leek op geen enkele manier te zijn vastgebonden, maar wilde dat nog niet uitproberen – nog niet, omdat dat ongetwijfeld was wat hij van me verwachtte. Er was niets in mijn voordeel behalve dat ik misschien iets onverwachts kon doen, en ik zou waarschijnlijk geen tweede kans krijgen, dus zou ik wachten tot ik echt iets had bedacht dat het proberen waard was. Intussen kende ik Eligor de Ruiter na onze vorige ontmoetingen goed genoeg om te weten dat hij van een praatje hield.

'Dus het was allemaal alleen maar een valstrik van je?'

De groothertog glimlachte flauwtjes. 'Wat, die relibijeenkomst die jij bijwoonde? Dacht je echt dat ik een ingewikkelde valstrik voor jou zou zetten? De gravin had gelijk – jij lijdt echt aan zelfoverschatting. Nee, niemand wist zelfs dat je hier uithing, engeltje, hoewel je erg je best deed om op te vallen. Echt, je liep gewoon mijn huis binnen, Dollar. Ik dacht dat zelfmoord in de hemel uit den boze was.'

'En ik dacht dat de hel van een mietje na een paar miljoen jaar wel een man zou maken, maar ik had het duidelijk mis. Wou je echt beweren dat je niet achter me aan hebt gezeten?'

Hij schudde het hoofd alsof het bijna niet het beantwoorden waard was. 'We zochten een zekere "Pseudolus" sinds je bezoek aan Vleespaard. Dacht je dat we niet even bij de leugenaarssekte zouden checken of je echt bij hen hoorde? En toen iemand zijn drift koelde op Kandij en Kaneel... nou, je snapt wel dat we toen héél geïnteresseerd waren. Toen de stadswachten van Pandemonium jou met die verheffermalloten oppikten, herkende een van mijn informanten jou als degene die we zochten... en nu zit je dus hier.' Hij schudde het hoofd. 'Je hebt van de lijfwachten van de gravin weinig overgelaten. Was dat nou echt nodig? Eerst breng je mijn assistente in San Judas om zeep, en nu kom je helemaal naar waar ik woon om twee onschuldige loonslaven te mollen. Heb je iets tegen de werkende klasse?'

'Genoeg gelachen,' zei ik. 'Laten we alle plichtplegingen achterwege laten en meteen ter zake komen. Jij wilt die veer hebben. Daarom heb je Grijnzer op me afgestuurd. Afgezien van onze strijd om de gravin moest ik iets doen, aangezien het duidelijk was dat je me niet met rust zou laten. En je wist dat ik de hel in was gegaan aangezien Grijnzer me hierheen was gevolgd, dus doe nou niet alsof je verbaasd bent me te zien.'

Hij keek me een tijdje aan, zijn gezicht zo effen als een verweerd standbeeld van een vroegere koning. 'Juist, Grijnzer,' zei hij. 'Natuurlijk.'

'Speel maar geen spelletjes, grote knul. Jij hebt alle touwtjes in handen. Doe wat je wilt. Ik geef je die veer niet en vertel je ook niet waar die is. Je zal me toch doden, dus waarom zou ik het je gemakkelijk maken?'

Hij glimlachte met langzaam opgetrokken lippen, een doodgemoedereerd roofdier met een vastgepind maaltje. Voor het eerst zag ik dat hij waarschijnlijk zo oud was als de planeet, zo niet ouder. 'Uitstekend. De heldentoespraak. Maar ik geloof dat je dat moet zeggen nadát ik geprobeerd heb je wat loslippiger te maken. Dan maakt het wat meer indruk.'

'Toe maar,' zei ik. 'Doe je best. Wat wil je hiermee...' – ik gebaarde naar de vergaderzaal en de slechte olieverfschilderijen – 'laat je me een verkooppraatje uitzitten voor een koopflat met deeltijdeigenaarschap?'

'O, bevalt de entourage je niet?' Eligor keek om zich heen. 'Ik heb het speciaal voor jou aangevraagd – ik dacht dat een non-valeur als jij je er wel thuis zou voelen. We kunnen ook wat anders kiezen als je dat liever hebt...'

En hetzelfde moment was de ruimte weg en viel ik door een suizende duisternis omlaag, grijpend in het wilde weg, hulpeloos.

'Wat dacht je hiervan?'

Flets licht overal om me heen, vuil glas, roestvrijstalen tafels besmeurd met geronnen bloed, oud linoleum bruin van opgedroogde resten van ontelbare vieze vloeistoffen. Boven de operatietafel waarop ik zat vastgebonden hing een stel machines waarvoor zelfs Torquemada zou zijn teruggedeinsd, boren en beenzagen en klemmen en tangen waarvan ik het doel niet kon begrijpen, maar waarvan het roestige, gevlekte oppervlak boekdelen sprak.

'Of als je meer traditioneel bent ingesteld,' klonk Eligors stem, 'kunnen we hiervoor kiezen.'

De lichten doofden. Nu was er alleen een enkele fakkel, net fel genoeg om te tonen dat de oude stenen vloer om me heen wemelde van de krioelende wezentjes. Ook de muren zaten vol bewegende klikkende wezentjes. Ik hield mijn adem in en rukte, maar kon niet overeind komen, laat staan wegkomen.

'Of wat dacht je van wat surrealisme? Je houdt wel van die twintigste-eeuwse stijl, hè?'

Ik lag uitgestrekt in een tiental richtingen, mijn ogen onmogelijk ver uit elkaar, binoculair zicht in twee verschillende richtingen. Een enorme mond had het bleke plafond boven mijn hoofd vervangen, lippen zo groot als de voorkant van een auto die giechelden en kusgeluidjes maakten en dingen mompelden die ik niet goed kon horen terwijl een fijne nevel van spuug op mijn gezicht sproeide. Spinnen met de koppen van vogels en vogels met de hoofden van middeleeuwse harlekijns hupten en fladderden overal om me heen. De lippen maakten een oprispgeluid en vormden toen een 'o' en iets grijs en slijmerigs en zo groot als een gorilla begon tussen de tanden door omlaag te klauteren, ogen rondzwevend in zijn lichaam als belletjes in een zak vloeistof.

'Of misschien begin je nu het oorspronkelijke thema meer te waarderen,' zei Eligor, en opeens sprong de vergaderzaal weer terug om me heen. 'Zie je, het maakt eigenlijk niet uit. Je bevindt je niet op zomaar een plek, Doloriel – je bevindt je op míjn plek. En je gaat me wel degelijk vertellen waar die veer is. Het is slechts een kwestie van tijd, en wij hebben... alle tijd van de wereld.'

Grote wervelende, uitschietende crematoriumvlammen lekten omhoog uit de muren, rood en geel en oranje, hetzelfde afzichtelijke oranje als Eligors ogen. Ik kon Eligor echter niet meer zien. Ik zag alleen de vlammen nog.

Ik voelde mijn huid verzengen. Ik voelde hem opdrogen, barsten en vervolgens wegbranden. Ik voelde mijn zenuwen in zwarte draden veranderen, mijn spierweefsel verschrompelen en vlam vatten, zelfs mijn botten brandden. Ik voelde precies wat je zou voelen als je stierf door verbranding, een mate van verscheurende pijn in iedere vezel die niet eens te beschrijven viel, een pijn die alles oversteeg dat ik me had kunnen voorstellen. En ik bleef het maar voelen. Het hield niet op. Het ging maar door en door en door.

Ik weet niet wanneer het ophield. Uren later. Misschien dagen. Toen was ik al ergens anders. Ik was iemand anders. Degene die was weggebrand, die Bobby, die engel Doloriel, was reddeloos verloren. Die zou nooit meer bestaan. En het wezen dat in mijn plaats resteerde zou nooit meer ophouden met schreeuwen, daar was ik van overtuigd. Nooit meer ophouden met branden.

Eligor koos met veel zorg een donut uit. 'De laatste met poedersuiker,' legde hij uit. 'Goed, waar is mijn veer?'

Het kostte me wat tijd om de woorden te vormen, hoewel ik aan mijn trillende handen kon zien dat ik weer heel was en niet verbrand, alsof ik niet net een levenslang schroeien en goddeloze pijn had ervaren. 'Val... dood.'

'Juist!' zei hij en salueerde naar me met zijn BESTE BAAS TER WERELD-mok terwijl de vlammen nog een keer hoog oplaaiden.

Hij kende natuurlijk nog een heleboel andere manieren om mij te pijnigen wanneer het hellevuur hem ging vervelen, sommige ervan behoorlijk vindingrijk. Ik moest toekijken hoe Caz door Eligor zelf en verschillende duivels werd gemarteld en verkracht, of in ieder geval iets wat op haar leek. Later moest ik toekijken hoe een andere versie van Caz vrolijk, zelfs enthousiast, meedeed aan diezelfde activiteiten, zelfs terwijl mijn eigen zenuwen werden uitgerekt en verbrand en afgeschraapt en gepijnigd. Eligor hield niet van half werk.

Natuurlijk sprak ik. En hoe. Ik vertelde hem alles wat ik wist over de veer en al het andere. Pijn doet pijn. En pijn in de hel nog meer. En dit was een persoonlijke pijn die Eligor me toewenste en hij zorgde dat ik de volle lading kreeg. Ik denk niet dat het zozeer te doen had met Caz als wel dat ik een lastpost was. Het feit dat een onbelangrijk iemand als ik erin geslaagd was zoveel van zijn kostbare, eindeloze tijd te verspillen. Je zou denken dat hij me dankbaar was voor de afleiding. Maar niks hoor.

Het leek echter niets uit te maken dat ik alle geheimen eruit gooide. Eligor bleef me martelen. Na het vuur belandde ik op een plek zo fel en wit als een stofdichte ruimte, waar mannen met gezichten zo uitdrukkingsloos als vingerafdrukken op me inbeukten met ijzeren hamers en alle botten in mijn lijf verbrijzelden, me platsloegen als een kotelet. Iedere slag ontlokte meer schreeuwen aan mijn mond, die bij iedere slag van vorm veranderde, zodat het bijna onmogelijk was wat te zeggen, maar ze bleven me slaan en ik bleef alles uitkrijsen wat ik wist.

Donkere, olieachtige vloeistof. Wriemelende wezens die hun tanden zetten in mijn vlees en zich om me sloten als oversekste palingen om me omlaag te trekken. Ik slaagde erin me net voor ik verdronk los te schoppen en weer door het oppervlak te breken, hijgend de vieze, giftige lucht uit te ademen en mijn longen vol te zuigen met iets niet veel beters, waarna ik alleen maar weer terug werd gerukt de duisternis in. En nog eens. En... ach, je snapt het wel, hè?

Meutes rottende geraamtes die probeerden mijn gezicht op te vreten terwijl ik mijn best deed te ontsnappen over heuvels van vuilnis. Dit was minder leuk dan het klinkt.

Mijn huid probeerde zich los te rukken van mijn lijf. Dit was precies zo leuk als het klinkt.

Een kamer vol stekende mieren en bijtende vliegen zo groot als duiven. Ik zonder armen en benen.

Een geheel zwarte kamer, waar niets plaatsvond behalve een ondraaglijke pijn die oplaaide in het midden van mijn schedel, alsof een krankzinnige zee-egel met messcherpe stekels probeerde door een van mijn oogkassen naar buiten te komen. Het werd almaar erger tot ik uiteindelijk mijn eigen hoofd van mijn nek rukte, waarna mijn hoofd teruggroeide en het hele proces opnieuw begon.

En zo nu en dan, alleen om mij eraan te herinneren waarom ik de martelingen van de verdoemden moest ondergaan, keerde ik in de oorspronkelijke vergaderzaal bij Eligor terug. Hij stelde me dan wat vragen, nieuwe vragen of steeds dezelfde vragen. Soms keek hij alleen maar naar me en lachte, waarna ik weer in een zuurbad verdween of aan een schrikdraad hing. Een paar keer zat hij e-mails op zijn mobiel te lezen en keek hij niet eens op. Een keer zag ik Caz, rechtop en zwijgzaam, terwijl Eligor haar met een hand rond haar nek vasthield, als een kip die naar het hakblok wordt gebracht. Haar ogen waren vochtig en haar wimpers overdekt met rijp van kristalliserende tranen, maar ze bewoog niet en sprak niet.

Weer terug naar de crematoriumvlammen, maar ditmaal waren al mijn vrienden uit de Kompassen daar bij me – Monica, Schattebout, Walter Sanders, allemaal krijsten ze terwijl ze brandden en me smeekten hen te helpen.

Toen ik weer eens terugkeerde in de vergaderzaal, stond Vrouwe Zink me op te wachten, haar ogen fel van waanzin. Terwijl Eligor toekeek en zijn koffie dronk, verkrachtte Vera me weer, precies zoals ze dat eerder had gedaan. Toen nam ze me op manieren zoals ze nog nooit had gedaan. Het deed allemaal meer pijn dan je je kunt voorstellen – lieve God, véél meer pijn.

Vera verdween na een paar duizend uur. 'Menneke,' zei de groothertog en grijnsde, 'je hebt een druk dagje gehad.'

Hij zond me naar een kamer waarvan de vloer van met zuur beschilderd draadgaas was. Het vlees bleef van mijn botten vallen en erdoorheen druipen, en hoe doelbewust ik ook voortkroop, de deur bleef altijd even ver.

Een eindeloze woestijn van gebroken glas en zout.

Een schemerig woud vol roofvogels met tanden. Ze lachten als krankzinnige kinderen.

Nog meer vuur. Naalden. Vuil. Onschuldigen die leden. Keer op keer op keer.
Keer op keer.

Als een soort pauze tussen aanvallen van onbeschrijflijke pijn, hield Eligor soms halt bij de martelingsrondleiding om uit te leggen hoe een en ander in het universum echt werkte.

Een beetje zoals die Boodschappen van Algemeen Nut die tussen de kindertekenfilmpjes door op zaterdagochtend werden vertoond.

De eerste keer verscheen hij terwijl ik hulpeloos aan het schreeuwen was en zei hij: 'Weet je, je hebt het helemaal mis.'

Ik gaf geen antwoord, ik was te druk bezig met het uitspugen van bloed en gal.

'Zie je, de hemel heeft je beetgenomen. Ze keuren wat wij doen niet af – ze hebben het ons bevolen. Wij zijn het officiële alternatief. Wij maken evengoed deel uit van Gods systeem als de cipiers in een gevangenis.'

Ik spoog nog eens en bracht met moeite uit: 'Mijn reet...'

'Nee, echt. Je kunt net zo goed een wrok koesteren tegen de fabriek waar de hamertjes van rechters worden gemaakt. Wij doen ons werk, net als jij.'

Een andere keer wipte hij alleen even binnen om te zeggen: 'Ik loog eerlijk gezegd toen ik je zei dat wij het werk van de hemel doen. Aangezien er eigenlijk helemaal geen hemel bestaat.'

Dit keer antwoordde ik niet. Iets had een paar uur terug mijn tong uitgetrokken en nog niet de moeite genomen hem terug te plaatsen.

'Het is eigenlijk een soort sciencefictionverhaal,' legde de groothertog uit. 'Hel, hemel: allemaal onzin. De aarde werd lang geleden veroverd door invallers uit de ruimte, maar de mensen beseffen dat nog niet. De buitenaardsen hebben al deze dingen recht uit ons onderbewustzijn verwijderd om ons mak en gewillig te houden zodat we ons gedragen als brave gevangengenomen mensjes. Zie je nu hoe alles in elkaar steekt?'

Later, toen ik mijn tong terug had, kwam Eligor met een nieuwe verklaring. 'Het waren eigenlijk geen buitenaardsen. Dat loog ik. Het waren mensen uit de toekomst, van toen ze het tijdreizen onder de knie kregen. Ze beseften dat het mooiste cadeau dat ze aan hun onwetende voorouders konden geven bestond uit het creëren van een universum waar die primitieven al in geloofden. Dus dat deden ze. Dit alles, ik, jij, het Opperwezen, alles, door de mens zijn eigen nakomelingen bedacht. Een beetje alsof je wordt gesust door je eigen kleinkinderen, hè? "Ja, opa, dat klopt, er waakt een lieve God over jou en die straft alle stoute mensen. En nu gauw slapie slapie doen."'

De groothertog leek hiervan te genieten, en hij bleef terugkeren met nieuwe verklaringen over hoe het universum in elkaar zat, met daaronder vele mogelijkheden die ik zelf al eens had overwogen. Misschien was een ervan waar. Misschien meer dan één. Misschien geen een. Ik ben er vrijwel zeker van dat hij mij voor de gek hield bij alles wat een en ander zou kunnen verklaren, over alles wat van betekenis kon zijn, zodat ik zou achterblijven met de overtuiging dat niets enige betekenis had.

Een beetje zoals moderne politieke reclamespots, welbeschouwd.

Hoe het ook zij, zelfs Eligor werd na wat eeuwen moe van dat spelletje, en leverde me over aan de ernstige lichamelijke martelingen, die maar doorgingen ondanks het feit dat ik geen
geheimen meer over had. Of misschien juist daarom. Dat valt moeilijk op te maken in de hel. Je kunt hier niet eens zeker zijn van de dood. De enige zekere zaken zijn pijn en verdriet en dan nog eens pijn.

'Zo, Doloriel.' Eligor zette zijn mok neer en ging rechtop in zijn vergaderstoel zitten, alsof de vlammen, vergif en moord alleen maar de preliminaire plichtplegingen waren geweest, en nu tot de orde van de dag kon worden overgegaan. 'Vertel me nu waar die veer is.'

Het leek wel een uur te duren voor ik de kracht had gevonden om te spreken. 'Dat... heb ik... je al verteld. Ik heb je alles al verteld.'

'Nee, dat heb je helemaal niet. Je zei dat hij in je jaszak zat, verborgen door een engelenkunstje op je lichaam in een huis in San Judas. Mijn werknemers hebben er alles afgezocht. Je lichaam is daar niet.'

Zelfs helemaal hier, aan het andere eind van een miljoen jaar aan martelingen, joeg dit me angst aan, niet omdat ik op dat punt nog zoveel gaf om mijn aardse lichaam, of zelfs om G-Man en zijn vriendinnetje Posie die in dat huis woonden, maar omdat het enige wat ik nu wilde doen was om echt en definitief te sterven, en ik wist dat Eligor me pas zou doden als hij die veer terug had. 'Is het... verdwenen?'

'Op de keper beschouwd vind ik het allemaal wel erg mooi uitkomen. Jij had die veer al die tijd bij je zonder het te weten? En je maatje Sammariel betrapte Graasvaak toen die probeerde hem op jou aan te brengen? Heel fijn, aangezien je vriendje zich schuilhoudt in die goedkope voordeelversie van de hemel die die Derde Weg-dromers hebben gecreëerd. En om het nog verdachter te maken: we weten allebei donders goed voor wie Sammariel werkt.'

Het kost me moeite het bij te houden, en niet alleen vanwege de pijn. Eligor had het mis, ik had niet geprobeerd iets voor me te houden. Als die veer was verdwenen, als mijn lichaam weg was, was ik net zo verbaasd als ieder ander. 'Voor wie hij werkt...? Bedoel je Kephas?'

'Juist, Kephas, of welke naam je ook verkiest. De architect van dit hele fiasco.'

De geheimzinnige hoge engel had Sam voor de Derde Weg gerekruteerd, en had hem de middelen gegeven om het te laten slagen, inclusief dat ding dat Sam de Handschoen van God noemde, dat hij gebruikt had om Eligors bewijs voor zijn deal met Kephas te verbergen, namelijk Kephas' eigen vleugelveer. Hij had hem op mijn lijf verborgen, zo bleek, hoewel ik dat toen nog niet wist. Dat was het geweest dat Eligors aandacht in eerste instantie op mij had doen vestigen. Ik wenste vurig dat ik dat ding nooit had gezien of ervan had gehoord.

*Beng!* Eligor sloeg op de tafel en deed zijn mok opspringen, koffie morsend over de imitatiehoutnerven van formica alsof het echte koffie was in een echte kamer op een echte plek. 'Ik wil hem hebben. En jij gaat hem voor mij terughalen.'

'Ja, natuurlijk joh. Als die weg is, weet ik ook niet waar die is. *Vade retro*, oftewel: het zal me aan mijn reet roesten, vader.'

Ik voelde niet echt dat hij me sloeg, zo snel ging het: ik besefte opeens alleen dat ik me aan de andere kant van het vertrek bevond, als een hoopje liggend op het tapijt met wazig zicht en een kop die luidde als een kerkklok. Eligor stond over me heen gebogen, zo'n zeven meter vanwaar hij net had gezeten. 'Let op je woorden. Jij zou niet de eerste engel zijn die ik dood.' Hij boog zich wat dichterbij. Zijn Vald-vermomming leek van een afstand volmaakt, een menselijk lichaam en gezicht, maar van dichtbij kon ik de vuurtjes onder zijn huid door de poriën zien branden. 'Ik ben echter een pragmaticus, dus doe ik je een voorstel, gewiekst kuikentje. Jij mag blijven leven om te kunnen strijden voor de glorie van je schijnheilige schijtstad in de hemel.'

Ik durfde niet te ademen, laat staan spreken, omdat ik nog steeds bijna verlamd was door zijn harde slag, en zelfs na alle shit die ik had doorstaan, was ik doodsbang dat hij me nog eens zou slaan. Het voelde alsof hij ieder botje in mijn lijf had verbrijzeld, en ik stond klaar om op mijn rug te rollen en mijn buik te tonen. Wat had me doen denken dat ik met iemand als Eligor ongestraft de spot kon drijven? Niemand die zó stom was verdiende het überhaupt om te leven.

De groothertog zat opeens weer op zijn stoel. Een ogenblik later, zonder bewust besef van hoe het was gebeurd, zat ik weer in de stoel tegenover hem, trillend als een juffershondje.

'Dit stel ik voor,' zei hij. 'Ik moet die veer hebben. Die had ik nooit mogen kwijtraken. Het is mijn onderpand zodat Kephas te goeder trouw blijft. Ik vertrouw niemand, maar ambitieuze engelen nog wel het minst, en als Kephas iets is, is het wel ambitieus. Dus jij gaat hem halen en aan mij geven. Zo niet...' Hij hief zijn hand op en opeens stond Caz naast hem. Dit keer had ze een blinddoek voor haar ogen en een prop in haar mond, en haar handen zaten gebonden op haar rug. 'Zo niet, dan zal ik haar echt alles geven wat jij net hebt moeten incasseren... en nog veel meer.'

Ik had geen kracht, geen troef, niets. Hij was te sterk, te slim en te succesvol. Ik had geen enkele keus.

'Nee,' zei ik. 'Vergeet het.'

'Wat?' Eligors kreet van woede klonk zo luid dat ik steil achteroversloeg. 'Wil je haar nu meteen zien branden? Branden tot er niets meer van haar over is? Nu meteen, onderkruipsel?'

'Niet doen, alsjeblieft.' Eligor was zoveel machtiger dan ik, dan zo'n beetje alles wat ik kende, dat het precies was alsof je in een leeuwenkuil in de dierentuin was gevallen. Het enige wat ik kon doen was heel langzaam bewegen en hopen dat hij Caz niet uit louter irritatie zou kapotmaken. 'Dat zou een vergissing zijn.'

'Je hebt een paar seconden om het uit te leggen voor ik jou in losse atomen verander, elk extreem pijngevoelig.' Eligors gezicht was nu aan het veranderen, alsof ik hem zo kwaad had gemaakt dat het hem moeite kostte om er een beetje menselijk uit te blijven zien. Ik zag een hint van een begin van bokkenhorens, een vleugje etterende huid, en een glimp van een glanzend metalen schedel die allemaal in een flits verschenen en weer verdwenen.

'Oké, ik geef je die verdomde veer... Ik hoef hem niet. Ik kwam hier alleen omdat jij Grijnzer op me afstuurde, die ernaar op zoek was. Maar je moet ons allebei laten gaan. Mij en de gravin.'

'Allebei?' Eligor was zijn woede nu aan het onderdrukken, maar ik kon zien dat hij niet blij was. 'Waarom zou ik?'

'Omdat ik anders nee blijf zeggen. Dan kun je me voorgoed blijven martelen, of doden als het je gaat vervelen. Je kan ook Caz martelen en doden. Ik zal je nooit tegen kunnen houden, en het enige dat ik je te bieden heb dat jij wilt is die veer. Dus laat ons beiden gaan of je kunt het op je buik schrijven.'

Hij trok een wenkbrauw op. Hij had zich hersteld en was weer de knappe en ongelooflijk succesvolle Kenneth Vald. 'Ik moet het je nageven, Doloriel. Je hebt ballen zo groot als grapefruits.' Hij bewoog zijn vinger en Caz was zo snel verdwenen dat ik niet eens de kans had haar nog één keer aan te kijken, voor het geval het de laatste keer was dat ik haar zag. Toen knipte hij naar mij met zijn vinger en de vergaderzaal, de donuts, de gemorste koffie, alles om me heen verdween, en ik bleef alleen achter met mijn pijn en de gruwel van mijn recente herinneringen in weer een andere versie van die ontvangstzaal; dit keer zweefde ik in een oneindige ruimte die zo leeg en grauw was als de ochtendmist die thuis door de Golden Gate Bridge aanrolde.

Leegte is een andere vorm van marteling. Eenzaamheid ook, vooral als ze allebei voor altijd en eeuwig voortduren.

## 34
# Ding

Ik weet niet hoe lang ik in dat grijze niets hing/lag/zweefde. Sorry voor de verwarring van werkwoorden maar ik kan echt niet zeggen wat ik daar deed. Ik bevond me in mijn helse lichaam, het Slangenstaflichaam, gestreept als een antilope op de Afrikaanse savanne, naakt en hulpeloos. Ik was niet vastgebonden, maar dat maakte niets uit aangezien ik niets dan mijn hoofd en nek kon bewegen.

Dat was natuurlijk wel beter dan echt gemarteld worden, maar dan alleen voor de eerste paar duizend uur, waarna ik een beetje begon door te draaien. Oké oké, ik hoor je al zeggen: 'Hé, hij zei al dat hij honderden jaren werd gemarteld, en nu dit.' Je hebt gelijk, de tijd gaat wel voorbij in de hel, zelfs als die anders verstrijkt dan in de echte wereld, en in de subjectieve tijdsbeleving zouden zeker een paar jaar in aardse tijdrekening zijn verstreken, maar het kernwoord hier is 'subjectief'; zolang ik Eligors gevangene was, bevond ik me volkomen buiten het normale tijdsverloop. Hij kon het zo lang laten lijken als hij wilde. Het was heel goed mogelijk, misschien zelfs waarschijnlijk, dat dit alles nog steeds dezelfde ochtend was van de dag dat ik in zijn gastvrije klauwen terecht was gekomen.

Toch voelde ik voor het eerst sinds ik de stem van de groothertog had gehoord en wist dat hij me te pakken had, iets van hoop. Niet veel, maar hij had een deal met we willen sluiten. Misschien was het gewoon weer een truc, maar het feit alleen al dat hij het afgeselen van de huid en het koken van mijn zenuwen als vermicelli even had onderbroken, gaf me het gevoel dat hij niet goed wist wat hij met me aan moest: paradoxaal genoeg hield mijn dreigement dat hij me tot mijn dood kon blijven martelen me in leven, in ieder geval voorlopig.

Ik blufte ook niet. Ik had ergens tijdens de zwaarste martelingen beseft dat mijn situatie echt hopeloos was. Eligor was gewoon te sterk. Ik kon hem niet ontvluchten, niet verslaan. Het enige wat ik kon doen, besefte ik in die overvloed van pijn, was lijden. Maar daar kon ik mee door blijven gaan als het moest. Ja, ik zou om genade smeken. Ja, ik zou hem alles vertellen. Maar zolang ik bleef weigeren om echt te doen wat hij van me wilde, kon hij me alleen maar aan meer martelingen blootstellen. Hij kon Caz voor mijn neus martelen en doden, maar dat kon hij doen of ik hem nou hielp of niet. De enige manier waarop ik iets voor haar kon doen was door te weigeren wat hij van me wilde en hem tot een deal te dwingen.

Dus hing ik, zweefde ik of lag ik daar in het niets te hangen, voor altijd of langer, en probeerde op krachten te komen voor wanneer al die pijn weer begon. En ik wist dat die weer zou beginnen, aangezien ik Eligor zou moeten bewijzen dat ik niet blufte. Ik moest ervoor zorgen dat hij niet meer in pijnigen zou geloven.

Het begon weer. Ik zal je de beschrijving besparen. Na een paar millennia leek zelfs Eligor het beu en liet hij me in de gretige handen vallen van iemand die dokter Teddy heette, die leek op een knuffelbeer maar met de korte vingertjes van een menselijk kind en de ogen en whiskyadem van een verstokte alcoholist.

Dokter Teddy deed Nilochs beul lijken op de beunhaas die hij was. Niet alleen deed hij alles nog eens dunnetjes over, maar hij had ook een paar leuke eigen ideetjes, waaronder forensische kevertjes die botten schoonvraten en zulke dikke wolken muskieten dat ik ze inademde bij iedere kreet, maar zelfs mijn pluizige nieuwe vriendje leek het na een tijdje zat te zijn, en uiteindelijk werd ik teruggestuurd naar die grauwe plek, terwijl ik huilde en probeerde me te herinneren hoe ik heette, ook al wist ik dat als ik dat kon, ik ook weer zou weten waarom ik daar was en wat er met mij werd gedaan. Ze hadden me iets vreemds aangedaan zodat ik niet kon slapen, en hoewel ik wel kon merken dat de tijd verstreek door het langzaam minder worden van mijn lijden, was er niets anders om de uren en dagen te laten voorbijgaan in die vreselijk lege, kleurloze plek.

Toen de situatie eindelijk veranderde, was ik me er in eerste instantie alleen van bewust dat er iets bij me aanwezig was in die grijsheid, en wat het ook was, het was er niet helemaal. Ik kan het het best vergelijken met onder water zijn, ergens waar meer schaduw dan licht is en waar de afstand dingen vertekent en bedrieglijk is. Lang keek ik alleen maar naar iets als een scheeflopende verticale gedaante, erg onduidelijk te zien, alsof hij op me afkwam uit een dimensie die ik niet kon zien, en toen stond hij over me heen gebogen, een grijs lijkengezicht, prikoogjes, die vreemd scharnierende kaak die openhing als die van een vis terwijl hij me aanstaarde. De rest was ook grijs, zijn grauwe dode huid strakgespannen over zijn botten. Grijnzer was er sinds ons laatste treffen niet knapper op geworden.

Het kon me allemaal niet veel meer schelen, eerlijk gezegd, maar ik kromp toch een beetje ineen toen ik hem zag. 'Wat mag het zijn, mooie jongen?' vroeg ik toen ik mijn stem weer terug had. 'Word je ongeduldig? Je zult vast met me mogen spelen als je meester met me klaar is.'

Grijnzer kwam zo dichtbij dat ik de rimpels op zijn huid voor het eerst duidelijk kon zien in het effen, klinisch grauwe licht, en ik besefte dat het niet zomaar rimpels waren of zelfs een tattoo, maar iets veel ingewikkelders, veel vreemders. Het was schrift: rijen kleine lettertjes die met iets heel scherps letterlijk in de huid waren gegrift, duizenden tekentjes in een onleesbaar schrift dat iedere vrije centimeter van zijn huid bedekte. Ik keek omlaag naar de grijze hand die gebaarde met het vierpuntige mes naar mijn gezicht, en ik zag dat de huid op zijn verdorde vingers ook was versierd. Zijn andere hand bleef verborgen achter zijn rug, maar ik durfde te wedden dat ze daar ook op stonden, die krabbeltjes, even talrijk als mieren in een mierenhoop.

'Waarom deed je... Wat was reden?' Grijnzer sprak nog steeds zo afgemeten en hijgerig, zo monotoon als een verveelde priester die een al te vertrouwd catechismus voordraagt. 'Waarom jij niet gevlucht?'

'Ik weet niet wat je bedoelt. Hoor eens, als je mij wilt steken of zo, ga je gang. Weer eens wat anders.'

'Nee.' Hij kwam nog dichterbij tot het leerachtige vel van zijn gezicht bijna het mijne aanraakte en ik zijn ogen vochtig in de diepe kassen kon zien rollen. Zijn stem klonk verstikt, zelfs wanhopig. 'Zeg het. Zeg het waarom.'

'Waarom wát?' Ik kon de vage geur van zijn verrotting zelfs in dit grijze niets ruiken, die muffe, misselijkmakende zoetheid van iets wat al een tijd dood en onopgemerkt is gebleven.

'Vertel het waarom jij terugga. Waarom jij kleine help. Waarom niet vlucht, jou redt.'

Het duurde even voor het kwartje viel. Ter verdediging moet ik misschien de jury herinneren aan de duizenden uren sadistische martelingen die ik had ondergaan. Hoe het ook zij, eindelijk daagde me de verbijsterende waarheid: dit afschuwelijke wezen wilde weten waarom ik terug was gekomen om Binkie te redden. Hij had blijkbaar alles gezien; niet alleen Grijpgraags vergadering maar ook wat daarna was voorgevallen.

'Waarom ik terugging? Omdat het mijn schuld was dat die knul daar überhaupt was.' Opeens daagde het me dat Stekie 'Wormstekie' Stekielos nu misschien ook Binkie zocht, dus probeerde ik die jongen minder belangrijk te laten lijken. 'Ik dwong hem met mij mee te gaan. Hij wilde Abaddon niet verlaten. Ik probeerde hem alleen maar te helpen...'

'Néé!' Het was de eerste keer dat ik iets als woede over Grijnzers lippen hoorde komen. Meestal was hij op een vreemde manier vrolijk als zo'n oud opaatje dat je wel eens achter in een Chinese toko naar het nieuws in het Mandarijn ziet kijken. 'Nee,' zei hij toen wat kalmer. 'Jij niet help. Engel help. Jij duivel. Keefs zeg dat. Duivel in engelgewaad.'

'Keefs...?' Het klonk op een vreemde manier vertrouwd. Weer duurde het langer dan had gemoeten. 'Wacht eens... Kephás?' Sams geheimzinnige weldoener. De engel die met Eligor een deal had gesloten en de gouden veer had gebruikt als bewijs. 'Ken jij Kephas?'

'Keefs... Kephas zo mooi. Zo mooi als wolken en zilver.' En opeens glimlachte het wezen en ontblootte een reeks van die lelijke ondertandjes... evenals de paar stompjes in de bovenkaak. 'Kephas zeg, doe mijn woord en het wordt ook een engel.'

'Wat wordt een engel? Wat is "het"?'

Grijnzer wees met het mes naar zijn eigen borst. 'Het. Het wordt engel als het alles goed doe. Kephas zeg dat.'

*O mijn God.* Het drong tot me door. *Hij denkt dat hij een engel wordt als hij me doodt.*

'Ik bén een engel,' zei ik langzaam en voorzichtig. 'Ik ben Doloriel, advocaat-engel van het Derde Huis. Wou jij zeggen dat Kephas jou vertelde... dat ik een soort duivel ben? Dat het niet Eligor is die jou op me af heeft gestuurd?'

Grijnzer hield zijn hoofd scheef als een niet-begrijpende hond. Opeens zag ik dat hij net zo naakt was als ik, maar de uitwendige attributen als genitaliën die hij had gehad, waren verdwenen; nog meer kapot, dood vlees. 'Eligor?'

'Die grote oude duivel die deze toko runt. Wiens gevangene ik ben. Werk jij niet voor hem maar voor een éngel?'

'Het hou van engelen.' Het doodse kopje ging op en neer. 'Het wordt engel als het klaar is.'

Ik houd al niet van dit soort 'alles wat je wist is fout'-momenten wanneer ik ze meemaak in de loop van een verder heel gewoon leven, maar ik vind ze nog minder leuk wanneer ik gevangenzit in de hel en tussen onbeschrijflijke martelingen door even op adem kom. Wat was hier aan de hand? Dit monster, deze brabbelende moordenaar, hoorde niet bij Eligor en had dat misschien ook nooit gedaan? Nu ik erover nadacht was de reactie van de groothertog toen ik Grijnzers naam noemde wat vreemd geweest, wat... nietszeggend. Maar waarom zou Kephas zo'n wezen in dienst nemen? Wilde Kephas zijn of haar identiteit voor de rest van de hemel juist niet geheimhouden omdat Kephas dacht dat het Opperwezen te ruw omsprong met de zielen van de doden? Hoe viel dat te rijmen met het afsturen van een seriemoordenaar op een volkomen onschuldige engel? Wie was hier de echte slechterik, Eligor, groothertog van de hel, of Kephas, verondersteld hemelse idealist? Geen van beiden? Allebei?

'Hoe heb je Kephas ontmoet?' vroeg ik.

Grijnzer staarde me strak aan, misschien voelde hij wat van de onvrede achter mijn woorden. 'Kephas kwam. Kephas sprak. Toonde het hemel. Toonde het licht. Zei Papa Man en Mama zaten fout. Het was niet slecht, maar... voor iets anders bedoeld.'

'Papa Man? Mama?' Grijnzer had ooit geleefd, dus natuurlijk moest hij een familie hebben gehad, of in ieder geval een moeder, maar ik had hem al heel lang als niets dan een louter bovennatuurlijke kwade macht gezien. 'Waren dat je ouders?'

'Het was hun kruis. Zei Mama altijd. Het was geboor omdat Papa Man zonde van hoogmoed had. Omdat hij probeerde bij haar kind te maken terwijl zij door God gezegnd was om macht te blijven.'

'Een... maagd?'

'Ja. Macht. Maar Papa Man deed bah met haar. Hij maakte het in haar, en toen het eruit kwam, zag zij dat het erg lelijk was. Dat was wat ze zei, wat mama zei.' Grijnzer begon zich weer op te winden, zijn stem werd monotoon en gehaast alsof de woorden op een rivier van gevoelens werden gedragen die te snel stroomde en te diep was om te kunnen bereiken of zelfs maar van dichtbij te bekijken. 'Vies ding, vies ding, en Papa Man liet het achter als vuil op de grond. Als modder op haar jurk. Kan het vuil er niet uit slaan, dat is wat Mama zei. Kan het niet doden omdat God er reden voor heeft. God wil het op de wereld, hoe lelijk slecht ook. Hoe lelijk slecht en gemeen en verkeerd ook...'

Ik had al bijna spijt dat ik het had gevraagd. Het was al onaangenaam genoeg geweest toen ik nog alleen wist dat het ergens naar me op zoek was, dit ellendige gedrochtelijke wezen, dit monster dat zoveel onschuldige mensen had gedood. Nu ik wist hoe het zo'n monster was geworden, was het nog erger. Veel erger.

Hij vertelde me zijn verhaal in stukjes en beetjes, draadjes die eerst nog geen verband met elkaar leken te houden, maar later onderdeel van een groter weefsel bleken. In sommige opzichten was het verhaal akelig vertrouwd, het afschuwelijke verhaal van zoveel sociopaten en religieuze psychopaten, een kind dat als dier of erger werd behandeld, de naam van God misbruikt als excuus voor martelingen, een bestaan zonder veilige plek, warmte of liefde. Het leek wel alsof Grijnzers valse, vreselijke ouders hun best hadden gedaan om iets nog verschrikkelijkers te maken dan zijzelf, en dat het ze was gelukt.

Maar elke keer dat hij moordde, in ieder geval tijdens zijn sterfelijke leven, had Grijnzer gedacht dat hij iets moois naar de hemel stuurde, een geschenk voor de engelen. Zelfs de naam die hij zichzelf had gegeven, de naam die hij achterliet op de plaats van zoveel brute misdaden, was niet bedoeld om Chaucers 'grijnzer met het mes' voor de geest halen, maar wanneer zij klaar was met hem af te ranselen, of te prikken met scherpe voorwerpen, of zijn vingers en tenen of gezicht met een heet strijkijzer te branden, zei zijn moeder altijd tegen hem: 'Hou op met grienen, en tover een grijns op je smoel. Vergeet niet dat God je liefheeft.'

En zo zag hij zichzelf nog steeds, hoe diep het bloed en de waanzin ook waren geworden. Hij was Gods grijnzende soldaatje.

Het slot van het verhaal bleef wat in het ongewisse, omdat Grijnzer zelf nog steeds niet wist wat hij van mij moest denken. Zijn kokervisie op de wereld, dezelfde krankzinnige rechtlijnigheid die hem tot moorden had aangezet en hem mij helemaal tot in de hel had doen volgen, stelde hem niet in staat om nieuwe informatie makkelijk in zich op te nemen, en het nieuwe denkbeeld dat ik geen duivel in engelenkleed was had hem verbouwereerd en onzeker gemaakt over wat hem te doen stond.

'Het moet denken. Het moet bidden. God zal het zeggen wat het moet doen.' Hij toonde de hand die hij verborgen had gehouden sinds hij die grijze plek had betreden. Die leek niet anders dan de andere, tot eerst de vingertoppen begonnen te gloeien, toen de vingers zelf, toen ook zijn handpalm, tot ik zijn botten door de huid heen kon zien alsof ze van brandende fosfor waren gemaakt. Zijn hand scheen zo fel dat het moeilijk was er recht naar te kijken.

'Wat...?' Ik knipperde. Als ik mijn handen voor mijn ogen had kunnen houden, had ik dat zeker gedaan, maar ik was nog steeds machteloos van mijn nek naar beneden. 'Wat doe je?'

'Hand van glorie. Kephas gaf het hand. Voor Gods werk doen.' Grijnzer maaide met de gloed naar het grijze niets wat ons omringde en het scheurde; ik kan geen beter woord bedenken. Het niets scheurde en liet een rafelende, smeulende rand achter met meer niets erachter. Toen klauterde Grijnzer door het gat.

'Wacht!' riep ik. 'Ga niet weg! Laat me hier niet...!'

Maar het had geen zin. Hij was weg. De smeulende wond genas in een ogenblik en verdween. Het grijs was weer leeg en ik was alleen.

## 35
# Jachthonden

Toen het grijs eindelijk oploste, bleek ik weer in de vergaderzaal te zitten. Dit keer waren er geen donuts, alleen de schimmelige resten van het doosje midden op tafel dat er misschien al jaren stond. De koffiepot lag op zijn kant, bedekt met spinnenwebben en een dikke laag stof. De tafel en het tapijt zaten ook onder het stof. Het was nep, daarvan was ik zeker. Nou ja, bijna zeker.

Eligor had een ander kostuum aan. In plaats van zijn graaf Richelieu-uitmonstering, had hij nu gekozen voor iets wat meer leek op een mannelijk Victoria's Secret-model, als je je zoiets kunt voorstellen: spijkerbroek, blote bast en voeten, en prachtige, uitgespreide witte vleugels.

'Ik was ooit een engel, weet je nog,' zei hij toen hij zag hoe ik keek. Hij droeg nog steeds zijn Vald-gezicht. 'En heel wat hoger op de jakobsladder dan jij.'

'Jawel, maar ik heb gehoord dat je moest inkrimpen.'

Even zag ik wat van de withete woede achter zijn afschuwelijk knappe, goudblonde vermomming, een rimpeling die door zijn hele wezen trok alsof een steen in een vijver werd gegooid. 'Ik ben gevallen.'

*Hij doet je nu even geen pijn, Bobby*, prentte ik mezelf in. *Hou dus je kop en maak hem niet kwaad.*

Ik hield me stil terwijl hij naar me staarde. Dat hield hij lang vol, alsof ik wat nieuwe interessante kenmerken erbij had gekregen sinds onze laatste ontmoeting. Eindelijk maakte hij een gebaar en een ogenblik later stond dokter Teddy naast hem; hij kwam maar tot Eligors middel, en was zo schattig als een opwindbare abortuspop.

'Ik heb een voorstel voor je, Doloriel,' zei de groothertog.

'Ik luister.'

Eligor zat midden in de lucht. 'Dit is het probleem, hemeltergertje.

Je maakt me nerveus. Niet omdat je zo slim bent als je zelf denkt, maar eerder om de tegenovergestelde reden. Je bent zo dom dat ik je totaal niet vertrouw.' Hij fronste terwijl hij dit overdacht. Veel renaissanceschilders, en echt niet alleen de homoseksuele, zouden in tranen zijn uitgebarsten bij het zien van zulke schoonheid. 'Misschien denk je dat je de veer voor mij en iedereen met succes hebt verborgen, maar ik kan niet bouwen op jouw idee van succes. De wetenschap dat jij het enige bent dat tussen mij en een *infernalis curia* in staat, maakt me... nou, als ik zo'n teer poppetje was als jij zou ik het "nerveus" noemen.'

Hij deed me nog steeds geen pijn, maar had wel een heel vreemde uitdrukking, dus beteugelde ik mijn aangeboren neiging iets bijdehands te zeggen op dit minst gelegen moment. 'En dus?'

'En dus zal ik je een voorstel doen. Ik laat je naar de aarde terugkeren om die veer te halen. Als je me die overhandigt, behoud je je vrijheid. Ik heb toch al geen reden om achter je aan te zitten zodra ik de veer terug heb.'

Ik kon het niet geloven. Kon dit echt gebeuren, of was dit gewoon een trucje? Was Eligor echt aan het onderhandelen?

Ik deed mijn best om kalm te blijven. 'Nee. Ik neem de gravin met me mee. Als we beiden veilig zijn aangekomen, geef ik je de veer.'

Hij lachte. Het was bijna een aangenaam geluid, wat maar weer eens toonde hoe machtig hij werkelijk was. 'Je maakt natuurlijk een grapje. Ik zou jullie hier en nu kunnen wegvagen en het risico nemen dat die veer, waar je hem ook hebt verborgen, gewoon blijft waar hij is.'

'Wat let je?'

Weer die lange, bedachtzame blik. Wanneer hij zulke onbeduidende menselijke dingen deed, kon ik pas goed zien hoe onmenselijk hij was, aangezien er niet de minste blijk van emoties op dat volmaakte gezicht was te vinden. Het was als proberen een marmeren Michelangelobeeld weg te doen kijken. 'Goed, engel. Mijn laatste aanbod. Ik laat jou gaan. Jij keert terug naar de aarde en haalt de veer. Dan ruil je die in voor de gravin, als dat echt is wat je het meest van mij begeert.' Een sluwe grijns. 'Ik zou in jouw plaats een betere buit van alle rijkdommen van de hel hebben gekozen, maar het zij zo. In ruil voor de veer geef ik jou die hoer en beloof ik jullie beiden onschendbaarheid.'

'Noem haar niet zo.'

De glimlach werd breder. 'Geloof me, vergeleken met wat meer accurate benamingen is dat een compliment dat een maagd zou doen blozen van verrukking. Maar genoeg. Dit is mijn enige aanbod, dus je zult een veertje moeten laten. Ik wil nú je antwoord horen.'

Ik probeerde naarstig te ontdekken waar het addertje zat. Ik wist dat dat er moest zijn. 'Hoe weet ik dat je je aan je belofte houdt?'

'Engeltje, het geheel van wat jij de werkelijkheid noemt, bestaat louter en alleen vanwege de beloftes van wezens als ik. Ik kan mijn woord evenmin breken als jij de zon zou kunnen ontmantelen of de tijd terugdraaien.'

'En als ik die veer haal en aan jou geef, laat je de gravin van de koude handen dan gaan? Casimira? Je laat haar vrij, brengt haar bij mij en dan ruilen we. Ja toch? Dan laat je ons met rust? Geen wraak?'

'Precies.'

'Zeg het. Ik wil het je horen zeggen.'

Hij schudde zijn goudblonde hoofd. 'Tuttut, jij stelt wel veel eisen voor iemand in jouw positie. Goed dan. Ik, Eligor de Ruiter, meester van Vleespaard en groothertog van de hel, beloof dat wanneer jij de engelenveer teruggeeft die je hebt verborgen, ik daarvoor in de plaats jou die duivelin geef die jij Casimira noemt, de gravin van de koude handen.'

Hij maakte een verveeld gebaar en opeens stond Caz naast hem, gebonden en nog steeds met een prop in de mond. Haar ogen werden groot toen ze mij zag en ze schudde heftig het hoofd. Ik wist dat ze probeerde me te vertellen dat Eligor niet te vertrouwen was.

Alsof ik dat niet wist. Maar hoe koel ik het ook speelde, ik wist dat ik geen keus had. 'Goed. Ik ga akkoord. En dan laat je ons allebei met rust? Waar we ook zitten? Voor altijd?'

Eligor knikte. 'Zodra ik de veer heb, laat ik jullie beiden voorgoed met rust, zolang jij je mond houdt over wat je weet. Maar als jij me naderhand op een of andere manier probeert een loer te draaien, is onze deal voorbij en zal ik dingen met je doen die de tijd in de vergaderzaal op spelletjes bij een kinderpartijtje zullen doen lijken. Akkoord?'

Ik haalde diep adem, keek naar Caz die nog steeds aan het worstelen was. Wat had ik voor keus? 'Oké. Ik ga akkoord. Maak haar dan nu los, oké? Als je haar pijn doet, zul je die veer nooit krijgen. Nooit. Dan roep ik de hemel erbij en geef ik hun de veer.'

Een ogenblik later was Caz verdwenen. 'Ze is vrij, maar natuurlijk is ze nog steeds onder mijn... hoede. Dat blijft ze tot ik hoor dat jij de veer hebt en klaarstaat om die aan mij te geven.'

Ik voelde me net Faust die zijn ziel en zaligheid aan de duivel verkocht, maar zoals ik al zei: wat had ik voor keus? 'Mag ik nu gaan?' vroeg ik.

Eligor knikte traag. 'Bijna. Maar als ik jou was, zou ik me niet weghaasten tot je hebt gehoord wat ik nog meer te zeggen heb. Want zie je, op de een of andere manier heeft mijn ouwe vriend prins Sitri ontdekt dat je mijn gast was. Je herinnert je hem ongetwijfeld.'

Ik herinnerde me het monsterlijke wezen maar al te goed. 'O ja. Een heel charmant heerschap.'

'Hij is een afgunstige, bemoeizieke vette pad,' zei Eligor met slechts een vleugje rancune. 'En hij heeft de Senaat net ingelicht dat de gevangene die ik van de moordenaarssekte heb geleend in werkelijkheid een engel is – een hemelse spion.'

'Wat?'

'Daardoor is er een twist uitgebroken. En omdat ik de wachtposten van de moordenaarssekte zou hebben omgekocht, hebben Sitri en de anderen de Mastema-gelouterden naar mijn huis gestuurd. Zij gehoorzamen slechtst de Boze, dus ditmaal zal omkopen niet werken.'

'Gestuurd? Bedoel je dat ze nu naar ons op weg zijn?'

De groothertog keek verveeld. 'Ik denk dat ze al voor de deur staan, dat ze door mijn personeel worden tegengehouden. Maar dat zal niet lang werken.'

'Je had dus geen keus. Geen wonder dat je met mij een deal sloot! Anders hadden ze me toch meegenomen!'

Eligor schudde zijn hoofd. 'Nee. Ik zou jou nooit levend aan de Senaat hebben overhandigd. Als ik ze echter jouw stoffelijk overschot geef, is er nog de kans dat iemand die veer zal vinden. Ik wil niet dat dat me... boven het hoofd blijft hangen als een biddende valk, als je begrijpt wat ik bedoel.' Hij fladderde met zijn hagelwitte vleugels. 'Dus vandaar onze deal.'

'Maar hoe moet ik nu uit de hel zien te komen?'

'Dat is niet mijn probleem. Je was in staat binnen te komen, dus je komt er vast zelf wel uit, engeltje.'

'Maar je zei dat ze me, wanneer ze me te pakken krijgen, zullen dwingen te zeggen waar de veer is, alles te vertellen wat jij hebt gedaan, alles...!'

'Ach ja.' Hij knikte. 'Er moet inderdaad nog één maatregel worden getroffen.' Hij wees en opeens droeg het teddybeermonster ziekenhuiskleding. 'Heb je ons vriendje bij je, dokter Teddy?'

'Natuurlijk, meester,' zei de knuffelbeer met zijn bromstemmetje. Hij haalde een bol ongeveer ter grootte van een golfbal uit de zak van zijn doktersschortje tevoorschijn en toonde die in zijn harige pootje. Het ding was halfdoorzichtig, als een troebele luchtbel, en ik zag erin iets nats glijden, iets met erg weinig bewegingsruimte.

Eligor nam hem aan en hield hem voor mijn neus. Het had te veel tanden en te veel pootjes, en de ogen bekeken me door de omfloerste bol alsof het al overwoog zich in me te boren en eitjes te leggen of zoiets. 'Herken je het, Doloriel? Je hebt er al een aantal gezien.'

Ik keerde me af van het onooglijke wezen. 'Waar heb je het over?'

'Het is een intracubus, onze tegenhanger van jullie beschermengelen. Iedere mensenbaby krijgt er eentje toegekend die alles bijhoudt wat ze doen en wat ze uiteindelijk hier bij ons brengt. Op aarde zijn intracubi onwerkelijk, hier zijn ze heel echt; heel... tastbaar. Om deze in te brengen zal dokter Teddy zelfs wat chirurgie op je moeten verrichten.'

'Chirurgie?'

Eligor glimlachte en maakte een gebaar. De vergaderzaal van het hotel verdween en werd onmiddellijk vervangen door de ruimte met de geroeste, bevlekte tafel en snijgereedschap. Een ogenblik later, zonder dat iemand me aanraakte, merkte ik hoe ik met mijn gezicht omlaag op de tafel lag en niet in staat was te bewegen. Ik voelde die kleine martelbeer op mijn rug klauteren en vervolgens naar voren kruipen tot hij schrijlings op mijn nek zat. Het ergste was nog wel dat ik voelde dat hij een kleine harige erectie had.

'Het moet bij de schedelbasis worden ingebracht,' zei de groothertog. 'Op die manier zal ik, wanneer je met iemand in de hel praat, dat merken en als de Mastema je grijpt – nou, dan vreet ons intracubusje gewoon zijn weg naar buiten en hoeven wij ons geen zorgen te maken dat jij iets zegt wat je niet moet zeggen.' Hij grinnikte. 'Maar als je op een of andere manier wel je weg uit de hel weet te vinden en op aarde komt, Dollar, dan verdwijnt de intracubus samen met je duivelse lichaam. En ik zal wachten op je bericht. Je kent mijn kantoornummer. Bel me en de ruil gaat door.'

Toen was Eligor verdwenen. Ik voelde zijn afwezigheid als een plotseling gedoofde vlam. Ik was alleen met het schepsel in de bol en het harige monstertje dat onmiddellijk een gat in de achterkant van mijn nek begon te boren met iets wat voelde als een roestige schroevendraaier. Verdoving? In de hel?

Ik had echt gehoopt dat het voor die dag gedaan was met krijsen.

Je zou verwachten dat na alle afschuwelijke dingen die mij waren overkomen in de hel, alle aanslagen, martelingen en aanrandingen die ik had ondergaan, dit gewoon de meest recente en minst belangrijke zou zijn, een kleine prijs voor het in levenden lijve ontsnappen – of in ieder geval de kans krijgen te ontsnappen. Dat zou je hebben verwacht, maar dan zou je het mis hebben. Het afschuwelijke gevoel je schedel te laten openen verbleekte tot absolute onbeduidendheid naast het ding dat dokter Teddy in me duwde tot het zich tegen het vlees van mijn hersenen nestelde. Het voelde alsof een heremietkreeft gemaakt van scheermesjes zich wurmde in een veel te kleine schelp – een schelp die toevallig aan mijn nek vastzat. Toen sloten die pootjes en tanden zich om mijn hersenstam en haakten het wezen aan mij vast, en veel erger dan de pijn was het gevoel dat het zich op een duizendtal gruwelijk intieme manieren met me verbond. Ik heb al met duivels, geesten en beschermengelen gesproken, en wezens ontmoet waarvoor een commando het in zijn broek zou doen zonder het zelfs maar te merken, maar ik zweer dat ik nooit iets walgelijkers heb gevoeld dan dat wezen dat het zich gemakkelijk maakte in mijn hoofd.

Toen de knuffeldokter klaar was met mijn kop te verneuken, bleef hij nog even mijn kop naaien met iets wat voelde als ijzerdraad. Toen losten dokter Teddy en de vergaderzaal opeens op, alsof een afvoer was opengezet en alles was weggestroomd.

En toen stond ik opeens buiten op het Vleespaard-landgoed, verborgen in een zee van schaduw. De grote toren rees boven me uit zodat hij zelfs het licht van de hoogste bakens blokkeerde. Toch scheen er genoeg licht op de oprijlaan van de villa om het leger te kunnen zien dat zich voor Eligors poort had verzameld. Waarschijnlijk hadden al die enorme, woeste soldaten te paard van de gelouterden mij stuk voor stuk aangekund, en er waren tientallen tot de tanden gewapende kerels met vreemde vuurwapens en lange speren en bijlen met enorme gekartelde snijvlakken. De paarden waar velen van hen op reden waren karkassen waar onder de rafelende huid gele botten en uitdrogende organen waren te zien, maar wat me echt ongemakkelijk stemde waren de speurbeesten die kwijlden en ongeduldig rukten aan hun leidsels. Ze waren kleiner dan de paarden, hoewel niet veel kleiner, maar zo sterk en gretig om achter hun prooi aan te gaan (oftewel ik, weet je nog?) dat ze herhaaldelijk hun zwaarlijvige duivelse menners van hun sokkel rukten en door vele handen teruggetrokken moesten worden, alsof ze viervoetige wegvliegende zeppelins waren.

In het midden van zo'n worsteling hief een van die beesten zijn mismaakte kop op en huilde, een geluid dat mijn botten tot pudding maakte. De andere honden haakten in tot de grond onder Vleespaard daverde van hun angstaanjagende kreten. Ik had wel van hellehonden gehoord, maar dit was de eerste keer dat ik ze zag in hun natuurlijke leefomgeving, en opeens had ik meer medelijden met Robert Johnson dan ooit tevoren. Terwijl ik daar stond, met een hart dat zo hard bonkte dat ik nauwelijks kon blijven staan, hoorde ik de klaaglijke, gedoemde stem van de ouwe bluesmuzikant die voor mij en voor mij alleen zong.

*And the day keeps on worryin' me*
*There's a hellhound on my trail*

Alsof de intracubus mijn wanhopige gedachten aanvoelde, rukte hij aan de touwtjes van mijn geest als een koetsier die zijn paarden tot snelheid maant, en deed alles in me verkillen. Ik reikte omhoog en voelde op mijn achterhoofd waar dat onuitsprekelijk akelige wezen was ingebracht. Dokter Teddy's hechtingen voelden zo grof aan als schoenveters, erg lomp aaneengeknoopt, en de wond droop nog steeds van de pus. Mijn hoofd voelde zwaar en verzadigd van bloed, alsof mijn schedel zwanger was van iets afschuwelijks. Er ging een klein stukje Eligor met me mee, of ik dat nou wilde of niet.

Hoe ellendig alles ook was, ik had geen enkele keus meer. Het was tijd dat ik ging rennen voor mijn leven en mijn onsterfelijke ziel.

## 36
# De diepten

De donkere uurtjes van de hel dienden zich aan, wat een beetje hielp. Ik was naakt en gewond en bloedde uit een paar wonden, maar de gruwelijkste dingen die Eligor me had aangedaan hadden geen sporen nagelaten. Naaktheid was in Pandemonium minder gebruikelijk dan in andere gedeeltes van de hel, maar beslist niets ongehoords.

Terwijl ik vluchtte door de overschaduwde plekken, over sintels en gebroken steen, bad ik dat Grijpgraag niet al naar Cocytushaven was teruggevaren. Ik had de groothertog niet gevraagd hoeveel tijd er was verstreken sinds ik zijn gastvrijheid genoot. Ik kon net zo goed al maanden zijn gevangene zijn geweest. Een aanwijzing dat er al aardig wat tijd was verstreken, was dat de hand die de Blok had afgebeten nu bijna helemaal was hersteld. De grijze huid was glad en rimpelig als een brandwondlitteken, maar de vingers werkten normaal en ik kon ze met de duim aanraken, wat betekende dat ik iets kon vasthouden. Ik dacht natuurlijk aan een wapen: engelenlichamen zijn tegelijk links- en rechtshandig, en blijkbaar die van duivels ook, dus was het geen ramp dat mijn ene hand was uitgeschakeld, maar als het op vechten aankwam, kunnen twee handen beslist meer dan één.

Zelfs toen ik mijn weg omlaag baande langs de randen van het Zwavelmeer, niet ver van waar ik zo boeiend was beziggehouden door Vera, hoorde ik hoe er overal in de stad alarm werd geslagen, het gekrijs van sirenes en het gehuil van mijn dierlijke achtervolgers, die laatste geluiden goddank nog steeds ver weg. Iedereen werd voor ondergetekende gewaarschuwd. Gelukkig zouden de meeste bewoners van Pandemonium zichzelf opsluiten, aangezien niemand in aanraking wilde komen met die hellehonden, die niet altijd even selectief waren in wat ze vingen en aten. 'Ik heb niks gedaan!' is geen excuus waar je ver mee komt bij zowel de honden als hun meesters. Een enorm uithangbord hing boven de Via Dolorosa bij de ingang van de stad; waar bij de meeste gemeenten iets stond als WELKOM IN HELLEVOETSLUIS stond hier NIEMAND IS ONSCHULDIG in drie meter hoge vlammend rode letters.

Ik had zo'n haast om bij Grijpgraag te komen dat ik zonder na te denken de Stygische kades betrad en door een wachtpost werd opgemerkt. Ik moest hem wel buiten westen slaan, en toen ik hem het licht in sleepte, zag ik dat hij alleen maar een oude, vleermuisachtige en fragiele voddenbaal was. Ik wist echter niet of hij een geluidloos alarm had geactiveerd, dus kon ik niet al te veel tijd verspillen aan medelijden met hem. Ik stouwde hem in een donker hoekje achter een grote opgerolde kabel. Ik wist nog steeds niet wat ik over het gewone volk in de hel moest denken. Sommigen van hen hadden waarschijnlijk zulke verschrikkelijke dingen gedaan dat ik ze, als ik de waarheid wist, ter plekke zou willen vernietigen. Anderen waren misschien door omstandigheden tot hun misdaad gedreven, zoals Caz, of hadden sinds hun misdaad zoveel betrekkelijk goede dingen gedaan, zoals Grijpgraag, dat het bijna kleinzielig leek om ze te blijven straffen. Aan de andere kant, dit was de hel; hoeveel sympathie kon ik me veroorloven te verspillen aan het gewone volk, vooral wanneer ze bijna allemaal verrukt zouden zijn wanneer ik werd gevangen en opnieuw werd gemarteld?

Ik slaagde erin de weg naar de Krakenkade te vinden zonder op nog meer havenarbeiders te stuiten. Tot mijn immense vreugde kon ik de *Zeikteef* op haar aanlegplaats zien deinen. Ik had een woordenwisseling met de zeeman die de loopplank bewaakte, een geschubde knaap met zwemvliezen aan zijn handen en voeten die heel geschikt voor onderzees leven waren, maar ik bleef kalm, niemand werd neergestoken, en uiteindelijk verscheen Grijpgraag zelf. Toen hij zag dat ik het was, tilde hij me aan boord van zijn schip en in zijn kajuit. Binkie lag in een hoekje te slapen, als een huisdier opgerold op een stapel huiden.

Grijpgraag stond erop mij ter plekke te verzorgen, een proces dat voornamelijk leek te bestaan uit het onderdompelen van mijn wonden in stinkend pekelnat en ze vervolgens met hete teer bedekken, een kuur die bijna nog erger leek dan de kwaal. Toch was ik buitengewoon dankbaar dat ik in een situatie verkeerde waarin iemand zelfs maar eraan dacht me wat comfort te verschaffen.

Binkie was tijdens het verzorgen wakker geworden en had het proces met belangstelling gevolgd. Een paar van Grijpgraags bemanningsleden kwamen ook langs om te zien wie er, zoals een het noemde, 'kermde als een mager speenvarken waarvan de verkeerde kant van zijn nek wordt doorgesneden'.

Ik waarschuwde Grijpgraag dat ik op dat moment de meest gezochte man van de hel was, dus beval hij zijn mannen de loopplank op te halen en zich klaar te maken om uit te varen.

'Misschien komt de havenpolitie langs wanneer we de buitenste golfbreker bereiken,' zei mijn favoriete reus tegen me. 'Ik heb geen zin in een gevecht, maar mocht het er toch van komen, zul je iets nodig hebben.' Hij bekeek me fronsend. 'Het kan ook geen kwaad om wat kleren aan te trekken. De Styx wordt kouder naarmate we het midden van het kanaal naderen.'

Ik was doodop, maar deed mijn best rechtop te blijven staan terwijl Grijpgraag snuffelde tussen zijn kleren. Geen van zijn kledingstukken paste me natuurlijk – ik had net zo goed kunnen proberen een oude gezinstent aan te trekken – maar hij vond wat kleren van zijn baas Braakbek in een scheepskist. De overhemden hadden natuurlijk allemaal twee halsopeningen, die pasten bij Braakbeks overvloed op het hoofdgebied, maar met een beweging van zijn vuile vingernagel veranderde Grijpgraag de gaten in een groot gat, en de broeken, hoewel wijd, zaten beter dan iets wat Grijpgraag zou hebben gepast.

Maar niets van dit alles hielp tegen de pijn in mijn hoofd vanwege dokter Teddy's grove chirurgische ingreep, of de wetenschap dat een soort krabmonster geklemd zat rond het uiteinde van mijn hersenstam, gereed om me te executeren, maar ik kon me niet veroorloven kieskeurig te zijn. Voor de rest was ik aan Eligors klauwen ontsnapt, en het was ook veel leuker dan in vuur te worden gebraden, dat kan ik je wel vertellen.

'Oké, wapens,' donderde Grijpgraag. 'Hmmm. Stekiestekie of bengbeng? Misschien allebei.' Hij pakte een andere, veel zwaardere kist alsof het een schoenendoos was, en na wat kletterend gegraai in een stapel van zijn eigen wapens trok hij een mes eruit tevoorschijn dat er in zijn enorme handen als een ranke damesponjaard uitzag maar dat voor mij prima als zwaard dienst zou doen. Ik stak het onder mijn riem, me een carnavalspiraat voelend, maar Grijpgraag was nog niet klaar.

Onder in de kist vond hij wat hij had gezocht: een koppel pistolen gewikkeld in waterafstotend oliedoek – niet zo'n vuursteenpistool zoals ik al vaker in de hel had gezien, maar iets moderners, dichter in de buurt van de zwartkruitrevolvers van Colt die de belangrijkste meningsverschillen in het Wilde Westen hadden beslecht. Ze waren gemaakt van een ruw zwart ijzer, en de kolf en andere onderdelen waren van vergeeld been, heel verfijnd bewerkt.

'Een kerel gaf ze me in ruil voor een overtocht. Min of meer.' Grijpgraag lachte.

Ik was lange tijd hulpeloos en gemarteld dus beviel me het idee te schieten op iets wat mij kwaad wilde doen. Ik stak de wapens aan weerszijden onder mijn riem, de kolf omhoog, en toen trok ik ze om beurten kruislings, afzonderlijk of tegelijk, als een echte Billy the Kid. Mijn teruggegroeide hand deed al na een paar pogingen pijn, maar de pistolen lagen goed in de hand. Ik was van plan ze later af te vuren om te zien hoe accuraat het vizier was ingesteld. 'Min of meer?' vroeg ik.

'Hij kwam in Goorbier als verstekeling aan boord. Was op weg naar Pandemonium. Ik zei hem dat ik die pistolen als betaling accepteerde. Hij zei nee en richtte er een op mij.' Grijpgraag schudde zijn enorme kop, de natte wond in zijn schedel zag er zo vers uit dat het leek alsof hij net was geslagen. 'Dus gooide ik hem in het Nauw van Calamiteit overboord en hield zijn wapens. Maar ik kan nog niet eens een vinger in de trekkerbeugel krijgen, dus neem jij ze maar.'

'Ik denk dat de oorspronkelijke eigenaar het niet erg vindt.'

'Wanneer we door het Nauw varen kunnen we het hem vragen.' Grijpgraag lachte. 'Maar je zult hard moeten roepen. Ik heb een anker aan zijn riem gehangen, dus hij bevindt zich waarschijnlijk nog steeds op de bodem.'

Toen de reus vertrok om zijn taken te verrichten, strekte ik me uit op de vloer van de kajuit. Binkie bekeek me zwijgend terwijl ik mijn hoofd op een stapel oliedoeken legde.

Ik viel bijna meteen in slaap, een diepe bewusteloosheid die droomloos zou zijn geweest als er niet het knagende gevoel was dat ik mijn schedel deelde met iets veel onaangenamers dan alleen mijn eigen hersenen. Wat natuurlijk ook zo was.

Ik werd wakker in een stil schip, in ieder geval naar helse maatstaven, en even lag ik daar maar wat op de vloer van Grijpgraags kajuit en genoot ik van het gevoel om niet achterna te worden gezeten. Ik had waarschijnlijk beter aan dek de wacht kunnen houden om te kijken of er geen hellehonden door het water aan kwamen poedelen, maar het was mijn eerste gelegenheid sinds tijden om zonder vreselijke pijn na te denken, en ik had veel om over na te denken, niet in de minste plaats het denkbeeld dat Grijnzer helemaal niet voor Eligor had gewerkt maar voor

Kephas – een engel, Sams weldoener, en de andere partij bij de deal met de groothertog. Eigenlijk lag het wel voor de hand, aangezien ze in de hemel de laatsten waren geweest die zich over Grijnzer hadden ontfermd (of in ieder geval over zijn stoffelijk overschot). Maar waarom zou Kephas een psychopathische moordmachine op San Judas' favoriete engel, oftewel mij, afsturen? Ik wist dat de hemelse politiek niet zo brandschoon was als die leek, maar dit vond ik nog altijd een tikkeltje extreem.

Ik zat er lang over te puzzelen maar er ontbraken duidelijk wat stukjes, waarvan een belangrijke was: wie voor den duivel was die Kephas? En hoe vielen de pogingen om mij met scherpe dingen te prikken te rijmen met het veronderstelde verbeteren van het lot van menselijke zielen door die mysterieuze engel?

Ik kwam gefrustreerd overeind en strompelde naar buiten het dek op. De *Zeikteef* lag in het diepe midden van de rivier en de lichten van Pandemonium waren gedempt tot een verre gloed. De Styx was bijna mooi, zwart en glanzend, de golven besprenkeld met koperkleurige lichtpuntjes van de verre verlichting, de wateren onverstoord op af en toe een rimpeling na, afgezien van de slingerende, slurfvormige gedaante van een of andere angstaanjagende rivierslang die door het oppervlak brak. We voeren stroomopwaarts en hadden blijkbaar een flinke vaart. Afgezien van de nieuwe raadsels voelde ik me voor het eerst sinds langer dan ik me kon herinneren bijna hoopvol gestemd. Het enige wat me te doen stond was uit de hel zien weg te komen en die veer te halen, waarna Eligor die zou ruilen voor Caz. En daarna... Nou, als er nog een daarna was, zag ik dat dan wel weer. Hoe ik verder moest in een relatie met een duivelin was een luxeprobleem. Wie dan leeft, lacht het best.

In de loop van wat een paar dagen scheen, schoten we over de pikzwarte Styx langs talloze afzichtelijke havens. Grijpgraag wilde me niet meer voor de bemanning verborgen houden omdat er toch niemand meer aan wal ging, en algauw stond ik urenlang aan de reling naar de langstrekkende kuststeden van de hel te staren.

'Zie je, ik heb hierover na zitten denken,' legde Grijpgraag op zekere avond uit. 'Het komt me voor dat de tijd misschien rijp is dat ik iets anders ga doen.'

Dit verbaasde me wat. 'Iets anders? Zoals wat?'

'Het woord van de verheffers verspreiden onder meer lieden dan het handjevol bij wie ik het tot dusver heb verkondigd.' Grijpgraag zag er zo bedachtzaam uit als een monsterlijke reus met gespleten schedel er maar uit kan zien. 'Sinds jij me die tijding van je weet wel waar bracht. Ik geloofde tot dusver maar half dat Warmhouder me een waar verhaal had verteld, zie je, dus ben ik nooit echt in het geweer gekomen om de goede zaak te gaan dienen.'

Ik schudde verward het hoofd. Grijpgraag legde uit dat lang geleden, toen hij nog werkte voor Braakbek, er een duivel was die Warmhouder heette en die van een ander schip was gegooid. Grijpgraag had hem gered, aangezien hij een aantal bemanningsleden in een storm was kwijtgeraakt, maar hij merkte dat de nieuweling verrassend intelligent was, en goed gezelschap op die lange reis. Uiteindelijk had die nieuweling toegegeven dat hij van een andere plek kwam – met andere woorden: van buiten de hel – en hij verkondigde Grijpgraag bovendien het woord van de verheffers. Grijpgraag had al zo lang geleefd dat hij, zoals hij het zelf noemde, 'best filosofisch op zijn ouwe dag was geworden', en wat Warmhouder zei, raakte bij hem een snaar.

Dat 'Warmhouder' vond ik tragikomisch. Als Temuel zich zo wilde laten noemen in de hel, dan was 'Theemuts', onze bijnaam voor hem in de Kompassen, behoorlijk raak geweest. Maar wat had aartsengel Temuel überhaupt in de hel te zoeken gehad? Opnieuw een vraag die me niets nuttigs opleverde.

'Maar sinds een tijdje, sinds jij kwam en me zijn tijding verkondigde,' vervolgde Grijpgraag, 'denk ik dat er voor mij meer te doen valt dan alleen voortleven alsof er niets is veranderd. Ik vraag me af of jouw komst met Warmhouders boodschap... nou, of dat niet een soort teken is, snap je? Een teken dat het tijd is dat ik alles over een andere boeg gooi. De boodschap van de verheffers alom verkondigen, aan hen die haar nooit hebben gehoord.'

Als Grijpgraag echt van plan was een missionaris voor deze boodschap te worden, in dit minst missionarisvriendelijke oord dat ik me kon voorstellen, was ik blij dat we snel uiteen zouden gaan, waarschijnlijk zodra we Cocytushaven bereikten. Ik voelde me een beetje schuldig dat ik die kleine Binkie bij dit alles had betrokken, maar waarschijnlijk was het leven dat hij had geleid in het vuil van Abaddon niet veel beter geweest.

Ik bleef ook maar op Grijpgraags vreemde werknemertje stuiten, dat ik voor mezelf Malle Kittekatkat had genoemd. Hij was een soort boekhouder, wat hem vaak bij Grijpgraag deed zijn, en toch keek hij mij iedere keer dat hij me zag met even grote ogen aan als die eerste keer dat we elkaar ontmoetten, hoewel hij daar altijd mee ophield als hij zag dat ik het merkte. Het begon me te irriteren (en eerlijk gezegd ook een beetje te verontrusten). Ik vroeg Grijpgraag waar dat kattenkopje vandaan kwam.

'Wrat? Ik geloof dat hij een seizoen voor jou opdook. Hij kwam op zekere dag gewoon naar Braakbek toe lopen, zei dat hij had gehoord dat wij iemand zochten die kon rekenen. Toevallig was dat zo, en hij is sindsdien bij ons gebleven. Hij is stil, en lijkt nogal op jou gefixeerd, maar verder heb ik geen problemen met hem. Ik zal hem eens op het matje roepen.'

'Liever niet...' begon ik, maar Grijpgraag had Binkie al uitgestuurd om hem te gaan halen.

'Zo,' zei Grijpgraag toen Binkie met het kleine boekhouddiertje was teruggekeerd, 'waarom val jij Slangenstaf steeds lastig met je onzin, Wrat?'

Het kleine kereltje keek op naar de reus met een ellendige blik van afgrijzen. Hij piepte even, maar kon verder geen zinnig woord uitbrengen. Uit medelijden wist ik Grijpgraag te overreden dat ik het verhoor overnam.

'Je krijgt geen straf,' zei ik zo geruststellend mogelijk. 'We willen alleen weten waarom je altijd zo intens naar me kijkt.'

Nu wilde hij me helemaal niet aankijken. 'Kweet niet.'

'Denk er eens over na. Niemand zal je pijn doen.'

'Behalve wanneer hij liegt,' gromde Grijpgraag, 'want dan zal ik zijn kop van zijn romp rukken en opschrokken,' wat waarschijnlijk niet zo stimulerend werkte als de reus had gehoopt. Het duurde behoorlijk lang voor Wrat weer bij zijn positieven was gekomen en zijn tanden ophielden met klapperen zodat hij kon spreken.

'Kweetniet,' zei hij met een klein prevelstemmetje. 'Je hebt gewoon iets... Je gezicht. Niet die dingen,' zei hij, wijzend naar de knobbels die ik in Vera's huis had aangebracht om mezelf onherkenbaar te maken. 'Ik zag het al de eerste keer. Het is... alsof ik je ken. Of in ieder geval je al eens heb gezien.'

Wat ik hem verder ook vroeg, hij kon het mysterie niet ontrafelen. Zoals veel bewoners van de hel herinnerde Wratje zich niet veel van de vorige week, laat staan de bijzonderheden van zijn vroegere leven in de hel. Hij leek zelfs helemaal geen herinneringen te hebben van voor hij op Braakbeks kraam was afgestapt, op zoek naar werk. Ik bestudeerde het duiveltje grondig. Hij was onopvallend, in ieder geval naar helse maatstaven, iets tussen een in motorolie gedoopte straatkat en een heel lelijk tuinkaboutertje in, maar nu ik heel goed keek had hij ook iets wat ik niet kon plaatsen, maar dat wel een belletje deed rinkelen. Had ik hem in een van mijn eerste ogenblikken in de hel gezien? Zo ja, dan was zijn gezicht zo gewoon naar de plaatselijke maatstaven dat ik niet kon geloven dat ik hem langer kende. En als mijn herinnering zo goed was, had ik moeten maken dat ik uit de hel kwam en mezelf in een geheugenspel op tv moeten verrijken.

'Oké, Wrat, je kunt gaan,' zei Grijpgraag ten slotte tegen hem. 'En als je nog iets bedenkt, kom me dat dan vertellen, maar alleen in het bijzijn van deze twee,' zei hij, wijzend naar mij en Binkie. 'Niemand anders.'

Wrat knikte traag. 'Niemand anders,' zei hij, maar die uitdrukking leek zijn aandacht te hebben getrokken en hij herhaalde hem alsof hij het voor het eerst hoorde. 'Anders...'

Het wezentje keerde zich naar me toe en gaapte me aan. Ik geloof dat het ons allebei tegelijk daagde.

'Walter...?' vroeg ik. 'Walter Sanders? Ben jij dat? Wat doe jij hier?'

Hij was het, ik kon het nu door al het vreemde heen zien, Walter Sanders, mijn ouwe vriend uit de Kompassen, door Grijnzer neergestoken en sindsdien vermist. Hallucineerde ik? Zat ik al zo lang in de hel dat mijn geest aan het aftakelen was? Maar het boekhoudertje had een uitdrukking die waarschijnlijk de mijne weerspiegelde – het langzame besseffen, de onwaarschijnlijke feiten die in de bottleneck van de logica klemzaten en niet in staat waren erlangs te glippen.

'Ja,' zei hij, nauwelijks hoorbaar. 'Ja! Walter Sanders. Nee. Vatriel. Dat is mijn échte naam.' Hij keek rond door de kajuit, en keek toen naar Grijpgraag, Binkie en mij, ondertussen knipperend met de ogen als een trage lori die in koplamplichten wordt gevangen. 'Wat doe ik hier?'

'Weet je dat niet?' Dit schoot niet op. Alleen maar meer mysteries, gestapeld boven op de raadsels die ik al had en ook al niet wilde. 'Herinner je je dat niet meer?'

Hij schudde net zijn harige kop toen een bemanningslid op de kajuitdeur klopte en Grijpgraag maande op het halfdek te komen.

Walter en ik waren geen stap verder gekomen bij het oplossen van wat er met hem was gebeurd tussen het neergestoken worden door Grijnzer en een baan aannemen bij Braakbeks Keurslavernij, toen Grijpgraag de kajuitdeur opende. 'Hommeles,' zei de reus. 'Kom maar boven.' Ik had hem zelden bezorgd zien kijken, maar nu deed hij dat echt, de grote gewelfde koepel van zijn hoofd fronsend tot zijn ogen bijna onzichtbaar werden.

Binkie en ik en Wrat, oftewel Vatriel, oftewel Walter, volgden hem het dek op. Het stipje aan de horizon was zo klein en zijn licht zo vaag dat het even duurde voor ik besefte dat het een schip was.

'Welke vlag voert hij in top?' vroeg Grijpgraag aan Binkie. 'Gebruik die jonge ogen van je.'

Binkie klom omhoog zodat hij over de reling kon leunen en bleef toen een halve minuut turen in het mistige duister. 'Vogelpoot,' zei hij terwijl hij naast de reus omlaag klauterde.

'Daar was ik al bang voor,' zei Grijpgraag. 'Dat is het embleem van de commissaris van Vlerken en Klauwen. Het is Nilochs schip, de *Onthoofde Weduwe*.'

Ik was bang, maar wilde dat niet tonen. 'Leuke naam.'

'Voluit heet het *Verkrachting van de Onthoofde Weduwe*, maar dat is voor de meeste lui te lang, omdat ze überhaupt niet zo lang over dat schip willen praten. Ze vaart op stoom, heeft zo'n twintig kanonnen aan boord tegen onze acht stuks – en maar twee van de onze doen het – en ze zal ons morgen hebben ingehaald, of anders de dag erna, zo zeker als wat.'

Ik kon Nilochs schip nu wat beter zien, een donkere vlek laag op de Stygische wateren, haar lantaarns naar ons glurend als ogen in de mist. Ik had echt gehoopt dat ik die lelijke ratelende bastaard tot as had verbrand toen ik zijn woning Huize Grafbek had opgeblazen, maar die helse adel is extreem taai en weerbaar. En zoals ik geloof ik al eens heb gezegd, zijn ze ook heel serieus over hun grieven. Blijkbaar had de commissaris zichzelf verkozen om de jacht op Bobby Dollar te leiden. 'Kunnen we ze aan?'

'Als je met "aan" bedoelt of we aan flarden, aan diggelen of aan stukken kunnen, dan is het antwoord ja. Ach, ik heb altijd al gedacht dat ik ooit op de bodem van de Styx zou belanden.'

Als om deze vrolijke gedachte te onderstrepen, veranderde de wind van richting en zakten onze zeilen in. Terwijl ik over de donkere uitgerekte rivier staarde, hoorde ik het hongerige gerommel van de stoomketels van de *Onthoofdde Weduwe*.

## 37
# Gevaren

En dan volgt nu een wijze les met betrekking tot oorlogvoering op zee: mijden.

En dan nog een logisch daaruit voortvloeiende met betrekking tot strijd leveren tegen een schip vol woedende duivels, op een mythische rivier waarin monsters huizen, met geen betere vooruitzichten, zelfs wanneer je wint, dan dat je je naderhand al vechtend een weg zult moeten banen door de rest van de hel met de kleine kans dat je misschien slaagt eruit te komen, op welk moment je kwade engelbazen of een groot aantal andere betrokken partijen het rukken van je ziel uit je lijf zullen voortzetten om die terug te zenden naar de hel: mijden als de pést.

Maar daar stond ik dan, aan de reling van de *Zeikteef*, te kijken hoe precies zo'n duivels schip op ons afstevende, zoals het dat al uren deed.

Onder normale omstandigheden zou er geen vuiltje aan de lucht zijn geweest, aangezien wij stroomopwaarts voeren en ons schip klein en snel was. Dat moesten slavenschepen wel zijn, niet omdat slavernij illegaal was in de hel (zie je het voor je?) maar omdat slaven een kostbare lading waren die andere schippers maar al te graag zouden stelen. Maar volgens Grijpgraag werd Nilochs schip door vier enorme stoommachines aangedreven, dus zelfs als wij kans zagen vóór hen door Styxsluis te komen, zouden ze ons sneller inhalen zodra wij de bredere, meer weerstand biedende wateren van de Phlegethon hadden bereikt.

Als we de hele nacht bleven vluchten, zei Grijpgraag, en riskeerden om op de klippen te lopen en God weet wat nog meer, en erin slaagden Niloch voor te blijven, zouden we waarschijnlijk die sluis in de kleine uurtjes van de ochtend bereiken, maar daarna zou het slechts een kwestie van tijd zijn voor hij ons had ingehaald. Grijpgraag en zijn bemanning moesten aan de slag om ons tot die tijd in leven te houden, om het ouwe slavenschip op topsnelheid te laten varen, maar ik had niets anders te doen dan ijsberen op het dek en een steeds sterker gevoel van onheil koesteren.

Onder minder kloterige omstandigheden zou het interessant zijn geweest om de bemmanningsleden te zien samenwerken om de *Teef* op onze vijand voor te laten blijven. Veel van de bemanningsleden zagen er zo aapachtig uit als Binkie, wat goed van pas kwam terwijl ze zwierden door het want, nog leniger dan de meest ervaren menselijke zeelieden. Anderen, die minder goede klimmers waren, zagen eruit alsof ze heel nuttig zouden zijn als het op vechten aankwam, vooral twee broers die Braak en Bronstig heetten, die vlijmscherpe klauwen aan hun handen en voeten hadden en helemaal bedekt waren met gepunte dekplaten. Toch zouden zelfs zij moeite hebben om er meer uit te halen dan wat langer in leven blijven dan de rest van ons wanneer de vijand ons te pakken kreeg. De *Onthoofdde Weduwe* was nu dichterbij gekomen, en zelfs in het fletse rode licht dat van het indrukwekkende plafond van de hel reflecteerde, de enige gloed op dit gedeelte van de olieachtige rivier, was duidelijk te zien dat hun schip veel groter was dan het onze en hun bemanning in veel groteren getale was.

Het was mijn schuld dat Niloch de *Teef* achternazat, mijn schuld dat hij, wanneer hij ons inhaalde, Grijpgraags schip zou doen zinken en de overlevenden als slaaf zou laten dienen. Het was aan mij om ze te redden, of al dat hopen op verlossing was louter lulkoek.

Toen, terwijl ik ijsbeerde, herinnerde ik me opeens wat Grijpgraag had gezegd over het overboord gooien van de eigenaar van de pistolen die ik droeg. Het bracht me op een idee – een krankzinnig, hopeloos idee, maar ik bevond me niet in een positie om kieskeurig te kunnen zijn – dus ging ik Walter wat vragen stellen over de voorraden die we misschien aan boord hadden. Ik zag mijn voormalige collega aan de stuurboordreling staan kijken hoe de lichten van de Weduwe langzaam dichterbij kwamen.

'Grijpgraag zegt dat Niloch het ergste soort duivel is,' zei Walter zachtjes.

'Zijn ze niet allemaal even erg?'

'Hij zegt dat Niloch er zo eentje is die naam wil maken voor zichzelf, maar eigenlijk is hij heel middelmatig. Middelmatig is mijn woord, niet van Grijpgraag. Hij zei "nutteloos". Volgens hem zijn het de ambitieuze stommeriken die voor de meeste ellende zorgen.'

'En niet alleen hier,' zei ik, denkend aan Kephas. 'Kun je je nog steeds niets herinneren van wat er was gebeurd?'

Walter haalde zijn schouders op. Hij keek me niet aan. 'Sorry. Maar jou ken ik wel, Bobby. Het duurde even maar nu weet ik het weer. Ik geloof dat je me altijd goed hebt behandeld.'

'We waren vrienden,' zei ik tegen hem. 'Zo zag ik dat tenminste. Herinner je je nog iets anders? De Kompassen?'

Hij wreef zijn gerimpelde kopje. 'Niet echt. Ik bedoel, ik weet dat het een café was waar ik vaak heen ging. Ik herinner me dat het een plek was waar veel gelachen werd... en gezongen?'

'Niet zozeer zingen als wel geld in de jukebox stoppen en meebrullen,' zei ik. 'Maar ja. Dat klopt wel zo'n beetje. Verder niets?'

'Ik geloof... Ik geloof dat ik me ook de hemel herinner.' Hij sprak langzaam, alsof hij zeker wilde zijn van wat hij zei. 'Tenminste, daar lijkt het op. Mooi, helder licht. Iemand spreekt me aan... een liefelijke stem.'

'Ja, dat klinkt als de hemel. Maar verder herinner je je niets?'

'Nee.' Hij was gefrustreerd, bijna in tranen. 'Nee, maar het is belangrijk. Ik weet dat het belangrijk is.'

Het voelde alsof ook die pijn mijn schuld was, maar het moest voor hem beter zijn dat hij wist dat hij niet in de hel thuishoorde, toch? Het zou niet aardig zijn geweest om hem dat niet te vertellen. Dat prent ik tenminste mezelf in. 'Nou, als je nog iets anders bedenkt, laat maar weten. Want er was echt iets behoorlijk vreemds. Jij werd aangevallen door degene die op mij was afgestuurd, en toen... toen kwam je maar niet terug. Ik dacht dat ze je gewoon in een nieuw lijf zouden stoppen...' Ik stopte, omdat ik net had opgemerkt dat er iets gaande was aan de horizon, waar de *Onthoofde Weduwe* groter was geworden door het naderen, zodat het nu bijna leek of Huize Grafbek zelf te water was gelaten. 'Staat Nilochs schip... in brand?' Ik staarde en dacht dat ik ze zag vliegen. Het zou anders echt te mooi zijn om waar te zijn dat onze vijand gewoon in brand was gevlogen. 'Grijpgraag!' schreeuwde ik. 'Kom hier!'

Toen de reus verscheen, hadden de rookwolk en het vuur rondom de *Weduwe* zich aan weerszijden ver uitgespreid, en ik begon echt te geloven dat het lot mij misschien voor een extreem onaangenaam einde aan mijn helse vakantie had behoed. 'Dat is toch vuur? Staat-ie in brand?'

Grijpgraag keek niet als iemand die klaarstond om feest te vieren. 'Het is inderdaad vuur. Maar het is niet hun boot die brandt. Wat het ook is, het komt op ons af.'

'Wat? Is het een wapen? Hebben ze iets op ons afgeschoten...?'

Het antwoord zou nooit komen, in ieder geval niet van Grijpgraag, aangezien de donkere wolk vol vuur zo snel groeide dat ik Nilochs schip niet meer kon zien. Een ogenblik later schoot iets over onze hoofden, verlammend als een lichtspoorkogel. Het ramde het dek, stuiterde eenmaal in een regen van vonken weg en knalde toen in het dolboord aan de overkant. Een zeeman in de buurt gooide er een emmer zwart Styxwater over.

'Wat is dat?' vroeg Walter, maar een ogenblik later schoten er nog eens tien langs ons en konden we zien dat het vogels waren, grijs, dik en snel, en ze stonden allemaal in brand.

Een paar troffen het zeil van de bezaansmast en brachten het aan het smeulen. Een paar aapachtige dekzwabbers klauterden omhoog in het want om het vuur te doven, maar zelfs onder het klauteren raakten nog een paar vogels het bezaans- en topzeil. Een ander gevleugeld salvo schoot over het water op ons af, als bezeten deinend, en knalde recht tegen Binkie aan, raakte verstrikt in zijn haar en liet het vlam vatten. Grijpgraag brulde, greep de jongen, leunde over de reling en strekte zijn arm uit om de jongen in de rivier te dompelen en de vlammen te doven.

'Dit is Nilochs werk! Hij is de commissaris van Vlerken en Klauwen,' schreeuwde Grijpgraag terwijl hij de drijfnatte Binkie weer op het dek liet vallen. Er vlogen nog meer vogels langs alsof ze waren afgeschoten door een vuurwapen. Ze lieten een vuurstraal achter en probeerden zelfs nog te vliegen terwijl hun vleugels wegbrandden. 'Pak de emmers, hellevaarders!' brulde hij. 'Ze proberen de zeilen in brand te steken, en als de zeilen branden, zullen ze ons nog voor de volgende zandloper te pakken krijgen. Geef die emmers door! Blijf er water op gooien!'

Ik voegde me bij het tumult, nam plaats in een rij, gaf klotsende emmers stinkend Styxwater van het ruim naar de masten door. De beste klauteraars hadden hun handen vol met het doven van de vuren waar die duivelse duikende duiven insloegen, maar toch was de bezaan bijna helemaal verloren en het topzeil stond in lichterlaaie, en alleen het heldhaftige werk van de bemanning voorkwam dat het vuur naar de andere zeilen oversprong.

De vlucht vogels was eindelijk een beetje uitgedund, maar zonder het topzeil verloren we nog sneller terrein. Ik hurkte neer naast Walter en deed mijn best op adem te komen voor het volgende salvo vlammende vogels zou verschijnen.

Er vloog iets bleeks langs me dat ratelde. Een andere bleke vorm trof de grote mast achter ons en viel op het dek, spartelend en happend. Het was een vliegende vis, of in ieder geval een gedeelte ervan – een bijna geheel ontvleesde graat, maar het feit dat het voornamelijk uit ruggengraat en holle oogkassen bestond, belette het niet te willen bijten in alles waar het bij kon komen voor het stierf. Er vlogen er nog een paar langs, en toen leek opeens een hele zwerm of school of hoe je het ook noemt op ons neer te regenen. Een paar bemanningsleden die brand aan het blussen waren werden uit het want gekegeld alsof ze door kogels waren getroffen. Ze vielen op het dek – ik hoorde hun botten kraken – dus greep ik Walter en sleurde ik hem mee naar Grijpgraags kajuit. Binkie was daar al; ineengedoken in de deuropening keek hij met grote ogen hoe de zwerm gemummificeerde vissen in de zeilen en op het dek knalden.

Toen, vanuit de verte, hoorde ik de kanonnen van de *Onthoofde Weduwe* schieten, een diep gebulder als opeenvolgende donderslagen. Ze waren nog steeds te ver weg om ons te raken, maar het was een soort aankondiging: het einde naderde, zo niet nu, dan wat later. Het was tijd dat ik in actie kwam.

'Ik heb een idee,' schreeuwde ik naar Binkie en Walter boven het schreeuwen en krijsen van de bemanning uit, van wie velen zich met moeite vastklampten in het want boven ons terwijl ze de scherpgetande gruweltjes ontweken. Ik vroeg Binkie: 'Kun jij goed naaien?'

Hij keek me aan alsof ik op aarde een tiener had gevraagd of de Macarena nog steeds hip was.

'Nee? Zoek dan iemand die dat wel kan. Walter, help me wat van die oliedoeken te vinden van het juiste formaat.'

'Wat doe je?' vroeg Walter terwijl Binkie wegrende over het happende en spartelende vistapijt op het dek.

'Ze zoeken niet jullie maar mij. Zolang ik op dit schip zit, zullen ze blijven komen. Maar als ik van het schip af ben, nou, dan denk ik dat ze mij zullen volgen.'

Hij keek naar de groeiende stapel huiden naast mij. 'Wat ga je doen, een vlot bouwen? Ze hebben je dan binnen een uur ingehaald.'

'Nee, ik ga geen vlot bouwen. Ik ga een truc uithalen. Ik weet niet hoeveel jij nog van je oude leven weet, maar op aarde waren ze vroeger heel erg onder de indruk van iemand die op het water liep.'

Hij staarde me verbijsterd aan. 'Ga je over het water lopen?'

'Beter nog. Ik ga ónder het water lopen.'

Even later kwam Binkie terug met zo te zien een van de oudste bemanningsleden, een zeeman genaamd Balkramp wiens helse lichaam leek te zijn opgebouwd uit de lelijkste onderdelen van de concepten spin en serranoham, maar hoewel die goeie man duidelijk dacht dat ik gek was toen ik hem vertelde wat ik wilde, zag hij onmiddellijk de voordelen van werken in de kajuit van de kapitein, weg van die moorddadige vissenregen. Hij nestelde zich op de grond en haalde naaigerei tevoorschijn dat in een huid zat gewikkeld, met naalden van bot en draad van ingewanden.

Ik legde hem mijn bedoelingen uit en liet hem oliedoeken aaneenstikken onder toezicht van Walter en Binkie terwijl ik me over het dek haastte met de armen boven het hoofd tegen de voortdurende regenvlagen van levende vissengraten. Grijpgraag bevond zich op het kanonnendek, en probeerde de twee werkende kanonnen in stelling te brengen om dichter bij het achterschip te schieten.

Ik ontvouwde hem mijn plan. Grijpgraag was een duivel en verspeelde als zodanig weinig tijd aan tegenstribbelen, hoewel het niet erg waarschijnlijk was dat ik het zou overleven. Het was af en toe bijna verfrissend hoe weinig sociale plichtplegingen er waren in de hel, hoe weinig tijd er werd verspild met doen of je gaf om dingen waar niemand echt een zier om gaf. Grijpgraag had niets tegen mij, maar hij hield van de *Zeikteef* en hij dacht waarschijnlijk ook dat ik, als mijn lichaam stierf, gewoon weer op een of andere manier zou worden gerecycleerd. Ik nam niet de moeite uit te leggen dat sterven gewoon de snelste manier zou zijn om mezelf in handen van Niloch en de rest van de helse heren te laten vallen. Temuel had er geen doekjes om gewonden: hij kon me pas in mijn oude lichaam terugkrijgen als hij erin geslaagd was mij uit het duivelslijf te halen, en daar kon hij me alleen uithalen vanuit een bepaalde plek: het andere eind van Nero's in vergetelheid geraakte brug.

'Dus als dit werkt, zullen ze jullie wel met rust laten,' opperde ik. 'Ik kan niks beloven, maar als ze moeten kiezen, kiezen ze vast mij.'

'Dat lukt je nooit,' zei Grijpgraag. 'Er zitten zee-engtes en zwarte zuigers en een zwik grote tandkwallen in dit gedeelte van de rivier. Die zouden je allemaal opslokken als een gepekelde oogbol.'

Ik wilde al niet eens als een gewone oogbol worden opgslokt. 'Kun je me dichter bij de oever brengen?'

'Hier niet. Ik kan de stroming niet verlaten of ze halen ons meteen in. Maar straks zijn we voorbij Schedelkliefhoek, waar de Styx en de Phlegethon samenkomen, aan de rand van de Tophetbaai. Daar is het water minder diep en er zitten geen tandkwallen. Misschien wel wat tentakelzwijnen, maar die zijn niet zo gevaarlijk. Die ken je toch wel?'

Eerlijk gezegd wilde ik niks weten over tentakelzwijnen of tandkwallen of wat dan ook. Het was al zo'n complete soepzooi dat nog meer slecht nieuws mij van mijn huidige zentoestand van volmaakte klerezooi zou brengen in een nog onverkwikkelijkere en extremere staat.

De *Onthoofde Weduwe* haalde ons nog altijd in, en toen ze haar kanonnen afvuurde, waren de witte pluimpjes van kogels die in de rivier terechtkwamen nog maar een paar honderd meter achter ons. Ik hield halverwege naar Grijpgraags kajuit halt, raapte een kanonskogel op en nam die mee, de artilleriesergeant toevoegend aan de lijst van helbewoners die dachten dat ik gek was.

Ik liet de zware ijzeren bal in een hoek van de kajuit vallen en deed mijn best om hem vast te pinnen tegen de deining van het schip; hij was groot genoeg om botten te breken als hij zou gaan rollen. Toen ging ik terug om die oude Balkramp instructies te geven. 'Laat hier een gaatje zitten, in de hoek,' zei ik tegen het magere mannetje.

Hij schudde zijn verschrompelde hoofd over dit onzinnige bevel, maar de ondode vliegende vissen waren tegen de buitenkant van de kajuit aan het knallen en het was binnen heel wat aangenamer, dus zei hij niets.

'Jullie zijn allebei veiliger bij Grijpgraag,' zei ik tegen Walter en Binkie terwijl ik mezelf vastbond in het lompe vest van oliedoeken dat Balkramp voor me had gemaakt. Zo bol van de lucht die ik er net in had geblazen, leek ik wel het Michelinmannetje, maar dan minder slank. Een stevige bries, een van de weinige gelukstreffers die ik op die hele vervloekte trip had gehad, had ons lang genoeg voor Niloch uit doen varen om Schedelkliefhoek te bereiken, en ik zou van boord gaan voor de commissaris de *Zeikteef* naar de kelder joeg.

'Maar ze kennen dit schip,' zei Walter. 'Ze kennen Braakbeks kraam, alles. We kunnen nooit meer terug naar Cocytushaven!'

'Maakt niet uit,' zei Grijpgraag terwijl hij me in de jol tilde. 'We gaan ook niet terug.'

'Wat bedoel je?' Onder het praten testte ik haastig het oliedoek van mijn vest om te kijken of dat flexibel genoeg was, maar ik was vooral bezorgd dat de naden door de druk zouden bezwijken: ik had al niet veel vertrouwen in het teer dat we hadden gebruikt om ze dicht te smeren.

'Het is gewoon een teken, meer niet,' zei Grijpgraag. 'Zoals ik al zei, ik zit hier al lang over na te denken en nu zie ik het heel duidelijk. Ik ga met de *Zeikteef* het woord van de verheffers uitdragen. We zullen gaan waar we willen, en iedere haven zal ons thuis zijn.'

Dit klonk als een spectaculair slecht plan. 'De autoriteiten, Eligor en Niloch en prins Sitri en de rest – zij zullen jullie als mieren vertrappen, Grijpgraag. Ze zullen het jullie nooit toestaan.'

'Zelfs de Mastema kan niet overal tegelijk zijn,' zei hij opmerkelijk vrolijk. 'We zullen ergens aanmeren, het woord verkondigen en verder reizen. We laten lui achter die het woord voor ons kunnen blijven verkondigen. Binkie hier kan het gebed van de verheffers al uit het hoofd opzeggen! Toe maar, jongen. Laat maar eens horen.'

Het jochie leek bedeesd (of angstig, dat was bij Binkie moeilijk te zien) maar terwijl hij naar het dek staarde, sprak hij op een zachte, heel ernstige toon.

*Ontzettend ver, diep in de hemel of hel,*
*Mijn ziel worde gepijnigd*
*En moet tekortkomen.*
*Mijn wil vervliede*
*Gelijk in de Hemel, alsook mijn waarde.*
*Geen jenever en asfodilbrood;*
*We vergeten ons verleden,*
*gelijk wij ook vergeten onze dierbaren.*
*Lijden is niet ver te zoeken,*
*maar verlossing is uit den Boze.*
*Maar vanaf nu is er ook een Rijk*
*van geestkracht en redelijkheid*
*Een andere weg.*
*Samen.*

Wederom belette het gebrek aan traanbuisjes me mezelf als snotterende dwaas te kijk te zetten. Ik wist nog steeds niet zeker of ik de jongen had geholpen of verdoemd door hem uit Abaddon mee te nemen, maar het was nu te laat om daar nog iets aan te doen. 'Hou je haaks, Binkie. Grijpgraag zal goed voor je zorgen.'

Het jochie knikte. Ik weet niet of hij me zou hebben bedankt, maar dat werd toch al niet vaak gedaan in de hel, zoals je misschien al hebt gemerkt, en we werden ook omringd door witte waterpluimpjes terwijl Nilochs kanonnen in onze vuurlinie begonnen te komen, dus het begon een beetje hectisch te worden.

'En Walter, ik haal je hieruit. Hoe dan ook.' Ik voelde me al terwijl ik het zei heel stom – zoveel beloften, zo weinig ervan nagekomen. Maar Walter was te beleefd, zelfs als duivel, om me erop te wijzen hoe onwaarschijnlijk dat was. Hij zwaaide alleen als een jongetje dat zijn oudere broer naar het schavot ziet lopen.

Grijpgraag liet de jol in het water zakken, alle touwen zelf hanterend. 'Ik heb een fles rum in dat vest van je gestoken, Slangenstaf. Die zul je wel kunnen gebruiken, dacht ik zo. En zeg tegen je-weet-wel-wie in je-weet-wel-waar dat ik het woord in de hele hel zal verkondigen!' bulderde hij.

Was dat echt wat Temuel had gewild? Het deed er niet toe, want dat was wat er zou gaan gebeuren. We weten nooit wat een gebaar of woord teweegbrengt, of wel soms?

'God heeft je lief!' riep ik. Dat was wat wij engelen tegen een pas overledene zeggen. Ik was er vrij zeker van dat geen van die lui hier het sindsdien ooit nog had gehoord, en sommigen van hen, zoals Grijpgraag, hadden het waarschijnlijk nog nooit gehoord.

'Bobby!' Walter leunde over de reling heen, viel bijna omlaag toen een kanonskogel zo dicht bij het schip insloeg dat het schip stampte, maar Binkie greep hem bij zijn benen en voorkwam dat hij viel. 'Ik besef opeens iets. Die stem! Ik herinner me de stem!'

'Welke stem?' Ik kon hem boven de wind en het gebulder van de kanonnen van de *Onthoofde Weduwe* uit nauwelijks horen.

'Die stem die me naar jou vroeg.'

'Ik weet niet waar je het over hebt!'

'Ik weet het ook niet zeker, maar ik denk dat het belangrijk kan zijn. Het was een kinderstemmetje. Een lief kinderstemmetje...!'

Mijn boot plonsde hard in het water, en het volgende moment probeerde ik uit alle macht om niet in de rivier te vallen. De golven die door de wind waren opgeklopt, hadden aan boord van de *Zeikteef* veel kleiner geleken dan in de kleine jol. Ik hoorde Grijpgraag brullen dat de roeiers aan hun riemen moesten gaan trekken en het slavenschip begon van me weg te glijden. Ik denk dat het te water laten van mijn boot Niloch en zijn bemanning in verwarring had gebracht. De kanonnen van de *Weduwe* zwegen, maar het zwarte gevaarte bleef op mij afstevenen.

Ongetwijfeld verwachtten de commissaris en zijn bemanning dat ik weg zou roeien, maar ik had niet eens de moeite genomen om riemen mee te nemen – dat was toch nergens goed voor, zoals je zo dadelijk zult zien. Ik keek hoe de *Zeikteef* weggleed, en voor het eerst voelde ik hoe ontzettend alleen ik was.

Niloch en zijn bemanning verwachtten blijkbaar een of andere bom of een ander soort val, dus toen ze zo'n dertig of veertig meter van me vandaan waren, legden ze hun machines stil en lieten het schip drijven op dezelfde stroming die mijn bootje voortstuwde. Veel van de zeelieden en soldaten kwamen aan de reling omlaag kijken door de stoomwolken uit de schoorstenen van de *Weduwe* heen.

Van zo dichtbij zag Niloch er nog slechter uit dan ik me hem herinnerde. Veel van zijn benige slierten waren weggebrand of afgebroken, en voor het eerst kon ik zien dat zijn doodshoofd meer leek op dat van een vogel dan van een paard.

'Jij daar!' schreeuwde hij, 'Slangenstaf, ellendig stuk stront! Waarom zie je er zo opgeblazen uit? Wat je daar ook voor wapenrusting onder draagt zal je niet tegen mij beschermen. Jij hebt mijn huis verwoest.'

'Gossie,' riep ik terug, 'misschien omdat jij mij ging martelen en vervolgens aan je bazen uitleveren?'

'Niemand mag het gezag aan zijn laars lappen,' krijste Niloch. 'Laat staan een drol als jij, een wezen zonder niveau, zonder land, zonder trouw...!'

'Echt, ik luister toch niet,' zei ik. 'Je bent al even saai als lelijk.' Ik keek om me heen om zeker te weten dat de *Zeikteef* nog steeds verder voer, dat Grijpgraag en de rest nog steeds de afstand vergrootten tussen zichzelf en Nilochs grotere schip, toen bukte ik me en pakte de zware ijzeren bol op van de bodem van de jol.

'Weet je wat dit is?' vroeg ik.

Niloch lachte verbaasd. 'Een kanonskogel.'

'Fout. Probeer nog eens.'

Hij fronste, wat er vreemd uitzag op zo'n lang en benig gelaat. 'Een bom? Toe maar, verradertje. Blaas jezelf maar op – ons doe je geen kwaad. Dit schip is gepantserd.'

'Het is ook geen bom. Het is alleen maar een gewicht.' Ik balanceerde even met mijn voet op de reling van de boot tot ik die zware ijzeren bal legde in het tuig dat ik op mijn buik droeg. Toen stapte ik uit de boot en de kanonskogel trok me omlaag in de olieachtige, woelige wateren van de Phlegethon.

## 38
# Geketend

Ik had op een georganiseerde hellevaart ongetwijfeld moeten bijbetalen voor de spannende ervaring te zinken naar de bodem van de rivier de Phlegethon – 'Zwem mee met de dartele tandkwallen!' – maar eerlijk gezegd was ik meer gericht op overleven dan die ervaring optimaal te beleven. Waarschijnlijk wás overleven de optimale manier om die ervaring te beleven.

Ik bleef de eerste paar tellen proberen de benen kurk te trekken uit de luchtzak op mijn vest, en toen bracht ik de opening naar mijn mond om te kunnen ademen. Niet al te diep natuurlijk: ik moest de zak vol genoeg blijven houden met lucht tot ik aan land kwam, en ik moest zelf ook volhouden als de *Weduwe* me achtervolgde. Ik keek omhoog. De ogen van mijn duivelse lichaam pasten zich goed aan bij weinig licht, en gelukkig was de Phlegethon niet zo donker als de Styx, maar toch kon ik de romp van Nilochs schip ver boven me nauwelijks onderscheiden, in een ringvormige hemel. Ik kon wel goed zien, maar de Phlegethon vloog niet voor niets vaak in brand: het water deed mijn ogen prikken en irriteerde mijn neus ontzettend. Toch mocht ik niet klagen: de kanonskogel was zwaar genoeg om mij op de bodem te houden ondanks de opwaartse kracht van de luchtzak.

Wezens zwommen langs me in de duisternis, sommige ervan met griezelig solide, slangachtige lijven als enorme palingen of iets wat uit Loch Ness was opgevist, maar ook andere die weinig meer waren dan donkere vegen in het water of koude stromingen met een zichtbare gedaante. Ik zag geen van Grijpgraags tandkwallen van dichtbij, maar ik zag iets groots in de donkere verte dat eruitzag als een drijvende circustent die probeerde zich uit en in te vouwen en uit te vouwen onder het drijven. Ik verspeelde niet al te veel tijd door bij deze of andere dingen stil te staan, want het leek me duidelijk dat een rivierbodem in de hel geen veilige plek kan zijn. Het enige wat ik kon doen om mijn kansen te verbeteren, was zo snel mogelijk aan land te gaan.

Zoals overal in de hel waren de dieren al even wanstaltig en deprimerend als de complexere wezens. Toen ik op de bodem was aanbeland en langzaam begon te sjokken door de modder in wat ik hield voor de globale richting naar de oever (en als ik het fout had zou mijn plan lelijk in de soep lopen) stapte ik voorzichtig om gepunte voorwerpen heen die zee-egels konden zijn als ze niet in de rivier zaten en ook nog eens anderhalve meter breed waren. Platte, schijfvormige krabben met akelig menselijke gezichtjes scharrelden in en uit de rotsen op de bodem, joegen wolkjes slib omhoog terwijl ze wegdoken voor roofdieren die vooral leken te bestaan uit gevinde kaken vol tanden. Toen stopte ik, ondanks mijn beperkte luchtvoorraad, en wachtte tot een enorme schaduw over me heen was getrokken met een trage zwiep van zijn staart. Ik kon het niet goed zien, maar het was bedekt met benige platen en had een muil die groot genoeg was om Bobby Dollar en nog wat lui tegelijk op te slokken. Ik maakte me geen illusies dat ik het vóór zou kunnen blijven of met zwemmen of vechten de baas zou zijn – het wezen was zo groot als een schoolbus – dus hield ik me maar gedeisd. Ik moest lang wachten, maar eindelijk trok mijn levende onderzeeër voort en kon ik verder. Wat later zag ik geloof ik zelfs een tentakelzwijn, die er echt een beetje als mijn vriend Speknek in varkensgedaante uitzag, tenminste als Speknek zo groot was als het laadgedeelte van een vrachtwagen en zeven meter lange tentakels uit zijn bek had groeien. Gelukkig voor mij was die lelijkerd te druk bezig met arme diertjes uit de zompige rivierbodem op te wroeten en door te slikken om op mij te letten.

Het was moeilijk om kleine hapjes adem te blijven halen, moeilijk om zacht te lopen met overal monsters om me heen en ik kon voelen hoe de luchtzak steeds kleiner werd, maar ik had geen idee hoe lang het zou duren voor ik de oever bereikte en of het dan zelfs wel veilig zou zijn om uit het water te komen. Ik wist bijna zeker dat Niloch zou staan wachten tot ik opdook. Misschien zou hij me zelfs staan opwachten wanneer ik de rivieroever bereikte, want je hoefde niet heel slim te zijn, zelfs naar de maatstaven van helse adel, om te beseffen waar ik op uit was.

Ik had net een paar grotere exemplaren van de krabben met gezichten weggeschopt – de grotere zagen er minder menselijk en expressiever uit, als je je daar iets bij kunt voorstellen – en ik begon me echt af te vragen of ik genoeg lucht had om de oever te bereiken, toen ik een andere grote, lange gedaante uit het duister op me af zag komen. Ik dacht dat het zeker weer een van die gepantserde monsters of nog iets ergers was, dus ik kroop weg in de modder en verstijfde, terwijl ik probeerde geen luchtbelletjes uit mijn longen te laten ontsnappen die mijn aanwezigheid zouden verraden. Maar wat op me afkwam uit het slib, op weg naar het diepste gedeelte van de rivier, was niet het soort prehistorisch monster dat ik verwachtte, maar... een optocht. Mensachtige gedaanten liepen op een rij over de rivierbodem, ze deden de grijze drab opwolken zodat ze in een mist leken te lopen, als een droombeeld van elfjes in de Ierse heuvels. Toen zag ik dat ze over de bodem liepen omdat ze aan elkaar vastgeketend zaten.

Slaven. Iemands slavenschip was door een sneller schip achternagezeten, of misschien zomaar gezonken. Wat het ook was geweest, die arme verdoemde zielen waren op de bodem van de Phlegethon beland, door hun ketenen te zwaar om de oppervlakte te bereiken. Ik kon slechts raden hoe lang ze hierbeneden al door de modder sjokten, maar het was lang genoeg geweest om aan de rivier een tol te betalen. Een aantal van de slaven waren zo goed als op, alleen maar wat botten en wat flarden huid hingen nog aan hun ketenen, maar veel andere leken bijna intact, afgezien van de plekken waar vissen en andere rivierwezens aan ze hadden geknaagd. De aanvoerder, wiens grimmige doorzettingsvermogen de rest achter zich aan leek te hebben meegetrokken, had beide ogen verloren, een arm en het merendeel van de vingers aan zijn resterende hand, maar nog steeds stapte hij voort door het donkere water, de ene benige, in vodden gehulde voet voor de andere zettend, met zijn metgezellen wankelend of zwevend achter zich aan, afhankelijk van hoeveel er van hen over was. Toen ik al die lege oogkassen zag, begreep ik waarom die arme drommels weg van de oever liepen.

Ik liep zo snel als ik kon op ze af door dat glibberige slik, en probeerde hun aandacht te trekken door met mijn armen te zwaaien, maar mijn kanonskogelgewicht zorgde dat ik niet sneller was dan zij, en hoewel ik dichterbij kwam, kon ik van geen van hen de aandacht trekken, en al helemaal niet van hun blinde aanvoerder. Hij marcheerde langs me heen en de rest van de geketende, gedoemde groep volgde hem. Ik kwam dichtbij genoeg om een van hen vast te pakken, maar ik trok de arm los en de eigenaar ervan leek het niet eens te merken.

*Te ver heen*, besefte ik. Hoe lang ze ook hier al beneden waren, er was niet genoeg van ze over, noch in lichaam noch in geest, om op het land te overleven. Het aardigste wat ik kon doen was ze hier in hun huidige toestand door te laten marcheren, om door vissen uiteen te worden getrokken of vredig weg te rotten en één te worden met de rivier.

Een van de wijste lessen van de hel was hoe weinig een engel echt kon bereiken. Ik had die les sinds ik hier was herhaaldelijk geleerd, maar nooit zo duidelijk als nu.

De geketende slaven hobbelden langzaam weg en verdwenen in de drijvende duisternis op de rivierbodem, onzichtbaar voor mijn prikkende ogen.

Als ik een ander type was, zou ik een hele carrière kunnen besteden aan het bestuderen van het leven (nou ja, je weet wel wat ik bedoel) dat je in de rivieren van de hel kunt vinden. Maar zo ben ik niet. Het enige dat ik wilde doen was wegkomen uit deze rivier, weg uit dit niveau en op naar de Nerobrug. Toch moest ik wel even opletten toen ik iets zag spartelen in de modder en in plaats van het visachtige monster dat ik verwachtte, twee levende lijken ontdekte, niet veel meer dan geraamtes, die probeerden elkaar te vermoorden.

Ik herhaal het even: ik moest over twee geraamtes heen stappen die worstelden in het slib metersdiep onder het oppervlak van de Phlegethon. Ze misten allebei het merendeel van hun onderlijf, en hun benige handen zaten om elkaars keel geklemd. De kelen in kwestie waren niet veel meer dan wervels en wat slierten rottend vlees, en ze bevonden zich, zeg ik nog maar eens, allebei op de bodem van de rivier, dus het was niet echt zo dat een van hen de ander kon doen stikken. Maar toch waren ze daarmee bezig. Daarom noemen ze het waarschijnlijk de hel.

Hoe dan ook, zoals ik al zei: ik zou je veel meer kunnen vertellen, want er valt heel veel te vertellen – vleesetende rivierwormen, kreeftachtige beesten die hun eigen plakkerige magen uitkotsten en ze als visnetten weer naar binnen trokken, schepsels met het lijf van een haai en de kop van een dol paard, een en al tanden en rollende ogen, en natuurlijk meer lijken van mensachtige verdoemden in verschillende staten van ontbinding, die niet allemaal tegen hun zin in de rivier leken te zitten. Zelfs aardig wat leken het te verkiezen om in de zure modder op de bodem van de Phlegethon te liggen en langzaam in levende brij te veranderen, boven wat ze aan land hadden meegemaakt. Vermoedelijk de helse versie van zelfmoord plegen.

Ik bereikte het ondiepe gedeelte net toen mijn lucht begon op te raken. Ik schudde het vest met het gewicht van me af, de rumfles van

Grijpgraag behoudend, en liet mezelf naar boven drijven. Ik bleef even liggen en probeerde zo veel mogelijk op een van de zelfmoorden te lijken zodat ik discreet kon rondkijken. Ik ontwaarde de *Onthoofde Weduwe*, maar zag tot mijn opluchting dat ze nog steeds verderop op de rivier lag, nog steeds wachtend op de plek waar ik onder water was gegaan, en er was geen spoor van Grijpgraags schip te bekennen. Voorlopig liep alles op rolletjes.

Ik poedelde voorzichtig verder tot ik de bodem kon aanraken, en beklom toen de oever op het donkerste en minst zichtbare plekje dat ik kon vinden voor het geval iemand aan boord van Nilochs boot een telescoop had. Toen ik een relatief veilig plekje vond, nam ik even rust en probeerde op adem te komen, maar ik werd opgeschrikt door het geluid van stemmen in de verte.

De *Weduwe* leek zijn wacht op de plek waar ik de rivier was ingedoken te hebben opgegeven en kwam eraan, op stoom gestookt en met eendrachtig slaande riemen als de poten van een duizendpoot. Ik wist dat er zelfs op het donkerste moment van de dag ogen aan boord zouden zijn die beter konden zien dan de mijne, dus wikkelde ik de pistolen die Grijpgraag me had gegeven los uit de oliedoekzak waarin ik geprobeerd had ze droog te houden, schoof die en het dolkzwaard onder mijn riem en liep toen over een lage richel verder, weg van de rivier. Maar die richel bleek weldra de enige basis te zijn van een grotere heuvel, en ik liep op die helling nog meer in het zicht dan ik zou hebben gedaan op de rivieroever, dus ik moest blijven klimmen. Toen ik dat deed, kon ik neerkijken op Nilochs schip dat voor anker lag in de baai, en de landingsvaartuigen die aanmeerden. Anders dan de jol van de *Teef* hadden deze vaartuigen een flink formaat met een aantal roeiers in elk ervan en genoeg ruimte voor soldaten en rijdieren en zelfs Nilochs hellehonden. Het was makkelijk om te zien waar de hellehonden stonden, omdat de rest van de opvarenden aan het andere einde bijeendromde.

Tot mijn ontzetting liepen de troepen van de commissaris, in plaats van een kamp te maken aan de kust, onmiddellijk in ongeveer dezelfde richting als ik was gegaan, alsof ze me al op het spoor waren. Ik deed mijn best mijn pas te versnellen, hoewel het gevaarlijk was om te klauteren in het donker. Toen ik dichter bij de top was kon ik zien hoe mijn achtervolgers trager gingen lopen: de paarden, of wat ze ook voor rijdieren hadden, hadden moeite met die steile rotsachtige helling. Eindelijk bereikten ze een betrekkelijk plat gedeelte zo'n paar honderd meter onder de top en begonnen naar een beter begaanbare weg omhoog te zoeken.

Ik maakte gebruik van dit oponthoud om een geschikte rots te vinden waar ik kon uitrusten en ze bovendien in het oog kon houden. Ik kon niet goed horen wat ze zeiden, maar ik merkte wel dat Niloch woedend was – ik hoorde zijn krijsende stem weergalmen door de riviervallei. Terwijl hij met zijn onderdanen ruziede, zag ik hoe de hellehonden aan hun ketenen nerveus heen en weer stapten, elk door twee of drie opzichters vastgehouden, maar ik zou weldra wensen dat ik iets anders had gekozen om in de gaten te houden.

De jachthonden waren enorme beesten, ongeveer zo groot als leeuwen of tijgers, met laaghangende lijven als de middeleeuwse afbeelding van een wolf, en een pels die bijna gitzwart leek. Later ontdekte ik dat ze helemaal geen pels hadden maar leerachtige, geschubde zijkanten, iets als wat je ziet bij een komodovaraan. Toen keerde een van hen zich naar de plek waar ik me schuilhield en zijn hele roze snuit, tot het laatst onzichtbaar, drong uit de ruwe zwarte huls van zijn kop, als een hondenpenis die uit zijn voorhuid tevoorschijn komt. Zelfs in het fakkellicht glinsterde het roze uitsteeksel vochtig en plakkerig, zonder gelaatskenmerken op twee grote gaten na, waarvan ik besefte dat het zijn neusgaten waren. Toen ging een mond aan het uiteinde van de snuit open en toonde een bek vol naar binnen gebogen tanden als die van een kongeraal, en ik draaide me om en kotste alles uit wat ik nog in mijn maag had zitten.

Ik heb veel gezien, maar ik geloof niet dat ik ooit iets ergers heb gezien dan dat, vooral omdat anders dan de gruwelen van de rivier deze wezens het uitsluitend op mij hadden gemunt. Toen mijn maag klaar was met schokken, stond ik op en haastte me over de helling, op zoek naar een plek waar ik aan de andere kant weer omlaag kon. Ik was nog steeds doodmoe, maar het van dichtbij zien van de misbaksels die achter me aan zaten was genoeg om me een fikse dot adrenaline te geven, dat kan ik je wel vertellen.

Tot mijn opluchting kon ik de lichten in de vallei aan de andere kant van de heuvel zien, een reeks oranje lichtjes die een stad van enige omvang suggereerden, twinkelend in de mist van de Phlegethon. Dichter bij mij bevond zich een netwerk van wegen rondom de buitenste lichten, en een slingerende, door fakkels verlichte streep liep langs de buitenkant die breed genoeg leek om een snelweg te zijn. Ik koos die als doel en begon zo snel als ik kon mijn weg over de heuvel omlaag te kiezen zonder te vallen en iets belangrijks te breken.

Het zal me een paar uur hebben gekost om dit platte gedeelte te bereiken. Een paar keer hoorde ik het ijzingwekkende gehuil van mijn naderende achtervolgers in de heuvels boven me. Ik nam heel wat flinke risico's, maar ik wilde ze koste wat kost voorblijven in de wetenschap dat ik ze in de stad makkelijker zou kunnen afschudden dan in de vrije natuur. Bovendien moest ik een heffer zien te vinden, aangezien dat de enige manier was om voor Niloch en zijn huilende penismonsters naar Abaddon af te dalen.

Al die tijd dat ik de heuvel afdaalde, zag ik maar vier voertuigen op de snelweg: een paar chique, door paarden voortgetrokken rijtuigen, een eenvoudige kar van een marskramer en een grote zwarte slee die leek toe te behoren aan een lid van de helse adel. Ik wilde niet nog eens gevangen worden, maar ik wilde ook niet helemaal naar de stad hoeven lopen, die nog mijlenver weg was, dus toen ik de kant van de weg had bereikt en de snelweg in de richting van de lichten begon te volgen, hield ik mijn oren open voor een eventuele lift.

Ik probeerde de eerste die langskwam te doen stoppen, een rijtuig dat voortgetrokken werd door een stel paardachtige wezens (als je iets met mensenbenen paardachtig kunt noemen) maar de koetsier haalde naar me uit met zijn zweep en joeg zijn paarden op. Misschien wel een halfuur ging voorbij zonder enig ander voertuig, maar toen hoorde ik het puffen van een stoommachine en zag ik een grotesk gevaarte dat half tank, half fiets leek op mij af hobbelen. Ik zwaaide en tot mijn opluchting minderde het echt vaart terwijl de machinist me monsterde. Toen kwam het sissend tot stilstand en ging een deur open in het passagierscompartiment, dat een beetje de vorm had van de pompoenkoets van Assepoester. Ik interpreteerde dit als een uitnodiging en beklom het, enkel om begroet te worden met de trompetvormige loop van een donderbus in mijn snuffert.

Ik stond klaar om te worden beroofd of beschoten (of nog waarschijnlijker allebei), maar de eigenaar van het wapen nam me enkel grondig op en stelde toen voor dat ik mijn eigen wapens op de vloer aan de passagierskant zou leggen. Ik deed wat hij vroeg en bewoog langzaam om hem niet te laten schrikken. Tevreden zette de machinist zijn motor aan en we rolden verder.

Mijn redder was een gerimpeld, mensachtig wezentje met een pokdalig gezicht dat aan één kant verzakt was en met een enorm, genezend gat in zijn borst waardoorheen ik mijn vuist had kunnen steken. Hij zag me staren naar zijn wond en lachte smakelijk. 'Snap je dat ik een beetje voorzichtig ben? De laatste die ik een lift gaf bezorgde me dit. Hij probeerde deze ouwe schat hier te gappen,' hij klopte op het dashboard van zijn voertuig, 'maar ik knalde zijn kop eraf en liet hem er op de tast naar zoeken langs de weg. Maar die gaat hij nooit meer vinden!' Hij kakelde van het lachen. 'Geen spat meer van over!'

Ik glimlachte (misschien wat zwakjes) om te tonen hoezeer ik het onthoofden van verhoopte autorovers goedkeurde, omdat ik natuurlijk helemaal niet zo'n soort lifter was. 'Maar neem je nog steeds vreemden mee?'

'Het is zo eentonig op het stuk van Rotvlees naar knooppunt Spierpees,' zei hij. 'Wat gezelschap is wel fijn. Anders verlies je nog je verstand!' Hij glimlachte en knikte heftig. Ik vroeg me onwillekeurig af of iemand die lifters bleef meenemen nadat een van hen had geprobeerd hem aan stukken te knallen, zijn verstand misschien al was verloren. In werkelijkheid, zo kwam ik tijdens de rit te weten, had het een aantal keer weinig gescheeld in de loop der jaren. De lifters waren er echter slechter van afgekomen.

'En nu zijn wij metgezellen,' zei hij. 'Mijn naam is Joseph. Hoe heet jij?'

Ik verzon een naam – ik wilde niet meer sporen achterlaten dan noodzakelijk. 'Welke stad is dat?' vroeg ik terwijl de lichten vóór ons zich uitspreidden.

'Dat is Blindworm,' zei hij. 'Hoop dat je daar niet heen gaat om vrienden te maken.'

'Hoezo?' vroeg ik, hoewel vrienden maken het laatste was wat ik in welke helse stad dan ook wilde doen.

'Niet van hier? Vreemde lui daar in Blindworm. Asostad noem ik het.' Hij ging er verder niet op in, maar hij had nog genoeg andere dingen om over te praten. Hij vertelde me dat hij in sloten handelde, het soort dat je met sleutels openmaakt. 'Blindworm is de beste plek om ze te verkopen. Ik verdien hier de helft of meer van de opbrengst van een tripje!'

Terwijl de buitenwijken van de stad naderden, begon ik huizen te onderscheiden, elk met een keurig tuintje, als zo'n buitenwijk op een ansichtkaart, maar hoewel ik door de ramen van sommige huizen gedaantes kon zien, was er niemand op straat. Ik nam aan dat het aan het tijdstip lag – volgens mijn berekening was het ergens na middernacht in helse tijd – en ik dacht dat het wel anders zou worden zodra we verder de stad in trokken, maar hoewel ik een paar voetgangers bespeurde, maakten die allemaal heel snel dat ze wegkwamen van de straat en verdwenen in portieken of in steegjes alsof ze bang voor ons waren.

Toen ik Joseph ernaar vroeg, schudde hij zijn hoofd. 'Weet je dat echt niet? Ik dacht dat je een grapje maakte. Hoe kun je dat niet weten? De bewoners van Blindworm haten alle anderen. Ze zijn erg op zichzelf.'

Als ze erg op zichzelf waren, snapte ik niet goed waarom ze een grote stad vol hoogbouw hadden gemaakt – te oordelen naar de omvang moesten er wel een kwart miljoen of meer inwoners zijn. Maar terwijl we het hart van de stad naderden, begon ik te zien wat Joseph had bedoeld. In elk woonhuis of bedrijf dat we passeerden was er nooit meer dan één persoon binnen. Zelfs plekken die door vele mensen tegelijk moesten worden gebruikt, zoals rijtuighaltes of bankgebouwen, leken te zijn opgedeeld in verschillende compartimenten, dus hoeveel bewoners er ook waren, ze hoefden elkaar nooit te zien. Zo'n zes bewoners zaten bij een bushalte waar we langskwamen, elk gepropt in zijn of haar hokje als een boerderijdier in zijn stal. Ze keken allemaal op bij het horen van ons motorgeluid en staarden onze voorbijrijdende wagen met norse afkeur na.

Normaliter zou ik zoiets vreemds van dichterbij hebben willen bestuderen. Ik bedoel maar, hoe kan een stad vol bewoners die elkaar niet willen zien ooit werken? Maar Joseph begon me te verontrusten. Hoe dichter we bij het centrum van de stad kwamen en de zogenoemde liftschacht die de skyline overheerste, hoe meer afgeleid de chauffeur werd, hij praatte in zichzelf en tuurde naar mij vanuit zijn ooghoek alsof ik degene was die zich vreemd gedroeg. Ik probeerde met hem wat over koetjes en kalfjes te praten, maar dat leek de boel alleen maar erger te maken, en tegen de tijd dat we nog maar een paar blokken bij de enorme vierkante toren van het liftstation vandaan waren, zei ik geen woord meer. Maar ook dat leek niet te helpen. Joseph zat constant binnensmonds voor zich uit te mompelen en bleef maar de loop van zijn geweer aanraken, die tegen het gewatteerde dashboard tussen ons in stond. Toen hij zag dat ik het merkte, leek het nog erger te worden.

'Aha,' zei hij. 'Denk je dat je dat lukt? Maar ik zal het eerder pakken, en dan boem! Pech voor jou!' Hij grinnikte, zijn verzakte gezicht zo leeg als een uitgeholde Halloweenpompoen. Hij begon me de stuipen op het lijf te jagen.

'Zet me hier maar af,' zei ik. 'Hier moet ik zijn. Bedankt voor de rit.'

'Bedankt?' Hij keek me nu recht aan en de verbijsterde uitdrukking op de ene helft van zijn gezicht leek nog strenger naast de slappe gelaatstrekken aan de andere kant. Speeksel droop uit zijn mondhoek. 'Je waagt het mij te bedanken? Terwijl je me wilt doden?' Hij minderde vaart en zocht naar zijn geweer, dat gelukkig voor mij onhandig lang was voor die propvolle personentaxi. Mijn pistolen lagen op de vloer en ik wist dat ik ze nooit zou kunnen pakken voor hij mij kon neerschieten, dus rukte ik de deur open, schopte ik mijn pistolen op straat, en gooide mezelf erachteraan.

Een ogenblik later klonk er een klap als een donderslag. Hete gassen spoten over mijn hoofd terwijl een stuk muur vóór me tot puin en scherfjes uiteenspatte. Terwijl ik in het donker scharrelend mijn pistolen zocht, hoorde ik Joseph uit zijn auto stappen en de haan van zijn geweer spannen. 'Je wou me doden, hè? Het nog een keertje proberen, hè? Weer een gat in Joseph schieten, hè?' schreeuwde hij, maar voor hij weer schoot, scheurde er door de nachtelijke straat een van de meest angstaanjagende geluiden die ik ooit had gehoord, een gehuil dat maakte dat mijn huid van mijn lijf wilde kruipen om het zonder mij op een lopen te zetten. De hellehonden. De hellehonden zaten in de stad. Maar ik had ze mijlenver in de heuvels achtergelaten. Hoe hadden ze me zo snel kunnen inhalen?

Joseph mocht dan gek zijn, maar hij was niet zo stom om het met hellehonden aan de stok te krijgen. Toen ik net mijn pistolen terugvond, hoorde ik hem zijn portier dichtslaan en wegrijden.

Terwijl het geluid van zijn motor wegstierf, huilde een van de beesten opnieuw, een weergalmende rauwe kreet die een gezond hart tot stilstand kon brengen. Er antwoordde een andere, en die klonk nog dichterbij. Ze hadden zich verspreid en maakten jacht op mij, maar ik was nog minstens een halve mijl van die lifttoren in het midden van de stad vandaan. En nu was ik te voet.

Er zijn tijden om te vechten, maar dit was er geen. Dit was een tijd om te vluchten.

## *39*
# Moederziel Allee

Zelfbehoud is regel nummer één in de hel, zoals je waarschijnlijk al had begrepen, dus je kunt wel raden hoeveel stedelingen me te hulp snelden terwijl ik door het zakendistrict van Blindworm sprintte.

Zelfs onder het rennen vlogen de bizarre taferelen van wat niet-zo-jofele Joseph de Asostad had genoemd mij aan, straten en stoepen zo breed als in een fascistische hoofdstad (zodat mensen elkaar makkelijker konden mijden, vermoed ik), openbare gelegenheden die werden afgescheiden door compartimenten en schermen zodat de gebruikers elkaar niet hoefden te zien en de beambtes en winkeliers nooit meer dan één klant tegelijk hoefden te zien. Zelfs tussen de sporen van het centrale treinstation, die ik volgde naar de liftzuil, zaten wanden, vermoedelijk zodat passagiers in hun afzonderlijke compartimenten geen passagiers in de andere treinen hoefden te zien. En natuurlijk, aangezien het een grote stad was, waren er zelfs 's nachts mensen in het centrum op straat – schoonmakers, nachtploegwerkers, koffieshopserveersters en hun klanten, allemaal achter glasplaten gerangschikt als tentoongestelde museumstukken – en geen van hen besteedde aandacht aan iemand anders dan zichzelf. Tunnels, muren, kisten, luiken, Blindworm had een systeem van wereldklasse ontwikkeld voor het negeren van anderen: ik had evengoed midden in de Gobiwoestijn kunnen zijn, rennend over een zandduin en hopend op hulp van de hagedissen. Niet dat ik op de Scheerjeweg hulp verwachtte. (Serieus, zo heette die weg echt.) Het enige goede was dat als ik ze niet voor de voeten liep, de burgers van Blindworm ook niet gauw mij voor de voeten zouden lopen. Sociopatenstad zou misschien een betere naam zijn geweest, bedacht ik.

De bronzen klauwen van de hellehonden kletterden luid op het trottoir, nog maar een halve blok achter me. Zelfs de zelfzuchtige plaatselijke bevolking begon op te letten, niet op mij maar op het afschuwelijke geschraap en gekletter van de mij achtervolgende dieren. Ze verdwenen van de straat als schichtige muizen terwijl het opgewonden gehuil weergalmde door de verlaten steegjes tussen de gebouwen.

Ik keek om terwijl ik een brede doorgang insloeg die Moederziel Allee heette. De eerste hond kwam net de hoek om, zijn bek uitgestoken uit de weggetrokken snuit in een gecompliceerde tandengrijns. Het beest was bijna net zo hoog als ik, maar ik kon alleen maar op twee voeten rennen. Het was alsof ik weer door Eligors ghallu achterna werd gezeten – weer een oude kwade macht die mij in stukken wilde rukken, die ook groter en sneller was dan ik – maar ditmaal had ik geen zilveren kogels, en geen Sam of Chico om me te helpen, niets. Ik spande de haan van mijn beide pistolen, hield me gedeisd en probeerde wat meer snelheid te halen uit mijn afgematte spieren.

Ik kon het station zien onder de enorme liftschacht aan het eind van de brede straat en stevende erop af. Enkele hellehonden bevonden zich nog maar een paar meter achter me, een staccato geklik van klauwen op het asfalt, maar ik durfde niet nog eens om te kijken.

De liftdeuren stonden open. Ik sprong de lift in en sloeg mezelf bijna bewusteloos tegen de eerste van een reeks zigzaghekjes. In plaats van een enorme open ruimte, zoals iedereen in zo'n groot openbaar gebouw zou hebben verwacht, was het hele geval omgebouwd tot een konijnenhok van doolhofachtige muren. Ik had geen tijd om hieruit wijs te worden, maar gelukkig waren de muren maar net iets hoger dan ik, en ik kon nog steeds de brede onderkant zien van de liftschacht in het midden van de stationshal. Blijkbaar was Blindworm met het oog op een normale helse populatie gebouwd en pas later aangepast.

Net als de infernale fauna van de rivier de Phlegethon, konden de sociologische bijzonderheden van Blindworm een team van wetenschappers tientallen jaren beziggehouden, maar ik wilde alleen maar de komende twee minuten overleven. Ik sprintte door het doolhof, overtrad zo'n dertien of veertien doodzonden van Blindworm door niet alleen andere burgers van achteren in te halen maar ze hardhandig om te kegelen zodat ik erlangs kon. De honden zaten me vlak op de hielen, en de Blindwormers die mij voor de voeten liepen konden me niet lang uitkafferen: ik hoorde een heleboel gekrijs en getier en tumult achter me wanneer de plaatselijke bewoners ontdekten waarvoor ik vluchtte.

Ik stormde uit de eerste rij muren in wat ooit het midden van de oude stationshal was geweest, nu opgedeeld in een bijenkorf van geïsoleerde hokjes waar de passagiers konden wachten. Als voortzetting van mijn reeks pechgevallen knipperde geen van de liftknopjes, wat betekende dat alle deuren nog dichtzaten. Er waren evenmin indicatorlampjes om aan te geven welke als eerste zou komen. Het was heel goed mogelijk dat de volgende vijf hefferliften die arriveerden aan de andere kant van de gigantische liftschacht verschenen.

Een diep, doordringend gegrauw deed me net op tijd naar voren springen om de hellehond te ontwijken die uit de doorgang achter mij stoof, met een onfortuinlijke pendelaar tussen zijn enorme kaken. Het beest schudde de arme krijsende drommel zoals een terriër een rat, en liet het slappe lijf vallen toen hij mij in de gaten kreeg.

Ik deinsde naar de lichtschacht terug, de pistolen in de aanslag, terwijl de hond op me afkwam. Ik had Grijpgraags wapens genoeg getest om te weten dat ik van verder dan tien stappen misschien niet accuraat zou schieten, dus wachtte ik. Maar terwijl ik probeerde met vaste hand de loop te blijven richten op zijn platte voorhoofd, kwamen achter hem nog twee honden aandraven, een van hen kauwend op een afgekloven been dat nog gehuld zat in een bebloede jurk.

Ik had misschien één van die monsters met de kogels in mijn pistool kunnen uitschakelen. Maar ik was heel wat minder zeker van drie. En zelfs als het me lukte alle hellehonden dood te schieten zonder te hoeven herladen, moest ik nog met Niloch en zijn jagers afrekenen die er vlak achteraan kwamen. Ik zag nog maar één kans, dus deinsde ik nog wat verder terug tot ik naast een muur van afgescheiden hokjes stond.

'Aha, lieverd, zit je dáár,' zei een stem zo verrot als een week oude vis. Niloch floot en de honden deinsden terug. De commissaris schuifelde naar voren uit het doolhof van de ingang met iets als een lange autoantenne in de ene hand, en een soort gekarteld mes in de andere, zijn bottenfranje afgebroken en verschroeid. 'Je hebt ons aardig laten rennen, Slangenstaf, maar nu is die gekkigheid voorbij. Nu kan ik me weer richten op belangrijkere dingen, zoals jou laten wensen dat je nooit van mijn prachtige Huize Grafbek had gehoord.' Hij keerde zijn benige hoofd naar de soldaten die uit het doolhof kwamen; zij moesten de uiteengereten lijken van verschillende burgers van Blindworm wegschoppen om zich een weg te banen naar de grote stationshal. 'Hier zit hij,' zei de commissaris opgewekt. 'Je zou niet zeggen als je dit nietige figuurtje zag dat hij gevaarlijk zou zijn, maar dat is hij wel, schatjes, oh ja, dat is hij zeker, dus kijk goed uit. Als hij iets mals doet, schakel hem dan onmiddellijk uit.'

Een paar soldaten droegen vuurwapens, lange en indrukwekkend versierde geweren die op dat moment gericht waren op mijn meest dierbare persoon in de hel: mij. Anderen droegen zwaarden en bijlen. In beide gevallen zou geveld worden flink pijn doen.

'En als ik jou nu eens gewoon neerschiet voordat iemand me kan stoppen?' vroeg ik, mijn revolver van de dichtstbijzijnde hellehond op Niloch zelf richtend, recht tussen de fonkelende rode oogjes. 'Met dat resultaat zou ik wel kunnen leven.'

De commissaris lachte, een gierend geluid als een astmatische hoestbui. 'O, misschien zou je dat kunnen...'

Ik liet hem niet uitspreken, want ik wilde geen praatje maken, alleen hem het idee geven dat ik dat wilde. Zoals de meeste heren van de hel, hoorde Niloch zichzelf heel graag praten. Ik daarentegen was minder tuk op kletspraat, vooral op dat moment, dus schoot ik hem in het gezicht.

Ik doodde hem natuurlijk niet, en stuitte hem ook niet al te lang, maar dat had ik ook niet verwacht. Je schakelt zelfs op aarde, waar de natuurwetten in hun nadeel zijn, een belangrijke duivel niet op die manier uit, maar ik was meer uit op afleiding: ik had net een van de liften horen piepen en ik wist dat het nu of nooit was. Terwijl Niloch achterover op zijn soldaten viel, zijn doodshoofd in ieder geval tijdelijk als een ontluikende bloem van verbrijzeld bot, spurtte ik zo hard als ik kon naar de rij liften.

Ik was niet bijzonder sterk naar de hoge maatstaven van de hel – ik betwijfel of ik Niloch van man tot man zou hebben aangekund – maar ik was net sterk genoeg om de bouwvallige scheidingswand door elkaar te schudden en te doen instorten. Opnieuw had ik het geluk dat Blindworm voor afzondering was aangepast in plaats van dat het van meet af aan zo was gebouwd. De hokjes waren niet veel meer dan het infernale equivalent van triplex. Toen de eerste soldaten die ontsnapten aan de rondmaaiende Niloch in mijn richting begonnen te schieten, schudden de hokjes en stortten opzij als een rij dominostenen. Ik verschool me achter de ravage en schoot terug naar Nilochs soldaten.

Hoe geschokt de wachtende passagiers ook waren toen het bouwsel op hen neerstortte en ze vervolgens ontdekten dat ze zich midden in een vuurgevecht bevonden, toch schrokken ze nog meer toen ze opeens oog in oog stonden met hun stadsgenoten, of er zelfs letterlijk mee verstrengeld waren, datgene dat ze eeuwenlang constant hadden gevreesd en vermeden. Het spreekt vanzelf dat ze gilden en vochten zoals alleen de doodsbangen en geestelijk gestoorden kunnen vechten, en in een mum van tijd spreidde het tumult zich uit door het eindstation terwijl de passagiers geconfronteerd werden met de gruwelen van zowel de hellehonden als hun buurtgenoten.

Ik krabbelde over de grond naar de liftschacht, stond toen op en baande me een weg door de doodsbange menigte tot ik de open deur vond. Er was maar één passagier, een lange, magere duivel met een gezicht als een depressieve doodgraver, die zenuwachtig op de muur sloeg om de deur dicht te laten gaan. Ik pakte hem en slingerde hem de gillende menigte in, en riep toen de naam van een lifthalte die ik me kon herinneren. Ik had geen idee waar dat was, maar het deed er nu niet toe of ik omhoog of omlaag ging, als ik maar wegging.

De deur begon dicht te schuiven, maar kwam toen abrupt tot stilstand rondom de brede nek van een nachtmerriekop – een van de hellehonden. De huls van zijn kop was teruggetrokken en de natte roze snuit stak uit. Het had geen gewone kaken in die walgelijke uitschuifsnuit, alleen een ronde bijtgrage tandenbek als een lamprei, en het raakte me bijna aan terwijl ik mijn laatste kogels erin knalde. Smerig bloed en stukjes weefsel besproeiden me, toen zette ik een voet op de borstkas van het beest, deed mijn best die getande, verwonde bek te ontwijken, en duwde zo hard dat ik achterover op mijn kont viel. Bijna was ik er geweest, maar de hellehond tuimelde ver genoeg terug dat de deur kon sluiten, en een ogenblik later voelde ik de liftkooi sputterend en vibrerend in beweging komen. Omhoog. Ik ging omhoog, terug naar Pandemonium.

Hijgend en eveneens bloedend uit een kogelwond in mijn bovenarm die ik niet eens had opgemerkt, sloeg ik op de muur, riep de naam van een dichterbijgelegen halte en herlaadde toen snel mijn pistool met de kogels uit de oliedoekzak terwijl de kooi zijn vaart vertraagde. Toen de deur openging, stapte ik zo ontspannen als ik kon uit en verschillende andere passagiers stapten naar binnen, duidelijk onwetend over wat een paar verdiepingen lager was gebeurd. Een paar van hen merkten de bloedvlekken op de vloer op en de paar hellehondtanden in de hoek, allebei zo groot als mijn duim, maar aangezien dit je-weet-wel-waar was, leken ze zich er niet om te bekommeren.

Ik nam niet de moeite rond te kijken in het nieuwe station, maar nam gewoon de volgende open lift die ook omhoogging, en ging toen een paar keer omlaag, toen omhoog, ervoor zorgend dat ik Niloch en zijn jagers geen makkelijk spoor gaf om te volgen. Toen ik dacht dat ik voor genoeg verwarring had gezorgd, sprong ik in een open, lege lift in

Stinkoksel en instrueerde de heffer mij naar Abaddon te brengen, ver beneden me.

Ik was natuurlijk uitgeput en vreselijk gespannen steeds wanneer de heffer stopte en nieuwe passagiers binnenstapten, maar nadat ik al een tijdje ongehinderd omlaag was gegaan, begon ik te geloven dat ik het zou gaan halen.

Toen, bij de zevende halte, stapten twee van Nilochs soldaten in.

## 40
# Grijze Wouden

Gelukkig zat de heffer stampvol en spraken de soldaten met elkaar. En gelukkig waren het ook gewone leden van de moordenaarssekte en niet de veel hardere en slimmere gelouterden, de Mastema-politie. Ik zakte weg tegen de muur bij de deur, zo veel mogelijk achter hen als ik maar kon, en probeerde te lijken op een alledaagse infernale forens op weg naar huis, bespat met bloed en hondenhersenen na een dagje werken. Door al mijn op en neer gaan met de heffer om mijn achtervolgers te verwarren, had ik me door Nilochs jagers laten inhalen, wat betekende dat ik ze vanaf nu op weg naar omlaag overal kon tegenkomen.

'Zijne heerschap kookt van woede,' zei een van de soldaten, een blootshoofdse vent met een nek zo dik als mijn middel, en schouders waar je een huis op kon bouwen.

'En hij ziet er ook niet zo best uit,' zei zijn metgezel met een holle lach. Hij was al even groot en lelijk als zijn maat, hoewel wat kleiner. Ze zagen er allebei uit alsof ze met slechts hun duim en wijsvinger mijn hoofd van mijn romp konden trekken. 'Zag je de smoel van de commissaris? Tjokvol splinters!'

'Als die spion niet met al dat gejakker mijn dag had verpest,' zei lelijkje één, 'zou ik hem de hand schudden. Maar die daarna natuurlijk wel eraf rukken.'

'Afgaand op de beschrijving heeft iemand dat al gedaan,' zei nummer twee. Zijn lach was me al gaan irriteren, maar hij keek nu door de liftkooi rond, dus kroop ik nog verder weg en keek omlaag. Als hij me al zag, keek hij niet echt naar me, want hij zei: 'Waarom gaan we omlaag naar Pauperspunt?'

'Ontzettende sukkel,' zei nummer één. 'Waarom denk je? De commissaris plaatst ons en een heleboel anderen op ieder niveau tussen Tophet en het Lagere Lethedal. Die ontsnapte spion kan niet lager dan de bovenste straflagen zitten, snap je? Dat heeft hij al eens geprobeerd en daar werd hij doodziek – ik hoorde dat een of andere Mastema-hotemetoot met hem in de lift zat toen dat gebeurde, daardoor weten ze dat. Dus beginnen we laag in de Lethe-niveaus en gaan dan verder naar boven, sommigen op de liften, anderen op de wegen. De commissaris heeft ook boten op de rivieren uitgezet, voor het geval hij het nog eens langs die weg probeert.'

Ik deed mijn best om niet te kreunen. Hoe moest ik bij de brug komen als ze me overal zochten? En hoe kwam ik überhaupt uit deze verdomde hefferlift?

Nou, iemand heeft ooit eens gezegd dat het geluk met de dapperen is. Ik geloof dat dat Sam was, kort voordat hij zichzelf de dood in dronk. (Nou ja, eigenlijk dronk hij alleen dat ene lichaam dood, maar dat is weer een ander verhaal.) Aangezien ik geen plan had, of zelfs maar enige noemenswaardige hoop, dacht ik dat ik toch wel íéts kon doen, dus trok ik zachtjes Grijpgraags enorme dolkzwaard vanonder mijn riem en toen, toen de lift abrupt tot stilstand kwam op het volgende niveau, stootte ik het zo hard als ik kon in lelijkje één zijn zij, met alle kracht uit mijn benen, rug en schouders. Zoals ik geloof ik al eens zei, ben ik als duivel behoorlijk sterk, en ik hoopte door hen beiden tegelijk heen te stoten. In werkelijkheid stak ik, tegen de tijd dat ik het helemaal door de wapenrusting van nummer één had gestoten, alleen maar een gaatje van zeven centimeter in lelijkje nummer twee, maar het vallen van zijn gewonde metgezel bracht hem uit evenwicht, wat mij de tijd gaf om een van mijn pistolen te pakken en hem door zijn kop te schieten.

De deur gleed open. De inzittenden in de heffer staarden met grote ogen omlaag naar de twee dode soldaten. De passagiers die wachtten om in te stappen, merkten hen ook opeens op. Een tijdlang verroerde niemand een vin. Helden zijn in de hel dun gezaaid, godzijdank.

'Uitstappen,' zei ik tegen de dichtstbijzijnde passagier, een vrouw zonder ogen. Om er zeker van te zijn dat ze me begreep, duwde ik de loop van mijn revolver zachtjes tegen haar voorhoofd. Ze stapte uit. De andere passagiers volgden haar vlug. Ik zwaaide met mijn pistool naar de passagiers buiten en zij begrepen het en deinsden weg van de deur. Toen die weer dichtging en de heffer omlaag, was ik alleen met de twee roerloze soldaten, allebei een eiland in een zich uitspreidende zee van bloed.

Ik wist dat ze niet op de normale manier dood waren, hoewel deze lichamen misschien nooit meer zouden functioneren, maar ik wilde het risico niet lopen dat ze zich weer gingen regenereren waar ik bij stond, dus liet ik de heffer op een willekeurige verdieping stoppen, keek even of er niemand stond te wachten om in te stappen, en sleepte toen de twee halfdoden de lift uit. Dat was niet makkelijk – het kostte me wel drie minuten om die zware lijven te verplaatsen, en toen ik de deur dicht had gekregen en de lift weer omlaagging, zag ik eruit alsof ik net vanonder de bloeddouche was gestapt. Waarschijnlijk rook ik ook niet al te fris, maar ik had dringender zaken aan mijn hoofd.

Ken je dat wanneer je probeert iets belangrijks te bedenken, andere, veel minder belangrijke dingen steeds weer blijven opduiken als konijntjes op amfetamine, hop hop hop, allesbehalve datgene waar je over wilde nadenken? Nee? Heb ik dat alleen?

Misschien was het Eligors krabduivel die zich in mijn schedel roerde, of misschien gewoon uitputting, maar terwijl ik mijn best deed te bedenken wat me nu te doen stond, werd ik steeds afgeleid door gedachten die op dat moment echt niet zo belangrijk waren, bijvoorbeeld als de hel net zomin een tastbare plek was als de hemel, waarom was het er dan zoveel realistischer? Waarom bloedden mensen? Waarom aten ze? Waarom al die moeite doen om een permanente folterplek te maken, en die dan een eigen ecologie en dat soort onbelangrijke dingen geven? Was dat Gods wil of die van de duivel? Wat waren zij precies met elkaar overeengekomen?

Maar dan riep ik mezelf weer tot de orde en probeerde ik me weer met overleven bezig te houden. Ik kon eigenlijk maar één ontsnappingsroute kiezen. Uit wat die dode wachters hadden gezegd, zochten Nilochs soldaten me overal van Abaddon naar boven omdat ze van die modderfiguur van de Mastema die mijn lift had gevorderd, vernomen hadden hoe slecht ik de eerste keer op de straflagen had gereageerd, toen ik zo was doorgedraaid dat hij me de lift uit smeet als lekker brokje voor de Blok en zijn rariteitenkabinet. Misschien was het zelfs Eligor geweest die het commissaris Niloch had verteld, enkel om mij op een verfrissende manier te martelen voordat de intracubus in mijn kop me zou nekken. Maar me afvragen of Eligor me al dan niet voor het lapje hield leidde tot niets. Wat nu belangrijker was, was dat Niloch en zijn trawanten dachten dat ze me doorhadden, dus mijn enige hoop bestond eruit ze te verrassen. Als zij er zeker van waren dat ik niet tegen de straflagen kon, dan was dat precies de plek waar ik heen moest. Als ik het overleefde, moest ik gewoon bidden dat Eligor echt zó erop gebrand was die veer terug te krijgen dat hij mijn ontsnapping niet zou dwarsbomen, want voor zover ik wist kon de intracubus in mijn hoofd hem misschien wel van alles wat ik deed op de hoogte houden.

*Wat een zalige vakantie*, dacht ik, *en het wordt almaar beter*.

Begrijp me niet verkeerd. Ik droeg de lift niet op me te laten afdalen naar Satans ontvangstkamer of zo, alleen maar een paar niveaus onder Abaddon. Daarna kon ik klimmen naar het niveau met de Nerobrug. Tenslotte, zo redeneerde ik, was ik de vorige keer al aardig wat niveaus lager dan dát gedaald voor ik last kreeg van de straflagen, en ik was er nagenoeg zonder kleerscheuren van afgekomen.

Wat ik me echter waarschijnlijk had moeten realiseren was dat ik, de laatste keer dat ik afdaalde naar de straflagen en ontsnapte, geen als een duivelse teek in mijn kop genestelde intracubus had. Om te zeggen dat ik verbijsterd was toen ik afdaalde naar Jeukend Stompje, nog altijd een paar niveaus boven Abaddon, en mijn kop vanbinnen begon te gloeien, is waarschijnlijk wat overdreven – ik ben tenslotte van nature een pessimist en ik zat immers al in de hel – maar ik was beslist verbijsterd hoeveel pijn het deed. Bij iedere verdieping omlaag werd het erger. Tegen de tijd dat ik Abaddon dicht was genaderd, een plek die ik met betrekkelijk gemak had overleefd, zat die brandende robottarantula te cardiofitnessen in mijn cerebellum, en zat ik te schokken als een marionet waarvan de touwtjes in een elektrische grasmaaier terecht zijn gekomen.

Zoals ik al zei, ik had moeten raden dat het dit keer misschien anders zou zijn, maar met al die lui die me in mootjes wilden hakken of me wilden martelen, had ik mijn hoofd er niet helemaal bij gehad. Maar nu kampte ik dus met een nieuwe crisis: ik kon me nog niet veroorloven de lift uit te stappen omdat Nilochs troepen hun weg vanaf Abaddon omhoog zochten, maar iedere seconde dat ik hier bleef, overtuigde me er steeds meer van dat mijn kop uit elkaar zou spatten in een explosie van vlammende zenuwen en hersendrab.

Terwijl de niveaus langstrokken, mijn ledematen schokten en zenuwen knetterden, bleef ik in mijn hoofd tekenfilmdeuntjes zingen om maar niet te hoeven denken aan de vreselijke pijn die ik leed, maar Spiderman deed me al minder goed dan de Flintstones hadden gedaan, en ik vermoedde dat ik maar beter helemaal niet kon beginnen met Yogi Bear. Toch hield ik ondanks de pijn vol tot de heffer voorbij de Abaddonhalte daalde, waarna ik met moeite de naam van het volgende niveau uitbracht. Toen de heffer kreunend tot stilstand kwam en openging, wankelde ik eruit, het verlaten stationnetje in van Grijze Wouden en toen de stad in achter het station. Alleen was er geen stad.

Op dat moment had ik moeite me te concentreren, met iets in mijn hoofd dat kauwde op mijn zenuwen, maar ik besefte wat later dat ik me bevond op een van die plekken waar ik wel eens over had gelezen, niet in een Camp Zion-briefing, maar in de woorden van Dante zelf. (Wij lazen het *Inferno* voor extra studiepunten, hoewel het grotendeels fictie is. Verrassend genoeg had die ouwe Dante het af en toe bij het rechte eind, waaronder het concept van de verticale ordening van de hel.) Als jij het ook hebt gelezen, herinner je je misschien nog 'het woud van doornen', oftewel 'het Zelfmoordwoud'. Daar zat ik nu. Het liftgebouw hier was als een verafgelegen treinhalte ergens op een provinciaal spoortraject, een van die plekjes waarvan je denkt dat er onmogelijk genoeg passagiers konden zijn om een station te rechtvaardigen. Niet alleen was het station verlaten, maar buiten het station was er een soort platformpje, eigenlijk niet meer dan de rand van het gebouw, en dan... niets. Niet letterlijk niets – hoewel dit de hel was en het dus waarschijnlijk best had gekund – maar niets wat de helse beschaving vertegenwoordigde. Het woud strekte zich zo ver als ik kon zien uit en was grijs, zoals ik al zei, een dicht, druipend woud van eiken en elzen en andere eeroude Europese bomen, afgezet met een dikke laag mos. Waar je de grond door de mist heen kon zien, was die bedekt met zulk donkergroen gras dat het bijna zwart leek.

Het goede nieuws was dat ik nog maar één niveau onder Abaddon zat, en daar zochten de commissaris, zijn honden en soldaten me, en als ze grondig te werk gingen, zouden ze me misschien ook hier gaan zoeken. Dan zou Niloch me in zijn nare, kletterende klauwen krijgen.

Nee, besefte ik, als ik gepakt werd, knalde Eligors krabgranaat in mijn kersenpit uit elkaar en dan zou mijn volgende bewuste gedachte zijn: *o shit, ik zit in het hels overstapstation voor zielen en iedereen staart me aan.* Dan zou de echte pijn pas goed beginnen. Eligor had me nog niet totaal vernietigd omdat hij iets van me wilde. De grote bazen van de hel zouden niet zo vriendelijk zijn. De hele toko hier was precies bedoeld voor het soort dingen dat ze me zouden aandoen – en die ze voor eeuwig zouden blijven doen.

Dus deed ik het enige wat ik kon doen. Ik trok mijn stoute stappers aan en liep het Zelfmoordwoud in.

Het zou al een afschuwelijke plek zijn als het vlak naast een alleraardigst universiteitsstadje lag, op vijf minuten afstand van grote scholen en fijne plekjes om de hond uit te laten, maar zoals het was zou zelfs een makelaar moeite hebben er iets positiefs over te zeggen. De Grijze Wouden waren half moeras, de grond was verraderlijk en zompig, en de constante mist maakte het moeilijk een indruk te krijgen van waar je was of zelfs waar je was geweest. Maar ik wist dat de weg omhoog naar het volgende niveau, ergens langs de randen van het bos moest lopen, en dat ene feit stelde me in staat de weg te vinden.

In theorie hoefde ik alleen maar het hefferstation achter me te houden en dan zou ik in een rechte lijn dwars door dat niveau lopen. Het rottige aan dat plan was dat zodra ik honderd stappen van het station af had gezet, ik als ik omkeek door de duisternis niet eens de grote lifttoren kon zien. Serieus. Dat ding was zo groot als het Empire State Building, een gigantische kubus die helemaal naar het dak van dit niveau leidde, en die werd helemaal aan het oog onttrokken door de dichte mist. Ik kon alleen proberen mijn gewenste richting te blijven volgen door een object dat ik wél kon zien te kiezen, en daar dan heen te blijven lopen, en dan een ander doel kiezen dat in dezelfde richting leek te voeren. Efficiënt en leuk, vooral in een verregend, grijs niets vol geraamteachtige bomen en dodelijke drijfzandmoerassen. Het werd nog erger toen ik op de zelfmoordgevallen begon te stuiten.

In het *Inferno*, geschreven in de tijd toen de kerk en andere belangrijke morele instanties nog steeds dachten dat zelfmoord een oneerlijk ontsnappingsmiddel voor bedriegers was, was het woud van doornen de plek waar al die lui na de dood belandden, gevangen in een boomstam. Voor altijd vast in een boom, hoor ik je zeggen, ha, dat lijkt me niet zo erg. Maar in het gedicht vliegen er allemaal harpijen omheen, wezens die eruitzien als mollige uilen met vrouwenborsten – wat niet zozeer angstaanjagend als wel gewoon heel raar klinkt. De harpijen rukten stukken van de bomen af, wat blijkbaar heel erg pijn deed, en brachten de zelfmoordboompjes aan het schreien. Al met al een knap griezelig tafereeltje. Petje af, meneer Alighieri. Maar als je al die zielen in de echte versie van het woud de keus had gegeven, denk ik dat ze unaniem ervoor hadden gekozen om naar Dantes versie te verkassen, wat een picknick in het park zou hebben geleken in vergelijking met hun toestand.

Maar dat wist ik toen nog niet. Ik wist het pas toen ik mijn eerste zelfgedode ziel tegen het lijf liep.

Eerst dacht ik dat hij een grote pluk mos was die bungelde aan een tak van een oude verwrongen eik, maar toen ik dichterbij kwam, klaarde de mist tussen ons op en zag ik het in zijn geheel, inclusief de bleke voeten en handen. In vergelijking met sommige dingen die ik al had gezien, stelde het niet zoveel voor; ik vertraagde niet eens mijn pas, aangezien ik in de goede richting liep. Toen ik wat dichterbij kwam, zag ik dat de hangende man leefde en worstelde.

Ik had het toen al moeten begrijpen. Ik bedoel maar, het 'Zelfmoordwoud'? Als zelfmoord plegen een misdaad was – of dat was geweest toen deze lieden in de hemel werden veroordeeld – waarom zouden ze dan na hun dood in vrede mogen rondhangen in de hel?

Terwijl ik door de modder in de richting van de kleine open plek banjerde, kon ik zien dat het lijk schokte, zelfs zwakjes klauwde naar de strop om zijn nek. Ja, ik weet het, ik zei lijk, want zo zag hij er beslist uit. Het lichaam vertoonde alle tekenen van postmortale bleekheid (ja, ik kijk ook naar politieseries), de ogen verzonken, tong zwart en uitpuilend, maar dood of niet, die arme drommel leed zo zeker als wat. Ik trok het grote mes dat Grijpgraag me had gegeven en klauterde in de op spinnenpoten lijkende cluster van wortels om het touw door te hakken. Het eerste dat de zelfmoordenaar deed toen hij de grond raakte was de lus grijpen en losser trekken rond zijn keel.

'Kuttenkop!' bracht hij uit, zijn stem zo schor als je zou verwachten van iemand die een groot deel van de eeuwigheid aan zijn nek heeft gehangen. Hij bevond zich op handen en knieën, zijn hoofd in alle richtingen uitrekkend zodat hij me boos aan kon kijken. 'Wat heb je gedaan? Waar bemoei je je mee? Ik ken je niet eens!'

Bemoeien? Ik zette een stap terug. De geur van verrotting die uit hem opsteeg was zo sterk dat zelfs duivelse zintuigen er niet goed tegen konden.

Hij kwam met moeite overeind, hoewel hij nauwelijks op zijn benen kon staan, en tot mijn verbijstering probeerde hij zijn nu verkorte touw over de tak te gooien zodat hij zich weer op kon hangen. Ik haalde adem, stapte naar hem toe en probeerde hem te grijpen maar pakte alleen zijn rottende kleren, die scheurden in mijn handen. Zijn touw zat aan één kant aan de boom vast en ik had het gehalveerd door het door te hakken: wat hij ook deed, hij zou nooit genoeg touw over de tak kunnen gooien om zichzelf weer op te hijsen. Toen hij zich tot mij keerde, zag ik tot mijn grote verbazing dat hij huilde, dikke tranen zakten als slakkensporen omlaag over zijn blauwige wangen. 'Hoe kon je...!' riep hij half gillend, half gierend, en begon toen onhandig naar me uit te halen.

Ik had maar een tel om te beseffen wat er aan de hand was en me in te prenten dat mijn filantropische inspanningen ook buiten de hel al nooit veel goeds hadden gedaan, toen er iets uit de ons omringende mist viel dat zich vasthechtte aan het ploeterende lijk als een vampier in een griezelfilm. De gehangene krijste en huilde tegelijk van de pijn, en hoewel ik wist dat ik het zo goed als zeker zou berouwen, moest ik proberen hem te helpen.

Weet je nog dat ik het over Dantes harpijen had, die wezens die politieagentje speelden in het Zelfmoordwoud in zijn literaire versie van het inferno? De echte waren heel wat minder aangenaam dan uilen met prammen. Ze leken meer op spuugklodders zo groot als koalaberen, met insectenvleugels en gezichten die voornamelijk uit platte, vierkante tanden bestonden. En er viel er niet maar één uit het duister omlaag, het werden weldra een heleboel harpijen, en ze kwamen niet alleen deze zelfmoordenaar straffen. Dat wist ik omdat een andere van die gruwelijke vampierfluimen net boven op mij was gesprongen en opgewonden sloeg met zijn afschuwelijke vliegenvleugels terwijl hij probeerde een gat in me te knagen. Tegen de tijd dat ik erin was geslaagd hem te spietsen met mijn zwaardmes, kropen er nog eens drie over mijn lijf, trachtend met hun kop zich in mijn ingewanden te begraven, en ik hoorde de vleugelslag van tientallen andere zoemen terwijl zij door de mist naar ons toe zwermden. En terwijl al deze nachtmerrieshit gebeurde, kwamen mijn vijanden almaar dichterbij.

## *41*
# Het pijnrapport

Daar stond ik dan, door gevleugelde speekselmonsters in het Zelfmoordwoud bestookt, me afvragend wat mijn dag nog in godsnaam zou kunnen verslechteren, toen ik datgene hoorde wat dat zeker kon: het verre geblaf van hellehonden. Het was alsof een dolk van ijs tussen mijn schouderbladen werd gestoken.

Niet dat ik er op dat moment veel aan kon doen, aangezien die scherpgetande slijmballetjes om me heen zwermden en experimenteerden met verschillende manieren om mijn huid te doorboren. De zelfmoordenaar die ik geprobeerd had te helpen, had zich zijn eigen belager lang genoeg van het lijf weten te houden om het verkorte touw over een tak te krijgen. Hij bond het vast en liet zich toen slap hangen tot de lus hem opnieuw de keel dichtsnoerde, ditmaal met zijn voeten op de grond. Terwijl hij stikte en worstelde, stegen harpijen van hem op als vliegen van een buffelkont en stortten ze zich op mij. Hoe akelig ze ook waren, ik ging mezelf echt niet wurgen in de hoop ze kwijt te raken; er waren veel te veel van die griezels om ze allemaal neer te steken of te schieten, en er kwamen er steeds meer bij uit het duister. Dus deed ik als een goed advocaat en ging pleite.

Eindelijk had ik eens een goede beslissing genomen. Terwijl ik verder van de plek af wegkwam waar ik geprobeerd had die gehangene te redden, begonnen de harpijen achter te raken. Blijkbaar waren ze heel honkvast. Dat of gewoon lui.

Hoe verder ik rende, hoe meer lijken ik zag. En 'rende' is hier relatief, aangezien je haasten over zompige gronden door een wirwar van doornstruiken en laaghangende takken een beetje leek op proberen te sprinten door bouillabaisse. Net als bij de eerste zelfmoordenaar, waren geen van deze echt vredig aan het heengaan. Sommigen verdronken in rivieren en plasjes, anderen in water van minder dan een voet diep; weer anderen hadden hun hersenen uit hun hoofd geschoten of hun eigen hals doorgesneden. Sommigen waren van de toppen van bomen op rotsen gekletterd, en lagen zachtjes te jammeren terwijl hun hersenen en andere dingen die in hun lijf hadden moeten blijven over de bosbodem dropen. Ze waren allemaal duidelijk aan het lijden, maar ik had mijn lesje kwaadschiks geleerd; ik negeerde ze. Honderden gepijnigde zielen, en deze engel rende ze straal voorbij zonder zich om hen te bekommeren.

Het gehuil van de jachthonden achter me werd luider, en stierf toen weer weg, zodat ik begon te hopen dat ze mijn spoor kwijt waren. Het woud werd donkerder en de mist dichter, totdat ik nauwelijks meer dan een armlengte voor me uit kon kijken en mijn vaart tot een voorzichtig stappen had vertraagd. Ik had echter al een paar minuten geen van die rusteloze doden meer gezien, dus hoopte ik dat ik dicht bij de rand van dit niveau was gekomen.

Een dagzomende rotsformatie ter grootte van een kleine toren doemde op uit de wirwar voor me. Er lagen geen lijken naast, wat me meer dan ooit ervan overtuigde dat ik dicht bij de rand van het woud kwam. Ik beklom het, zo moe dat mijn trillende armen en benen me nauwelijks meer konden dragen, maar toen ik op de top kwam, kon ik eindelijk wat van mijn omgeving door de mist heen zien.

Natuurlijk was het weer foute boel: het woud ging in alle richtingen oneindig ver door. Ik kon niets zien behalve mistige boomtoppen en af en toe een blok steen dat als een oude schedel uit de grond stak. Even overwoog ik gewoon boven op die rots te blijven wachten tot de honden en soldaten arriveerden, om er in ieder geval een paar met me de dood in te sleuren. Maar toen dacht ik aan Caz, aan haar gezicht zoals ze in dat afschuwelijke, krijsende theater naast Eligor had gezeten, en ik wist dat ik haar er niet toe kon verdoemen voorgoed de gevangene van dat monster te blijven.

Ik klauterde omlaag en strompelde in de richting die ik gevolgd had verder.

Ik had al een tijdje geen lijken meer gezien, tot ik over een verdronken meisje struikelde dat met haar gezicht in een ondiepe vijver lag die grotendeels rood was geworden. Ik hield halt, nog steeds een gevangene van mijn eigen verraderlijke engelreflexen. Ze zag er jong uit toen ik haar omkeerde, nauwelijks voorbij de puberteit, haar gezicht zo wit als de meest verstokte goth die zich voor haar Facebook-profiel had opgemaakt. Haar beide polsen waren zo diep doorgesneden dat ik de pezen kon zien zitten, aangezien het bloed was weggelopen. Ze kreunde toen ik haar aanraakte, en rilde. Ik bedwong de neiging haar op te tillen, haar te verbinden en te proberen haar op te kalefateren. Ik had haar helemaal niet moeten aanraken, aangezien ik echt niet op nog meer harpijen zat te wachten, maar om een of andere reden kon ik deze niet zomaar negeren zoals ik dat bij zoveel anderen had gedaan. Ik kende haar natuurlijk niet, maar ze leek iemand die ik echt had kunnen kennen – een arme ziel die door mijn meesters verdoemd was om keer op keer zelfmoord te plegen tot alle sterren zouden zijn gedoofd. Ik kon me niet herinneren hoe het was toen alles nog logisch leek.

'Waarom heb je het gedaan?' vroeg ik.

Haar ogen gingen open maar keken me niet echt in het gezicht. Ik denk dat ik iets als een droom voor haar leek. 'Omdat ik aan niets anders meer kon denken. Omdat ik er zelfs over droomde. Omdat ik rust wilde.'

'Maar die heb je niet gekregen.'

Ze sloot haar ogen en kreunde opnieuw, een veel te diep en neerslachtig geluid voor zo'n klein meisje. In de echte wereld zou ze niet meer dan veertig of vijfenveertig kilo hebben gewogen. Ze had *tetherball* moeten spelen of breuken oefenen voor een wiskundetoets. 'God haat mijn zonde.'

'Dat kan ik niet geloven.' Dat kon ik echt niet. Ik had nog nooit een cliënt voor louter zelfmoord prijs moeten geven; ik denk dat de aanklager vandaag de dag ernstige zelfzuchtigheid zou moeten bewijzen om een zelfmoordenaar tot zo'n zware straf te laten verdoemen. Ik vroeg opnieuw: 'Waarom deed je het?'

'Overal werd ik nagestaard.' Ze schudde haar hoofd en probeerde terug te kruipen naar het bloedrode water. 'Nee. Dwing me niet te praten. Dan komen de harpijen. Wanneer het niet meer zo pijn doet, komen ze.'

Dus niet alleen de daad van de zelfmoord zelf, maar ook de pijn moest je hier steeds weer blijven ondergaan. Ik bedacht hoe in zijn laatste moment, bijna iedere arme ziel in deze wouden gedacht moet hebben: nu is het tenminste voorbij, waarna hij echter ontwaakte en ontdekte dat het niet alleen niet voorbij was, maar pas net begonnen.

*Mijn God, mijn God*, dacht ik. *Hoe kon U dit in Uw naam laten gebeuren?*

Ik hoorde klapwieken in de mist boven ons en stond op. De polssnijdster keerde zich om en zonk met haar gezicht weer in de vijver weg. Ik maakte dat ik wegkwam, maar ik kon niet ongedaan maken wat ik net had gezien.

Ik had de zelfmoordgevallen helemaal niet achter me gelaten, zo bleek, maar alleen een minder druk stuk overgestoken. Ik strompelde verder en kwam langs een bijna eindeloze variatie aan levende lijken, wanhopige mensen die zichzelf hadden gedood met vuur, water of gif, een museum van laatste momenten die nooit meer zouden ophouden. Ik had geleerd dat ik ze niet moest aanraken, en na het meisje in de vijver wilde ik ze ook niet meer aanspreken. Op sommige plekken lagen ze zo hoog opgestapeld als in Jonestown, op andere plaatsen werden ze aan het oog onttrokken en had ik ze niet in de gaten tot ik er bijna op trapte, als een soort macabere paaseieren. En het Zelfmoordwoud hield maar niet op, en niets veranderde er behalve het gehuil en geschreeuw van mijn achtervolgers die luider werden terwijl ze me opnieuw begonnen in te sluiten.

Mijn hoofd deed pijn van ongewilde bewegingen, alsof het schepsel dat Eligor erin had gestopt opgewonden werd bij het horen van de achtervolgers. Zelfs het geharde duivelslijf dat ik droeg zou weldra uitgeput raken. Ik had een zwaard – nou oké, een groot mes – maar ik zou bij gigantische hellehonden niet veel meer aanrichten dan met het soort mes dat ze in een broodjeszaak gebruiken om kadetjes open te snijden. Ik had natuurlijk pistolen en genoeg kogels om een paar van mijn achtervolgers neer te schieten en nog een patroon voor mezelf over te houden, maar dat idee sprak me niet zo aan, vooral niet na wat tijd in dit woud te hebben doorgebracht. Nog belangrijker echter: als ik het bijltje erbij neergooide, was Caz' laatste kans verkeken. Misschien zou ik er niet in zijn geslaagd haar te bevrijden, maar in ieder geval was er nog een kans daarop zolang ik vrij rondliep.

Ik kon mijn achtervolgers nu af en toe zien, donkere rennende gedaantes op slechts een paar honderd meter achter me die verschenen en verdwenen in de golvende mist. Ik vroeg me af of ik er als guerrillastrijder een paar moest uitschakelen om mijn kansen te vergroten, maar vermoedde dat proberen me schuil te houden voor de hellehonden en hun snuffelende natte roze snuiten geen goed idee zou zijn. Nee, ik moest gewoon blijven vluchten tot ik een goede plek vond om voor de laatste keer stand te houden, en dan een zo groot mogelijke troep te maken voor ze me kleinkregen.

Maar plannen veranderen. Ik belandde op een open plek waar de mist even was opgetrokken, en bleek tot mijn verbijstering maar een paar stappen van een diep ravijn vandaan te zijn. Ik maaide met mijn armen om er niet in te vallen en keerde zijwaarts op mijn schreden terug langs de richel van het ravijn op zoek naar een manier om het over te steken. Ik kon hier verder zien dan ik de laatste uren had gekund, helemaal naar de overkant van het ravijn, en ik kon zelfs een diepere schaduw achter het ravijn onderscheiden. Ik probeerde me er op dit cruciale moment niet door te laten afleiden, maar ik bad dat die verder gelegen schaduw de buitenmuur van dit niveau van de hel zou blijken te zijn.

De overblijfselen van een oude brug lagen verspreid op de helling aan de overkant van het ravijn. Het dichtbije uiteinde van de brug lag blijkbaar op de plek waar ik bijna in was gevallen. Ik begon mijn weg omlaag te kiezen door het vochtige, afbrokkelende klif. Grote brokken grond en steen waren vrijgekomen toen de brug was ingestort, en zij boden het houvast dat ik nodig had. Ik liet mezelf naar de grond beneden glijden, en lag daar slap als een popje dat zijn voering was verloren. Ik zou misschien zelfs in een machteloze uitgeputte slaap zijn gevallen, maar het gehuil van de hellehonden deed me weer wakker schrikken. En erger: ofwel het gehuil, of mijn plotselinge beweging hadden ook Eligors intracubus gewekt, en dat kankergezwelletje begon zich rusteloos te roeren in mijn achterhoofd, waarbij ieder schokje een pijnscheut door me heen deed schieten. Ik had geprobeerd rechtop te staan, maar kon alleen nog maar op mijn handen en voeten ineenzijgen met mijn gezicht omlaag, hopend dat het zou ophouden. Maar dat deed het niet. De intracubus schuifelde als een kikker op een hete steen, en elke keer dat hij bewoog, moest ik bijna mijn ingewanden uitkotsen.

Ik moest overeind komen. Ik kon mijn achtervolgers nu heel dichtbij horen, misschien gingen ze langs de top van de heuvel net boven me. Al mijn ratio drong erop aan dat ik 'm smeerde om dat te voorkomen. Ondertussen wist ik wel hoe het werkte in de hel. Vluchten, vluchten en nog eens vluchten of voor altijd gestraft worden. Mijn gezonde verstand gebood dat ik in beweging kwam.

Maar dat deed ik niet.

Was dat ding in mijn kop echt niet meer dan een garantie dat ik Eligors veergeheim niet zou verraden wanneer ik werd gegrepen? Hoe zou het bepalen dat mijn vlucht niet meer levensvatbaar was en dus op de vernietigingsknop drukken? Hoe moest een krabmonster in mijn kop dat bepalen? En misschien – en dit was een groot misschien – had Eligor me sowieso voorgelogen. Misschien was dit allemaal gewoon een nieuw soort marteling die de groothertog had bekokstoofd; liet hij mij een tijdje vluchten terwijl die intracubus al die tijd informatie naar Niloch en zijn jagers zond. De honden volgden misschien gewoon mijn geur, maar de commissaris en zijn bende hadden me wel erg snel gevonden hier in de Grijze Wouden, en nu maakte dat vreemde ding in mijn kop het voor mij moeilijk om ze weer te ontvluchten. Was dit alles misschien gewoon een zoveelste onaangename, uitgebreide truc van de Ruiter? Misschien geloofde hij niet meer dat hij die veer terug zou krijgen, of misschien moest de intracubus mijn gedachten bespioneren en ontdekken waar die veer nou echt was verborgen, aangezien Eligor had gezegd dat hij hem noch mijn lichaam, in het huis van Walker kon vinden.

Zodra ik op deze manier begon te denken, was het moeilijk ermee op te houden, en om een of andere reden werd de intracubus er nog onrustiger van. Zenuwen en spieren schokten over mijn hele lijf terwijl het balletje haat zich roerde in mijn hoofd, en ik deed mijn best niet te huilen en zo mijn positie te verraden aan de jagers boven me. Een kneepje deed zo'n pijn dat het me op handen en voeten liet vallen en toen op mijn buik.

*Niet nog eens.* Ik had de belangrijkste les van de hel al een paar keer geleerd: vertrouw niemand, vooral Eligor niet. Het was hoog tijd dat ik iets ging doen wat ik al uren eerder had moeten doen.

Ik had nog steeds de fles duivelse rum die Grijpgraag me had meegegeven, samen met de pistolen en het zwaard bungelend aan mijn riem. Ik nam een flinke teug van dat godsgruwelijk walgelijke bocht en liet het brandend als een lavastroom omlaag zakken in mijn buik, maar ik nam niet al te veel. Vervolgens nam ik het mes in mijn linkerhand omdat ik niet de stuurloze regenererende zenuwen in de andere vertrouwde, en boog tot ik mijn voorhoofd op de vochtige, modderige grond kon laten rusten, als een monnik in gebed. Toen goot ik het giftige spul dat Grijpgraag me had gegeven over de hele achterkant van mijn hoofd. Ik zweer je dat het even erg brandde als Eligors crematoriumvlammen. Ik moest mijn gezicht diep in de modder drukken om mijn kreten te doen verstommen.

Daarna werd het alleen maar erger. Mijn duivelshuid begon zo snel te genezen dat het vlees al over de ruwe stiksels heen was gaan groeien, dus moest ik door mijn eigen huid heen snijden om bij de knopen te komen voordat ik ze door kon snijden. Grijpgraags mes was ook niet het scherpste, en wat ik deed bracht bij de intracubus een panische reactie van klauwen en tanden teweeg. Vul de details zelf maar in.

*Ik doe dit voor Caz*, prentte ik mezelf in terwijl de ergste pijn me als een miljoen volt schokte, maar wat me echt op de been hield was een veel duisterder gedachte: *krijg de klere, Eligor. Het enige goede van de hel is de wetenschap dat jij er voor altijd in zit.*

Ik bleef Grijpgraags bocht onder het werken over de wond gieten. Tot mijn vreugde kan ik zeggen dat de intracubus dat spul haatte, maar daardoor werd hij alleen nog maar opstandiger. Ik viel een paar keer bijna flauw voor ik eindelijk mijn vingers rond het afschuwelijke wezentje kon sluiten en het in zijn geheel eruit kon rukken – het voelde alsof ik de helft van wat er in mijn hoofd zat meetrok. Dit keer raakte ik echt buiten westen, maar voor maar even.

Toen ik weer bij bewustzijn kwam, probeerde de intracubus te ontsnappen over de modderige bodem van het ravijn op zijn twaalf stekelige pootjes, nog steeds een aantal van mijn zenuwslierten met zich meesleurend. Die had ik waarschijnlijk niet zo dringend nodig, of in ieder geval was het niet iets om van wakker te liggen te midden van zoveel godsgruwelijke pijn. Ik goot de laatste dot reuzendrank in mijn opengemaakte schedel en schudde mijn hoofd heen en weer om het rond te doen klotsen in de wond van sinaasappelformaat. Toen kwam ik heel wankel overeind, vond een grote steen en maalde Eligors hulpje tot een schuimende veeg. Zijn schril gekrijs, hoe kort ook, veroorzaakte kleine luchtbelletjes in het slijm.

O, het voelde zó goed om niets in mijn hoofd te hebben dan mijn eigen dubieuze ideetjes, ik kan het gewoon niet beschrijven. Ik likte zelfs het mes schoon. Hé, het was mijn eigen bloed en ik kon me niet permitteren er nog meer van te verspillen.

Niloch en zijn lynchmenigte hadden niet gewacht terwijl ik mijn zelfchirurgie aan het bedrijven was. Een paar van de honden klonken alsof ze hun weg naar de bodem van het ravijn al hadden gevonden, wat betekende dat ze nog maar enkele tientallen meters achter me zaten. In ieder geval zou ik nu, als de commissaris en zijn penispuppy's me te pakken zouden krijgen, het bescheiden genoegen hebben al Eligors geheimen die ik kende van de daken te kunnen schreeuwen.

Ja, ik begon me eindelijk in de hel thuis te voelen.

Ik hield een hand over het gat achter in mijn schedel om de hersenen die ik nog had binnen te houden, en begon weer te rennen.

## 42
# Dit stomme T-shirt

Zo hobbelde ik voort, hersenen en bloed druipend, op mijn allerzwakst, met mijn achtervolgers achter me aan, toen er een wonder gebeurde.

Nou ja, ík hield het voor een wonder. Jullie ongelovigen zullen het waarschijnlijk een afvoer noemen – een groot gat dat water spoot in het Zelfmoordmoeras en omhoogleidde.

Waarschijnlijk heb ik al eens gezegd dat de rivieren van de hel de verschillende lagen in- en uitstromen. Ik kan je er geen model van tonen aangezien het natuurkundig onmogelijk is, maar de hel heeft gaten. Door pijpen tussen de lagen kunnen de rivieren omlaag stromen naar de volgende laag, en ik was toevallig op zo'n pijp gestuit – een grote stenen tunnel. Hoewel het water dat eruit stroomde zo goor en walgelijk was als je zou denken, vond ik het een van de mooiste dingen die ik ooit had gezien of geroken, omdat aan het andere eind, een laag hoger, de Abaddonlaag zich bevond met mijn op dat moment favoriete overspanning: de Nerobrug. Het leek wel alsof het Opperwezen zei: *Zie je nou wel? Jij twijfelt aan mij, en toch reik ik je daarbeneden een ontsnappingsweg aan. Nog wat te mekkeren?*

Er was natuurlijk geen tijd voor feestvieren. Niet ver achter me ploegden Niloch en zijn jagers onder in het ravijn door het kreupelhout.

Ik had geluk dat het geen echte pijp was, maar een tunnel die door erosie geschraapt was uit de ruwe stenen van de hel zelf, aangezien ik onmogelijk een echte pijp op had kunnen klauteren waar zoveel water over me heen stortte. Maar de ruwe stenen en puin boden me handgrepen en voetsteunen. Ik had alleen wat geluk nodig en weldra zouden mijn vrienden in de Kompassen souvenirs dragen waarop stond: MIJN COLLEGA GING NAAR DE HEL EN BRACHT ME ALLEEN DIT STOMME T-SHIRT.

Natuurlijk gaat niets echt 'snel' in de hel behalve pijnreflexen, en omhoogklimmen was niet zo'n peulenschil als ik had gedacht. Een paar keer weerhielden alleen mijn tenen en de vingernagels van mijn goede hand me ervan om achterover omlaag te tuimelen in het moeras van de Grijze Wouden. Maar eindelijk bereikte ik de top van de sluis en tuimelde ik Abaddon in. Ik stond er even stil, doordrenkt van het stinkende, plakkerige water van de Cocytus, en hoestte wat slijk op dat ik had ingeslikt. Hoesten deed natuurlijk erg pijn in het gat in mijn hoofd. Ik zat tot aan mijn knieën in een van de verschillende gore stroompjes die daar bijeenkwamen, maar wat belangrijker was, ik was weer op het niveau waar ik de jonge Binkie had ontmoet en waar ik aan mijn reis was begonnen, zo lang geleden al dat het leek alsof het een totaal andere Bobby was overkomen. En in zekere zin was dat ook zo.

Ik bevond me in een buurt waar ik al eerder doorheen was getrokken, een buurt vol nauwe straatjes tussen verzakte woningen van moddersteen, een oord vol mismaakte, rondschuifelende figuren, waar iedere windvlaag vol rood stof zat en het geluid van geweld en lijden nooit ophield, maar nu zag ik dat anders. Abaddon was de eerste laag boven de straflagen, wat het tot een plek van vrijheid maakte, in ieder geval in vergelijking met wat eronder lag, om te beginnen met het Zelfmoordwoud en dan erger, en dan nog erger, en dan onvoorstelbaar veel erger, hoe lager je ging. De wezens hier in Abaddon leden omdat ze in de hel zaten, maar ze werden niet echt gemarteld. Dit waren de wezens die de helse adel ronselde als slaven. Deze bange vuilbewoners waren de arbeiders die de smerigste klusjes in de hel verrichtten, die dienden als kanonnenvoer (soms letterlijk!) in de helse legers. Zij zouden overal in het universum het laagste van het laagste zijn, op één ding na: zij behielden nog steeds een beetje vrijheid, voorzagen nog steeds in hun bestaan te midden van alle gruwelen. Sommigen van hen, zoals Grijpgraag, dachten zelfs dat er ooit iets meer voor hen in petto zou zijn en droomden onmogelijke dromen over een einde aan de kwellingen – droomden, misschien, van een uiteindelijke blijk van vriendelijkheid. De wezens die hier woonden waren niet alleen verdoemde monsters, maar ook menselijke zielen.

Net toen ik het gevaar liep overdreven sentimenteel te worden, hoorde ik een jachthoorn weergalmen vanaf de stenen muren, samen met het verre maar nog steeds onaangename geluid van blaffende hellehonden. De commissaris en zijn manschappen hadden blijkbaar rechtsomkeert gemaakt toen ze zagen wat ik had gedaan en hadden zich teruggehaast naar het station om per heffer omhoog te gaan naar Abaddon.

Dat betekende dat mijn opluchting nergens op sloeg: ze waren dichtbij genoeg om mij voor ik die brug zou bereiken te pakken te krijgen. Tijd om het weer op een lopen te zetten.

Mijn hoofd voelde als een platgeslagen meloen, en ik had durven zweren dat ik op mijn laatste benen liep. Onder andere omstandigheden zou dat ook zo zijn geweest, maar ik kon me nu de luxe niet permitteren in te storten. Ik probeerde me alles voor de geest te halen wat Binkie me had getoond, ieder trucje om snel door Abaddon te reizen. Ik ging dwars door de huizen van de verdoemden, sprong van het ene dak naar het andere als een tekenfilmfiguur – nou ja, als een uitgeput, bijna eenhandig tekenfilmfiguur dan – en nam elke korte route die ik me kon herinneren, inclusief eentje waar ik een afbrokkelende muur af klauterde met onder me een enorm grote, brandende afgrond in plaats van gewone grond. Door mazzel en door wat risico's te nemen, slaagde ik erin zoveel afstand tussen mijzelf en mijn achtervolgers te laten ontstaan dat de kreten van de hellehonden verder klonken, maar ik wist dat dat niet zo zou blijven.

Eindelijk vond ik een plek waar de straten ophielden en de donkere, lege buitenpassages begonnen. Ik had geen verlichting maar zat al langer in deze lagere regionen en mijn duivelse ogen werkten goed.

Ik deed mijn best om de nauwe doorgang achter me moeilijker begaanbaar te maken voor mijn achtervolgers; ik trok stenen en ander puin waar ik maar kon omlaag. Ik geef ook toe dat ik een paar zijtunnels in rende toen de achtervolgers zo ver waren achtergebleven dat ik ze niet meer kon horen, en mijn valse sporen een geurvlag gaf met mijn eigen pies, waarna ik terugrende naar mijn gekozen pad.

Een van de problemen in de hel, besefte ik onder het rennen door holen en open vlaktes als een angstige rat, is dat je nooit echt kunt ontspannen, nooit ophouden met je afvragen wat er gaande is. Ik had die les kwaadschiks geleerd in Vera's huis, waar ik me wel ontspande toen ik juist had moeten nadenken.

Ik mocht hier dan vrijwillig zijn gekomen, maar ik had het beslist niet gedaan omdat ik dacht dat het een pretje zou worden. Even afgezien van Caz, probeerde ik op een rijtje te zetten wat er was gebeurd en wat ik had geleerd, voor het zeer onwaarschijnlijke geval dat ik zou blijven leven en er wat aan kon doen.

Die ondode gruwel Grijnzer had me verteld dat hij zijn opdracht van Kephas zelf had gekregen. Kon dat waar zijn? Ik had aangenomen dat het Eligor was die mij zo naarstig het zwijgen op wilde leggen, maar nu ik er nog eens over nadacht, had Kephas minstens zoveel te verliezen als de groothertog als die veer, het teken van een geheime deal tussen een vooraanstaande engel en een vooraanstaande demon, in de verkeerde handen viel. Maar zou een hemels kopstuk als Kephas proberen een andere dienaar van de hemel te vernietigen, zelfs een onpopulaire als ondergetekende? Ik had me echter al jarenlang afgevraagd of iemand van boven mijn oude mentor Leo het zwijgen kon hebben opgelegd, mijn sergeant in counter strike eenheid Lyrae. Hoeveel moeilijker was het om te geloven dat een van mijn bazen me door een dode moordenaar het zwijgen op wilde leggen?

Maar Kephas was slechts een dekmantel voor waarschijnlijk een tamelijk machtige engel: ik wist nog steeds niet wie mijn echte vijand kon zijn. Wat had ik eraan om te ontsnappen uit de hel en Caz te redden als ik meteen door een van de mijnen werd omgebracht? Of erger nog, wanneer Sams hele Derde Weg-plan mij in de schoenen werd geschoven? Mijn staat van dienst zag er niet al te best uit: mijn beste vriend Sammariel had al die tijd gewerkt voor de Derde Weg-muiterij, maar toen ik de kans had hem te grijpen, liet ik hem lopen. Nu was ik een illegale trip aan het maken naar het echte, daadwerkelijke inferno om mijn duivelse vriendin te redden, en had zelfs een deal met Eligor de Ruiter gemaakt in zijn eigen duivelspaleis. Ik bedoel maar, echt, hoeveel moeite zou Kephas moeten doen om mij letterlijk zo schuldig als de hel te laten lijken? Niet veel.

Maar als dit niet allemaal een ingewikkelde truc van Eligor was (nog altijd goed mogelijk) en het echt Kephas was geweest die Grijnzer op me af had gestuurd, niet alleen op aarde maar helemaal naar dit oord van eeuwige boetedoening, wat zou ik er dan in godsnaam aan kunnen doen? Tot ik wist wie de vijand in mijn eigen team was, was ik een makkelijk doelwit.

Terwijl ik afgemat door het sombere labyrint van Abaddon stapte, af en toe overgaand op een wanhopige sprint wanneer ik de kracht vond, bekroop mij een ander, heel griezelig besef. Ja, zelfs voor een man die voor hellehonden vlucht. Die mysterieuze Kephas kon best een van de vijf eforen zijn die die Derde Weg-zaak onderzochten, en ook een waakzaam, misprijzend oog op ondergetekende gericht hielden. Ik was er natuurlijk niet zeker van dat Kephas een van hen was; er waren letterlijk duizenden engelen in de hiërarchie boven mij. Maar als ik een grote aartsengel was geweest die met iets groots en geheims bezig was, zou ik ook in die commissie hebben willen zitten die dat onderzocht, niet alleen om het onderzoek op subtiele manieren te dwarsbomen, maar ook om te weten of ze dreigden me te ontmaskeren.

Karael was de stoerste en meest angstaanjagende van de groep, in ieder geval in mijn ogen; iemand die waarschijnlijk nog altijd uniformen bezat waarop bloedspatten zaten van gevallen engelen uit de grote oorlog, maar hij leek ook niet het type om een engelendagverblijf met socialistische idealen op te zetten als de Derde Weg. De andere vier kende ik niet echt goed, behalve Anaita, met wie ik een kort, wat vreemd gesprek in het Godsgericht had gehad voordat Karael was verschenen, wat me had doen wensen dat we elkaar langer hadden kunnen spreken. En hoewel ik nog steeds niet wist waarom Terentia tot leider van het eforaat was uitgeroepen in plaats van de veel bekendere Karael, bezat ik verder geen informatie over haar, positief dan wel negatief, om haar hoger op de lijst van verdachten te kunnen zetten. Chamuel en Reziel kende ik nog minder goed, hoewel Reziel interessant was omdat hij/zij/het (of 'zijhij' in engelenspraak) seksloos leek te zijn, net als Kephas dat was geweest, tenminste volgens Sam.

Natuurlijk wilde dat niet veel zeggen, aangezien ze allemaal in staat waren een volmaakte vermomming te maken, dus als Reziel de verrader was, zou zijhij zichzelf zo vrouwelijk als Tinkerbell kunnen laten lijken of zo mannelijk als... nou, als Karael.

En nu had ik een ander mysterie om me over te verwonderen – hoe kwam engel Walter Sanders in de hel? Ik kon niet geloven dat het toeval was dat hij door dezelfde vent was neergestoken die probeerde mij te pakken te krijgen en toen opeens hierbeneden was beland. Grijnzer beweerde dat hij bevelen opvolgde van Kephas. Kon daar een bevel bij hebben gezeten om eerst Walter uit de weg te ruimen? Hij had mij die avond in de Kompassen willen spreken – had dat misschien met dit alles te maken gehad? Maar toen hadden zijn dood en verbanning naar de lagere regionen aan dat alles natuurlijk een eind gemaakt...

Het daagde me opeens zo snel en met zoveel kracht dat ik nauwelijks de opwolkende mist rondom mijn voeten opmerkte, wat betekende dat ik de brug naderde. Ik had een gat in de lucht moeten springen, maar er was een nieuwe gedachte in me opgekomen als een puistje op de ochtend van een belangrijk schoolfeest en die kon niet worden genegeerd, zelfs niet op dit moment van triomf.

Walter had in zijn Kittekat-gedaante wel degelijk iets belangrijks bedacht toen ik afscheid van hem, Grijpgraag en de rest nam. 'Ik herinner me iets van die stem die mij naar jou vroeg!' had hij geroepen terwijl ik de sloep in stapte. Ik had geen idee over welke stem hij het had, maar wat als hij zich iets herinnerde uit de tijd dat hij nog een engel was? Wat als dat de reden was geweest dat hij naar de hel was gezonden?

Ik ging hier zo in op dat ik bijna mijn hoofd brak tegen een verlaagd plafond, wat mijn bonkende kop geen goed zou hebben gedaan. Ik was moe en wankel, maar kon de gedachten niet tegenhouden.

Wat had Walter me toegeroepen? Waarom had ik niet beter geluisterd? Oké, ik had toen heel wat aan mijn hoofd, zoals tandkwallen en tentakelzwijnen, maar nu kon ik mezelf wel voor mijn kop slaan. Misschien wel het antwoord op alle vragen, of in ieder geval het antwoord op de vraag wie Grijnzer op me af had gestuurd, en ik had het door wat onbeduidende zaken als hellehonden en zelfchirurgie uit mijn herinnering laten wegvagen.

Ik kwam uit de laatste stenen gang op maar zo'n honderd meter van de poort en die foeilelijke, overheerlijke brug. Terwijl ik me ernaartoe haastte probeerde ik me alles te herinneren wat gebeurd was op het moment dat ik de *Zeikteef* verliet – de rotte geur van de Tophetbaai, Grijpgraags kolenschoppen die me de kanonskogel overhandigden die als ballast zou zorgen dat ik afdaalde naar de bodem, Binkies belangstellende, sceptische gezicht, en Walter in zijn verdoemdengedaante, die eruitzag als iets wat alleen maar in bomen op Madagaskar kon worden gevonden.

Wat had hij gezegd?

Toen wist ik het weer. 'Het was een kinderstemmetje,' had hij geroepen terwijl ik mezelf in de boot liet zakken; hij had wanhopig geprobeerd me dat te laten weten, om me te helpen, ook al liet ik hem achter in de hel. 'Een lief kinderstemmetje...!'

Een jachthoorn toeterde achter me, zo schrikbarend dichtbij alsof er een kraai op mijn schouder kraste. Ik draaide me om en zag de eerste hellehond op me afrennen uit de mist met zijn twee donkere, oogloze soortgenoten vlak achter hem aan, en daarachter de gecompliceerde schaduw van een groep gewapende mannen.

Ik sprintte naar de brug, de gebruikelijke Bobby Dollar-pech vervloekend. Het irriteerde me mateloos dat ik net gepakt dreigde te worden toen ik eindelijk het antwoord had op het raadsel van Walters verbanning.

Anaita had zo'n stemmetje. Anaita sprak, van alle oppermachtige engelen die ik kende, als enige vaak met de stem van een klein meisje. Zou ze haar stem niet hebben verhuld? Niet noodzakelijk, niet als ze niet besefte dat hoe zij klonk later van belang zou kunnen zijn. Misschien had ze alleen maar Walter wat vragen gesteld op haar normale toon als belangrijke hemelofficier, vragen die hij vreemd had gevonden. Misschien had hij me dat willen vertellen toen Grijnzer hem neerstak. Zo ja, dan was Walters aardse lichaam vermoord en zijn ziel naar de hel gestuurd, alleen om hem te beletten mij te vertellen dat Anaita naar mij had gevraagd.

Wauw. Ik wist dat hogere engelen anders waren dan ik, maar Anaita, alias 'Kephas' – efoor, hemelse adel, heilige bewaakster der vruchtbaarheid – was blijkbaar totaal meedogenloos.

Maar dat maakte niet uit, aangezien ik er nooit meer iets aan zou kunnen doen. Niloch en zijn Lelijke Jongens-club zaten me vlak op de hielen en ik had nog niet eens de brug bereikt. Zo te zien zouden mijn vrienden naar die souvenir-T-shirts kunnen fluiten.

## 43
# Meneer Johnson en ik

Toepasselijk genoeg bleef Robert Johnsons beruchte blueslied door mijn hoofd spoken terwijl ik de laatste meters naar de brug sprintte.

*... Got to keep movin'*
*Blues fallin' down like hail*
*Blues fallin' down like hail...*
*And the day keeps on worryin' me*
*There's a hellhound on my trail*
*Hellhound on my trail...*

Ik ken geen bluesliefhebber die niet door Johnson gefascineerd is, zijn vreemde, korte leven en zijn gekwelde stem. En op dat moment gold die tekst letterlijk voor mij – hellehonden blaften vlak achter me, helsoldaten en de totaal doorgedraaide commissaris Niloch achter hen – en dat maakte dit een vreemde tijd om om het even welk lied door je hoofd te laten spoken in plaats van de gebruikelijke variaties op: *O mijn God ik ga eraan, wegwezen, weg, weg, weg!*

Toch kan zelfs een engel gevoelens van minderwaardigheid hebben en terwijl ik rende voor mijn leven en ziel over de as- en steengrond door de laatste grot naar de poort en de Nerobrug, was ik voor een deel echt blij dat ik me eindelijk in Johnson kon inleven zonder me zo'n blanke poseur te voelen. Eindelijk kon ik zonder reserves zeggen: 'Ja, ik weet wat je bedoelt, Robert – ik heb die blues ook wel gehad. Ik weet het maar al te goed.'

Belachelijk, ik weet het, vooral op zo'n moment, maar als ik niet stom was geweest had ik nooit in die situatie gezeten, of wel?

Ik joeg door de poorttoren, vergetend hoe dicht bij het uiteinde van de brug die was. Daardoor botste ik een paar stappen verder op het eerste Pompeï-vagevuurslachtoffer dat probeerde zich de hel in te werken en gleed ik bijna recht van de brug die onpeilbare afgrond in. Die wezens passeren was als me een weg banen door rottend piepschuim. Die akelige, geluidloze gedaantes zorgden voor net genoeg weerstand om me te hinderen, ze belemmerden me het zicht, en de schade die ik ze berokkende deed ook nog eens zepig schuim op de brug achterblijven. Probeer je nu eens voor te stellen dat je je al vechtend een weg baant door tientallen van die wezens op een brug van nog geen twee meter breed, met mijlen diep onder je niets dan de kreten die opstijgen uit de diepte.

Grijpgraags enorme mes zat nog steeds onder mijn riem, dus ik trok het en begon me al hakkend een weg door die wezens te banen. Ik weet dat ik een engel ben en van nature meelevend zou moeten zijn, maar nadat ik al een hele tijd in de hel had doorgebracht, zorgde de gedachte dat het enige wat die gruwelijke hersenloze gedaantes wilden juist in dat oord komen was, ervoor dat ik minder geduld met ze had dan de vorige keer. Ik joeg ze aan flarden als een clusterbom midden in het smurfendorp, en liet stukken rondvliegen als vuil zeepsop. De hellehonden brulden achter me terwijl ze op de eerste van de vagevuurvluchtelingen stuitten, en ik verbeeldde me een toon van hondse verbazing te horen over hoe moeilijk het was door ze heen te ploegen.

Naarmate de drommen van gezichtsloze gedaantes slonken, kon ik me sneller voortbewegen, maar helaas betekende dit dat de hellehonden dat ook konden: ik hoorde hun klauwen kletteren op de stenen achter me, steeds luider, dus stak ik onder het rennen mijn mes zo voorzichtig als ik kon weer onder mijn riem en trok ik een van mijn revolvers.

Ik had nog steeds genoeg losse patronen, maar kon me vooralsnog geen ontwikkeling voorstellen waarbij ik de kans zou krijgen om te herladen, dus zorgde ik ervoor dat de magazijnen van beide pistolen vol zaten en stopte ik de resterende patronen weer in mijn zak. Misschien lachte het geluk mij weer toe, aangezien die onhandige beweging ervoor zorgde dat ik bijna struikelde, wat mijn redding was. Een harpoen vloog over mijn schouder, met een touw erachteraan dat brandend de zijkant van mijn nek schampte, waarna het met een boog in de afgrond verdween.

Ik had me even afgevraagd waarom Niloch en zijn mannen nog niet op mij hadden geschoten met pijlen of pistolen nu ze binnen mijn schootsveld waren, maar nu besefte ik dat ze niet wilden dat mijn lichaam van de brug zou vallen. Ze waren duidelijk veel meer met me van plan dan me simpelweg ver beneden op de stenen te laten kletteren of me te laten opgaan in een gas van gesmolten stront.

Vandaar die harpoenen. Afgebekte vakantiekrachten en mopperende forensen, geloof me: jullie hebben nog echt geen slechte dag gehad tot iemand probeert je te harpoeneren.

Ik was al minder hard gaan lopen, al na een paar minuten uitgeput terwijl ik nog uren verder moest, dus besloot ik mijn kansen wat te verbeteren. Toen ik op weer zo'n kruipend purgatoriumwezen stuitte dat over de brug kroop, sprong ik over die hindernis heen, stopte toen en kroop weg achter die menselijke gedaante en richtte beide revolvers op mijn achtervolgers. Dat groezelige, dunne wezentje zou me nergens tegen beschutten, maar ik hoopte dat het in ieder geval voor mijn achtervolgers moeilijk zou zijn om te zien wat ik deed, wat voor wat extra secondes verwarring zou zorgen.

Mijn vroegere baas Leo gaf vaak de voorkeur aan één goed schot boven drie of vier slechte (in de meeste maar niet alle situaties) maar eerlijk gezegd had ik geen tijd om überhaupt meer dan één schot te lossen. De voorste hellehond zat nog geen twaalf meter achter me, zijn twee metgezellen er vlak achteraan, en de dichtstbijzijnde van Nilochs harpoeniers nog geen tien meter daarachter. Ik bracht mezelf in stelling als een politieagent, ademde uit en schoot de voorste keffer met mijn blaffer recht in zijn snufferd, net toen zijn geschubde zwarte snuit van dat walgelijke roze eronder wegtrok. Het was een voltreffer en de kop van de hond ontvouwde zich in een rode mist. Op een of andere manier slaagde die hellehond zelfs met zijn als een ontluikende bloem geëxplodeerde snuit, maar dan van bloed en botten, om piepend te janken van de pijn en nog een paar stappen te zetten, waarna hij instortte. Tot mijn verbazing stierf hij niet ter plekke maar stond weer wankelend op en leek me zelfs met een half hoofd te willen achtervolgen, maar een van de andere honden rende hulpeloos vanachter tegen hem aan en de bebloede hond raakte met de tweede hond verstrengeld en ze tuimelden samen van de brug af.

Ik loste nog een paar schoten in de hoop de laatste hellehond ook te raken terwijl die uitgleed en spartelde in het bloed van zijn metgezel, maar ik miste. Nilochs mannen hadden bij het horen van het schot even geaarzeld, maar nu kwamen ze weer op me af, dus sprong ik overeind en sprintte ik verder.

Ik kreeg een gelukstreffer toen de mannen van de commissaris probeerden de laatste hellehond weer in beweging te krijgen. Toen ik omkeek zag ik dat het lelijke beest weigerde overeind te komen, niet omdat het bang voor me was (hou op, laat me niet lachen) maar omdat het druk bezig was het bloed en de hersenfragmenten op de brug te likken van de hond die ik had neergeschoten. Toen een van de oppassers probeerde hem op te jagen met een zweep, keerde de hond zich naar hem toe, met zijn tandenbek happend naar zijn gezicht en zo te zien een groot stuk van zijn neus en wang afrukkend.

Ik slaagde erin beide wapens onder het rennen bij te laden, wetend dat het oponthoud van korte duur zou zijn: ik kon Niloch horen krijsen dat die hond moest worden neergeschoten als hij niet verder wilde. Jammer genoeg prutste ik echter met de rest van de kogels, en greep mis toen ze stuiterend de afgrond in verdwenen. De commissaris mocht dan nog maar één hond overhebben, maar hij had zo'n vijftig gewapende volgelingen tegen mijn totaal van twaalf kogels. Mijn kansen zijn wel eens beter geweest.

Ik rende zo hard als ik kon, puttend uit reserves van duivelse kracht die waarschijnlijk ver buiten de normale specificaties van het lichaam lagen, en slaagde erin de afstand tussen mezelf en die opgehouden jagers wat te vergroten. Het wegsterven van Nilochs bedreigingen was de liefelijkste muziek die ik in tijden had gehoord.

Ik weet niet hoe lang ik doorrende voor ik weer klauwen op de stenen hoorde kletteren. Het leek een lange tijd, maar ik was in een soort gedachteloze toestand geraakt, waarin niet eens oude bluesliedjes door mijn kop spookten, alleen mijn flappende voeten als een trage metronoom. Ik hoorde de honden achter mij voortrazen, vlakbij nu, en toen hield dat geluid opeens op. Ik was niet zo stom om aan te nemen dat iets ze had afgeleid, dus in plaats van omkijken wierp ik me plat tegen de koele stenen van de Nerobrug. Er vloog een lange schaduw over me heen als een haai boven een opgeschrikte duiker. Het leek lang te duren. Het beest had me door mijn duik bij zijn dodelijke sprong gemist, maar daar schoot ik niet veel mee op: de hellehond kwam op zijn poten terecht en bleef in balans. Niet alleen gleed hij niet van de brug af, hij slaagde er zelfs in zich een paar meter voor me vliegensvlug om te draaien als een Mini Cooper die op de handrem slippend keert, waardoor mijn vluchtroute werd afgesneden. Niloch kon nu ieder moment met zijn mannen achter me opduiken, en dat zou het einde betekenen. Dus deed ik het enige wat ik kon. Ik rende op de hellehond af.

Oké, als ik een handboek voor jonge engelen moest schrijven, zou ik waarschijnlijk beginnen met: 'Ga in geen geval ooit naar de hel.' Dan zou ik een voetnoot toevoegen waarin stond: 'Mocht je echter ooit, om wat voor reden ook, toch in de hel belanden, ren dan nooit ofte nimmer regelrecht op een hellehond af.' Maar ik had geen keus. Ik richtte mijn pistolen en schoot onder het rennen, maar dit beest rende op mij af en bewoog zo snel dat mijn twee overhaaste schoten vlak over hem heen gingen zonder zijn vreemde, leerachtige huid zelfs maar te schampen. Hij belandde regelrecht boven op me, en dat is het laatste wat ik me van de tijd daarna kan herinneren behalve veel gegrom en gehuil (ik geloof dat ik het vooral was die dat laatste deed). Die kwijlende lampreibek hapte naar mijn gezicht. De oogloze kop van dat wezen volgde al mijn bewegingen alsof ik bij Basis Hellehond mijn plan de campagne ruim op tijd had ingediend. Ik moest beide handen gebruiken om de hellehond af te weren, en tijdens het vechten viel een van mijn pistolen over de brug de afgrond in. Net toen ik dacht dat ik mijn resterende pistool kon pakken om het viervoetige bakbeest neer te knallen, sloeg het toe als een cobra en zette zijn tanden in het vlees van mijn hand, zodat ik het pistool losliet en het op de brug kletterde. Ik reikte naar het mes dat – het Opperwezen en zijn alleraardigste engelen zij dank – nog steeds achter mijn riem zat. Toen ik de kans kreeg stootte ik het door de onderkaak van de hellehond en omhoog naar waar zijn hersens hadden moeten zitten.

Ik weet niet of het beest geen hersens had of ze gewoon niet zoveel gebruikte, maar het ging niet zomaar dood toen ik een mes zo groot als een machete door zijn kop stootte. Het werd er echter wel geïrriteerder door en begon nog meer zijn best te doen mijn gezicht met zijn onaangenaam ronde, scherpgetande bek op te zuigen. Ik gebruikte het mes als een wig in zijn kaak om hem op afstand houden en hing krampachtig aan het gevest terwijl de hond bleef aanvallen op mijn zachtere en belangrijkere lichaamsdelen.

Ik zal je dag trouwens niet verpesten met het beschrijven van hoe een echte hellehond van dichtbij ruikt. Bedank me later maar.

Het was een impasse, waarvan ik wist dat ik er als verliezer uit zou komen. Dat beest woog twee keer zoveel als ik, en als een mes in de hersenen het al niet deerde, was de kans groot dat ik het in een gevecht ook niet gauw de baas zou zijn. Dus greep ik mijn laatste kans: ik trok mijn voeten op, zette ze tegen de bepantserde borstkas van het beest en stootte zo hard als ik kon.

Als ik dacht dat ik een tweede keer geluk zou hebben en dat het achterover van de brug zou vallen, kwam ik bedrogen uit. Eerlijk gezegd had ik er niet zo lang bij stilgestaan – ik wist alleen dat dat beest van plan was mijn hoofd op te eten, en dat mijn hoofd iets was wat ik niet moest laten opeten. De hond viel weliswaar achterover, en zijn achterpoten gleden onderuit, maar dat betekende alleen maar dat het even op zijn plaats bleef spartelen tot het zijn evenwicht had herwonnen en weer op mij af kwam stormen.

Maar ik had ondertussen mijn pistool gevonden.

Ik lag op mijn rug terwijl het monster op me afkwam, met amper kans om zo nauwkeurig te mikken als ik bij de eerste hond had gedaan, dus schoot ik er zo snel als ik de trekker maar kon overhalen drie kogels in. Ik raakte het in zijn borst, wat een groot druipend rood gat veroorzaakte, en knalde een van zijn oren af, samen met een stuk van zijn platte schedel, maar hoewel het gevaarte jammerde en hoestte, strekte het de poten en nam nog wat duizelingwekkende sprongen in mijn richting. Ik vloekte als een man die net zijn gehate zwager de loterij heeft zien winnen en schoot nog tweemaal. Ditmaal plantte ik beide kogels in zijn borst en zette de hond een vreemde, onhandige stap zijwaarts, en toen nog een, alsof de brug eronder opeens naar één kant was gaan hellen, en hij stapte pardoes van de brug af.

Ik hoorde woedende kreten van de jagers die net waren aangekomen, maar nam niet de moeite te kijken: ik was te druk bezig met overeind komen. Als ik in alle commmotie goed had geteld, had ik één pistool en één kogel, dus zou ik Niloch en zijn jagers niet in een vuurgevecht kunnen verslaan. Maar misschien kon ik ze, aangezien ze geen honden meer hadden, al rennend afschudden. Ik ging het zeker proberen.

Ik werd door iets geraakt, terwijl ik mijn eerste stappen zette, hárd, alsof ik botste met een pick-uptruck op volle snelheid. Ik vloog metersver naar voren door de lucht, plofte neer op mijn buik en gleed door tot ik tot stilstand kwam, met mijn arm en schouder over de rand van de brug hangend. Het ging allemaal zo snel dat het even duurde voor ik besefte dat ik zo'n dertig centimeter harpoen uit mijn borstkas had steken. Het feit dat die harpoen vastzat aan een van mijn achtervolgers werd even later duidelijk toen er vanachter aan werd gerukt en het werd teruggetrokken tot zijn kop met weerhaken zich vasthaakte aan mijn sleutelbeen.

Je zult me hopelijk geen watje vinden als ik je vertel dat ik, ondanks mijn gebrek aan traanbuisjes, uit volle borst jankte als een ontgoochelde kleuter. Nou ja, tussen de aanvallen van bloed ophoesten door dan.

Het touw aan de harpoen trok zich weer strak en sleurde me weg van de rand. Ondanks de verschrikkelijke pijn reikte ik omhoog om het touw vast te grijpen terwijl ik probeerde me op mijn rug te rollen om mezelf te kunnen verdedigen. Ik had geen strategie. Ik kon alleen maar bedenken dat ik niet wilde dat iemand ooit weer aan dat touw met die harpoen met weerhaken zou trekken.

Niloch kwam op me af langs het schepsel dat mij had gespietst, een gedrongen trol van een schurk die trots, zij het met onregelmatige tanden, grijnsde. De commissaris volgde het strakke, trillende harpoentouw als een kind dat op eerste kerstdag naar de kerstboom toe loopt. Zijn hoofd was grotendeels weer teruggegroeid.

'En wat hebben hier?' mompelde hij. 'O, lieve hel, kijk toch eens! Het is dat Slangenstafbeestje, dat mijn prachtige Grafbek heeft verwoest. Ik denk dat we jou, vóór we je terugbrengen naar de Mastema, daarvoor moeten laten boeten, ja toch? Ik denk dat we alleen maar een flink deel van jou moeten terugbrengen om door de inquisitieraad te laten martelen, hmm? Het hoofd en nog een paar losse stukjes misschien? En nadat we daarmee hebben gespeeld, kan de rest van jou in de vijzel om Grafbek te herbouwen. Dat lijkt me wel zo geschikt, wat jij, onbehoorlijk gastje?'

Het duurde even voor ik het doorhad, aangezien zoveel gedeeltes van me signalen terugzonden van verschrikkelijke, overweldigende pijn, maar ik lag op mijn pistool. Ik reikte zo onopvallend mogelijk onder me, ondertussen mijn ogen sluitend alsof ik de strijd had opgegeven, en probeerde Niloch nog dichterbij te laten komen. Nog maar één kogel. Die zou mij niet redden – er bevonden zich te veel andere jagers achter de commissaris – maar ik kon in ieder geval Niloch uitschakelen.

Toen ik dacht dat ik in een positie was waarin ik ondanks de pijn snel zou kunnen bewegen, trok ik de revolver onder me uit, mikte en haalde de trekker over. Het lawaai klonk verbijsterend luid op een plek zonder dak, de echo's knalden herhaaldelijk terug van de cilindrische muren. Het deed erg pijn om zo woest en snel rollend voort te bewegen, maar het zou het allemaal waard zijn geweest als ik niet had gemist.

Niloch leek er niet om te malen dat er net een kogel langs zijn benige kop was gevlogen. 'Tss,' zei hij. 'Wat onaardig. Eerst vernietig je mijn lieve hondjes, en nu val je mij ook nog aan? Terwijl ik alleen maar mijn burgerplicht doe? Foei, Slangenstaf, foei.'

Ik geloof dat dat ratelende geluid zijn gelach was, maar ik werd wat afgeleid door de gloed die nu net achter hem in de lucht sidderde. Ook een paar van Nilochs dichtstbijzijnde soldaten stonden te staren. Eerst was het slechts een zacht gesputter, niet meer dan het smeulen van een lichtkogel, maar toen dook het smeulende licht opeens omlaag naar de grond, en liet een onvaste lichtstreep in de lucht hangen. Net toen Niloch zelf besefte dat er iets stond te gebeuren, verscheen een gloeiende hand uit de rafelende streep licht in de lucht; een ogenblik later sprong Grijnzer uit het niets op de brug naast Niloch. Zelfs nog terwijl de commissaris zijn benige kaak opende om een bevel te schreeuwen, en ruim voordat zijn verbijsterde soldaten iets konden doen, greep Grijnzer Niloch en ramde zijn vierpuntige mes in de nek van de commissaris en begon het rond te wentelen op een manier die zelfs voor een aartsdemon niet aangenaam kon zijn. Niloch krijste van pijn en verbijstering. Zijn mannen verdrongen zich om hem heen, probeerden het magere wezen van hem af te rukken, maar ze konden geen vat op hem krijgen. Hij was letterlijk over Niloch heen aan het klauteren, zich vastklampend alsof de commissaris een tros bananen was en Grijnzer een soort bionisch moordaapje.

Ik besefte dat ik naar dit alles met open mond stond te staren terwijl ik als een dolle had moeten wegrennen. Ik probeerde overeind te komen, maar het touw liep nog steeds van de harpoen in mijn borstkas terug naar de schermutseling en zat nu om een aantal anderen gewikkeld. Iedere ruk onder het vechten met Grijnzer deed de harpoen ronddraaien in mijn bebloede borstkas, een sensatie die ik niet zal beledigen met het zwakke woord 'pijn'.

'Nu snapt het!' krijste Grijnzer uit het midden van het strijdgewoel. Nilochs mannen vochten wanhopig om hun meester vrij te krijgen, maar ze werden gehinderd door de smalle brug en Grijnzers verbijsterende, schrikbarende snelheid. 'Het snapt nu. De reden. Jij ben de reden. Dat is waarom jij eerder kwam dan moest – het snapt!'

Rondom de vechtenden gromde de duivelse soldaat die mijn harpoen vasthield opeens, hij wankelde en viel van de brug in een regen van zijn eigen bloed. Ik had maar een ogenblik om mezelf schrap te zetten voor ik zou zijn meegesleurd, maar tot mijn dankbare verbijstering bleef de kabel slap en op de brug hangen, met een bebloede spin van vlees geklemd om het andere uiteinde: de harpoenier was verdwenen, maar zijn hand was achtergebleven, dankzij Grijnzers waanzinnige meskunst.

Ik had een ogenblik respijt gekregen en deed mijn best de kabel door te hakken, aangezien ik niet kon vluchten als dat ding achter me aan sleepte. Het zou al moeilijk genoeg worden met die harpoen die nog steeds daarbinnen bewoog en waarschijnlijk mijn demonenlongen en duivelshart aan flarden sneed. Terwijl ik voorthakte deinsde ik voorzichtig weg van het gevecht. De lege plek die het plotselinge vertrek van de harpoenduivel had achtergelaten had Grijnzer meer armslag gegeven, en daarin liet hij zich niet onbetuigd: ik had zoiets godverdomme nog nooit gezien, en het kan me niet schelen of je me die uitdrukking wilt vergeven.

Stel je een fantastische maar spastische balletdanser voor. Speel het filmpje in je hoofd vervolgens zo'n drie of vier keer zo snel af en probeer je voor te stellen dat die balletdanser een lang, scherp mes hanteert en dat hij denkt dat hij bidt wanneer hij dat mes op vlees uitprobeert. Ik heb nog nooit iets zo afschuwelijk lomps gezien dat ik tegelijk ook prachtig kon noemen. Ik weet dat het vreemd klinkt, maar het was kunst, zoals de vurigste geïmproviseerde solo die je ooit hoorde ontsporen, naar een climax voeren en vervolgens aan het einde weer met een knal terug op het hoofdmotief storten. Alles gebeurde zo snel dat het nauwelijks opviel dat niets was gepland. Maar niemand, zelfs geen duivel, zou ooit zo hebben willen sterven, aan het scherpe mes van dit giechelende, elastieken schepsel.

Nog twee van Nilochs soldaten tuimelden bloedend van de brug in het niets. De hele meute verdrong zich nu als vraatzuchtige piranha's rond Grijnzer, maar ik geloof niet dat het zijn bloed was dat ik rond zag sproeien, of zijn vingers en oren die uit de schermutseling in het rond vlogen.

'Vlucht!' schreeuwde Grijnzer. 'Vlucht, engel!' Toen, als om zijn goede bedoelingen te tonen, vloog er iets anders uit het handgemeen; het rolde en kwam tot stilstand voor mijn voeten. Bloed droop ervanaf en voegde zich bij mijn eigen flinke plas. Het was Nilochs langwerpige, schedelachtige kop, de kaken happend in het luchtledige, traag als een stervende krab. De vochtige, rode oogjes rolden omhoog en hij zag mij. Op een of andere manier, ondanks het feit dat hij niet langer aan een strottenhoofd of longen bevestigd was, zei hij bijna fluisterend: 'Ik... zal...!'

Ik dacht niet na, stampte er alleen zo hard als ik kon op en voelde de botten onder mijn voet verbrijzelen. 'Kop dicht,' zei ik en schopte de kapotte druipende klomp van de brug. 'Hou gewoon je kop.'

Toen rende ik, hoewel het meer op strompelen leek, en bloed en hersenmaterie nog steeds uit mijn achterhoofd dropen, de harpoen die door mijn borstkas stak met beide handen vastklemmend om de gruwelijke pijn bij iedere beweging tot een minimum te beperken – een schilderij dat William Blake zou hebben kunnen schilderen als hij een kater had. Ik rende door tot het gebrul en gegil van Nilochs soldaten achter me was weggestorven, en rende verder, door een duisternis die ik me niet eens meer kan herinneren. Ik herinner me vaag dat ik de lift bereikte, maar ik geloof dat ik zelfs toen nog bleef rennen, blindelings tegen de zijkanten van de doodskistvormige kooi beukend tot ik begreep dat ik veilig was, of in ieder geval zo veilig als ik ooit in dit leven kan zijn, tot ik eindelijk de woorden kon zeggen die Temuel me had geleerd en ik mijn duivelse lichaam kon afschudden, tot ik de hel achter me kon laten en me kon overgeven aan de zalige, gezegende duisternis.

Ik heb Grijnzer sinds de Nerobrug nooit meer teruggezien. Ik weet niet of hij het heeft overleefd. Ik weet ook niet goed wat ik daarbij moet voelen, maar ik weet wel dat hij me redde toen alleen God dat had kunnen doen.

## 44
# Lichaam in de kofferbak

Iets trok uiteindelijk de deken van duisternis van me af, maar ik kon de knopjes en schakelaars nog niet vinden om mijn spieren weer goed te laten werken, dus bleef ik daar nog wat liggen en probeerde te ontdekken waar ik me bevond.

Ik had mijn lichaam gezond en intact onder een laken achtergelaten in het huis van de overleden Edward Walker, dus daar moest ik zijn, maar Eligor had gezegd dat zijn personeel het huis had doorzocht zonder het te vinden. Dat kon natuurlijk van alles beduiden, maar niet veel goeds. Ik moest echter geduld betrachten: zo lang uit mijn aardse omhulsel zijn maakte re-integratie iets als zo'n vreemde droom wanneer je denkt dat je wakker bent maar dat niet zo is, in ieder geval niet helemaal. Je hoort geluiden, soms zelfs stemmen uit de echte wereld, maar dat kan je gewoon niets schelen.

Niet dat ik stemmen hoorde, want dat was niet zo. Ik kon echter wel mijn lichaam voelen, of in ieder geval iemands lichaam: ik had als bewijs daarvoor verkrampte en tintelende spieren, en ik leek in hetzelfde laken gewikkeld waar ik mijn lijf in had achtergelaten. Ik gunde mezelf nog een minuutje om goed te re-integreren, waarna ik van onder het bed uit zou komen in de logeerkamer boven, en een douche zou nemen van wel negen uur aan een stuk. Als ik extreem veel geluk had, waren Walkers kleindochter Posie en haar vriendje Garcia het huis uit en had ik een tijdje het rijk alleen, maar dat was niet cruciaal. Wat ik echt wilde doen na te hebben gedoucht, was ergens heengaan waar je goed eten en alcoholische dranken kon krijgen en van beide heel veel consumeren, dan weer naar huis en echt gaan slapen – niet dat een paar drankjes en een dutje me zouden doen vergeten wat ik zojuist had doorstaan. Ik moest mezelf ook zo snel mogelijk melden bij de hemel. Aangezien ik nog steeds een aards lichaam had om in terug te keren, nam ik aan dat ik nog niet in de diepste duisternis was geworpen, maar het kon geen kwaad even poolshoogte te nemen. Ik zou in ieder geval een berg berichten hebben.

En natuurlijk moest ik nog voor de debriefing naar Temuel, maar eerlijk zag ik daar als een berg tegen op. Zeker, hij had veel voor me gedaan, maar ik wist niet hoe zijn verhoudingen lagen met Anaita, en niemand, zelfs niet Bobby Dollar, ieders favoriete onbesuisde hemelbestormertje, stond te trappelen om zomaar een hogere engel en zittende efoor als Anaita te beschuldigen van verraad aan het Opperwezen. Juist iemand als ik die al voor negentien verschillende zaken op proeftijd was. O ja, en ik had geen enkel geoorloofd bewijsstuk.

Ik wist bij nader inzien zelfs vrijwel zeker dat ik over het meeste ervan beter mijn smoel kon houden, zelfs bij Theemuts, aangezien ik nog steeds niet precies wist welk spelletje hij speelde en wat zijn rol was, niet alleen bij Anaita, maar ook bij de Derde Weg en al die andere waanzin waarin ik mijn neus had gestoken. Hoezeer Temuel me ook had geholpen, hij zat duidelijk tot aan zijn aureool in de geheimen en obscure zaken, en ik wilde hem niet dwingen te kiezen tussen mij en wat hij ook nog meer aan het uitspoken was.

Dit alles tolde door mijn hoofd terwijl ik me genoeg wakker en helder begon te voelen om het laken weer van mijn gezicht te trekken, als Lazarus die uit zijn tombe herrees. Oké, onder het bed vandaan in de tweede logeerkamer, die met de degelijke beddensprei en kussens met bloemetjesmotief, maar je snapt wel wat ik bedoel. Ik had al terloops gemerkt dat het laken dat over me heen lag wat ruwer en zwaarder was dan ik me kon herinneren en ook heel wat strakker leek te liggen over mijn gezicht, maar toen ik overeind probeerde te komen besefte ik dat mijn probleem iets gecompliceerder was: het was helemaal geen laken dat over me heen lag, het was een zeildoek, en het lag niet over me heen gedrapeerd, maar was van kop tot teen om mij heen gewikkeld, zodat mijn armen vastgesnoerd zaten langs mijn zij. Dit was beslist niet de toestand waarin ik me de laatste keer dat ik in dit lijf leefde had bevonden. En ik kon ook nog eens voelen dat iets me verplaatste, bonkend en me zelfs af en toe een beetje kantelend, alsof ik lag in de hand van een heel groot wezen en in verschillende hoeken werd gehouden terwijl het besloot welk gedeelte het als eerste wilde eten. (Ik had duidelijk te lang in de hel gezeten.)

Natuurlijk hield ik het hoofd koel, want ik wist dat in paniek raken het ergste was wat ik kon doen voordat ik alle feiten kende. Kalmpjes begon ik luid en herhaaldelijk te schreeuwen: 'Wat voor den duivelse jezusmina is hier in godskolerenaam aan de hand? Help dan toch! Help!' Oké, misschien is 'kalm' niet het juiste woord, maar ik schreeuwde niet alleen, ik begon als een dolle te duwen en te krabben tegen het zware doek, zoog mijn borst vol en stootte met mijn armen naar voren tot ik eindelijk genoeg ruimte had gekregen om mijn handen bij mijn gezicht te brengen.

Handén, meervoud. Dat was het eerste goede nieuws. Wat mij ook was overkomen, ik had weer mijn volle set grijptengels in goede conditie, één aan elke pols, en met een schitterend boeket van werkende vingers aan de uiteinden. Dit kon ik opmaken uit het feit dat ik druk bezig was mijn gezicht te betasten; ik probeerde te voelen of ik weer Bobby was, of nog steeds in het Slangenstaflijf zat. Er zaten geen keiharde knobbels boven mijn wenkbrauwen of op mijn kaken, en mijn huid voelde veel minder als schuurpapier dan in de hel, dus ik leek te zijn teruggekeerd als B. Dollar, ietwat afgedwaald engeltje. Een expeditie naar de achterkant van mijn hoofd leverde niets anders op dan een kop met haar. Ook geen chirurgische littekens van dokter Teddy, dus ik zat beslist niet meer in het duivelse lichaam. Dat deed me wat bedaren.

Toen ik erin slaagde het zeildoek wat verder van mijn gezicht te duwen en ik wat duidelijker kon horen, besefte ik eindelijk dat ik niet alleen in een zeildoek was gerold, ik was in een zeildoek gerold en reed in de kofferbak van een auto. Oké, ik was net ontsnapt aan herhaaldelijke martelingen door verschillende finalisten van *Hell's Got Talent* en een achtervolging door heuse helse hihahondenlullen, dus een armzalig aards akkefietje zou een eitje voor me moeten zijn. Toch heb ik *Goodfellas* en de *Godfather*-films genoeg keren gezien om te weten dat over het algemeen opgerold in een zeildoek in iemands kofferbak liggen geen situatie is waarin je wilt verkeren.

Ik probeerde uit alle macht het doek wat losser te werken om meer armslag te krijgen, maar dat spul was dik (en oud, en het stonk, mag ik wel zeggen nu ik me toch aan zelfmedelijden overgeef) en ik kon het nauwelijks voorbij mijn voorhoofd omlaag trekken. Toch kon ik wel zien dat ik beslist in de kofferbak van een auto zat, en ik kon mijn handen ver genoeg uitsteken om te proberen het slot van de kofferbakklep open te krijgen, maar het voertuig was blijkbaar te ouderwets om zo'n veiligheidsklink te hebben. Als ik meer kracht had kunnen zetten, was ik misschien in staat geweest het hele slot eruit te rukken – ik ben best sterk in mijn aardse lijf – maar ook dat ging niet, dus restte mij maar één heroïsch alternatief.

Zodra ik op de binnenkant van de kofferbakklep begon te beuken begon de auto te slingeren. Nog steeds stopte degene die mij kidnapte niet, dus moest ik prakkiseren wat ik nog meer kon doen. Voor zover ik wist had ik mijn pistool niet bij me – in ieder geval niet toen ik het lichaam had achtergelaten, want wie wil er nou dagen of weken blijven liggen op een groot buitenlands pistool, bewusteloos of niet? Op zijn minst zou ik zijn teruggekeerd naar een lichaam dat onder de blauwe plekken zat, zo niet een paar accidentele schotwonden. Maar wat moest ik doen wanneer ze mij eruit lieten en me wilden afmaken? En wie had mij eigenlijk gepakt? Eligor had gezegd dat zijn mannetjes mijn lichaam niet hadden kunnen vinden, laat staan de veer. Probeerde Anaita iemand het klusje te laten klaren dat ze oorspronkelijk aan Grijnzer had gegeven?

Ik hoefde niet lang op de antwoorden te wachten: de auto minderde vaart, het gehobbel nam af. Ik verdubbelde mijn inspanningen om vrij te komen uit het doek om mijn kansen wat te verbeteren, want ik zat nog steeds in het zeildoek gewikkeld en was ongeveer zo gevaarlijk als een grote burrito.

Toen de auto stopte had ik eindelijk mijn armen en lichaam losgekregen. Iemand morrelde aan de kofferbakklep. Ik kon me wel voor mijn kop slaan dat ik geen wapen op mijn lijf had verborgen voordat ik het hulpeloos achterliet, en ik zette me schrap tegen de bodem van de auto. Toen de kofferbak openvloog, sloot ik mijn ogen om niet verblind te worden door het felle schijnsel, en sloeg zo hard als ik kon met mijn dichtstbijzijnde vuist. Ik voelde een intense bevrediging toen ik iemand naar adem hoorde snakken en neerploffen, dus opende ik mijn ogen, schopte het zeildoek van me af en begon uit de kofferbak te klimmen, maar hield daarmee op toen ik zag dat in plaats van Luca Brasi of een van Don Corleones andere zware jongens, ik alleen Clarence de kleine klunzige engel in zijn ballen had gestompt.

'Wat voor de duivel doe jíj hier?' schreeuwde ik. 'Of beter: wat doe ík hier? Waarom zit ik in een kofferbak?' Dit was misschien niet helemaal eerlijk tegenover Clarence, die op zijn rug lag, gekromd als een stervend insect, kreunend van pijn en misselijkheid, en niet in de beste positie om vragen te beantwoorden.

Ik hoorde het portier van de bestuurder dichtslaan. Een ogenblik later kwam Garcia Windhover, ook wel bekend als 'G-Man', ook wel bekend als 'meest nutteloze flapdrol ter wereld' om de auto heen aanstappen, gekleed in zijn gebruikelijke gangsterkleding, alsof hij zijn hiphopoutfit bij een uitverkoop van de Coolcat had samengesteld. Hij had er ditmaal een zwart ooglapje aan toegevoegd, waardoor hij niet zozeer leek op een piraat of Moshe Dayan, als wel op een zesdeklasser die behandeld wordt voor een lui oog. 'Wo!' zei hij, bezorgd kijkend naar Clarence, die op de weg naast de auto zachtjes lag te kokhalzen en hijgen als een vrouw bij een pijnlijke bevalling. 'Bobby, gast, waarom deed je dat?'

'Waarom deed ik dat? Nee, waarom zit ik in een kofferbak?' Ik keek naar de protserigheid en het overbodige chroom en huiverde. 'Erger nog, in de kofferbak van jóúw auto. Ik wil nog niet dood aangetroffen worden in deze auto. En wat doet Clarence hier? Hij mocht van niets weten.'

'Ik... ik had hulp nodig.'

'Die krijg je. Dat beloof ik je. Ik wilde Clarence niet in de ballen beuken, ik verdedigde me gewoon tegen kidnappers, maar jou...' Ik keek G-Man zo angstaanjagend kwaad aan dat hij echt een paar stappen terugdeinsde. 'Jou klop ik in je klokkenspel tot je klepeltje net zo klingelt als de klokken van de Notre-Dame wanneer de klokkenluider per ongeluk koffie mét cafeïne had gekocht.'

Ik voelde me echt beter nadat ik dat had gezegd. Meer mezelf. Ik zat even op het randje van de geopende kofferbak en boog omlaag om Clarence overeind te helpen. Eerst wilde hij dat niet, maar na een tijdje liet hij zich overhalen, zo niet in staande dan wel gedeeltelijk rechtop zittende positie.

'Oh, oh, oh,' kreunde hij, terwijl hij nog steeds zijn kruis vasthield. 'Lichamen zijn klote. Ik geloof dat een van mijn ballen kapot is.' We bevonden ons in een zijstraat van de Camino Real en een paar voetgangers hielden ons in de gaten; ze vroegen zich waarschijnlijk half af of iemand vanuit zijn kofferbak gestolen goederen verhandelde. Wat Clarence en G-Man in zekere zin ook deden, aangezien ik mezelf regelrecht uit Nilochs kleffe klauwtjes had ontvreemd. Met dank aan Grijnzer natuurlijk. Die gedachte voelde heel vreemd, zoals je ongetwijfeld zult begrijpen.

'Sorry, knul,' zei ik. 'Echt, ik had geen idee dat jij het was. Ik wist alleen dat iemand mij in een zeildoek had gerold. Ik dacht dat iemand me meenam om me te dumpen in de *baylands* of zo.'

Clarence keek moeilijk en schudde zijn hoofd. 'We namen je mee terug naar Garcia's huis.'

'Je bedoelt, zeg maar, Garcia's schoongrootvaders huis? De plek waar ik al was? Waar hij mijn lichaam veilig moest houden en niet in de kofferbak moest stoppen van deze godsgruwelijke aanfluiting van een auto en ermee door San Judas rondkarren alsof ik een stapel Mexicaanse overhemden was die naar een vlooienmarkt werd gereden?'

'Je klinkt niet helemaal chill, bro, ben je boos?' zei G-Man.

Altijd snel van begrip, die knul. 'Een tikkeltje. Ik kom er wel overheen. Maar nu zou ik graag ergens anders zijn dan langs de autoweg, Windhover, dus laten we naar Posies opa's plek teruggaan, dan kun jij me haarfijn uitleggen wat er aan de hand is.'

G-Man knikte. 'Oké. Ze zullen de tent nu wel hebben afgebroken.'

Het bleek dat Edward Walkers mooie huis in het Palo Alto-district, dat G-Man en Posie de afgelopen maanden kraakten, te koop zou worden gezet. Als onderdeel van dat proces had de makelaar Posie verteld dat om het huis heen een tent moest worden opgezet om termieten uit te roeien. Ik had waarschijnlijk dankbaar moeten zijn dat G-Man in ieder geval slim genoeg was geweest om te beseffen dat dat slecht voor mijn lichaam zou zijn, maar hij had het afgehandeld op zijn typerende belachelijke manier. Ik was te zwaar voor hem om te tillen, zei hij, dus had hij Clarence ingeschakeld – die ik, zoals je je misschien zult herinneren, bewust niets over dit alles had verteld – om mij in het zeildoek te wikkelen, naar buiten te dragen en in G-Mans auto naar het adres in Brittan Heights te rijden waar Clarence een kamer huurde. Ik had de laatste paar dagen gelegen in een hobbyschuur achter in de tuin waar Clarence' huisbazen nooit kwamen. De bengel van een engel was in ieder geval zo slim geweest om hierover beschaamd te kijken.

'Een hobbyschuur? Serieus? Wat, gewoon weggestouwd bij de spinnen en oorwurmen en wat er allemaal ook over me heen krabbelde?' Ik weet dat ik lullig deed, maar ik was er nog niet aan toe om me daar druk om te maken. Misschien had die eeuwigheid van martelingen in de hel die ik net achter de rug had daar iets mee te maken.

'Nee!' zei Clarence. 'Nee Bobby, ik heb je op een oude biljarttafel gelegd. Ik maakte wat ruimte vrij, zeg maar, en stapelde toen wat dingen boven op je. Je bent niet gewoon weggestouwd, of zo. En ik heb geen spin gezien.'

'Bedankt. Fijn om te weten dat er zo goed voor me is gezorgd.'

Clarence fronste. 'Je hoeft niet zo lullig te doen, Bobby. Je hebt me al in de ballen gestompt.'

'Dat is waar.' Ik knikte en sloeg de rest achterover van de fles pis die

Garcia in de ijskast van wijlen Edward Walker bewaarde, een smakeloos modieus biertje dat vroeger door arbeiders werd gedronken omdat dat het enige slappe bocht was dat ze konden betalen, en dat nu bijna uitsluitend in stand werd gehouden door nostalgische lui met tattoos en vrij dure fietsen. Maar het was beter dan helemaal geen bier, hoewel dat nog geen uitgemaakte zaak was. 'Nogmaals sorry, Clarence. Echt. Het was zelfverdediging, ik was gedesoriënteerd en verward, waarschijnlijk had ik zelfs posttraumatische stress. Voeg dat allemaal bij elkaar en maak er maar een excuus van waarmee je kunt leven, oké?'

Hij wierp me een van zijn blikken toe, iets tussen gekwetst hondje en geïrriteerde grote broer in. Ik had hem dan misschien niet in vertrouwen willen nemen, hoewel ik dat nu in ieder geval tot op zekere hoogte wel moest, maar hoe kon ik iemand niet aardig vinden die zo makkelijk te irriteren was en zo fijn om te pesten?

'En... Wat heb jij uitgespookt, Bobby?' vroeg hij.

'Gekkenwerk. Ik kan het niemand aanraden,' zei ik. 'Echt, nooit doen. Laten we nu wat echt eten voor mij gaan zoeken in plaats van dit pakje Sultana's, dan vertel ik je wat ik kan.'

'Wil jij in mijn bolide rijden?' vroeg G-Man.

'Jou heb ik niet uitgenodigd,' zei ik. Het zou moeilijk genoeg zijn om met Clarence te praten, die tenminste wist dat ik een engel was, aangezien hij er zelf ook één was. Ik ging echt niet ook nog Garcia Windhover in het gesprek betrekken.

G-Mans uitdrukking was echter zó erg die van een jongetje dat niet alleen niet wordt gekozen, maar waarvan het team dat met hem wordt opgescheept compensatie eist, dat ik medelijden met hem kreeg. 'Oké, je hebt gelijk, Garcia, ik ben je op zijn minst een maaltje schuldig. Ik bedoel, je hebt dan misschien met mij in je kofferbak rondgereden als een door jou overreden hert waar je biefstukjes van wou gaan bakken, maar ik heb het overleefd.' Ik zou wel een gesaneerde, voor gewone mensen niet afschrikwekkende versie bedenken van wat mij was overkomen en hem die op de mouw spelden, hoewel ik nog wel wat meer moest zuipen voor ik zou kunnen verzinnen wat die versie moest behelzen.

Toen deze plichtplegingen waren afgehandeld, kon ik terugkeren tot mijn echte taak – Caz uit Eligors klauwen bevrijden. Dat was ik geen seconde vergeten, vooral aangezien ik nu weer mijn jack droeg met het geheime engelenveerzakje dat in een ander plaats/tijdcontinuüm bestond. Eligor had de waarheid gesproken toen hij zei dat hij hem niet had kunnen vinden, want anders had hij me echt niet uit de hel laten ontsnappen. 'En daarna kun jij, Clarence mijn knul, met me terugrijden naar mijn alleraardigste appartementje, als mijn huisbaas het nog niet heeft verhuurd aan een of andere junk die zijn wijf mishandelt, dan praat ik je onderweg wel bij over bedrijfszaken.'

'Lijpe shit, ouwe!' zei G-Man. 'Zin in chinezen in Whisky Gulch?'

'Prima. Maar één ding, Windhover: zolang je met mij rondhangt mag je dat ooglapje niet meer dragen. Niet in het openbaar.' Het herinnerde me te veel aan het hulpje van Kapotte Knaap, die kleine Tico. Dat jochie had zijn oog niet bedekt om er cool uit te zien, hij hield er iets lelijks en pijnlijks mee verborgen.

'Maar het is een eerbetoon aan Slick Rick!'

'En Rick zou het met me eens zijn. Die mist echt een oog, om maar iets te noemen. Jij niet.'

De G-Man pruilde maar stemde ermee in zijn nieuwste accessoire achter te laten. Bijna had ik hem gezegd dat hij zelfs zonder dat ding niet zou misstaan in Pandemonium, de hoofdstad van de hel, maar hij zou dat waarschijnlijk voor een compliment hebben gehouden.

## 45
# Werkverschaffing

Als iemand me vroeger had gevraagd wat ik zou doen als ik ooit uit de hel ontsnapte, zou ik niet als eerste aan knoedels en kip Siam hebben gedacht, maar zo pakte het wel uit.

Mijn tweede gok zou echter heel raak zijn: zodra ik in mijn appartement terugkeerde, ging ik meteen heel lang douchen en sliep toen veertien uur aan één stuk door. Toen ik wakker werd, was ik zo blij te ontdekken dat ik weer in San Judas zat en een gewoon (of in ieder geval niet-duivels) lichaam droeg dat ik opnieuw ging douchen, zo hard als ik kon liedjes van Dinah Washington zingend, en besloot met een fraaie vertolking van 'Don't Get Around Much Anymore' die een amuzikale buurman op de muur deed bonken. Ik negeerde die azijnpisser. Let wel, ik had genoeg nieuwe littekens die nooit helemaal zouden genezen, en genoeg engs gezien om nog eeuwenlang nachtmerries te krijgen, maar het geluk begon me eindelijk toe te lachen. Ik was niet zo'n volslagen idioot om te denken dat de ruil van de veer tegen Caz zo simpel zou worden als iets ruilen met iemand die géén bedriegende, moordende, psychopathische duivelse heerser was, maar ik wist dat zowel Eligor als ik wilde wat de andere had, en dat was een prima uitgangspunt.

Ik kreeg de receptie van Vald Credit aan de lijn en werkte me langzaam omhoog op de ladder, strooiend met belangrijke namen en leugens opdissend tot ik met Eligors persoonlijke assistente werd doorverbonden. Ze had een Brits accent, wat me een beetje aan Caz deed denken en mijn hart nog onrustiger deed bonken.

'Wie bent u?' vroeg ze – wel wat recht voor zijn raap, vond ik.

'Bobby Dollar. Je baas kent mij.'

'Is het heus? Ik heb nooit van u gehoord.'

Ze leek te proberen me pissig te maken. Nou, dat zou een paar weken terug misschien hebben gewerkt, maar niet bij De Engel Die Door De Hel Ging. Ik vroeg me onwillekeurig af of zij zich anders zou hebben gedragen als ze wist dat ik degene was die haar voorgangster door de kop had geschoten en vervolgens op de veertigste verdieping uit een raam had gemieterd. Misschien zou ze me wel dankbaar zijn dat ik haar aan een baantje had gelopen.

'Jouw mening doet niet ter zake,' zei ik. 'Bel nou maar gewoon je baas en zeg hem dat ik terug ben en klaar voor de ruil.'

'Huh.' Ze klonk niet erg onder de indruk, maar ze was wel even stil. Misschien had ze zelfs opgelet. 'Oké, de ruil. Prima.'

'Ja, zeg hem maar dat hij de tijd mag kiezen, ik de plek. Allemaal heel gezellig en knus en niks onderhands.'

'Mieters. Ik geef het door.' En toen hing ze op. Ze hing op! Mooie persoonlijke assistente, Eligors zakenrelaties zo behandelen. Weliswaar had haar baas nog niet zo lang geleden al mijn zenuwen in de fik gestoken, dus zo lomp was het misschien nou ook weer niet, gezien de context. Ik vroeg me zelfs even af of het misschien dezelfde secretaresse was die ik gedood had, alleen in een ander lichaam (en ditmaal met een Brits accent voor extra effect).

Nu moest ik een plek bedenken voor de ruil. Zelfs als Eligor zich hield aan de deal en de ruil liet doorgaan, iets wat ik betwijfelde, had ik hulp nodig.

Ik liet een bericht achter op het telefoonnummer dat Sam me had gegeven, en ging toen verder met mijn nahelse taken. Ik ging naar de Kompassen om mijn engelenvrienden terug te zien en diste idiote verhalen op over waar ik de afgelopen drie weken had gezeten. (Ja, het bleek dat ik maar drie weken was weggeweest. Zoals ik al zei verstrijkt de tijd anders in de hel. Ze konden daar een heel leven van lijden in een slordige twintig dagen proppen.) Maar ik was zo bleek geworden van het al die tijd in een kast liggen dat ik een omgekeerde zonnekuur leek te hebben gevolgd, dus vertelde ik ze maar dat ik naar Seattle was geweest om een vriend op te zoeken. Monica, die me beter kende dan de rest nu Sam er niet meer was, behandelde dit verzinsel met de minachting die het verdiende, maar ze drong niet aan op de waarheid – waarschijnlijk nam ze aan dat ik met iemand de koffer in was gedoken. Ik had echter wel wat vragen voor haar, en wachtte tot we even een tafel voor onszelf hadden toen Jonge Elvis en Teddy Nebraska armpje drukten aan de bar en alle anderen hen bespotten.

'Hoe zit het met Walter Sanders?' vroeg ik. 'Heeft iemand iets van hem vernomen?' Ik wist dat dat niet zo was omdat ik wist dat hij nog altijd diende als purser op de *Zeikteef*, over de zeeën van de hel varend en de boodschap van de verheffers verkondigend, maar ik was benieuwd wat de luitjes hier dachten over zijn verdwijning.

Ik moet Monica nageven dat ze bezorgd keek. 'Nee, niemand. Ik heb het Theemuts gevraagd, maar volgens hem is Walter overgeplaatst. Het heeft geen zin om informatie uit het grote huis te willen krijgen.'

'Amen.' Dat herinnerde me eraan dat ik beslist met Temuel moest spreken, en snel ook. Die aartsengel had recht op een verslag van mijn wederwaardigheden, aangezien hij een grotere rol had gespeeld in mij erheen te krijgen (en terug) dan wie ook, en ervoor in de plaats had ik nog wel wat vragen die ik hem wilde stellen. 'En jij, meid. Hoe is het met jou?'

Ik wilde gewoon aardig zijn – we hadden samen veel meegemaakt, Monica en ik, en als ik een groot deel van die tijd had geprobeerd op de loop te gaan voor een echte relatie, dan was dat niet haar schuld. Maar zodra ik het had gezegd begon ze schichtig te kijken, zelfs schuldig. 'Oké, denk ik. Hoezo? Ik bedoel, meestal vraag je dat niet, Bobby.'

'Sorry. Ik wilde geen regels bre...'

Ik kon die zin niet meer afmaken, want precies op dat moment zwiepte tot ieders verbazing (en de mijne het meest) de deur van de Kompassen open en stapte mijn goeie ouwe makker Sam Riley naar binnen. Ik viel bijna uit mijn hokje.

Monica sprong op en rende naar hem toe om hem te omhelzen. Binnen de kortste tijd verdrongen bijna alle engelen in die tent zich om hem heen als bijen die naar de honingdans komen kijken. Sam lachte en schudde handen, liet zich zelfs knuffelen en zoenen, wat niets voor hem was. Uiteindelijk schreeuwde hij naar Chico dat hij een gingerale wilde en liet zich toen rond de tapkast insluiten terwijl de rest van zijn makkers hem met vragen bestookten.

Chico de barman keek bijna net zo verbijsterd als ik, alsof hij wist van Sams werkelijke status bij onze bazen, maar hij hield zijn mond en bleef gingerales inschenken. Ik was zo verbaasd dat ik nauwelijks iets kon zeggen. Voor zover ik wist was behalve ik alleen Clarence ervan op de hoogte dat Sam officieel een verrader van de hemel was, maar ik was zo verbaasd hem hier te zien, dat ik nauwelijks iets uit kon brengen. Wat dacht Sam te doen? Probeerde hij onze bazen op een of andere manier tot handelen te dwingen?

Ik leunde achterover terwijl Sam het Gevederde Koor een idioot verhaal op de mouw speldde, erop zinspelend dat hij op een of andere strikt geheime undercovermissie was (wat de vraag deed rijzen wat hij hier dan deed, in het felle cafélicht, maar niemand nam de moeite dat te vragen). Met een opvallend gebrek aan interesse in zijn eigen veiligheid zat mijn oude maat wel bijna een uur lang in de Kompassen, vragen beantwoordend (of eerder voorwendend vragen te beantwoorden terwijl hij over al het belangrijke loog dat hij barstte) en in feite zich bijna precies zo gedragend als die goeie ouwe Sammariel die iedereen zo vreselijk gemist had. Aan het einde van die poppenkast glipte hij eindelijk langs de anderen naar mij toe, sloeg een van zijn grote armen om mijn schouder en stelde voor dat we een laat avondmaal zouden gaan nuttigen.

De stamgasten van de Kompassen stonden in de rij om afscheid te nemen alsof Sam koninklijk bezoek was. Ze lieten hem beloven vaker langs te komen, en herinnerden hem aan een aantal ophanden zijnde gebeurtenissen waarbij hij in andere tijden zeker van de partij zou zijn geweest. Sam lachte en beloofde dat hij zijn best zou doen om bij al die gelegenheden aanwezig te zijn. Dat was ook een leugen, maar ik denk dat de meeste engelen dat wel wisten; hoewel ze totaal geen idee hadden van de ware reden, had Sams terugkeer duidelijk het aanzien van iemand die een nieuw leven was begonnen – slechts op bezoek.

Zodra we buitenkwamen, confronteerde ik hem. 'Wat doe je hier, man? Echt. Kom je gewoon even binnenwaaien alsof er geen vuiltje aan de lucht is? En als Clarence hier nou was geweest? Hij zou zeker geprobeerd hebben je weer te arresteren.'

'Ik wist dat hij er niet was. En wat mijn bezoekje betreft, nou, zie het maar als een plannetje om onze bazen in het ongewisse te houden.'

'Wat bedoel je met "onze bazen"? Je staat op de zwarte lijst, weet je nog?'

Sam zocht Main Street af. 'Weet je, ik loog niet dat ik honger had. Ik rammel. Een nadeel van leven in een universum op zakformaat en het merendeel van de tijd geen sterfelijk lichaam dragen, is dat je echt eten gaat missen. Is die Koreaanse tent aan de rand van Spanish Town zo laat nog open?'

'Bee Bim Bop? Ja, ik dacht het wel.'

Toen we er aankwamen troffen we een korte rij hippe lui aan die de weg versperden, maar het duurde niet al te lang voor we een tafel kregen, zelfs op een vrijdagavond. Ik had sinds mijn terugkeer bier herontdekt – dat was een van de dingen waar ik de hele tijd aan had gedacht, hoe fijn een koud biertje zou smaken in plaats van een van die vreemde worteldranken die ze in de hel schonken. Hellebier maakte je dan misschien nog sneller dan het aardse spul strontlazarus, maar het was zo verkwikkend als het drinken van lauw badwater waar een dikke vent in heeft gezeten.

Ik bestelde een kom van het spul waar het restaurant naar is genoemd: rijst, vleesreepjes en gebakken ei. Sam kreeg zijn gebruikelijke bestelling van raadselachtige soep, gevolgd door verschillende hete, pikante dingen, en we concentreerden ons vooral op eten en drinken – thee, in Sams geval. Tegen de tijd dat ik aan mijn tweede biertje was begonnen, voelde ik me eindelijk klaar om te spreken, dus begon ik bij mijn ontmoeting in het industriemuseum met Temuel, en toen vertelde ik hem de rest – de ingekorte versie natuurlijk, anders hadden we daar dagenlang moeten zitten.

'Nou, B, ik wil niet "zie je nou wel" zeggen, dus zeg ik alleen maar "wat een sukkel".' Hij schudde zijn hoofd. 'Ik heb je nog zo gezegd daar niet heen te gaan.'

'Ja. En ik zou wel wat erkenning willen voor de moeite jou te negeren.' Ik leunde achterover en bestelde nog een Sapporo. We behoorden tot de laatste klanten die er nog zaten, de wijzers van de klok reikten naar het middernachtelijk uur als iemand die zijn handen omhooghoudt bij een overval, maar ik leunde voorover en sprak desondanks wat zachter. 'Ik zal je iets vertellen, Sammy.' Ik begon al die biertjes nu echt te voelen. Mijn lichaam was het drinken wat ontwend geraakt in de tijd dat ik duivels bier met mijn demonennieren filterde. 'Ja, het was waarschijnlijk stom, maar dat is niet wat me dwarszit. Het is die hele structuur. De hel. De hemel. Ik bedoel, je had het moeten zien. Het was afschuwelijk, maar ze leefden, Sam. Ze deden van alles, maakte plannen, probeerden het hoofd boven water te houden. Shit, het was niet zo gek anders dan San Judas.'

'Dat had ik je meteen kunnen vertellen, en ik ben alleen in San Judas geweest.'

'Ik maak geen grap.'

Sam glimlachte. 'Dat weet ik. En ik weet ook dat je morgenochtend zult denken dat je mij heel belangrijke dingen hebt verteld, BD. Maar denk hier maar eens aan wanneer je al dat bier uit je lijf hebt gepist: ik heb dit alles al doorgrond.'

'Huh?'

'Waarom denk je dat ik onze oorspronkelijke bedrijfssponsors heb verlaten? Waarom denk je dat ik in ballingschap leef in een gat in de werkelijkheid dat zowel de hemel als de hel met plezier terug in de ether zou doen oplossen zodra ze ontdekken waar het is? Omdat ik die sores niet meer kan verdragen. Wie weet hebben onze bazen wel gelijk.' Hij fronste. 'Misschien vertellen ze over alles de waarheid, en misschien is pure wreedheid echt de enige manier waarop het Goede ooit het Kwaad zal kunnen verslaan. Misschien heb ik, door me uit de koude oorlog terug te trekken, jou en de rest van mijn vrienden gedoemd wanneer de laatste bazuin zal blazen en de doden herrijzen en groeten.' Hij zag er verhit uit, alsof hij iets anders dan rijstthee had zitten drinken, maar toen begreep ik dat het iets anders was, een heel intense woede. 'Maar weet je wat? Ik kon het niet. Ik kon niet een zaak blijven dienen waar ik niet in geloofde. En als jij er ooit hetzelfde over denkt, Bobby... Nou, laat me dat dan weten.'

Ik staarde hem aan. Het was vreemd om deze Sam te zien. Ik wist dat hij van gedachten was veranderd, zijn besluit om zijn hart te volgen en zich bij de Derde Weg aan te sluiten – jezus, het was me die avond in Shoreline Park flink ingepeperd – maar ergens diep vanbinnen had ik mezelf nooit echt toegestaan het te geloven, alsof al dat politieke gedoe alleen maar een bevlieging van hem was, zoals een popmuzikant die opeens echte rootsmuziek wil spelen. Maar dat was het niet. En als ik er lang genoeg over nadacht, begon ik het te begrijpen.

Ik kon het me niet veroorloven er zo lang over na te denken.

'Ja, maar wat ik van jou nu graag zou willen horen is iets specifiekers, makker.' Ik pakte de rekening op en bekeek die, legde toen wat briefjes van twintig en tien erbovenop en legde de stapel op het dienblaadje. 'Ja, ik trakteer. En dus zul jij wat werk moeten doen voor je eten. Ik zoek een plaats voor de ruil. Heb je geen ideeën?'

'Met Eligor?' Hij schudde zijn hoofd. 'Natuurlijk met Eligor. Goed.' Hij trok met rijstthee onder het denken cirkels op het tafelblad. 'Ik zou zeggen dat je een openbare plek moet kiezen, uit veiligheidsoverwegingen, maar hoe meer ik erover nadenk, hoe meer ik dat betwijfel.'

'Hoezo?'

'Omdat iemand je dan misschien herkent. Je moet toch al op je tellen passen met die lui uit het grote huis. Ze hoeven maar een melding te krijgen dat jij met Eligor de Ruiter een akkoordje hebt gesloten en er wacht je een grondig onderzoek.' Wat een andere manier was om te zeggen dat mijn ziel door fiksers uit elkaar zou worden getrokken, deeltje voor deeltje, en alles wat ik ooit had gevoeld, gedacht, gezegd of gedaan zou worden overhandigd aan lui als die van het eforaat, van wie er waarschijnlijk in ieder geval één mijn gezworen aartsvijand was. Van wat ik had horen fluisteren gaan de hemelse ondervragers even grondig te werk als die van de hel, alleen wat subtieler. 'Nou, waar dan?'

'Weet ik veel. Zodra ik iets bedenk bel ik je. Ik moet nog wat dingen doen zolang ik hier in de stad zit, maar ik zal erover denken.'

'Dingen?'

'Jezus, Dollar, jij bent niet mijn enige vriend in de echte wereld, weet je.' Hij viste een tandenstoker uit het kommetje bij de kassa voor de ingang. 'Je bent wel misschien de enige die om elf uur 's avonds mee uit eten gaat bij de Koreaan, dus ik zal mijn best doen een plek te bedenken die jouw kans op overleving vergroot. Maar eigenlijk denk ik dat het beter is als ik met je meega op deze missie.'

Ik sloeg het laatste restje bier in de fles achterover en haalde hem toen in terwijl hij door de deur naar buiten liep. 'De laatste paar keren dat jij met me meeging om me te helpen kwamen we bijna om het leven. En op heel nare manieren ook. Laten we proberen het de volgende keer beter aan te pakken.'

Hij proostte naar me met een denkbeeldig glas. 'Verwarring bij onze vijanden, maat!'

'Ja.' Ik liep met hem mee naar buiten, maar hij stak zijn hand op.

'Maak je over mij geen zorgen,' zei hij. 'Zoals ik al zei, moet ik vanavond nog iets anders doen. Ik bel je. Uiterlijk morgen.'

Ik zag hem wegslenteren, de handen in de zakken en zijn machtige schouders gekromd. Het was koud geworden, vooral voor een julinacht, en ik was net aan het overwegen of ik weer langs zou gaan bij de Kompassen of naar huis, toen iemand vlak achter me zachtjes zijn keel schraapte.

Ik draaide me vliegensvlug om. In het schelle licht uit het raam van het Koreaanse restaurant stond een oude Latijns-Amerikaans uitziende vrouw, een onbekende. Ze stak een hand naar me uit en ik zag dat zij een wat verfomfaaide bos anjers met een elastiekje eromheen vasthield.

'Nee dank je,' zei ik automatisch, maar terwijl ik dat zei besefte ik dat ik iets gevaarlijks had gedaan, de nacht in stappend zonder op te letten. En terwijl ik dit besefte, besefte ik ook dat ik die vrouw eerder had gezien, maar niet als vrouw. Iets in het gezicht was vertrouwd, maar ik kon er niet de vinger op leggen.

'Wil jij geen blommetje van een aardig oud vrouwtje kopen, Bobby?' Ze glimlachte en toonde me wat authentiek uitziende, provinciaal Mexicaanse tandheelkunde. 'Wat dacht je dan van een tippeltje met mij?'

Ik had mijn hand in mijn jas gestoken, op zoek naar de kolf van mijn FN, toen ik besefte wie het was. 'Temuel...?' fluisterde ik. 'Ben jij dat?'

De aartsengel knikte en herschikte haar hoofddoek. 'En ik zou echt graag even een wandelingetje met je maken.'

# 46
# De grappigste racist die ik ken

Het was bijna middernacht maar het was op de Camino Real nog steeds behoorlijk druk. We liepen in zuidelijke richting, langs de clubs en slijters van de onsamenhangende buurt die was uitgegroeid tussen Spanish Town en de chique, zo goed als private straten van het Atherton-district. We liepen heel wat blokken door en Temuel leek geen haast te hebben om te gaan praten.

Ik probeerde intussen uit te vinden hoe het zat tussen mij en mijn aartsengel. Er waren wat dingen die ik hem zeker zou gaan vertellen, zoals de taak die ik voor hem in de hel had uitgevoerd en wat die allemaal teweeg had gebracht. Er waren ook nog wat andere dingen die ik niet onvermeld kon laten, maar dan mijn woorden wegend, zoals het feit dat Walter Sanders, een van mijn engelencollega's, daarbeneden nu de secretaris was op een piratenschip van een religieuze missionaris. Maar er waren ook dingen waarover ik veel minder behoefte voelde ze te bespreken: Caz was daar natuurlijk één van, maar ook een heleboel over Grijnzer, zeker het feit dat ik er nu niet meer over twijfelde dat dat krankzinnige duiveltje op me af was gestuurd door Anaita, een hooggeplaatste engel die toevallig ook een van Temuels eigen bazen was.

Heel graag zou ik ooit eens met iemand een gesprek voeren zonder geheimen of dubbele bodems, gewoon om te zien hoe dat is. Lijkt me heel leuk. Het zou in ieder geval minder vermoeiend zijn dan wat ik meestal moest doorstaan.

Het was waarschijnlijk gewoon toeval, maar we liepen langs een episcopale kerk toen Temuel begon te praten. Ik kon zien dat binnen licht brandde, maar aangezien het busje van een schoonmaakbedrijf ervoor stond geparkeerd, denk ik dat hij eerder geopend was voor de schoonmaak dan voor een nachtelijke geestelijke crisis. Ik kon het geloei van een stofzuiger horen.

'Ik ben blij je weer te zien, Bobby,' zei Temuel. 'Ik maakte me zorgen om je.'

'Bedankt. Ik maakte me ook zorgen om mij.'

'Heb je mijn bericht kunnen doorgeven?'

'Ja, toevallig wel.' Ik vertelde hem het hele verhaal over mijn tijd bij Grijpgraag – nou ja, het meeste ervan: ik had nog niets gezegd over Walter Sanders en trad niet te veel in detail over mijn eigen onderneming vóór en nadat ik Temuels boodschap had overgebracht, maar ik was op een vreemde manier geraakt door de verheffers en vond dat hij het verdiende om daarover te horen. 'Heb ik het juist als ik denk dat jij daar ook bent geweest?' vroeg ik.

'Ja, maar ik mag er niets over zeggen.' Dit was opmerkelijk – een hogere engel die je de waarheid niet in een heleboel gelukskoekjesvaagheden gewikkeld opdist. 'Laat mij jou nou eens een vraag stellen, Bobby. Die ideeën van die verheffers – denk je dat Grijpgraag die boodschap kan verspreiden?'

Ik had geen idee of dit missionariswerk een project was vanuit Temuels eigen geweten of dat het deel uitmaakte van een groter hemels plan, maar ik antwoordde hem zo waarheidsgetrouw mogelijk. 'Het systeem is zo tegen hem en zijn boodschap gekant dat ik weinig hoop koester. Maar als iemand daarbeneden in staat is er iets mee te doen, dan Grijpgraag wel. Hij zo sterk als een os, slimmer dan de meeste anderen, en hij heeft een heel nobel hart voor iemand die voor eeuwig gedoemd is tot de hel.'

Temuel knikte en keek toen omlaag naar zijn mobiel, wat hij, besefte ik, onder het lopen al een paar keer had gedaan. 'Verwacht je een boodschap?' vroeg ik.

Hij lachte even. 'Ik speur naar signaturen van door de hemel verstrekte mobieltjes. Ik krijg steeds een ping van eentje in de buurt.'

Ik had moeite met deze kant van Temuel. Het was alsof je je lieve oude opaatje in Q uit de James Bond-films zag veranderen. Daar gis ik maar naar want ik kende mijn eigen grootvader net zomin als Alexander de Grote. 'Denk je dat je gevolgd wordt?' vroeg ik hem. 'Bespioneerd?'

'Ik maak me daar minder zorgen om dan dat we een van jouw collega's tegen het lijf lopen.'

Ik keek hem aan en probeerde niet te lachen. 'Eh, maar je ziet eruit als een oud vrouwtje die een plaatselijke bodega runt. Hoe moeten zij jou herkennen?'

Hij keek me wat teleurgesteld aan, alsof ik gezakt was voor de test.

'Je kunt niet voorzichtig genoeg zijn.'

Het drong tot me door dat Theemuts, behalve af en toe een bezoekje aan de hel en dit tweede uitstapje met mij, misschien niet zo vaak uit de hemel kwam. 'Oké. Jij zal het wel weten. Maar nu wil ik met je over iets anders praten.'

Ik vertelde hem hoe ik Walter Sanders ontmoet had in de hel. Temuel luisterde zonder commentaar, alleen vroeg hij me wat Walter zich herinnerde van zijn overgang van engel buiten dienst naar helse accountant.

'Eigenlijk niets.' Ik had besloten zowel Grijnzer als enige verdenking van Anaita's betrokkenheid niet te vermelden en wilde dat zo houden. Er was een goede kans dat Temuel aan mijn kant stond – een gewone aartsengel werd net zomin verondersteld zich persoonlijk met de hel te bemoeien als ik, dus hij had beslist zo zijn geheimen voor onze bazen – maar engelenpolitiek was mij sowieso al te duister en de laatste paar maanden waren ze nog krankzinniger geworden. 'Het is één groot mysterie. Voor zover ik weet probeerde iemand voor de Kompassen een mes in me te planten, maar werd in plaats daarvan Walter neergestoken. Het volgende moment zit Walter in de hel met geheugenverlies.'

'Vatriel was met jou aan het praten toen het gebeurde,' zei Temuel sluw. 'Misschien wilde iemand jou daarheen zenden.'

Dat was zo'n beetje wat ik ook had gedacht tot Walter me het laatste beetje dat hij zich kon herinneren had verteld, dat liefelijke engelenstemmetje dat hem naar Bobby Dollar had gevraagd. Het was heel goed mogelijk dat de eerste aanval om mij had gedraaid, maar ik dacht niet langer dat ik het doelwit was geweest. Maar ook dit deelde ik niet met Temuel. Verdomme, het was frustrerend te weten dat ik zo rechtstreeks kon spreken met een hogere engel en daar geen gebruik van kon maken. Toch zou iedereen die mij kende waarschijnlijk zeggen dat alles wat mij ervan weerhoudt me halsoverkop in een zaak te storten, iets goeds moet zijn. En ik deed echt mijn best te leren hoe je je mond dicht houdt en je oren en ogen open.

'Dus wat is nu onze positie?' vroeg ik om het onderwerp te veranderen.

Temuel keek op zijn mobiel en tuurde om zich heen. 'Ik geloof dat we Oakwood Road naderen.'

'Nee, ik bedoel hoe wij er nu voor staan. Het is een idiote toestand en er is duidelijk een heleboel waar we het niet over hebben, bijvoorbeeld hoe jij weet wat je weet en waarom ik daar überhaupt heen wilde.'

'Ik vertrouw je, Bobby. Ik hoop dat je mij ook vertrouwt.'

'Natuurlijk.' Ik vertrouwde niemand.

'Mooi.' Hij stak zijn arm door de mijne. We bleven lopen, ik en het kleine Latijns-Amerikaanse vrouwtje met onzichtbaar aureool. 'Ik denk dat we alles even moeten laten rusten,' begon Temuel toen een auto langsreed en met piepende remmen stopte.

Dit keer had ik de kolf van mijn Belgische automatisch pistool wel in mijn hand en al half uit mijn jas getrokken toen ik de antieke blauwe Camaro herkende; een ogenblik later zag ik de krankzinnige knoeperd van een kuif van de chauffeur die het plaatje compleet maakte.

'Hé, Bobby!' schreeuwde Jonge Elvis. 'Nieuw vriendinnetje?'

Hij liet de motor brullen als de speedboot van een drugdealer. Het was een mooi karretje, moest zelfs ik toegeven, met voorop twee racestrepen. Jonge Elvis was dan misschien een beetje een sukkel, maar hij is wel de enige engel die ik ken met verstand van auto's.

'Wat voor de duivel voer jij uit in deze contreien?' vroeg ik hem, terwijl ik Temuel onopvallend losliet.

Jonge Elvis bekeek de menselijke gedaante van de aartsengel van top tot teen en trok een geamuseerd gezicht. 'Nee echt, Dollar,' zei hij terwijl ik naar de rand van de stoep liep, 'ga je uit met je schoonmaakster of zo?'

'Jij bent de grappigste racist die ik ken.' Ik bukte me en keek door het geopende passagiersraampje. 'Heb je een cliënt?'

'Ik ben net klaar met eentje. Leuke vent. Viel van een dak. De halve buurt stond eromheen te grienen. Wat ben je aan het doen? Serieus, wie is dat?'

'Die vrouw? Dat is gewoon een arme oude dakloze dame die mij aansprak.'

'Echt?' Jonge E grijnsde. 'Was je haar echt niet aan het versieren? Het leek dikke mik tussen jullie.'

Normaliter wanneer hij zo irritant wordt, probeer ik hem even aan het verstand te peuteren waarom hij aanspraak maakt op de titel Grootste Klootzak van de Hemel, maar nu wilde ik alleen maar dat hij wegging. 'Ja, klopt. Ik deed haar denken aan haar zoon, dat zei ze tenminste. Ik ben gewoon aardig. Zoek dat maar op in het officiële handboek. Ik geloof dat engelen dat behoren te zijn.'

'Engelen die mietjes zijn misschien.' Hij schudde zijn indrukwekkende spuuglok en startte zijn motor. 'Nou, ik wil je goede daad niet verstoren. Ik zal iedereen in de Kompassen vertellen dat ze je misschien een tijdje niet zullen zien, aangezien je druk bezig bent met zorgen voor de nooddruftigen, de vadsigen en de hitsigen.'

Bulderend reed hij weg en zwaaide. Hij is echt niet zo'n lul als hij lijkt. Nou, oké, dat is hij wel, maar hij wil niet zo zijn – het Opperwezen heeft hem zo gemaakt.

Toen ik naar Temuel terugliep kon ik zien dat hij wat nerveus was. Hij zei dat we gauw weer verder zouden praten en dat we over dit alles met geen woord moesten reppen in de hemel, alleen hier, en alleen wanneer we zeker wisten dat niemand ons hoorde. Toen was hij ineens weg.

Pas toen ik terugkeerde in mijn appartement besefte ik dat mijn telefoon al die tijd had uitgestaan. Er stond een nieuw voicemailbericht op van Sam, die zei waar wij de afspraak moesten laten plaatsvinden. Toen ik de boodschap had gehoord werd er opnieuw gebeld. Het nummer was geblokkeerd, dus nam ik op en zei ik: 'Ja, ik heb je bericht ontvangen.'

'Dat is heel indrukwekkend,' zei Eligor, groothertog van de hel. 'Vooral aangezien ik er geen heb achtergelaten. Heb jij dat wat ik zoek?'

Ik stond als aan de grond genageld. De laatste keer dat ik die stem had gehoord, had de spreker mij net op bijna iedere denkbare manier gemarteld en gooide hij mij eruit, waarna ik voor mijn leven moest rennen met Niloch en zijn honden achter me aan. Het zal je niet verbazen dat mijn hart wat sneller ging kloppen en ik bloed achter in mijn mond proefde. 'Ja, ik heb wat je zoekt. Dat heb ik je secretaresse al verteld. Wanneer wil je de ontmoeting laten plaatsvinden?'

'Hoe laat is het, één uur 's ochtends? Ik zie je over een uurtje. Zeg maar waar.'

'Een uurtje?' Hoezeer ik ook popelde om Caz bij hem weg te halen, wist ik niet of ik Sam op tijd kon bereiken, en ik kon die veer zonder hem niet terugvinden. 'Dat wordt lastig.'

'Echt? Ik dacht dat je haast zou hebben om mijn handelswaar in je handjes te krijgen.' Hij lachte. Ik had geweldig veel zin om hem door de telefoon heen een klap voor zijn smoel te geven. 'Nou, jij mag het zeggen, Dollar, als je nog wat wilt wachten...'

'Laat maar. Ik zal er zijn. Ik zie je op de bovenste verdieping van de parkeergarage tegenover Pier 40. Dat is die...'

'Naast de aanlegplaats van de veerpont, ja, ik weet het. Ik zal er zijn. Ciao!'

Ja, ik weet dat ik mezelf liet opjagen, maar behalve Sam te pakken krijgen, hoefde ik eigenlijk niet zoveel meer te doen ter voorbereiding.

Zie je, ik hoopte dat als Eligor dacht dat hij de overhand had, dat de boel makkelijker zou maken.

Wat zeg je? Dat Eligor écht de overhand had, en dat ik een ontzettende stomkop was dat ik me liet opjagen? Sorry, dat hoorde ik niet. Zeg het later nog maar eens wanneer ik niet zo druk bezig ben met jou te negeren.

Tot mijn grote opluchting nam Sam op toen ik hem belde, en hij bevond zich nog steeds aan mijn kant van de lachspiegel, dus ik hoefde de afspraak niet af te zeggen. Hij beloofde dat hij er zou zijn.

'Weet je zeker dat die Pier 40 een geschikte plaats is?' vroeg ik.

'Hoe kan iemand zeker zijn van iets als dit? Maar ik denk dat het de beste keus voor ons is. Koester maar vrome gedachten, dan zie ik je op de parkeerplaats verderop in de straat bij Wimpy's Stomerij rond tien voor twee.'

'Oké,' zei ik en hing op. Ik was zo zenuwachtig dat ik nodig moest pissen. *Welk een wonder schepsel is de mens toch* – me reet. Te groot brein, te kleine blaas, en alleen de saaiste onderdelen zijn onsterfelijk.

Maar voor ik naar de wc ging, stopte ik mijn zakken nog even vol met snelladers vol zilveren kogels, voor het geval de boel uit de hand liep bij de ruil. Niet dat ik er tegen de groothertog zelf veel aan zou hebben. Als de ruil om een of andere reden uit de klauwen en in de soep liep, zou mijn enige hoop tegen Eligor zijn dat hij me zo hard zou uitlachen dat hij erin bleef.

Maar toch was er een heel kleine, onwaarschijnlijke kans dat het allemaal ging lukken en dat ik over een paar uur hier in mijn appartement terug zou keren met Caz.

Ik herinner me dat ik wenste wat meer tijd te hebben om de boel een beetje te fatsoeneren.

## *47*
# Praktisch aan de kade

Tegen de tijd dat ik bij Wimpy's Stomerij was aangekomen, een populaire hamburgertent in een ouderwetse zilveren restauratiewagen op Parade Street, kwam Sam net naar buiten met een zak vol kleine hamburgers. Die hamburgers stoorden me niet zo – ook engelen moeten eten, in ieder geval op aarde – maar hij had ook Clarence de leerling-engel bij zich, en dat stoorde me ontzettend.

'O, kom op! Spreekt iedereen dan met iedereen achter mijn rug?'

Clarence glimlachte wat, maar hij had het fatsoen om beschaamd te kijken. 'Zo'n beetje wel, Bobby.'

'Sorry dat ik moeilijk doe,' zei ik tegen Sam, 'maar was hij niet,' ik wees naar Clarence, 'degene die probeerde jou te arresteren? En hoort hij dat niet nog steeds te doen?'

'Je moet niet alles zo zwart-wit zien, B.' Sam nam een burgertje uit de zak en slokte die in één hap op. 'Ja, in andere omstandigheden zou onze vriend hier het misschien voor zijn plicht houden mij uit te leveren aan zijn oversten – mijn ex-bazen.' Hij likte zijn vingers en veegde ze toen af aan zijn broekspijpen. Ik haatte het wanneer hij dat deed. Honden volgden hem vaak in het park. 'Maar zoals iedere weldenkende engel is hij in staat te begrijpen dat veranderende omstandigheden soms vragen om meer... flexibiliteit.'

'Wat hij bedoelt te zeggen is dat ik voor je klaar sta, Bobby,' zei Clarence zo oprecht als een presentator die een didactisch kinderprogramma afsluit. 'Het kan me geen biet schelen wat je hebt gedaan, je bent nog altijd een engel en we staan nog altijd aan dezelfde kant. Ik ga je echt niet zonder slag of stoot door een hooivorkdragende hoge heer laten mollen.'

Ik kreunde. 'Jezus, Sam, dat klinkt zelfs precies zoals jij het zou zeggen.

Dit is echt klote.' Ik maakte me niet druk om een eventueel gevecht – dat joch zou zich waarschijnlijk prima redden. Hij had wat training gehad en schoot niet slecht. Waar ik mee in mijn maag zat, was wat Clarence ging doen als we deze avond allemaal overleefden. 'Ik kan het risico niet nemen, jongen, sorry,' zei ik ten slotte. 'Je kunt niet mee. Ik kan niet riskeren dat jij te veel te weten komt over mijn persoonlijke zaken.'

'Hoezo? Ik weet al zo'n beetje alles,' zei hij. 'Ik bedoel, ik weet alles van jouw vriendinnetje uit de hel. Ik weet dat al een tijd en heb het niemand verteld, dus wat is nu het probleem?'

'Wéét je dat?' Ik keerde me tot Sam. Ik voelde een ader in mijn slaap zo hard kloppen dat hij open leek te zullen barsten waarna hij met hoge bloeddruk als een brandweerslang alle kanten op zou spuiten. 'Wéét hij dat?'

'Dat is niet mijn schuld,' zei mijn beste vriend, nog een piepklein burgertje verorberend. 'Man, wat zijn deze lekker. Hij wist al van Caz. Ik had daar niets mee te maken.'

'Kom op, Bobby!' zei het joch. 'Wat moest ik dán geloven? Dat jij je lichaam drie weken achterliet zodat jij vakantie kon vieren in het Sandals Resort in Puerto Vallarta? Of wat had je ook al weer echt bedacht? Seattle? Jo, te gek: het Hendrix-museum en de Space Needle!'

Ik keek hem kwaad aan en meende het ook. 'Ik vond je leuker toen je nog de dorpsgek was. Oké, ga dan maar mee. En ik waardeer het ook, geloof ik. Maar laat het grappen maken aan mij over.'

Hij keek niet echt bepaald berouwvol. 'Goed, Bobby. Wat jij wil.'

Het was precies twee uur toen we door Parade Street liepen in de richting van Pier 40. Ik vertelde ze wat ik dacht dat te gebeuren stond en wat zij moesten doen, of de dingen nou volgens plan verliepen of niet. Toen wij de parkeergarage aan de overkant van de pier bereikten, ontdekten we dat de ketting die normaliter 's avonds voor de ingang wordt uitgehangen, met een betonschaar was doorgeknipt; de uiteinden lagen daar als twee opgerolde lamlendige slangen.

Het was een koele avond, en de wind uit de baai deed het meer op februari lijken dan op juli, maar ik liet me door hoop warm houden. We gingen omhoog naar de bovenste verdieping en spraken zachtjes maar deden verder geen moeite om onze komst geheim te houden. Twee gestaltes stonden in de verre hoek te wachten, naast Kenneth Valds lange zwarte slee, ongetwijfeld pantserwerk van Orban-kwaliteit. Wat zeg ik, misschien had die oude Hongaarse klootzak wel echt Valds auto gepantserd, wist ik veel.

Een van de twee was extreem lang, en de andere was Eligor zelf. Ik moest een plotselinge opwelling van woede en paniek onderdrukken. Waar was Caz? Zat ze in de auto? Was ze hier wel?

Eligors metgezel was niet alleen heel lang maar ook heel vreemd: bijna twee meter tien en tamelijk gespierd, maar zijn handen en voeten waren veel te groot voor de rest van zijn lichaam en zijn hoofd was te klein, wat hem deed lijken op een (ik kan het niet op een aardiger manier zeggen) ingeklapte parasol. Maar de ogen onder de wijkende schedel waren scherp en doelgericht, en ik wist vrijwel zeker dat die enorme dienbladhanden zo sterk waren als ze eruitzagen.

'Meneer Dollar.' Eligor droeg zijn Kenneth Vald-lichaam en zijn soberste vrijetijdskleding, alsof hij op een plezierjacht ging varen met zijn oude schoolvrienden. Hij keek net lang genoeg naar Sam om aan te geven dat hij hem herkende, en wierp toen een blik op Clarence waarna hij weer naar mij keek. 'Zo zien we elkaar weer! Gefeliciteerd met je ontsnapping. O, en de onzen die commissaris Niloch nogal irritant vonden, willen je graag bedanken dat je zijn hoofd in de afgrond hebt gegooid. Het zal hem een paar duizend jaar kosten om zichzelf weer met zijn tong naar boven te werken.'

'Waar is de gravin?' Ik probeerde niet te schreeuwen.

Eligor schudde zijn hoofd. 'Geen waardering voor de kunst van het converseren. Dat is het probleem met die stoerejongensact van jou, Dollar – louter korte oneliners en zwartgallige replieken. Wat is er mis met Sherlock Holmes of Hercule Poirot, helden die niet op hun mondje gevallen waren?' Hij trok een wenkbrauw op bij het onwillekeurig gegrom dat aan mij ontsnapte. 'O, goed dan, jij je zin.' Hij zwaaide naar de lange man. 'Hij wil de gravin zien, Sladood. Wil jij zo goed zijn, alsjeblieft?'

De lijfwacht opende het achterportier van de slee en bukte. Toen hij weer rechtop stond hielp hij niet al te zachtzinnig Caz uit de auto te klimmen. Zij was ook niet zo gracieus als gewoonlijk, aangezien haar handen op haar rug waren gebonden. Ze droeg ook een knevel voor haar mond. Ik dwong mezelf diep adem te halen voor ik iemand neerschoot.

'Laat haar nu gaan, dan krijg je de veer,' zei ik tegen de groothertog.

'Dit is het gedeelte dat Sam niet helemaal duidelijk heeft uitgelegd,' zei Clarence in mijn oor. 'Wat moet hij met die veer...?'

'Kop dicht,' raadde ik hem aan. 'Stuur haar naar ons toe, Eligor.'

Eligor grinnikte. 'Oh, nee, nee. De veer komt vóór het meisje. Ik geef je mijn woord.'

'Fijn! Ik hoopte al dat ik een gezworen belofte zou krijgen van een van de meest louche gasten van de hel,' zei ik. 'Want dan zit het wel snor.' Maar ik wist dat hij me niet zomaar kon bedriegen. De hoge heren van de hel hebben een merkwaardige haat-liefderelatie met de waarheid, en als je slim genoeg bent, kun je dat uitbuiten. 'Toe maar, Sam. Haal het maar.'

Sam pakte het ding dat hij de Handschoen van God noemde, het machtige voorwerp dat Kephas hem had gegeven toen Sam had ingestemd om voor de Derde Weg te gaan werken. Het zou verdomd ironisch zijn als Anaita's geschenk aan Sam mij weer zou helpen, dacht ik – mijn enige vrolijke gedachte op dat moment. Het kringelende niets vlamde wit op in de donkere garage, zo fel als een lichtkogel, maar met meer kleuren. Toen Sam het over zijn hand had aangetrokken, zocht hij ermee in mijn zak en haalde de veer tevoorschijn. Clarence keek stomverbaasd, zo betoverd dat ik blij was dat ik op dat moment niets van hem verwachtte. Caz staarde hulpeloos naar me vanachter haar mondprop. Ik probeerde mezelf niet te verliezen in haar aanblik, maar haar aanblik in mijn ooghoek was alsof iets scherps me in een van mijn hartkamers prikte.

Eligor bekeek Sams gloeiende vingers. 'Nee maar, je hebt niet stilgezeten, Sammariel. Bobby zei al dat je dat kon, maar ik kon het niet geloven.'

Sam keek hem koel aan. 'Er is een hoop dat u niet weet, hoogheid. Wat wil je dat ik met de veer doe, Bobby?'

'Geef hem aan Clarence.'

De jongen keek naar mij alsof ik koeterwaals sprak. 'Huh? Waarom aan mij?'

'Om hem bij je te houden,' zei ik en haalde mijn pistool uit mijn zak. 'Want zo meteen zal het hier behoorlijk gecompliceerd worden. Pak aan.'

Clarence pakte het met grote ogen aan. Ik kon zien dat alleen al dat ding vasthouden hem nerveus maakte. Eerlijk gezegd, als je het ooit zelf zou zien, zou je ook nerveus zijn. Zelfs een halvegare zou zien dat het een veer was van een machtige engel. Dat was gewoon... duidelijk.

'Ga nu kijken of Caz het goed maakt, Sam,' zei ik. Hij en ik hadden dit al besproken, maar dat maakte het niet minder gevaarlijk. Ik trok de veiligheidspal van mijn pistool.

'Echt, Dollar, dit is een belediging,' zei Eligor, maar hij grijnsde nog steeds. 'Dat is het probleem met jullie hemelse luitjes, jullie denken dat jullie de enige eerzamen zijn.'

Ik ving Caz' blik op toen Sam naar haar toe liep. Ze keek opmerkelijk dof en hopeloos, een uitdrukking die hopelijk snel zou worden verklaard. Sam ging met zijn gloeiende hand over haar hoofd heen en ervoorlangs, zwevend vlak boven het lijfje van haar witte mini-jurk. Caz staarde naar Sams hand met bijna iets als doodsangst.

'Nep, Bobby.' Sam stak de handschoen in zijn zak. 'Ze is een illusie.'

Ik richtte mijn pistool op Eligors gezicht. Ik bevond me zo'n vijf meter van hem vandaan en wist dat ik zeker twee of drie zilveren kogels in zijn aardse lichaam kon planten voor hij mij te pakken kon krijgen, hoe snel hij ook was. Dat zou mijn kansen wat verbeteren en me wat tijd geven om te beslissen wat me te doen stond. Ik had wel gedacht dat hij spelletjes zou spelen, dus was niet al te verbaasd. 'Gaan we zo beginnen? Serieus?'

Eligor rolde met zijn ogen. 'Och, kom. Gewoon een lolletje. Jullie cumuluskoppen moeten eens niet zo opgefokt doen.' Hij gebaarde achteloos en de nep-Caz verdween, waardoor Sladood opeens in zijn eentje voor het geopende limoportier stond. Er was verder niemand te zien in de auto.

'Je zei dat je wilde ruilen, Eligor. Ik kwam hier voor een eerlijke ruil. Ga je nu nog de gravin laten komen of moet ik je smoel in gehakt veranderen? Dat en nog veel meer heb je van me tegoed.'

Heel even sidderde Kenneth Valds gezicht en stroomde het als water over een rots. Eronder zat iets veel akeligers, een masker van duistere razernij, een hoofd met slangachtige krullen en twee gebogen hoorns, de ene lang, de ander merkwaardig gedrongen en misvormd, als iets wat door grote hitte was gesmolten. Toen loste het echt ijzingwekkende masker van woede op in het smalende Vald-lachje. 'Echt engeltje?' zei hij. 'Durf jij op mij te schieten?'

De groothertog gaf geen zichtbaar teken, maar ik hoorde Clarence naar adem happen van schrik terwijl Sladood een geweer met afgezaagde loop uit zijn wijde mouw en in zijn hand schudde, en dat toen op mijn hoofd richtte. Het leek op een derringer in de enorme knuist van de lijfwacht. 'Laat vallen of ik laat jou vallen,' stelde de parasol voor.

Klik. Klik-klik-klik. Nu hadden Sam en een veel te opgewonden Clarence hun wapens ook getrokken en de haan gespannen, allebei gericht op Sladood. Dat zorgde ervoor dat wij allen, behalve Eligor, onze wapens hadden getrokken in een kleine, afgesloten ruimte. Nu hing er veel af van wat de Ruiter ging doen. Ik staarde naar hem.

'Nou?' vroeg ik.

'Wat nou?' Eligor vermaakte zich, of in ieder geval ogenschijnlijk. 'Speel je Phillip Marlowe? Zo ja, moet je wel zorgen dat je deze avond bedroefd maar wijzer besluit.'

'Schiet nou maar op,' zei ik. 'Ik wil Caz, zoals je in Vleespaard hebt beloofd. Ik wil dat ze vrij is en gezond, en geen represailles, zoals je hebt beloofd. Daarvoor in de plaats krijg jij de veer. Daarna kunnen jij en Kephas jullie eigen overeenkomst uit gaan werken. Ik geef geen fluit om al die politieke shit.'

'Al goed, al goed. Je bent wel een zeikerdje, zeg. "Ik wil dit en ik wil dat..." Waar hebben ze jou opgeduikeld?' Eligor stak sarcastisch zijn handen heel theatraal in zijn zakken en keek rond alsof hij er echt over aan het denken was. 'Goed, jij je zin. Genoeg tijd verspild.' Hij reikte opzij en opeens was daar een rits, of in ieder geval de helse versie daarvan, een rode gloed als een verticale wond in de lucht getrokken. Hij reikte uit door de rode gloed en trok een andere Caz tevoorschijn, gebonden en met een mondprop, net als de vorige, maar waar die vorige merkwaardig passief was geweest, vocht deze om los te komen.

Eligor hield haar aan haar kraag op armlengte van zich af alsof ze niet méér woog dan een polotruitje. Haar schoppende voeten hingen zo'n twintig centimeter boven de grond. 'Hier heb je die teef,' zei hij. 'Ze zeurt toch alleen maar aan één stuk door.'

'En is zij het echt dit keer? Zweer je dat bij het Opperwezen?'

Hij rolde met zijn ogen als een verveelde puber. 'Ja, precies zoals ik je al zei in Vleespaard. Ik toonde haar toen aan jou en jij zei dat je mij er de veer voor zou geven, weet je nog? Dit is ze, dat zweer ik. Nee, omdat jij dat wil zweer ik bij de Tartarusconventie, het Opperwezen en mijn eigen bestaan. Dat is toch wat je wil? Dat een helse heerser zijn plechtige woord geeft? Luister dan – ik zweer bij al het voornoemde dat dit dezelfde vrouw is.'

Sam bewoog langzaam met de Handschoen van God over haar hoofd en voor haar borst. 'Ze is geen illusie, B. Deze is echt.'

Eligor zette haar neer. Ze viel bijna om, maar Sam greep haar bij de elleboog en hielp haar weer in evenwicht te komen. Ze rende naar me toe, nog steeds met de mondprop, handen nog steeds gebonden, en wierp zich tegen me aan. Ik sloeg mijn armen om haar heen, helemaal van mijn stuk om haar hart zo dicht bij het mijne te voelen kloppen.

'Geef hem de veer,' zei ik.

'Weet je het zeker?' Sam keek naar Eligor, die nu met de armen over elkaar stond. Sladood hield zijn geweer nog steeds op ons gericht, maar leek niet meer zo gretig om de trekker over te halen als enige ogenblikken tevoren.

'Ja. Geef hem maar.'

Sam hield hem voor zich uit, maar typerend voor hem bleef hij staan waar hij stond en liet Eligor een stap voorwaarts zetten om hem te pakken. De groothertog nam hem tussen zijn vingers en hield hem op naar de zwakke gele gloed van de plafondverlichting in de garage. 'Het is echt een prachtig ding,' zei de Ruiter. 'Ook heel speciaal, wanneer je bedenkt waar het voor staat – de hemel en de hel die echt samenwerken. Jammer dat jij en die andere kleingeestige lui niks beters met dit symbool weten te doen dan mij ermee chanteren.'

Ik keurde deze lulkoek niet eens een antwoord waardig. Ik bleef kalm en concentreerde me op de slanke, huiverende vrouw die tegen me aan gedrukt stond. Ze keek op met smekende blik. Ik boog vooroveren kuste haar op de wangen, heel terloops, waarna ik me weer tot Eligor keerde. Ze smaakte zout. Ik dacht dat dat kwam omdat ze huilde.

'O, Bobby...!' zei ze. Ze klonk verre van gelukkig.

'Had je verder nog wat? Nog een spitsvondige oneliner? Nou, fijne avond dan, Dollar.' De groothertog kuierde naar zijn slee en nam achterin plaats. Sladood sloot het portier achter hem. Toen die grote griezel zich achter het stuur zette en de motor startte, besefte ik dat die al de hele tijd stationair had gedraaid. Waarom wilde Eligor meteen weg kunnen rijden? Hij had toch niet echt geloofd dat ik zou vallen voor die dubbelgangster, of wel?

Eligor draaide het raampje van het achterportier open. 'Ik vermoed dat we elkaar weer zullen zien,' zei hij terwijl de auto achteruitreed en naar de uitgang keerde. 'Dat heb je met irritante lui, je blijft ze maar overal tegenkomen...'

En toen stuiterde de grote auto van de uitrit. Clarence slaakte een zucht van verlichting – het klonk alsof iemand op een hamster stapte – en ging zitten op de met olie besmeurde betonvloer van de parkeergarage. Het was voor hem duidelijk allemaal wat te veel van het goede geweest. Maar het was het allemaal waard, want ik hield Caz nu weer in mijn armen.

Ik had gewacht tot die klootzak weg was om haar eens goed te zoenen, maar voor ik mijn gezicht omlaag kon brengen naar het hare, besefte ik dat mijn arm nat aanvoelde waar ik haar vasthield. Even dacht ik dat ze misschien geraakt was door een kogel, hoewel er geen pistoolschot was gelost, en raakte ik in paniek.

Ze huilde, harder dan ik ooit iemand had zien huilen; de tranen stroomden over haar wangen. Toen begon haar gezicht te sidderen, alsof ik het door diep water heen zag. Een ogenblik later spoelde alles wat Caz kenmerkte van haar weg, als natte verf die van een muur wordt gespoten, en staarde ik omlaag in de gekwelde, wazige ogen van Marmora, de verdronken secretaresse van Vleespaard.

'Het... Het spijt me... Bobby... Dollar.' Ze had nu haar eigen stem, haar lichaam ook, lang en dun en spichtig. De plas rond haar voeten werd steeds groter terwijl ik in machteloos afgrijzen naar haar staarde. 'Ze geeft... zoveel... om...' Ze hoestte, een beetje borrelend. 'Het spijt me. Hij liet me... jou om de tuin leiden,' mompelde ze, haar woorden klonken steeds meer als gegorgel. 'En ook spijtig... voor mij. Ik had... hier... fijn kunnen... leven, denk ik...' Haar hoofd bungelde op haar lange, bleke nek en haar gekookte eieren van ogen namen de parkeergarage in zich op, de remsporen op de grond en de uitlaatvlekken op de betonnen muren. Haar mond vertrok zich tot een onvaste maar stralende glimlach. 'Hier is het... zo... mooi...'

En toen viel ze plompverloren als vloeistof en kleur uiteen, en vloeide uit mijn armen in spetterende straaltjes op de harde vloer. Het water stroomde in alle richtingen tot het een afvoer vond; toen stroomde alles die kant op, omlaag naar het lagergelegen niveau.

## 48
# Medeplichtigen na de daad

Iemand bonkte heel vastberaden op mijn deur. Hij beukte erop los. Elke slag leek door mijn hoofd te rammen als een van die supervertraagde filmpjes van iemand die een appel in stukken schiet. Ik kreunde en zocht over de vloer naast mijn bed naar mijn automatische wapen en hield dat toen stevig tegen mijn borst. Als dat beuken niet snel ophield, zou ik hem gebruiken, ofwel op die idioot voor mijn deur of op mezelf, wat ook maar het snelst een einde aan het lijden zou maken. En ik voelde me niet zo omdat ik een kater had. Dat had ik wel, en niet zo'n beetje ook, maar het drinken en de nawerking ervan waren slechts bijproducten van hoe weinig ik om wat dan ook gaf.

*Bonk, bonk, bonk.* 'Bobby! Doe de deur open of ik trap hem in.' Het was Sam.

'Krijg de klere met je kabaal,' schreeuwde ik, maar dat deed mijn hoofd evenveel pijn als het bonken had gedaan. Echt, zelfs voor iemand die pas nog in zijn eigen hersenpan had gewroet om een woedende intracubus te verwijderen, was dit geen pretje. 'Ga weg of ik knal je pik eraf.'

'Dinges had gelijk, je bent echt een zeikerd. Kom, sta op en laat me erin.'

Ik besefte dat als ik in mijn huidige, nogal gebrekkige toestand de trekker zou overhalen, ik misschien niet goed genoeg zou mikken om een dodelijk schot te lossen. Het zou echter wel een keiharde KNAL bij mijn oor geven. Dan zou Sam vervolgens de deur intrappen BENG BENG KRAAK. Ik kon evengoed mijn zenuwstelsel in de fik steken en proberen het met een vleeshamer te doven. Ik begon naar de deur te kruipen, bleef haken achter de goedkope sofa, werkte mezelf ten slotte overeind en wankelde naar de plek waar ik die luidruchtige, harteloze lul binnen kon laten.

Ik had mijn pistool nog steeds in de hand. Sam keek omlaag, trok een wenkbrauw op en zei: 'Blij me te zien?'

'Hou je kop. Zeg nooit meer wat. Kom binnen als het moet.'

'Gaat niet. Ik wacht op Clarence. Hij parkeert de auto.'

'Clarence?' Ik kreunde en strompelde naar de bank. 'Heb je hem hier gebracht? *Et* fucking *tu, Brute?*' Alleen al de gedachte aan de vrolijke, kinderlijke vragen van dat broekie gaven me de behoefte te kotsen in mijn eigen kop. 'Ga toch weg. Allebei.' Ik sloot mijn ogen en wenste een snelle dood.

'Vergeet het maar,' zei Sam. Ik rook iets en deed mijn ogen weer open. Hij bewoog een bak koffie onder mijn neus. 'Drink dit. Je zit hier al zes dagen opgesloten, B. Je hebt het heel zwaar, dat weet ik, maar je kunt niet zomaar het bijltje erbij neergooien.'

Ik lachte, maar zelfs ik vond dat het onaangenaam klonk. 'Kan ik dat niet? Moet je opletten, dan geef ik je een masterclass in totale overgave.'

Clarence kwam de kamer binnenbanjeren als een mastodont met stalen laarsneuzen. 'Jezus, wat een meur!' was het eerste wat hij zei.

'Ook fijn om jou te zien, knul.' Ik liet wat hete koffie rondklotsen door mijn mond. Ik wist dat ik als ik het doorslikte zou instemmen om nog minstens een paar uur te blijven leven, en ik stond niet te trappelen om die deal te ondertekenen. Toch smaakte het wel lekker. Nou ja, het was heet en smaakte als koffie. Dat kwam op hetzelfde neer. 'Oké, en als jullie nu eens allebei ophoepelden?'

'We laten je jezelf niet dood drinken, Bobby,' verklaarde Clarence.

'Dan kom je te laat. Ik ben al dood, weet je nog? Zo, nu dat is opgehelderd is het echt de hoogste tijd voor jullie om op te zouten. Kom nog eens langs. Begin tweeëntwintigste eeuw lijkt me prima.'

Sam keek de kamer rond. 'Dit, Clarence mijn jonge vriend, is een schoolvoorbeeld van de kracht van zelfmedelijden. Je kunt het zien, je kunt het horen in zijn stem, en het Opperwezen weet dat je het ook kunt ruiken.'

'Lik me reet, Sam. Serieus.'

'Echt, we weten dat je van streek bent. Dat begrijpen we volkomen.' Clarence kwam dichterbij, zo voorzichtig als een mijnenveger wadend door lege verpakkingen en zakjes. Ik was als de dood dat hij bij me zou komen zitten om aardig tegen me te doen, maar hij stopte een paar meter van me vandaan dus ik hoefde hem niet in de voeten te schieten of zo. 'Maar geef de moed niet op, Bobby. Je weet wat ze zeggen: je kunt beter...'

'Jongen, als de volgende woorden die uit je mond rollen liefhebben en verliezen omvatten,' voegde ik hem toe, 'ram ik je zo hard voor je bek dat je ogen en oren en al je andere gezichtskenmerken 'm peren naar de achterkant van je hoofd om zich daar voor altijd schuil te houden. Waag het niet. Je zult de rest van je engelenbestaan rondlopen als een Picasso-portret.'

'Zie je wel! Je bent je gevoel voor humor nog niet kwijt.'

Ik deed mijn ogen weer dicht. 'Ik bén al door de hel gegaan. Waarom doen jullie me dit aan?'

'Omdat we je hiervandaan willen halen,' zei Clarence. 'Je moet jezelf opkalefateren. Je hebt frisse lucht nodig.'

'Waar ik echt behoefte aan heb... nou, dat zul je weten tegen de tijd dat je beseft dat krijsen je geen zier helpt.'

Clarence zuchtte en rolde met zijn ogen. 'Sam, kun jij tot hem doordringen?'

Sam lachte. 'Ja doei, die gast luistert nooit naar mij. Anders zou hij niet in deze toestand zitten.'

'Waar slaat dat op?' Mijn ogen hield ik echter nog steeds dicht. Ik had de hoop nog niet helemaal opgegeven dat deze mensen die zo luid pratten in mijn appartement zaten slechts een nachtmerrie waren zoals ik er al zoveel had gehad. 'Echt, jij geeft de slechtste adviezen sinds iemand Lincoln voorstelde op zijn vrije avond eens naar het theater te gaan.'

'Da's een ouwe, zielige zuipschuit.' Hij keerde zich tot de jongen. 'Je kunt merken dat hij opknapt wanneer hij weer denkt dat hij grappig is. Vertel hem niet de waarheid of hij raakt misschien in paniek. Laten we hem onder de douche zetten.'

Dat zou niet zo rot zijn geweest als ik mijn gas en elektra niet vergeten was te betalen. Dan had ik warm water gehad.

We gingen naar Oyster Bill's, aan de kade.

Ik zou me niet zo makkelijk weer uit de dood laten herrijzen, maar mijn mixdrankjes waren al een paar dagen op en de combinatie van onverdunde drank en gestold junkfood deden me de das om. Aangezien ik totaal niet in staat was geweest om mijn auto te vinden, was ik de pure wodka maar gaan aanlengen met spul als maraskino kersensap. Ik maakte White Russians met koffiemelkcups. Na dat alles was ik maar al te klaar om me wat drankjes door een professional te laten mixen. (Daarmee geef ik de vaardigheden van de barman in Oyster Bill's eigenlijk te veel eer. Zowel hij als de kok zijn duidelijk ofwel familieleden van Bill, of zijn oude celmaten, en beiden hebben net genoeg verstand van zaken om hun klanten niet te doden. Maar een pluspunt was dat die tent ook een jukebox vol afschuwelijke seventies een eighties popmuziek had.)

Mezelf opknappen en het huis verlaten was beslist een stap in de goede richting, maar om te blijven leven, moest ik iets vinden dat het waard was om voor te leven, wat eigenlijk betekende dat ik iets in mezelf moest vinden dat het waard was om voor te leven. De lijst met mislukkingen was aanzienlijk, en op de lijst met successen kon ik alleen Binkie bedenken. Ik had eigenlijk niets bereikt wat een echte held zou moeten bereiken, zoals die arme knul uit de hel bevrijden, maar ik had hem in ieder geval uit een verschrikkelijk afschuwelijke toestand geholpen en in een iets betere bij Grijpgraag. Misschien kon ik me daarop beroemen. Ja ja, Bobby Dollar, de semi-quasiheld.

Elke keer als ik probeerde te bedenken wat voor goeds ik had gedaan, huilden de overige faalpogingen mij toe als spoken in een tekenfilm. De meest recente en grootste miskleun van al was natuurlijk Caz. Alleen al de gedachte aan haar was een geblakerd, radioactief gat midden in mijn brein – ik kon het niet negeren, maar ik moest er zo ver mogelijk vandaan blijven om niet gek te worden. Maar niet aan haar denken was eigenlijk slechts een andere manier om toch aan haar te denken, en dan begon alles weer opnieuw.

Zoals ik al zei was de faalpogingenkant van de weegschaal aanzienlijk, misschien zelfs spectaculair. Dit was het geval: ik had alles doorstaan waar de hel mij mee had belaagd en had het op een of andere manier overleefd, maar ik was het enige kwijtgeraakt wat ik koste wat kost had moeten behouden – ik had haar verloren omdat ik arrogant en achteloos was, omdat ik vertrouwde op mijn eigen vermogen om Eligors trucs te doorzien. Orpheus ging helemaal naar Hades voor zijn vriendin, en raakte haar kwijt toen hij te vroeg naar haar omkeek. Ik had mijn geliefde verloren omdat ik niet oplettend genoeg had gekeken.

'Ik had het moeten weten,' zei ik voor wat wel de driehonderdste keer moest zijn sinds de parkeergarage. 'Ik had de hel nooit zonder haar moeten verlaten. Hij liet me al in Vleespaard in de val lopen door mij een nep-Caz te tonen en te zeggen dat hij die zou bevrijden. Hij had het toen al gepland! Hij overhandigde de neppe en brak dus niet zijn woord. Dat had hij niet eens hoeven doen, maar het was zijn laatste kans om me te kwellen, en die greep hij aan.'

Mijn maag kromp ineen. Ik keek omlaag naar mijn bloody mary. Nu ik er eentje dronk – oké, eerlijk gezegd mijn tweede – vroeg ik me af of ik eigenlijk wel meer alcohol wilde. Vergetelheid was het enige geweest dat mij de eerste paar dagen in staat had gesteld om door te leven, maar zelfs drinken hielp niet meer zo best. Behalve wanneer ik serieus in het grote zwarte gat wilde duiken, kon ik beter andere strategieën gaan overwegen. Morgen. Ik besloot dat ik morgen echt mijn leven weer zou gaan oppakken. Of anders de dag daarna. Nee, misschien kon ik het morgen al aan.

Weer voelen was klote.

'Niet om het een of ander,' zei Clarence, 'maar ik snap nog steeds niet wat er zo belangrijk was aan die veer. Ik bedoel, zelfs al was die van een van onze bazen, wat kan Eligor dat schelen? Kan hij hem ergens voor gebruiken? En waarom zou hij hem zo graag willen hebben dat hij die duivelin ervoor op zou geven? Nou ja, hij gaf haar niet op, maar deed wel alsof.' Hij zag hoe ik keek. 'Sorry Bobby.'

Zelfs na alle idiote toestanden die me waren overkomen sinds mijn reis naar de hel, had ik informatie niet met Jan en alleman gedeeld. Zelfs Sam wist bijvoorbeeld niet alles, aangezien ik hem niet had verteld wat Walter Sanders had gezegd. Zelfs als Sams Kephas in werkelijkheid Anaita was, en zij Grijnzer had gestuurd om de verblijfplaats van de veer uit me los te peuteren zodat ze haar geheimen zou kunnen bewaren, wilde ik Sam niet in de positie brengen dat hij moest kiezen wie hij trouw wilde zijn vóór ik een beter bewijs had. Ik dacht niet dat hij me zou verlinken, maar onze vriendschap was op een manier veranderd die ik nog niet helemaal begreep en ik wilde ons allebei een eerlijke kans geven. Ik hoopte alleen dat ik hem niet in gevaar bracht door hem niet alles te vertellen.

En natuurlijk wist Clarence zelfs nog minder. Hij wist nu veel meer dan mij lief was, maar hij vermoedde nog steeds niet hoe idioot de hele toestand was, dat een zo aanzienlijke macht als Anaita, een hemelse hoogwaardigheidsbekleedster, seriemoordenaars weer tot leven wekte en onschuldige engelen als Walter naar de hel zond. Als ik Sam in dezen al niet helemaal vertrouwde, ging ik zeker niet over alles uit de school klappen tegen een jochie.

'De eenvoudigste versie,' zei ik nu, 'is dat Eligor een deal heeft gesloten met iemand in de hemel, een hoge hotemetoot. De deal had te maken met het creëren van Sams Derde Weg, een plek buiten zowel de hemel, de hel als de aarde. Maar Eligor wilde garanties, vooral dat zijn eigen partij er niet achter zou komen, dus nam hij de veer van een hemels iemand om te gebruiken als... wat? Chantagemiddel, denk ik. Het idee was dat als die hemelse iemand zijn kant van de deal niet nakwam, of wanneer het op een of andere manier spaak liep, Eligor die veer had om die engel eerlijk te houden, aangezien het praktisch een ondertekende bekentenis is die zegt: "Ik heb een onwettig pact met de hel gesloten." Ze moesten allebei de deal geheimhouden. Geen van beide partijen mocht er weet van krijgen.' Ik kreeg opeens, en geheel onverwacht, een steek van honger. Waarschijnlijk omdat ik al zo'n dag niet had gegeten. 'En nu heeft die klootzak dat onderpand van de engel terug.'

'En wat heeft die hooggeplaatste engel dan?' vroeg Clarence.

'Weet ik het. Spijt waarschijnlijk, zoals wij allemaal.' Misschien wilde ik toch wel wat eten, dacht ik. Niet al te machtig, want dat kon mijn maag nog niet aan.

'Ga je wat bestellen, B?' vroeg Sam. 'Strak plan. Neem een berg stevige pannenkoeken. Die zuigen je alcohol op.' Hij leunde achterover en dronk van zijn gingerale. 'Misschien neem ik de calamares. Zelfs Bill's kok kan iets gefrituurds niet al te erg verkloten.'

'Je vergeet die keer dat je een AA-batterij in je vis met friet vond,' zei ik terwijl ik tuurde op de menukaart. Ik gebaarde naar de serveerster en leunde achterover. Toen, alsof een brandende lont het kruitvat bereikte, ging iets *boem!* in mijn brein. 'Wacht even, wat zei je?'

'Calamares.'

'Jij niet, stomme zak. Clarence.'

De jongen moest even denken. 'Ik vroeg wat die engel heeft.'

'Wat die engel heeft...?'

'Nou, als die veer een onderpand was voor een deal die ze hadden gesloten, wat was dan het andere onderpand? Als die duivel de veer kreeg, wat heeft die engel dan om te bewaren voor het geval dat groothertog Eligor op zekere dag moet worden gechanteerd?'

Eindelijk verscheen de serveerster, maar ik was te verbluft door wat Clarence had gezegd om een woord uit te kunnen brengen. Uiteindelijk kreeg Sam medelijden en bestelde pannenkoeken en nog wat koffie voor me, en nog een koffie evenals wat knapperige aderverstoppers voor zichzelf.

Nadat de serveerster was weggelopen, zat ik nog steeds mijn kop te pijnigen. Ik zag er vast uit alsof ik een hartaanval had gehad, aangezien Clarence naar me toe leunde en vroeg: 'Alles goed, Bobby?'

'Jongen, als ik niet wat onzeker was over mijn mannelijkheid, en als ik niet zeker wist dat Sam me er altijd aan zou blijven herinneren, zou ik je nu zoenen.'

'Huh?'

'Je hebt gelijk, je hebt gelijk, je hebt volkomen gelijk.' Ik schudde mijn hoofd, verbaasd over mijn eigen gigantische stomheid. 'Ik zit al maanden op die veer te broeden, maar heb me geen seconde afgevraagd wat Eligor ervoor in de plaats had gegeven. Maar hij moet hem natuurlijk voor iets hebben geruild. Je zweert geen bloedbroederschap zonder dat beide partijen bloeden! En ik weet al wat het was.'

'Kun je het samenvatten voordat mijn calamares worden opgediend?' vroeg Sam.

'Simpel. Een paar avonden terug merkte ik iets op.'

'Een paar avonden terug zat je te zuipen, naar bluesplaten te luisteren, te huilen, en te kotsen in je prullenbak,' zei Sam. 'Soms allemaal tegelijk. Heb je het over vorige week, in de parkeergarage?'

'Het zal wel. De laatste keer dat ik Eligor zag, toonde hij mij heel even zijn ware gezicht. Niet dat het leek op een "waar gezicht",' legde ik Clarence uit. 'Want Eligor en de andere gevallen engelen... nou, die zijn eigenlijk nog van vóór gezichten bestonden. Maar hij verloor zijn zelfbeheersing en ik ving een glimp op van zijn knap pissige duivelskop. Ik had me moeten afvragen waarom hij er altijd als Vald uitzag, zelfs in de hel.' Ik voelde mijn hart bonken. Ik zou niet meteen willen zeggen dat ik me beter voelde, aangezien ik Caz nog steeds zo erg miste dat ik alleen al de grootste moeite had om te praten en in beweging te blijven, maar voor het eerst sinds Marmora in mijn armen in een natte plas was veranderd, voelde ik dat ik misschien toch nog iets kon doen. 'Maar ik stond er niet bij stil. Toen zijn masker in de parkeergarage even wegviel, bood een van zijn hoorns... nou, zeg maar een kleine en zielige aanblik. Zoals wanneer de hoorn van een geit of een ander boerderijdier wordt afgezaagd en dan weer aangroeit.'

'Dus volgens jou...' begon Sam.

'Gaf Eligor, toen zij een deal sloten, en de belangrijke engel Eligor een veer gaf als onderpand, waarschijnlijk die engel ook iets: die hoorn die nog steeds niet helemaal is aangegroeid. Daarom wilde hij me niet zijn helse gedaante tonen.'

Sam leek onder de indruk. 'Huh.'

'Maar met die wetenschap schiet je nog steeds niet veel op, of wel?' vroeg Clarence. 'Ik bedoel, als een van de grote engelen die nu heeft, hoe krijg je die dan te pakken?'

'Je bedoelt: hoe krijgen wíj het te pakken,' zei ik. 'Ik kan het niet alleen. Ik heb het keer op keer geprobeerd en het werkt niet. Jullie moeten me allebei helpen.'

Sam lachte, maar niet van harte. 'Lul. Je maakt een geintje, hè?'

'Ik maak hier geen geintjes over. Het is te belangrijk. Eligor heeft de enige vrouw om wie ik ooit heb gegeven in zijn macht, en hij heeft me ook die veer afgetroggeld, iets waarvoor ik mijn leven al tientallen keren of meer in de waagschaal heb gelegd. Ik moet die hoorn te pakken krijgen. Dan heb ik ook iets om met hem te onderhandelen!'

Clarence had eindelijk door dat het me menens was. 'Nee. Vergeet het maar, Bobby. Het is al erg genoeg dat ik in mijn vrije tijd ontmoetingen met hoge demonen heb, en geheimen moet bewaren die me flink in de nesten zouden helpen als ze ooit aan het licht kwamen...'

*Eigenlijk geheimen die je in de hel doen belanden – of nog erger*, dacht ik, maar ik was zo slim om dat niet hardop te zeggen.

'... maar dit gaat me te ver! Iets stelen van een van onze bazen! Zodat jij je helse vriendinnetje terugkrijgt!'

Mijn pannenkoeken werden opgediend. Ik verzoop ze in stroop en viel aan. Opeens had ik echt honger. 'Nee, dat kun je je niet permitteren, Clarence. Je hebt gelijk. Maar je kunt het je ook niet permitteren het niet te doen.'

'Verdomme, noem me toch niet steeds Clarence!' zei hij zo hard dat mensen aan andere tafels naar ons keken. Hij bloosde – waarom doet mijn aardse lichaam dat nooit? – en boog zich over de tafel, alsof hij alleen nog maar met de ketchupfles en de servettenhouder wilde praten. 'Hoezo kan ik me dat niet permitteren?'

'Omdat ik er hoe dan ook achteraan zal gaan. En hoewel ik zweer dat ik nooit een van jullie vrijwillig zal verlinken, zal de hemel, wanneer ik bij deze poging gepakt word, wel gaan proberen om alle beetjes informatie van de laatste twee maanden uit me te persen. Wie weet waartoe ze in staat zijn om dingen te achterhalen? En dan zullen ze weten dat jij mij en Sam al heel lang geleden had moeten aangeven.'

Het joch keek geschokt. 'Chanteer je me nu, Bobby?'

'Nee, echt niet. Ik ben gewoon realistisch. Je kunt beide partijen steunen, Clarence – of "Harrison", als je daar echt, eerlijk de voorkeur aan geeft. Persoonlijk vind ik die naam klinken alsof iemand voor jou opvoeringen zou moeten boeken na je vioollessen volgens de Suzuki-methode.' Ik schonk nog wat stroop uit. 'Clarence klinkt veel cooler.'

Hij leek stomverbaasd, maar of dat nu was om wat ik zei of het feit dat ik zijn echte naam nog kende, was me niet duidelijk. 'Ik weet niet. Ik moet erover nadenken.' Een ogenblik later stond hij op, haalde wat geld tevoorschijn en liet het op tafel vallen. 'Ik moet weg. Ik heb dienst. Ik... Ik spreek je later.'

'Daar gaat je chauffeur,' zei ik toen hij vertrok.

Sam proestte. 'Ben je gek? Ik reed. Weet je dat niet meer?'

'Was dat jouw auto waarmee we reden? Hoe kun jij nou een auto hebben als je leeft in een kermisspiegel?'

'Van Orban geleend. Hij leeft mee met mensen die tussen de twee werelden in gevangen zitten.'

'Ja, echt iets voor hem.' Ik at de rest van mijn pannenkoeken op en sloeg mijn koffie achterover. 'Wil je me bij mij thuis afzetten? Ik moet gaan bedenken wat me te doen staat.'

'Maak je je geen zorgen om die knul?' Sam stond op en rinkelde met zijn autosleutels. Dat hij je gaat verlinken of zo? Dat hij regelrecht naar je bazen gaat?'

'Clarence? Ja hoor. Daarom liet hij zeker vijf dollar achter voor zijn koffie. Hij is zo'n idealist, en wil zo graag met ons grote jongens rondhangen, dat ik hem waarschijnlijk moet tegenhouden wanneer hij besluit zelf te vuur en te zwaard de hemel te gaan bestormen in naam van het recht!'

'Dat is een heel enge gedachte,' zei Sam terwijl we liepen naar de parkeerplaats, op weg naar mijn huis. 'Je bent toch niet echt zoiets van plan, of wel? Ik bedoel, zelfs wij Derde Weg-lui willen niet echt dat de hemel instort. Sterker nog, we willen niet eens dat de hel instort – er zitten daar heel wat engerds gevangen, en ik kan me geen betere plek voor ze voorstellen.'

'O, ja,' zei ik. 'Daarin ga ik met je mee. Ik geloof dat ik de meesten van hen heb ontmoet. Nee, ik wil niets doen instorten. Ik ben het alleen zat om met me te laten sollen, dat is alles. Ik wil de waarheid weten.'

Sam schoot zijn tandenstoker weg die hij gebruikt had om de calamares tussen zijn snijtanden weg te werken. 'Wist je dat dat precies is wat mensen altijd zeggen voordat het echt misloopt?'

Een lichte bries waaide aan vanaf het water, verfrissend maar verbazend koud.

'Ik wil gewoon antwoorden krijgen, Sam. Ik wil een eerlijke kans. Ik ben niet uit op een revolutie.'

Hij spuugde iets uit op het asfalt. 'Vanuit jouw mond naar het Opperwezen, B. Ik hoop dat hij meeluistert.'

'Amen, maat,' zei ik. 'Amen.'

Toen, geloof het of niet, ging ik naar huis en ruimde ik mijn appartement op. Want je moet toch ergens beginnen.

## *Epiloog*
# Sneeuwkoningin

Ik had dorst. Ik vond een kleine fles bitter lemon in Caz' ijskast en nam die mee terug naar bed. Ze sluimerde nog, met de lakens slechts tot haar dijen opgetrokken, en ik bleef staan in de deuropening van de slaapkamer, opeens niet meer in staat te ademen. Zo mooi. Ik weet dat ik dat heel vaak zeg, maar dat is omdat ik moeite heb om uit mijn woorden te komen, in ieder geval met dit soort dingen. Ze was een kleine vrouw, slank, maar de ronding van haar heup zorgde nog steeds voor vreemde effecten onder in mijn maag (en op andere plekken). Ik kan het niet verklaren maar iets aan die prachtige glooiing tussen heupen en ribben die je ziet wanneer een vrouw op haar zij ligt... Nou, het is net poëzie, denk ik: als je het te veel analyseert, ontgaat je het belangrijkste aspect.

En haar haren, zo lang, zo steil, zo bleek als Caz zelf. Het verlangen brandde al zo hevig in me dat ik me onwillekeurig afvroeg of ik misschien in de ban was van een van die beroemde helse verzoekingen. Maar dat was niet zo. Het kwam door haar, en wat ik voelde was echt. Ik was al herhaaldelijk door de hel in de luren gelegd. Ik kende het verschil.

Ze draaide zich om en tuurde naar mij uit haar ooghoek. 'Wat zit je nou te kijken? Nooit eerder een gevallen vrouw gezien?'

'Nooit een die zo diep viel.'

'Je bedoelt helemaal naar San Judas, of naar jou?'

'Allebei.' Ik ging op de rand van het bed zitten om haar te bekijken, en ik wist dat wanneer ik te dichtbij kwam ik weer afgeleid zou worden door al die fascinerende nieuwe sensaties van tast, geur en smaak.

Ik weet dat het idioot klinkt, maar op dat moment dacht ik aan een foto die ik ooit eens had gezien van een actrice uit de jaren zestig, Jean Seberg, die een harnas droeg toen ze Jeanne d'Arc speelde. Anders dan Caz had ze heel kort haar, en natuurlijk droeg ze tientallen kilo's metaal terwijl Caz helemaal niets dan een laken droeg, maar er was toch iets wat opmerkelijk hetzelfde was – misschien de verfijndheid van haar gezicht, de kwetsbaarheid van dat tengere lijfje ten overstaan van een grote, gevaarlijke wereld. Ik geloof dat die actrice een niet veel beter bestaan leidde dan Jeanne, dus misschien was het een niet al te gunstige vergelijking.

'Je staart nog steeds.'

Ik lachte betrapt. 'Sorry. Je bent... Ik zat aan Jeanne d'Arc te denken.'

'Hoezo, wil je me in de fik steken?'

'In vuur en vlam.'

Caz lachte, wat aardig van haar was. Ze lag nu op haar rug en trok het laken op tot aan haar navel, wat de problemen dat ik naar haar staarde of werd afgeleid niet echt oploste. 'Ik herinner me nog dat ze werd terechtgesteld.'

'Wauw. Was je daar bij?'

'Ik?' Ze schudde haar hoofd. 'Nee, natuurlijk niet. Wat ben je toch een Amerikaan! Ik zat in wat tegenwoordig Polen heet, minstens duizend mijl daarvandaan. Maar het verhaal deed snel de ronde door heel Europa. Mijn man, de duivel hebbe zijn ziel, hoorde ervan op zijn reizen, en kon niet wachten tot hij thuiskwam en het mij kon vertellen. Hij vond het... ik weet niet... fascinerend. Opwindend.' Ze zweeg weer. 'Toen mijn tijd kwam dacht ik aan haar. Niet aan haar geloof. Daar was toen al niets meer van over.'

Ik stond op het punt haar een vraag te stellen, maar haar uitdrukking hield me tegen.

'Ik dacht aan haar omdat de werkelijke gruwel niet haar dood was, maar de haat van de menigte. Er moeten er minstens een paar in die massa in Rouen zijn geweest die dachten dat ze toch onschuldig was, of in ieder geval geen haat verdiend had – iemand gaf haar een kruisje gemaakt van stokjes, zodat ze haar einde niet zonder God tegemoet hoefde te zien. Maar ik geloof niet dat er ook maar één iemand in de menigte op ons stadsplein was, niet eens mijn eigen kinderen, die niet vond dat ik een pijnlijke dood verdiende.'

Op dat moment voelde ik, voor het eerst, echt het verschil tussen haar en mij, of beter tussen haar herinneringen en de mijne. Ik huiverde, ik stelde me de gretige, vijandige gezichten in die middeleeuwse menigte voor.

'Hou op,' zei ik. 'Het is voorbij. Je bent hier. Ik ben hier.'

Ze keerde zich naar me toe. Even dacht ik dat ze kwaad was. Ik weet nog steeds niet precies wat die uitdrukking op haar gezicht betekende, maar ze zei alleen: 'Het is nooit voorbij, lieve Bobby. Zo werkt het niet in de hel.'

Ik kroop naast haar in bed en sloeg mijn armen om haar heen, en zij draaide zich om tot haar bips tegen mijn kruis drukte. Ik deed mijn best haar aflei-

*dende nabijheid te negeren, haar warme lichaam tegen het mijne, de beweging van haar borsten langs mijn bovenarmen bij het ademhalen.*

'Ik kan er maar niet over uit hoe bleek je haar is,' zei ik terwijl ik haar nek zoende. Ik bleef dit een groot deel van onze avond samen doen. 'Ongelofelijk – bijna spierwit. Heb je Vikingbloed?' Het had ook wel geverfd kunnen zijn, maar het zag er hetzelfde uit als de rest van haar haar, maar ik had in mijn tijd op aarde genoeg geleerd om te weten dat 'Verf jij je haar?' nauwelijks acceptabeler is om een vrouw te vragen dan 'Wanneer ben je uitgerekend?'

Ze schokschouderde in mijn armen 'Vikingbloed? Heel goed mogelijk. Maar mijn volk was een mengelmoes van zoveel andere volken – Slaven, Germanen, Goten, zelfs Mongolen.' Ze drukte zich weer stevig tegen me aan, niet op een erotische manier maar als iemand die getroost wil worden. 'Er bestaat een oud verhaal over waar de goudharige mensen vandaan komen. Een zigeunerverhaal.'

'Zigeunerverhaal? Heb je ook al zigeunerbloed?'

'Nee, niet dat ik weet.' Ze was wat langzamer gaan praten – ik vroeg me af of ze weer slaperig begon te worden. 'Ze zaten nog maar een paar generaties in ons koninkrijk. Maar wij hadden een zigeunerin als dienstbode toen ik nog een klein meisje was en die vertelde mij soms verhalen onder het werk.'

Ik wachtte af. 'En dat verhaal? Over die mensen met gouden haren?'

Het duurde even voor Caz weer op gang kwam. 'Ja. Zij zei dat ooit, lang geleden, een zigeunergroep aan de voet van een berg zijn kamp op had gemaakt. Ze gingen niet de berg op omdat het daar altijd mistig en koud was, en 's nachts konden ze stemmen horen huilen in de wind. De enige man die dapper genoeg was om de berg te beklimmen, was een man die Korkoro de Eenzame heette, een jongeman die geen familie meer bezat. Maar zelfs hij was niet dwaas genoeg om te hoog te klimmen, omdat hij daar als de zon onderging geen kant meer op zou kunnen.

Toen stak er op zekere nacht een verschrikkelijke storm op met donder en bliksem. De hele bergtop werd in mist gehuld, zodat de piek niet meer te zien was. Er verscheen een vrouw in de buurt van het zigeunerkamp – een prachtige maar heel vreemde jonge vrouw met wit haar en blauwe ogen...'

'Net als jij,' zei ik.

'Hou je snavel, vleugelmans, ik vertel dit verhaal.' Ze reikte achterover en streelde me met haar hand zodanig dat ik heel erg werd afgeleid. Het werkte echter wel: ik hield op met haar te onderbreken. Natuurlijk werd het zo wel een beetje moeilijk om me op haar zigeunerverhaal te concentreren.

'Hoe het ook zij, de eerste die haar ontmoette was Korkoro de Eenzame, die al jagend graag ver van het kamp ronddwaalde. Hij nam haar mee terug en de mensen van het kamp gaven haar te eten en wijn om te drinken, maar ze waren nog steeds bang vanwege haar vreemde uiterlijk. Alle zigeuners waren donker, met haar en ogen als de nacht, maar zij was als iets uit een andere wereld.

Ze vroegen haar waar ze vandaan kwam en wie haar volk was, en de bleekharige vrouw vertelde dat zij de Sneeuwkoningin was en dat zij op de koude berg woonde met haar vader de Koning van de Nevelen, maar dat zij uit zijn hof was ontsnapt omdat ze had gehoord dat mensen konden liefhebben, en dat wilde ze meer dan wat ook leren kennen.

Ze werd verliefd op Korkoro, die haar had gevonden, en hij werd verliefd op haar, en uiteindelijk leerden de zigeuners haar te vertrouwen, hoewel ze altijd vreemd voor hem bleef. Zij schonk Korkoro – die niet langer "de Eenzame" werd genoemd – twintig kinderen, en elk had haar in de kleur van licht zoals de moeder. En daar komen de goudharige mensen vandaan, volgens de zigeuners.'

'Is dat het einde van het verhaal?'

Ze verstarde een beetje in mijn armen. 'Niet helemaal. Ik bedoel, niet de versie die ik heb gehoord.'

'Wat gebeurde er dan?'

'Dat weet ik niet meer. Ik ben moe, Bobby. Laat me even slapen.'

Dat had ik echt moeten doen. Maar ik wilde alles uit onze tijd samen halen, en ik wilde ook weten waarom ze het einde van het verhaal had weggelaten. 'Is het zo'n verhaal waarin een van de kinderen later een held wordt?'

'Nee.' Ze zuchtte. 'Nee. Haar vader, de Nevelkoning, was jaloers dat zij onder mensen vertoefde, en bovenal dat ze met een van hen getrouwd was. Dus beval hij haar terug te keren of hij zou de zigeuners uitroeien. Een nevel kroop rond het zigeunerkamp, en die zat vol soldaten van de Nevelkoning. Hun ogen gloeiden als kattenogen. Korkoro wilde vechten, maar de Sneeuwkoningin wist dat de zigeuners de Nevelkoning nooit zouden kunnen verslaan, dus toen het donker was geworden liep ze de mist in en verdween. Maar haar kinderen liet ze achter, en die werden allemaal groot en trouwden en kregen zelf weer kinderen, en al hun nazaten hadden hetzelfde bleekgouden haar, en dus waren er in Polen sindsdien mensen met haar als het mijne.' Ze rolde zichzelf wat meer op. 'Laten we nu gaan slapen. Alsjeblieft.'

'Maar wat deed Korkie dan?'

'Wat?'

'Korkie, Korko, Korkodorko, hoe die ook heette. Haar man. Die haar vond en verliefd op haar werd. Wat deed hij toen zij verdween naar dat Nevelrijk?'

'Niets. Er viel niets te doen. Geen sterfelijke man kon de top van de berg bereiken waar de Nevelkoning woonde. Korkoro voedde zijn kinderen op. Hij bleef aan haar denken. Dat is het einde van het verhaal.'

'Wat stom,' zei ik en rolde op mijn rug.

Even lag Caz daar maar wat, maar toen gaf ze zich gewonnen en rolde ze zich naar me toe, of in ieder geval naar mijn kant. Ik staarde naar het plafond.

'Stom? Het is gewoon een oud verhaal, Bobby.'

'Kan me niet schelen. Ik wil dat een verhaal ergens op slaat. Ik had je nooit laten gaan... als ik die Krokodillenkop was geweest, had ik haar nooit laten gaan. Ik zou haar achterna zijn gegaan.'

'Maar dat kon hij niet.' Ze zei het geduldig, alsof ik het wel zou inzien als ik het maar genoeg probeerde, maar dat was niet zo. 'Er viel niets te doen voor hem. Ze was weg. Hij moest leren zonder haar te leven.'

'Echt niet,' zei ik. 'Hij had die berg moeten beklimmen.'

'Dat zou zijn dood hebben betekend.' Ze streelde mijn hoofd alsof ik een kind was met koorts. 'En dan hadden de kinderen geen vader en geen moeder gehad.'

'Maakt niet uit. Hij had achter haar aan moeten gaan.'

Ze staarde naar me – ik voelde het meer dan dat ik het uit mijn ooghoek kon zien. Toen richtte ze zich op en legde ze haar hoofd op mijn borst. 'Soms kun je gewoon niets doen, Bobby.'

'Gelul, Caz. Je kunt altijd iets doen.'

'Het is een sprookje. Waarom ben je zo kwaad?'

Ze had gelijk, en ik wist eigenlijk ook niet waarom ik kwaad was. Toen nog niet. Nu wel natuurlijk, en jij waarschijnlijk ook.

'Hoe het ook zij, hij had haar nooit moeten laten gaan.' Ik sloeg mijn armen om haar heen alsof ik haar bij me wilde houden wanneer de nevel opkwam. 'Nooit.'

'Soms ligt het wat gecompliceerder,' zei ze tegen me.

# Dankwoord

Als altijd waren vele mensen bij de productie van dit boek betrokken, afgezien van mij (al deed ik een groot deel van het schrijfwerk).

Mijn vrouw Deborah Beale staat altijd klaar met wijze woorden, kalme overpeinzing en zo nu en dan een schop voor mijn kont. Mijn partner.

Mijn agent Matt Bialer is ook een onmisbare partner, maar dan zonder klef geflikflooi. (Maar toch een leukje.)

En mijn geliefde redactrices, Sheila Gilbert en Betsy Wollheim, hebben in dit boek enorm veel werk en zorg gestoken. Ook hulde voor Mary Lou Capes-Platt, die een groot aandeel leverde in het gestalte geven van de definitieve versie. En veel dank aan alle medewerkers van DAW.

Lisa Tveit blijft een baken voor me in cyberspace en ze helpt me in oneindig veel opzichten, waarvoor ik haar altijd dankbaar zal blijven.

Nog een saluut voor Sharon L. James, voor haar hulp bij het klassieke Grieks, en natuurlijk ook aan alle Bobby Dollar-mensen en andere geweldige luitjes, lezers en vrienden – met name de Smarchers op mijn homepage, tadwilliams.com, en Facebook (tad.williams en AuthorTadWilliams), om nog maar te zwijgen over die lui op Twitter die mijn posts vaak pas te zien krijgen nadat mijn vrouw ze heeft geredigeerd (MrsTad) zodat ik slim overkom.

O, en dank aan koning Salomo, Hermes Trismegistus en de auteurs van het Malleus Maleficarum voor hun hulp bij het najagen van engelen en het worstelen met duivels.

Bedankt, *droogs*.